LICHTSCHLAG NR. 51

LICHTSCHLAG NR. 51

Umschlag: Lichtschlag Medien Meerbusch
Printed in Germany.

ISBN: 978-3-939562-88-7

Frank Jordan

Das Attentat

Kein Fall für Carl Brun

Die unwahrscheinlichsten Taten sind wirklich geschehen;
ich habe gemalt, was sie nur taten.
Die unwahrscheinlichsten Gespräche, die hier geführt werden,
sind wörtlich gesprochen worden;
die grellsten Erfindungen sind Zitate.

Karl Kraus, 1874-1936, österreichischer Schriftsteller

Macht korrumpiert,
absolute Macht korrumpiert absolut.

*John Emerich Edward Dalberg-Acton, 1. Baron Acton,
1834-1902, englischer Historiker und libertärer Journalist*

Januar 2016, Kreis Charkow, Ostukraine

Im Januar 2016 kam es im Kreis Charkow im Osten der Ukraine zu einer Häufung von Grippefällen. Was für sich genommen in Anbetracht der Jahreszeit und der permanenten Krisensituation nichts Besonderes war, hatte in diesem Fall das Potenzial, eine Panik in der Bevölkerung auszulösen: Innerhalb einer Woche kostete das Virus, bei dem es sich nach Erkenntnissen von Ärzten und Wissenschaftlern um eine Mutation aus drei verschiedenen Viren aus der Familie der Filoviridae handelte, 189 Personen das Leben.

Zu einer panischen Reaktion kam es deshalb nicht, weil es sich bei den Betroffenen ausnahmslos um Mitglieder der ukrainischen Streitkräfte handelte und weil die entsprechende Meldung der Nachrichtenagentur KINews zwar vom zuständigen Mitarbeiter versandt wurde, den Server der Firma jedoch nie verließ. Was in der Öffentlichkeit an Information kursierte, verblieb im Zwielichtigen des Gerüchts.

Nie bestätigten Angaben zufolge handelte es sich bei dem Virus um einen hochpathogenen Erreger, der bei den Infizierten erst wässrigen Durchfall, Bauchschmerzen, Erbrechen, heftige Brust- und Lungenschmerzen, Halsschmerzen und Husten sowie in der Folge ein hämorrhagisches Fieber auslöse. Er sei extrem aggressiv und reagiere nicht auf Medikamente. Die Obduktion von zwei Todesopfern habe ergeben, dass die Blutungen sämtliche Gefäße des Körperkreislaufs betrafen. Ein angeblich an der Obduktion von zwei Opfern beteiligter Arzt, der anonym bleiben wollte, solle ausgesagt haben, es sei erschreckend: „Das Innere der Körper sieht aus, als habe eine Schlacht stattgefunden und als sei das Schlachtfeld danach abgebrannt worden. Es ist schwarz wie Kohle."

Nur die hohe Sterblichkeitsrate in Verbindung mit der Tatsache, dass jeder, der auch nur entfernt verdächtige Symptome aufgewiesen habe, umgehend unter Quarantäne gestellt worden sei, habe eine massenweise Infektion verhindert. Ein Auftreten des Erregers außerhalb der militärischen Verbände ist bis heute nicht bekannt.

Interessant in diesem Zusammenhang war die Verlautbarung eines hochrangigen Vertreters des Geheimdienstes der Republik Donezk, derzufolge das Virus aus einem Labor in der Nähe von Charkow stamme. Das Labor befinde sich auf dem Gelände einer US-Militärbasis, auf der neben Forschern, Militär-Beratern und -Ausbildern auch die Mitarbeiter diverser NGOs untergebracht seien.

Wäre die Meldung an die Öffentlichkeit gelangt und hätte jemand nachgeforscht, wäre er zu der Erkenntnis gekommen, dass zumindest besagtes Labor keine Erfindung begabter Propagandisten war, sondern höchst real und eine Einrichtung der Klasse BSL4 – Bio Safety Level 4 –, was es der höchsten Sicherheitsstufe zuwies.

Mitarbeiter solcher Labors verfügen über eine Spezialausbildung, ohne die die Arbeit in diesem Hochrisikoumfeld nicht möglich ist. Schutzanzüge, in denen permanente Luftzufuhr für Überdruck sorgt, während im Labor leichter Unterdruck herrscht, sind Pflicht. Das Sichtfeld ist eingeschränkt, Kontakt zur Außenwelt und zu Kollegen gibt es nur über Funk- und Blickkontakt. Damit ständig saubere Luft von außen kommt, hängen die Forscher an Spiralschläuchen, die sie an die jeweils nächstgelegene Frischluftstation anschließen.

„Wenn dort etwas rausgeht, dann ist es vieles – aber es ist ganz bestimmt kein Unfall oder Zufall.“ So die Einschätzung des Geheimdienstmannes.

Was an Informationen das angebliche Geschehen betreffend durchsickerte, landete irgendwann, nachdem alles längst vorbei war, auf den Websites und Blogs bekannter Verschwörungstheoretiker, wo es echolos in Vergessenheit geriet, während die Redaktionen der großen Medienhäuser sich routiniert und mit Hilfe der gängigen Textbausteine an einer erneuten Nichteinhaltung des Waffenstillstands zwischen prorussischen Separatisten und regulären ukrainischen Truppen abarbeiteten.

Eine Kopie der vom Server der KINews gelöschten Meldung gelangte als verschlüsseltes Dokument an eine Person, deren Büros am Brüsseler Robert-Schuman-Kreisel im zwölften Stock einer architektonischen Scheußlichkeit mit Namen „Berlaymont-Gebäude" lagen – dem Sitz der EU-Kommission. Kurz streiften die Person zwei Gefühle, die sie jedoch abschüttelte, noch bevor sie die Tastenkombination eingab, mit der sie das Dokument unwiderruflich löschte: blankes Entsetzen und Furcht.

1

Freitag, 3. März 2017, Flugroute Nikosia-Zürich

Sie hatte sich ihm schräg gegenüber in den beigefarbenen Ledersitz gebettet. Zugedeckt mit einer dieser hauchdünnen und gegen jede Erwartung wärmenden weißen Fleece-Decken, die zur Kabinenausrüstung der Hawker 850XP gehörten. Das hüftlange naturhelle Haar, von Strähnen verschiedenster Braun- und Blondtöne durchzogen, umfloss ihr Gesicht. In der schlafenden Abwesenheit des Blicks ein Mädchengesicht. Eine Haarwelle strich über den Kabinenboden.

Unter dem wuchtigen Sessel ihre Schuhe. Ein Paar Peeptoes von Giuseppe Zanotti. Zierlich. Größe 36. Einer war umgekippt, der andere stand quer. Als hätte sie sie, müde der Camouflage erwachsenen Schaulaufens, abgestreift. Unschuldige Nachlässigkeit.

Evgenija Iwanowna Laritskaja.

Gemahlin des Aleksei Wladimirowitsch Laritski.

Seine Frau.

„Mein Gott! Wie sehr …“

Es gab kein Wort für solch atemraubendes Sehnen nach dem anderen, für den zerrenden Schmerz – als wär sie ein Stück von ihm, als hätte man sie mit scharfer Klinge aus ihm herausgeschnitten. Er stieß das Namenlose weg von sich. Für den Mann, den sie geheiratet hatte, hatte es solches nicht zu geben.

Ein gegenseitiger Betrug zu ihrer beider Bestem.

Unwillkürlich straffte er sich, nahm innerlich Haltung an und wurde wieder der Mensch, als der er hier mit der selbstverständlichen Eleganz des gewohnt Überlegenen entspannt im Passagiersitz einer Privatmaschine fläzte. 1,92 Meter groß, breitschultrig, von echter Sonne gebräunt. Anthrazitfarbene Hose, hellgrauer Seidenstrickpullover mit V-Ausschnitt, schwarze Slippers – personifiziertes Passepartout der Welt, in der er sich bewegte.

Das war es, was jeder sah. Auch sie. Den Inhaber wirtschaftlicher und damit politischer Macht. Letzteres nur informell, das verstand sich von selber. Und es verstand sich ebenso von selber, dass dies die wahre Macht war. Öffentlich nicht stattfindend, fern medialer und politischer Uraufführungen des Immergleichen und mit der Freiheit von aktuell 28 Milliarden Dollar ausgestattet – nach der Krise.

Diesen Mann hatte sie geheiratet. Nicht jenen nach Luft schnappenden Sichsehnens. Den hätte sie verachtet. Da hätte er ebenso gut anfangen können, Staub zu saugen und den Müll rauszutragen. Schließlich war sie eine russische Frau. Eine reiche russische Frau. Die einzige, die ihm je das Wasser würde reichen können. Und umgekehrt.

Die Tatsache, dass sie beide aus einfachen Verhältnissen stammten, dass sie beide alles gegeben hatten, um dahin zu kommen, wo sie heute standen, da hinauf, verstärkte den Strang noch, den sie Gesetz und Kirche um ihrer beider Leben hatten binden lassen.

Er hatte sie im Kreml kennengelernt, wo sie als Vorsitzende eines parlamentarischen Ausschusses für Fragen der Familienpolitik tätig war. Jedes Mal, wenn er daran dachte, kratzte tief in ihm der spitz geschliffene Fingernagel eines zynischen Lachens am Schorf notdürftig zugepflasterten Wissens. Eva und Familienpolitik – die sprichwörtliche Erdbeere im Kuhmaul.

Ihnen war von ihrer ersten Begegnung an klar gewesen, dass sie dasselbe sahen, was ihre Umwelt betraf, dieselben Dinge hörten und verstanden. Dass sie beide begriffen hatten, dass allen Versuchen einer Definition des russischen Polit-, Wirtschafts- und Lebenssystems durch nicht-russische Medien zwar ein Stück Wahrheit innewohnte, dass es ihnen aber nie gelang, das ganze Bild zu erfassen. Manchmal aus schlichter Unfähigkeit, oft aus Unwillen. Das Resultat war dasselbe – östlich der Elbe, das wusste schon Adenauer, tat sich der Abgrund auf.

Russland ist groß. Übergroß. Und es ist anders. Man kann es und seine Andersartigkeit nicht einfangen in einem Artikel, in einer Reportage, in einem Buch. Ebenso wenig die russischen

Menschen. Von der schieren Größe des politisch-ökonomischen Apparats mit seinen verklüngelten Tentakeln ganz zu schweigen. Russland ist alles und stets noch mehr. Es zu umschreiben als simulierte Demokratie, präsidentielle Republik, autoritäre Präsidialherrschaft, Hegemonie auf Exekutivebene, Autokratie, Oligarchie oder sogar als partielle Anarchie, wird ihm nicht gerecht. Jeder Versuch scheint von Anfang an zum Scheitern verurteilt zu sein. Nur in Russland, schrieb einer einst, rede der angetrunkene Typ am Urinal neben dir nicht über Frauen, sondern über den Sinn des Lebens. Um das zu verstehen, musste einer Russland kennen. Lieben vielleicht. Oder eben Russe sein. Ansonsten hatte man keine Chance gegen den Überschwang dieses Landes und seiner Menschen.

Sie hatten sich dort getroffen, wo die Strömung kurzzeitig die sicherste war. Treffen müssen vielleicht. Evgenija Iwanowna, damals eine Art Putzerfisch im Haifischbecken des Politischen, ein Ausreißer aus den nachgeordneten Reihen eines machtlosen Parlaments und seiner Ausschüsse. Er selber stand bereits im Schatten. War selbst ein Schatten. Ein großer Schatten in nächster Umgebung der als absolut anerkannten Macht.

Sie bewegte sich, zog im Schlaf die Decke enger um die schmalen Schultern, die Beine etwas höher. Ein roter Lackfunke blitze auf am unteren Rand der Decke. Die Versuchung, vor ihr auf die Knie zu gehen, die Hand berührungslos über die Silhouette ihres Köpers schweben zu lassen, war übermächtig.

Der Mann, der die Cockpittür mehr sprengte als öffnete, kam dem ungesehenen Akt ins Leere laufender Anbetung zuvor.

Laritskis Hirn brachte die zeitgleich mit dem Mann die Kabine flutende Welle der Bewegung automatisch mit der rüden Art des Eintritts in Verbindung. Aber nicht dieser Wachhund, den Evgenija angestellt hatte, ohne ihm den Grund dafür zu nennen, verursachte das plötzliche Beben, das – so merkte er – ein Fallen war.

Sie hatten ein Problem.

Noch bevor der Mann, der sich im jetzt schlenkernden Flug der Maschine nur mühsam auf den Beinen zu halten vermochte, etwas sagen konnte, suchten Laritskis Augen das einzige, was er in seinem Leben je als betrachtungswürdig empfunden hatte. Sie schlief noch immer.

„Die gesamte Elektronik ist ausgefallen“, schrie der andere jetzt. Laritski dachte den in dieser Situation absurden Gedanken, dass er ihn nicht gehört, die Worte vielmehr im rauschenden Tosen, von dem er nicht wusste, ob es innerhalb oder außerhalb seines Körpers lärmte, von seinen Lippen abgelesen hatte. Sah nur das lautlose Sich-Verzerren des Munds, der jetzt schrie, sie sollten auf ihren Sitzen stillhalten, sich nicht bewegen, sich anschnallen. Dann verschwand der Mund, und als nächstes blickte er in Evgenijas weit aufgerissene halb fragende, halb schon verstehende braune Augen. Fast schwarz erschienen sie ihm.

Dann änderte sich erneut alles. Es musste zu einem Strömungsabriss an einer Tragfläche gekommen sein. Die Nase der Hawker 850XP schien abzutauchen, die Maschine sich um ihre vertikale Achse spiralend im Absturz zu befinden.

Evgenija hatte es geschafft, ihren Sitz geradezustellen und sich die Sicherheitsgurte um Bauch und Schultern zu legen. Jetzt saß sie nur noch da und schaute ihn an. Er fühlte sich innerlich lachen bei dem Gedanken, dass er sein Leben geben würde für die Möglichkeit, in diesem Augenblick die ihren zu kennen.

Er selbst dachte an ihren Sohn. Seinen Sohn. Und er dachte auch, dass er nicht richtig an ihn dachte. Dass es anders hätte sein sollen. Wieder dieses Wort: Schmerz. Hier wäre es an der richtigen Stelle gewesen. Die Vorstellung, ihn allein zu lassen in der Welt, hätte ihn mitten entzweireißen sollen. Sie tat es nicht. Nichts könnte das je, außer ihr.

Dann dachte er, dass er sich keine bessere Art zu sterben vorstellen konnte. Er hatte vorher nie darüber nachgedacht. Aber jetzt, wo es so weit war, wusste er, dass es perfekt war.

Diesem Gedanken folgte kein weiterer mehr.

***

Schweiz, Luftraumüberwachungszentrale SKYGUIDE
Um 15:54 Uhr verschwand das Flugzeug mit der Kennung „TN-CAN“, gemäß vorliegenden Informationen eine Hawker 850XP, vom Radar der Flugverkehrsleitstelle der Firma SKYGUIDE in Wangen. Plötzlich breitete sich in der hektischen Alltäglichkeit der Zentrale der Luftraumüberwachung eine anders geartete Unruhe aus. Sekunden später bestätigten die Deutschen, was man bereits wusste: Man hatte den Kontakt zu der in der Republik Kongo registrierten Privatmaschine verloren. Ohne Erfolg wurde versucht, sie auf der internationalen Notfrequenz zu rufen.

Was nie jemand innerhalb der Firma SKYGUIDE ernsthaft in Erwägung gezogen hatte und wovor sich trotzdem jeder fürchtete, war in nur 60 Sekunden zur Realität geworden und zog bereits Minuten später seine Kreise zur Hauptaktionärin des Unternehmens: der Schweizerischen Eidgenossenschaft, die über das Departement für Umwelt, Verkehr, Energie und Kommunikation einen Aktienanteil von rund 99 Prozent an SKYGUIDE hielt.

Nicht nur beim leitenden Offizier der Flugleitstelle liefen die Telefone heiß. Das Hauptproblem: Am Boden konnte jetzt keiner mehr abschätzen, was dort oben geschah oder bereits geschehen war. Menschliches oder technisches Versagen musste ebenso in Erwägung gezogen werden wie die Möglichkeit einer Entführung mit dem Ziel eines Anschlags.

Die Maschine – jetzt ein Geisterflieger – war in Zürich zur Landung angemeldet gewesen, und der zuständige Einsatzoffizier entschied, den Bereitschaftsstatus der bewaffneten Alarmrotte zu erhöhen.

In Dübendorf, dem einst wichtigsten Militärflugplatz der Schweiz, heulten die Sirenen. Zwei Einsatzpiloten und ihre Techniker stürmten zu den beiden Abfangjägern. Dann wurde der „rote Knopf“ gedrückt, und Minuten später waren die beiden F/A 18C Hornet in der Luft. Von einem Spezialteam der militärischen Verkehrsleitstelle von SKYGUIDE wurden sie durch den dicht beflogenen Luftraum in Richtung Ostschweiz geführt.

Weitere fünf Minuten später war alles vorbei, die Situation hatte sich geklärt, die beiden Abfangjäger drehten ab und ließen sich vom Radarleitdienst zurück zur Homebase lotsen.

Die größte Gefahr war scheinbar gebannt: Die Maschine mit der Kennung „TN-CAN“ war unweit der Alp Begligen an der Kantonsgrenze Glarus-St. Gallen vom Himmel gefallen. So jedenfalls hatte die Person es ausgedrückt, die den Absturz per Handy bei der Schweizer Rettungsflugwacht Rega gemeldet hatte.

Die Rega ihrerseits tat zweierlei: Sie nahm sofort Kontakt zu SKYGUIDE auf und schickte danach einen Gebirgshelikopter in die Luft, um das vom Absturzzeugen angegebene Gebiet abzufliegen. SKYGUIDE teilte seinerseits mit, dass an Bord der Maschine fünf Personen registriert seien. Sollte es dem Piloten nicht gelungen sein, die Maschine aus dem Trudelflug zu holen – auf diesen Flugzustand ließ die Beschreibung des Wanderers schließen –, dann war nicht mit Überlebenden zu rechnen. Wenn doch, dann bestand die reelle Möglichkeit, dass Bäume den Sturz abgefedert hatten und die Personen am Leben waren.

***

Schweiz, Mühlehorn, Nähe Alp Begligen

Das GPS zeigte die Koordinaten 47°05’04.15” N und 9°11’33.34” O. Die Tatsache, dass er zu dieser Feststellung fähig war, bestätigte ihm, dass es – zumindest was ihn selbst anbelangte – bis hierher funktioniert hatte: Er war am Leben. Die Elektronik der Hawker hatte planmäßig versagt. Das Problem: Er saß hier im geographischen Pendant einer Gartenlaube, zu der die Schweiz, Österreich, Deutschland und Liechtenstein den Schlüssel hatten. Im Notfall die ganze Scheiß-Nato. Das freudlose Grinsen, das der Gedanke angelockt hatte, verharrte auf der Schwelle seiner Züge: Er musste Schnittwunden im Gesicht haben. Die Einsicht der Versehrtheit indes war nicht mehr zu bremsen, pflanzte sich fort, der ganze Körper schien Luft zu holen für einen Schrei. Er ließ ihn nicht gewähren, trat in Gedanken vorwärtsstürmend das laufende Feuer aus: Schnittwunden, Schürfungen, Prellungen und dann … ja … der Körper hatte allen Grund, zu explodieren: Am rechten Schienbein, 20 Zentimeter oberhalb der Fessel etwa, ragte der Knochen aus der Haut.

Er registrierte, dass ihm kalter Schweiß über Gesicht und Körper rann. Ein vertrautes Gefühl. Hundertfach erlebt und durchlebt während seiner Zeit in der 601. Gruppe der Spezialeinsatzkräfte der tschechischen Armee. Die Vertrautheit der körperlichen Reaktion hielt ihn aufrecht und bei Bewusstsein.

Keuchend schaute er jetzt erstmals bewusst um sich. Er war am Rand eines der scheinbar willkürlich im gebirgigen Gelände platzierten Tannenwäldchen gelandet. Musste mit der Baumgrenze zu tun haben. Oder auch nicht. Das Stück Boden, auf dem er lag, hatte ihm vorgegaukelt, auf einer Ebene oder zumindest auf einem flachen Plateau zu Boden gegangen zu sein. Ein Irrtum: Die vermeintliche Fläche hatte gerade mal die Maße seines Körpers – alles Weitere war Abhang, Halde, Gefälle. Und von „zu Boden gehen" konnte in seinem Fall auch nicht die Rede sein: Ein HALO – was soviel bedeutete wie „High Altitude, Low Opening", ein Fallschirmsprung aus großer Höhe bei extrem geringer Öffnungshöhe des Schirms – war gegen das, was er eben geboten hatte, ein verdammtes Kinderspiel. Er hatte sich den großen, verstärkten siebenzelligen Schirm in Deutschland anfertigen lassen. Den Hilfsschirm hatte er bereits beim Absprung in der Hand gehalten, außerdem war das Gerät mit einer Sonderauslöseart für schnelles Öffnen ausgerüstet. Trotzdem kam der Sprung einem Absturz gleich. Er hatte jeden Meter ausgereizt im Bewusstsein, dass es dort, in diesem Winkel der Welt, von Zeugen nur so wimmeln könnte. Gartenlaube eben. Bei einem Besiedlungsgrad von über 50 Prozent war immer jemand irgendwo. Er hatte den Schirm ungefähr bei Meter 30 gezogen. Er war überzeugt gewesen, dass es funktionieren würde – jetzt war er es nicht mehr, und sein Herz raste, als gälte es, die ausgeblendete Panik nachzuholen.

Zitternd und gegen den Schmerz anfluchend drehte er sich halb um die eigene Achse und griff nach herumliegendem Geäst.

Er zog zwei einigermaßen gerade Zweige zu sich heran, legte sie neben sich, drehte sich wieder um und setzte sich gerade auf. Er wusste, dass es hier heiß war, trotzdem ließ fiebrige Kälte ihn zittern. Er zog seine Jacke aus, den Pullover, das T-Shirt. Ein größtmögliches Stück des Letzteren stopfte er sich in den Mund.

Jetzt brauchte er nur noch die Wut. Zähnefletschende brüllende Wut. Er dachte an den Techniker, den er lächerlich überbezahlt hatte dafür, dass der nicht in der Lage gewesen war, die Elektronik der Hawker so zu manipulieren, dass der Zeitpunkt des Versagens des Systems auf die Minute genau vorausgesagt werden konnte. Jede Abweichung war zu viel. Aber der Kerl, ein russischer Ingenieur, hatte darauf bestanden, dass es so und nicht anders wäre. Plus/minus 20 Minuten. Es war verdammt knapp gewesen. Er konnte von Glück sagen, dass sie nicht in Zürich gelandet waren. Die Arbeit von Monaten wäre verloren gewesen. Außerdem war davon auszugehen, dass sein Auftraggeber es nicht dabei hätte bewenden lassen, ihn zu feuern und den Job neu auszuschreiben.

Die ganze Tragweite dessen, was in den vergangenen 20 Minuten passiert war, nahm ihm den Atem. Die Chance, dass er diesen Absprung überleben würde, hatte tief unter der 50-Prozent-Marke gelegen. Er hatte keine Ahnung, ob und wenn ja, wie er es hier herausschaffen würde, ohne alle fünf Minuten ohnmächtig zu werden. Gelänge es ihm allerdings, von diesem elenden Geröllhaufen runterzukommen und irgendwohin zu gelangen, dann wäre noch lange nicht garantiert, dass er untertauchen könnte: Menschen haben die Eigenart, hysterisch zu werden, wenn ihnen ein großer, muskulöser blutüberströmter Ausländer über den Weg läuft, der die Landessprache nur mit rüdestem Akzent und bruchstückhaft beherrscht. Die Tatsache, dass seit dem Flugzeugabsturz in der näheren Umgebung eine Person vermisst wurde, von der man zu diesem Zeitpunkt möglicherweise schon wüsste, dass ihre Identität die eines Toten war, würde auch nicht gerade vertrauensfördernd wirken.

Seine Kiefer mahlten, der Mund war vom Stoff des Shirts ausgedörrt. Er peitschte sich weiter. Er brauchte noch mehr, um das hier hinter sich zu bringen. Er dachte an die Person, die ihm den Auftrag erteilt und ihn bezahlt hatte. Zehn Millionen Euro. Zu entrichten in Gold. Ihm war klar, um wen es sich handelte, während der andere von ihm nur wusste, dass man ihn den „Tschechen" nannte. Er arbeitete nur unter diesen Bedingungen. Der Kunde war in der Lage, jeden Stein dieser verfluchten Erde gegen Bezahlung umdrehen zu lassen, um ihn zu finden. So viel stand fest. Und es stand auch fest, dass es besagter Person ein Leichtes wäre, ihre Freunde des INTCEN – des im Schatten des Vertrags von Lissabon entstandenen EU-Geheimdienstes (EU Intelligence Analysis Center) – jederzeit auf Reise in die Schweiz zu schicken, um den dortigen Kollegen ihre Unterstützung bei den Ermittlungen zum Flugunglück anzubieten, bei dem vier, möglicherweise fünf russische Staatsbürger ums Leben gekommen waren. Was ihn vollends in Rage brachte, war die Tatsache, dass er nicht einmal wusste, ob er seinen Job erledigt hatte oder nicht. Er hatte keine Ahnung, ob Evgenija Iwanowna Laritskaja tot war. Wenn nicht, dann war es ausschließlich sein eigener Fehler. Bei aller Akribie während der Vorbereitungen hatte er es versäumt, sich um den Piloten zu kümmern. Jener, der schließlich im Cockpit gesessen hatte, war ein verdammtes Genie. Anstatt bei Ausfall sämtlicher Systeme in Panik und Lähmung zu verfallen, hatte der Kerl den Willen gehabt, den Vogel nicht crashen zu lassen, sondern ihn aller anderslautenden Wahrscheinlichkeit zum Trotz zu landen.

Das reichte. Er sah rot. Die Wut wurde Furor und flutete jede Faser seines Bewusstseins. Er packte den Augenblick, legte alles hinein, was von ihm übrig war, und drückte gegen den Schmerz und das Toben anbrüllend mit der ganzen Kraft seiner zwei Daumen den Knochen durch die Haut zurück an seinen Platz.

Dann verlor er das Bewusstsein.

2

Samstag, 8. April 2017, Bern, Bundeshaus
Die Diskussion, die in den vergangenen Minuten jeglichen Charakterzug eines kommunikativen Austauschs eingebüßt hatte, fiel ganz in sich zusammen, riss wie eine überspannte Bogensehne.

Der Ort, an dem das geschah, war das Parlamentsgebäude des Bundeshauses in Bern, Fraktionszimmer Nummer 14.

Normalerweise wäre es für Besucher mit Ausweis, Journalisten oder andere zugelassene Personen ein Leichtes, in Erfahrung zu bringen, wer an dem Treffen in Zimmer Nummer 14 teilnahm. Normalerweise keine große Sache: Hier traf sich täglich mehrmals, was sich Mitglied einer Fraktion nannte, um strategische oder taktische Vorgehensweisen zur Richtungsgebung anstehender Sach- oder Personalentscheide im parteifavorisierten Sinn zu diskutieren und festzulegen.

Aber diesmal war es anders: Einerseits war es bereits nach Mitternacht, also schon Samstag und die Wandelhallen des Parlamentsgebäudes leer, andererseits ließ sich das nun schon drei Stunden dauernde Treffen mit Bezeichnungen umschreiben, die in diesen Mauern Seltenheitswert hatten: „Kurzfristig einberufen“ und „informell“. Anders ausgedrückt: Es fand im offiziellen Betrieb der Regierungsmaschinerie nicht statt, und es würde auch kein Protokoll seinen Weg in irgendeinen Verteiler finden. Ganz zu schweigen von der Tatsache, dass es sich bei den Teilnehmenden um die sieben Bundesräte der Schweiz, also die gesamte Landesexekutive, und das ihnen zuarbeitende fünfköpfige und den nationalen Sicherheitsdiensten übergeordnete Gremium handelte, das die irreführende Bezeichnung „Auswärtiger Ausschuss“ führte. Faktisch war dieser Ausschuss jenes im Schatten verbleibende und angeblich nur beratende Organ, das hinter meist verschlossenen Türen die Entscheidungsgrundlagen betreffend die Ausrichtung des Landes in hochsensiblen sicherheitspolitischen Angelegenheiten schuf. Manch einer würde behaupten, es treffe die Entscheidungen auch. Denn: Das Plenum des Bundesrats war seit der Existenz des Schattengremiums noch in keiner seiner Entscheidungen von dessen Empfehlung abgewichen.

„Ich bin zu alt für so was!"

Jo Burger, ehemaliger Chef des Auslandsgeheimdienstes DAP und heute mit 71 Jahren Mitglied des Auswärtigen Ausschusses, hatte es nur denken wollen, während er den Kugelschreiber halb auf den vor sich liegenden Schreibblock warf, halb ihn fallen ließ. Fast erschrak er selber, als er die Worte in seiner rauchrauen Stimme durch die angespannt stille Strenge des über hundertjährigen Raums poltern hörte.

Und als hätte sie, oder zumindest ihr Sprechorgan darauf gewartet, hervorzuschießen aus der inneren Spannung derer, die einen unlauteren Sieg davongetragen haben, liess Annbelle Jordi, Vorsitzende des Departements für Äußere Angelegenheiten, verlauten, dass es in dem Fall möglicherweise angebracht wäre, er, Jo Burger, sähe sich nach einer seinem Alter entsprechenden Tätigkeit um.

Anstelle einer Antwort zündete sich Burger, der nur noch selten und wenn, dann draußen rauchte, eine Zigarette an und stieß den Rauch seufzend ausatmend vor sich auf den Tisch. Ja, er war zu alt für das hier. Darum lenkte er jetzt ein:

„Es ist eine Entscheidung mit Zweidrittelmehrheit gefällt worden. Ich werde sie mittragen und nicht in Frage stellen. Ich schlage vor, wir heben die Sitzung auf. Oder bin ich der Einzige, der hier so was wie ein Ruhebedürfnis hat?"

Jeder im Raum, der Burger oder auch nur seinen Ruf kannte, wusste, dass unter den Anwesenden er der Letzte war, der Schlaf oder auch nur Ruhe zu seinen existenziellen Bedürfnissen zählte. Ob er es dem Menschen als Recht zusprach, war zu bezweifeln.

Darum ging Pierre Besson, Vorsteher des Departements für Innere Angelegenheiten und als diesjähriger Bundespräsident

Vorsitzender der Landesregierung, auch nicht auf Burgers Ansage ein, als er jetzt das Wort ergriff:

„Ist die Entscheidung, die Sache auf sich beruhen zu lassen, Ihrer Meinung nach falsch, Jo?"

Nicht bloß die Anwesenden, sondern der Raum selbst schien zu stöhnen ob der Aussicht, die leidige Angelegenheit erneut durchzukauen. Man ließ Besson lediglich gewähren, weil er als Bundespräsident zur Zeit, obwohl der Jüngste innerhalb der Exekutive, die größte formelle Macht in Händen hielt.

Burger indes konnte sich ein überraschtes Lächeln nicht verkneifen. Ein kurzer Blick zu Oskar Ludwig, dem Finanzminister, bestätigte ihm, dass es diesem genauso erging. In seinen Augen war Besson ein typischer Vertreter jener Politikergeneration, die daran glaubte, Regieren sei etwas pur Sachliches und auf wissenschaftlichen Erkenntnissen Beruhendes. Der glaubte, die gesellschaftliche, ökonomische und politische Richtung eines Staats sei eine Frage rationaler und effektiver Planung, der Fokus der Führenden habe sich ausschließlich auf Mittel und Wege zu richten, während die Bedeutung traditioneller demokratischer Meinungsbildung vernachlässigbar sei. Burger glaubte selber nicht an diesen Weg, obwohl er ihm eine ideologiefreie Geradlinigkeit, die er selber schätzte, nicht absprechen konnte.

So sachlich und direkt, wie die Frage gestellt worden war, fiel jetzt auch Burgers Antwort aus:

„Nein – die Entscheidung ist nicht falsch. Aber sie trägt der Situation nicht in ihrer Gesamtheit Rechnung. Ob es uns gefällt oder nicht: Der Vogel ist in unserem Land vom Himmel gefallen und damit unsere Angelegenheit. Allein unsere. Fakt ist, wir haben eine halbe Milliarde Euros mit unklarer Provenienz. Es ist unsere Pflicht, Fragen zu stellen."

„Sie denken also, wir sollten die Ermittlung zu einer Angelegenheit der nationalen Sicherheit machen?", hakte Besson nach.

„Aber das hatten wir doch schon alles", kam Annbelle Jordi Burgers Antwort zuvor. „Dafür ist es längst zu spät. Das bringt doch …"

„Ich sehe auch nicht, was das jetzt noch …“, kam ihr David Graf, Burgers Kollege innerhalb des Ausschusses, auf halbem Weg entgegen.

„Meine Dame, meine Herren, fünf Minuten“, herrschte Besson Graf ins Wort fahrend die Gesamtheit der Sitzungsteilnehmenden an. „Fünf Minuten. Bitte.“ Und an Burger gewandt: „Also?“

„Ich brauche keine fünf Minuten“, antwortete Burger, dem Besson immer sympathischer wurde. „Nur so viel: Wir lassen offiziell verlauten, der Absturz des Privatjets eines russischen Staatsbürgers sei eine typische ‚Falsche-Zeit-falscher-Ort-falsche-Personen‘-Angelegenheit. Was, wenn sie das nicht ist? Was, wenn es der richtige Ort, die richtige Zeit, die richtigen Leute waren? Das Flugzeug ist das sicherste Verkehrsmittel der Welt. Wenn nun also der Privatjet eines russischen Milliardärs abstürzt, der rund 500 Millionen Euro in großen Scheinen an Bord mitführt, deren wirtschaftliche Provenienz und Destination mitnichten geklärt sind, dann muss schon von einem sehr dummen Zufall gesprochen werden. Einem äußerst dummen Zufall, wenn Sie mich fragen. Außerdem ging danach alles viel zu schnell.“

„Erläutern Sie es“, forderte Besson ihn auf.

„Gern.“ Burger holte Atem, als gälte es, auf den nächsten hundert Metern alles zu geben:

„Das Ganze ist jetzt einen Monat her. Aber bereits in der ersten Woche, die dem Absturz folgte, und während hier noch die Rega und die freiwillige Feuerwehr dabei waren, Wrackteile auszugraben und zusammenzubasteln, vermeldeten sowohl russische als rätselhafterweise auch europäische Behörden, technische Ursachen für den Absturz der Maschine könnten so gut wie ausgeschlossen werden, der Unfall sei mit hoher Wahrscheinlichkeit auf menschliches Versagen zurückzuführen. Mit anderen Worten: Der Pilot sei schuld. Das ist immer sehr praktisch, wenn der Betroffene tot ist, nicht wahr? Da kann die Tatsache, dass ebendieser Pilot es unseren Spezialisten zufolge geschafft hat, den Flieger nicht crashen zu lassen, sondern ihn so gut wie möglich zu parkieren, was eine verdammte Glanzleistung ist, schon mal unter den Tisch fallen. Außerdem widersprechen sich die verschiedenen Verlautbarungen gegenseitig: Die Russen sprechen von starkem Seitenwind und Böen, die Europäer versprühen die Theorie von hochreichendem Nebel. Unsere meteorologischen Institute hingegen behaupten unisono, dass weder das eine noch das andere für Ort, Tag und Uhrzeit zutreffe. Der Wanderer, der den Absturz gemeldet hat, sprach gar von strahlend schönem Wetter. Das alles ist absurd. Aber anstatt die Ermittlungshoheit in Händen zu behalten, anstatt unsere Bundesanwaltschaft und ja, unseren Sicherheitsdienst, ihren Job machen zu lassen – denn dass es sich bei den russischen Ermittlern um ganz normale Kriminaler handelt, wie man uns glauben machen will, glauben weder Sie noch ich –, haben wir nur zu gern und in faszinierender Geschwindigkeit die sogenannt offiziellen Versionen aus russischen und EU-Schreibstuben übernommen und ansonsten die Hände in den Schoß gelegt. So sieht es aus. Und das gefällt mir nicht. Von der Tatsache, dass auch nach mehr als einem Monat noch nicht geklärt werden konnte, was es mit dem Geld auf sich hat, dass niemand von unserer Seite in der Lage war, im eigenen Land ins Spitalzimmer der Laritskis vorzudringen, will ich gar nicht erst anfangen. Es ist ja alles wunderbar. Der Pilot hatte offenbar mindestens drei Promille Alkohol im Blut, sprach kein Englisch, ist viel zu schnell geflogen und war sehr wahrscheinlich auch schwul. Das nenn‘ ich dann mal einen sehr kurzen und geraden Untersuchungsstrang. Fall gelöst. Wir dürfen alle wieder glücklich sein. Dass es seltsam ist, dass eine obskure EU-Behörde mit Namen ‚INTCEN‘ sich auffällig für die Sache interessiert, wird ausgeblendet. Und dass dieser Aleksej Wladimirowitsch Laritski so was wie die Privatbank des Kremls ist, scheint auch nicht weiter ins Gewicht zu fallen. Die russischen Kollegen kümmern sich ja um alles. Sämtliche persönliche Gegenstände des Ehepaars sind auf Wegen, die sich mir mitnichten erschließen, in die Asservatenkammern der Russen gelangt. Wir haben keinen Zugriff mehr darauf. Und vom dritten Passagier, der gemäß Logbuch an Bord gewesen sein soll und der als verschollen gelten muss, will sowohl hier wie dort lieber keiner was wissen."

Burger verstummte. Besson hatte die Hände vor seinem Mund gefaltet, besser: ineinander gekrallt, und sah ihn mit einer Konzentration im Blick an, als würde Burger noch immer sprechen, oder als hörte er Ungesagtem nach. Dann schien er sich loszureißen, hob den Kopf, blickte in die Runde.

„Spricht irgendetwas dagegen, dass wir, ohne von der heute getroffenen Entscheidung betreffend das offizielle Vorgehen abzuweichen, unsere Leute im Hintergrund der Sache nachgehen lassen?"

Keiner meldete sich.

„Okay", sagte Besson in die sekündlich schwerer wiegende Gewicht- und Gehaltlosigkeit hinein, „dann schlage ich vor, Sie, Burger, schließen sich mit dem Leiter der operativen Abteilung des NDB kurz. Hiller, wenn ich nicht irre. Er soll ein Team zusammenstellen. Am besten noch heute. Mir gefällt die Sache auch nicht."

Und direkt an den Vorsitzenden des Justizdepartements, Michael Creutz, gewandt: „Bitte veranlassen Sie, dass die Teilnehmenden dieser Runde regelmäßig auf den neuesten Stand der Untersuchungen gebracht werden."

„Alles klar."

„Noch Fragen?" Besson ließ seinen Blick über die Runde gleiten. „Wenn nicht, dann erlaube ich mir, die Sitzung aufzuheben. Gute Nacht allerseits."

Damit stand er auf, raffte seine Unterlagen zusammen und ging ohne weiteres Wort als Erster in Richtung der doppelflügeligen schweren Holztür davon.

Dem Gemurmel, das dem Bundespräsidenten folgte, war nicht deutlich zu entnehmen, ob es sich dabei um die Erwiderung des Abschiedsgrußes oder um Verwünschungen handelte.

Burger tippte auf Letzteres.

Pierre Besson trat in die warme Aprilnacht hinaus. Es war kurz vor halb zwei an diesem Samstagmorgen. Fast geräuschlos glitt sein Dienstwagen heran, während er noch den Schlips erst lockerte und dann ungeduldig über den Kopf zerrte. Er hatte etwas Jungenhaftes an sich, wie er da mit halb aufgeschlagenem Hemdkragen und unordentlichem Haar in einer Nacht und in einer Gasse stand, die irgendwo auf der Welt hätte sein können. Wie das Heranrollen des Wagens, waren auch das Öffnen der Fahrertür, die Bewegungen des Chauffeurs, dessen Schritte um den Wagen herum geräuschlos wie die Szene eines Stummfilms.

„Danke, Luc." Und dem Angesprochenen den Schlips reichend: „Für den Moment nur das hier. Bitte warten Sie in der Nähe des Büros. Ich brauche frische Luft. Und Bewegung."

Kurz hielt der Mann, der ihn seit drei Jahren fuhr, in der Bewegung inne, mit der er den Schlag öffnete, und schaute Besson an: „Sind Sie sicher? Es ist zwei Uhr in der Früh. Sie sind der Chef der Schweizer Regierung", sagte der Blick. Mit einem kaum wahrnehmbaren Nicken nahm er die stumme Antwort seines Vorgesetzten zur Kenntnis und die Krawatte entgegen, die Besson ihm reichte. Der Wagen glitt davon.

Besson atmete die laue Luft ein. Vor ihm lag der verwaiste Bundesplatz. Rechter Hand die Nationalbank. Links auf den Kieswegen der Kleinen Schanze der Drogenstrich.

Besson wandte sich nach rechts, überquerte die Bundesgasse und folgte ihr in Richtung Casinoplatz. Im Schatten eines Hauseingangs blieb er abrupt stehen. Hatte er eben richtig entschieden? War der sprichwörtliche Knochen, den er dem Gremium der Kollegen und dem Auswärtigen Ausschuss zum Nagen hingeworfen hatte, ein kluger Schritt? Es war das erste Mal seit Amtsantritt, dass er zum Mittel solcher Täuschung gegriffen hatte. Einen um den anderen holte er die Gründe zu sich heran, die ihn dazu veranlasst hatten. Sie ließen sich in einem einzigen zusammenfassen: Er brauchte Ruhe, um seinen Job zu machen. Und auch diesen konnte man auf zwei Kernpunkte herunterbrechen: Freiheit sichern. Und damit Wohlstand. Das Verrückte daran: Damit gewann man heutzutage keine Wahlen oder Abstimmungen mehr. Freiheit interessierte nur noch als Parole. Rohe, ungekochte, harte Freiheit, damit einhergehende Verantwortung und die stets drohende Möglichkeit der Schuld schreckten ab. Die Leute wollten bequeme Sicherheit. Dazu Politik mit Unterhaltungswert. Demokratie die moderne Version von Brot und Spielen. Von Irreführung seinerseits konnte daher im Grunde nicht die Rede sein. Es war bloß eine von der Wirklichkeit abweichende Darstellung seiner Prioritäten. Ein Schau-Konflikt, der – obwohl hinter verschlossenen Türen ausgefochten – sehr wohl seinen Weg ins Parlament, die Fraktionen und unter die Leute finden würde. Außerdem war es ein kontrolliertes Von-der-Leine-lassen von Burger und seinen Leuten. Jedes Kind wusste, dass man nur wirklich kontrollierte, was man selber organisierte. Und auch das nur, solange man in der Lage war, die Sache abzublasen. Und genau das gedachte er zu tun, sobald sie Annbelle Jordi ins Visier nähmen. Er hatte heute Abend also für Beschäftigung im doppelten Sinn gesorgt: Erstens für einen kontrollierten Leerlauf des Nachrichtendienstes, zweitens für die Vermittlung eines Eindrucks dessen, womit er selber sich angeblich vorrangig beschäftigte. So weit die Gründe, die ihm die Vernunft präsentierte. Trotzdem stand er jetzt da, an nachtschwarzen Sandstein gelehnt, fiebrig keuchend und Dinge ahnend, die er nicht ahnen wollte. Er stieß sich von der Wand ab, rief sich zur Ordnung. Worauf er sich eingelassen hatte und was er tat, war nicht sauber. Es indes gleichzusetzen mit größenwahngetriebenen Der-Zweck-heiligt-die-Mittel-Phantasien persönlicher Macht und Machbarkeit, war absurd. Es verblieb winzig im Vergleich großeuropäischer auf Betrug und Verfassungsbruch basierender Integrationspolitik. Es blieb auf dem Niveau des Tricks, eines notwendigen Kunstgriffs, schlimmstenfalls eines Streichs.

Er stieß sich von der Wand und vom Schatten los. Mit einem Mal müde, die Glieder von einer Schwere, als wären sie am kühlen Sandstein weniger angelehnt denn angeleimt gewesen. Gerade, als er sich in Richtung Casinoplatz in Bewegung setzen wollte, hörte er das schwere Holzportal des Bundeshauses ins Schloss fallen. In der nächtlichen Stille klang wie der Schuss in einer Höhle, was tagsüber im Stadtlärm nicht wahrzunehmen war. Mehr aus Neugier denn aus Interesse schaute er über die Schulter zurück. Er sah Annbelle Jordi auf ihren Dienstwagen zugehen. Letzteres ein Mercedes der S-Klasse und, was nur wenige wussten, nicht etwa die Acht-Zylinder-Standardausführung, sondern der AMG V8-Biturbo-Benziner, der über Formel-1-Technik mit heißem Innen-V verfügte. Der leuchtende Punkt auf Kopfhöhe und ihre Körperhaltung signalisierten ihm, dass sie telefonierte. Er fand diese Tatsache bemerkenswert: Die Außenministerin eines Kleinstaates hält es für nötig, am Samstagmorgen um zwei Uhr in der Früh und nach einer Sitzung, die als geheim eingestuft worden war, jemanden zu kontaktieren.

Sogar um diese Uhrzeit schaffte es der Mann am anderen Ende, Annbelle Jordi in Rage zu bringen. Die kaum erträgliche Arroganz seiner Worte und mehr noch des Tons, in dem sie gesprochen wurden, machten es ihr schwer, an sich zu halten. Mit der Tatsache, dass er es nicht für nötig hielt, den Club und damit den ohrenbetäubenden Beat zu verlassen, der ein Gespräch schier unmöglich machte, verwies er sie außerdem indirekt und mehr, als es mit Worten möglich gewesen wäre, in den Bereich lästigen Landpomeranzentums. Trotzdem blieb sie vordergründig ruhig und dimmte ihre Stimme auf die Lautstärke eines vertraulichen Singsangs, womit sie ihn am Ende zwang, eine ruhigere Ecke aufzusuchen. Die Stille im ledergepolsterten Fond und jene, die nun am anderen Ende der Leitung eintrat, verdichteten sich zu einer einzigen. Sie war gut in so was. Und es schien ihr, als könne sie regelrecht hören, wie der Mann krampfhaft versuchte, sich selbst, seine Gedanken oder auch nur seinen Puls zu stabilisieren und ein Minimalmaß an Kontrolle zurückzugewinnen.

„Besson schlägt einen Haken, Annbelle“, sagte er endlich. „Mehr ist es nicht. Wo liegt das Problem?“

„Ich will Ihnen sagen, wo das Problem liegt: Der NDB, den Besson gerade mit einem Kopfnicken auf die Russen-Sache angesetzt hat, gehört zu den bestinformierten Geheimdiensten der

Welt, was Ihnen bekannt sein dürfte. Oder anders gesagt: Besson hat mir und damit Ihnen eben den operativen Arm unserer Regierung um die Schultern gelegt. As simple as that. Das ist das Problem. Früher oder später – und ich tippe auf früher – werden sich diese Leute jeden von uns vornehmen. Was das heißen kann, brauche ich Ihnen …"

„Ich wiederhole mich, Annbelle", unterbrach der andere sie. „Es ist kein Problem. Dort, wo diese Leute hinwollen, sind wir längst."

„Was wollen Sie damit …?" Jordi verstummte abrupt, als ihr die Antwort auf die eigene Frage ins Gesicht sprang: Diese Leute überwachten sie. Es konnte gar nicht anders sein. Wer in der Lage war, Regierungschefs und -mitglieder zu kaufen, schaffte dasselbe im Fall eines Staatssekretärs zum Frühstück. War sie erstaunt? Schockiert? Entrüstet? Mehr als alles andere war sie wütend. Wütend auf sich selbst, die sich bis gerade eben für eine ziemlich tolle Nummer gehalten hatte. De Maere hatte allen Grund, sie wie einen minderbemittelten Dorfdepp zu behandeln.

„Und was dann?", fragte sie jetzt. „Was, wenn diese Leute auch dort ankommen? Bei mir ankommen?"

„Dann blasen wir die Sache ab. Sie werden die Sache abblasen."

Jordi brachte ein Lachen zustande. Mehr noch: ein von träger Langeweile sprechendes Amüsement. Es kostete sie alle ihr zur Verfügung stehende Kraft. „Und wie stellen Sie sich das vor, mein Lieber? Ich kann vieles – aber ich kann keine Operation des NDB hinter dem Rücken des Bundespräsidenten abblasen, ohne Fragen beantworten zu müssen. Und dies eine sage ich Ihnen: Ich habe absolut keine Lust auf derlei Konversationen. Und vor allem: Das war nicht unser Deal."

„Sie machen einen Denkfehler, Annbelle. Sie gehen davon aus, zu diesem Zeitpunkt einen Bundespräsidenten zu haben, der Pierre Besson heißt."

Wieder zuckte etwas in Jordi zusammen. Aber diesmal schaffte sie es, nicht davor und vor der Dimension dessen zurückzuschrecken, was sich hier abzuzeichnen begann.

„Davon bin ich in der Tat ausgegangen.“

Der Mann lachte und zog gleichzeitig gut hörbar die Luft durch die Nüstern hoch. Er klang auf eine irre Art ausgelassen. „Sehen Sie? Kein Grund zu Panik. Für Sie läuft alles wie vereinbart. An unserem Deal ändert das alles nichts. Es geht aufwärts, Verehrteste.“

„Gut“, erwiderte sie. „Gut für Sie.“ Und bevor er reagieren konnte: „Und sehen Sie zu, dass Sie diesen Schnupfen loswerden, Pascal.“

Sie trennte die Verbindung und warf das Gerät auf den Nebensitz, um gleich wieder danach zu greifen. Sie riss das Plastikgehäuse auf, kippte den Akku raus, löste die SIM-Card und versuchte, sie mit schierer Kraft zu zerbrechen. Wie im Fall Bessons vor Minutenfrist, war ihr Atmen Keuchen. Sie zwang sich, den Tatsachen ins Auge zu sehen. Tatsache war: Ihre politische und persönliche Sichtweite war, ohne dass sie es bemerkt hatte, unter jede Fluchtdistanz gesunken, die diesen Namen verdiente. Der Mann, den sie unter dem Namen „de Maere“ kannte und jene, in deren Namen er agierte, hatten sie in der Hand. Besser: von Anfang an in der Hand gehabt. Hundertprozentig. Jetzt und hier in Panik auszubrechen und ein Telefon zu zerstören, war Preisgabe jenes Rests an Kontrolle, den sie eben am Telefon bewiesen hatte. Es war wenig genug.

3

Sonntag, 9. April 2017, Nähe Bern

Das Haus lag am toten Ende eines unbefestigten Wegs, der etwa 300 Meter weiter westlich von der schmalen Teerstraße abging. Jetzt, in den Monaten des Frühlings, die heuer schon ein Vorsommer waren, lag es eingebettet in sattes Grün. Dem Blick des zufälligen Passanten entzog es sich hinter Blumen, Halmen und Gräsern, die bis ans dunkle, fast scheu anmutende Dach zu reichen schienen. Und sollte doch einer in Versuchung geraten, dem unscheinbaren Pfad zu folgen in der Hoffnung, er führe ihn durch das üppige Wachsen und in den Wald dahinter, von dem nur die dunklen Tannen- und die hellen Buchenwipfel zu sehen waren, dann würde sein Ansinnen jäh gebremst von einer massiven rostigen Eisenkette, die sich, an zwei wuchtigen Steinpflöcken befestigt, schwer über den Weg spannte.

Das von Weitem hörbare Kreischen einer Schleifmaschine kam einem Akt der Zerstörung gleich, vermochte jedoch nichts an der friedvollen Beschaulichkeit und am gleichgültigen Rhythmus der in sich selbst gekehrten und sich selbst genügenden Natur zu ändern.

Der Mann, der im Haus mit Mundschutz und Brille auf dem obersten Podest eines dreistöckigen Rollgestells aus Aluminium in einem hölzernen Sprühregen hundertjähriger Patina aus Schmutz, Ruß und Lasuren kniete, war gedanklich weit weg von dem sich blühend erneuernden Gottesgarten, der ihn außerhalb der Mauern umgab. Carl Brun dachte an Helligkeit. Mehr noch: Er hatte den Versuch angetreten, Helligkeit zu erschaffen, wo er während langer Monate nur noch eine Art Restlicht wahrgenommen hatte, von dem er nicht zu sagen vermocht hatte, ob es ein inneres oder ein äußeres war. Er wusste es auch heute noch nicht. Aber es war besser geworden.

Sie hätten nicht zu gehen brauchen vor einem Jahr. Niemand hatte Brun und seinen Leuten nahegelegt, ihre Jobs in der operativen Abteilung des Schweizer Nachrichtendienstes des Bundes, kurz NDB, zu quittieren. Im Gegenteil: Das, was das siebenköpfige Team wenn auch nicht ins Licht der Öffentlichkeit, so doch in das des Wissens jener Leute befördert hatte, die es vorgezogen hätten, im wohltuenden Zwielicht von Nicht- oder Halbwissen zu verharren, hatte sie in den Augen der Kameraden des Sicherheitsdienstes auf eine Weise erhöht, die einem robinhoodesken Heldenstatus nahekam. Aber je heller es um sie her geworden war, je weniger man an höheren Stellen in der Lage gewesen war, unter Teppiche zu kehren, was man gerne vergessen hätte, je mehr Fakten bekannt geworden und Köpfe gerollt waren, desto dunkler war es um die Befindlichkeit der Truppe bestellt gewesen. Bis Sava Nina Perroulaz es ein paar Monate nach dem Geschehen auf den Punkt gebracht hatte:

„Ich seh‘s nicht mehr, Leute. Ich höre auf."

Brun hätte nicht nachzufragen gebraucht, was sie damit meine. Keiner im Team. Trotzdem hatte er nachgefragt:

„Was meinst du?"

Sava hatte kurz und heftig die Luft ausgestoßen, als gälte es, eine Kerze nicht nur aus-, sondern umzublasen.

„Carl – es reicht nicht! All das – es ist zu wenig!", hatte sie Brun angeblafft. Und gleich darauf: „Entschuldige. Es ist nur … muss ich das wirklich erklären? Ich weiß nicht, wie es euch geht – aber was mich betrifft, verwende ich mittlerweile mehr Energie darauf, den Glauben an den Sinn dessen, was wir hier tun, am Leben zu erhalten, als auf meinen eigentlichen Job. Das kann doch nicht der Sinn der Sache sein. Wir haben alles riskiert für diesen Fall. Und was kommt dabei raus? Was haben die Leute davon? Was hat sich verändert oder was ändert sich? Fast nichts. Es geht weiter wie bisher mit dem einzigen Unterschied, dass jetzt viel von Ehrlichkeit geredet wird. Und das reicht einfach nicht. Unser Einsatz und die Wirkung, die man politisch zulässt, stehen in keinem Verhältnis zueinander. Und Jezreel …"

Seit es geschehen war, seit man Jezreel Vidali auf dem Höhepunkt der letzten Ermittlungen und nur zufällig noch am Leben wie illegal deponierten Unrat vor Bruns Tür geworfen hatte, war das Thema vermieden worden. Jez war am Leben, sie war zurückgekehrt ins Team, hatte weitergemacht. Zwar schweigsamer noch als zuvor, aber es hatte gereicht, um zu glauben, sie sei die alte.

Savas Worte hatten all das aufgerissen. Und jeder am Tisch hatte auf seine Weise Blut gelassen.

Brun, bleich zwar, hatte als einziger in Jez‘ Richtung geschaut. Sie hatte seinen Blick erwidert. Ruhig, als wären sie sich einig gewesen, im Einverständnis darüber, dass Sava und die anderen eben an dem Ort angelangt waren, an dem sie beide längst schon gestanden hatten.

„Ja“, hatte er nur gesagt. „Dann ist es wohl so. Hören wir auf.“

Christoph Hiller, Bruns Vorgesetzter, hatte getobt, als er von der eigenmächtigen Selbstauflösung des Teams erfahren hatte. Jo Burger vom Auswärtigen Ausschuss, ehemaliger Vorgesetzter Bruns und dessen Freund und Mentor, hatte geschwiegen. Zuletzt war auch Brun gegangen in der Gewissheit, dass er erblinden würde, würde sich das Dunkel nicht irgendwann lichten. Und er hatte angefangen, am Haus zu arbeiten. Schichten abzutragen. Er hatte es seit Jahren tun wollen, aber nie die Zeit gefunden, die Geduld. Jetzt hatte er Zeit. Die Geduld kam und ging.

Sein Vater, den er bei den letzten Ermittlungen erstmals getroffen hatte, Bundesrat und Finanzminister Oskar Ludwig, hatte ihn irgendwann besucht. Sie hatten draußen vor dem Haus gesessen. Brun in seinen verdreckten Arbeitskleidern, Ludwig in Anzug und Sommermantel. Brun hatte Bier offeriert. Gesprochen hatten sie nicht viel. Trotzdem schien es Brun in der Erinnerung, es sei ein lautes Beisammensein gewesen, dieses erste. Ein volles, übervolles. Beim zweiten Mal war bereits mehr Platz für Stimmen und Worte geblieben. Leichtes nur, Flatterndes, das kurz und fast gewichtlos sich niedergelassen und kaum berührt hatte. Man hatte sich nicht in menschliches Unterholz begeben.

Dann war es stetig mehr geworden, enger und doch weiter, aus Sprechen Reden, aus höflicher Erheiterung Lachen. Heute waren sie so weit, dass sie erneut schweigen konnten. Brun war sich bewusst, dass diese Treffen nebst der Arbeit am Haus viel dazu beigetragen hatten, die Lichtverhältnisse zu ändern. Das konfuse Weh des Verlusts des Teams und der Arbeit war nach und nach zu etwas geworden, das man mittrug, wie ein zusätzliches Gewicht. Man gewöhnte sich daran. Und eines Tages hatte er angefangen, seine Leute zu suchen und so eine Art Verbindung wiederhergestellt im Wissen, dass sie – das lag in der Natur ihrer Arbeit – mit großer Wahrscheinlichkeit dasselbe taten: einander im Auge behalten, in Verbindung bleiben.

Nouriel und Sava waren bei einer Rechercheagentur eingestiegen, die hauptsächlich für Banken tätig war. Eine Art Detektei, die sich spezialisiert hatte auf Informationsbeschaffung im Zusammenhang mit den verschärften Gesetzen zur Umsetzung der sogenannten Weißgeld-Strategie der Regierung. Wollten Land und Leute eine minimale Chance haben, das Bankkundengeheimnis zu erhalten, das die Privatsphäre von Mensch und Vermögen sicherte, musste die Schweiz weiter gehen, als die OECD-Standards das vorgaben. Die Mehrheit der Politiker gab sich lobend und verbal fördernd – indes: Es war ein offenes Geheimnis, dass ein Scheitern der Standards dem gemeinsam definierten Ziel entsprach. Denn: Sie und die Möglichkeit der Kontrolle der Bürger gingen nicht weit genug. Die Verglasung der Menschen konnte nur dann eine vollkommene sein, wenn durch die Behörden jederzeit und vollumfänglich auf Leben und Konten zugegriffen werden konnte. Die Weißgeld-Strategie war nur ein Zwischenschritt, eine Gewöhnungshandlung, um den Leuten zu beweisen, dass Zugriff nicht zwingend wehtun musste. Irgendwann wäre man dann so weit, es dem Nachbarn im Norden gleichzutun und die Sache morgens um sieben vor den zur Hälfte leeren Rängen des Parlaments und den verwaisten Zellen der Journalisten durchzuwinken. Business as usual.

Leute wie Sava und Nouriel aus den Reihen eines nationalen Geheimdienstes mit einem über Jahren aufgebauten Netz an

Kontakten im In- und Ausland waren nicht nur eine Seltenheit, sondern ein Segen für die Agenturen, die sich auf Informationsbeschaffung spezialisiert hatten, und für deren Kunden aus dem Finanzdienstleistungsbereich. Keine zwei Monate nach ihrem Einstieg hatten sie Lorenz nachgezogen, den IT-Spezialisten ihres ehemaligen Teams. Das Letzte, das Brun gehörte hatte, war, dass von einer Teilhaberschaft die Rede war. Er hatte gegrinst, als er es vernommen hatte. Vielleicht das erste Mal.

That‘s my girl. Er hatte sie regelrecht gesehen: Sava, wie sie mit ihrer hellen Ruhe, hinter der sich ein analytischer und jeder Idee offener Verstand verbarg, die vermeintlich harten Kerle des Business in die Knie zwang. Rote Lockenmähne, Augen, die, je nach Lichteinfall, vom Braun ins ebenso Rote tendierten. Er war froh gewesen, Nouriel und Lorenz in ihrer Nähe zu wissen. Lorenz vor allem. Er brauchte sie. Sie war seine Übersetzerin der Welt. Der Welt der Menschen, sollte man vielleicht sagen. Jene, in der soziale Interaktion nicht stattfand, die verstand Lorenz sehr wohl. Besser als irgendjemand, den Brun je getroffen hatte. Alles stand in Lorenz‘ Wahrnehmung in Verbindung mit allem. Was sich einem Außenstehenden als unzusammenhängend und lose präsentierte, war für ihn dicht beieinander, bedingte sich und war Voraussetzung und Basis für wieder anderes. Kamen allerdings die einfachsten menschlichen Relationen dazu, dann war er von einer Hilflosigkeit, die ihm von außen nicht selten als Ignoranz, Arroganz oder pathologische Wahrnehmungsstörung ausgelegt wurde. Dabei war er bloß abgeschnitten. Ebenso wenig in der Lage, in den Gefühlen anderer zu baden wie im eigenen emotionalen Sein. Ob er überhaupt eine Art Gefühlsleben hatte, das sich vom kalkulierbar Realen losgelöst entfaltete, wusste Brun nicht. Piet hatte einmal vom „Asperger-Jungen“ gesprochen. Brun hatte keine Ahnung, ob dem Spruch ein Stück Wahrheit innewohnte. Es war nicht wichtig. Wichtig war einzig, dass Sava in Lorenz‘ Nähe war.

Dass Letzteres auch auf Nouriel zutraf, wenngleich aus anderen Gründen, war Brun mehr Grund zum Staunen denn Rätsel. Nouriel Blum, der langhaarige, graublondlockige, pferdeschwanztragende Beschaffungs- und Überwachungsspezialist und Sava … Nein, er verstand es nicht. Oder vielleicht doch. Nouriel war, was seine Physis anbelangte, ein Wunder der Natur. Jeder Muskel, jede Faser auch mit Mitte 40 noch wie aus Stein gehauen. Breite Schultern, der Torso sich verjüngend bis zu den schmalen Hüften. Arme und Beine, von denen man vermutet hätte, sie seien für die Beschaffung des täglichen Brots ihres Besitzers auf Baustellen oder in Wäldern tätig. Irrtum: Kein Sport außer dem Schieß- und Nahkampftraining, das er weiterhin absolvierte und als Qual empfand. Dazu Trekkingschuhe. Sommers ebenso wie winters. Eine Allwetterjacke. Wenn's heiß war, auch mal eine Allwetterweste. T-Shirt, Jeans. Nouriel und Sava. Ja – es war ihm ein Rätsel. Und doch empfand er es als logisch. Bloß, dass er es nicht hätte erklären können.

Piet hatte er nicht zu suchen gebraucht. Genau so und genau dort, wie und wo er ihn vor langer Zeit schon aufgestöbert und vor gut einem Jahr gebeten hatte, das Team bei den letzten Ermittlungen zu unterstützen, fand er ihn auch diesmal. Eine halbe Autostunde von seinem eigenen Haus entfernt in der alten Halle der ehemaligen Leinenweberei, wo er sich zum Ziel gesetzt zu haben schien, Dinge zu heilen. Und wenn das nicht möglich war, sie in Ehren alt werden und sterben zu lassen in meterhohen bis ans dunkle Blechdach der alten Fabrikhalle reichenden Regalen, die den Ort in ein eisernes Labyrinth verwandelten.

„Jedes dieser Teile", hatte Piet einmal gesagt und auf die in unterschiedlichsten Graden des Verfalls und der Versehrung befindlichen Überlassenschaften menschlichen Fortschritts gedeutet, „war mal der Traum von jemandem. Gewollt, begehrt, bezahlt. Wer hier bloß einen Schrottplatz sieht, liegt falsch. Es sind Träume, Carl. Träume sterben nicht. Wir verlieren sie bloß, lassen sie liegen in irgendwelchen dunklen Gassen. Nicht mal notdürftig in Zeitung gehüllt. Ich sammle sie bloß auf."

Brun hätte bloß ins Auto steigen und hinfahren müssen. Es hatte lange gedauert, bis er es getan hatte. Viel zu lange, wie er im Nachhinein fand. Die Tatsache, dass Piet nicht über Jahre Mitglied seines Teams gewesen war, Familie wie die anderen, hatte dem Wiedersehen und dem gemeinsamen Bier in der wärmenden Kälte alten Eisens eine wohltuende Beiläufigkeit beschert. Dass sie einander kannten, durch und durch kannten aus einer längst vergangenen gemeinsamen Zeit in einer auf Sondereinsätze im Ausland spezialisierten Einheit des Militärs, tat ein Übriges. Er hatte Piet van Laer, der irgendwann auf den Namen „Peter Hauser" gehört hatte, wiedersehen wollen und hatte einen Kameraden getroffen. Mehr Verwandtschaft war nicht möglich. Ja – er hatte viel zu lange gezögert.

Im Fall von Valentin Röthlisberger, dem Ältesten des Teams, tat er es noch immer. Der „alte Mann", wie Jezreel ihn manchmal genannt hatte, war ihm Freund, Kritiker, Mitstreiter und Mentor gewesen. Die gemeinsame Grundlage der Job. Jetzt gab es keinen Job mehr, und Brun wusste nicht, ob er es ertragen würde, festzustellen, dass damit auch das andere verschwunden war. Oder auch nur anders. Dinge, die man gekannt hatte, als wären sie Teil von einem selbst, und die sich veränderten, waren manchmal schlimmer als jene, die einfach weg waren. Verlassenwerden unter Anwesenheitszwang. Auch wenn es nicht real war, Befindlichkeit bloß, Emotion. Das Gefühl war echt, und Brun würde nicht riskieren, sich ihm auszusetzen. Er war noch nicht bereit, sich Valis neuem Leben zu stellen. Einem Leben, das in seiner Vorstellung einen Garten, eine Sommerlaube, eine Frau und einen lächelnden Mann zeigte, der jenem, den er gekannt hatte, fremd zu sein schien.

Dann noch eher sich gedanklich der Person nähern, von der er sich zur Aufgabe gemacht hatte, sich ihr nicht zu nähern. Sie gehen zu lassen. Jezreel Vidali. Nicht einmal ihren Namen hatte er sich zu denken erlaubt, war jedem gedachten Wort ausgewichen. Nummer sieben seiner verstreuten Familie.

Das schrille Heulen der Schleifmaschine erstarb. Brun ließ die vor Anstrengung taubzitternden Arme sinken und kam in eine vertikale Position hoch. Halb ließ er das heiß gelaufene Gerät neben sich auf das Holz knallen, halb hielt dieses ihn da oben fest. Er streifte sich den Atemschutz vom Gesicht und schob die Schutzbrille hoch. Die oberste Plattform des Arbeitsgerüsts reichte bis knapp unter die Decke. Von aufrechtem Sitzen konnte keine Rede sein – Brun kauerte da oben wie eine mittelalterliche in Stein gehauene Höllenfigur über dem Portal einer Kirche. Es schien zu passen – er fühlte sich wohl. Gut genug jedenfalls, um der Übereinkunft mit sich selber zuwiderzuhandeln: „Jezreel“. Er dachte den Namen laut in seinem Innern, ließ ihn Platz einnehmen, einsickern, unterspülen. Es hätte ihn nicht erstaunt, wenn ihm schwindlig geworden wäre wie einem, der zu lange die Luft angehalten hat.

Sie war die Einzige des Teams, nach der er nicht gesucht hatte und von der er auch jetzt nicht wusste, wo sie war und was sie tat. Er hatte sie vor Jahren rekrutiert und sie als ihr Führungsoffizier draußen als Informantin oder für Jobs im In- und Ausland eingesetzt. Beschaffung und Auswertung eben. Was auch immer sich gerade in die Bezeichnung reinpacken lassen musste. Es gab viel Platz darin. Ihr Name tauchte auf keiner Personalliste, keiner Finanzadministration und keinem Melderegister auf. Sofern einer der mit den Gezeiten der Jobs wechselnden Arbeitsplätze es erforderte, wurden die notwendigen Identitätsdaten für die Dauer eines Tages oder eines Monats geschaffen. Die logische Konsequenz aus einem solchen Leben war, dass ihresgleichen es verstanden, jederzeit und ohne Geräusch unterzutauchen, zu verschwinden, nicht länger zu existieren. Und genau das hatte sie getan. Im Umkehrschluss hieß das aber auch: Wer es beherrschte, so gründlich zu verschwinden im Schatten und außerhalb des Zugriffsbereichs normaler Menschen und Behörden, wusste auch, wie man jemanden aufstöberte. Ganz egal, ob einer in Venezuela an einer Strandbar jobbte oder in Vietnam Reisbauer geworden war: Früher oder später fand ein solcher Mensch jeden. Vorausgesetzt, er suchte ihn.

Brun hatte Jez nicht gesucht. Ob, wie er sich überzeugt hatte, ihr zuliebe, um sie nach allem, was passiert war, atmen, gesunden, fliehen zu lassen, oder – was er sich bisher zuzugeben geweigert hatte – doch um seiner selbst willen, war nicht klar. Und ebenso wenig hatte er versucht, sich die Frage zu beantworten, was er an ihrer Stelle getan hätte. Möglich, dass jetzt die Zeit dazu gekommen war. Möglich, dass er die Antwort, die ein Name war, längst kannte. Kolko. Gabriel Kolko.

Mit einem Seufzer, der seinem gekrümmten Rückgrat zu entweichen schien, rollte er auf die Seite und ließ sich, die Füße voran, bäuchlings über den Rand der Plattform auf die nächstuntere gleiten. Und noch einmal – dann hatte er die mattglänzenden Tonkacheln des alten Küchenbodens unter den Sohlen.

„Wäre es nicht der Sinn dieses stark an eine Leiter erinnernden Geräts dort drüben, sich solche Übungen zu ersparen?"

Brun zuckte zusammen ob der Plötzlichkeit, mit der die bekannte Stimme Jo Burgers an die ihn umfangende Stille prallte. Ohne sein Zutun spannten sich Fazialmuskeln, ein Grinsen, das mehr von Freude denn von Erheiterung sprach, wandte sich dem Freund zu und entzog der Schroffheit, mit der er antwortete, jede Glaubwürdigkeit:

„Sieh an – und ich dachte, ich hätte bloß die Ausgabe der Zeitung mit deiner Todesanzeige verpasst. Gedanklich war ich irgendwann Anfang des Jahres auf deiner Beerdigung."

„Ich weiß – danke für die Rose übrigens, die weiße. Aber in Zukunft solltest du auf solches Beiwerk verzichten, Carl. Es passt nicht zu dir. Auch rein gedanklich nicht."

Sie standen sich im Türrahmen gegenüber. Eine Hand fasste die andere, Burgers Linke legte sich kurz auf Bruns Oberarm, drückte, ließ los. Besser als Worte.

„Komm rein."

„Können wir ein paar Schritte gehen?"

„Willst du andeuten, mein Kaffee schmecke dir nicht?"

„Ich will nur sagen, dass es bedauerlicherweise zu früh ist für ein Bier." Und abrupt das Thema wechselnd: „Ich brauche dich drin, Carl. Dich und deine Leute."

„Mich und meine Leute gibt's nicht mehr, Jo."

„Können wir das überspringen?"

„Meinetwegen – aber es ist Fakt. Wir können es jetzt überspringen, aber was auch immer du jetzt sagen oder anbieten willst, wir werden darauf zurückkommen müssen."

„Du wirst darauf zurückkommen müssen, Carl. Es wird deine Entscheidung sein, nicht meine.“

„Dann schieß los.“

Jo Burger erzählte die Geschichte des Absturzes einer Hawker 850XP im Gehen. Seine Augen streiften über die Landschaft, die Hände hielt er auf dem Rücken verschränkt. Brun, der sich eine Zigarette angezündet hatte, hielt den Blick gleichsam auf den Schotter des Wegs und auf die Fakten gerichtet, die der andere vor ihm ausstreute. Und er zählte mit. Wie Jezreel Vidali, von der er wusste, dass sie alles zählte, um nicht denken zu müssen.

13 Mal hin, 13 Mal zurück. Dann war Burger fertig und die Geschichte zu Ende, und Carl Brun hatte eine Entscheidung zu fällen.

Dessen erste Frage – „Und wo sind sie jetzt?“ – erstaunte Burger nicht: Carl Brun war zu lange für den „Dienst“, wie der NDB auch nach seiner Neubenennung und Umstrukturierung allgemein genannt wurde, tätig gewesen, um nicht hinter jedem Einsatzbefehl, jeder Order, jeder Direktive, die sich oft genug als bloße Empfehlung kostümierte, die Menschen zu orten. Die Menschen, die politisch geduldet oder organisiert über andere Menschen herrschten und es „Demokratie“ nannten. Die Menschen des nationalen und internationalen Machtkartells, ihre Machenschaften, Intrigen, Ränke und Mehrfachrollen. Die Gemengelage aus Regierungen, Banken und Massenmedien. Die Schnittmengen waren groß und ihre Grenzen durchlässig.

Trotzdem hakte Burger nach:

„Die Russen?“

„Natürlich die Russen.“

„Universitätsklinik. Nicht vernehmungsfähig laut Ärzteschaft.“

„Schweizer Ärzteschaft?“

„Russischer …“

„Warum erstaunt mich das nicht …?! Herrgott, Jo! – Erwartest du wirklich von mir, dass ich in diesen … diesen Laden zurückkomme? Und sag jetzt nicht, es ginge darum, Dinge zu verändern. Tu uns das nicht an."

Jo Burger fühlte Freude in sich, als er in Bruns Stimme zu hören glaubte, dass die Kraft im Klang des Gesagten größer war als die Worte. Die Neugier, der Glaube, die Wut, der Wille, etwas zu verändern, waren entgegen jeder anderslautenden Behauptung immer noch da.

„Zwei Dinge, Carl", antwortete er. „Erstens: Ich erwarte gar nichts von dir. Und bevor du in diese Richtung auch nur ansatzweise denkst: Dein Vater auch nicht. Zweitens: Ich gebe dir recht: Die Chance, einen Wandel oder gar eine Neugestaltung innerhalb des Apparats herbeizuführen oder auch nur ansatzweise zu initialisieren, ist gleich null. Wir können bloß das eine oder andere korrigieren, es verlangsamen. Mehr nicht. Aber wenn eine winzige Verschiebung reicht, um den einen oder anderen zu wecken und die nächsten Schritte des ‚Durchsetzen, aufwärts und empor' unserer von Großeuropa träumenden Kriecher im Parlament zu verkürzen oder gar zu verhindern, dann bin ich zufrieden. Ich will wissen, zu welchem Preis wir – und damit meine ich die Regierung – diesmal dabei sind, unsere Prinzipien zu verkaufen. Was die vorsorgliche Kapitulation uns und die Bürger kostet oder noch kosten wird. Oder andersrum: Wer profitiert davon, wenn die Sache unter den Tisch gekehrt wird?"

„Business as usual also …"

„Nicht ganz – wir haben einen winzigen Vorsprung, von dem die an dem Fall seltsamerweise so interessierten Leute der EU und auch die Russen nichts wissen. Wir haben den Stimmenrecorder. Offiziell ist er noch nicht gefunden worden."

„Wer ist wir? Wer weiß bei uns davon?"

„Das Team von Jens Alder. Man hat ihn und seine Leute damals der guten Ordnung halber auf diese Alp raufgeschickt. Du kennst das Protokoll, du weißt, wie es läuft. Es war purer Zufall, dass sie und nicht das Personal der Rega, der Kantonspolizei oder anderer Bundesbehörden buchstäblich darüber gestolpert sind."

Brun ging nicht auf Letzteres ein. Auch nicht auf den ehemaligen Kollegen Alder vom Auslandsgeheimdienst und dessen Leute. „Dann weiß es auch Hiller", sagte er nur.

„Falsch", erwiderte Burger. „Alder ist mit der Info direkt zu mir gekommen. Ich glaube, zur Zeit wissen nur er, seine Leute und ich davon."

„Und warum hat er das getan? Traut er etwa seinem Chef nicht mehr, oder ist der Laden in der Zeit meiner Abwesenheit zu einer reinen Intrigen-Maschine geworden? Und was macht dich überhaupt so sicher, dass auch dieses ‚Zu-dir-Kommen' Alders nicht bloße Show ist? Eine weitere Intrige auf Kosten der Steuerzahler? Oder sollte ich sagen: Behördenalltag?"

„Die Erfahrung von bald 50 Jahren im Geschäft", sagte Burger nur. „Sie sagt mir, dass Alder – aus welchem Grund auch immer – nur zu mir gekommen ist. Er ist nicht blöd, Carl. Dass er Hillers Mann ist, bestreite ich gar nicht. Aber er ist nicht käuflich."

„Und was macht dich da so sicher?"

„Der Mann ist seit zehn Jahren nicht befördert worden, lebt seit 25 Jahren im selben Reihenhaus, hat keine Ferienwohnungen, keine Geliebte, keine teuren Autos und verbringt seine Urlaube zusammen mit seiner Familie stets im Kanton Freiburg auf einem Campingplatz. Der einzige Luxus, den er sich leistet, sind die Ausbildungskosten für seine Kinder. So verhält sich keiner, der sich jedes Wort bezahlen lässt."

„Dein Wort in Gottes Ohr, Jo. Was sagen die Stimmen auf dem Recorder? Habt ihr die Daten überhaupt schon ausgewertet?"

„Sie sagen, dass Russen sehr schweigsame Leute sein können. Sogar dann, wenn sie dabei sind, abzustürzen. Im Gegenzug heißt das aber auch: Es bleibt umso mehr Platz für Hintergrundgeräusche jeder Art. Auch solche, die man nicht unbedingt im Cockpit einer kleinen Privatmaschine erwarten würde."

„Du meinst …"

Burger ging nicht auf Bruns letzte Frage ein. Stattdessen: „Ich brauche dich und deine Leute, wenn ich diese Sache klären will, Carl. Denn für alle anderen ist sie ja längst gegessen. Der Bundespräsident gibt zwar grünes Licht für weitere Untersuchungen durch ein Team des Dienstes – aber du weißt, wie es läuft, wenn zu viele Leute sich dasselbe Ergebnis wünschen."

„Warum hat man das russische Ehepaar nicht von eigenen Ärzten untersuchen lassen?", fragte Brun anstelle einer Antwort. „Warum ist man offenbar überall weder willens noch in der Lage, die Regeln des eigenen Landes durchzusetzen vor fremdem Recht?"

„Bist du dabei?"

„Ich weiß es noch nicht."

„Dann hör auf, Fragen zu stellen, und entscheide dich."

„Herrgott! – Jo! Ja, ich bin dabei."

„Gut. Und was deine letzte Frage betrifft: Genau deshalb brauche ich dich, Carl: Wir wissen es nämlich nicht. Und mit ‚wir' meine ich nicht nur den Dienst. Wie es mir scheint, hat auch der größte Teil der Landesexekutive keine Ahnung und auch kein Interesse daran, zu wissen, warum die Dinge so sind, wie sie sind. Hier Klarheit zu schaffen, herauszufinden, wer was weiß und nichts sagt, wäre eine der ersten Sachen, die es zu klären gälte. Irgendwas stinkt da gewaltig. Wie eigentlich immer, wenn Bargeld von unbestimmter Provenienz und Destination im Wert einer halben Milliarde Euro an Bord der Privatmaschine einer Politikerin und des Geldlieferanten einer halben Landesregierung durch die Welt geschippert wird. Von einem dritten Passagier, der ebenfalls an Bord gewesen sein soll und von dem man nur weiß, dass seine Identität die eines verstorbenen tschechischen Bauarbeiters ist, ganz zu schweigen."

Bruns rechtes Bein machte nur noch einen halben Schritt, stellte sich neben das andere, verharrte, während die braunen und jetzt zusammengekniffenen Augen Burger anfunkelten.

„Und das sagst du mir erst jetzt?"

„Spar dir die Empörung. Du klingst wie ein Hund, der nach einem Stück Fleisch schnappt, das schon seit dem Morgen da hängt. Ja – ich sage es dir jetzt. Denn nebst einer Palette voller Bargeld gibt es noch einiges mehr zu sehen für denjenigen, der nicht gerade dabei ist, unter Ausschluss der Welt sein Heim zu verschönern."

„Schon klar", lenkte Brun ein. „Also ...?"

„Wir haben Hinweise, die auf einen vollständigen und kontrollierten Währungszusammenbruch innerhalb des Euro-Raums hindeuten. Wobei das Wort ‚Zusammenbruch' hier nicht so richtig passt. Unsere Informationen sagen vielmehr, dass interessierte Kreise an einer Reformation des Euro arbeiten. ‚Reformation' im Sinn von: gut genug, um das künstlich am Leben zu erhalten, was wir noch immer ‚Wirtschaft' und ‚Sozialstaat' nennen. Schlecht genug, um währungsmäßig keine Konkurrenz in puncto Anziehung von Investitionskapital zu sein und Spar- und Vorsorgebemühungen der Bürger zu zügeln."

„Bei allem Respekt, Jo – aber wirklich neu ist das jetzt nicht. Das läuft seit bald einem Jahrzehnt", warf Brun ein. „Und woher stammen die Hinweise überhaupt? Vom BND etwa, der für Millionen Steuergelder illegal beschaffte Daten von jedem Hacker kauft, der das Wort ‚Steuerhinterziehung' zu buchstabieren in der Lage ist?"

„Es sind EU-Quellen. Und sie sagen, dass da gewaltig Druck unter dem Deckel ist. Wirtschaftlich sieht's im Moment nicht schlecht aus. Aber das ist ein Strohfeuer, das dank Null- und Negativzinsen noch zwei, maximal drei Jahre brennen wird. Die entsprechenden Meldungen dienen vorrangig dazu, zu vertuschen, dass längst nicht nur mehr Griechenland am Abgrund steht. Italien steht nicht nur schlecht da, sondern vor Zahlungsausfall, Zusammenbruch, Chaos. Dasselbe gilt für Frankreich. Schuld daran, so das Echo der Südländer, ist Deutschland, das übermäßig vom Euro profitiert. Also muss Deutschland runtergeholt werden auf das Niveau des Durchschnitts des Währungsraums. Die Euro-Zone muss in eine Fiskal- und Finanz-Union verwandelt, ein Finanzausgleich etabliert werden. Und bevor du jetzt einwirfst, auch das sei – weiß Gott – keine Neuigkeit: Die Situation hat sich verändert, Carl. Sie hat sich derart verändert, dass heute gehandelt werden muss. Die Zeit, die es bräuchte, um Institutionen zur Total-Nivellierung des Kontinents aufzubauen und handlungsfähig zu machen, ist zu lang. Das Risiko einer Implosion mit bürgerkriegsähnlichen Zuständen wird zu groß. Spätestens in zehn Jahren lässt sich die Pleite nicht mehr übertünchen. Der Sack muss jetzt zugemacht werden."

„Aber einen Schuldenschnitt kriegen sie hinter dem Rücken der Deutschen nie hin", warf Brun ein.

„Und genau darum geht es: Irgendwas ist im Busch. Irgendwas, was dazu führen soll, dass ein Schuldenschnitt nicht nur möglich, sondern realisierbar wird. Und dass die Leute zusehen und stillhalten. Oder gar nicht anders können. Ich brauche dir nicht zu sagen, dass wir hier im selben Boot sitzen. Der Schweizer Franken ist praktisch an den Euro gebunden. Ganz egal, was kommuniziert wird. Wegsehen und hoffen ist nicht angebracht. Auch dann nicht, wenn ein Ereignis wie dieser Absturz sich unbedeutend und lästig anfühlt wie ein Kiesel im Schuh. Ich glaube nicht, dass es unbedeutend ist – es ist bloß ein weiteres Mosaikteilchen. Und es sollte uns interessieren, wenn einer angeblich privat mal kurz und cash knapp 600 Kilogramm Bargeld, das zur Zeit noch einen reellen Wert hat, unter den angeblich offenen Augen sämtlicher Behörden zu uns rüber fliegt. Ich will wissen, wer davon gewusst und es abgesegnet hat. Bei uns ebenso wie in Zypern muss es Leute geben, die auf dem Laufenden waren und genau wissen, wem dieses Geld gehört, woher es kommt und was sein Bestimmungszweck ist beziehungsweise sein sollte. Denn wenn aus einem Land, das gerade eben von Brüssel ein paar frisch gedruckte Milliarden zugesprochen bekommen hat, während eine großangelegte Enteignung der Bürger getestet wird, eine solche Summe abfließt, dann ist eine minimale Neugier begründet, finde ich."

„Finde ich auch."

„Schön."

„Ist das alles, was du hast?"

„Du bist eingeladen, dich durch die Gesprächsaufzeichnungen der vergangenen Wochen zu wühlen, wenn du magst. Viel mehr als das, was du bereits hast, wirst du der schieren Masse an Worten allerdings auch nicht abgewinnen können. Die Insider-Deals und Absprachen gibt's für uns selten schwarz auf weiß. Ich schlage vor, du rufst jetzt deine Leute an, sagst hallo und teilst ihnen mit, sie dürften wieder reinkommen. Die Honorare handelt ihr selber aus."

„Dein Wort in Gottes Ohr."

„Wo liegt das Problem? Beim Hallo oder bei den Honoraren?"

„Weder noch ... Sie haben jetzt ein Leben, Jo."

Brun hörte, wie der Alte scharf die Luft einsog, und glaubte zu wissen, was in dessen Innerem vor sich ging. Er zündete sich eine weitere Zigarette an. Er würde sie zur Hälfte geraucht haben, bis Burger – Altersweisheit hin oder her – kapitulieren und ein weiteres von ungezählten Malen akzeptieren würde, dass er bei anderen nicht jenes Maß anzulegen das Recht hatte wie bei sich selber.

Jo Burger war nicht hart im Sinn sturer Forderung an Geisteshaltung, Arbeits- oder Lebenseinstellung. Im Gegenteil: Nichts war ihm ein größerer Gräuel als uniformes und allein auf Empfang ausgerichtetes Denken und Tun. Er wollte von Menschen umgeben sein. Von starken Menschen, die Wege beschritten, die von seinen eigenen abwichen. Womit er allerdings auch jetzt wieder kämpfte, vermutete Brun, war die Sache mit dem „Leben". Für Jo Burger war der Dienst das Leben und umgekehrt. Es gab nichts anderes als den Dienst, das Land, die langfristige Sicherung des kleinen Rests dessen, was den Menschen bisher Freiheit, Wohlstand und Frieden beschert hatte. Auch und gerade dann, wenn keiner es merkte oder gar forderte. Auch und gerade dann, wenn die größten Feinde dieser Zukunft entgegen dem medialen Diktat nicht in Politik, bei den Banken oder im konfusen Begriff des Systems, sondern in der Gesellschaft selber zu suchen waren: Sattheit, Trägheit, Feigheit, Ignoranz. Dass es indes Menschen gab, die dasselbe sahen und verstanden, für dasselbe kämpften, die dieselben Ziele hatten und sie dennoch nicht zu ihrem Leben machten, zum einzigen Zweck und

Grund ihrer Existenz, das war es, was Burger nicht verstehen konnte.

„Meinst du, sie kommen zurück, deine Leute?“, fragte Burger endlich.

„Ich tu mein Bestes. Gib mir zwei Wochen.“

„Die hast du.“

4

Dienstag, 18. April – Südwestfrankreich, Bannes, Nähe Couze-et-Saint-Front

Jezreel Vidali drückte ihren Zigarillo auf dem mondbleichen Steinbrocken zu ihrer Rechten aus und legte den Stummel zu den anderen in die Blechdose. Sie schaute auf die Uhr, glich sie ab mit der inneren und stellte fest, dass sie richtig lief: Gleich Mitternacht – sie griff nach dem Fernglas mit Nachtsicht. Ein Blick hindurch auf die andere Seite schmalen Tals, durch das sich das Flüsschen Couze schlängelte, bestätigte ihr, dass dort drüben alles seinen gewohnten Gang ging. „Dort drüben" bedeutete das Château de Bannes. Gabriel Kolkos Residenz. Alle sechs Stunden lösten sich die Wachen ab. Tagsüber waren es sechs, ab jetzt nur noch vier. Dafür patrouillierten die beiden, die nicht bei der Tür und beim weiter unten am Hügel gelegenen Tor stationiert waren, mit Hunden. Sie würde den Job in der Nacht erledigen – diese Entscheidung hatte sie bereits am ersten Tag gefällt. Seither waren zwei Wochen vergangen. Tage und Nächte, in denen sich der Radius ihrer Existenz auf eine Art Nullwert reduziert hatte. Die zwei Quadratmeter stoppligfeuchten Bodens, die sie auch jetzt wieder seit 60 Stunden kaum verlassen hatte, gleichsam Ebenbild ihrer maximalen Ausdehnung und sichtbarer Grund ihres Hierseins: Sie wollte ihr Land zurück. Darum ging es.

Im Zuge der letzten Ermittlungen war sie in eine Schlinge getreten. Sie war ausgeschert, hatte sich nicht an die Regeln gehalten. Zu Recht, wie sich herausgestellt hatte. Der Preis dieser Einsicht war indes zu hoch gewesen: Menschen waren zu Schaden gekommen, Brun hatte Gefallen einfordern und sie aus der Sackgasse rausholen müssen. Sie selbst hatte das Stück Land, die Scholle verloren, die sie sich in bald 40 Jahren weniger erkämpft denn erhalten hatte und die sie ihr Leben nannte.

Am Ende ihrer Ermittlungsarbeit war nur dieser eine Namen stehen geblieben: Gabriel Kolko. Investmentlegende, Schattenkabinett-Betreiber, Politpuppenspieler, Mainstream-Dirigent. Er beinhaltete schier grenzenlose Macht, gestützt und abgesichert mit stets sich ausdehnenden monetären Werten. Seine Firma, die U.S. Trust Corp., nirgends gelistet und jenseits aller Ratings das Sammelbecken der globalen Finanzoligarchie. Sie waren nicht an ihn herangekommen. Nicht auf legalem Weg. Schicht für Schicht hatte sie zusammen mit Brun und den anderen abgetragen, Namen waren gefallen, Gelder aufgetaucht, Köpfe ausgewechselt worden im Schatten dieser beiden Namen: Gabriel Kolko und die U.S. Trust Corp. Aber je weiter sie vorgedrungen waren in das verzweigte und jeder Grenze bare Netz aus Korruption, Günstlingswirtschaft, Naivität und fehlendem Interesse für alles außerhalb der persönlichen Raffweite, in das Geflecht jenseits klar trennbarer politischer oder wirtschaftlicher Begrifflichkeiten, desto weiter war der Schatten zurückgewichen, das schattenwerfende Objekt entrückt. Sie waren es gewesen, das kleine Team um Carl Brun, die Kolkos Coup hatten platzen lassen. Und sie waren mit der Landesexekutive, mit Jo Burger und der Inhaberin einer Basler Privatbank die Einzigen, die wussten, was der Kreis um Kolko bereit gewesen war in Kauf zu nehmen, um den Coup zu landen. Einer ihrer Kollateralschäden hiess Jezreel Vidali. Sie lebte noch. Und anstatt zu versuchen, sich vor dem Namen und dem Menschen dahinter zu schützen, hatte sie ihn sich zu eigen gemacht. Freiheit, die auf Verdrängung beruhte, war Scheinfreiheit. Kolko war ihre Krücke geworden, auf der sie sich vorwärts wuchtete. Neue Wunden waren entstanden, neue Schmerzen, aber vor allem neue Wut, die ihr die Kraft gegeben hatte, bis hierher zu kommen mit dem Ziel, Gabriel Kolko zu liquidieren.

Sich erhebend blickte sie ein letztes Mal durch das Nachtsichtgerät, steckte es dann in den kleinen Rucksack, hängte ihn sich um, schnallte ihn fest und ging den schmalen Weg entlang in Richtung Straße, die sie hinunter und zu ihrem Mietauto führen würde. Das Warten war zu Ende.

5

Allmendingen, Nähe Bern

Annbelle Jordi schaute auf die Uhr. Zum gefühlt tausendsten Mal in dieser Nacht, die der Uhrzeit nach bereits ein Morgen war. 5:23 Uhr. Sie war ruhig jetzt, da sie handeln konnte. Es würde kein Vergnügen werden, sich dem Bundespräsidenten und dem Kollegium zu stellen. Auf Nylonknien müsste sie anrücken, Asche auf dem oft als bäurisch belächelten Blondhaupt, Mienen von Gram und Scham zur Schau stellend. Angst vielleicht, eine Spur Unsicherheit. Es könnte nicht schaden. Sie würde zu ihrer Schuld stehen, alles auf sich nehmen als den Irrtum, den groben, aber durchaus möglichen Fehler einer unermüdlich sich für das Land abarbeitenden Ministerin. Sie hatte Kredit bei den Kollegen. Und mehr noch bei den Leuten auf der Straße. Beim Volk. Sie, die Vorsteherin des Amts für Auswärtige Angelegenheiten, die alleinstehende Bauerntochter aus dem Kanton Bern, war es gewesen, die der per Abstimmung geforderten Einschränkung der Personenfreizügigkeit gegen jeden Widerstand aus dem politischen Apparat zum Durchbruch verholfen und den selbsternannten Götzen in Brüssel die Stirn geboten hatte. Es war nicht ihr größtes Kunststück gewesen – aber eine gute Show zum perfekten Zeitpunkt. Die Voraussetzungen dafür waren ideal gewesen, wie ihr untrügliches Gespür für sichtbare und unsichtbare Strömungen ihr gesagt hatte. Die Tonlage zum Thema Einwanderung hatte sich schichtübergreifend verändert in der Schweiz. Nach wie vor wurden in der Migrationsdebatte zwar Themen wie Kriminalität, Asyl, Ökologie und Arbeitsplatzsicherheit wild durcheinandergeworfen. Aber selbst in urbanen, akademischen Milieus, wo eine liberale Migrationspolitik lange Zeit als unumstrittenes Statussymbol gegolten hatte, begannen kritische Untertöne anzuklingen. Mehr noch: Wären die anonymen Publikumsforen der großen Tageszeitungen des Landes der einzige Gradmesser der vorherrschenden Gefühlslage gewesen, dann hätten die Grenzen zur EU lieber gestern Abend als erst morgen früh dichtgemacht werden müssen. Der Grund: Futterneid hatte zu grassieren begonnen. Existenzängste im gehobenen Mittelstand angesichts Tausender topausgebildeter und billiger arbeitender Kaderkollegen aus dem Nachbarland. Von Parteien und politischen Exponenten an den als „rechts" verschrienen Rändern der Politlandschaft, die die Immigrationsthematik teils aus Tradition, teils aus Überzeugung besetzt hielten, distanzierte man sich nach wie vor dezidiert. Das „aber", das der Pflicht-Distanzierung jedoch immer öfter folgte, war fadenscheinig geworden. Die Leier „Zehntausende aus Afrika und Nahost sind okay, Tausende aus Deutschland nicht" schien sogar den Schambereich von Journalisten und Kulturschaffenden in einem Maß peinlich zu berühren, dass sie immer seltener vorgetragen wurde. Aber danach fragte niemand.

Ja – es war nicht ihr größtes Kunststück gewesen. Aber es hatte funktioniert: Man liebte sie als pragmatische Helvetia, als Landesmutter einer echten neuen Mitte und als schichtverbindende Wächterin des lange Zeit als selbstverständlich angesehenen Wohlstands. Dass sie da irrtümlich und in übermüdetem Zustand eine Weisung unterzeichnet hatte, die einem russischen Ehepaar die sofortige Ausreise erlaubte, würde daran nichts ändern. Sie wusste, wie sie es zu verkaufen und den Lapsus möglicherweise in sein Gegenteil umzukehren hätte. Sie stand von dem gläsernen Eck des Küchentischs auf und betrachtete ihr Scherenschnittbild im Fenster. Sie war guter Laune. Der Grund war nicht das Geld, das geflossen war. Natürlich auch, aber nicht nur. Es bedeutete nicht mehr als eine volle Vorratskammer. Aber der Posten als Vorsitzende einer namhaften Denkfabrik als Zwischenstation auf dem Weg zu einer supranationalen Organisation war etwas anderes. Das wollte sie. Das hatte sie immer gewollt. Die Schweiz – nun, sie war auch eine Zwischenstation. Ein notwendiges Übel. Es war Zeit, dass Bewegung in die Sache kam. Seit ihrem letzten Telefonat mit dem Mann aus Brüssel hatte kein Kontakt mehr stattgefunden. Sie hatte ihren Teil des Deals erfüllt – die Laritskis würden in den nächsten Tagen ausreisen.

Der Ausreiseantrag lag bereit. Sie hatte ihn längst unterzeichnet. Es würde eine Nacht- und Nebelaktion am kleinen Berner Flughafen. Jetzt war es an den anderen, ihren Teil des Deals zu erfüllen. Der Rücktritt der Ministerin für Auswärtige Angelegenheiten und ihre Berufung zu Höherem käme für die Schweiz völlig überraschend. Und vielleicht käme alles ganz anders. „… sie gehen davon aus, zu diesem Zeitpunkt einen Bundespräsidenten zu haben, der Pierre Besson heißt.“

6

Mittwoch, 19. April, Bannes, Südwestfrankreich
Es war erstaunlich einfach gewesen, an detaillierte Pläne des Châteaus de Bannes zu kommen. Gresch, einer ihrer persönlichen Kontakte, hatte das Grundbuchamt der Gemeinde Couze-et-Saint-Front gehackt, zu der der Weiler Bannes gehörte. Wobei „gehackt" in diesem Fall stark übertrieben war.

„Es ist ein Wunder, dass deren Systemadministrator mir nicht ein ‚Herzlich willkommen' auf den Schirm schmettert", war sein Kommentar gewesen, nachdem er erst ein paar Minuten drangesessen hatte. Nach heutigen Standards null Sicherheit. Als er dann in der Gemeindedomäne auch noch auf den Namen des Architekturbüros gestoßen war, das für die über die Jahre realisierten baulichen Veränderungen am Schloss verantwortlich zeichnete, und sich in dessen System eingeklinkt hatte, war sein Amüsement fast schon ungläubigem Staunen gewichen. Etwas anderes hatte seine Stimme belegt: „Das ist zu einfach, Jez. Das ist so einfach, dass es uns Angst machen sollte."

„Hör auf, Gresch", hatte sie gesagt. „Das Paranoia-Ding ist mein Hoheitsgebiet. Und wenn schon … wo liegt das Problem? Wir sitzen hier in Wien in einem Internetcafé – in einer Stadt und in einem Land, in dem weder du noch ich leben. Und außerdem: So wie ich dich kenne, bist du bei denen nicht auf direktem Weg reinmarschiert."

„Trotzdem", hatte er gemault, „es gefällt mir nicht".

„Fürs Gefallen bezahle ich dich auch nicht."

Seit sie hier war, hatte sie vier Mal den Wagen gewechselt. Ebenso oft die Aufmachung. Sie war über Ungarn gereist, wo ein Kontakt des NDB, Dàniel Bartok, „Czaba", der wie sie selber nach dem letzten Job nur zufällig noch am Leben war, ihr ein komplettes Set Papiere besorgt hatte. Sie führte weder GPS noch Handy noch Laptop mit. Auch hatte sie sich nirgendwo ins Netz eingeloggt, was zwar mehr Fußmärsche, aber auch mehr Sicherheit bedeutete. Kolkos Leute waren überall. Homeland Security, die weitestgehend unbekannte europäische Sicherheitsbehörde INTCEN und die NSA waren da nur die augenfälligsten Exponenten. Nach drei Tagen in verschiedenen scheinbar zufällig geparkten Autos in Sichtweite des Schlosstors unten am Hügel war sie sicher gewesen, das Personal des Châteaus zu überblicken. Außerdem hatten die Sicherheitsmaßnahmen am Tor – Vorweisen eines Badges, Eintrag in eine Liste, Kameras, Ankündigung des Eintretenden über Funk bei der Wache weiter oben – sie davon überzeugt, dass die Leute, die in Haus, Garten oder Küche für Kolko arbeiteten, gut bezahlt waren. Es war ihr beinahe lächerlich erschienen: Tatsache war, dass das Unterfangen an genau diesem Umstand zu scheitern drohte. Sie hatte nicht gewusst, ob das Geld, das sie auf all ihren Konten zusammengekratzt hatte, reichen würde, um jemanden hier zu bestechen. Es war alles, was sie besaß. Anstatt sich allerdings nackt zu fühlen bei der Vorstellung, dass ihr nach dieser Aktion gerade noch ein paar Tausender bleiben würden, hatte sich ein Gefühl der Freiheit und Leichtigkeit in ihr breitgemacht. Mehr denn je war sie sicher gewesen, dass es richtig war, hier zu sein. Ihre Wahl war auf einen Mann vom Sicherheitsdienst gefallen, was sie selbst überrascht hatte, da sie das Risiko in diesem Bereich des Personals am höchsten einschätzte. Was den Ausschlag gegeben hatte: Er war weitaus der Jüngste. Jünger als die Köche, die Zimmermädchen, die Frauen vom Pflegedienst. Fast ein Junge noch. Vier Mal war sie ihm nach Ende seiner Schicht gefolgt. Er lebte mit drei weiteren Geschwistern bei seinen Eltern in einem 40 Kilometer entfernten Dorf. Einfache Verhältnisse. Es war ein Risiko, aber die Tatsache, dass sie ihn brauchte, hatte schwerer gewogen. Sie hatte ihn überrumpelt, als sie sich eines Nachts, als er gerade den Motor startete, zu ihm in den Wagen gesetzt hatte. Eine Welle, die möglicherweise Rührung war, vielleicht auch Sorge um das Fast-noch-Kind, hatte sie gestreift, als sie den Schreck in dem jungen, schmalen, wachen Gesicht gesehen hatte, die scheue Röte bei ihrem selbstverständlich vertrauten

Ton, in dem sie ihm die Sache erklärt hatte, als ginge es um die logische Mechanik einer Handfeuerwaffe.

„Das Einfachste und Sicherste für Sie ist es allerdings, wenn Sie mir jetzt sagen, ich solle aussteigen“, hatte sie ihre Ausführungen abgeschlossen. „Dann fahren Sie zu Ihrem Vorgesetzten und berichten ihm, was eben hier passiert ist. Kein Risiko. Man wird Sie befragen, belohnen und möglicherweise befördern. In zwei Jahren dürfen Sie dann vielleicht die Nachtschicht mit Hund übernehmen. Oder aber Gabriel Kolko – so heißt Ihr Arbeitgeber, sofern Ihnen das nicht bekannt sein sollte – ist tot, und Sie schieben irgendwo anders Wache, wo keiner sich an Sie erinnert. Sie haben die Wahl. Nur eine Möglichkeit ist ihnen verwehrt.“ Sie hatte die mit einem Reißverschluss versehene kleine schwarze Tasche geöffnet. Auf der einen Seite hatte, mit einem integrierten Nylonband befestigt, das Geld in sauberen Bündeln Fünfziger gelegen. Auf der anderen eine Glock 17 mit Schalldämpfer. „Beides zusammen geht nicht. Entweder Sie nehmen das Geld und machen den Job, der einzig darin besteht, Ihren Abschnitt der Außenmauer für ein paar Stunden nicht allzu genau zu betrachten, oder aber Sie lassen es sein und dieses Gespräch hat nie stattgefunden und wird nie zu beweisen sein. Verstehen wir uns? Ich werde morgen um dieselbe Zeit wieder hier sein“, hatte sie zum Schluss gesagt, war ausgestiegen und hatte sich entfernt, ohne dem Jungen die Zeit für eine Reaktion oder eine Antwort gegeben zu haben. Die Nacht hatte sie bereits nach ein paar Metern verschluckt gehabt.

Er hatte sich für das Geld entschieden. Und bis jetzt hatte er auch Wort gehalten. Sie war drin in Gabriel Kolkos Burg, vom Allerheiligsten, einer Zimmerflucht, wo er gemäß Information eines Zimmermädchens seine Zeit verbrachte, nur Schritte entfernt. Sie kauerte in der mondabgewandten Kuhle eines Erkers. Ihr Atem ging ruhig, der Puls. Die Spannung jene der Saiten eines perfekt gestimmten Instruments, die Wachheit hohl und weit und leicht. Sie richtete sich darauf ein, eine, zwei, drei Stunden in dieser Position zu verharren. Es wäre kein Problem, das wusste sie. Ebenso wenig Angst. Da waren nur Spannung und Wachsein. Alles erwarten. Sie wusste nicht, wie viel Zeit vergangen war, als sich der eine Flügel der Holztür öffnete und eine Frau in weißer Hose und kittelartiger Schürze heraustrat. Die Pflegerin. Noch während ihre eine Hand sachte die Tür hinter sich zuzog, holte die andere das Handy aus der Kitteltasche, wählte eine Nummer und hob es ans Ohr.

„Ich fahr' jetzt los. Er ist gerade eingeschlafen.", hörte Jez sie sagen. Und sich entfernend: „In 20 Minuten bin ich da." Dann konnte sie sie nicht mehr verstehen. Vielleicht war das auch alles gewesen. Sie rührte sich nicht, verharrte, wartete, zählte. Dort, wo ihre zu einem Zopf geflochtenen Locken den Rücken zwischen der enganliegenden schwarzen Neoprenjacke und dem Sweatshirt berührten, schien die Haut zu glühen. Auch an der Seite, wo sie die gewichtlose Schwere der Glock wusste. Es war gut. Mehr hatte sie nicht dabei. Bloß die Kleider, die sie am Leib trug, und die Waffe. Mehr würde sie nicht brauchen. Rein, raus und das, was ihr gehörte, wieder in Besitz nehmen. Ihr Land. In Zeitlupe kam sie hoch, gab dem Körper eine Sekunde, um sich zu kalibrieren nach der Starre. Mit drei Schritten war sie an der Tür, drückte die Falle herunter, schob, staunte über das lautlose Gewicht des aufgleitenden Flügels. Die Dimension des Raums, der einem Saal glich, war ihr vertraut von den Plänen und den Steinquadraten, die sie auf der anderen Seite des Tals sowohl zum Zeitvertreib als auch zur Vorbereitung gelegt hatte. Das Bett, an dessen linker Seite das weiße Licht einer Halogenleuchte sich in die Steinwand zu fressen versuchte, nahm sich klein aus in der Weite des Zimmers.

Erwarte alles. Erwarte alles. Erwarte alles. Das Mantra ihrer Ausbildung und eines jeden Jobs.

Sie hatte alles erwartet, vieles gewusst. Dass er krank war, dass er Pflege benötigte, dass er viel Zeit im Bett verbrachte. Trotzdem zuckte ein Teil von ihr zusammen: Was dort die Laken nur geringfügig zu heben vermochte, konnte kaum als Mensch durchgehen. Lautlos schritt sie über den hohen Flor des Teppichs, kam neben dem Bett zu stehen. Mit dem Schaft des Schalldämpfers berührte sie die gelbgespannte Haut von Kolkos Wange. Auch diese Bezeichung war irreführend: Da war nur die Haut über dem Schädel. Der größte Widerstand der dünne Schlauch des Beatmungsgeräts. Der Mund war leicht geöffnet, öffnete sich zusammen mit den Augen jetzt weiter. Kurz war der Blick aufgerissen und nackt, dann trat Erkennen hinzu, und etwas Verzerrtes ätzte sich in die Miene und die Luft, die sie umgab: Er lächelte, schien lachen zu wollen, röchelte. Angewidert tat sie einen Schritt zurück. Sie setzte sich auf den Stuhl, der etwas abseits vom Bett stand, legte die Glock quer über die Knie, lehnte sich zurück, faltete die Hände, die Augen auf das Wrack gerichtet, das ihren Blick manchmal erwiderte, manchmal einzunicken schien, manchmal nach Atem schnappte. Das hier war schlimmer als der Tod, den sie mitgebracht hatte. Es gab hier nichts zu tun für sie. Etwas anderes machte ihren Job – das Leben selbst, das Stück für Stück, Sekunde um Sekunde und ohne zu fragen zurückforderte und von ihm nahm, was er irgendwann und ebenso ohne zu fragen an sich genommen hatte. In ihr war keine Spur von Müdigkeit. Jede Sekunde Präsenz, während die Stunden dahinter lautlos verstrichen. Sie hätte nicht sagen können, warum sie so lange blieb. Die Entscheidung war in den ersten Sekunden gefallen. Erst als es dämmerte, stand sie auf, trat ans Bett, schaute auf Kolko, der wach zu sein schien, hinunter. Eine Art Abschied von viel mehr als diesem sterbenden Mann. Als sie sich umdrehte, um endlich zu verschwinden, hörte sie ihn husten und wandte den Kopf. Er versuchte, etwas zu sagen. Sie beugte sich näher zu ihm hinunter. Erwarte alles. Die Stimme war kraftvoll, als hätte sie sich vom Körper losgelöst:

„Wenn ich Sie wäre, würde ich mich erschießen."

Sie brachte ihr Gesicht nahe an seines, dann den Mund an sein Ohr. Ein Zentimeter, und ihre Wange hätte ihn berührt, sie roch ihn: „Wenn ich Sie wäre, würde ich genau dasselbe sagen", sprach sie leise, richtete sich wieder auf und ging davon.

„Sie werden es bereuen, Jezreel Vidali", hörte sie sein heiseres Schreien hinter sich, das fast schon ein Flehen war.

Diesmal wandte sie sich nicht mehr um. Sie öffnete die Tür, schlüpfte auf den breiten Flur hinaus, ließ den Flügel ins Schloss gleiten und ging davon. Zehn Minuten später ließ sie sich von der östlichen Begrenzungsmauer des Châteaus ins Gras gleiten, rannte geduckt den Rest des Hangs hinunter, eineinhalb Kilometer auf einem Pfad der Couze entlang, überquerte das Flüsschen und schließlich die um diese Zeit noch verwaiste Departementsstraße. Als sie zu ihrem Wagen kam, stieg sie geräuschlos ein, startete den Motor, blendete auf und fuhr davon. Ruhig zündete sie sich einen Zigarillo an, der Kopf leer, der Rauch das Einzige, das Raum und Zeit füllte, sie selber nur eine atmende Barriere. Denken würde sie später. Etwas fühlen vielleicht. Kurz zog der Gedanke vorbei, gar nicht erst in das Billighotel in Bergerac zurückzukehren und stattdessen auf der Straße nach Osten zu bleiben. Heimwärts. Sie ließ ihn ziehen. Sie musste schlafen. Der Mann an der Rezeption, dessen Kittel sie jedes Mal an Supermärkte und Billiganbieter von Heimelektronik denken ließ, machte ein Zeichen. Sie trat an den Tresen.

„Ein gewisser Herr Carl Brun hat nach Ihnen gefragt", sagte er.

Sie war sich nicht sicher, ob ihr plötzlich blutleerer Kopf Laute zu produzieren in der Lage war, als sie fragte, ob er da sei.

„Nebenan", war die knappe Antwort. Begleitet von einer Geste, die auf den Frühstücksraum deutete.

7

Italien, Umbrien, Nähe Castelluccio

Ein anderer Absprung. Beruflicher Exit. Er hätte es tun können. Gestern. Jetzt. Einfach aufhören, sich zurückziehen, nicht mehr existieren. Der Tscheche wäre nicht mehr auf dem Markt. Nicht mehr buchbar – für keine Summe der Welt. Es würde sich herumsprechen. Zuerst nur gerüchteweise. Irgendwo draußen im Meer des Menschlichen fand die Metamorphose vom Gerücht zur Tatsache immer statt. Dann wüsste man es. Frei wäre er trotzdem nicht. Der Rückzug jetzt wäre unehrenhaft, das, was von ihm bliebe, der über Jahre erarbeitete Ruf ins Abseits gedrängt vom Letzten, das man wüsste: Er hatte versagt, hatte den Job nicht erledigt. Das wäre sein Vermächtnis, das, woran man sich erinnern würde. Nur das. Vaclav Ondrisek, kurz Ondra, stieß den Atem aus, der sich bei diesen Überlegungen im Innern gestaut hatte. Es kam einem Kopfschütteln gleich. Er hatte die Diskussion in den vergangenen Wochen unzählige Male mit sich geführt, und er wunderte sich, dass er es eben wieder getan hatte. Es konnte nur eines bedeuten: Er hatte sich noch nicht entschieden, ließ Türen offen. Spaltweise nur, aber es schien zu reichen. Und als könnte die Bewegung des Körpers die befremdliche Laxheit des Geistes bezwingen, packte er das Holzbrett mit Brot und Käse härter als nötig, klemmte sich eine Wasserflasche unter den Arm, griff nach dem Stock und ging, die Schmerzstöße ignorierend, die das grobe Auftreten durch das versehrte Bein direkt in den Kopf zu feuern schien, von der offenen Küche zur Terrassentür. Der erdrote 70er-Jahre-Lederdrehsessel mit Stahlfuß, den er mehr in als bei der Fenstertür platziert hatte, war seit seiner Ankunft hier zum Posten geworden. Tage und Nächte hatte er hier verbracht, in denen er nichts tun konnte, als der Heilung des offenen Bruchs seines Schienbeins zu harren. Keine Musik, keine Lektüre, keine Kontakte. Auch keine Langeweile. Nur denken. Ringen mit sich. Er hatte etwas getan, das er bisher unter allen Umständen zu vermeiden versucht hatte und von dem er ebenfalls noch nicht zu entscheiden in der Lage war, ob es gut oder schlecht war, ob es Maßnahmen erforderte oder nicht. Halb ohnmächtig vor Schmerzen – er glaubte sich zu erinnern, streckenweise gesungen zu haben –, hatte er sich, nachdem er den Rest des Fallschirms vergraben hatte, während dreier Tage durchs Gelände hin zur östlichen Grenze der Schweiz geschleppt. Drei Tage für 60 oder 70 Kilometer. Keine Nahrung, nur ab und zu Wasser. Der Hunger hatte von dem in Flammen stehenden Bein abgelenkt, das er mit Ästen und einem Stück Fallschirm-Stoff unter der Hose fixiert hatte. Als Krücke hatte ihm der Stock gedient, auf den er sich auch heute noch stützte. Nach gefühlten zehn Kilometern waren die Hände und der Arm, die das Holz gepackt hielten, wund gescheuert. Eine weitere Ablenkung. Der Kontakt, der ihn in der Nähe von Vaduz, Liechtenstein, aufgeladen hatte, war erbleicht, als er seiner ansichtig geworden war. Dies oder der Ruf, der ihm vorauseilte, hatte allerdings verhindert, dass der Mann irgendwas gesagt, Fragen gestellt oder gar Vorschläge gemacht hätte. Vasek hatte nur drei Worte gesagt während der rund fünf Stunden, die sie in der Enge des alten Peugeot nebeneinander verbracht hatten: „Italien", „Sondrio" und „danke". Als der Mann auf eine Autobahnraststätte gefahren und ihn gefragt hatte, ob er Kaffe wolle, hatte er nur genickt. Der andere hatte nicht gewagt, sich nach der Zubereitungsart des Getränks zu erkundigen, und hatte einen doppelten Espresso mitgebracht. Perfekt. Ein weiteres „danke". In der Stadt Sondrio, an der Galleria Campello 2, wo das GPS sie gemäß der Zettelinstruktion Vaseks beim Einsteigen hingeführt hatte, war er in die nach Schweizer Recht konstituierte Banca Popolare di Sondrio eingetreten und hatte den Betrag von 10.000 Euro abgehoben. Auf die Frage hin, ob er einen Umschlag wolle, hatte er genickt, kehrtgemacht, war auf den Gehsteig und zum Wagen getreten, hatte den Umschlag kommentarlos überreicht und wieder „danke" gesagt. Vier Worte also. Auf kürzestem Weg, der auf die Via Giuseppe Piazzi und von da nach ein paar Hundert Metern in die Via Stelvio führte, war er zur Notaufnahme des Ospedale Civile di Sondrio gegangen. Ja – er war gegangen: Unter mörderischen Schmerzen war er fest und sicher aufgetreten, hatte seinen Körper gezwungen, das Letzte an Adrenalin aus Hirn und Fasern zu quetschen, was möglich war: Er hatte so weit wach und bei Sinnen sein müssen, um dem Arzt im Krankenhaus zu vermitteln, was Sache war: Behandeln, jetzt, keine Formulare, keine Fragen und Codein. Und er hatte in der Lage sein müssen, seinen Worten durch das bedächtige Posieren seiner Makarow PM auf dem Behandlungstisch Nachdruck zu verleihen. Es hatte alles funktioniert. Und einmal mehr hatte er gewusst, warum er Italien mochte und warum er es zu seinem Rückzugsort gemacht hatte. Die Italiener erwarteten alles. Nicht weil es ihnen in Lagern und Camps in jahrelangen Trainings beigebracht worden war – sie hatten es im Blut, wie die Südamerikaner das Tanzen. Er hatte immer das vage Gefühl gehabt, hier zu Hause zu sein. Oder mindestens hierher zu passen. Auch jetzt noch. Von der Stadt Sondrio, die in den Jahrhunderten ihrer Existenz nie die flüchtige Atmosphäre eines Transitorts, den Türschwellencharakter eines Zwischendepots verloren hatte, kehrte er in Gedanken zu dem Mann zurück, der ihn dorthin gefahren hatte. Zu dem Kontakt. Es war das allererste Mal in seiner Laufbahn, dass er während eines Jobs jemanden hatte hinzuziehen müssen. Nicht geplant und nicht bloß als Stimme an einem Telefon, ein Alias im Netz oder in einem Darknet: Der Mann hatte ihn gesehen. Auch er hatte die PM zu Gesicht bekommen. Außerdem wusste er um die Arbeitsweise des Tschechen. Trotzdem: Leute konnten sich vergessen, konnten sich aufspielen wollen oder auch nur betrinken und zu viel reden. Vasek ließ auch diesen Gedanken fallen. Den Brosamen und der trägen Sattheit seines Magens nach hatte er gegessen. Er hatte es nicht bemerkt. Vorsichtig stellte er das Brett mit dem Übriggebliebenen auf den Boden neben dem Stuhl. Dann entschied er sich anders, hob es wieder hoch, stemmte sich selber auf das gesunde Bein und trug alles hinein. In der Küche schenkte er sich ein Glas Rotwein ein und trug es zum Posten zurück. Mittlerweile brauchte er für das Hin-und-Zurück Stuhl-Küche-Stuhl nur noch zwei Minuten. Zu Beginn, als er endlich hier angekommen war, hatte er 15 Minuten benötigt, wobei die größte Herausforderung darin bestanden hatte, sich auf einem Bein und ohne zu hüpfen fortzubewegen, um ein Glas, eine Flasche oder einen Teller zu transportieren. Es würde aufhören müssen – der Rotwein, das Codein, das trainingsfreie Weichwerden, das vor dem inneren Menschen nicht Halt machte. Er kannte es. Zweimal hatte ihn dieser Zustand im Leben zu fassen gekriegt davor. Das erste Mal nach seinem Ausscheiden aus der 601., einer Sondereinheit der tschechischen Armee, vor mehr als 20 Jahren. Leere. Dann ein weiteres Mal vor acht Jahren – die Sache mit dem Kind. Schwarze Zöpfe, viel zu große Augen, keine Angst, nur Fragen. Kinder sollten Menschen wie ihn nicht zu Gesicht bekommen. Das, was er tat, erst recht nicht. Der Rückzug damals war eine Flucht gewesen. Danach Rotwein, Morphium, Schlaf. Es war gewissermaßen Kolko gewesen, der ihn da rausgeholt hatte. Jedes andere Jobangebot in dieser Zeit hatte er abgelehnt. Kolkos war anders gewesen. Er hatte ein Mädchen für alles gesucht. Nicht bloß einen Mörder. Er wusste nicht, was den Ausschlag gegeben hatte, dass er darauf eingegangen war. Möglicherweise eine vage Idee von Ruhe. Vergessen. Die Idee war eine andere geworden im Lauf der Jahre mit dem Alten – eine von Nähe aus großer Distanz, Zuneigung unter Ausschluss von Gefühlen, vaterlose Sohnschaft. Er war Kolko dankbar für diese Zeit. Aber es würde ihn keine Sekunde daran hindern, einen Auftrag anzunehmen, der dessen Liquidierung forderte. Vielleicht könnte er auch heute wieder eine Art Zwischenweg finden. Eine Auszeit. Wieder trainieren, das Codein absetzen, hierbleiben für ein paar Monate oder Jahre. Geld hatte er mehr, als er je würde verschleudern können. Er schüttelte den Gedanken widerwillig ab. „Kein Garten Eden für dich, Ondra", murmelte er.

Er wuchtete sich auf das gesunde Bein, drang tiefer ein in die Kühle des Steinhauses, holte den Laptop aus der Tasche und ging zum ersten Mal wieder online. Die Entscheidung war gefallen. In den folgenden zwei Stunden las er alles, was über den

Flugzeugabsturz in der Schweiz und über die involvierten Personen veröffentlicht worden war. Dann setzte er die Meldung an den Mittelsmann ab und richtete sich darauf ein, zu warten. Auf Antwort und auf die Schmerzen, die ohne das Mittel zuschnappen würden wie tollwütige Hunde. Das einzige, was dagegen hälfe, wären noch mehr Schmerzen. Zeit, das Training wieder aufzunehmen.

***

Donnerstag, 27. April, Bern, Flugplatz Belpmoos
Die Nacht war Spiegel der lukengroßen Welt, die die schmutziggraue Kabinenbeleuchtung der kleinen Privatmaschine erhellte. Darin sah sie, was die Leute gesehen hatten, die sie morgens um drei hierhergefahren hatten, was das Kabinenpersonal sah: eine feingliedrige, schwache Hülle von Frau in Trainingsanzug, bleich und übernächtigt, gebeutelt von einer Katastrophe mit anschließendem Spitalaufenthalt und ihren Mann, der, für den Flug unter starke Beruhigungsmittel gesetzt, als einzigen Lebensbeweis nur ab und zu ein wimmerndes Keuchen von sich gab. Nichts Extravagantes in dem Bild, nichts Mondänes, keine Spur der legendenumrankten Dekadenz russischen Neureichtums. Bloß zwei Überlebende, zwei Zurückgeworfene – mitleiderregend und wie gemacht für jede Art von Häme. Es war perfekt. Und es war falsch: Evgenija Iwanowna würde erst dann an das eigene Überleben glauben, wenn sie den Fuß über die Schwelle ihres Stadthauses in Moskau setzte. Erst dann. Und auch das wäre bloß geborgte Gewissheit. Häuser konnten in die Luft gejagt, Fenster zu Einfallstoren werden, und Angestellte waren immer unterbezahlt und empfänglich für einen, der kurzfristig oder einmalig mehr bot. Nichts Neues.

Die Kabine wurde jetzt wieder kleiner – zusammengepresst und eingeengt vom Lärm der sich aufwärmenden Maschine. Fast schien es, als würde sogar das Atmen schwerer. Sie öffnete die Augen und stellte fest, dass ihr mattdüsteres Spiegelbild im Kabinenfenster dem grauzerbeulten Licht eines wasserschweren

Himmels gewichen war. Davor, schwarz noch und in einiger Distanz, die Silhouetten dicht beieinander stehender Bäume. Ein Wald vielleicht oder nur eine Hecke am Rand des kleinen Flugplatzes. Wer hier landete, konnte leicht noch an das Bild glauben, das man in der Welt von dem Alpenstaat Schweiz hatte und das von lokalen und nationalen Tourismusorganisationen gepflegt und zelebriert wurde: Wohlgeordnete Übersichtlichkeit, proper in Ansicht und Umgang, diskret weltoffen, verbrämt von blumenumrankter Disziplin und ordentlich verstautem Reichtum. Doch auch hier: Es hatte sich verändert unter der Oberfläche, veränderte sich noch immer. Sie konnte den Wandel nicht in Worte fassen, und doch war es mehr als bloßes Gefühl. Alles war scheinbar noch da, war geblieben, was sie während ihrer vielen Aufenthalte in all den Jahren hier gesehen hatte. Aber es war dünner geworden. Das schöne Bild von Freiheit und Ganzsein ein schleierhaftes Vlies, das nur den kurzen Blick der Kameras zu narren vermochte. Keine Tiefe und auch nicht mehr getragen von den Menschen, die hier lebten, sondern bezahlt. Erkauft mit mehr Geld. Was noch vor 30 Jahren grundlegende Haltung und Stolz dieses Landes und deklarierter Wille jedes Einzelnen gewesen war, Erbteil der Generationen über Vermögens- und Klassenunterschiede hinweg, war heute Dienstleistung, professionelles Design, Teil des an den Staat delegierten Eventkonzepts „Schweiz“.

Die Düsen des Kleinjets kreischten jetzt am Ende der Startbahn. Sie fühlte, wie alles dem Druck der Beschleunigung wich und sich auf einen Punkt in ihrer Brust reduzierte. Kein Platz mehr für weitere Gedanken. Bloß dieser eine noch: Aljoscha. Ihr Sohn. Ihr gemeinsamer Sohn. Aber vor allem: sein Sohn. Damals, als sie mit Ende 30 schwanger gewesen war und sich die Gefühle, von denen sie gehört und geglaubt hatte, sie müssten sich einstellen, es nicht getan hatten, war sie weniger traurig gewesen denn panisch ob des als Versagen wahrgenommenen Mankos. Sie hatte sich damit getröstet, dass sich das ändern würde, sobald das Kind da wäre und sie ihr politisches Engagement reduzieren würde. Es hatte sich nicht verändert. Der Sohn war ihr als rotgerunzelter Wurm ebenso fremd geblieben wie als gesichtsloser Mitesser in ihrem Innern. Sie hatte geglaubt, leiden zu müssen daran, durch die selbstverordnete Hölle grundlegendsten weiblichen Versagens gehen. Es war nicht normal, sein Kind nicht zu lieben. Nicht einmal Milch hatte ihr Körper ihm geben können, während Aleksejs Gesicht sich fast schmerzhaft zu verzerren schien beim Betrachten seines Sohns. Dann fand sie einen Weg, indem sie Aljoscha als eben das zu sehen begann: seinen Sohn. Und ja – es war Liebe. Auf einem Umweg zwar, eine indirekte Liebe, aber echt. So echt, dass sie sie zuweilen zerreißen wollte, verzehren. Denn ihn, den Mann, den sie geheiratet hatte, liebte sie auf genau diese Weise. Und Aljoscha war ein Teil von ihm. Wie seine Hände, seine Augen, seine Art, zu denken und zu sprechen, zu lachen und sie zu betrachten, wenn er dachte, sie merke es nicht.

Wenn das, was ihnen passiert war, kein Unfall gewesen war und dieser Nicht-Unfall auch nur ansatzweise ihre Schuld, dann würde sie bezahlen. Und sie würde jene, die es veranlasst hatten, ebenso bezahlen lassen. Es wäre das letzte Mal, der letzte Deal. Ihr Exit.

8

Bern, Schwanengasse 23

„Und damit willst du einen sauberen Ton kriegen?“ Nouriels Blick hatte zweifelnd auf Lorenz‘ Equipment geruht.

„Lautsprecherbau ist in erster Linie Physik. In zweiter Linie Material“, hatte Lorenz nur gesagt und die beiden kleinen Audioboxen mit den zuvor installierten Laptops verbunden. „Das hier würde jeden Freak auf jeder High-End-Messe von Hamburg bis Las Vegas zum Weinen bringen. Du wirst es sehen.“

„Ich hoffe, es zu hören.“

Jetzt hörten sie es alle. Die Stimmen scharf umrissene Silhouetten im zuvor nicht wahrgenommenen Brei raumfüllender Alltagsgeräusche. Winzige Risse am Rand eines jeden Tons:

Stimme 1: „ … Gott im Himmel … was … die gesamte Bordelektronik … (Keuchen) …“

Stimme 2: „manuell … viel zu tief … was soll… (hechelndes Geräusch)“

Stimme 3: „Kein Notruf.“

Die Audiodatei wurde gestoppt. Die nur scheinbare Stille, die dem elektronisch optimierten Ton aus den selbstgebauten Hochleistungsboxen folgte, ließ das Zimmer explosionsartig sich ausweiten.

„Lass es zu Ende laufen, Lorenz“, sagte Brun.

Die Tonmasse drängte wieder herein: Laute von Bewegung und Atem in engem Raum. Ein Knallen – wahrscheinlich die Cockpittür. Die Stimme, weiter weg diesmal, bloß noch Geräusch. Kurz darauf ein sich steigerndes Rauschen, das alles gefrieren ließ. Danach explodierende Ruhe. Vielfarbig. Schwarz. Die Datei war zu Ende.

„Noch mal?“, fragte Lorenz, der auf einem zweiten Laptop, das eine Ohr mit einem Kopfhörer bedeckt, ganz anderen Pfaden zu folgen schien als jener breiten Straße, auf der sich das Team seit anderthalb Stunden ohne klare Orientierung tummelte.

„Nein, lass mal“, kam es von Valentin. „Ich kann nicht noch mehr Lärm vertragen. Auch wenn es immer derselbe ist.“ Sprachs und erhob sich, um eines der hohen bis an die Decke reichenden Fenster zu öffnen. Andere Geräusche kamen herein: Das ruckelnde Bimmeln einer Trambahn, die behäbig die Kurve in Richtung Hirschengraben nahm, Stimmfetzen von eilenden oder flanierenden Menschen, versöhnlich wie die Noten eines Lieds nach der akustischen Hölle zuvor, Wind in den Bäumen vor dem Fenster, Spatzenfüße. Alles schien durchzuatmen.

„Gute Idee, Vali.“ Brun war ebenfalls aufgestanden und zündete sich eine Zigarette an. Jez kam der Gedanke, dass er es nicht tat, um sich zu bewegen, sondern weil er dasselbe gesehen hatte wie sie: die Mühe, die es Vali, dem Ältesten, bereitete, nach langem Sitzen auf die Beine zu kommen. Nicht mangelnde Geschwindigkeit verriet es, Mimik oder Laute – vielmehr das Fehlen von all dem, was ein junger Mensch gedankenlos und lachend herausposaunte. Dies und das Wissen, dass nicht nur Valentin sich im vergangenen Jahr verändert hatte. Alle echte oder gewünschte Selbstverständlichkeit im Umgang miteinander konnte nicht darüber hinwegtäuschen: Sie kannten sich nicht mehr. Es war schwer auszuhalten, wurde fast mit jeder Sekunde schwerer. Wie etwas, das sich aufblähte und eines Tages platzen würde. Ihr Schauen blieb an Piets Blick hängen, fand Halt in einem Lidschlag, der zuzustimmen schien. „Es ist gut, wie es ist. Das Beste, was unsereiner haben kann.“

Erst eine gute Woche war es her, dass sie den Frühstücksraum des Hotels bei Bergerac betreten hatte.

Der Speisesaal war L-förmig. Die einzige Tür befand sich im inneren Eck des L, so dass ein Gutteil des Raums für den Eintretenden nicht auf Anhieb einsehbar war. Als Jez über die Schwelle und in das uniforme Grauen aus hellblauen und lachsfarbenen Tönungen getreten war, hatte sie blind und sofort gewusst, wo er saß. Jeder in ihrem Job hätte sich dorthin gesetzt: Ums Eck mit Blick auf die Tür. Minimale Distanz, maximaler Effekt. Sie hatte sich halb um die eigene Achse gedreht und in diese Augen geblickt. Piets Augen. Ein Schritt, zwei Schritte, Hand an die Veilchenlehne des Holzstuhls, ziehen, sich setzen.

„Warum sagst du, du seist Brun? ‚Van Laer' ist doch auch nicht schlecht", hatte sie gefragt und ihn nicht aus den Augen gelassen, während ihre Hand die enge Jacke nach Zigarilloschachtel und Feuerzeug abgetastet hatte.

„‚Van Laer' hätte nicht gereicht, denke ich. Hier darf übrigens nur gefrühstückt werden. Rauchen verboten."

„Ich hab' sie sowieso im Wagen liegen lassen. Was ist mit Kaffee?"

„Kaffee ohne Kippe? Bist du sicher?"

„Wie hast du mich gefunden?"

„Wo dein Schatz ist, da ist dein Herz. Ist nicht von mir – steht in der Bibel."

„Mein Schatz ist nicht hier."

„Dein Herz war es. Es funktioniert auch umgekehrt."

Wieder hatte sie ihre Jacke nach der Schachtel abgetastet, dem Feuerzeug. Länger diesmal, den Blick gesenkt. Etwas hatte sich geöffnet, alles Dagegenstemmen nicht gereicht. Salz in der Kehle, in verlaufenden Augen.

Piet hatte geschwiegen. In der Pfütze ihres Sichtfelds war seine Hand aufgetaucht. Das war nicht seine Art, hatte sie gedacht. Nicht seine Art des Trosts. Ein Lächeln war in ihr, als sie gesehen hatte, wie die verschwommene Pranke sich zurückzog und eine Schachtel Zigaretten mit Feuerzeug freigab. Das wässrige Lächeln hatte das Innere verlassen, war auf das Gesicht getreten und hatte ihren Augen erlaubt, überzulaufen, ohne dass es ein Eingeständnis gewesen wäre.

„Ich dachte, hier sei rauchen…"

„Du denkst zu viel, Israel."

„Warum sagst du immer Israel anstatt Jezreel?" Zwischen den Worten ein Husten, das ebenso Lachen wie Schluchzen hätte sein können.

„Es passt", hatte er nur gesagt und sich eine Zigarette angezündet. Eine Weile hatten sie schweigend und in Erwartung lebenspraktischer Kompetenzvermittlung durch

Personal oder empörte Gäste geraucht und sich Piets Kaffee geteilt.

Irgendwann hatte er gefragt: „Hast du Kolko gefunden?"

„Ja."

Dann nichts mehr. Keine weiteren Fragen. Keine Antworten. Es war nicht nötig gewesen. Zu nichts gut. Das eigene Tun und sein Wirken waren nur einem selbst verständlich. Anderen immer fremd, wie man selber. Piet hatte das verstanden.

Und jetzt eben dies: „Es ist gut, wie es ist. Das Beste, was unsereiner haben kann."

Der Dialog, der keiner war und den sie sich eben erneut angehört hatten, hinterließ nebst einem Gefühl absoluter Ohnmacht diese zwei Worte: „Kein Notruf."

Sava fing die Ratlosigkeit ein, die die ganze Truppe erfasst zu haben schien:

„Wir haben drei Personen im Cockpit. Der Pilot, der Copilot und jemand, der nicht Laritski ist."

„Warum nicht?" Die Frage kam von Brun.

„Da ist keine Überraschung, Carl. Keine Angst", antwortete Sava. „Wer auch immer hier mit im Cockpit saß: Die Reaktion der Piloten, die Tatsache, dass die Bordelektronik versagte, hat ihn nicht überrascht. Wäre das Laritski, dann müsste man davon ausgehen, dass er diesen Absturz als Selbstmord geplant hätte. Das finde ich sehr weit hergeholt. Aber sogar in diesem unwahrscheinlichen Fall wage ich zu behaupten, dass ein Mensch Angst hat, wenn's ans Sterben geht. Immer. Jeder Mensch. Wer da spricht, hat keine Angst. Er ist entweder aus eigener Kraft oder durch Drogen total abgeklärt, oder aber er weiß schlicht und einfach, dass er nicht sterben wird. Glaubt man dieser Tondatei, scheint sein vordringliches Problem außerdem jenes zu sein, die Crew am Absetzen eines Notrufs zu hindern."

„Mach weiter", forderte Brun sie auf, als sie innehielt. „Was schließt du daraus?"

„Zweierlei: Die Vermutung, dass ein weiterer Passagier außer den Laritskis mit an Bord war, ist keine Spinnerei, wie die russischen Kollegen und die seltsamerweise sehr interessierten

Vertreter der Brüsseler Behörden unsere Ermittlungsbehörden glauben machen wollen."

„Und zweitens?"

„Der Absturz war ein Anschlag."

„Auf Laritski?"

„Ich tippe mal, dass er nicht den Piloten galt."

„Was ist mit ihr?"

„Auch möglich. Aber beide Varianten sind bloß Vermutungen. Naheliegende Vermutungen, aber mehr nicht. Du wolltest, dass wir in der Sache bei null beginnen. Und genau da sind wir: bei null."

Wieder senkte sich Schweigen über die Gruppe, die den abgewetzten Raum des einst sicheren Hauses des Diensts an der Schwanengasse 23 vorübergehend besetzt hielt.

„Was liegen uns bisher für Infos zu den Laritskis vor?" fragte Valentin in die Stille hinein.

„Zur Zeit nicht viel, was über den Inhalt einer Werbebroschüre hinausreicht", beantwortete Sava die an Brun gerichtete Frage.

„Okay – dann setzen wir hier an", übernahm Brun. „Lorenz …"

„Läuft", sagte dieser nur. Selbstverständlich, neutral, nicht im Geringsten genervt. Auch wenn alle wussten, dass er längst dabei war, jeden Winkel des Netzes nach Informationen zum Ehepaar Laritski abzugrasen. Und wenn von „jedem Winkel" die Rede war, dann konnte das in Lorenz' Fall wörtlich genommen werden. Oder aber, in Anlehnung an den Ausspruch Wau Hollands, eines deutschen Journalisten und Computer-Aktivisten: Lorenz gehörte zu jenen, die ihre helle Freude daran haben, den Versuch anzutreten, einen Weg zu finden, mit einer Kaffeemaschine Toast zuzubereiten. Das war Lorenz. Und in der Regel gab's am Ende Toast für alle. Laritski und seine Frau, Evgenija Laritskaja, würden schon bald nicht mehr Fremde sein für sie.

„Wir anderen", fuhr Brun fort, „machen Fußarbeit: Sava, du übernimmst die Uniklinik, wo das Ehepaar seit bald zwei

Monaten auf Steuerzahlerkosten residiert. Versuch, an sie ranzukommen. Wir brauchen alles: jedes Medikament, jede Diagnose, jedes Patientengespräch, jedes Telefonat. Apropos Telefonat: Lorenz, besorg uns die Nummern ihrer Anschlüsse und die Verbindungsnachweise."

Der Angesprochene gab weder Zeichen noch Geräusch von sich, das signalisiert hätte, ob Bruns Botschaft angekommen war. Auch ein Signal: Was sein Vorgesetzter verlangte, war Mindestmaß. Damit hatte er angefangen.

„Vali – ist es okay für dich, Sava zu unterstützen? Zu zweit könnt ihr mehr Druck machen. Sagt, ihr seid von irgendeiner Bundesbehörde. Oder vom Konsumentenschutz. Irgendwas. Hauptsache, es schüchtert ein und schafft Vertrauen."

Das Klingeln von Bruns Handy kam Valentins Antwort zuvor.

„Ja?", meldete sich Brun. Er schien zuzuhören, während seine Hand automatisch nach der Zigarettenschachtel griff. Dann erhob er sich von seinem Stuhl. Stand auf wie einer, der keinen Lärm machen will. Oder gar nicht da sein. Auch die Bewegung, mit der er eine Kippe zwischen die Lippen schob, gebremst, während der Blick laut wurde, schnell und rastlos. Es dauerte keine Minute, dann ließ er die Hand mit dem Telefon sacken. Die Geste hatte etwas Unwiderrufliches an sich. Keiner sprach, alle schauten zu ihm hin. Wartend. Dass er etwas sagte oder dass etwas zu Ende ginge. Platzte vielleicht.

„Sie sind weg", sagte er endlich. „Mit freundlicher Empfehlung unserer Regierung." Sprachs und ließ sich auf den schmutzigweißen Kunststoffstuhl mit orangefarbenem Bezug neben der Tür fallen, um in der gleichen Sekunde wieder auf die Beine zu kommen. Der Stuhl hatte damit nichts zu tun. Brun sah aus wie einer, dessen Haut auf einen Schlag zu klein geworden war und den es große Mühe kostet, ihn ihr drin zu bleiben. Es war nicht nötig, die Frage zu stellen, wer nicht mehr da sei. Allen war klar, dass es um die Laritskis ging.

„There we go again …" Nouriels Worte ätzten sich in den Kreis dieser sieben so verschiedenen Menschen, die, jeder für sich, einen Grund suchten, da zu sein. Zu bleiben. Das hier war keiner.

Jez, die nie viel sagte, sprach zum ersten Mal an diesem Morgen. Ihre Worte überlagerten das giftige Zischen von Nouriels Bemerkung, das schon Löcher brennen wollte, wo noch Leere war: „Umso besser, dass wir hier sind“, sagte sie. „Burger scheint richtig zu liegen. Überall, wo man hinguckt, großes Interesse, die Kuh vom Eis zu holen. Jetzt also die Laritskis aus der Schusslinie. Die Frage, die wir uns stellen sollten, ist die, ob jene Leute, die sie unbedingt aus der Schweiz raushaben wollen und denen das jetzt auch gelungen ist, dieselben sind, die den Anschlag in Auftrag gegeben haben.“

„Jezreel hat recht.“ Valentin schien zum Fenster hinaus zu sprechen, wo er nach wie vor mit seiner Kaffeetasse stand. „Ich glaube, wir sollten keine Zeit verlieren. Wenn man die Laritskis gehen lässt, dann hat auch bald keiner mehr ein Interesse, die Ermittlungsakten, so dünn sie auch sind, vom Reißwolf fernzuhalten. Und warum sich dann noch den Kopf zerbrechen über einen Passagier, von dem man nicht weiß, ob er überhaupt existiert oder da war, wo er doch so schön verschwunden ist.“

Die Worte hatten Brun aus der Starre zurückgeholt, wo der Anruf ihn hinkatapultiert hatte.

„Okay – Nour. Besorg‘ uns die Ermittlungsakten der Bundespolizei. Wie auch immer. Und du, Piet: Sprich mit den Leuten von der Flugsicherung und dem Zielflughafen in Zürich. Irgendjemand muss von dem Geldtransfer gewusst haben. Ich will wissen, wie das hätte vonstattengehen sollen. Grab alles um. Und finde heraus, wo das Geld jetzt ist.“

„Könnte sein, dass das nicht ganz ohne Lärm geht, Carl“, sagte Piet.

„Egal. Wir haben zur Zeit noch einen Auftrag des Bundespräsidenten. Nutzen wir das aus, solange es so ist. Früher oder später wird man uns zurückzupfeifen versuchen. Bis dahin sollten wir so weit sein, ohne Geräusche weitermachen zu können. Sava und Valentin – wie gehabt: Uniklinik. Nehmt euch das Personal vor. Ich will alles. Fakten, Klatsch und Gerüchte. Und Jez:

Sie kümmern sich um Zypern. Versuchen Sie, rauszukriegen, woher und wie das Geld durch den Zoll und in die Maschine gelangt ist. Was haben die Laritskis dort gemacht, wen haben sie getroffen? Und vor allem: Wer ist der dritte Passagier?"

„Dazu werde ich Hilfe brauchen …"

Jez' Worte klangen wie eine Frage. Jeder verstand. Jeder wusste um die Notwendigkeit von Informanten und Spezialisten. Ohne diese Leute, die immer auch ein Risiko darstellten, konnten sie ihren Job nicht machen. Und oft hing mehr als bloß der Job von ihnen ab.

„Tun Sie, was Sie wollen und wie Sie es wollen", sagte Brun jetzt. „Hauptsache, wir kriegen Infos – und zwar schnell. Das gilt für euch alle." Er hatte die ganze Zeit über an dem Sims gelehnt, wo einst ein Kamin gewesen war. Jetzt stieß er sich von seiner Stütze ab, kam zurück zu den zusammengeschobenen Tischen und holte eine Plastiktüte darunter hervor …

„Freut euch, Leute", sagte Nouriel, der wie alle anderen wusste, was jetzt kam. „Es gibt Bescherung."

Brun holte sieben identische Handys aus der Tüte. Alle vorregistriert und in verschiedenen Shops im In- und Ausland erworben. „Von jetzt an nur noch damit und nur, wenn unbedingt nötig", sagte er und schob jedem über den Tisch eins zu.

„Ich wollte aber eins in Rosa", kam es von Sava. Ihre Worte und der Ton gaben der Stimmung, die lautlos hereingesickert war, oder aus jedem heraus, Kontur: Es ging los. Endlich konnte man etwas tun. Jeder für sich und doch gemeinsam. Es war gut. „Mehr kann unsereiner nicht verlangen." Irgendwann käme Spannung hinzu. Mehr Spannung. Zu viel. Angst vielleicht. Aber für den Moment war die Last eine leichte. Und sie verteilte sich auf die Schultern von Menschen, die einander wiedererkennen würden. Nicht heute, vielleicht auch nicht morgen. Aber im Lauf des gemeinsamen Ermittelns auf jeden Fall. Savas Worte sprachen von Vertrauen. Und jene, die ihnen jetzt folgten, vom Glauben an ihre Möglichkeiten als Team: „Und du, Carl? Was machst du?"

„Was wohl“, sagte Nouriel. „Der geht nach Hause und schleift seine Deckenbalken ab.“

„An die Arbeit, Leute“, drängte Brun. „Wir haben nicht viel…“ Und abrupt innehaltend: „Wie kommst du ausgerechnet auf Deckenbalken?“

„Name of the game, Carl“, war die Antwort. „Wir sind, was wir sind.“

„Ich will nicht wissen, was du bist, Nour. Das wird mir jetzt zu intim.“ Auch Brun konnte dem Anflug eines Lächelns nicht ausweichen. Dann war es weg, und er wurde wieder ernst: „Ich werde versuchen, Infos zu den Vorgängen hier zu bekommen. Und mit ‚hier‘ meine ich unsere Landesexekutive. Ich glaube nicht daran, dass die Ausreisegenehmigung ein Irrtum war. Und wenn ich richtig liege, dann war vieles andere auch bekannt. Wir treffen uns wieder hier. Datum und Zeit wie immer über Lorenz. Notfälle auch.“

9

Moskau

Am 20. Oktober 2012 ermordete ein Biker der russischen Motorrad-Vereinigung Tri Dorogi ein Mitglied des ersten und ältesten Biker-Clubs Russlands. Der Nachtwölfe. Notschnyje Wolki. Damals hatte es angefangen. Das jetzt. Es war das Gegenteil von dem anderen Anfang. 1989. Damals war er jung gewesen, fast ein Kind noch, beseelt von der Idee einer Freiheit, die nur im Spannungsverhältnis mit anderen als den herrschenden, scheinbar konträren Werten echte Freiheit wäre. Er hatte Medizin studiert und sein erstes Bike, eine Jawa, gekauft. Er hatte tagsüber in der Zentralklinik gearbeitet und war nachts frei und ungehindert mit seiner Maschine von Luschniki, einem Stadtviertel unweit des Zentrums von Moskau, bis zum Flughafen Scheremetjewo-II im Nordwesten gerast. Frei. Er hatte zeitgleich eine Familie und den Club gegründet. Bruderschaft. Treue, Heimat, Geborgenheit. Gewalt und Gebete. Leben und sterben. Saufgelage und Elternabende. Frauen und die Frau. Alles hatte sich gegenseitig bedingt. Er selber fest zurückgebunden und nur dadurch in der Lage, mit seinem ganzen Gewicht in den Seilen zu hängen. Laune der Natur: Sein Äußeres sprach vom selben. Besser, als Worte es vermocht hätten. Er brauchte nie groß über sich zu reden, davon, wofür er stand. Semjon Kowaljow, Präsident der Nachtwölfe, maß 2,02 Meter und wurde von seinen Biker-Brüdern „der Arzt" genannt, was seinem Beruf entsprach. Während sein Körper weit davon entfernt war, schlaksig oder gar mager zu sein, vielmehr eine Art Geländeform, etwas, das sich jederzeit über die es umgebende Landschaft erhebt, das Schatten spenden konnte, Schutz, Tod bringen, schien das Gesicht von Meisterhand aus Gestein herausgehauen worden zu sein. Sah man die schwarzgezackten Ausläufer der Tätowierung, die kein Hemdkragen oder Kittel einzufangen vermochte, fragte man sich unwillkürlich, ob da hatte verunstaltet oder verschönert werden sollen. Oder weder noch. Oder beides. Alles war möglich. Semjon Kowaljow – die perfekte Projektionsfläche, Großleinwand für jede Art von Vorstellung.

Was ihn selber als Person, den Club, die Familie betraf, existierte Vorstellung nicht – es galt der Anspruch der Echtheit. Wahrheit. Klare Regeln. Darauf war er stolz. Und auch darauf, den Club über all die Jahre hinweg sauber gehalten zu haben. Keine Kriminalität, keine Politik. Wer dagegen verstieß, war raus. Im Fall von Gewalt und Gängen ins Grenzgebiet der Legalität galten andere Regeln. Jeder russische Mann brauchte seinen Krieg. Das konnte man nicht wegdekretieren. Auch mit der einfachsten Regel nicht. Vielleicht galt das für jeden Mann auf der Welt. Er wusste es nicht. Aber hier bei ihnen hatte es funktioniert. Bis zu jenem 20. Oktober. Da hatte das andere angefangen. Das jetzt. Jetzt war er … Was war er? Alle Variationen menschlicher Käuflichkeit, das Hurentum schlechthin – sie beschrieben nicht, wozu er geworden war. Sie verdienten Ehre, weil ihre Zwecke die Mittel erklärten, echt waren. Unschuldig gar. Aber er – ein Tanzbär nur noch. Festgebunden an den Ketten jener, die er ein Leben lang gemieden hatte. In seiner Welt verboten. Es gingen Gerüchte um. Sogar unter seinen Leuten. Er hatte sich nicht verändert und war doch ein anderer geworden. Etwas anderes wäre nicht möglich.

Er saß allein im Clublokal. Ihr Hauptquartier im südlichen Verwaltungsbezirk Moskaus. In direkter Nachbarschaft ein Unternehmen, das ein paar Jungs vor etwa 15 Jahren gegründet hatten und das auf den Import von Vintage-Mode spezialisiert war. Die Jungs von damals fuhren mittlerweile Porsche Cayennes oder ähnliche Karossen, hatten Familie und spielten Golf. Es war Semjon ein Rätsel und eine Genugtuung zugleich, dass sie ihren Firmenhauptsitz hier belassen hatten, obschon ihre Boutiquen die besten Standorte der Innenstadt besetzten. Möglich, oder sogar wahrscheinlich, dass dieser Umstand nur wenig mit den Beweggründen zu tun hatte, die er ihnen gern unterstellt hätte: Verbundenheit zur Herkunft, Bewusstsein der eigenen Wurzeln allem Geld zum Trotz, Liebe zu dem Land, das sie zu dem gemacht hatte, was sie waren: Russland. Viel plausibler war es, dass es, wie das meiste in Russland, mit dem komplizierten Geflecht aus Beziehungen und eingegangenen Verpflichtungen zu tun hatte, von dessen Strängen immer einige identisch waren: Geld und Positionen, Mittel und Macht, Druck und Gegendruck. Das war die eine Seite der Nachbarschaft. Die andere war der zehn Hektar große Donskoi-Friedhof. Der Bereich, der direkt an den Hof des Clubs angrenzte, war noch „unbebaut". Bei ihren Festen im Sommer konnte man meinen, es sei bloß ein Waldrand. Vielleicht war es just diese Kulisse, die er hier am meisten mochte. Eine Ort gewordene Metapher für das Leben, von dem keiner sich vorzustellen vermochte, dass es, zumindest was das eigene betraf, enden könnte. Morgen schon oder heute. Und es doch wusste. Die ganze Zeit über. Sonst gäbe es keine Angst. Und davon gab es nun wirklich mehr als genug. Mehr als früher, fand er. Eine Erklärung dafür hatte er nicht. Bloß die Ahnung, dass es etwas mit Verlust zu tun hatte und dass dieser wiederum in direktem Zusammenhang stand mit jenem, was man zu „haben" glaubte. Ja – den Russen ging es besser. Sein Club war der beste Beweis dafür.

Tanzbär. Er stand von dem Hocker auf, auf dem er gesessen hatte, umrundete die das höhlenartige Lokal in seiner ganzen Länge durchmessende schwarzhölzerne Theke, griff nach einer Flasche Starka und schenkte sich ein kleines Glas voll ein. Jetzt war er so weit. Die beiden Stunden zuvor hatte er es sich untersagt, zu trinken, weil er den in alten Eichenfässern mit Apfel- und Lindenblättern gereiften „russischen Whisky" nicht annähernd so gewürdigt hätte, wie dieser es verdiente. Jetzt schon. Jetzt ging es ans Eingemachte. Darum war er hiergeblieben, als auch die Nachzügler sich verabschiedet hatten und das Gebrüll der letzten Maschine verklungen war. Er leerte das Glas in einem Zug, fühlte, wie das Innere sich zusammenzog wie ein Stück Plastik, das im Feuer schmilzt, schenkte sich nach und ging mit Flasche und Glas zurück zu dem Hocker, dessen Leder noch warm war.

Die Gerüchte: Sie waren wahr. Allesamt. Wahrer wohl, als der größte Zweifler und Schwätzer vermutet hätte. Und sie erschlossen nur einen Bruchteil der ganzen Wahrheit. Nicht einmal seine Frau wusste alles. Das meiste zwar, aber eben nicht alles. Es wäre zu viel. Angefangen hatte es mit dem, was jeder längst wusste: Die Bandidos, ein ursprünglich amerikanischer Rocker- und Bikerclub, der sich außerhalb jedes Gesetzes wähnte, versuchte seit Jahren, in Russland einen Fuß auf den Boden zu kriegen. In der Ukraine war es gelungen: Dort waren der Drogenhandel und ein Gutteil des Menschenhandels fest in ukrainisch-amerikanischer Bikerhand. Böse Zungen behaupteten, das sei nur ein Nachvollzug dessen, was in der Politik längst der Fall sei. Russland war anders. Die Motorradszene hier sah sich selber nicht als Rockerverbund und schon gar nicht außerhalb des Gesetzes. Im Gegenteil: Man war patriotisch gesinnt, ohne politisch zu sein, und ging eher einen Schulterschluss mit der orthodoxen Kirche ein, als sich dem ausgehöhlten Pseudo-Satanisten-Image angeblicher Brüder im Geist anzuschließen. Drogenhandel hatte es auch in Russland immer gegeben – aber weder die Nachtwölfe noch andere Clubs hatten etwas damit zu tun. Bis eben das Gerücht die Runde gemacht hatte, dass die Bandidos es geschafft hätten, die Tri Dorogis umzudrehen. Semjon hatte, als ihm der Lärm zu Ohren gekommen war, sofort das Gespräch mit dem Präsidenten der Tri Dorogis gesucht. Dieser hatte alles abgestritten und ihm versichert, dieser Rauch komme ganz sicher nicht von einem Feuer, sondern von einer Petarde der Bandidos, denen wie schon immer jedes Mittel recht sei, die einheimischen Clubs gegeneinander auszuspielen, um selbst in die entstehende Lücke springen zu können. Semjon hatte ihm geglaubt, ihm aber auch gesagt, er würde ihn und seine Leute im Auge behalten. Das hatten sie getan und in der Nacht vom 20. Oktober ein Stelldichein zwischen Tri-Dorogi-Mitgliedern und Bandidos hochgehen lassen. Obwohl die Nachtwölfe in achtmal so großer Besetzung vor Ort gewesen waren, hatte keiner von ihnen eine Waffe gezogen. Man war immerhin unter Brüdern, was einer der Tri Dorogi allerdings nicht so zu sehen schien.

Ein Junge, erst seit einem Jahr dabei und noch in der untersten Stufe der Clubhierarchie, fast ein Kind noch, das Semjon an sich selbst erinnert hatte, wurde erschossen. Gegen den Willen seiner Männer hatte Semjon den Befehl zum Rückzug gegeben. Unmittelbar nach dem Schuss. Er selbst war allein vor Ort geblieben, hatte die Polizei informiert und sich allen Fragen gestellt. Er musste einen Krieg verhindern. Er wollte nicht, dass hier in Russland, wo die Biker als „gut" und „harmlos" wahrgenommen wurden und es im Grunde auch waren, wo sie anstelle von Drogenhandel und Prostitution Wohltätigkeit und Vorbildfunktion lebten, der Westen hereinbrach. Bei vielem anderen war das okay – aber nicht in diesem Fall. Er hatte es versucht. In den Augen seiner Brüder und der Öffentlichkeit hatte er es auch geschafft. Die Bandidos waren weg. Die Politik, die sich wortreich und kameratauglich mit dem Gedanken gewogen hatte, die Clubs je nach Stimmung in der Bevölkerung zu verbieten, hatte von dieser schlimmsten aller Möglichkeiten Abstand genommen. Den Preis für das Einlenken kannte auf ihrer Seite nur er. Dass er seit diesem Zwischenfall mehr und mehr zum Maskottchen der aktuellen Regierung verkommen war, quasi zur flexibel einsetzbaren PR-Puppe Nummer eins des Präsidenten, war das geringste Übel. Er sprach es offen an und aus, spielte mit beim Spott der anderen und wusste seine Brüder und die Familie hinter sich. Es war notwendig gewesen, und es blieb an der Oberfläche. Das andere, von dem keiner sonst wusste, nicht.

Kurz nach dem Zwischenfall mit den Tri Dorogi war sie aufgetaucht. Die „kleine Schwalbe" wurde sie von manchen genannt. Evgenija Iwanowna Laritskaja. Familienministerin und Hoffnungsträgerin Millionen junger Frauen auf eine Karriere in der Politik, Mensch gewordener Inbegriff neu definierter Freiheit auf dem Fundament alter Seilschaften, Seelenverwandte des mächtigsten Manns im Staat: des Beraters des Präsidenten. Ihre Flugbahn von der Zielgenauigkeit einer Cruise Missile. Lastotschka war nicht mit einem Ölzweig angeflattert gekommen, nicht mit einer höflich formulierten Bitte. Weder Weisung noch Befehl: Sie hatte ihm direkt die Waffe auf die Brust gesetzt.

„Entweder du tust, was wir von dir verlangen, oder wir verbieten den Club. Wir verbieten deine Familie. Dich. Du weißt, was das heißt. Du und all jene, die du liebst, sind dann vogelfrei."

Er hatte seinen Ohren nicht getraut und hatte die zierliche Gestalt, die ihm wie eine Fata Morgana in Armani erschienen war, wohl auch so angesehen. Sogar ihr Lachen war von flimmernder Traumhaftigkeit in der erinnerten Spiegelung. Ihr Lachen, mit dem sie sein ungläubiges Kopfschütteln kommentiert hatte. Da erst hatte er zu verstehen begonnen, dass das Ganze kein schlechter Witz war. Der Albtraum so echt wie er selber bis zu diesem Moment. Und dass er, wollte er seine Familie schützen, schleunigst aufhören sollte, diesen Anspruch an sich zu stellen. Von der Politik erpresst, musste er zum Kriminellen werden und ihr besorgen, was sie wollte. So einfach war das.

Er schenkte sich nach. Er hatte nicht die Absicht, sich zu betrinken. Er bezweifelte außerdem, dass es möglich gewesen wäre. Zu drängend und klar waren die Gedanken und die Fakten. Kein Schnaps der Welt hätte sie zu ersäufen vermocht. Er half ihm bloß dabei, Anlauf zu holen für den Sprung, den er heute Nacht tun musste. Allein. Jetzt. Denn wieder war alles anders geworden. Während er von hier aus den größten und einzigen Drogendeal seines Lebens aufgegleist hatte, war die Privatmaschine des Ehepaars Laritski auf Schweizer Boden abgestürzt. Beide hatten überlebt. Keine 24 Stunden nach dem Vorfall hatten die ersten Gerüchte die Runde gemacht. Von einem Anschlag war die Rede gewesen, von Sabotage. Er hatte jede Spekulation rund um das Ereignis zur Kenntnis genommen, sich seine Gedanken gemacht und einen böswilligen Akt gegen diese Leute als reale Möglichkeit bewertet. Mehr nicht. Auch keine Hoffnung – zu schnell schlossen sich die Lücken im politischen Positionen-Schacher Russlands, als dass er sich der Illusion hingegeben hätte, mit diesen Leuten wäre auch sein Problem vom Tisch gewesen. Aber jetzt – jetzt stand er möglicherweise unter Verdacht. Vom Maskottchen des Präsidenten zum Sündenbock. So geschmeidig, wie die politische Elite des Landes Geschichten und Wahrheiten umzudeuten und umzukehren vermochte, konnte kaum einer denken. Es lag an den Menschen. Die Russen liebten Geschichten. Märchen. Und in jenem, das jetzt gerade zu erzählen begonnen worden war, schien er für die Rolle des Bösen vorgeschlagen worden zu sein. Andeutungsweise erst. Aber es könnte passen, die Leute würden es glauben, würden ihn lieben für das, was ihm angelastet werden sollte, oder hassen, hätte man ihn erst mal in Händen. Sie würden den inszenierten Prozess verfolgen, mitfiebern bei der Hetzjagd durch Spalten und Formate sämtlicher Medien und durch die Mühlen der Institutionen, als wär's das jährliche Lotto. Am Ende Gulag für ihn und Satisfaktion für 140 Millionen Menschen. Ein echtes Märchen eben. Für seinen von PR-Fritzen und dessen Berater aufgebauten Freund indes, seinen Kumpel, für den er Denkmäler eingeweiht und der ihm einen Ehrenorden verliehen hatte, für diesen Freund, den Präsidenten der Russischen Föderation, war die Rolle des Guten vorgesehen. Sogar er verstand das – alles andere wäre eine verpasste Chance. Die Erinnerung an die Verbrüderung des ehemaligen KGB-Offiziers mit dem großen starken Mann der Motorradszene war in der Öffentlichkeit längst nicht mehr Inszenierung, sondern Realität. Der Image-Transfer war vollzogen. Es konnte abgeräumt werden. Man brauchte Semjon Kowaljow nicht mehr. Während er sein Glas erneut füllte, ließ sich der Gedanke, der vor Stundenfrist bloß vorbeigeflattert war, so nahe bei ihm nieder, dass er ihn fassen konnte: Es war möglich, dass der 20. Oktober, der Tag, an dem, wie die Medien genüsslich gegreint hatten, der Rockerkrieg in Russland Einzug gehalten hatte, in etwas Gutes umgewandelt werden konnte. Der Tag, an dem er den ukrainischen Präsidenten der Bandidos kennengelernt hatte. Jenen Mann, der sich nach seiner Haftentlassung als Erstes und persönlich bei ihm entschuldigt hatte. Jener Mann, der ihm geholfen hatte, den Drecksdeal, zu dem er von Evgenija Iwanowna Laritskaja erpresst worden war, einzufädeln. Die Flasche schwebte über dem Glas. Kurz nur, bevor sie mit satttrockenem Knall wieder auf dem Tresen zu stehen kam. Für heute war Schluss. Er wollte nach Hause. Zu seiner Familie.

Die Arme seiner Frau. Nicht wissend, alles verstehend. Mehr war nicht nötig. Wärme.

***

Sonntag, 30. April, Moskau, Ulitsa Pliuschicha

Das Bild war vertraut und zugleich von verstörender Fremdheit. Ein Stillleben sich in Resten von Eleganz gefallender Verkommenheit, das meinte, das Gegenteil zu sein. Das Einzige, das sich schattenhaft darin bewegte, waren schwarz befrackte Diener, die das Tableau vom Eingangsbereich her aufrollten, jetzt, wo alle gegangen waren, die Meute weitergezogen – nach Hause in ähnlichen Luxus oder in irgendeinen Club im Zentrum. Gläserklirren, Lachen, Durcheinanderreden, Beats, die Liturgie lärmender Leere klangen nach in der rauch- und parfümsatten Stille des Raums. Evgenija Iwanownas Blick wanderte über halbleere Silbertabletts mit Resten von Blinis, Lachs und Kaviar, halb heruntergebrannte Kerzen in riesigen Kandelabern, Fußabdrücke auf glänzendem Parkett, umgekippte Champagnergläser, Wodkaflaschen, weiße Pulverspuren auf den glatten Flächen der Glastische, ein paar goldene Stilettos halb versteckt im Wellental eines Vorhangausläufers. Rauch, Schweiß, Alkoholdunst. Sie zündete sich eine Zigarette an und schenkte sich Wodka in ein Wasserglas ein in der Hoffnung, es würde besser, leichter zu ertragen: das alles, das Brackwasser menschlicher Rückstände, die Komödie, der eigene Trug, der ihr immer öfter den Atem nahm und schwarze Löcher vor ihren Augen tanzen ließ. Hier lebte sie. Evgenija Iwanowna Laritskaja war hier zu Hause. Ich bin hier zu Hause. Ich. Heimat. Es half nichts: Der Absturz hatte sie aus ihrem eigenen Leben herausgerissen, aus dem, was ihr Heim gewesen war, aus sich selbst. Die Frau, die sie gewesen war, residierte nach wie vor in der dreistöckigen Penthousewohnung im Stadtzentrum von Moskau, an der „Goldenen Meile". 15 Millionen Dollar, ein eigens gebohrter Brunnen, Wintergarten und Swimmingpool – die Koordinaten ihrer physischen Existenz. Sie selber fern – freischwebend in einer Leere, durch die weder Laut noch Farbe noch Gefühl zu dringen vermochte. Abwesenheit. „Du musst essen“, sagte ihr Mann immer wieder. „Iss, Eva.“ Sie konnte nicht, so sehr sie es versuchte. Täglich kam ein Arzt, der sie an den Tropf hängte, um den Körper zu nähren. Eine Sorge weniger. Nicht für ihn: Sie sah das Leiden in seinen Augen, das mit den Schmerzen seiner eigenen Genesung nichts gemein hatte. „Es ist der Schock“, sagten die Leute, „sie braucht Zeit. Lass ihr Zeit, Aleksej.“ Sie hatten recht, die Stimmen: Es war der Schock. Der andere Schock, von dem keiner wusste. Jener der blendend klaren Einsicht, die sich doppelschneidig und grell in jeder Sekunde in ihr Bewusstsein bohrte.

„Du musst das nicht tun“, hatte ihr Mann gesagt und das hier gemeint. Dieses Wieder-Aufricht-Fest, das sie bereits von der Schweiz aus organisiert hatte. „Lass es, Eva.“ Und als hätte er nicht mehr weitergewusst, hilflos, wie sie ihn noch nie gesehen hatte, ohnmächtig, hatte er zur Krücke anderer Menschen Plattitüden gegriffen: „Lass dir Zeit. Die kommen auch in einem Monat noch. Oder in zwei.“ Und fast flehend: „Du musst gesund werden. Ganz gesund. Alles andere kann warten.“

Sie hatte ihm die feingliedrige, fast mager gewordene Hand an die Wange gelegt: „Ich bin gesund, Lieber. Es wird mir guttun.“

„Bist du sicher?“

„Ja. Ich bin sicher, Aleksej. Mach dir meinetwegen keine Sorgen. Wir müssen diesen Menschen zeigen, dass wir noch da sind. Am Leben.“

„Du sagst das, als sprächest du von einem Schwarm Geier.“

Sie hatte darauf nichts gesagt. Wozu auch und was? Es war Politik.

Und als hätte ihr Schweigen die Schattierung eines Einverständnisses gehabt: „Wir können uns zurückziehen aus dem ganzen Zirkus, Eva. Wir brauchen nicht länger mitzumachen. Wir könnten weg, ein neues Leben anfangen. Irgendwo. Einfach und in Ruhe und als Familie. Nur wir drei.“

Sie hatte gegen einen rauen Druck in der Kehle angekämpft, hatte den Kopf kurz an seinen Oberarm gelegt, geschluckt, sich verabscheut und gehasst für das, was sie sagte. Sagen musste.

„Nein, Aleksej – ich werde denen meine Arbeit nicht einfach so schenken. Ich kann nicht, verstehst du das nicht? All die Jahre – der Druck – soll ich das einfach abgeben, den anderen überlassen, jetzt, wo ich endlich in einer Position bin, in der ich Dinge verändern und beeinflussen kann?“ Und mit Tränen in den Augen: „Verstehst du das nicht?“

„Doch. Oder nein. Ich verstehe es nicht – aber ich verstehe dich. Du wärst nicht du …“

Der Satz war ins Leere gelaufen. Sie war ihm dankbar gewesen. Sie wusste nicht, ob sie es ertragen hätte, ihre Lüge aus seinem Mund zu hören. Es war nicht die Politik, nicht ihre Position als Familienministerin, weder Ehrgeiz noch Prestigewahn, die sie jetzt antrieben. Alles, was sie wollte, war, am Leben zu bleiben, um ihn und seinen Sohn zu schützen. Die Puppe musste weiterspielen, -tanzen und -lachen. Wie heute Abend. Im Wissen, dass es keine Erlösung gäbe für sie, auch keine temporäre, dass jedes Glas sie nüchterner werden ließe, bis es vorbei wäre. Sie schenkte sich nach.

10

Dienstag, 2. Mai, Stadt Bern

Man mochte den unaufhaltsamen Wandel von Mentalität und Haltung der Menschen beklatschen oder bedauern, ihn als gewollt und orchestriert anprangern oder einfach als naturgegeben und unumgänglich hinnehmen – einig war man sich in der Schweiz indes fast immer dann noch, wenn es um jene Dinge ging, die es zu erhalten galt, ja, zu verteidigen gegen alles, was von innen oder außen dagegen aufgefahren wurde: die sprichwörtliche Beschaulichkeit des Landes an sich, die träg-diskrete Freundlichkeit der Menschen und im Besonderen den gemütlich gerundeten Witz der Hauptstadtbewohner. Aber auch das würde sich möglicherweise in Zukunft nicht erhalten lassen. Vielleicht hatte es sich längst verändert und der Grund, warum er, Pierre Besson, als Bundespräsident mitten am Tag unbehelligt, unbewacht und anscheinend unerkannt zu Fuß den Weg vom Regierungspalast zu dem Restaurant, wo er verabredet war, gehen konnte, war längst nicht mehr das liebenswerte Understatement wacher, aber zurückhaltender Leute, sondern bloß noch Ignoranz und Unkenntnis. Sein Ziel war das McDonald's beim Zytgloggeturm. Er überquerte den Bärenplatz und gelangte via Marktgasse zügig zum Theaterplatz und zur Filiale des Fast-Food-Ladens, die das Eck zur Zeitglockenlaube machte. Hier drin würde man ihn, den amtierenden Bundespräsidenten, ebenfalls garantiert nicht erkennen, die großzügig geformte Dame an seinem Tisch eher als Landpomeranze beim jährlichen Stadtbesuch und nicht als Ministerin für Äußere Angelegenheiten identifizieren. Und wenn doch, dann sprächen Ort und Treffen von Pragmatik, vom Hintanstellen positionsbedingter Annehmlichkeiten, von Normalität und nicht zuletzt von Kostenbewusstsein – von allem, außer von dem, was es wäre: Ein informelles Treffen mit einseitig bekannter Zielsetzung unter Ausschaltung jeglichen Einblicks durch Kollegen und Medien. Das hier war notwendig, sagte er sich. Punkt. Jede Regung von Scham fehl am Platz. Er hatte den Mann, von dem er nur wusste, dass er im Internet unter dem Namen „Aladin“ unterwegs war, über seine Amtskollegin in Brüssel gefunden, hatte ihm den Job erklärt, und er hatte zugesagt. „Schicken Sie ihr das Dokument auf ihr Smartphone. Über Bluetooth.“ So einfach war das. Annbelle Jordi würde die McDonald‘s-Filiale in ungefähr 40 Minuten wieder verlassen. Mit ihm an ihrer Seite. Und mit einer Überwachungssoftware auf ihrem Smartphone. Es musste sein. Nicht weil es ihn interessierte, was und mit wem sie sprach, von wem sie Geld nahm und wofür, mit wem sie ins Bett ging oder eben nicht. Das alles war ihm längst bekannt. Worum es ging, war, zu erfahren, wann Burgers Leute sich bei Jordi meldeten oder zumindest ihre Daten abriefen. Denn wenn sie gut waren, dann würde genau das passieren und sie würden auf Jordi und ihren Deal mit der EU stoßen. Das wäre wünschenswert – ein erster loser Faden im Politklüngel, den aufzulösen er sich zum Ziel gesetzt hatte. Aber auch darum ging es nicht. Er musste wissen, wer aus den Reihen des NDB Burger auf die Russensache angesetzt hatte. „Willst du da wirklich rein?“

Er hatte Jordi nicht kommen sehen, sondern war, wie es seiner Art entsprach, mit dem ersten Wort ganz eingetaucht in die Thematik Altersvorsorge 2020, um die sich das Treffen nach dem Mittag drehen würde. Er blickte wie ein Erwachender von den Blättern hoch und in Jordis lachenden Blick. Heute mit Make-up, fiel ihm auf. Von Gram keine Spur mehr, was ihn in Anbetracht des Gegenstands, von dem sie wissen musste, dass er gleich zur Sprache käme, überraschte.

„Auf jeden Fall werden wir maßgeblich zur Erhöhung des Durchschnittsalters des Etablissements beitragen, was dem Management in Anbetracht der letzten Statistiken zur Problematik der Jugendverschuldung nur recht sein kann“, beantwortete er ihre Frage, während er seine Unterlagen in die Mappe zurückstopfte.

Sie stellten sich in zwei verschiedenen etwa gleich langen Schlangen an und nahmen erstaunlich schnell und ebenfalls zeitgleich ihre Tabletts entgegen. Jordi folgte Besson nach oben, wo er einen Ecktisch ansteuerte, der als Müllhaufen getarnt war. Kurzerhand schob er die Verpackungs- und Essensreste ihrer Vorgänger an den Rand, stellte sein Tablett ab und setzte sich. Sie tat es ihm gleich und nahm übers Eck mit dem Rücken zum Fenster Platz.

Und dann überraschte sie ihn wieder: Noch während beide damit beschäftigt waren, die als Nahrungsmittel deklarierten Erzeugnisse auf ihren Tabletts aus Papier und Karton zu schälen, ergriff sie das Wort.

„Bevor du irgendwas sagst oder fragst: Nein, es war kein Versehen. Und ja: Ich habe mich bezahlen lassen für die Gefälligkeit. Nur damit die Ausgangslage klar ist." Sprach's und vergrub das halbe Gesicht in ihrem Cheeseburger Royal. Seine Sprachlosigkeit über das unerwartete Geständnis der Kollegin hielt nur Sekunden an, während derer seine feingliedrigen Hände in ihrer Bewegung innehielten, kaum wahrnehmbar, bevor sie in die Frittentüte griffen. Kauend ließ er seinen Blick kurz auf Jordi ruhen, während er zu entscheiden versuchte, welchem Zweck diese Strategie der Offenheit diente und was sie für ihn und für sein Vorgehen bedeutete. Er musste Zeit gewinnen.

„Ich hatte mir so was gedacht. Darum sind wir hier."

Ihre Finger lösten den Griff um den Hamburger, er fiel aufs Papier wie ein totes Tier, sie wischte sich den Mund ab und machte Anstalten, Tasche und Mappe an sich zu raffen.

„War's das?", fragte sie, ohne ihn dabei anzusehen. „Dann hält uns ja nichts mehr hier, oder? Wobei ich gestehen muss, dass es gar nicht so schlecht war, wieder mal so ein Ding zu essen."

Die Nonchalance, mit der sie alles verriet, wofür sie gewählt worden war, machte ihm die Entscheidung leicht. Sein Arm streckte sich wie von selbst aus, die Manschetten gaben den Blick auf eine weißgoldene schwere Uhr mit dunkelblauem Zifferblatt frei, es sah aus wie eine freundliche Geste, als die Finger sich um ihren Oberarm schlossen. Die Kraft, mit der er dann zudrückte und sie gleichsam zurück in den Plastikstuhl stieß, verwunderte sie, noch bevor der Schmerz sie erreichte. Dann biß sie die Zähne zusammen, um nicht das Gesicht zu verziehen. „Was soll das?“, zischte sie ihn an.

„Wäre das nicht meine Frage, Annbelle?“ Und den Griff kein Jota lockernd: „Ja – ich glaube, das ist meine Frage. Was zum Teufel soll das, Annbelle?“

„Das ist ja gerade der Punkt, Pierre: Nichts soll es. Gar nichts. Und es ist auch besser, wenn es nichts bleibt. Wem schadet es denn? Dir etwa? Der Partei? Den Leuten? Willst du‘s wissen? Niemandem. Im Gegenteil: Wir haben verdammt nochmal zur Zeit andere Probleme zu lösen, als irgendwelchen neureichen Russen-Gretchen hinterherzuschnüffeln. Und genau das werde ich den Leuten auch verkaufen, wenn du es für angebracht halten solltest, damit an die Öffentlichkeit zu gehen: dass Tausende und Abertausende von Steuerfranken in deinem Auftrag an eine hoch spezialisierte Truppe des NDB fließen, um Fragen zu beantworten, welche die Lebenswirklichkeit des normalen Bürgers nicht berühren, während die dringenden Probleme wie Altervorsorge und Gesundheitswesen unberührt auf dem Abstellgleis stehen.“

Besson hatte seinen Griff gelöst, die Hände vor seinem Gesicht gefaltet, das Kinn darauf abgestützt. Es sah aus, als studiere er die Werbebotschaften auf der Papierabdeckung des Tabletts. Dann schüttelte er den Kopf, und als er ihr das Gesicht zuwandte, sah sie, dass er lächelte.

„Du bist gut, Annbelle. Das brauche ich dir nicht zu sagen. Und du würdest damit durchkommen, das steht fest. Aber geht es wirklich nur noch darum, wer von uns womit durchkommt? Ist das alles? Und bevor du jetzt erneut betonst, dass dadurch keinem geschadet würde, dass wir ja ansonsten unseren Job nach bestem Wissen und Gewissen erledigten: Diese hochbezahlte Spezialistentruppe, die deiner Meinung nach für nichts gut ist und nur Kosten produziert: Sie werden es rausfinden. Sie werden deinen kleinen Deal, der niemandem schadet, ans Licht befördern. Und dann?"

„Und dann? Spiel hier nicht den Naiven, Pierre. Das passt nicht zu dir. Diese Truppe kann rausfinden, was sie will. Ihr Auftrag lautet: Beschaffen und Auswerten. Von Entscheiden und Öffentlichmachen wird nirgends gesprochen. Okay – nehmen wir an, die graben was aus. Burger kommt bei dir angehechelt, schreit Zeter und Mordio, intern gibt's haufenweise rote Köpfe, und du tust, was du immer tust: Du rufst eine parlamentarische Untersuchungskommission ins Leben. Eine PUK mehr oder weniger … Herrgott! … Ich habe längst keinen Überblick mehr über all die Grüppchen und Kommissiönchen, die da ermitteln und Papier produzieren, das keiner haben will. Du etwa? Ich bin bloß pragmatisch, Pierre. Und ich wiederhole mich gern: Wem schadet es, wenn ich nach meiner Amtszeit in einem Thinktank unterkomme, dessen Namen unseren Wählern nicht mal bekannt ist?" „Du übergehst die Details", konterte Besson. „Jenes zum Beispiel, dass die Absturzursache nicht geklärt ist. Und jenes, dass an Bord dieser Privatmaschine mit Ziel Zürich eine halbe Milliarde Euro war. Interessiert es dich nicht – zumindest stellvertretend für deine Wähler –, was da passiert ist und ob möglicherweise ein Anschlag stattgefunden hat? Ein Terrorakt? In unserem Land? Ist es dir egal, ob die OECD die Schweiz wieder auf irgendwelche grauen oder schwarzen Listen setzt, weil sie aufgrund dieses Geldtransports – denn das war es ja offensichtlich – automatisch von Geldwäsche ausgeht? Ausgehen muss? Denkst du auch nur eine Sekunde an die langfristigen Wirkungen für das Land? Für die Leute hier?"

Diesmal war sie es, die den Kopf senkte, sachte schüttelte und den Blick auf ihm ruhen ließ.

„Jetzt mal ehrlich: Meinst du das, was du da sagst, wirklich, oder ist das Teil deiner Imagepflege? Nur zur Erinnerung: Mich brauchst du nicht zu überzeugen. Ich bin kein zurückgebliebener Neuntklässler und auch kein unentschiedener Wähler aus dem bildungsfernen Milieu."

„Wenn man dir zuhört, könnte man etwas anderes meinen."

„Und wenn man dir zuhört, dann könnte man denken, du lebtest in deinem ganz persönlichen Märchen. Mach wenigstens die Augen auf."

„Nur um Leute wie dich zu sehen?"

„Nein – um zu sehen, dass unsere Unterhaltung in Anbetracht der Realität ein Witz ist. Dass das, was ich mir habe zuschulden kommen lassen, auch ein Witz ist. Oder nicht mal das. Es ist nichts. Nicht der Rede wert."

„Worauf willst du hinaus?"

„Ich will darauf hinaus, dass das keinen interessiert, weil Europa jeden Moment in die Luft gehen kann wie ein überhitzter Schnellkochtopf. So sieht's aus. Die Leute, die deiner Meinung nach auf lange Sicht das Beste für ihr Land oder die Union wollen sollten, die sind weg. Nicht im Sinn von ‚nicht mehr da' – aber man hält sich bedeckt. Besser keine Bilder als die falschen. Jeder hat Angst. Und jeder versucht, noch das Beste für sich rauszuholen, bevor ihm die Sache um die Ohren fliegt. Glaub' mir, ich erlebe das jeden Tag. Was denkst du denn, wen ich treffe, wenn ich von der OECD oder einer anderen EU- oder US-Organisation zu einer Konferenz eingeladen werde? Oft bin ich die einzige echte – im Sinn von gewählte – Politikerin am Tisch. Die anderen schicken entweder irgendwelche subalternen Emissäre oder gleich die Lobbyisten. Glaub' mir, Pierre: Die Hauptsorge all dieser Leute, egal ob gewählt oder nicht gewählt, ist längst die, sich zu schützen vor jenen, die du so gerne als die ‚Menschen da draußen' bezeichnest. So sieht's aus."

„Ist das wirklich deine Meinung?" Besson klang fassungslos.

„Nein, Pierre – das ist die Wirklichkeit."

„Und wie schaffst du es in dieser Wirklichkeit, Termine wie beispielsweise jenen zur Altersvorsorge 2020 von heute Nachmittag hinter dich zu bringen, ohne dir dabei die Pulsadern aufzuschneiden vor lauter Langeweile und Sinnfreiheit?" Und bevor Jordi antworten konnte: „Ich habe noch Änderungen am Konzept vorgenommen. Soll ich sie dir zustellen? Oder lieber deinem Hund?"

„Ich habe keinen Hund. Schick‘ mir das Zeug aufs Mail.“

„Nein – lass‘ mich das gleich hier erledigen. Ich vergesse es sonst wieder. Ich schicke es dir über Bluetooth.“

Beide holten ihre Smartphones hervor, und Besson schickte Jordi das Dokument.

11

Herrenschwanden, Nähe Bern

„Was hältst du von Besson?"

Jo Burger, der zusammen mit Carl Brun auf der Terrasse seines Hauses saß – er auf dem einzigen vorhandenen Stuhl, Brun auf der oberen von zwei Stufen, die ins Haus führten –, antwortete nicht sofort. Es könnte länger dauern. „Bei mir zu Hause nehme ich mir die Freiheit, so lange nachzudenken, wie ich es für nötig halte, bevor ich rede", war einer seiner Grundsätze. Und: „Die Schweigepflicht sollte für jeden gelten. Und tagtäglich sollte man ihn daran erinnern."

„Noch Kaffee?", fragte Brun in die Versunkenheit seines ehemaligen Vorgesetzten und Freundes hinein. Ohne aufzusehen hielt Burger ihm seine Tasse hin. Die beiden Becher in der Hand, nahm Brun die Stufen, trat in den offenen Wohn- und Küchenbereich, wo der Espresso-Kocher auf der lauwarmen Herdplatte stand. Er schenkte nach. Der Kaffee war kalt geworden. Brun stellte beide Tassen in den Mikrowellenherd und ließ ihn eine Minute lang laufen. Die Kippe im Mundwinkel, ging er auf das offene Fenster zu und trat in die Helligkeit, die nur gedämpft wurde vom vorspringenden Flachdach des betongrauen Pavillons, den Burger seit seiner Errichtung Ende der 70er-Jahre bewohnte.

„Ich dachte schon, du seist weg", nahm ihn Burger draußen in Empfang. Und dann: „Pierre Besson ist Jahrgang 72. Er könnte mein Enkel sein. Er ist jünger als du, Carl. Und er ist der amtierende Bundespräsident der Schweiz."

„Und weiter?"

„Er hat mich überrascht in dieser Russland-Sache. Im positiven Sinn. Aber daraus irgendeine Einschätzung abzuleiten …"

„Dann fang mit den Fakten an. Wer ist er?"

„Das wissen du und deine Leute längst."

„Ich würde es gerne aus deiner Sicht hören."

„Besson stammt aus einer durch und durch sozialdemokratischen Familie. Vom Großvater über die Mutter bis hin zu seinem Bruder: Allesamt SP."

„Er müsste demnach im Kreis der Lieben persona non grata, enterbt und möglicherweise aus dem Familienregister gestrichen worden sein als Mitglied der Volkspartei."

„Keineswegs. Man scheint tolerant zu sein bei den Bessons – außerdem politisiert er für einen SVP-Mann erstaunlich links. Trotzdem steht er zu seiner Partei und lässt Journalisten, die ihm in puncto Parteizugehörigkeit einen Irrtum oder auch eine Jugendsünde in den Mund zu legen versuchen, gnadenlos auflaufen. Er scheint gradlinig zu sein. Echt."

„Das ‚scheint' gefällt mir nicht", kam es von Brun.

„Mehr haben wir nie, Carl. Das weißt du genauso gut wie ich. Außerdem ist er einer der wenigen – auch jetzt als Bundespräsident –, der nicht nach Mikrofonen giert. Man hat vielmehr den Eindruck, er gehe ihnen wo immer möglich aus dem Weg. Was konsequenterweise zu einem Bekanntheitsgrad in der Bevölkerung führt, der nur marginal höher ist als jener des Präsidenten des Vereins Schweizer Wanderwege."

„Der Mann ist mir sympathisch", meinte Brun. „Wenn er bei seinen Amtsgeschäften auch so konsequent ist, dann könnte er unser Mann sein. Neben Ludwig eine zweite Person in der Regierung zu haben, die uns nicht im Monatstakt öffentlichkeitswirksam abschaffen will, wäre für unsereiner kein Luxus. Denkst du, er ist das? Jemand, auf den wir uns verlassen können?"

„Ich weiß es nicht. Der Start, den er hingelegt hat, gibt Anlass zur Hoffnung. Wir werden sehen müssen, ob er im Lauf der lancierten Ermittlung weiter so gradlinig zu seiner Entscheidung steht und euch den Rücken freihält von Leuten wie der Jordi und Konsorten."

„Was sagt sein bisheriger Werdegang diesbezüglich? Ist er der Pragmatiker, von dem du sprichst?"

„Auch hier: Ich bin mir nicht sicher. Der Mann war zeit seines Lebens für die öffentliche Hand tätig. Ursprünglich Jurist. Studium, Assistenzzeit, Doktorgrad, Verbandsarbeit und schließlich Ständerat als Sprungbrett zu seiner heutigen Position. Ob er seine Karriere seiner Qualifikation in Sachfragen, seiner Fähigkeit, im richtigen Moment den Mund zu halten, oder seinem diplomatischen Geschick innerhalb des Apparats verdankt, ist mir nicht bekannt. Man hört vielerlei über ihn."

„Dann lass mich die Frage anders stellen: Was sagt er zur Lage der Nation mitten in einem Europa, das in einem albtraumhaften Sumpf von Dekadenz, Staatshörigkeit und islamischer Immigration feststeckt und dessen wirtschaftliches Wachstum entgegen medialen Verlautbarungen ohne die Brüsseler Gratiskohle jährlich schrumpfen würde? Wie erklärt er den Leuten, dass es zwar Geld gibt in Massen, wie sie die letzten zwei Generationen noch nie erlebt haben, dass dieses Geld aber erstens nicht real ist und zweitens immer weniger Wert hat? Wie steht er zu der grotesken Fehlmasse an Industrie bei den europäischen Nachbarn, zur abstrusen, aber gängigen Praxis der europäischen Kollegen, Inflationsraten als Wachstum darzustellen, zu den Schuldenausfällen ganzer Länder im Schlepptau internationaler Banken und zu der irrwitzigen Tatsache, dass nicht nur die Finanz- und Kreditmärkte, sondern die Wirtschaft in ihrer Gesamtheit vom Tempo der Druckerpresse der Nationalbanken, beziehungsweise der EZB abhängen? Das interessiert mich, Jo. Dies, und wie er sich und sein Land sieht, inmitten einer politischen Kultur, die nur noch Unsinn, Täuschung und Propaganda, im besten Fall Hoffnung, Wunschdenken und Selbsttäuschung zu bieten hat. Ist er anders?" Brun verstummte abrupt. Die kurze Stille eine Art Entschuldigung für den Fragenkanon, der zum Ausbruch geworden war. Dann: „Wirst du Besson vollumfänglich und von Anfang an Einblick in unsere Arbeit gewähren? Egal was wir rausfinden?"

„So lautet der Auftrag..."

Brun wartete, ob noch mehr kommen würde. Es kam:

„Liefert mir erst mal ein paar Infos und Resultate", sagte Burger nach einer Weile. „Dann werden wir sehen. Und was deine anderen Fragen betrifft: Ich glaube, Besson ist nicht nur ein gebildeter, sondern auch ein kluger Kopf. Er versucht, Punkte zu verbinden, sprich: den Sinn in den Dingen zu sehen oder ihn aus Erfahrenem – eigenem und fremdem – herzuleiten. Ich hatte ihn am Anfang falsch eingeschätzt. Ich dachte, seine Lösungsansätze seien durch und durch technisch. Aber dem ist nicht so, denke ich. Er beobachtet und versucht zu verstehen. Außerdem sehe ich nicht, dass er der Versuchung erliegt, die Leute zu manipulieren, als wären sie seine ganz persönliche Knetmasse. Allerdings ist das Bild, das ich da male, weder fertig noch objektiv. Aber ich glaube mit Sicherheit sagen zu können, dass er keiner von denen ist, deren Programm einzig aus dem Versprechen besteht, etwas zu tun. Egal wie idiotisch und kurzfristig und verheerend es ist."

„Was ist mit dem Druck aus Brüssel?"

„Der Mann ist Mitglied der Volkspartei, Carl."

„Als ob das heutzutage außerhalb der medial definierten Grenzen der öffentlichen Wahrnehmung etwas zu bedeuten hätte…"

Burger ging nicht auf die Bemerkung ein. „Wir werden sehen", sagte er nur. „Die Zeit und möglicherweise der Fall Laritski werden es weisen. Er könnte sich zum Lackmustest mausern. Der Kaffee ist grässlich."

„Ich mach' frischen."

„Nein, lass, Carl. Ich habe zu arbeiten."

Brun stand auf, zündete sich eine Zigarette an, nahm seine Tasse und die erste Stufe zum Wohnzimmer: „Ich halte dich auf dem Laufenden."

12

Zürich, Breitingerstrasse

Nahm man Carl Bruns Schilderung für wahr, dann handelte es sich bei Jezreel Vidalis Wohnung – denn als solche war sie per Inserat ausgeschrieben worden – um einen zu klein geratenen Mehrzweckraum, dessen Zentrum ein quadratischer Kaminofen mit dem Charme eines Unfallsargs bildete. Ein Loch mit Fensterfront. Wahlweise auch ein Ort für Veraschungen im kleinen Kreis.

Die Schiebefenster standen offen. Gaben den Blick frei auf eine Blätterwand, die ungezähmt näher rückte, Sommerlicht und -töne zerhackte: Draußen wurde leichter auf diese Weise. Ob Brun darin wirklich nur das Chaos und die mangelnde Pflege sah, wie er behauptete, oder ob er verstand, dass Jez‘ Realität und ihre zwingende Ordnung Anfang und Ende immer und ausschließlich in ihrem Kopf nahmen, wusste sie nicht. Doch – sie wusste, dass er es wusste. Es war nicht nötig, darüber nachzudenken.

Sie war eben nach Hause gekommen. War die Strecke vom Bahnhof hierher zu Fuß gegangen in der Hoffnung, dabei Klarheit und Deutlichkeit zu finden, eine wenn auch provisorische Übereinstimmung zwischen Information und Wirklichkeit. Besson lässt Jordi abhören. Obwohl es eindeutiger und einfacher kaum ging, erzeugten die vier Worte nur Durcheinander. Wie Burgers Schweigen zur selben Zeit für Brun, war ihr ihre Wohnung Prellbock. Ohne mit Licht gegen die einsickernde Dämmerung anzugehen, hatte sie Kaffee aufgesetzt und auf das Blubbern gewartet. Jetzt saß sie an die Kissen und die Wand gelehnt auf dem großen Bett. Neben sich auf einem Buchdeckel eine Tasse. Auf einem anderen Aschenbecher und Zigarillos. Um sie her Müdigkeit. Mehr noch: Lähmung. Ratlosigkeit. Sie kannte Gresch, dessen Klarname „Christoph Knopfler“ lautete, seit der Zeit, als sie für eine Weile für eine Berner Zeitung tätig gewesen war. Eine Tarnanstellung für die Lücken zwischen den Einsätzen. Damals war sie ausschließlich draußen tätig gewesen, Brun ihr Verbindungsoffizier innerhalb des NDB. Gresch ihr Praktikant im Ressort „Stadt“ der Zeitung. Warum der auf die Programmierung von Großrechnern spezialisierte Elektroingenieur mit Mastergrad Ende 20 zum Entschluss gekommen war, sein Glück im Journalismus zu suchen, wusste sie auch heute noch nicht. Er war dabeigeblieben, stand mittlerweile dem Ressort „Inland“ vor und war in der Position, allwöchentlich einen Headhunter abwimmeln zu können. Er hatte den Ruf, heute mit Mitte 30 einer der Besten zu sein. Dass seine erste Berufung und ein ungebrochener Technikenthusiasmus ihn oft dazu motivierten, sich die nötigen Informationen auf äußerst kreative Weise zu beschaffen, bereitete ihm keinerlei Schwierigkeiten. Mehr Kopfzerbrechen hatte ihm da schon ihre Zusammenarbeit gemacht. Als Brun sie reingeholt und sie die Stelle bei der Zeitung von einem Tag auf den anderen verlassen hatte, ohne dass vom Chefredakteur oder der Personalabteilung irgendein Kommentar abgegeben oder gar Kritik geäußert worden war, hatte er begriffen, dass er es in diesem Fall nicht mit einer normalen Angestellten zu tun hatte. Die Tatsache, dass jeder seiner Hacks mit dem Ziel, sie oder zumindest Infos zu ihrer Person zu finden, im Leeren verlaufen war, hatte ihn außerdem verstehen lassen, dass sie für eine Organisation arbeitete, die sich zu schützen wusste. Und das waren sehr wenige. Irgendwann hatte sie es ihm bestätigt, ohne jedoch nähere Angaben zu machen. Es hatte ihm genügt, und sie hatten eine Art der Kooperation gefunden, die beiden diente. Normalerweise zahlte sie Gresch in bar und privat, wenn sie, wie heute im Fall der Laritskis, Informationen über Personen oder Unternehmen benötigte, die über Melderegistereinträge und Wiki-Aktualisierungen hinausgingen. „Normalerweise“ bedeutete aber auch, dass es Situationen gab, in denen sie von dieser Praxis abwichen. Dann kam das Prinzip des Tauschhandels zur Anwendung: Deine Skills gegen meine. Ich beschaffe dir Informationen, an die du sonst nicht rankommst, und umgekehrt. Bisher nichts, was ihr Gewissen tagsüber oder nachts belastet hätte. Er machte in seinen Artikeln und Kommentaren sowie in seinem Blog Dinge publik, die auch in Jez' Augen dringend aus den Umlaufbahnen der nationalen und internationalen Politsphäre herausgeholt und auf die Straße katapultiert gehörten. Unters Volk. Ob sie da ungeachtet zertreten oder zur Kenntnis genommen wurden, war sekundär. Es zählte die Hoffnung, dass irgendwann einer vorbeiginge, der darauf achtete, wohin er seinen Fuß setzte, dass einer stehenblieb und jene, die ihm folgten, warnte vor den Realitäten der Leute, die vorgaben, das Beste für jeden Einzelnen und das Land zu wollen, während sie längst nicht mehr den Boden mit ihnen teilten. Oft nicht mal mehr den Planeten. Ja – das war nötig, fand Jez. Mehr denn je in einer Zeit, in der die Politik nicht müde wurde, „Teilhabe" und „Mitbestimmung" zu rufen und in Wahrheit von blinder Nachfolge sprach. „Wählen" verkündete und de facto Glauben forderte. „Solidarität" wünschte und damit die eigene Alimentierung, Erweiterung und Erhöhung meinte.

Ja – es brauchte Leute wie sie und Gresch, und ihrer beider Jobs unterschieden sich im Grunde nur dadurch, dass Gresch von außen her rief, während sie versuchten, mit ihren Stimmen für kurze Zeit von innen herauszudringen.

Jede Seite hatte ihren Nutzen davon, Schaden wurde keiner angerichtet. So hatte sie das jedenfalls bis heute gesehen und eingeordnet. Diesmal war jedoch alles anders. Er hatte ihr zum ersten Mal Informationen geliefert, die sie nicht verlangt hatte und die sie auch nicht wollte. Jene nämlich, dass der amtierende Bundespräsident Pierre Besson seine Amtskollegin Bundesrätin Annbelle Jordi überwachen ließ. Und dass er selbst über einen Kontakt aus dem Netz die nötige Software installiert hatte.

„Ich dachte, du solltest das wissen", hatte er gesagt.

„Ich will das nicht wissen, Gresch. Das geht zu weit."

„So empfindlich, Jez? Auf einmal? Warum denn? Weil der Kerl nicht ein x-beliebiger Jemand ist, Müller oder Meier heißt und kein Mensch sich für ihn interessiert außer mir?"

„Er ist der Bundespräsident und sie die Außenministerin, Gresch."

„Na und – wo ist da der Unterschied? Er will das, ich hab‘s erledigt. Wenn nicht ich es mache, dann tut‘s ein anderer. So einfach. Allerdings muss ich sagen, dass er nicht direkt über mich kam. Er ging über einen Typen, dem ich einen Gefallen geschuldet habe.“

„Wer?“

„Was weiß ich – ich habe nur den Decknamen, unter dem er im Netz unterwegs ist. ‚Aladin‘.“

„Bezahlt er dich?“

„Ich habe einen richtigen Job, Jez. Schon vergessen? So läuft das nicht. Die Währung in dieser Welt heißt Gefallen. Ich tu dir einen, dann tust du mir einen. Der Kerl ist korrekt, glaub‘ mir. Ich kenn‘ den seit Jahren.“

„Unter seinem Decknamen...“

„Nun mach mal halblang und tu nicht so, als wärst du im letzten Regen zur Welt gekommen. So läuft es. Jeder tut‘s. Jeder, der es sich leisten kann. Wo lebst du denn? Was ist dein Problem auf einmal? Es geht doch längst nicht mehr um legitimes Dürfen, Jez. Es geht bloß noch ums Können. Und ums Bezahlenkönnen. Wer‘s faktisch kann, der tut‘s. Und das Geschrei allenthalben ist nichts als Ablenkung von diesem eigenwilligen Sachverhalt, dessen sich jeder bewusst ist. Und sag mir jetzt nicht, am Ende des Tages müsse man doch in den Spiegel schauen und feststellen können, dass man einigen Prinzipien treu geblieben sei. Auch darum geht‘s nicht mehr.“

„Worum dann?“

„Darum, nicht alles hinzunehmen. Gleichauf zu bleiben. Du brauchst nur den Fernseher anzuschalten, um zu verstehen, was Sache ist. Jeden Tag neu. Da empört man sich auf der einen Seite lauthals gegen heimliches Abhören von Regierungsvertretern durch den amerikanischen Geheimdienst – so was gehöre sich nicht unter Freunden und sei irgendwie auch rechtswidrig –, und auf der anderen Seite sind sich dieselben Leute nicht zu schade, den Erwerb illegal gewonnener Daten eigener und fremder Bürger für absolut rechtmäßig zu erklären. Begründung: Steuergerechtigkeit zum Wohl aller. Der Widerspruch in der Bewertung dieser ‚Eindring-Aktionen' in anderer Leute Vertraulichkeit liegt auf der Hand. Eine Diskussion darüber oder wenigstens eine Berichterstattung und Kommentierung von Seiten meiner Journalistenkollegen findet schlicht nicht statt. Entweder weil es nicht gewollt ist oder weil der Widerspruch schlicht nicht auflösbar ist. Was am Ende bleibt, ist die Einsicht: Wer die Macht hat, etwas zu tun, der tut es auch. Die meisten da draußen haben diese Macht nicht, Jez. Ich kann's, und ich werde mir nicht einreden lassen, das sei moralisch nicht korrekt. Denn glaub' mir: Abseits des Geschreis der Tagespolitik schlummern in den Tiefen unseres Grundgesetzes die wahren Leckerbissen in puncto Vertraulichkeit im Umgang mit anderer Leute Daten. Ich sage nur: Weißgeldstrategie, Sozialgesetzgebung. Da werden die wahren Tragödien des Datenschutzes geschrieben. Wärmer kann kein noch so hartgesottener Zyniker im Widerstreit zwischen Anspruch und Wirklichkeit baden. Dagegen sind Leute wie du und ich die reinsten Chorknaben. Und weil ich das weiß, weil ich mir bewusst bin, dass sich von legislativer Seite her immer ein Grund findet, grundsätzlich geschützte Daten anzufordern, weiterzugeben und gegen mich zu nutzen, gestehe ich mir selbst das Recht zu, den Spieß ab und zu umzudrehen. Und nein: Um Geld geht es nicht. Aber ich muss Leuten wie diesem Aladin ab und zu einen Gefallen tun. Denn ich brauche diese Leute. Und ich habe, um ehrlich zu sein, kein Problem damit."

„Sieht ganz danach aus, als käme früher oder später der Tag, wo man sich wünschte, es wäre beim Abhören irgendwelcher Minister-Telefone geblieben", war Jez' Kommentar.

„Worauf du deinen Allerwertesten verwetten kannst."

13

Moskau, Ulitsa Pliuschicha

700 Quadratmeter Wohnfläche boten genügend Platz für zwei Leben. Ein 20-köpfiger Clan hätte hier zusammenleben können, ohne dass man sich gegenseitig auf den Füßen herumgetreten wäre. Aber von Zusammenleben konnte in ihrem Fall keine Rede sein. Oft hatte er es sich gewünscht und im selben Augenblick gewusst, dass weder sie noch er dazu in der Lage wäre. Dass es alles, was sie hatten, zerstört hätte. Aleksej Wladimirowitsch Laritski stand im dritten Stock der Penthouse-Wohnung, wo seine Zimmer lagen, vor den geschlossenen Türen des Fahrstuhls. Stand an den Fenstersims des quadratischen Vorraums gelehnt, um seine Beine zu entlasten. Dass sie überhaupt beide noch am Leben waren, kam einem Wunder gleich. Dass er jetzt hier stand, zu gehen in der Lage war, zu denken, zu fühlen, zu zweifeln … nur zu ertragen, wenn er das Geschehene, die Tatsache des Absturzes ausblendete. Es ging nicht zusammen. Die Katastrophe und das Leben – es schloss sich gegenseitig aus. Alles Vermengen wäre nur mit einem Wort zu beschreiben: Wunder. Aber an Wunder zu glauben, würde in seiner Welt einen unverzüglichen Gang zum Arzt nahelegen, und er zog er es vor, die Schmerzen, die sich jedem Knochen an ihm einzeln zu widmen schienen, als isoliertes Phänomen ohne Verbindung zu äußeren Umständen zu betrachten. Meist gelang es. Aber es gab die Leerstellen – die weißen Flecken im Lauf eines Tages. Wenn er es wie eben unterließ, ein Schriftstück mitzunehmen, ein Buch oder Magazin, ein Telefonat zu führen. Dann drängten sie hinein, die endlosen Sekunden der Panik da oben in der Maschine, der Moment, in dem nichts mehr dagewesen war als ihr Blick. Wie sollte ein Mensch solches unterbringen in einer einzigen Realität? Wie könnte er hier stehen, am Leben in einer profanen flüchtigen Existenz, im Wissen, dass es absolutes Sich-Ergeben gab, das Geborgenheit war? Es war unmöglich. Ihm zumindest. Schon glitt seine Hand

in die Tasche der Anzugsjacke, die Finger kamen an den glattrunden Rändern des Smartphones zu liegen. Er zog die Hand zurück. Es war nicht seine Art, den Dingen auszuweichen. Er würde es auf Dauer nicht können. Mit flüsterndem Gleiten öffneten sich die Türen der Chromstahlkabine des Fahrstuhls. Fast war er dankbar für den Schmerz, den das auf die Beine kommende Gewicht durch seine versehrten Glieder bis in den Schädel jagte. Er hielt ihn hier. Immer. Jetzt. Er trat in die Kabine und drückte den untersten Knopf. Während die Fahrstuhltüren sich schlossen, betrachtete er den rosa Tulpenstrauß, der auf dem Sims der Fensternische vor dem Lift stand. Tulpen waren ihre Lieblingsblumen. Hier standen immer Tulpen. Sie wusste nichts davon. Das Bild wurde zerschnitten, verharrte auf seiner Netzhaut, ging fließend in jenes ihres Gesichts über. Es könnte anders sein. Sie könnten anders sein. Er könnte den Aufzug im ersten Stock anhalten, könnte zu ihr gehen. Sie würde über die schmalen Gläser ihrer Lesebrille von irgendwelchen Akten aufsehen, lächeln. Ein Kuss auf ihre Stirn. „Ich muss noch mal weg." Ihre Hand an seiner Wange. „Bis gleich, Ljoscha." Aber er hielt nicht an auf ihrer Etage. Ihre Ehe, ihr Aufeinanderbezogensein war Abweichung und Divergenz. Nur im steten Suchen fanden sie sich wieder. Neu. Der Lift hielt in der Tiefgarage. Auf dem Hall seiner Schritte ging er in Richtung des Wagens. Ein Porsche Cayenne S. Erkennungszeichen, Statussymbol. Tausende Jahre Menschheit, Kulturgeschichte, Zivilisation und am Ende das hier. Die 400 PS starke Umkehrung des aerodynamischen Prinzips. Blech gewordener Widerstand mit dem Namen einer Gewürzschote. Es lebe der Fortschritt. Wenigstens bot es Halt, als er jetzt das ganze Gewicht seiner versehrten 196 Zentimeter an die Tür der Fahrerseite lehnte. Ein Blick auf die Uhr. Um zum Treffpunkt zu gelangen, würde er um diese Tageszeit höchstens eine Viertelstunde benötigen. Wieder ein weißer Fleck. Das Lachen kam überraschend in dem Moment, als seine Gedanken vorauseilend das Ziel seiner Fahrt vorwegnahmen, ohne dass er es bemerkt hatte. Noch mehr Schmerzen in seinem Körper, als der Schall aus ihm herausplatzte, von den Wänden des Parkdecks jäh gestoppt wurde, hochgedrückt, um in Wirbeln zurückzufallen und um seine Füße zu wabern. Es war so vollkommen absurd, dass es an Genialität grenzte: Er würde den Berater des Präsidenten, den inoffiziell mächtigsten Mann im Staat im stillgelegten Fahrstuhlschacht eines Industriewracks im Süden der Stadt treffen. Nach dessen Einschätzung der einzig abhörsichere Ort in ganz Moskau. Wenn einer solches wusste, dann er, der dank Laritski stand, wo er stand, war, was er war.

Laritski selber, ebenso wie Evgenija, gehörte zu jenen jungen Leuten, die in den 90ern, während Russland sich gerade wieder einmal neu erfand, alles erreichten, was es zu erreichen gab. Andere freilich, Junge und Alte, hatten in diesen Jahren des Umbruchs verloren. Der älteren Generation hatten die Hyperinflation und die Zerschlagung sämtlicher Sowjeteinrichtungen ihre Ersparnisse und ihre Identität genommen. Die Jungen wuchsen auf im Schatten der Angst und häufig auch im Schatten des Versagens ihrer Eltern. Er selber war noch keine 30, als die Sowjetunion zusammenbrach. Beide hatten sie die 90er für ihren beruflichen Erfolg genutzt und dabei die Strukturen und Institutionen einer neuen Gesellschaft zu erfinden geholfen. Zumindest hatten sie das eine Zeitlang geglaubt und waren vorwärtsgetrieben worden von der Überzeugung, alles könne nur besser werden. Auch dann noch, als Gewalt und organisiertes Verbrechen im Land sich zur Epidemie auswuchsen und als 1992 bekannt wurde, dass der KGB erneut eine interne Parteiorganisation aufgebaut hatte, was einem unmittelbaren Verstoß gegen das Dekret Jelzins zum Verbot der KPdSU gleichkam, das dieser im Juli 1991 erlassen hatte. Die schier unerschöpflichen Energiereserven ihrer Jugend ließen sie weitermachen. Weiterkommen. Immer weiter. Dies und gewaltiger Ehrgeiz, der sie es hinnehmen ließ oder darüber wegsehen, als klar wurde, dass neben der ihren eine Parallelwelt existierte, die die Schlüsselmerkmale des Sowjetstaats konservierte und perfektionierte. Ein paranoides, geschlossenes Regierungs- und Machtsystem, das darauf ausgerichtet war, alles zu kontrollieren und alles zu vernichten, was nicht kontrollierbar war. In diesem widerstreitenden Umfeld und dank der Privatisierungspolitik Jelzins sowie des Übermuts seiner Jugend superreich geworden, öffnete er die Augen und schickte sich an, die Unmöglichkeit des politischen Tanzes auf zweier Herren Bühnen zu widerlegen. 1999 näherte sich Jelzins Beliebtheit dem einstelligen Prozentbereich, und er selber zog nach Sankt Petersburg, in die zweitgrößte Stadt Russlands, wo der Staat im Staat weiterlebte und gedieh. Und während er quasi via Geschäft in die „Familie" einheiratete, in den Kreis der wenigen also, die dem Präsidenten an der Spitze einer längst wackligen Pyramide zumindest scheinbar die Treue hielten, brachte er sich als Königsmacher in Position. Der Witz dabei: Der König, den er zu inthronisieren half, war nicht der Präsident, wie jeder glaubte. Der wahre König war dessen Berater, Nikolai Nikolajewitsch Sorokin, der bisher weder im Land selber noch außerhalb groß aufgefallen war. Jelzin war damals weder dazu berechtigt noch in der gesundheitlichen Verfassung, für eine dritte Amtszeit zu kandidieren. Es drohte ein Vakuum oder ein feindseliger Nachfolger, und er war es, der dies maßgeblich zu verhindern half. Mitnichten ein Kunststück in diesem ausgelaugten, enttäuschten und traumatisierten Land. Jelzin hatte die Menschen enttäuscht. Er, der erste Politiker, dem die Leute jemals vertraut hatten, der sie Ende der 80er Jahre Hoffnung und Einheit hatte erleben lassen, ein neues Selbstverständnis, das im August 1991 seinen Höhepunkt erreichte, als die Junta, die gegen Gorbatschows Regierung putschte, gescheitert war, hatte jeden Kredit verspielt. Der einstige Populist Jelzin, der je nach Erfordernis der Stunde mit dem Bus gefahren oder auf Panzer geklettert war, hatte mitsamt seiner Regierung den fatalen Fehler begangen, sich mehr und mehr in eine abgeschirmte und schwer bewachte Welt schwarzer Limousinen und nichtöffentlicher Konferenzen zurückzuziehen. Der Weg aller Verwaltung mit absolutem Anspruch auf Machterhalt. Dies noch während die Hyperinflation erneut die gesamten Ersparnisse der Menschen verschlang und skrupellose Bürokraten und Profiteure sich gegenseitig und den Staat ungeniert ausplünderten. Die Tatsache, dass Jelzins nächstes Umfeld öffentlich verlauten ließ, es halte die da unten für zu dumm, um sich an Diskussionen über Reformen zu beteiligen, machte die Sache auch nicht besser, und ein Großteil des Volkes begann, Trost in der Nostalgie zu suchen, in der Sehnsucht nach einer Rückkehr Russlands zur Rolle einer globalen Supermacht. Die Errungenschaften der Ära Jelzin – denn auch sie gab es – wurden ausgeblendet. Und die Regierung war längst nicht mehr in der Lage, den Leuten klarzumachen, dass vieles besser war als noch vor einem Jahrzehnt. Dass die Medienlandschaft florierte, dass die Intercity-Züge pünktlich fuhren, dass die Post funktionierte, dass die Zahl der russischen Haushalte mit Telefonanschluss tagtäglich stieg – all das schien nicht mehr zu zählen. Alles, was die Menschen wollten, ließ sich in zwei Worte fassen: nicht Jelzin. Das war Laritskis Stunde. Die Stunde des Königsmachers, der der „Familie" den geeigneten Kandidaten für das Amt des Präsidenten vorzuschlagen und vor allem zu liefern in der Lage war. Die einzige Bedingung, die er stellte: Wenn ich den Posten für euch besetze, dann besetze ich auch den Posten seines Beraters. Die Bedingung war erfüllt worden. Händeringend hatte man die Leere zu füllen gesucht. Laritski machte sich auch heute noch keine Illusionen: Einzig die Liste der erforderlichen Qualifikationen für die Person, die die größte zusammenhängende Landmasse der Erde regieren sollte, war noch kürzer als jene der möglichen Kandidaten. Alle, die über echtes politisches Kapital verfügten und entsprechend ambitioniert waren – kurz: alle jene, die das notwendige Format für das Amt besaßen –, hatten Jelzin längst den Rücken gekehrt. Was blieb, waren Durchschnittsfiguren und Kleingeister, die im drohenden Vakuum an die Spitze gesaugt wurden. Eine Ausnahme war der Mann, den er gleich treffen würde, der Berater des Präsidenten. Der alles ihm verdankte. Und von dem er heute jeden einzelnen Gefallen zurückfordern würde, den er ihm je getan hatte. Auf einen Schlag.

Als er am Zielort aus dem Wagen stieg – dem von der Zeit und einer Generation alkoholisierter und verrohter Kinder verwüsteten Innenhof einer ehemaligen Papierfabrik –, war er sich bewusst, dass mindestens zwölf WSS-Wintores-Scharfschützengewehre auf ihn gerichtet waren. Ebenso wusste er, dass die Maßnahme nicht einer Notwendigkeit, sondern einem Prinzip entsprang, das da sagte: Erwarte alles. Auch dann, wenn du zu wissen glaubst, was dich erwartet. Gerade dann. Vergiss alles Wissen. Er blieb neben dem Wagen im pissestinkenden Dunkel stehen und wartete. Sekunden nur, dann stand wie aus dem Nichts eine schwarze Figur neben ihm. Er händigte Autoschlüssel, Handy und Brieftasche aus, während er dachte, wie seltsam es doch sei, dass diese Leute nicht nur stets namen- sondern auch geruchlos zu sein schienen. Die Gestalt verschwand, eine weitere, vielleicht dieselbe, tauchte wieder auf. Der Tanz nahm seinen Lauf: Er drehte sich zu seinem Wagen hin um, legte die Hände auf das Dach, spreizte die Beine, ließ sich abtasten. Der Druck einer flachen Hand zwischen seinen Schulterblättern forderte ihn auf, vorwärts zu gehen. Er folgte dem Soldaten, der vom scharfen Schein einer Lampe, die ihnen aus dessen Hand heraus den Weg bahnte, bruchstückhaft umrissen wurde. Kurz hatte der LED-Strahl das Fledermaus-Emblem auf einem der schwarzen Ärmel beleuchtet. Speznas. Nur das Beste war gut genug. Er sollte sich geehrt fühlen. Er sagte es laut, als am erleuchteten Ende eines Schlunds, der ein Gang oder eine Halle sein konnte, eine weitere Silhouette sichtbar wurde. Der Scherenschnitt eines Mannes in einer ausrangierten Aufzugskabine. Auch hier stank es. Er vermied es, darüber nachzudenken, wonach.

„Für dich nur das Beste, Aleksej Wladimirowitsch“, antwortete der Mann.

Dann war er da, trat ein in das Hell der verwüsteten Kabine, die ihm wie eine Art Grund vorkam. Eines Meeres, einer Schlucht, irgendwas. Er fühlte sich losgelöst. Weltraumschiff. Was ihn hielt, war der sich vor der offenen Tür schließende Kreis schwarzer Uniformen im Schemenhaften, verschmelzend mit dem Dunkel des Raums und dem Geruch. Die Männer würden jedes Wort hören, das gesprochen würde.

„Du scheinst deinen Jungs zu vertrauen“, sagte er in Richtung der Soldaten.

„Falsch. Es ist umgekehrt, mein Freund: Sie vertrauen mir."

Erst jetzt riss sich Laritski von der Szenerie los und konzentrierte sich auf den Mann, dessentwegen er hier war. Der einstige Verbündete, sein Investment, einst eine Art Freund. Bleich, scharf die Züge, Härte auch im Schnitt des ergrauenden Haares. Sogar das Runde wirkte gerade in dem Gesicht, die Falten mit dem Lineal gezogen. Trotzdem alterslos und auf schwer greifbare Art charmant. Und als hätte der Betrachtete ihn derselben Prüfung unterzogen und wäre zu einem anderen Schluss gekommen: „Wir werden alle nicht jünger, nicht wahr?"

„Wie geht es dir, Nikolai Nikolajewitsch?", fragte Laritski anstelle einer Antwort.

„Ich habe ein Lungenemphysem. Kommt vom Rauchen. Es ist komisch: Als Mediziner wollte ich das schon immer mal. Wollte wissen, wie es ist, wenn die Lunge zerfällt, wenn man keine Luft mehr bekommt, irgendwann blau anläuft und Schluss."

Und nach einer kaum wahrnehmbaren Pause: „Wenn du schon nicht lachst und bevor du anfängst, einem noch Lebenden dein Beileid auszudrücken: Lass uns das Thema wechseln. Es ist sowieso nie der Rede wert, wenn Staub zu Staub und Asche zu Asche zerfallen. Egal, wie wichtig sich einer nimmt. Wie geht es deiner Familie?"

„Ihretwegen bin ich hier."

„Ist Familie wichtig in Zeiten wie diesen, Aleksei Wladimirowitsch?"

„Wir hatten schon einmal Zeiten, in denen diese Frage gestellt und mit Nein beantwortet worden ist", sagte Laritski. „Und dann stellte sich heraus, dass sie das einzige war, was blieb, nach diesen Zeiten."

„Vielleicht hast du recht. Jedenfalls sind wir mitten drin in einer solchen Zeit."

„Und es sieht nicht danach aus, als wäre sie bald vorbei, Nikolai Nikolajewitsch. Nirgendwo scheint der Wille vorhanden zu sein, vom Pussy-Riot-Modus herunterzuschalten auf jenen einer nutzbringenden Wirklichkeit. Stattdessen wird politisch und medial der phrasenhafte Amoklauf von Völkerrecht und Demokratieexport zelebriert. Und das Spiel kann bei Nullzinsen und Geldfluten noch ewig dauern."

„Es wird dauern, solange es funktioniert, Aleksei. Und wie du weißt, funktioniert es bis jetzt blendend. Jene, die fragen, worum es bei all dem wirklich geht, stellen eine so kleine Minderheit dar, dass ihre Denunziation, Verunglimpfung und Isolation ein Klacks ist. Allein die Andeutung der Idee, wonach alles dem Zweck dient, eine Art neuen Eisernen Vorhangs zu installieren, um ein weiteres Dollar-Jahrhundert durchpauken zu können, wird sofort als Verschwörungstheorie irgendwelcher Ewiggestriger und Fortschrittsfeinde gebrandmarkt. Handelt es sich dabei um einen souveränen Staat, wird er zum Terrorunterstützer erklärt und mit Sanktionen erpresst. Wenn nötig, in einen Krieg gezwungen. Wir können von diesen Leuten viel lernen, mein Freund." Etwas, das wie Husten klang, ließ Nikolai Nikolajewitsch Sorokin innehalten. Erst als Laritski seinen Blick auf ihn richtete, merkte er, dass es ein Lachen war.

„Dein Amüsement in allen Ehren, Nikolai. Aber die Aussicht auf einen weiteren Krieg, auf neuerlichen Zentralismus und Größenwahn – und sei er auch auf die EU beschränkt – vermag bei mir und beim Gedanken an meinen Sohn keine Erheiterung auszulösen."

„Das ist es nicht", antwortete der andere.

„Was dann?" Laritski klang gereizt. Er bremste sich, fuhr in einer Geste müder Zermürbung mit der Hand über sein Gesicht. „Verzeih, Nikolai, mir ist seit ein paar Wochen nicht zum Lachen."

„Wie geht es dir, Aleksei?"

„Ich bin da, Nikolai. Das reicht. Lachen kann ich trotzdem nicht. Ich sehe weit und breit keinen Grund dazu."

„Wirf einen Blick über die Schulter, Aleksei Wladimirowitsch. In die nahe und ferne Vergangenheit. Dann wirst auch du lachen. Weil du nämlich feststellen wirst, dass sich da etwas abspielt, was zuvor schon Dutzende Male genauso gestaltet und geplant worden war. Überall auf der Welt. Und es wird auch genauso enden wie all die anderen Male. Wer, wenn nicht wir Russen, sollte in dem, was da in Europa seinen Lauf nimmt, nicht die Komik sehen, wenn die Parolen ‚Reichtum durch Raub‘, ‚Gerechtigkeit durch Rechtsbruch‘, ‚Frieden durch Verbote‘, ‚Freiheit durch Kontrolle‘, ‚Gleichheit durch Gewalt‘ und ‚Prügeln für Toleranz‘ in Dauerbeschallung in die Hirne hineingehämmert werden? Und auch das sich daraus ergebende Problem ist immer dasselbe: jenes, dass das Wählergesindel und das politisch interessierte Pack anfängt, aufzumucken gegen den inszenierten Irrsinn seiner Feudalherren. Und auch die Reaktion jener, die alles zu verlieren haben, kannst du in den Geschichtsbüchern nachschlagen: Zum Zweck der Selbsterhaltung wird man vor nichts zurückschrecken. Man tut es ja schon heute nicht. Du hast recht, Aleksei. Ich weiß nicht, ob wir zu unseren Lebzeiten das Ende erleben. Den Neuanfang.“

„Das weiß keiner. Und es spielt auch keine Rolle“, kam es von Laritski. „Aber was ich weiß, Nikolai, ist, dass ich nicht bereit bin, meine Familie an staatlich organisierte Gewalt zu verlieren. Egal von welcher Seite sie kommt. Deshalb habe ich dich um dieses Treffen gebeten.“

„Und was willst du von mir? Ein paar von denen?“ Das kantige Kinn deutete auf die Schemen im Dunkel. „Dafür hätten wir uns nicht persönlich treffen müssen. Ein Anruf hätte genügt. Ich weiß, was ich meinen Freunden schulde. Auch meinen Feinden.“

„Das wird nicht reichen. Ich danke dir aber trotzdem für das Angebot. Ich weiß es zu schätzen. Aber ich brauche mehr. Du weißt, was passiert ist. Du weißt, dass alles für einen Anschlag spricht, egal was die offiziellen Verlautbarungen sagen. Wir sollten nicht mehr am Leben sein. So sieht es aus. Und ich muss wissen, wer den Auftrag gegeben hat.“

„Um was zu tun, Aleksei? Was hast du vor?“

„Was ich vorhabe? Ich habe vor, dafür zu sorgen, dass sich so etwas nicht mehr wiederholt. Ich habe vor, meine Familie zu schützen. Nur das. Egal was es kostet. Dazu brauche ich Informationen. Zur Zeit weiß ich nur, dass das alles mit großer

Wahrscheinlichkeit nichts mit mir oder meinen Tätigkeiten zu tun haben kann."

„Was macht dich da so sicher?"

„Ich habe in den vergangenen Wochen jeden Stein innerhalb meiner Organisationen und Firmen umgedreht. Ich habe jeden, der in Frage kam, befragen, bedrohen und unter Druck setzen lassen. Ich wüsste es, wenn der Anschlag mir gegolten hätte. Außerdem hat Ewgenija Iwanowna Angst. Und zwar nicht erst seit dem Anschlag. Es hat vor einer Weile angefangen. Als sie auf einmal einen Leibwächter zu brauchen meinte. Und das Geld, das wir an Bord hatten und von dem weder unsere, noch Schweizer oder EU-Behörden etwas verlauten lassen, war ihr Ding. Ich wusste nicht einmal davon, bis zu dem Moment, als die Befragungen losgingen."

„Ist das nicht seltsam?", fragte der andere in die Stille hinein.

Laritski, der die Frage nicht verstand, fragte, was er meine. Schärfer als beabsichtigt. Und, sich erneut korrigierend:

„Entschuldige. Ich vergreife mich schon wieder im Ton. Aber ich verstehe die Frage nicht."

„Dieser Leibwächter. Er gilt als verschollen, richtig?" Und ohne auf eine Antwort zu warten: „Man könnte sich fragen, ob ihr da nicht den Saboteur persönlich an Bord geholt habt."

„Hast du Informationen?"

„Ein paar – aber nicht bestätigt. Man sagt, der Mann…"

Sorokins Blick schweifte ins Dunkel vor der erleuchteten Fahrstuhlkabine, in der sie standen. „Antonin Brejcha", soufflierte eine gestaltlose Männerstimme.

„Man sagt, dieser Antonin Brejcha sei nicht der, für den er sich ausgegeben habe. Vielmehr handle es sich bei seiner Person um einen professionellen Problemlöser, der in der Branche gut bekannt sei. Er agiere ausschließlich im Auftrag von Drittpersonen. Sowohl wir als auch die Amerikaner und die Europäer haben Dossiers über ihn. Wie gesagt: Die Information ist nicht bestätigt. Aber wenn er der ist, für den wir ihn halten, dann hat Ewgenija Iwanowna allen Grund, sich zu fürchten. Und dann sollte statt deiner schleunigst sie damit anfangen, Steine umzudrehen. Du musst mit deiner Frau sprechen. Nicht mit mir." Und dann eindringlich: „Hör' mir zu, Aleksej Wladimirowitsch. Was ich dir jetzt sage, das kannst du glauben oder nicht. Ich sage es einmal. Und ich sage es dir um unserer alten Freundschaft willen. Nimm es als Gefallen. Und als Warnung. Ich weiß nicht, was deine Frau und unsere Familienministerin getan hat oder tut, das eine solch drastische Reaktion von Unbekannt auszulösen in der Lage ist. Ich weiß aber, dass sie sich auf etwas eingelassen hat – es hat ungefähr vor zwei Jahren angefangen –, das nicht in erster Linie mit ihrer Funktion als Familienministerin in Verbindung steht. Etwas, das sie nicht mit mir bespricht. Auch mit sonst niemandem. Und bevor du fragst oder dich empörst: Ja – wir überwachen sie. Seit Monaten. Keine Sorge: Eure Privathäuser haben wir uns geschenkt. Die Wanzen wären, wenn ich dich und deine Standards richtig einschätze, nach ungefähr drei Stunden entdeckt und vernichtet worden. Außerdem hätten deine Leute rasch herausgefunden, dass es unser Material ist."

„Wie?", fragte Laritski nur.

„Telefone, Computer, Büros. Keine Beschattung. Wir überprüfen soweit möglich ihre Kommunikation, konnten aber bis jetzt noch nichts Konkretes herausfinden. Was uns möglicherweise auch etwas sagt: Das Problem verbirgt sich geschickt zwischen ihren regulären Aufgaben: Reisetätigkeit, Verhandlungen, Kongresse, und so weiter."

„Habt ihr eine Vermutung?"

„Ja – aber auch hier: eine sehr vage nur."

„Und?", drängte Laritski.

„Brüssel. Sie hat viele Kontakte innerhalb der Europäischen Kommission."

Etwas in Laritskis Stimme sackte zusammen. „Lass gut sein, Nikolai", sagte er nur. „Ich danke dir, dass du dir die Zeit…"

„Nein, Aleksei. Hör mir zu. Ich werde uns beide nicht beleidigen, indem ich hier öffentlichkeitstaugliche Feindbild-Bewirtschaftung betreibe. Nur so viel: Die EU ist zur Zeit viel dringender auf Feindbilder angewiesen, als wir es in den letzten hundert

Jahren je waren. Muss ich dich etwa an die Farce in der Ukraine erinnern? An dieses Land, das gegen Bares aus Übersee von einer Handvoll größenwahnsinniger und geldgieriger sogenannter Politiker in Kiew gerade ausverkauft wird? Es ist ein knallharter Deal. Win-win für die, die ihn durchziehen. Lose-Lose für die Ukrainer am Ende. Und wozu? Weil schon vor 50 Jahren einer gesagt hat, die Zukunft der Dollar-Hegemonialmacht werde sich in Eurasien entscheiden. In dieser Zukunft stehen wir heute. Und sie scheuen nicht davor zurück, dieses inszenierte Verbrechen über die Sprachrohre Brüssels zum Willen eines Volkes zu erklären, das sie nicht im Geringsten interessiert. Alles nur, um weiter glaubhaft behaupten zu können, die russische Aggression sei real und ohne die segensreiche Vermittlung der USA würden längst Krieg und Zerstörung herrschen. Alles, was hilft, den Boden für weitere Isolation, Sanktion und Aggression zu bereiten. Wäre es nicht so ernst, würden diese über die EU vermittelten US-Interventionen nicht reales Leid, Verzweiflung und Kummer für reale Menschen bedeuten, könnte man von morgens bis abends lachen, wenn wieder mal gedroht wird, uns mit Hilfe ihrer Ramschwährung in die Knie zu zwingen, wenn von Völkerrechtswidrigkeit legaler Referenden geschwafelt wird und wenn ohne rot zu werden die neue Energieunabhängigkeit ganz Europas inklusive Ukraine durch die große Wende und Fracking ausgerufen wird."

„Warum erklärst du mir Dinge, die ich weiß, Nikolai?", unterbrach ihn Laritski. Er klang jetzt wie einer, der so müde war, dass er jedem Wort einzeln befehlen musste, seinen Mund zu verlassen. Hart, tonlos, unbewegt.

„Was ich dir sagen will, ist dies: Die EU ist nicht unser Freund. Aber viel wichtiger ist: Sie ist auch nicht unser Feind. Den Gefallen tun wir denen nicht. Fakt ist: Wir haben sie in der Hand. Und weißt du warum? Weil wir sie nicht brauchen. Schau dich um. Wir brauchen ihre Banken nicht, wir brauchen ihre Immobilien oder anderes pfändbares Vermögen nicht. Wir brauchen ihre künstlich am Leben erhaltene Wirtschaft nicht. Weder ihre Nahrung noch ihre Technik. Von dem, was sie ihre

Bildung und Kultur nennen, ganz zu schweigen. Wir haben das hier alles selbst und viel besser und sicherer. Nicht mal für die Ferien brauchen wir sie – schließlich haben wir Sand und Meer der Krim. Danke der Nachfrage, lieber Westen! Die Inflation hier ist gering, die Verzinsung ist gut, die Steuern sind niedrig, ebenso die Bankgebühren. Und das Beste: Die Banken sind sicher. Außerdem droht hier kein Staat mit Bargeldverboten, mit Netzsperren, mit Moraldiktatur. Natürlich wäre Kooperation der Sanktionspolitik vorzuziehen. Aber sieh dich um: Sogar unter diesen Bedingungen läuft unsere Wirtschaft gut. Und militärisch bilden wir längst nicht mehr ein Schlusslicht, auch wenn man das in den Medien des Westens nicht lesen kann. Wir brauchen sie nicht, und das macht sie wahnsinnig. Aber solange wir in den Augen und Verlautbarungen westlicher Politiker und Medien der Böse Mann Nummer eins der Welt bleiben, haben sie einen Grund. Einen Grund für alles. Für's Gelddrucken, für Unsicherheiten an den Aktienmärkten, für Wirtschaftseinbrüche, für unerwünschte Wahlresultate, für neue Gesetze, für mehr Kontrollen. Wie sie aus dieser galaktischen Blase von Lügen, Falschgeld, Scheinboom und Schulden je die Luft wieder rauslassen wollen, ohne dass der ganze Laden in die Luft fliegt, erschließt sich nur ihnen selbst. Wobei: wohl eher nicht. Das Kartenhaus wackelt ja jeweils schon, wenn die Worte ‚Straffung', ‚Exit' oder ‚Tapering' irgendwo auch nur geflüstert werden. Ich denke, irgendwann wird es ganz einfach zu viel sein, und dann werden auch die desaströsesten Ratings von Moody's und Konsorten unsere Währung nicht mehr unter Wasser drücken können. Weil ihre dann ersoffen sein wird."

Laritski hätte selber nicht zu sagen vermocht, ob er zugehört oder bloß auf eine Pause gewartet hatte. Als diese jetzt gekommen zu sein schien, hakte er ein: „Ziehst du ernsthaft in Betracht, dass Eva sich von Brüssel vor den Karren hat spannen lassen und dass sie denen jetzt aus welchem Grund auch immer gefährlich geworden ist?"

„Das weißt du selber, Aleksei Wladimirowitsch."

„Ich weiß nicht mehr, was ich weiß."

„Dann sage ich es dir: Niemals. Ewgenija Iwanowna liebt Russland. Das wissen wir beide. Wenn Sie eine Gefahr für irgendjemanden in Brüssel geworden ist, dann nur deshalb, weil Sie es provoziert hat. Sie würde nie gegen ihr Land arbeiten. Gegen mich, gegen Kollegen, gegen den Präsidenten – ja, möglicherweise. Aber nicht gegen Russland. Und damit auch das klar ist: Mit dem Geld an Bord eurer Maschine hat unsere Regierung nichts zu tun. Wir dachten die längste Zeit, die Summe sei irgendein mehr oder weniger legaler Transfer von Seiten deines Fonds oder einer der Stiftungen. Ich brauche dir nicht zu sagen, dass du gut daran tust, dem Geld zu folgen. Du sagst zwar, Hoizon Hill und seine Stiftungen seien sauber. Aber ich weiß auch, dass du das Brüsseler Gebilde über die Wohltätigkeitsschiene mit Milliarden unterstützt. Ich nehme dir das nicht übel – im Gegenteil. Es bringt dir Kontakte und damit viel Geld. Davon profitieren auch wir. Aber weißt du genau, was deine Stiftung FDF und die anderen Empfänger mit deinem Geld und dem Geld anderer Förderer tun, um die Völker Europas, Afrikas und des halben Nahen Ostens zu deren Bestem zu einen? Ewgenija weiß mehr als du und ich zusammen. Du wirst sie unter Druck setzen müssen, wenn du deine Familie wirklich schützen willst. Setz den Hebel da an, wo es weh tut. Anders geht's nicht."

„Tut es weh?", fragte Laritski abrupt das Thema wechselnd. „Die Lunge…?"

„Nicht die Lunge, Aleksej. Die blutet nur. Aber es hat sich herausgestellt, dass ich gerne am Leben bleiben würde. Ich war mir dessen nicht bewusst. Erst jetzt. Und mit praktisch unantastbarem Opportunismus sage ich mir, dass einer auch ohne Atem und mit Schmerzen Dinge bewegen kann. Vielleicht überhaupt erst recht dann. Weh tut einzig der Gedanke an die Zeit. An ihr mitleid- und neidloses Ablaufen, von dem sie mich erst vor kurzem in Kenntnis gesetzt hat. ‚Heute' ist nicht länger bloß ein anderes Wort für ‚morgen'. Das ist der Schmerz. Zu wissen, dass man nicht mehr erleben wird, was man noch erleben möchte. Oder zumindest erfahren. Aber sogar dieser Schmerz geht vorbei. Vielleicht ist das das Ziel: kühl und friedlich todgeweiht die Dinge zu tun. Eine Freistatt, vor der sogar Angst und Zweifel Halt machen. Und vielleicht ist auch das nur Selbstbetrug. Der Mensch zettelt wer weiß was an, um sich selbst zu betrügen."

Im Wissen, dass er damit erneut die Gewalt seines Kummers preisgab und damit sich selbst, stieß sich Laritski von der Fahrstuhlwand, an der er gelehnt hatte, ab und trat einen Schritt näher an Sorokin heran: „Kannst du mit ihr reden, Nikolai Nikolajewitsch? Sie vertraut dir."

„Und sie hat keinen Grund, mich schützen zu wollen", ergänzte der andere.

„So viel zum Thema praktisch unantastbarer Opportunismus."

„Alles andere würde uns beide beleidigen, Aleksei. Ja – ich werde mit ihr sprechen."

„Danke."

Auf eine kaum sichtbare Geste Sorokins hin löste sich eine Gestalt aus dem kompakten harten Dunkel außerhalb des Lichtkreises und trat an die Kabinentür heran. Das Gespräch war beendet. Laritski wandte den Blick von der Bewegung des Soldaten ab und zurück zu Sorokin. Worte, die der Verstand schon geformt hatte, entschieden eigenmächtig, dass sie es nicht wert seien, ausgesprochen zu werden. Seine Hand hob sich, umfasste den Nacken des Mannes, den er einst so gut gekannt hatte, zog ihn zu sich heran. Keine Umarmung, eigentlich nicht mal eine Berührung. Ein Dank in anderer Form. Ein Abschied vielleicht. Er wandte sich ab und folgte erneut einem silhouettehaften Hünenrücken zurück zu seinem Wagen, wo er Handy, Brieftasche und Autoschlüssel ausgehändigt bekam. Noch bevor er die Wagentür aufgeschlossen hatte, war der andere verschwunden. Er startete den Motor, wendete und raste mit überhöhter Geschwindigkeit durch den skelettartigen Verfall einstiger Industrie in Richtung Straße. Erst dort, wo die orange leuchtenden Ampeln ihn wie Bojen erwarteten, schien er wieder atmen zu können. Jetzt ließ er auch die Fenster hinunter. Alle vier. Atmen. Nur das nach dem Gestank in der Fabrik und der Kabine. Eine wilde

Lebenslust zerrte neben der Müdigkeit an ihm. Als hätte das Sterben des anderen ihm Kraft gegeben, Dinge zurechtgerückt.

Herr im Himmel. Dieser Schmerz. Diese Liebe.

Das Lachen in der Kehle, als er Sorokin recht gab: Es scheint, dass auch ich gerne am Leben bleiben würde.

Als fiele er in eine bis gerade eben von Laritski besetzte Form, sackte Nikolai Nikolajewitsch Sorokin genau an jener Stelle, wo der andere gestanden hatte, gegen die von mattgrauen Schmierschatten zerbeulte Kabinenwand des funktionsunfähigen Aufzugs. Sein Gesicht nass, die bleiche Haut unter den Kleidern schwimmend im verseuchten Schweiß seines atemlosen Überlebens. Es hatte ihn alle Kraft, jeden verbleibenden Rest dessen, was seinem Willen gehorchte, gekostet, so lange zu stehen, zu sprechen und zuzuhören, ohne nach Luft zu schnappen – egal wie vergeblich es war. Jetzt tat er es, löste zerrend Schlips und Hemdkragen. Umsonst. Die Geste war ein Witz. Ein verzweifelter vom Wunsch nach Unerreichbarem beseelter Witz. Ein schwarzer Schemen huschte herein, er sah ihn kaum, fühlte nur das vertraute feine Rupfen an den Haaren, als der Kunststoff der Nasensonde übergestreift wurde. Er hielt die Augen geschlossen, wartete, dass der Sauerstoff seine Wirkung tat. Dann wurde es besser. Er konnte wieder denkend erfassen, was sich außerhalb seiner kollabierenden Lunge abspielte. Es gibt nichts Egoistischeres als süchtige, depressive oder kranke Menschen, hatte mal einer gesagt. Es stimmte. Wie auch sollte es nicht stimmen, wenn alles, was du bist, hast, willst und wünschst, eingefordert wird gegen ein verdammtes Quantum Luft? Wenn alles, was du zu denken in der Lage bist, sich auf einen dem eigenen Einfluss entzogenen Vorgang in deinem Innern beschränkt, der über Leben oder Nicht-Leben entscheidet? Aber noch hatte er Zeit. Noch gab es Sauerstoff. Noch schlug sein Herz. Er hatte zu arbeiten. Eine nur angedeutete Geste, ungeduldig schon wieder, ließ Bewegung in die Szenerie kommen. Zwei seiner Männer fassten ihn unter, grob fast, mitleidlos. Nicht ihretwegen – ihm zuliebe. Anders hätte er die eigene Zerbrechlichkeit nicht ertragen, das eigene Sterben. Solange dieser Stolz in ihm war, würde er weitermachen können. Nur mühsam hielt er Schritt mit seinen Führern im Wissen, dass auch das eine Illusion war: Wohl bewegten seine Beine sich im Takt der ihren – indes: Die Schritte waren bloß Bewegung, ein Schleifen mehr. Ein Trost: Die Hand, die nach dem lederummantelten Griff über der Autotür griff, der Arm, der sein Gewicht hochzog und hievte, waren kraftvoll wie eh und je. Kurz atmete er durch, entspannte sich in dem Fauteuil des Bentley Bentayga. Er hatte keines amerikanischen Romans bedurft, um bereits vor Jahren einzusehen, dass das einzig Vernünftige, das einer wie er tun konnte, war, sein Auto zum Zentrum seines Wirkens zu machen. Büro, provisorisches Schlafzimmer, Konferenzraum und Ort der Meditation. Die Menschen könnten so viel Zeit sparen, so viel mehr tun, so viel mehr erreichen, würden sie das sinnlose Hin-und-Her sein lassen, zwischen dem, was sie Arbeitsplatz und dem, was sie Zuhause nannten. Sie würden es nie tun. Die Menschen brauchten Trennwände, kamen mit dem Offenen, Vernetzten, sich Bedingenden nicht zurecht. Zeit, Raum, Bewegung, Mensch – alles musste geordnet und klar trennbar sein. Welch eine Verschwendung von Möglichkeiten. Die dumpf-heisere Klangwärme des W12-Motors erfüllte den Wagen. 608 PS und wahnwitzige 900 Nm als Kompensation für das eigene Nachlassen. Und außerdem Freude pur, wenn der Druck ihn umklammert hielt, der die 2,5 Tonnen in 4,1 Sekunden von null auf 100 wuchtete. Nichts davon jetzt. Der Wagen glitt auf dem sauberen Bass verhaltener Kraft durch die Nacht. Und er würde es so lange tun, bis er das Zeichen gäbe, zum Hotel zu fahren, in dem er seit gut 15 Jahren logierte. Eine Notwendigkeit wie der Wagen. Er wandte sich dem eben geführten Gespräch zu. Laritski. Eine weitere Lüge. Natürlich wusste er von dem Geld. Mit einer Einschränkung: Von 500 Millionen war nie die Rede gewesen. 300 waren der Deal. 300 Millionen Dollar, um die gierigen Beamten- und Lobbyisten-Schlünde in Brüssel zu stopfen. Denn auch hier galt, was allerorten galt, wo Menschen sich in der Lage sahen, im Schutz eines wie auch immer gearteten Herrschafts-Schattens zuzugreifen. Egal ob Diktatur oder Demokratie. Wer einen Puls hatte, hatte in der Regel auch einen Preis. Und außerdem: Was diese Leute veräußerten, gehörte nie ihnen selbst. Diesmal war es Nabucco gewesen. Ein anderes Mal konnte es ein ganzer Staat, eine Ideologie wie die sogenannte Energiewende, ein Ausnahmezustand oder bloß ein Bankgeheimnis sein. Who cares? Das Beben, das solche Schattendeals auslösen konnten, würden diese Leute stets wohlversorgt überleben. Die längerfristige Zerstörung, den Neuanfang, das Nichts hätten spätere Generationen zu erledigen. Sorokin setzte sich aufrechter hin in dem Fauteuil und schüttelte gleichsam das träge Schweifen verzettelter Gedanken von sich. Es war höchste Zeit, die eigene Medizin zu nehmen und jenen Rat zu befolgen, den er gerade eben dem einstigen Freund gegeben hatte: Folge dem Geld und sprich mit Eva. 200 Millionen Schweizer Franken. Das war nicht Schwarzgeld. Er kannte Laritski, und er glaubte ihm. Nie hätte er seinen Fonds Horizon Hill und dessen Ruf für einen solchen Betrag riskiert. Oh ja – er schmierte, wie jeder andere auch, übte Druck aus, erpresste, drohte und manipulierte Menschen ebenso wie den einen oder anderen Kurs, wenn die Möglichkeit sich bot. Aber nie, niemals, hätte er auf derart plumpe Weise gehandelt. Wer eine solche Summe in bar verlangte, war dumm, arrogant, abgehoben und wähnte sich über dem Gesetz: In der Regel galt das für Staatspersonal und die Mafia. Nabucco war gegessen. Da gab es nichts wiederzubeleben. Fast war er gespannt, ob die Ratten in Brüssel die Chuzpe hätten, erneut Geld zu fordern. Oder wie sie es anstellen würden, an die Millionen heranzukommen, von denen die meisten dachten, sie seien in Russland, während sie in Wahrheit in den Tresoren der Schweizer Nationalbank lagen. Das alles war Nebenschauplatz. Worum es ging, war der Rest des Geldes. Klar war ihm nur dies: Es ging auch hier um Politik. Es ging um US-Politik via Europa, und es ging um etwas, was Evgenija Iwanowna Laritskaja ohne sein Wissen getan hatte. Kurz überlegte er, ob er den Präsidenten wecken sollte. Die Hand glitt bereits zur Benutzeroberfläche vor sich, die via Bluetooth mit Smartphone und Tablet verbunden war. Dann sank sie zurück auf die Lederstütze des Sitzes. Noch nicht. Noch war es möglich, dass er rechtzeitig käme, um einzugreifen, aufzuhalten oder abzufedern, was auch immer in Bewegung gesetzt werden sollte. Das war seine neue Freiheit – die belebende Wirkung seines nahen Todes: Er hatte nichts zu verlieren und keine Furcht. Auch Angst nicht. Erneut hob er die Hand, holte das Tastenfeld auf das Display und wählte eine Nummer, die, obwohl er sie seit Jahren nicht mehr gewählt hatte, dem Läuten nach immer noch in Betrieb war. Als am anderen Ende abgehoben wurde und eine Männerstimme sich meldete, begrüßte Sorokin den anderen, als würde nicht die schwarze Unwirklichkeit einer Moskauer Nacht, vielmehr der stimmenerfüllte champagnerblaue Himmel Südfrankreichs ihn umfangen.

„Nik Horn, mein Freund. Es ist wunderbar, Sie zu hören. Verzeihen Sie bitte den Überfall. Störe ich?"

Der Mann am anderen Ende beschränkte sich darauf, den Namen des Anrufers auszusprechen: „Nikolai Nikolajewitsch."

„Ja, mein Lieber – so trifft man sich wieder."

„Das ist kein Treffen. Das ist ein Überfall. Ihre Rede, Nikolai. Ich bin raus. Weg vom Tisch. Anderes Spiel."

„Darf ich Sie daran erinnern, Nik, dass Sie in überhaupt keinem Spiel mehr wären ohne mich?"

„Was wollen Sie?"

„Ich brauche Ihre Hilfe."

„Worum geht's?"

Ein Lachen von Seiten des Russen: „Darum, worum es immer geht, Nik. Können Sie nach London kommen?"

„Das ist keine Frage, oder?" Und ohne auf eine Antwort zu warten: „Immer noch das Lanesborough?"

„Alte Gewohnheiten, die sich über lange Jahre als sinnvoll erwiesen haben, sollte man nicht ändern, Nik."

„Ich werde da sein."

Ohne weitere Worte oder Floskeln wurde aufgelegt.

Sorokin drückte auf den Knopf der Gegensprechanlage. „Fahren Sie zum Hotel, Arina", sagte er.

14

Bern, Hotel Kursaal Grand Casino

Sophia Svenström las einen Artikel, der mit der Frage an die Leserschaft begann, ob sie Sophia Svenström kenne. „Nein? Das spricht für Sie!“ Im Verlauf des Artikels beschränkte sich der Autor darauf, die Fragen an sich selbst zu richten: Etwa jene, warum EU-Kommissaren ihre Tätigkeit ins Gesicht geschrieben stehe und ob totalitäre Kontrollphantasien grundsätzlich zum Anforderungsprofil für diese Jobs gehörten. Die eine Schmalseite der Hotelbar, in der sie auf den Shuttle-Dienst zum Flughafen und auf Pierre Besson wartete, war durch eine Wand begrenzt, die nur gerade eine türlose Öffnung zum Restaurant freiließ. Die Wand ein Spiegel, in dem sie beim Aufblicken eine Frau erkannte, die sich zu amüsieren schien. Und die sich Zentimeter für Zentimeter abhob von der vollkommen klassefreien Biederkeit des Lokals, das sich laut Prospekt am Puls des Lebens wähnte. Die Bedienung schien auf der segensreichen Welle der Personenfreizügigkeit von Osten her in das kleine Land gespült und noch nicht mit Stilanspruch und Gepflogenheiten eines Business-Hotels vertraut gemacht worden zu sein. Multikulturalismus bedeutete eben auch, dass ihresgleichen sich an einem Ort wie diesem von Leuten bedienen lassen musste, die ihre herkunftsbedingte Käuflichkeit geradezu ausdünsteten. Dass der Normalbürger sich nicht einmal mehr getraute, solches auch nur anzudeuten, dafür hatte sie selbst zu sorgen mitgeholfen. Schließlich widerspräche es dem Inhalt einer jeden jemals verfassten oder auch nur angedachten EU-Charta – den modernen Katechismen politischer Korrektheit. Was indes nicht verhinderte, dass alle es dachten. Alle bis möglicherweise auf Besson – dieser … dieser Schweizer. Sie mochte ihn. Er war ein Mann und nicht eines dieser zerbrechlich emanzipierten Wesen mit Aktentasche, die ihre Branche – kriecherisch und auf den Knien persönlicher Befindlichkeiten pendelnd zwischen

Burnout, Größenwahn und hektischer Minderwertigkeit – seit zwei Jahrzehnten hervorbrachte. Ein Macher, mehr noch: ein Glaubender, der seine Rolle innerhalb der Schweizer Exekutive so verstand und lebte, wie die Verfassung es von ihm forderte: den Willen des Volkes ausführend und nicht bloß Gehorsam und Zahlungswilligkeit fordernd. Er war bis jetzt immun geblieben gegen den Bazillus des Regierens und Gestaltens, der da sagte, man müsse lenken, unbemerkt gegen den Willen des Souveräns, aber zu seinem Besten, und so viel wie irgend möglich die Zukunft vorausnehmen, eingreifen, gestalten, wo doch spätestens seit dem Club of Rome bekannt sein dürfte, auf welchem Niveau Nutzen und Präzision solcher Pläne zum Wohl der Menschheit anzusiedeln waren und wem sie dienten. Pierre Besson war einer der wenigen, die die Dinge trotz oder gerade wegen des sich gewollt, aber unbemerkt verjüngenden Korridors der gelenkten Freiheit beim Namen zu nennen wagten. Und einer, der – sofern möglich – Entscheidungen fällte, die im Widerspruch zur Mehrheitsmeinung innerhalb seines Departements standen oder dem Rat anderer Regierungsmitglieder diametral gegenüber. „Die müssen mich nicht gern haben", hatte er einmal gesagt. „Keiner. Genauso wenig wie ich sie." Und auf ihre Frage hin, ob er denn nicht wenigstens ein bisschen an sein weiteres politisches Fortkommen, an die Optionen nach der Zeit im Amt denke, hatte er gelacht, noch während er wütend geworden war: „Das ist jetzt nicht dein Ernst, oder?"

Sie hatten sich in „ihrem" Hotel in Brüssel getroffen. Wie immer. Das Odette en Ville. Sie beglichen die Rechnung beim Check-out abwechselnd, und sie hatte ihn von Anfang an richtig eingeschätzt und nie erwähnt, dass sie die Beherbergungskosten ihrer gemeinsamen Zeit über ihr Büro laufen ließ.

„Doch", hatte sie gesagt. „Ist doch normal, dass man bei allem Einsatz für die anderen auch an sich selber denkt."

Darauf hatte er sein Glas geleert, war aufgestanden, hatte sich angezogen und war gegangen. Seither hatten sie nicht mehr miteinander gesprochen. Jetzt wartete sie auf ihn. Denn im Gegensatz zu Besson dachte sie sehr wohl an den eigenen

Weg und die Möglichkeiten, die er bot. Und jetzt, wo sie nicht nur zur Kommissarin für Inneres, Migration und Bürgertum der EU, sondern auch zur Direktorin der EU-Denkfabrik ernannt worden war, würde sie ihr Ziel bestimmt nicht aus den Augen lassen. Aber das war nur die halbe Wahrheit. Die ganze lautete: Sie hätte es auch nicht mehr gekonnt. Ihr Ziel war nicht länger ihr eigenes. War es noch nie gewesen. Der Preis der Ernennung zur Ministerin und Direktorin war das Eingeständnis und die Akzeptanz des eigenen Marionettentums. Aber Besson war im Rahmen ihrer Möglichkeiten ihr Projekt, und sie würde dafür sorgen, dass das auch so blieb. Dass er im eigenen Land – dem Willen des Volks entsprechend – eine Art libertären Heilsbringer gab und via Bürokratieabbau an der eigenen Demontage arbeitete, war seine Sache. Seine Worte, wonach die Verträge mit der EU bloß Verträge und somit jederzeit neu verhandel- oder gar kündbar seien, hatten sich auf Parolen reduziert. Ob er selbst noch daran glaubte, wusste sie nicht. Die Hauptsache war, dass sie ihn „auf Kurs" hielt. Ein anderes Wort für „unter Druck". Und das hatte sie geschafft. Das Zauberwort war „Wirtschaft". Es ist die Wirtschaft, Dummkopf. Immer wieder. Besser noch: die pervertierte Version dessen, was einmal Wirtschaft gewesen war. Heute in großen Teilen nicht mehr als ein von der Finanz- und Politoligarchie organisiertes Glücksspiel, das dem Westen als sogenannte „Wirtschaftskrise" um die Ohren geflogen und vom Steuervieh zu berappen war. Der Tsunami verfallender Wetten und verlorener Einsätze hatte auch die Schweiz nicht verschont. Nach offizieller Lesart war die Krise zwar längst überwunden. Bloß ein paar zu vernachlässigende Schwelbrände blieben übrig. Ein paar italienische Banken, Griechenland, nachhaltig pulverisierte Maastricht-Kriterien. Es interessierte die wenigsten noch. Dass der Horror des Totalkollapses nur in die Zukunft verschoben war, konnte die Mehrheit der Menschen, die dank der Euro-Rettung dem eigenen und totalen sozialen Abstieg entgegenschlitterten, sich nicht vorstellen. Besson, ihr Amtskollege und Schweizer Bundespräsident, war vor diesem Hintergrund gezwungen, in Abstimmung mit den Ministerinnen für Wirtschaft und für Äußere Angelegenheiten, Kompromisse einzugehen, wenn er die Ziele erreichen wollte, die er sich gesetzt hatte. Um die hochverschuldeten Sozialwerke des Landes zu stabilisieren und ihr Funktionieren auch für kommende Generationen zu sichern, musste für wirtschaftliche Stabilität gesorgt werden, für Rahmenbedingungen, die es den Unternehmen auch in unsicheren Zeiten erlaubten, sicher zu wirtschaften und sich auf stabile politische Vorgaben verlassen zu können. Darauf und auf eine Regierung, die im In- und Ausland, auf Waren- und Kapitalmärkten das Beste für sie auszuhandeln bereit war. Auch wenn es mal gegen die eigenen Prinzipien verstieß. Ja – sie mochte ihn. Fast hatte sie eine Art Reue empfunden, als sie sich vorgestellt hatte, welches Ringen die Sache mit den Russen für ihn bedeutet haben musste. Und wie es sein würde, wenn er merkte, wobei er hinter dem wenn auch moralisch zweifelhaften, aber immerhin rational vertretbaren Geschäft in Wahrheit mitzuwirken geholfen hatte. Sie schüttelte das vage Gefühl von Unrecht ab, sah auf, sah die Frau im Spiegel. Eine schöne Frau, das dunkle glatte Haar zu einem einfachen Knoten im Nacken gebunden, Seitenscheitel, dunkelblaues auf Taille geschnittenes Kostüm, weiße Business-Bluse mit Manschetten, klassische Pumps: der perfekt kalkulierte Gegensatz zu ihrem Gesicht, den immer staunend wirkenden Augen, dem Mädchenmund, den Rosenwangen.

Sophia Svenström schaute auf die Uhr. Besson würde jeden Moment da sein. Sie hatte ihm gesagt, sie habe in der Schweiz zu tun, ein Treffen mit Leuten aus Jordis Departement. Thema Migrationskrise, Verteilschlüssel, Einbindung der Schweiz. Es entsprach nicht der Wahrheit. Sie war ausschließlich hier, um Besson zu treffen. Etwas trinken. Reden. Zwei Stunden, um ihn dazu zu bringen, mit ihr für eine Nacht nach Brüssel zu fliegen. Eine Nacht, um zu erfahren, wo er in der Laritski-Sache stand. Sein Land. Die Ermittlungen. Sie musste den Leuten, der Expertengruppe, für die sie arbeitete, glaubhaft erklären können, dass alles weiterlief wie geplant. Keine Probleme von Seiten der Schweizer. Keine Verzögerungen des Projekts. Sie würde ihren Teil liefern. Gemäß de Maere war die Ware auf dem Weg. Dass die Russin noch am Leben war, war schlecht. Aber auch das würde sich in naher Zukunft erledigen. Am Ende des Projekts, ihres Projekts, stünde ein neues Europa. Demokratisch gewünscht. Sie griff in die Aktentasche, holte ihr iPad heraus und las die Meldung der SDA, die einer ihrer 26 persönlichen Assistenten ihr im Lauf des Nachmittags hatte zukommen lassen. Sie bestellte ein Glas Champagner. Die Chancen, dass sie Besson würde überreden können, sich mit ihr zu versöhnen, wurden zur Gewissheit. Die Meldung war der Beweis dafür, dass sie den zweiten Teil ihres Deals eingehalten hatte. Besson hatte allen Grund, sich zu freuen.

Sie las: „Prestigeprojekt Nabucco gescheitert

Russland gewinnt den Röhrenkrieg

Das Vorzeige-Pipelineprojekt Nabucco, mit dem sich die EU aus der Abhängigkeit von Russlands Gas befreien wollte, ist tot.

Selten ist ein europäisches Prestigeprojekt so geräuschlos beerdigt worden. Nachdem sich im April schon die ungarische MOL aus dem Projekt verabschiedet hatte und wenig später die RWE, würde jetzt nur noch die österreichische OMV, die türkische BOTAŞ, die Bulgarian Energy Holding und die rumänische Transgaz das Projekt weiter tragen – mit mehr als wackligen Erfolgsaussichten.

Denn die Kosten für die Pipeline haben sich laut Branchenexperten auf bis zu 15 Milliarden Euro fast verdoppelt, zudem sind weiterhin keine tragfähigen Gasverträge mit Aserbaidschan und Turkmenistan in Sicht. Eine Vision steht damit faktisch vor dem Aus: ein Gaskorridor von Zentralasien und dem Nahen Osten über die Türkei bis nach Österreich. Einen direkten europäischen Zugang zu alternativen Gasreserven außerhalb der Kontrolle Russlands wird es wohl vorerst nicht geben.

Russlands Erpressungspotenzial wächst

Für die Gasverbraucher in Europa sind das schlechte Nachrichten. Denn während das Nabucco-Projekt klanglos beerdigt wird, nutzt Russland die Chance, um Europas Abhängigkeit von seinen Gasfeldern weiter auszubauen. Schon jetzt ist der Kreml die wichtigste Quelle für Europas Gasbedarf: Etwa ein Drittel ihrer gesamten Importe bezieht die Gemeinschaft aus Russland. Bislang fließt das Gas vor allem durch Röhren in Polen und der Ukraine nach Europa sowie über die im November 2011 eröffnete Nord-Stream-Pipeline in der Ostsee, die mehrheitlich der russischen Gazprom gehört.

Und schon bald könnte Europa noch direkter am Tropf des Kremls hängen: Bereits am Freitag hat Nord Stream angekündigt, den Bau von zwei weiteren Ostseepipelines zu prüfen, um die direkte Transportkapazität für russisches Erdgas zu erhöhen. Russlands Möglichkeiten, in einem Konflikt mit der EU direkt den Gashahn abzudrehen, wachsen damit weiter. Überraschend dabei: Laut „Spiegel" haben RWE-Manager bereits seit langem Politiker in Berlin und Brüssel auf einen möglichen Rückzug aus dem Nabucco-Konsortium vorbereitet.

Weiter im Gespräch ist dagegen die Transadriatische Pipeline (TAP): Sie soll das Gas vom Kaspischen Meer über Griechenland und Albanien, dann über die Adria nach Italien bringen. Die Route wäre mit nur 800 Kilometern deutlich kürzer als Nabucco mit 3.900 Kilometern, würde das Gas dafür aber auch nur bis nach Italien und nicht bis Zentraleuropa transportieren. TAP wird von Eon Ruhrgas, der Schweizer EGL und der norwegischen Statoil verfolgt."

15

Donnerstag, 4. Mai, Bern, sicheres Haus des NDB, Schwanengasse 23

Etwas war gerissen. Vielleicht hatten sie auch einfach gleichzeitig losgelassen, was sich für jeden einzeln als unhaltbar erwiesen hatte. Die Veränderung, das Fremde dessen, was einem vertraut sein sollte, das Sich-nicht-mehr-Kennen. Als wäre es zu anstrengend geworden, wegzusehen, und als hätte man beim Blick darauf festgestellt, dass man damit leben konnte.

Es war fünf Uhr in der Früh, und das ganze Team war versammelt. Die Zeit für ihr Treffen, die Brun via Lorenz und elektronischen toten Briefkasten an seine Leute kommuniziert hatte, war 7:30 Uhr gewesen. Brun sah aus, als wäre er seit zwei Tagen nicht aus der Dienstwohnung rausgekommen und als hätten die grauen Narbenwände des Nichtorts auf ihn abgefärbt.

Er hatte sich auch so gefühlt, als er allein hier gesessen und darauf gewartet hatte, dass etwas sich klären würde. Die Sicht war besser geworden, als kurz nach drei Uhr Piet eingetroffen war. Kommentarlos. Sie waren einmal Brüder gewesen. Möglicherweise blieb man das. Piet hatte Kaffee gekocht. Irgendwann in ihrem gemeinsamen Ausharren war Nouriel dazugestoßen. Betrunken. Ein weiterer, dem man wortlos von der schwarzen Brühe hatte einschütten können. Er hatte versucht, Worte zu finden, zu erklären. Er, der nie trank, hatte eine Stütze gesucht an unwägbaren Silben. Die Kanten zu glatt, als dass sie Halt geboten hätten. Für einen Moment schien er eingeschlafen zu sein in der gegossenen Plastikschale des Stuhls. Vor den Fenstern hatte sich die Farbe verändert, dunkelblaue Seen waren über nachtschwarze Ufer getreten, Brun hatte die Schattenlandschaft von Piets Zügen erkennen können, die neuerdings kürzer geschnittenen Locken. Ungekämmt und wirr das Gesicht umrahmend, das er besser zu kennen glaubte als sein eigenes. Dem Fenster zugewandt. Er wusste nicht, ob ihre Blicke sich trafen. Es tat nichts zur Sache.

„Du hättest dich nicht extra schön zu machen brauchen“, hatte er gesagt. „Wir sind ja unter uns.“

Die Täler hatten sich geglättet, waren schmaler geworden, hatten etwas erkennen lassen, das ein Grinsen sein konnte.

Nouriel war erwacht – jedenfalls hatte er Anstalten gemacht, sich gerade hinzusetzen. Er schien Halt gefunden zu haben. An der Wirkung des Kaffees oder an Bruns Worten und dem, was sich durch sie hörbar gelöst zu haben schien:

„Das müssen wir jetzt aushalten, oder?“

„Was aushalten?“, hatte Piet gefragt.

„Das da… uns.“

„Sieht so aus. Aber du könntest etwas tun.“

„Was denn? Noch mehr trinken kann ich nicht.“

„Du könntest duschen. Dir die Zähne putzen. Du stinkst wie ein Scheißhaus.“

Jetzt hatte Brun gelacht: „Und ich dachte schon, du würdest es nie sagen.“

Piets Grinsen war breiter geworden.

Nouriel hatte an sich heruntergeschaut, als würde er sich erst jetzt seiner physischen Existenz bewusst. Dann hoch, staunend fast: „Du hast recht.“ Und als würde er es immer noch nicht glauben können: „Ich stinke wie ein Scheißhaus.“

„Sag‘ ich doch…“

„Oben in der Wohnung müsste es Handtücher haben“, hatte Brun gesagt.

Nouriel war kommentarlos zur Tür gegangen, sie hatten seine Schritte auf der Treppe gehört, und es schien, als wären nicht sie, sondern der Mensch als Ganzes verklungen. Dann erneut Stille, bis das Klopfen in den alten Röhren signalisiert hatte, dass irgendwo im Haus warmes Wasser floss.

„Wie lange geben wir ihm?“, hatte Piet gefragt.

„Eine Viertelstunde.“

„Zu lange – bis dahin könnte er ersoffen sein.“

„Fünf Minuten.“

„Okay.“

Sie hatten gewartet. Standgehalten. Mit mehr Kraft jetzt. Nouriel hatte recht: Es war nicht einfach, das Team wieder zusammenwachsen zu lassen. Die Distanz, die das Jahr, in dem sie getrennte Wege gegangen waren, zwischen ihnen geschaffen hatte, war groß. Dann erneut Schritte auf der Treppe. Von unten diesmal. Ein Schrittdurcheinander, mehr als zwei Füße. Sava und Valentin waren zusammen durch die Tür gekommen. Sie waren bereits deutlich erkennbar gewesen im fahlen Licht von draußen.

„O du Fröhliche“, hatte Sava gesagt.

„Nicht ablenken, meine Liebe“, war es von Valentin gekommen. „Raus mit dem Geld. Ich habe gewonnen.“

„Sagt jetzt nicht, ihr beide habt gewettet“, hatte Brun sich eingemischt.

„Du kennst mich, Carl. Ich wette immer, wenn ich weiß, dass ich gewinne. Und ich habe gewusst, dass du hier bist. Glaub‘ mir: Ich kann das riechen.“

Sava hatte einen Zwanziger aus ihrer Jeanstasche geklaubt und ihn in Valis offene Hand geklatscht. „Raffzahn, alter.“

„Dein Mann ist übrigens oben und zelebriert seine Auferstehung“, hatte Piet in Savas Richtung gesagt, ohne den Kopf zu wenden. „Was meinst du, Carl – sind die fünf Minuten schon um?“

In dem Moment war Nouriel zur Tür hereingekommen, die Haare nass nach hinten gekämmt, unrasiert, aber scheinbar sauber. Wach und nüchtern. Sein Blick war in die Runde gefallen, an Sava hängengeblieben. Fragend. Sie hatte reagiert, war zu ihm getreten, hatte ihre Hand an seine feuchte Wange gelegt. Ein Kuss.

„Wie lange wisst ihr es schon?“, hatte sie gefragt.

„Circa zwei Monate länger als ihr beide“, hatte Vali geantwortet.

„Und nichts gesagt?“

„Wir wollten euch die Überraschung nicht verderben.“

„Ja, ja – schon klar…“

Wieder war die Tür gegangen: Jezreel Vidali.

„Sie sind spät dran, Jez", hatte Brun gesagt und auf die Uhr gesehen. „Ich hatte sie vor Stunden erwartet."

Sie hatte nicht geantwortet. Ihre dunklen Augen viel zu hell, zu wach, wie immer, hatten bloß geschaut, zu verstehen versucht, verstanden. Etwas war über ihr Gesicht geglitten und hatte etwas weggewischt.

„Shine on…", hatte Brun gedacht. Eine Schicht weniger. Es war gut. Sie hatten nicht für nichts standgehalten. Es wurde besser. Es war kurz nach halb fünf Uhr gewesen.

„Okay, Leute", sagte er jetzt. „Wenn wir schon mal alle da sind – lasst uns anfangen."

„Was ist mit dem Computer-Jungen?", fragte Piet.

„Der kommt schon noch", antwortete Sava.

„Also? Was haben wir?", fragte Brun.

Jezreels Stimme war ein Riss mitten hindurch durch die Geräusche allgemeinen Sich-Niederlassens:

„Darf ich was sagen?"

Die Bewegungen im Raum wurden tonlos – es war selten, dass Jezreel Vidali unaufgefordert sprach. Die Blicke der anderen, die jetzt auf sie gerichtet waren, Frage und Aufforderung in einem.

Ihre Worte hatten die Wirkung einer Bombe: „Besson lässt Jordi überwachen."

Allen war klar, von wem und wovon die Rede war. Trotzdem hakte Sava nach:

„Der Bundespräsident und Innenminister lässt die Ministerin für Äußere Angelegenheiten überwachen? Ist es das, was du uns gerade sagst?"

Jez sah Brun an. Nickte. Wollte seine Reaktion, die Frage, die er ihr stellen musste:

„Und wie sind Sie an diese Information gekommen?"

„Zufall. Die Infos über die Laritskis in Zypern, das Geld – ich brauchte Hilfe bei der Informationsbeschaffung. Sie haben gesagt, dass das okay…"

„Schon gut, Vidali – schießen Sie los."

„Die Person – ein Informant, mit dem ich seit Jahren zusammenarbeite – hat mich im Gegenzug für seine Hilfe um einen Gegengefallen gebeten. Es war eine simple Kontaktaufnahme. Keine große Sache: Kurzfristiger und zeitlich limitierter Zugriff auf die portablen Medien einer Person. Es hat sich herausgestellt, dass die Person Annbelle Jordi ist. Der Auftraggeber Pierre Besson. Das war‘s. Mehr hab‘ ich nicht.“

„Mehr haben Sie nicht?“

„Nein. Auch nicht, wer die Sache für Besson organisiert hat. Ich weiß nur, dass es ein Kontakt von ihm in Brüssel ist, der unter dem Decknamen ‚Aladin‘ operiert. Im Netz, meine ich.“

„Ein Hacker…?“

„Kann sein. Jedenfalls auch. Gut möglich, dass er in seinem Berufsalltag der zweite Sekretär irgendeiner EU-Stabsstelle ist.“

„Können wir das herausfinden?“

„Ich kann‘s versuchen“, kam Lorenz‘ Stimme von der Tür her. Wie immer schien er das IT-Equipment für zehn Personen mit sich zu schleppen.

Der Junge. 30 in diesem Jahr. Unmöglich, es zu schätzen. Er würde immer aussehen wie der in der Zeit verlorengegangene Teenager, der er war.

Valentin holte das Team zurück: „Was fangen wir damit an?“

„Im Moment gar nichts“, kam es von Brun. „Wir behalten es im Hinterkopf. Aber solange wir nicht wissen, warum Besson das tut, haben wir bloß Vermutungen. Und zwar genau zwei: Die erste ist, dass Besson seinen Kollegen und im Speziellen Jordi grundsätzlich misstraut und dass das seine Art ist, seine Arbeit zu tun. Die zweite ist die, dass er Einblick in ihre Amtsgeschäfte braucht, weil er vermutet, dass sie in einer bestimmten Sache nicht mit offenen Karten spielt oder weil er sich einen Vorteil verschaffen will. Beides hat – soweit ich das zur Zeit beurteilen kann – keinen Einfluss auf unseren Job. Ich will nicht, dass Sie hier etwas unternehmen, Jez. Haben wir uns da verstanden? Für den Moment ist das allein Bessons Angelegenheit. Sein Risiko. Wir kümmern uns um die Laritskis. Ist das klar?“ Und als wollte er die Worte etwas dämpfen: „Trotzdem: Gut, davon Kenntnis zu haben. Hat ihr Kontakt für den Gefallen auch etwas geliefert?“

„Ungereimtheiten“, antwortete Jez. Wie immer sprach sie, ohne sichtbare Notizen zu konsultieren. Die Stirn gerunzelt, die Augen auf einen Punkt der schmutzigbeigen Tischplatte gerichtet, die Ellbogen auf die Kante gestützt, die eine Hand als Faust in der anderen liegend vor dem Mund.

„Sie hat‘s geschafft“, dachte Brun, während er meinte, zuzuhören. Etwas fiel an seinen Platz im Inneren oder kam zurück. Als wäre ein Herzschlag nicht geschlagen worden, schnappte er unhörbar nach Luft, tauchte auf, hörte ihre Stimme:

„Die Laritskis sind seit Jahren Teil der russischen Community, die sich mit geschätzten 15 Milliarden Privatvermögen in Villen und auf Konten von Zypern niedergelassen hat. Ihre Villa liegt in einem Vorort der Hafenstadt Limassol. Die Einwohnerschaft besteht fast ausschließlich aus Russen. Einige Ukrainer oder Moldawier. Die Laritskis verbringen drei bis vier Monate im Jahr dort. Bis dahin nichts Ungewöhnliches. Sowohl für die Russen als auch für die Zyprioten ein gutes Geschäft. Villen, Yachten, Autos, absurd niedrige Steuersätze, wenig Regulierung und noch weniger Fragen. Es gibt einen russischen Fernsehsender, eine russische Zeitung, russische Apotheken, Lebensmittelgeschäfte, Schulen, Kindergärten… you name it. Mittlerweile leben schätzungsweise 40.000 Russen permanent oder zeitweise auf der Insel. Dass die allesamt inklusive ihrer Regierung, die den zypriotischen Banken Kredite in der Höhe von 30 Milliarden Euro gewährt hat, nicht erfreut sind über die Gedankenspiele der Ökonomen des Internationalen Währungsfonds, wonach zur Entschuldung des Staats die Privatvermögen mit einer Zwangsabgabe von bis zu 30 Prozent belegt werden sollen, liegt auf der Hand. Auch mehrheitlich in russischem Staatsbesitz befindliche Firmen wie Gazprom, Norilsk Nickel und Severstal sind dort mit halbprivat oder privat organisierten Holdings und Tochterfirmen vertreten. Darunter auch Horizon Hill – Laritskis Fonds über eine obskure Managementagentur und diverse Stiftungen. Es ist naheliegend, dass diese Praxis nicht in erster Linie der zypriotisch-russischen Freundschaft geschuldet ist. Auch nicht der Nähe der griechisch-orthodoxen zur russisch-orthodoxen Kirche. Die Insel wird auch der ‚Waschsalon Russlands' genannt. Anders ausgedrückt: Zypern ist für die Russen wichtig. Und die Russen sind es für Zypern. Vom Moment an, als die Sowjetunion zusammengebrochen ist, stieg die Anzahl solcher Holdings von ein paar Dutzend auf über 4.000. Als im vergangenen Frühling dann die sogenannten Rettungspläne von EU und IWF bekannt wurden und die Banken für Tage dichtmachten, um einen Bankrun zu verhindern, wurden von Nikosia allen Verboten und Kontrollen zum Trotz Überweisungen in Milliardenhöhe durchgewunken. Sogenannte ‚Ausnahmen von den Kapitalverkehrskontrollen': Dazu gehörten Zahlungen für humanitäre Hilfen und ‚Besondere Zahlungen'. Dass es sich dabei nicht um die Gelder aus dem Sparstrumpf von Herr und Frau Kleinsparer gehandelt haben kann, dürfte klar sein. Für die ist die Bezugssumme ihres eigenen Ersparten nämlich nach Wiedereröffnung der Geldinstitute erst auf maximal 260 Euro pro Tag und dann auf 100 Euro limitiert worden. Seither ist der Kapitalabfluss zwar zurückgegangen, aber mitnichten gestoppt worden. Nach wie vor ziehen viele Einheimische es seither vor, das wenige, das Brüssel ihnen lässt, ins Kopfkissen zu stecken, während die Russen auf der Suche nach einem grünen Exit-Schild und einem anderen Hafen für den auf Zypern parkierten Teil ihres Gelds sind. Das Angebot der Regierung, ihnen den EU-Pass zu schenken, und das Versprechen, ihre Spareinlagen zu garantieren, wenn sie mitsamt ihrem Geld bleiben, werden als simple Verzweiflungstaten angesehen. Was sie auch sind. Als ob es etwas gäbe, was die künstliche Zugehörigkeit zu einer politischen Zwangsgemeinschaft ermöglichen könnte, was nicht auch für Geld zu haben wäre."

Jezreel unterbrach sich, veränderte aber nicht ihre Haltung. Vor ihrem inneren Auge schien sie eine Seite zu wenden, ein anderes Kapitel aufzuschlagen.

Nouriel benannte die Position, an die Jez das Team geführt hatte: „Das könnte durchaus eine Erklärung für das Bargeld an Bord der Maschine sein. Und die aktuelle EU-Politik ‚Freundschaft durch Sanktionen' macht die Sache ja wohl auch nicht gerade besser, oder?"

Jezreel schien längst weiter zu sein, kam aber zurück: „Ja…"

„Aber…?", hakte Nouriel nach.

„Bei dem Betrag könnte es sich höchstens um die Haushaltskasse der Laritskis handeln. Der Mann verwaltet über seinen Mitte der 90er gegründeten Fonds Horizon Hill mehr als zwei Billionen Dollar. Ungefähr das Dreifache der jährlichen Wirtschaftsleistung der Schweiz. Er selber wird auf rund 30 Milliarden geschätzt. Da fallen 500 Millionen nicht ins Gewicht. Allenfalls marginal. Wozu also ein solches Manöver? Das Risiko? Warum Bargeld? Warum Euros?"

„Apropos Manöver", hakte Brun ein. „Konnten Sie herausfinden, wie diese Aktion – Transport, Zoll, Verladung – vonstattengegangen ist?"

„Ja und nein."

„Will heißen?"

„Die Kurzversion lässt sich in einem Wort zusammenfassen: Diplomatengepäck. Die lange Version ist ziemlich schwammig."

„Und wie wir alle wissen, kann so richtig schwammig nur sein, was von weit, weit oben kommt." Valentin ließ den Satz genüsslich in die Runde fließen. Als wollte er sagen: „Da ist es, Leute. Das ist der Grund, warum wir hier sind." Jeder schien es zu spüren. Der Puls der sieben Menschen im Raum, des Raums selber, schien durch einen einfallenden Extraschlag die Frequenz zu verändern, wurde höher, schneller, härter.

Auch Bruns Stimme klang anders, als er nachhakte: „Die lange Version – was haben wir?"

„Eine Frau, Selina Basteki, 48. Sie ist für die Abfertigung der Privatmaschinen am Flugplatz von Nikosia bei Landung und Abflug verantwortlich. Das Personal, jedes Gepäckstück, jede Export- oder Importlizenz geht – zumindest als Kopie – durch ihre Hände. Das gilt auch für Flug Nummer LC-1607 mit der Maschine TN-CAN. Sie sagt, was bei ihr durchgekommen sei, sei sauber gewesen. Privatmaschine, Alu-Frachtkoffer und Reisetaschen, Pilot, Erster Offizier, drei Passagiere."

„Also doch…" Wieder Sava.

„Ja. Laut Selina Basteki sind inklusive Pilot definitiv fünf Personen an Bord gegangen. Wir können davon ausgehen, dass der Name der fünften Person an Bord – er lautet ‚Antonin Brejcha' – ebenso falsch ist wie die Angaben zu dessen Wohnort und Beruf. Mein Kontakt hat weltweit sechs Personen mit diesem Namen gefunden, auf welche die Beschreibung von Selina Basteki zutrifft. Eine davon ist tot, und zufällig decken sich deren Personendaten mit jenen von Antonin Brejcha von Flug Nummer LC-1607."

„LC?", fragte Sava dazwischen. „Was ist das überhaupt für eine Fluggesellschaft?"

„Die nationale Fluggesellschaft der Republik Kongo, ECAir, von der niemand genau weiß, ob sie eigentlich noch in Betrieb ist oder nicht. Laritskis private Flotte läuft vollumfänglich unter ihrem Namen. Möglich, dass sein Fonds über die Lufthansa oder die Schweizer Privatair, welche die ECAir mitgegründet haben, daran beteiligt ist."

„Okay, zurück zu unserem Fall", kam es von Brun. „Piet – wie stellt sich die Sache auf Schweizer Seite dar?"

„Noch eine Frage, Carl", kam Nouriel Piet zuvor. „Nennt mich ruhig schwer von Begriff, aber kann mir jemand sagen, wie es möglich ist, dass diese Selina Irgendwas angeblich fünf Personen gesehen hat, aber nicht eine gute halbe Tonne Bargeld, die ebenfalls verladen worden ist? Leute! – Das entspricht einer Euro-Palette mit einem Ladevolumen von rund 700 Litern. So was geht nicht ohne Gabelstapler."

„Das Gepäck war als Diplomatengepäck deklariert. Vier große Alufrachtkoffer – wie gesagt", antwortete Jez. „Außerdem musste die Frau noch vor dem Clear abgelöst werden. Sie hat das Verladen gar nicht mehr mitbekommen."

„Wie bitte?"

„Der einfachste Trick der Welt: Schaffe einen Notfall, und jeder kommt angelaufen. In diesem Fall war der Notfall Bastekis Mutter. Basteki ist unverheiratet und lebt mit ihrer betagten Mutter zusammen. Die ist an diesem Abend gestürzt, hat sich den Oberschenkelhals gebrochen. Der Anruf erreichte die Tochter mitten in der Abfertigung. Eine Kollegin hat übernommen. Theia Karafoulidou. Sie existiert ebenso wenig wie dieser Antonin Brejcha."

„Ist sie wirklich gestürzt?", fragte Nouriel. „Die Mutter, meine ich."

„Keine Ahnung", sagte Jez. „Aber es hat funktioniert. Sie war weg und wurde abgelöst. Die Planung war gut."

„Richtig", bestätigte Brun und drängte das Team zurück auf den Hauptstrang: „Wie sieht es in der Schweiz aus? Was haben wir da? Piet – Flugplatz Zürich, Flugsicherung, Ermittlungsakten der Bundesbehörden?"

„Dank der sauberen Abwicklung des Jobs in Zypern alles bestens. Der Verantwortliche, der die Flugabfertigung der Privatmaschinen unter sich hat, konnte da nichts beitragen. Allerdings die Frau, die an diesem Nachmittag und Abend Dienst hatte."

„Ja und?", kam es von Nouriel. „Was sagt sie?"

Piet ließ sich nicht drängen und zwang das Team, Schritt für Schritt und eine Info um die andere zu nehmen. Zu lange Jahre sagten ihm zu deutlich, dass in dieser Phase eines Jobs zwei Regeln unbedingt eingehalten werden mussten: Beschäftige dich mit Details – egal wie mühsam und langweilig sie zu sein scheinen. Und: Überspringe nichts. Wochentage, Daten, Hausnummern, Autokennzeichen oder ein Flackern in einem Augenpaar über einer Tasse Kaffee. Dinge, die man im Vorwärts des Jobs, der immer auch eine Story war, gerne übersprang.

„Die Frau heißt Erika Zwahlen. Laut ihr war da ein Geldtransporter in der Abfertigungszone. Sie hatte keine Dokumente, welche die Einfuhr von Geld oder anderen Wertgegenständen angezeigt hätten, und wollte bei den Fahrern nachfragen. Aber die Leute in dem Transporter haben sie schlicht und einfach ignoriert. Und in dem Moment, als klar wurde, dass die Maschine nicht landen würde, ist der Transporter wieder verschwunden. Und bevor jemand fragt: Nein – keine Beschriftung, die Nummernschilder abgedeckt, was nicht ganz ungewöhnlich ist bei Geldtransporten von großem Umfang."

„Ist sie der Sache nicht nachgegangen?", fragte Nouriel.

„Warum sollte sie?", gab Piet die Frage zurück. „Für einen Moment erschien es ihr seltsam, aber als der Wagen dann weg war, hakte sie die Sache ab. Außerdem kam die Meldung über einen Flugzeugabsturz rein, und sie hatte andere Sorgen."

„Was ist mit den Akten der Bundesbehörde?", hakte Brun ein. „Geben die etwas her?"

„Nein. Ich weiß nur, dass die nicht mal mit der Frau gesprochen haben. Da bist du gefragt, Chef. Ich hatte keine Chance, an die Akten ranzukommen. Die blocken alles ab. Jede meiner Anfragen wurde höflich abgeschmettert oder ist angeblich nicht angekommen. Sogar meine Kontakte geben nichts her in diesem Fall. Wir wissen alle, was das heißt..."

„Okay – ich kläre das mit Burger. Sava, Vali – was habt ihr?"

Valentin, der sowohl sein Alter als auch ein zurückhaltendes Sich-Stemmen wider den zeitgeistigen Hauptstrom kultivierte, blickte zu Sava, um ihr das Wort zu überlassen. Keine Frage von Konvention oder Herablassung: Ehrerbietung.

„Ich glaube, es ist besser, wenn du anfängst, Vali", kam ihm Sava auf halbem Weg entgegen. „Ich habe mich auf die Ehefrau konzentriert. Aber im Fall der Laritskis ist er der rote Teppich, über den sie geht."

„Das stimmt", bestätigte Vali in Savas Richtung. Und an alle gewandt: „Ich muss ein wenig ausholen: Das Land selber, das System der ehemaligen Sowjetunion, die Menschen, die es hervorgebracht hat, sind alles andere als einfach zu fassen."

Wie auf Kommando klickten Feuerzeuge, Tassen wurden gefüllt, Atem geholt.

***

London, Hotel The Lanesborough

„Wir freuen uns, Sie wieder einmal bei uns begrüßen zu dürfen, Mister Horn“, sagte der Concierge, als Nik Horn an den Tresen trat.

„Danke, Clarence“, antwortete Horn. „Ist der Gast, der die Buckingham Suite bewohnt, bereits eingetroffen?“

„Ja. Er ist gestern Abend angereist. Darf ich Sie anmelden?“

„Danke, nein. Allerdings bin ich hungrig – könnten Sie mir etwas aufs Zimmer bringen lassen? Egal, was. Clubsandwich oder so…“

„Ich habe mir erlaubt, dies bereits in die Wege zu leiten, Mister Horn. Clubsandwich wie immer. Auch die Getränke: Champagner, Wodka, Wasser. Ich hoffe, Ihren Wünschen nicht vorgegriffen zu haben.“

„Perfekt – danke, Clarence.“

Ein Hundertpfundschein wechselte den Besitzer, und Horn machte auf dem Absatz kehrt. In seinem Rücken blieb ein Head Concierge zurück, der sich hinter seinem professionellen Ernst ein kurzes privates Staunen erlaubte. Das letzte Mal, als er Nik Horn als Gast begrüßt hatte, war dieser ein anderer gewesen. Das war sechs Jahre her. Horn war damals noch für die Swiss First Bank tätig. Erfolgreich, ein Gott in der Finanzbranche. Nichts schien ihm nicht gelingen zu können. Und genau so hatte er sich auch aufgeführt. Es gab nur ihn, keinen sonst, der an ihn herangereicht hätte. Frauen und Concierges erst recht nicht. Man bestellte, benutzte, bezahlte. Das Prinzip hatte im Grunde für alles und jeden gegolten, den Horn damals mit den profanen Niederungen alltäglicher Zwischenmenschlichkeit in Kontakt brachte. Alles im Bereich des Käuflichen verbleibend. Als würde er weniger die Leistung, die Menschen, kaufen, sondern die Distanz, die ihn vor ihnen schützte. Vor der Leere des eigenen Menschseins. Amoralisch, konzentriert, krankhaft kontrolliert und stets allein. So hätte er ihn damals beschrieben. Alles – auch die Drogen, die Dekadenz, die Anmaßung – in Wahrheit ein notdürftig kaschierter Albtraum an Langeweile, Sinnlosigkeit und Angst. Und jetzt also „Danke, Clarence“. Vielleicht hatte es mit dem zu tun, was vor vier Jahren passiert war. Das war das letzte Mal gewesen, dass er Horn gesehen hatte. Allerdings eben nicht als Gast. Zumindest nicht direkt. Nikolai Nikolajewitsch Sorokin, der seit über 20 Jahren nur im Landsborough, wo eine Suite das ganze Jahr über von ihm gemietet war, abstieg und mit dem sich Horn bei jedem seiner Aufenthalte getroffen hatte, hatte ihn mitgebracht. Buchstäblich – wie ein Gepäckstück. Arina, die Frau, die Sorokin stets begleitete und ihn auch fuhr, hatte Horn zusammen mit einem Mann, den er nicht gekannt hatte, regelrecht in die Hall und zu den Aufzügen beim Kamin geschleift. Während Sorokin eingecheckt hatte, waren die drei bereits nach oben gefahren. Kurz darauf war ein weiterer Mann gekommen – der Tasche nach ein Arzt. Keine der fünf Personen hatte das Hotel in dieser Nacht wieder verlassen. Horn hatte er erst nach drei Tagen erneut zu Gesicht bekommen. Er war aschfahl gewesen, direkt zum Ausgang gegangen und seither nicht zurückgekehrt. Natürlich hatte es für all das keine Erklärung gegeben. Als Dank für die zwar selbstverständlich vorausgesetzte, aber in diesem Fall höher dotierte Diskretion war ein Umschlag mit 1.000 Pfund über den Rezeptionstresen gereicht worden. Der kurze Druck einer Hand auf seinem Arm. Dann war es vorbei gewesen. Mehr noch: Dann war es ausgelöscht gewesen, hatte nie stattgefunden. „Danke, Clarence“ – Clarence Tomas schüttelte kaum sichtbar den Kopf. Er liebte seinen Beruf, und einmal mehr wusste er, warum.

Zwei Stockwerke höher in einem der Executive Rooms checkte Nik Horn seine E-Mails im Versuch, nicht auf das Glatteis der Gedankengänge zu geraten, die den Concierge umtrieben. Eigentlich tat er nichts anderes seit dem Anruf von Nikolai Nikolajewitsch Sorokin. Das und nicht die Reise, die Zeitverschiebung, die Strapazen führten ihn an einen Punkt der Müdigkeit, die fast schon Lähmung war. Nur das. Über Bloomberg Bond Trading veräußerte er jetzt zwei Anleihepositionen. Einen über 100 Jahre laufenden argentinischen Bond, mit dem er innerhalb von Tagen den Einsatz verdoppelt hatte und der nichts anderes war als ein für die Börsen und das politische Personal inszenierte Witz eines Landes, das im Schnitt alle 20 Jahre pleiteging. Die zweite Position, die er verkaufte, war ein ukrainischer Bond. Im Fall dieses Landes hielt er stets zwischendurch und für möglichst kurze Zeit eine, wie er es nannte, Jojo-Position. Das Auf und Ab bestimmten auch hier nicht mehr Angebot und Nachfrage, die von fundamentalen Marktdaten unterlegt waren, sondern, wie allerorts im Rahmen eines geopolitischen und auf lange Sicht verheerenden Geld- und Machtexperiments, lediglich die Absichtserklärungen der Politik und der internationalen sogenannten Geldgeber. Kolonialismus im Gewand der Retter und Helfer. Kurz hatte er in Erwägung gezogen, auch das sein zu lassen, den sogenannten Handel, der längst nur noch ein von den Zentralbanken organisiertes Kanalisieren frisch erschaffenen Geldes in die stets gleiche Richtung war. Dann hatte er weitergemacht. Noch konzentrierter jetzt. Wenn er irgendwas gegen das kranke System tun wollte, dann musste er es mit Hilfe des Systems selber tun. Alles andere wäre ein Sich-Einreihen in die Legionen der Ohnmächtigen. Alles andere hatte er aufgegeben: die Drogen, das irrwitzige Tempo, die Nächte, von denen eine im Tod eines Mädchens gemündet hatte. Der gigantische Selbstbetrug. Damals vor sechs Jahren.

So. Jetzt war er da – allem Sichwehren zum Trotz. Wie einer, der wie ein Irrer im Kreis rennt und zu vergessen versucht, dass der Kreis eine sich verjüngende Spirale ist, die nur an diesem einen Punkt enden kann. Hier. Mit der Einsicht kam die Wut. Schlagartig. Keine Wut von der Art, wie er sie früher gekannt hatte und die bloß einfacher zu ertragen war als die Panik vor dem Stillstand. Das hier war kristallklare, harte und mitleidlose Wut auf das Spiel, in das man ihn heute wieder hineinzwang: joviales Lachen und Höflichkeiten, in Wahrheit die Knarre am Kopf, mit der man ihn einlud, erneut an jenem Tisch Platz zu nehmen, den er verlassen hatte. Es war die Wut auf das, was im Zentrum und am Endpunkt dieser Schneckenlinie lag und sich in einem Wort erschöpfte: „Ich“.

Er hatte Schulden mit neuen Schulden bezahlt, und jetzt war Zahltag. Das war der ganze einfache, dämliche Witz. Wer, wenn nicht er, wusste dies? Etwas, das aussah, als wär‘s ein Lachen, streifte ihn. Jetzt kam er an. In London, im Landsborough, am Tisch, an dem Spielschulden Ehrenschulden waren. Er stand von dem künstlich abgewetzten Leder des Chesterfield-Sofas auf. Es gehörte ebenso zur Ausstattung des Executive Room wie die Zigarren, die holzverkleideten Wände des Salons, die dunkelgrünen Samtvorhänge, die Bücherwand und das in schwarzem Marmor gehaltene Bad. Eine Inszenierung, die es jedem Klischee zum Trotz schaffte, etwas wie Wärme zu vermitteln. Er legte Smartphone und Laptop exakt ausgerichtet auf das eine Ende des Esstischs und setzte sich ans andere, wo, wie von Clarence angekündigt, Clubsandwich und Champagner bereitstanden. Das Landsborough bot seinen Gästen Horns Meinung nach die besten Clubsandwiches der Welt. Er setzte sich, hob die silberne Glocke vom Teller, griff nach Gabel und Messer, legte beides in einer einzigen flüssigen Bewegung zurück und griff mit den Händen zu. Kauend stand er wieder auf und trat an den Kamin. Wenn er zurückmusste – und es sah ganz danach aus, als käme er nicht drum herum –, dann musste er zuallererst einen Namen denken. „Jezreel Vidali“. Mit ihr hatte es angefangen, das Ende seines damaligen Lebens. Sie war es, die seine Welt in die Luft gejagt hatte. Nicht mehr und nicht weniger. Es wusste auch heute noch nicht, ob die Tatsache, dass er nicht in einem Schweizer Knast saß, Goodwill oder politischen Gegebenheiten geschuldet war. Er hatte es auch nicht gewusst, als sie sich vor vier Jahren – ähnlich wie Sorokin heute – mit der Bitte um Hilfe an ihn gewandt hatte. Eine Bitte, die keine war. Auch hier: Schulden. Er hatte nicht gefragt, hatte bezahlt und war dabei fast draufgegangen. Ihretwegen. Und ihretwegen lebte er noch. Sinnbild ihrer Beziehung, die es nie gegeben hatte. Man hatte es wie eine Überdosis aussehen lassen wollen. Jezreel Vidali hatte ihm geglaubt, dass die Drogen hinter ihm lägen. Und sie hatte sofort verstanden, als sie ihn mit einer Spritze im Arm in seiner Suite im Plaza in New York gefunden hatte. Selbst bis zum Hals in etwas drin, aus dem sie nur per Zufall lebend herausgekommen war, hatte sie einen Notruf abgesetzt. Als er aufgewacht war, hatte er sich im Beth Israel Medical Center wiedergefunden. Im Wissen, dass es nur ein Aufschub, dass er auch hier nicht sicher wäre, hatte er die einzige Person kontaktiert, von der er wusste, dass sie über Personal und Mittel verfügte, ihn in dem Zustand, in dem er sich befand, ungesehen außer Landes zu bringen: Nikolai Nikolajewitsch Sorokin. Und da war er nun. Die Wut verraucht. Es war sein Weg. Nur seiner. Kein anderer als er selber hatte die Richtung vorgegeben. Egal in welchem Leben er heute nach welchen Werten handelte und dachte – was gewesen war, gehörte dazu, Schulden mussten beglichen werden. Ein Gewicht fiel von ihm. Alles war eins, Begrifflichkeiten wie „früher“ und „heute“ bloß Grenzen und Zäune – der jämmerliche Versuch, sich vorzumachen, es gäbe so etwas wie Kontrolle. Alles, was es gab, war Konzentration. Das allein zählte. Er legte den Rest des Sandwiches sorgfältig auf den Teller zurück, nahm den Hörer des altmodischen Telefons auf und ließ sich von der Rezeption mit der Buckingham Suite verbinden.

Er roch die Krankheit mit dem ersten Schritt, den er über die Schwelle der Suite tat. Er hätte nicht zu sagen vermocht, was genau es war. Nichts Medizinisches, nichts Körperliches, nichts Abgestandenes – aber da und real wie der Butler, der ihm die Tür öffnete und ihn durch das Dunkel des Eingangsbereichs zu der offenbar einzigen erleuchteten Ecke der Suite führte. Es war der Salon. Beige-, Ocker- und Brauntöne dominierten. Auch hier eine professionelle Idee von Wärme. Hier wurde der Verfall sichtbar. Unverhüllt und in Form eines tragbaren Sauerstoffgeräts. Die Tatsache, dass Sorokin die Sonde mit einer nonchalanten Eleganz trug, als wär‘s eine Designlesebrille, nötigte Horn Bewunderung ab. Auch das Blitzen in den Augen des nur wenig Älteren, das von Amüsement, Witz und wachem Geist sprach. Hier lachte einer der eigenen Endlichkeit ins Gesicht, hier erbrachte einer den Beweis dafür, dass die Erkenntnis der Schwäche die größte Stärke war, über die ein Mensch verfügen konnte. Die einzige vielleicht. Wer, wenn nicht Horn, wusste das?

„Ah – Nik Horn", dröhnte ihm die vertraute Stimme des Mannes entgegen, der sich zeit seines Lebens geweigert hatte, die russische Form der Höflichkeit aufzugeben, die vorsah, die Leute stets bei ihrem vollen Namen zu nennen. Dass es nicht dasselbe war, ob man jemanden „Aleksei Wladimirowitsch" oder eben „Nik Horn" nannte, war ihm egal. In seinen Augen war nur russische Höflichkeit echte Höflichkeit. Alles andere der klägliche Versuch, die Größe eines Respekts zu imitieren, den die Imitatoren nicht kannten. Von fühlen ganz zu schweigen.

„Nikolai Nikolajewitsch Sorokin", erwiderte Horn, während er auf den anderen zutrat. „Es ist mir eine Freude."

„Verzeihen Sie, wenn ich nicht aufstehe." Und mit einem Blick in Richtung des Butlers, der zum Servicepaket der Suite gehörte: „Was ist Ihr Gift, Nik? Immer noch Wodka? Champagner?"

„Ein Scotch wäre perfekt. Danke."

„Dann stimmt es also, was meine Leute mir sagen."

„Was sagen Ihre Leute denn, Nikolai Nikolajewitsch?"

„Dass Sie sich verändert haben." Sorokin schaffte es, seinen Blick bei diesen Worten sowohl auf Horns Gesicht als auch auf dessen gesamte Erscheinung zu richten, wo er für Sekunden auf den nackten Füßen ruhte, die in einem Paar Flipflops steckten.

„Verzeihen Sie bitte meine Aufmachung, Nikolai Nikolajewitsch. Wie Sie wissen, war ich den ganzen Tag und die halbe Nacht unterwegs."

„Meine Leute sagen, es sei mehr als das."

„Die Zeiten ändern sich."

„Die Zeiten, die wir hatten, waren doch alles in allem gut."

„Wir haben sehr viel Geld verdient."

„Eben. Und sagen Sie mir jetzt nicht, Geld sei nicht alles."

„Darum geht's nicht. Es geht um Geld in Händen von Leuten, die es nicht selber verdienen und denen es nicht gehört."

„Waren unsere Hände die falschen?"

„Was Ihre anbelangt, Nikolai Nikolajewitsch, maße ich mir kein Urteil an. Meine waren es. Nicht immer. Aber oft."

„Und jetzt, wo Sie beschlossen haben, pro Woche nur noch ein T-Shirt zu benutzen, sind es die richtigen?"

Der Butler war lautlos herangetreten und hatte Horn ein Glas gereicht, das er jetzt wortlos lachend in Sorokins Richtung erhob.

„Zumindest zittern sie weniger, und das ist ein großer Vorteil. Worum geht's hier, Nikolai Nikolajewitsch?" Und den harschen, das Zeremoniell der Höflichkeiten mittenentzwei schneidenden Ton abmildernd: „Wie kann ich Ihnen helfen?"

16

Freitag, 5. Mai, Brüssel, Hotel Odette en Ville

Pierre Besson saß auf der Bettkante von Suite Nummer 7. Zwei separate Schlafzimmer, ein Badezimmer mit den Maßen einer Zweiraumwohnung mit poolartiger Ovalwanne, ein Feuer hinter einer Scheibe am Fußende jedes Bettes, Gas nur, ein ausladender Flatscreen an der Wand darüber. Die vorherrschenden Farbtöne dessen, was nicht aus Metall war, grau, schwarz, weiß. Er hatte das Zimmer immer gemocht, seine Gradlinigkeit und Kälte, die – er hatte dafür keine Erklärung – eine Atmosphäre der Geborgenheit atmete, wie er sie ansonsten nicht kannte. Es war ihr Zimmer. Zumindest war es das gewesen. Oder noch besser: Er hatte geglaubt, es sei ihres gewesen. Alles falsch. Die Nacht, die hinter ihm lag, war ein Marsch an jeder Grenze. Er fühlte sich auch so. Schmierig und erschlagen wie nach einem zehnstündigen Flug. Neuland. Fremdland. Zweimal hatte er sich im Lauf der zähen Stunden ins Bad getastet, ohne Licht zu machen, hatte geduscht. Nutzlos. Es war in ihm, was er loszuwerden versucht hatte. Auch jetzt. Gedankenmeile um Gedankenmeile hatte er an Zäunen entlang zurückgelegt und sich vorgemacht, es gebe noch eine andere Seite, der Schritt hinüber sei eine Möglichkeit und liege noch vor ihm. Er habe noch die Gelegenheit, nein zu sagen, drin zu bleiben, gut zu sein. Jetzt nicht mehr. Die E-Mail war ein Schlag ins schlecht geschminkte Gesicht seines Gewissens. Spätestens jetzt wusste er. Spätestens jetzt müsste er anfangen, nicht nur sich selbst, sondern auch andere zu belügen.

Gestern Abend noch hatte er sich sicher gewähnt und auch ein wenig gerissen. Sie hatten sich versöhnt auf der soliden Basis des gemeinsam Erreichten. Sie hatten gefeiert. Ihr Geschäft. Den Deal, der für ihn, für die Schweiz, für den Wirtschaftsstandort von so großer Bedeutung war. Nabucco war tot. TAP lebte. Auch sein Verdienst. Er hatte seinen Job gemacht, Rahmenbedingungen optimiert. Jetzt war es an der beteiligten

Firma, die 42 Prozent der Anteile an TAP hielt, die Risiken zu minimieren. Über 100 Millionen waren bereits investiert. Vier Milliarden Euro waren für den Bau veranschlagt. Die offizielle Schweiz war Partner und zahlte mit. Die Mittel dazu hatte er jetzt. 500 Millionen Euro. Er war nicht länger genötigt, sich zwischen TAP und der Sanierung der Sozialwerke zu entscheiden. Er konnte beide Projekte in Angriff nehmen. Beides bedeutete für die Schweiz Zukunft. Versorgungssicherheit, Arbeitsplätze, Wohlstand, Steuereinnahmen. Alles hing zusammen. Es diente allen. Es rechtfertigte das meiste. So hatte er sich immer wieder versichert. Dass alles in Wahrheit nicht mehr passte, hatte er konsequent ausgeklammert. Was ging es ihn und die Schweiz an, wenn die Brüsseler Behörden ein falsches Spiel spielten? Vordergründig griff die EU nach jedem Strohhalm, wenn es darum ging, weniger auf die Russen und ihr Gas angewiesen zu sein. Dass im Hintergrund eine ganz andere Sache lief, dass man sich einen Dreck um die Versorgung Europas kümmerte und im Gegenteil daran arbeitete, die Situation sich zuspitzen zu lassen, hatte ihn im Moment nicht zu interessieren. Auch er ließ Fakten unter den Tisch fallen. Solange man sich medial gestärkte Tischtücher leisten konnte, die bis an den Boden reichten, blieben sie auch dort. Tatsache war: Die Ergiebigkeit des Gasfelds, auf das die offizielle Schweiz via TAP setzte, war alles andere als gesichert. Das Feld lag im Hoheitsgebiet einer Regierung, die die Liste des internationalen Korruptionsindex meist am hinteren Ende anführte, und weder Kosten noch Rentabilität des Projekts würden jemals den heute publizierten Angaben entsprechen. Aber das alles käme erst später. Für heute war er der Gewinner. Und morgen waren Wahlen. Er hätte sich ihnen zu stellen. Die Chancen standen gut, wie immer, wenn die Kassen voll waren. All das bedeutete im Grunde nur eines: Zeit. Zeit, um das zu tun, wovon er überzeugt war, dass es das Beste für die Schweiz sei.

All das hatten sie gestern Abend gefeiert. Das jedenfalls hatte er geglaubt.

Der ursprüngliche Deal war denkbar einfach gewesen: Du kriegst das Geld der Russen und TAP, wir kriegen die Laritskis.

Win-Win-Win. Ein klares Zeichen gegen die illegale Verschiebung von Geldwerten, ein Sieg für die Schweiz im sogenannten Röhrenkrieg und ein Etappensieg für die EU, die die Russen damit in die Situation bringt, ihr etwas zu schulden. „Glaub‘ mir, Pierre“, hatte sie gesagt, „mir gefällt es auch nicht. Anstatt mich um die Kerndossiers meines Ministeriums zu kümmern, muss ich durch diese Gülle waten. Aber das eine bedingt das andere. Du bist der Erste, der es versteht. Wenn ich hier etwas bewirken will, muss ich mich dort fügen. Das ist Politik.“ Er hatte verstanden. Und er hatte ihr geglaubt.

Dann war die Privatmaschine der Laritskis abgestürzt. Gerüchte schossen ins Kraut. Er hatte sich ihnen so lange wie möglich verweigert. Das Geld war da, wie vereinbart, für ihn veränderte sich nichts. Bis zu jener nächtlichen Sitzung im Bundeshaus. Er war einer Intuition gefolgt, als er sie einberufen und Jo Burger grünes Licht für den Einsatz eines Operationsteams gegeben hatte. Er war auch jetzt noch überzeugt, das Richtige getan zu haben: Burger nicht zu unterschätzen.

Ansonsten war sich alles gleich geblieben. „Du das Geld und TAP, wir die Russen.“ Seine Wiederwahl wäre sicher. Und die EU hätte im Machtpoker gegen Russland ein Steinchen des Mosaiks verschoben – Pipeline hin oder her. Das Geld war in dieser Sphäre des Politischen Makulatur. Worum es ging, war die freundliche Ausreisegenehmigung für das Ehepaar Laritski. Ein Entgegenkommen, eine Handreichung. Ein Bückling, ohne einer zu sein. Die Schweiz und ihre Regierung würden sich vordergründig den Anschein geben, hart durchgreifen zu wollen, die beiden dazubehalten und der Justiz zuzuführen. Die EU in Person Sophia Svenströms würde sich für eine Ausreise einsetzen. Die Gründe dafür würden nicht nur nicht interessieren, sondern als Information auch gar nicht an die Öffentlichkeit gelangen. Im Zug dieser nicht-passierenden Geschehnisse ginge man von Seiten der EU so weit, ein Schweizer Regierungsmitglied zu bestechen – Annbelle Jordi. Eine einzige große Show. Alles war glatt gelaufen. Sie hatten eine weitere Flasche Champagner geöffnet, obwohl sie beide längst genug gehabt hatten. Kurz war der Gedanke aufgetaucht, Svenström versuche, ihn betrunken zu machen, um nicht mit ihm schlafen zu müssen. Er hatte ihn beiseitegeschoben: Sie war anschmiegsam gewesen, zärtlich. Nur müde. Erschöpft, wie er selber auch. Er war einer der Guten gewesen, als er sie im anderen Zimmer verlassen hatte und in seines gegangen war.

Zwei verschlüsselte Mails hatten ihn erwartet. Die eine war jene, die bereits am frühen Nachmittag eingegangen war und die besagte, dass Annbelle Jordis Kommunikation für ihn ab sofort zugänglich sei. Von morgen früh an würde er regelmäßig ein Update mit E-Mails und Telefonlisten erhalten. Das Unbehagen, das seinen Grund in dem Wissen hatte, dass, wer auch immer das schrieb, im gleichen Aufwasch auch seine Geräte hätte hacken können, war nur von kurzer Dauer. Die eigenen Leute überprüften Smartphone, Laptops und PCs routinemäßig. Und nur wenn er das Handy, das er in Einzelteilen und mit vorregistrierter SIM-Card als eine Art Notfallknopf mit sich führte, unbedacht einschaltete, würde jemand es überhaupt entdecken. Gedankenlos hatte er die zweite verschlüsselte Mail geöffnet, die um 00:32 Uhr eingegangen war. Er hatte mit dem ersten Jordi-Protokoll gerechnet. Das war es nicht. Es waren Zeilen, die sein ganzes mühsam aufrecht gehaltenes Überzeugungsgebäude über ihm kollabieren ließen. Dies und der Beginn eines Albtraums.

Die E-Mail war denkbar kurz:

„500 Millionen Euro befinden sich in den Tresoren der Schweizerischen Nationalbank. Provenienz und Begünstigung: 300 Millionen der Russischen Föderation für den Stopp von Nabucco zugunsten diverser Personen. 200 Millionen der EU via FDF zugunsten von BUJobs. Der Absturz von Flug Nummer LC-1607 war kein Unfall."

Irgendwann in der Früh war er aus dem von Panik beleuchteten Chaos ins Dunkle laufender Gedankenstränge aufgetaucht. Draußen vor dem Fenster erste Fragmente eines neuen Tages. Es hatte geholfen. Sein Körper war vom Modus gelähmten Pochens zu realen Frequenzen und Temperaturen zurückgekehrt. Er hatte sich angezogen, das Notfall-Handy in die Manteltasche gesteckt und war am verwaisten Rezeptions-Tresen vorbei in die Kühle des noch schwachen Morgens hinausgetreten. Zügig war er ausgeschritten. Der Place du Châtelain hatte im Dunkel des Platanendachs geträumt. Er hatte ihn umrundet, war auf die Avenue Louise gelangt und ihr in nordwestlicher Richtung zum Waterloo-Boulevard gefolgt. Der Name Programm – er hatte perfekt gepasst in diesem Moment. Im nächsten schon hatte er alles darangesetzt, damit es nicht so bliebe. Handeln. Er hatte die Teile des Handys aus der Tasche geholt und es im fahlen Licht der Straßenbeleuchtung zusammengesetzt. Dann hatte er den Stabschef seines Departements, Anton Driller, geweckt. Und dieser wiederum den Chef der IT-Services des Bundes.

Eben hatte ihn Driller zurückgerufen. Keine Fragen nach Aufenthaltsort oder Gründen gestellt. „Wer nichts weiß, riskiert nicht, zu viel zu sagen." Besson vertraute dem zehn Jahre Älteren, mit dem er seit seinem Einstieg in die Politik zusammenarbeitete, bedingungslos. Die Informationen, die er betreffend die Provenienz der E-Mail in dieser kurzen Zeit hatte beschaffen können, waren bestenfalls mager zu nennen: Russland. Das einzige, was sicher war. Für alles Weitere brauchten sie mehr Zeit. Dass es gelungen war, den Standort des Absenders auf die Landmasse Russlands einzuschränken, war für den Moment aber bereits ein Erfolg.

Auf Bessons Frage hin, was es mit BUJobs auf sich habe, blieb Driller zurückhaltend. „Der einzige Treffer, der sich ergibt, ist gemäß unseren Leuten ein auf Stellenvermittlung spezialisiertes Unternehmen. Eingetragen auf eine Schweizer Treuhandfirma, von der bekannt ist, dass sie eine Nische des Markts besetzt, der andere Firmen lieber fernblieben."

„Will heißen?"

„Unter anderem die Motorradvereinigung Bandidos, die sich als Kürzel gerne des ‚B'‚s, ergänzt um den Anfangsbuchstaben des Herkunftslandes, bedient. ‚BU' würde in diesem Fall in Europa demnach für ‚Bandidos Ukraine' stehen. Aber wie gesagt: Das ist nur eine von verschiedenen..."

„Eine von wie vielen Möglichkeiten, Anton?“, war Besson seinem Staatssekretär ins Wort gefallen.

„Nun – bis jetzt…“

Wieder hatte Besson nicht abgewartet, bis Driller seinen Satz beendet hatte: „Nach stundenlanger Recherche zur Zeit die einzige. Korrekt?“

Anton Driller hatte es widerwillig bestätigt.

„Okay – dann kann ich also etwa zu 80 Prozent davon ausgehen, dass diese E-Mail mich und damit die Schweiz in die Nähe einer auf Menschen-, Drogen- und Waffenhandel spezialisierten Organisation rückt. Gut. Was ist mit dem Kürzel ‚FDF‘?“

„Da scheint die Sache klarer zu sein: Mit großer Wahrscheinlichkeit handelt es sich dabei um die ‚Fight for Democracy Foundation‘. Eine private Stiftung zur Förderung der Zivilgesellschaft Russlands. Eng verbunden mit – möglicherweise auch im Besitz von, aber so weit sind wir noch nicht – Horizon Hill, dem von Aleksei Wladimirowitsch Laritski verwalteten Fonds.“

„Okay – danke, Anton. Stoppen Sie die weitere Informationsbeschaffung für den Moment. Wir besprechen die Sache, wenn ich im Büro bin.“

Damit hatte Besson das Gespräch beendet. Er brauchte nicht mehr, um im Gegensatz zu Driller das große Bild auf einen Schlag zu sehen. Oder besser: Die große Show, von der er am Vorabend noch gedacht hatte, er habe sie zu inszenieren geholfen, während Pierre Besson in Wahrheit nur ein winziger Programmpunkt war. Er musste ab sofort davon ausgehen, dass Sophia nicht nur zufällig über die Informationen betreffend den Geldtransport verfügte, wie sie behauptete, sondern alles aufgegleist hatte, und zwar zusammen mit Evgenija Iwanowna Laritskaja, die, ging man von Sabotage aus, nicht mehr am Leben sein sollte.

Und jetzt, auf der Bettkante seiner Suite sitzend, löste das Rekapitulieren dessen, worein man ihm im Lauf dieser Nacht buchstäblich die Fresse gedrückt hatte, etwas aus, dem eine gewaltige Fracht an Zerstörung, aber auch Kraft innewohnte: Schuld. Schuld, von der er wusste, dass er sie zu tragen in der

Lage war, wenn er sich jetzt und hier dafür entschied. Er fühlte sich freier als seit Jahren.

In diesem Moment hörte er sie die Suite verlassen, packte seine Aktentasche und eilte ihr nach. Am Fahrstuhl holte er sie ein. Sie war eine neue Frau jetzt. Weg waren Kostüm, Schminke, gebändigtes Wellenhaar. Vor ihm stand die geschlechts- und alterslose Europäerin der Gipfeltreffen und Medienformate, die in ihrer Aufopferung für Großeuropa bieder wirkende Kontinental-Übermutter und väterliche Vertreterin supranationaler Lenkung zum Besten der Völker in Personalunion. Seine Geliebte, die Frau, die ihn von Anfang an benutzt und betrogen hatte.

„Frühstück?", fragte er.

„Okay – ausnahmsweise. Aber kein Champagner."

Kurz blitzte die Frau von letzter Nacht in ihren Augen auf. Er bewunderte sie in diesem Moment grenzenlos. Die Gründe dafür hatten sich allerdings seit gestern radikal verschoben. Es kostete ihn beinahe seine ganze Kraft, an ihrer Seite, in ihrer Nähe auszuharren.

Er bestellte das große Frühstück – ein reiner Willensakt –, sie nur Kaffee und ein Croissant. Beide hatten sie ihre Tablet-Computer vor sich und studierten interne und externe News-Feeds und E-Mails. Ab und zu fühlte Besson Svenströms Zehenspitzen an seinem Bein entlangfahren. Wie immer. Er schaute auf und lächelte sie an. Auch wie immer. Als das Frühstück serviert wurde, machte er sich scheinbar hungrig darüber her. Mit vollem Mund und ohne sie richtig anzusehen, schob er seinen Tablet-Computer zu ihr hinüber:

„Sieh dir das mal an. Wirst du da schlau draus?"

Im Nachhinein würde er sich fragen, ob man von Dauer sprechen konnte, wenn es sich dabei um den kleinstmöglichen Punkt im Ablauf einer Sekunde handelte. Kauend, die Kaffeetasse eben zum Mund führend, warf sie einen Blick auf die geöffnete E-Mail von vergangener Nacht. Sie schüttelte den Kopf, zog in essender Pantomime die Mundwinkel nach unten, schob den Computer über den Tisch zurück, schluckte.

Und ohne auch nur im Geringsten auf den Inhalt der Mail einzugehen:

„Konntet ihr den Sender identifizieren?"

Er versuchte gar nicht erst, ihr etwas vorzumachen: „Nein – bis jetzt keine Chance. Wurde von Server zu Server weitergeleitet. Sollte man das ernst nehmen?"

„Du nimmst alles ernst, Pierre. Und schließlich ist das auch unser Job. Leite mir die Mail weiter. Ich werde jemanden ransetzen."

Sie schaffte es tatsächlich, dem Satz einen Anstrich organisierter Langeweile zu geben. Sie war beinahe perfekt. Dass sich ihr Zeh für den Splitter eines Augenblicks der Kontrolle entzogen und in Bessons Wade gegraben hatte, war Künstlerpech. Während Besson nach wie vor mit großem Appetit frühstückte, verstaute sie ihre Unterlagen und ihren Tablet-PC in der Aktentasche und verließ den Tisch in Richtung Ausgang. Keine Vertraulichkeiten in der Öffentlichkeit. Besson wartete, bis er durch das Fenster sah, dass ihr Taxi losgefahren war. So ruhig wie möglich packte danach auch er seine Sachen zusammen, ging zum Aufzug und zurück in die Suite Nummer 7. Dort warf er die Mappe neben der Tür auf den Boden, stürzte ins Bad und übergab sich. Noch während er sich mit Mineralwasser den Mund ausspülte, wählte er von seinem Prepaid-Handy aus zum zweiten Mal die Nummer jenes Mannes, der sich „Aladin" nannte und der die Kommunikationsüberwachung von Annbelle Jordi ermöglicht hatte. Er würde ihn beauftragen, dieselbe Software auf den Geräten von Sophia Svenström zu installieren. Dies mit dem einzigen Ziel, zu erfahren, ob der Mann wirklich bloß ein Kontakt war, wie sie behauptete, der für den besten Preis jeden mit allem bediente, oder ob er in Wahrheit direkt oder indirekt auf Svenströms Payroll stand. Wäre Letzteres der Fall, würde er das sehr bald wissen. Davon war er überzeugt.

17

Freitag, 5. Mai, Brüssel, Nähe Südbahnhof

„Jugendüberschuss, Parallelgesellschaft, Gehirnwäsche, Feindlichkeit"… Vaclav Ondrisek dachte die Worte nicht bewusst. Es schien ihm vielmehr, als ginge er gleichsam an ihnen entlang, während er vom Midi-Bahnhof herkommend hinkend eintauchte in Brüssels Zentrum. Hauptstadt Europas. Sinnbild des politischen Hochamts, das sich Dienst am Bürger nennt und doch nur Herrschaft über ihn meint. Vorbei an einem Gemischtwarenladen, orientalisch, die Regale bis an die hohen Decken und auf den ausladenden Gehsteig unter die Bäume wuchernd, Plastikfarben und Kunststoffblumen, dazwischen Datteln und Feigen und Holzgerät und glitzernde Stoffe, eine Wäscherei. Daran anschließend der kaum einsehbare Eingang einer Moschee, eine Apotheke, die mehr an eine Drogenabgabestelle gemahnte denn an einen Ort potenzieller Gesundung. Türen zu Häusern mit Wohnungen, in denen zu zehnt gelebt wurde, wo das Baukonzept eine dreiköpfige Familie vorgesehen hatte. Einst. Männer mit Häkelmützen saßen auf Mauervorsprüngen oder Stühlen entlang der Straßenblocks in aufgereihten Gruppen zusammen. Zehn Meter verbeulte Hauswand, von der die Farbe blätterte, dann wieder eine Gruppe. Auch hiervon blätterte etwas ab. Vaclav hätte nicht zu sagen vermocht, was es war. Wie eine ausgeleierte Gebetskette, die Menschenperlen mit den Leerstellen dazwischen. „Trotz" war das Wort, das an allem zu haften schien. Aber auch hier: Vielleicht war es umgekehrt und die Welt war es, die sich trotzig klammerte an das Bild zukunftsverweigernden Stillstands. Er wusste es nicht. Er sah das alles, kannte es seit Jahren – und doch berührte es ihn nicht. Nichts. Weder die Umstände noch die Menschen. Hätte er sich erlaubt, sich für sie zu interessieren, hätte er Farbe bekennen müssen. Klare Positionen beziehen. Davor fürchtete er sich nicht. Warum er es nicht tat, es nie tat, außer wenn es um seinen Job ging: Er konnte Dinge nicht halb tun. Nichts. Stets nur eine Sache – die aber richtig. Ein Tag um den anderen, ein Job um den anderen.

Er betrat die Teestube als Unberührter, und das Einzige, was ihm naheging, war der Schmerz, der ihm den Verstand zu rauben drohte. „La Jeunesse" hieß das Lokal. Stella Artois die Biersorte des Hauses. Der Besitzer ein Bangladescher. Kellner, Koch und Management in einer Person. Draußen im kühlen Sonnenlicht Aluminiumstühle. Unregelmäßig an der Fensterscheibe entlang aufgereiht wie nachlässig aufgehängte Wäsche. Tische schienen den Investitionsrahmen des Ladens vorerst gesprengt zu haben. Tee- und andere Gläser wurden auf den Knien balanciert. Die Käppitragenden und Barhäuptigen dort draußen meisterten die Aufgabe mit Bravour. Vasek ging an den Tresen. Ein Nicken auf beiden Seiten der Bar. Begrüßung genug.

„Eyck?" Der Name wurde wie eine Frage gestellt.

Der Bangladescher lachte: „Weiß nicht, ob heute guter Tag für Eyck besuchen."

Keine Reaktion des Gegenübers. Der Blick unverändert. Wartend. In der Miene des Wirts verschob sich etwas: Erkennen. Die Situation schien nicht neu zu sein.

„Eyck draußen. Stuhl ganz rechts."

Der Tscheche machte kehrt, querte den kahl anmutenden Raum, blieb unter der fadenscheinigen Markise über dem Eingang stehen. Zu seiner Rechten nahm er eine Bewegung wahr. Nicht dort, wo Eyck laut Angaben des Wirts saß. Weiter vorne in der Reihe, näher bei der Tür, wo er stand. Er vermutete, dass Eyck jemanden mitgebracht hatte. Ob zur Sicherheit oder bloß zur Show, war nicht klar. Vasek ignorierte die Person, die für seinen Kontakt das Terrain und wohl auch ihn checkte. Er vermutete, dass die Ausbuchtung im anthrazitfarbenen Blazer nicht von einer umfangreichen Geldbörse herrührte. Gut. Es störte ihn nicht. Im Gegenteil. Man wies sich aus. Gab jedem die Möglichkeit, zu wissen, woran er war. Klare Regeln. Vasek fröstelte und fühlte einen Schwall Schweiß seinen Rücken hinunterrinnen, als der Unterschenkel eine neuerliche Flamme durch das Bein bis hinauf in die Brust jagte. Gut. Es weckte, hielt wach, ließ einen die Dinge von Anfang an richtig machen. Kurz. Er wandte sich nach rechts und ließ seinen Blick direkt und ohne Halt zum letzten Stuhl gleiten. Als hätte er den anderen nicht bemerkt. Und obwohl wenig ihn zu überraschen vermochte, fand er sich jetzt erstaunt: Eyck, der als Vermittler bei dem Russen-Job fungiert und den er bis heute nie getroffen hatte, schien auf den ersten Blick ein verdammtes Wrack zu sein. Ein Wrack, dem ein dicker Speichelfaden von den feuchten, halb offenen Lippen auf die schmutzige Jacke hing und das sich angeregt mit sich selber zu unterhalten schien. Das Haar entbehrte einer erkennbaren Frisur, schien aber vor einer Weile schon gefärbt worden zu sein – der Ansatz sprach von ein paar Monaten. Als Vasek sich näherte und sich schließlich unaufgefordert auf den freien Stuhl neben Eyck setzte, kam Leben in die Augen, die bis dahin tränend und blutig ausgebeult auf einen Punkt im Leeren oder auf die nikotingelben Finger mit den langen schmutzigen Nägeln gestarrt hatten, die ein Bierglas hielten. Er wandte dem neuen Sitznachbarn das Gesicht zu. Die Poren auf dem Nasenrücken groß wie Einschusslöcher, die Tränensäcke prall gefüllt, die Farbe der Wangen irgendwo zwischen Rot und Violett oszillierend. Vasek schwieg. Es war nichts vereinbart worden, was es zu sagen gäbe. Bloß Ort und Zeit und der Name „Eyck“ als Vertreter des Kunden. Als dieser sich per E-Mail gemeldet und das Treffen verlangt hatte, war Vasek ausgewichen. Er treffe sich grundsätzlich nie mit Kunden, seine knappe Antwort. Er erwarte weitere Instruktionen. Dann hatte er gewartet. Nichts. Der Kunde hatte sich nicht mehr gemeldet. Als wäre die Sache damit erledigt gewesen. Als wär‘s unwichtig, ob der Job zu Ende gebracht würde oder nicht. Als würd‘s ihn nicht interessieren. Da hatte er nachgegeben, die eigenen Prinzipien außen vor gelassen. Das erste Mal. Wo und wann? Es waren die Koordinaten übermittelt worden, an denen er sich jetzt befand. Es konnte ein Ein-Mann-Himmelfahrtskommando, eine Falle sein. Trotzdem hatte er sich dafür entschieden, zu kommen. Es war eine Frage des Prinzips. Der Tscheche brachte seine Jobs zu Ende. Immer. Und er stand für das Resultat gerade.

Fast erschrak er jetzt, als der Mann, der sich „Eyck“ nannte, sein unverständliches Reden in seine Richtung lenkte. Vaclav Ondrisek wandte sich ihm nicht zu, sondern neigte nur ein wenig den Kopf in seine Richtung. Er hätte sich sonst ablenken, sich hypnotisieren lassen von dem Speichelfaden, der in der Sonne glitzerte und der mit jeder Bewegung der Lippen zu reißen drohte. Seufzerbrücke. Er hätte sich geekelt vor dem Stella-Artois-Atem, der hörbar saftend Wellen schlug in der Luft zwischen ihnen. Er neigte den Kopf und versuchte, etwas zu verstehen. Eyck nuschelte etwas, dann knallte er die Hand mit unerwarteter Kraft gegen die Scheibe in ihrem Rücken. Der Wirt erschien mit einem vollen Glas. Als er es Eyck in die Hand gedrückt und das leere in Empfang genommen hatte, blieb er wartend stehen. „Tee“, sagte der Tscheche. Während sie auf das Bestellte warteten, stellte auch Eyck jede Lautabgabe ein, verzückt vertieft in den Anblick des vollen Glases. Der Tee wurde gebracht.

„Sie gleich zahlen bitte.“ Eyck und der Wirt sahen Vasek zu, als dieser sein Portemonnaie hervorholte. Ein offenbar von beiden gern gesehener Vorgang. Er bezahlte für Eyck mit.

„Ich trinke jetzt diesen Tee“, sagte Vasek, als der Wirt gegangen war. „Und wenn das Glas leer ist, gehe ich.“ Er rührte den Zuckersatz auf und fühlte, dass der andere sich ihm näherte, die glänzenden Lippen dicht an seinem Ohr:

„Du gehst genau dann, wenn ich es sage.“ Die Worte jetzt messerscharf, alles Nuscheln und Sabbern weggewischt von der leisen, aber klaren Stimme. Klar und hell. Eine Frauenstimme fast. Vasek widerstand erneut der Versuchung, den Kopf zu wenden. Es schien auch nicht erwartet zu werden, denn Eyck sprach weiter: „Ist schon scheiße, wenn der Pilot der sabotierten Maschine ein verdammter Held ist und versucht, den Vogel gegen jede Wahrscheinlichkeit noch aufzufangen, was?“ Glucksendes Lachen, das in einem Hustenanfall ertrank. Das jungfräuliche Glas wurde bis zur Hälfte geleert. „Was soll‘s – ist ja zum Glück alles gutgegangen. Dass der Flug mit Verspätung gestartet und die Sache nicht wie geplant irgendwo in der Wildnis hochgegangen ist, war Pech. Aber auch Risiko. Dein Risiko, Vasek."

Hatte bereits die Tatsache, geduzt zu werden, ihn irritiert, mehr noch: angewidert, wie jeder Mangel an Distanz ihn anwiderte, so galt, als er seinen Namen hörte, seine ganze Konzentration der Kontrolle seines Arms, seiner Hand, die das Teeglas loslassen und vorschnellen wollte, hinüber an die eigene Seite, den warmen Stahl fassen, die Fingerkuppe am Abzug und nur die Fingerkuppe. Zwischen Waffe und Finger ein winziger Spalt – auch hier Distanz. Sein Name existierte seit 20 Jahren nicht mehr. Und „Vasek"… so hätten ihn Freunde genannt, hätte er welche gehabt. Mutter, Vater, Brüder. Es war unmöglich – und doch hatte das nur scheinbar aufgegebene Menschenschiff zu seiner Rechten die Worte soeben ausgesprochen und ihm damit gesagt, dass er wusste, wer er war. Alles. Woher er kam, was er besaß, wohin er wollte. Und mehr noch: Er hatte ihm auch gesagt, dass er beziehungsweise die Personen, die in seinem stinkenden Schatten standen, die Mittel und Möglichkeiten hatten, herauszufinden, was bisher noch nie jemand hatte ans Licht zerren können. Er atmete aus. Den Kerl neben sich zu erschießen, hätte nichts gebracht. Trotzdem hatte die Bildabfolge, die das Tun ersetzte, eine seltsam beruhigende Wirkung auf ihn: die Berührung des Schlittenfanghebels mit dem Daumen der linken Hand, silbern der Lauf, der Schlitten, der sich nach vorn bewegt, die oberste Patrone, die kaum fühlbare Bewegung ihres Gewichts aus dem Magazin ins Patronenlager des Laufs, Blut, Haut, aufgerissene Münder. Schwarzweiß. Sekunden nur, dann wäre er weg.

Jetzt wandte er den Kopf. Der Speichelfaden war weg. Stattdessen ein Grinsen auf den widerlich glänzenden Lippen. Als hätte der Mann mit der Frauenstimme in seinen Kopf gesehen und amüsierte sich.

„Ja – es sind Fehler passiert", stellte Vasek mit ruhiger Stimme fest. Dann: „Das ist schlecht. Die Frage, die sich stellt, ist, ob eine Korrektur gewünscht wird oder nicht. Darum bin ich hier."

Es war nicht auszumachen, ob Vaseks Worte Eyck seinerseits überraschten, die tonlose Neutralität, mit der sie vorgetragen wurden. Anstatt einer Antwort knallte erneut ein knochiggelber Handrücken an die erbebende Scheibe, ein Bier wurde gebracht, ein weiteres Glas Tee, Vasck bezahlte.

„Falsch. Du bist nicht deswegen hier", sagte Eyck schließlich. „Du bist einzig aus dem Grund hier, weil dein Kunde es so will. Nur deshalb. Aber das spielt keine Rolle. Und was deine Frage nach einer Korrektur betrifft: Du weißt besser als jeder andere in dem Geschäft, dass es genau zwei Gründe gibt, jemanden aufzugeben." Wieder ein Grinsen: Als gratuliere er sich selber zur verbalen Umgestaltung eines Mordauftrags in etwas beinahe Biederes. „Zwei Gründe", nahm er den Faden wieder auf. „Entweder gibt man jemanden preis, um mit dem scheinbaren Verlust etwas Größeres dahinter zu schützen, oder aber jemand weiß zu viel und bezahlt zu wenig. Beides verlangt nach einer definitiven Lösung. Und wenn die Lösung einmal falsch war, dann liegt es auf der Hand, dass neu gerechnet werden muss. Allerdings wird nur einmal bezahlt. Darum bist du hier. Damit das klar ist. Bring den Job zu Ende. Du magst der Beste sein. Aber gleich nach dir kommen andere. Und es wäre ihnen Ehre und Herausforderung zugleich, den großen Vaclav Ondrisek nicht nur zu ersetzen, sondern ihm die Ehre zu erweisen, ihn zum Ziel zu haben."

Vasek untersagte sich jede Regung. Sogar das Schlucken. Dann nickte er. Er stellte die unberührte Tasse Tee auf den Boden neben seinem Stuhl, erhob sich und ging davon. Im Rücken hörte er die Scheibe erbeben, er sah das Bild von einem Speichelfaden vor dem inneren Auge. Es war widerlich, aber nicht wichtig. Wichtig war, was er jetzt wusste: Jemand schien sehr, sehr unruhig geworden zu sein.

18

Mittwoch, 10. Mai, Westfields Marriott, Chantilly, Virginia, USA
Da die durchschnittlichen Höchsttemperaturen hier um diese Jahreszeit bei über 25 Grad Celsius lagen, war der Außenpoolbereich des Hotels bereits seit Anfang des Monats geöffnet. Die exakt ausgerichteten schmiedeeisernen Liegen mit ihren terrakottafarbenen Kissen und den bereitliegenden dicken weißen Frotteehandtüchern, die blühende Überschwänglichkeit üppigen Pinks der Bougainvilleas und die Stimmfetzen einer Gruppe von Konferenzteilnehmern, die von der Terrasse herüberklangen – alles war dazu angetan, den Eindruck geordneten und wohlverdienten Genusses zu vermitteln. Als würden sogar Wetter und Himmel sich gerne dem für Ort und Gäste ausgedachten Stimmungskonzept unterordnen. Alles schien am richtigen Platz zu sein. Auch die Frau, die ausgestreckt im schwarzen Badeanzug eine der Liegen besetzte. Sie wirkte entspannt, ohne sich auch nur im mindesten gehenzulassen.

Sophia Svenström hatte sich nach ihrer Ankunft im Hotel am Vorabend einen Moment müßigen Abschweifens erlaubt. Sich vorgestellt, sie wäre allein hier im Luxus dieser Südstaaten-Pracht, aus keinem bestimmten Grund außer dem, hier sein und eine Weile bleiben zu wollen. Frei. Sie hatte eingecheckt, ihr Zimmer bezogen und anschließend einen schlendernden Rundgang gemacht. Innenpool und Fitnessraum hatte sie ausgelassen. Stattdessen im Lobbybereich unter der majestätischen Glaskuppel, die das architektonische Herz des Gebäudes bildete, ein Glas Champagner bestellt. Sie hatte niemanden gesehen, den sie erkannt hätte. Da die Konferenz offiziell erst morgen am späten Vormittag beginnen sollte, war anzunehmen, dass die meisten Teilnehmer erst kurz vorher einträfen. Trotzdem war sie, der Möglichkeit einer Begegnung ausweichend, schon bald aufgestanden und nach draußen in den hereinbrechenden milden Abend getreten. Die kleine Terrasse, wo jetzt Fruchtsäfte, Kaffee und Sandwiches serviert wurden, der Plattenweg durch üppiges Grün, von dem sie im Zwielicht nicht zu sagen vermocht hatte, was es war, und dann unversehens der versteckte Außenpoolbereich. Sie hatte sich eine Zigarette angezündet, sich auf das Fußteil einer Liege gesetzt und noch während sie sie nach zwei Zügen wieder ausdrückte, entschieden, die morgige Mittagspause – Protokoll und Höflichkeiten hin oder her – hier zu verbringen. Jetzt war sie da. Alles Müßige war verflogen. Kaum nahm sie die Wärme der Sonne auf ihrer Haut wahr. Als hätte man einen grauen Filter nicht nur über Farben und Formen, sondern über den Tag schlechthin gelegt, fröstelte sie. Kurz ließ sie gedanklich die Möglichkeit zu, das Empfinden sei dem Sicherheitsdispositiv vor Ort geschuldet. Wie auch sollte sich einer gehenlassen oder entspannen im Wissen, dass mindestens zwei Scharfschützengewehre auf ihn gerichtet waren, dass der Kellner, der den kunstvoll arrangierten Fruchtteller und das Mineralwasser auf den niedrigen Bistrottisch stellte, mit hundertprozentiger Wahrscheinlichkeit ein Geheimdienstmitarbeiter war und dass jede seiner Bewegungen von den zwölf Kameras aufgezeichnet wurden, die sie auf dem Weg hierhin gezählt hatte? Es funktionierte nicht. Das alles war nicht der Grund. Am Vorabend, als die ersten Anzeichen der totalen Abriegelung des Tagungsorts schon mehrere Kilometer außerhalb des Hotelbereichs sichtbar geworden waren, hatte es sie nicht gestört. Von der Tatsache, dass diese Schutzmaßnahmen für eine private Veranstaltung mehrere Millionen kosteten und aus Steuergeldern finanziert wurden, ganz zu schweigen. Nein – sie hatte keinen Gedanken daran verschwendet. Und solches jetzt heranzuziehen im hilflosen Versuch, ein anderes Wort zu finden für das, was in ihr pochte wie ein zweites Herz, war schwach und ihrer nicht würdig. Tatsache war, dass sie sich verschätzt hatte. Dies, oder aber sich seit Jahren selbst betrogen. Es machte keinen Unterschied. Sie hatte sich korrumpieren lassen von dem, was sie als persönlichen Erfolg angesehen hatte. Vom Aufgehen des eigenen Plans, von dem sie jetzt feststellte, dass es möglicherweise nicht der ihre gewesen war, sie vielmehr ein weiterer nützlicher

Idiot, wie all die anderen, über deren Naivität und blinde Selbstüberhöhung sie gerne den Kopf geschüttelt hatte. Entnervt und mit einem Ruck setzte sie sich auf und stieß gleichzeitig den Atem aus. Eine Art resolutes „Reiß-dich-zusammen-und-mach-nicht-einen-solchen-Aufstand“ an die eigene Adresse. Beinahe funktionierte es. Fast hätte sie es sich abgekauft. Wenn der Atem nicht gebebt, die Hand, die nach der Zigarettenschachtel griff, nicht gezittert hätte. Wenn es nicht ohne ging, dann musste es eben mit gehen. Sie gab sich selbst Feuer, nahm zwei tiefe Züge und drückte die Zigarette wieder aus. Jetzt war es besser, der Schwindel, den das Nikotin verursachte, hatte etwas Klärendes, das sie über emotionale Regungen, die Halt suchten an der lächerlichen Biederkeit eines Fruchttellers, hinaushob.

Sie war, gehärtet im Stahlbad politischer Intrigen des US-Senats und der UN in Genf, mit dem denkbar einfachen Plan nach Brüssel gekommen, im europäischen Politapparat dadurch nach ganz oben zu gelangen, dass sie jene, die bereits dort waren, von außen her so lange angriff, bis diese an den Punkt kämen, an dem es ihnen klüger erschiene, einen ihrer besten und potentesten Feinde in den eigenen Reihen zu haben, ihn zu bezahlen und damit auch zu kontrollieren, als zu riskieren, dass er sich außerhalb mit anderen verbündete. Das war jetzt elf Jahre her, und bis vorhin war sie der Überzeugung gewesen, dass ihr Plan aufgegangen war. Sie hatte einen eigenen Thinktank gegründet. Die mediale Aufmerksamkeit, die sich normalerweise in solchen Fällen in Grenzen hielt, war gigantisch gewesen: Es kam schließlich nicht alle Tage vor, dass eine Frau eine Denkfabrik in unmittelbarer Nähe des europäischen Machtzentrums gründete mit der Ansage, ihre Berufung darin zu sehen, eben diesem Nachbarn rund um die Uhr auf die Finger zu schauen, Missstände aufzudecken und ihn nötigenfalls und mit Vergnügen mit Prozessen zu überziehen. Die Stichworte „Amtsmissbrauch“, „Veruntreuung“ und „Amtsanmaßung“ hatten in keinem der der großartigen Eröffnungsparty folgenden Artikel gefehlt. Bereits sechs Jahre später wechselte sie die Seiten und leitete als Quereinsteigerin das Ministerium für Inneres,

Migration und Bürgerschaft und war im geschlossenen System der EU-Administration eine der meistgehassten Personen überhaupt. „Arrogant“, „unzugänglich“ und „hyperaktiv“ gehörten zu den schmeichelhaftesten Bezeichnungen, die man für sie reserviert zu haben schien. Mit gutem Grund: Sie mistete denkbar rabiat aus. Jeder Mitarbeiter hatte sich erneut um seinen Job zu bewerben. Die meisten kriegten ihn nicht zurück. Die Stellen wurden besetzt mit eigenen oder nahestehenden Leuten. Diesen gigantischen Austausch zog sie innerhalb von zwei Jahren und ohne zusätzliche Kosten durch. Ebenso den zweiten, nicht minder gigantischen Austausch: die Migrationsagenda ihres Arbeitgebers, von der sie nicht müde wurde, sie als zum Besten und in der Verantwortung der Nationen zu präsentieren. Sich selbst und die Rolle der EU stets reduzierend auf vages Flankieren und Beraten. Davon, dass sie mit eiserner Hand fortschrieb, was andere vor ihr im Rahmen der UN-Migrationsagenda, an der sie während ihrer Tätigkeit für die UN maßgeblich beteiligt gewesen war, aufgegleist hatten, las man indes kein Wort. Die Nachricht, dass die Kommission – intern nach dem amtierenden Kommissionspräsidenten, Sven Ritter, auch die „Ritter-Bande“ genannt – ihr vor zwei Jahren zusätzlich den Posten einer mächtigen Direktorin zugeschanzt und ihr die Regie der EU-eigenen Denkfabrik „European Political Strategy Center“ übertragen hatte, hatte nur innerhalb des Apparats Wellen geschlagen. Dafür umso höhere. Scheinbar jeder der Zehntausenden Funktionäre fragte sich, wie sie das geschafft hatte und warum man sie so förderte. Antworten gab es viele, und keine davon stimmte. Die einzig richtige Antwort hätte sich in einem Wort zusammenfassen lassen: Das System – allgemein bei den „Menschen da draußen“ auch als „Demokratie“ bekannt. Ein System, das allen anderslautenden Beteuerungen, Beschwörungsformeln und Versprechen zum Trotz zuallererst sich selbst dient. Und damit das so bliebe, musste das System um jeden Preis nicht nur erhalten, sondern perfektioniert werden. Jede Situation, jede Krise, jede Entwicklung musste diesem Zweck dienen. Da war es nur konsequent, es nicht erst dazu kommen zu lassen, sondern Situationen, Krisen und Entwicklungen zu organisieren, die im sogenannt demokratischen Prozess stets zu neuen, systemstärkenden Regeln kondensierten. Politik via Spillover-Effekt. Schaffe eine Krise, gib dich überrascht von der Krise, und dann löse sie und triff Entscheidungen, von denen die Menschen glauben, dass sie künftige ähnliche Krisen verhindern würden. Das „Projekt" war genau das. Und es war außerdem eine Art Kulminationspunkt, auf den alles Bisherige hinausgelaufen war. Egal ob man es „Harmonisierung", „Integration" oder „Krise" nannte. Und es war ihre Eintrittskarte zu dem Bereich hinter der Bühne. Auf die Ebene der Spielmacher. Weit ab von Wählerschaft und Demokratiezirkus war für das Projekt eine neue EU-Expertengruppe gegründet worden. Und wie stets bei solchen Gründungen erwies sich die Politik nicht nur als Verbündete, sondern als die liebste der käuflichen Bettgenossinnen der Großkonzerne. Das Verhältnis innerhalb der Expertengruppe war auch hier eins zu fünf für jene, die Funktionärs-Begehrlichkeiten, die über Chauffeur, Limousinen, Spesen, Pensionen und steuerfreie Gehälter hinausgingen, finanzierten. Natürlich auch zum eigenen Besten. Svenström wusste bis heute nur, dass Vertreter von Großverlagen, Großbanken, Pharma- und Nahrungsindustrie sowie Banken in der Projektgruppe, die die ideale Tarnung für Treffen und Spesen bot, vertreten waren. Namen und Gesichter kannte sie nicht. Aber heute, so hatte sie geglaubt, würde sie Teil davon werden. Vielleicht mehr noch. Schließlich war Macron hier gewesen und dann Präsident geworden. Merkel war einst hier gewesen. Kurz auch. Und heute sie selber als Leiterin des Projekts.

Es war ein Vorhaben, das sich nur im Schutz eines von den meisten ignorierten oder als neutral wahrgenommenen mächtigen Gebildes wie der Denkfabrik umsetzen ließ. Das und nichts anderes war der Grund für ihre Beförderung zur Direktorin des Thinktanks. Geboren war der Plan vor Jahrzehnten schon. Konkretisiert hatte er sich vor dem Hintergrund der immer dringender werdenden Notwendigkeit größerer zentraler Kontrolle über die Ost und West verbindende Landmasse mit Namen „Eurasien". Ziel: Systemerhalt. Oder, wie professionelle Europäer es gerne nannten: Funktionalismus. Die praktische Umsetzung war allerdings ihre Idee gewesen. Sie hatte sie Ritter präsentiert und ihn davon überzeugt, dass es möglich wäre, dieses Mehr an Kontrolle auf denkbar einfache und – das vor allem – demokratische Weise und in nützlicher Frist zu erreichen. Es war ein Geniestreich – irrwitzig, wahnsinnig, aber vor allem kontrollierbar, finanzierbar und zielführend. Man hatte ihr grünes Licht gegeben, und sie hatte sich darangemacht, die richtigen Partner für die Umsetzung zu finden. Das war der Teil gewesen, auf den sie bei Weitem am meisten Zeit verwendet hatte. Dutzende von Personen waren diskret und bis in die intimsten Details dessen durchleuchtet worden, was sie ihr Leben nannten, bevor sie in de Maere den richtigen Mann und in der FDF die richtige Organisation gefunden zu haben glaubte. Es war die perfekte Besetzung. Ebenso Evgenija Iwanowna Laritskaja. Die Frau war in ihrer Doppelfunktion als Familienministerin Russlands, als Vertreterin ihres Landes bei der EU und als Ehefrau Laritskis, der die FDF über seinen Fonds Horizon Hill finanzierte, eine Art zwingende Konsequenz gewesen. Sie ebenso wie de Maere blind vor Gier nach Macht und Geld. Perfekte Wasserträger und Sündenböcke. Wie sie selbst.

Erneut klaubte sie eine Zigarette aus der Schachtel und vollzog dasselbe Ritual: Anzünden, zwei Züge, ausdrücken. Das Zittern hatte aufgehört. Jetzt sah sie nicht mehr das sommerliche Blau des Wassers vor sich im Becken, sondern nur noch die beiden schwarzen Bahnen auf dem Grund. Als wären sie das einzig Echte, alles andere bloß Ablenkung. Sie stand auf, trat an den Rand des Pools um gleich wieder zurückzuweichen. Menschen hatten Badeunfälle.

Sie zwang sich zurück vor das innere Bild. Die Fakten waren nicht schmeichelhaft: Sie, die für alles Glauben stets nur ein Schulterzucken übriggehabt hatte, war der eigenen Erlösungslehre auf den Leim gegangen. Bis vor zwei Stunden. Eine Erweckung anderer Art. Sie deckte sich mit ihrer einzigen Verpflichtung im Rahmen der Konferenz. Berichterstattung über den aktuellen Stand des Projekts. Zum ersten Mal würde die

Berichterstattung nicht über Sven Ritter laufen, sondern direkt. Das zumindest hatte sie gemeint.

Wie die Planung es vorgesehen hatte, war sie ein paar Minuten vor zehn Uhr in dem kleinen Konferenzraum mit Namen „Wedgewood" eingetroffen. Alles schien so weit normal bis auf die Tatsache, dass der Raum sowie die zwölf Stühle um den ovalen Tisch leer gewesen waren. Auf dem Tisch ein Laptop. Im Bruchteil einer Sekunde hatte sie verstanden. Sie würde hier gar niemanden treffen und in keinen Bereich hinter keiner Bühne vordringen. Und als wäre es das Normalste der Welt, hatte sie Platz genommen vor dem Rechner, ihre Unterlagen hervorgeholt und sich den Anschein letzten Vorbereitens gegeben. Dass sie blind gewesen war und starr, halb erstickt von der Wucht der panischen Erkenntnis, die wie riesige Brecher gegen ihr Denken brandeten, den Kellner, der Kaffee und Croissant gebracht hatte, nicht gesehen, die eigene Schrift nicht hatte lesen können – davon hatte man der Frau im pastellfarbenen Polit-Zweiteiler nichts angemerkt. Ohne zu zittern, hatte sie die Kopfhörer übergestreift. Wer auch immer an der Kamera saß, hatte es gesehen.

„Doktor Svenström, guten Tag", war es an ihr Ohr gedrungen. „Können wir?" Die Stimme klang unpersönlich, kühl und künstlich fast. Sie hatte sie nicht erkannt.

„Ich bin so weit", hatte sie nur gesagt. „Wie soll ich…?"

„Wir stellen die Fragen, Sie antworten." Und ohne auf etwas zu warten, das eine Art Einverständnis ihrerseits signalisiert hätte: „Doktor Svenström – Sie betreuen das Projekt Exit. Richtig?"

Da hatte sie sich einen Ruck gegeben. Sie würde sich nicht einschüchtern lassen:

„Der Name sagt mir nichts", antwortete sie.

„Verzeihen Sie, Doktor, eine interne Bezeichnung. Sie betreuen das Projekt ‚Dealing with democratic paralysis at the monetary zero-bound'. Ist das korrekt?"

„Das ist korrekt", hatte sie die Richtigkeit der offiziellen Projektbezeichnung bestätigt.

„Projektstart war Juli 2015. Richtig?"

„Ja."

„Die Vorbereitungs- und Testphase war im Februar 2016 abgeschlossen. Richtig?“

„Richtig.“

„War dieser Zeitrahmen so geplant oder hat er sich so ergeben?“

„Was soll die Frage?“

„Bitte antworten Sie nur auf die Frage, Doktor Svenström.“

„Natürlich war der Zeitrahmen so geplant und wurde eingehalten.“

„Und bewegen Sie sich heute zeitlich nach wie vor in dem von Ihnen garantierten Rahmen?“

„Ja.“

„Kann dieser Rahmen Ihrer Einschätzung nach verändert werden? Besteht die Möglichkeit, die Umsetzung zu beschleunigen?“

„Das kommt darauf an, ob…“

„Bitte nur Ihre Einschätzung, Doktor. Kann das Projekt rascher umgesetzt werden als ursprünglich geplant?“

„Ja.“

„Wann ist der frühestmögliche Zeitpunkt?“

Ihre Gedanken hatten sich überschlagen. Die Kommunikation mit den nationalen Gesundheitsbehörden, mit der ganzen gigantischen Gesundheitsindustrie, musste Schritt für Schritt aufgebaut werden. Dasselbe galt für den Bereich Sicherheit. Natürlich arbeitete man seit Jahren an der sogenannten Modernisierung der nationalen Armeen, die in kleinen hochspezialisierten Einheiten ausschließlich für Einsätze im Inland vorgesehen waren. Die Sache war die: Außer der militärischen Spitze – und auch da nur auf EU-Ebene – wusste das noch keiner, und Hauruck-Übungen würden Misstrauen erwecken. Warum auf einmal die Eile? Da war der Groschen gefallen. Ab September fanden überall Wahlen statt. Zuerst in Deutschland. Kurz darauf dann in Österreich, in Italien, in Frankreich und im Nicht-EU-Land Schweiz. Die Wellen gingen seit Monaten hoch. Man zerfleischte sich regelrecht. Die Stimmung war an einem Punkt, wo nur etwas Einhalt gebieten konnte, das größer war als jede

Idee von Wahl, von Demokratie, von Gerechtigkeit oder was auch immer. Etwas, das die Menschen schlicht und einfach vor die Frage stellte, ob sie den Herbst lebend oder tot hinter sich bringen wollten. Wer hier Sicherheit und Garantien auch nur in Aussicht stellen könnte, würde gewählt. Egal um welchen Preis.

„Doktor Svenström? Haben Sie die Frage verstanden?"

„Durchaus, ja. Theoretisch ist die Umsetzung bereits morgen möglich."

„Was heißt ‚theoretisch', Doktor?"

„Mit ‚theoretisch' meine ich, dass es denkbar ist. Wir sind bereit."

„Und praktisch?"

„Praktisch bedeutet es, dass alle vordergründige Spontaneität der Entwicklung, die den Bürgern natürlich erscheinende Kausalitätskette, nicht mehr gegeben ist. Anstatt als eine logisch empfundene Notwendigkeit wird das Geschehen als eine Art Schock, eine plötzlich eintretende Katastrophe wahrgenommen werden, ähnlich einem Anschlag. Es ist schwer vorauszusagen, wie die Menschen unter solchen Umständen reagieren werden. Und mit den Menschen meine ich diesem Fall nicht nur die Bürger, sondern auch die Mitglieder der militärischen Verbände und der Gesundheitsindustrie."

„Ist es richtig, dass Sie eine intime Beziehung mit dem Schweizer Bundespräsidenten, Pierre Besson, unterhalten?"

Sophia Svenström hatte es geschafft, sich die Überraschung über den Richtungswechsel und den Schock darüber, was die Frage implizierte, nicht anmerken zu lassen: „Ich kann die Relevanz dieser Frage…"

„Bitte überlassen Sie die Frage nach der Relevanz uns, Doktor", war ihr die Stimme ins Wort gefallen. „Ist es richtig, dass Sie…"

„Richtig", hatte sie den Sprecher nun ihrerseits unterbrochen. „Es hat sich als zweckmäßig angeboten."

„Ist die Zweckmäßigkeit nach wie vor gegeben?"

„Ja."

„Erscheint Ihnen die Tatsache, dass Pierre Besson den Zwischenfall mit der russischen Maschine vom Schweizer Geheimdienst untersuchen lässt, ebenfalls zweckmäßig?“

„Durchaus, ja.“

„Gilt das auch für die E-Mail mit dem Wortlaut ‚500 Millionen Euro befinden sich in den Tresoren der Schweizerischen Nationalbank. Provenienz und Begünstigung: 300 Millionen der Russischen Föderation für den Stopp von Nabucco zugunsten diverser Personen. 200 Millionen der EU via FDF zugunsten von BUJobs. Der Absturz von Flug Nummer LC-1607 war kein Unfall‘?“

Ihre Antwort war purer Überlebensinstinkt gewesen: „Nein.“

„Ist es richtig, dass die E-Mail aus Russland kommt?“

„Ja.“

„Ist es richtig, dass die Möglichkeit besteht, dass die E-Mail von Evgenija Iwanowna Laritskaja kommt?“

„Ich glaube nicht, dass…“

„Beantworten Sie bitte nur die Frage, Doktor.“

„Ja, diese Möglichkeit besteht.“

„Kann Frau Laritskaja für das Projekt zu einem Risiko werden?“

„Nein.“

„Können Sie das garantieren?“

„Ja.“

„Kann Pierre Besson für das Projekt zum Gefährder werden?“

„Nein.“

„Können Sie das ebenfalls garantieren?“

„Ja.“

„Würde es die Ziele des Projekts gefährden, wenn anstatt der ‚natürlichen Entwicklung‘, wie Sie es nennen, ein Schock eintreten würde, auf den man nicht vorbereitet ist?“

Svenström hatte überlegt. Und blitzschnell hatte sie gemerkt, dass ein derartiger Schock als Nebeneffekt bewirken würde, dass sie die eben abgegebenen Garantien würde einhalten können.

„Nein."

„Danke, Doktor. Bitte bleiben Sie noch ein paar Minuten bei uns."

Sie war „bei uns geblieben" und hatte gewartet. Endlich hatte sich die Stimme erneut gemeldet.

„Bitte leiten Sie die Umsetzungsphase ein, Doktor Svenström."

„Gut."

„Viel Glück, Doktor."

„Ich brauche kein Glück."

Dieses letzte Wort – sie hatte es um jeden Preis behalten wollen – hatte sie sämtliche verbleibende Kraft und Selbstkontrolle gekostet. Sie, die gedacht hatte, als eine der wenigen noch frei zu sein, wurde überwacht. Jede Bewegung, jedes Gespräch. Sie, die geglaubt hatte, zu jenen zu gehören, die berechtigt waren, wenige für viele zu opfern, hatte allem Ehrgeiz, aller Treue und allem Engagement zum Trotz keinerlei Recht. Auch nicht jenes, einfach zu leben. Davon war ab sofort auszugehen. Damit musste sie arbeiten. Keine Gefühle mehr. Träume schon gar nicht. Und Empfindlichkeiten wie jene vorhin am Rechner konnte sie sich nicht mehr leisten. Was zählte, war, sich zu schützen.

***

Ukraine, Hluchiw, Nähe der russischen Grenze

Hätte Semjon Kowaljow zu jener Sorte Menschen gehört, die sensibel, übersensibel auf Orte und Räumlichkeiten reagieren, dann hätte er sich möglicherweise gleich nach Betreten des Zimmers – 25 US-Dollar pro Nacht – daran gemacht, seinen Ledergürtel auf die optimale Länge beziehungsweise Höhe für eine erfolgreiche Selbsttötung am Fensterbrett einzustellen. Sofern es ein Fensterbrett gegeben hätte, was nicht der Fall war. Selbiges galt konsequenterweise für das Vorhandensein eines Fensters. Das Hotel trug den Namen „Style", was an sich schon als

Begründung für den Absturz in Depression reichte. Einrichtung, Personal und Ausstattung der Bar taten ein Übriges. Das Zimmer maß circa vier mal drei Meter. Drei Viertel davon waren vom Bett belegt. Die Tagesdecke weckte Assoziationen an die 70er Jahre in nicht-sowjetischen Ländern, an Insektenhotels und Fleckenmittel. Der Geruch im Raum schien es unterstreichen zu wollen. Doppelt. Semjon Kowaljow wäre ein Stall lieber gewesen. Jeder Stall. Aber deswegen war er nicht hier. Er warf die Sporttasche mit dem Nötigsten, das er bei sich hatte, auf das zu Dekorationszwecken spitz stehende Kopfkissen, ließ sich fallen und legte den Kopf auf die eigenen Habseligkeiten. Er hatte länger gebraucht für die Fahrt von Moskau hierher als gedacht. Trotzdem blieben ihm noch fast drei Stunden bis zum Treffen mit Andriy Galuschka, dem ukrainischen Chapterchef der Bandidos. Kurz zog er in Erwägung, den Fernseher – ein Minigerät, das nach Spielart von Spitälern und Irrenhäusern ganz oben in einer der Zimmerecken fixiert war – einzuschalten, ließ es dann aber sein. Er war müde. Und was er sah, war Grund genug, die Augen zu schließen, eine Stunde zu schlafen. Der Gedanke war noch nicht zu Ende gedacht, als er ruckartig hochfuhr. Er war weggedöst. Zwei Stunden, wie seine Armbanduhr ihm kundtat. Die monströse Unanständigkeit des Zimmers ließ ihn auf die Beine kommen. Er flüchtete auf den Flur, ließ die Tür unverschlossen und machte sich auf den Weg nach unten. Unterwegs warf er einen Blick in das auf dem Korridor gelegene Klo, das für die gesamte Etage zuständig zu sein schien, und beschloss, er könne es riskieren, sich am Waschbecken den Kopf zu waschen. Als er unten ankam und die Bar betrat, fühlte er sich wach. Braungescheckter Linoleumbelag, Resopaltische mit Kunstholzverkleidung, Alustühle, eine Garderobe, die aussah wie sein mit dunkelbraunem Holzimitat verschaltes Bett oben im Zimmer, das man aufrecht an die Wand gestellt und mit Haken versehen hatte. Auf eine Bedienung schien man verzichtet zu haben. Er passte sich den Gegebenheiten an, kramte Geld hervor und löste sich ein Bier an einem der Automaten. Während er eine Zigarette hervorkramte, ging eine Hand auf seine

Schulter nieder wie die Front einer Mure. Fast rechnete er damit, dass noch mehr nachkommen würde, und behielt recht: Die Stimme, die folgte, war dicht, hundert Prozent Feststoff, eine Naturgewalt, die ihn umdonnerte und durchaus in der Lage war, erhebliche Verwüstung anzurichten. Kowaljow konnte sich ein Grinsen nicht verkneifen. Er mochte den Mann aus nicht geklärten Gründen und ungeachtet ihrer beider unterschiedlicher Einstellung zu Recht und Gesetz. Er hatte Anstand bewiesen, damals, als beinahe ein Krieg ausgebrochen war zwischen den Clubs. Und Respekt. Und er hatte keine Sekunde lang gezögert, als Kowaljow mit seiner Bitte an ihn herangetreten war. Auch nicht gelacht ob der Tatsache, dass man den anderen auf die sauberen Knie gezwungen hatte, ihm die Visage in jenen Dreck gedrückt, den er ein Leben lang zu meiden versucht hatte. Ein solcher Gegner hatte mehr von einem Freund als mancher, der sich so nannte.

„Wir scheinen mehr gemeinsam zu haben, als dir lieb sein kann, Semjon Kowaljow.“ Die Worte rollten aus dem mächtigen Mann heraus, die Hand lag immer noch auf der Schulter des anderen. „Und ich dachte immer, ich sei der einzige, der überall zu früh aufkreuzt wie die Neujahrsnacht vor Weihnachten.“

„Wir sind entschuldigt“, antwortete Kowaljow. „Ab 200 Kilometern Fahrdistanz darf man sich zeitlich verhauen. Und zwar in beide Richtungen. Was trinkst du?“

„Was trinkst du?“

„Bier.“ Er nickte in Richtung der surrenden Kühlkammern und machte Anstalten, sich ihnen zu nähern.

Die Hand, die wie ein Fels auf seiner Schulter lag, wurde ein Jota schwerer.

„Lass... Ich kann diese Plörre nicht ausstehen.“ Sprach‘s und machte einen Schritt hinter den Bartresen. Kowaljow ließ derweil den Blick durch das Lokal wandern, um zu sehen, ob das Tun des Chapterchefs irgendeine Reaktion auszulösen in der Lage war. Er begegnete anderen schweifenden Blicken, aber keiner schien sich für den Menschenberg auf der falschen Seite der Bar zu interessieren. Das, oder aber man hatte die Jacke, das

Emblem, den Mann erkannt und hielt es für klüger, ihn gewähren zu lassen. Kowaljow tippte auf Letzteres.

Galuschka hatte derweil zwei Gläser ausgespült und stellte sie jetzt auf die Theke. Daneben zwei Flaschen. Wodka und etwas, das nach Selbstgebranntem aussah. Er hob die Wodkaflasche, löste den Verschluss, der Hals schwebte über einem der Gläser. Dann schien er es sich anders zu überlegen, schraubte die Flasche wieder zu und schenkte stattdessen vom anderen Klaren ein.

„Sei mein Gast", sagte er und hob eines der Gläser.

Kowaljow tat es ihm gleich. Er hatte flüssige Glut erwartet, etwas, das ihm im besten Fall den Geschmackssinn wegätzen würde. Er sah den anderen grinsen. Seine Rechnung schien ihm in die Züge eingekerbt, sein Überraschen auch: Stark war es, was er die Kehle herunterrinnen fühlte, träge glühend. Aber ebenso samten und auch hier: von einer reinen Dichte, die verwüsten, aber ebenso aufrichten konnte. Ähnlich wie die Stimme Galuschkas, der nachschenkte.

Weiteres Glasheben, Trinken, Durchatmen. Erst danach konnte geredet werden. Und noch während die Gläser erneut gefüllt wurden, stellte Kowaljow die Frage, deretwegen er hier war:

„Wer war es, Andriy? Wen hast du mit der Beschaffung beauftragt?"

Der andere stellte die Flasche hin. Behutsam tastete der Blick über die Stelle, wo Flaschen normalerweise ein Etikett kleben haben, blieb haften, als er sprach:

„Das war nicht der Deal, Semjon. Du wolltest, dass ich den Kontakt herstelle, dass ich die Ware besorge, dass diese Leute liefern. Und soweit ich die Sache überblicke, passiert das gerade. Ich bin dein Partner. Die anderen können dir egal sein."

„Es passiert aber noch mehr." Kowaljow wartete, bis der andere den Blick von der gläsernen Leerstelle löste und ihm in die Augen schaute.

„Dinge passieren...", sagte er nur.

„Da magst du recht haben. Dinge passieren. Aber wenn auf die Person, die mich in die Sache hineingezwungen hat, ein Mordanschlag verübt wird, dann gibt mir das zu denken. Und wenn dann noch gemunkelt wird, es solle eine unterhaltsame Geschichte in Umlauf gebracht werden, die mich als einen der Bösen zum Inhalt hat, dann bin ich dumm, wenn ich nicht anfange, Fragen zu stellen. Denn es gefällt mir nicht."

„Mein Freund – ich wiederhole mich: Dinge passieren. Dachtest du denn, du kannst so etwas in Auftrag geben und dann ist alles wieder gut? Du fein raus, als wär' nichts passiert? So läuft das in der Regel nicht."

„Das war aber der Deal. Genau das."

„Willst du damit sagen..."

„Ich will damit gar nichts sagen, Andriy. Ich vertraue dir. Aber was ist mit den Leuten, die du an Bord geholt hast? Kannst du von denen dasselbe sagen?"

Andriy Galuschka hatte den Blick auf sein Glas gesenkt. Sein Lachen traf Kowaljow unvorbereitet. Beinahe wankte er. Seine Hand krallte sich um das Glas, als könnte das verhindern, von den eigenen Füßen gerissen zu werden.

„Noch einmal für dich, mein naiver Freund", sagte Galuschka dann. „Es gibt zwei Sorten von Drogenhändlern. Solche, die einen beschissenen Gabelstapler brauchen. Und solche, die keinen brauchen. Du bist zu mir gekommen mit der Ansage, du brauchst Ware, die zwar weder Gabelstapler noch Transportflugzeug notwendig macht, wohl aber Leute, die den Scheiß in einer Weise aufbereiten, die das Mitwirken von Scheiß-Spezialisten erfordert. Was denkst du, wer das liefern kann? Die Heilsarmee vielleicht?"

„Wer?"

Galuschka überging die Frage: „Hör zu, mein Freund. Du warst auf der Suche nach einer anständigen Menge Kokain – hier wohlverstanden, wo das Zeug ja nicht gerade wächst – und brauchtest außerdem Leute, die die Ware nicht nur beschaffen, sondern auch noch modifizieren können. Eine Organisation, die solches gewährleisten kann, ist geworden, was sie ist, weil sie sich zu schützen weiß. Und wenn's um Schutz geht, ist man nicht heikel in unseren Breitengraden, das weißt du. Wenn es einer solchen Organisation nicht so sehr um Geld, sondern um Macht und Politik geht, dann ist alles gerechtfertigt. Dein Vertrauen in mich in allen Ehren, aber auch ich habe eine Familie, wie du weißt, Freunde, Kameraden. Alles hat seine Grenzen. Und diese hier sind vermint." Und als wolle er dem anderen eine Art Trost spenden: „Sitz es aus, Semjon."

„Ich weiß nicht... Ich weiß nur, dass ich mich auf Mord nicht eingelassen hätte. Nie. Also nochmal, Andriy: Wer hat die Ware für euch besorgt?"

„Du hättest dich auf Mord nicht eingelassen? Und was bitte ist dieses Gift anderes als vorsätzliche Tötung? Egal ob modifiziert oder nicht? Wem machst du eigentlich was vor, Semjon Kowaljow?", fragte Galuschka anstatt einer Antwort.

Kowaljow ging nicht darauf ein. Wozu auch. „Wer?", fragte er stattdessen erneut.

„Also gut", lenkte Galuschka ein. „Aber wenn ich auf deinem Foto lachen soll, dann tu' du dasselbe auch für mich."

„Will sagen?"

„Wer hat dich in der Hand, Semjon Kowaljow?"

„Das willst du nicht wissen."

„Ich muss es wissen."

„Wozu?"

„Informationen sind die solideste Währung in unserer Zeit."

„Diese nicht."

„Überlass es mir, das zu entscheiden."

„Was willst du?"

„Dasselbe wie du. Namen."

Entgegen jeder ungeschriebenen Regel des Gastrechts, wonach der Geladene geduldet, aber stets fremd und somit nicht berechtigt war, sich selbst oder andere anstelle des Gastgebers zu bewirten, war es Kowaljow, der diesmal die Gläser füllte. Galuschka verstand und akzeptierte: Es spielte keine Rolle mehr. Die Angst, die sich durch die Gesichtszüge des anderen fraß, ließ jede Regel lächerlich erscheinen.

Kowaljow stürzte den Klaren hinunter. Das Glas und die Faust landeten gleichzeitig auf dem Kunstholz des Tresens. Er schien einen Entschluss gefasst zu haben:

„Sollte mir was passieren...“, hob er an.

„Hat man dafür nicht den Club, die Kameraden?“, fiel Galuschka ihm ins Wort.

„Nicht in diesem Fall.“ Und bevor der andere protestieren konnte: „Ich tue dasselbe für deine Familie, wenn du den Club da raushalten willst. Und ich rate dir, es zu tun.“

„Ich bin Dreck gewohnt. Meine Männer auch.“

„Nicht diesen Dreck, Andriy.“

Galuschka nickte mit dem Kopf in Richtung Tür. Sie würden draußen weiterreden. Kowaljow fühlte den Schnaps im Kopf, als er aus der verrauchten Nacktheit der Bar hinaustrat in die bereits kühler werdende Luft. Die beiden Männer gingen auf einem Grasstreifen in Richtung Süden, während Kowaljow erzählte. Alles. Von Anfang und dem Moment an, als sie sich kennengelernt hatten. Die Erpressung, seine Degradierung zum Tanzbär der Regierungs-Clique und schließlich die unerwartete Wendung, als Evgenija Iwanowna Laritskaja ihm mitgeteilt hatte, dass er der leidigen Sache mit einem letzten großen Dienst ein Ende machen könnte. Auch hier eine Erpressung: Entweder du machst mit und bist uns danach für immer los und frei, oder aber du weigerst dich und ab sofort sind deine Familie, dein Club und du selber zum Abschuss freigegeben. Als er zum heutigen Tag und zum Ende seiner Geschichte kam, gingen sie schweigend weiter. Rechterhand lag ein kleiner See hinter den Bäumen. Erst jetzt registrierte Kowaljow, dass der sich darin spiegelnde Tag ein Abend war.

„Warum tut sie das?“, fragte Galuschka endlich und in einer Art, als würde er mit sich selber sprechen. „Warum tut eine Frau wie Ewgenija Iwanowna so was?“

„Muss mich das interessieren?“, fragte Kowaljow zurück.

„Wenn du herausfinden willst, ob die kursierenden Gerüchte von deiner Beteiligung an dem Mordanschlag damit in Zusammenhang stehen oder sich aus rein praktischen Überlegungen ergeben haben, dann schon."

„Was meinst du?"

„Überleg' doch mal, Semjon. Wenn Evgenija Iwanowna das auf eigene Faust durchgezogen hat und nicht im Auftrag der Regierung, dann sind die Verdächtigungen gegen dich zwar nicht aus der Welt, aber eben nur eine PR-Maßnahme. Du hast es selber gesagt: Der Image-Transfer hat stattgefunden. Für die bist du nicht mehr interessant. Es sei denn, man könnte dir noch einen Zusatznutzen abgewinnen, indem man dich zum Sündenbock macht. Aber in diesem Fall wird man sich darauf beschränken, dich eine Zeitlang durchs Dorf zu jagen und damit gut. Im anderen Fall, wenn auch sie bloß ausführend war, dann sieht die Sache anders aus: Dann hast du wirklich ein Problem. Und dann hättest du besser daran getan, deine Familie gleich mit herzubringen und dann in Richtung Westen weiterzureisen."

„Das glaube ich nicht."

„Was? Dass du mit deinen Lieben abhauen solltest?"

„Nein – dass die Laritskaja in offiziellem Auftrag gehandelt hat."

„Und was lässt dich das glauben?"

„Du wirst lachen: Ich kann es nicht richtig sagen. Aber ich glaube, sie hatte Angst. Hätte sie den ganzen Apparat im Rücken gehabt, wäre sie anders aufgetreten."

„Aber du hast eben gesagt..."

„Ich weiß, was ich gesagt habe, Andriy. Trotzdem: Da waren Risse. Es wird mir jetzt erst richtig bewusst, aber ich glaube, dass ich recht habe. Die zieht das alleine durch. Oder wenigstens nicht für unsere Regierung."

„Womit die Möglichkeit besteht, dass eure Regierung selbst versucht hat, die Frau zu bremsen."

„Nicht unbedingt. Die Sache schadet uns ja nicht. Sie schadet Europa. Aber Russland hat gar kein Interesse an einem geschädigten Europa. Im Gegenteil: Soweit ich das überblicke, möchte Russland Europa lieber als verlässlichen und gesunden Partner haben denn als kranke und geschwächte Administrations-Untereinheit der Amis. Und auch wenn rauskommen sollte, dass die maßgeblichen Schritte des Coups auf russischer Seite getan wurden, könnte man es als die Irrsinnstat eines Einzelnen abtun und sich die Hände in Unschuld waschen. Oder besser noch zur False-Flag-Operation von Europa selbst umdeuten. Kein Grund, die Laritskaja über die Klinge springen zu lassen."

Was als Witz gemeint war, löste bei Galuschka keine Heiterkeit aus.

„Genau damit könntest du richtig liegen. Vielleicht bräuchte man da gar nicht viel umzudeuten."

Semjon Kowaljow inhalierte den Rauch seiner Zigarette so stark, dass ihn schwindelte. Seine Gedanken rasten und berührten doch nicht die Außengrenzen solchen in Worte gefassten Wahnsinns. Jede mögliche Antwort auf die Fragen, die sich drängten dicht an dicht, ließ ihm den Magen hochkommen. Als würde ihm erst jetzt die Auswirkung dessen bewusst, was er als isolierten „Deal", als dreckiges, aber einmaliges Geschäft zur Rückeroberung der eigenen Freiheit betrachtet hatte.

„Es war nämlich so, als hätte man da draußen auf uns gewartet", fuhr Galuschka fort, ohne sich anmerken zu lassen, ob er wahrnahm, was im anderen vorging. „Du weißt, wovon wir leben, Semjon. Ich scheue mich nicht, es beim Namen zu nennen. Das Kokain zu besorgen, war daily business. Das andere allerdings hat sogar mir den Schlaf geraubt. Mal abgesehen davon, was es heißt, einen Kontakt aufzutreiben, der Zugang zu solchem Material hat oder vermitteln kann, muss man sich mit der Idee anfreunden, etwas bereitzustellen, das vom Effekt her weit über die Verheerungen einer Droge hinausgeht. Krankheit, Semjon, vielleicht sogar Tote. Da hilft alles Verdrängen nichts."

Spätestens jetzt wusste Kowaljow, dass der andere ihm absichtlich die Fresse in den Dreck wuchtete. Es musste sein. Er wünschte bloß, er hätte die Flasche mitgenommen. Galuschka holte einen Flachmann aus der Innentasche seiner Lederjacke und reichte ihn hinüber. Er trank. Ihm war übel. Er nahm noch einen Schluck. Er hatte noch Zeit, das körperwarme Metallding zurückzugeben und sich um die eigene Achse zu drehen, bevor er sich ins Gras übergab. Es wollte gar kein Ende mehr nehmen. Er war nur noch Würgen, die Stimme des anderen irgendwo weit außerhalb seines tosenden Erstickens. Er hörte Silben, abgehackt, verstand nichts. Auf seinem Rücken lag schwer Galuschkas Pranke. Dann ließ es ihn los. Zitternd, mit tränenden Augen und verstopfter Nase, richtete er sich auf, ging am Ufer des jetzt schwarzen Tümpels in die Hocke, auf die Knie. Halb tauchte er sein Gesicht ins Wasser, halb schaufelte er die Kälte hoch. Er fragte nicht nach dessen Herkunft – alle Abwässer der 40.000-köpfigen Stadt waren sauber gegen das, worin er selber bis zum Hals steckte. Dann war es vorbei. Die Taufe vollzogen. Man sah dem Mann nicht an, dass er sich kaum auf den Beinen zu halten vermochte, er selber bloß Hülle eines nicht fassbaren Entsetzens. Seine Stimme klang ruhig:

„Du hast gesagt, die hätten auf euch gewartet", nahm er den Faden wieder auf.

„Lass uns zurückgehen", sagte Galuschka anstatt einer Antwort. „Ich muss was essen."

Kowaljow stapfte ihm nach durchs Gras. Als sie auf gleicher Höhe waren, holte Galuschka Atem:

„Also noch mal: Das Koks war ein Klacks. Eine Sache von einer Woche. Höchstens. Das andere allerdings... ich hatte keine Ahnung, wie das laufen würde. Das Einzige, was ich wusste, war, dass wir hier Zeit bräuchten. Eine Menge Zeit. Aber die hatten wir ja auch. Der Zeitrahmen, den du uns vorgegeben hast, war Anfang nächstes Jahr. Ich machte mir diesbezüglich also keine Sorgen. Und die Tatsache, dass die Show-Faschisten in Kiew unser Land mitsamt Schlüsseln zu sämtlichen Schränken längst an die Amis übergeben haben, konnte einen Vorteil bedeuten. Aber wie gesagt: Ich hatte keine Ahnung, wie so was laufen könnte. Also haben wir einfach mal die Fühler ausgestreckt und uns dann zurückgelehnt in der Überzeugung, dass jetzt erst mal ein paar Wochen oder gar Monate nichts passieren würde. Aber dem war nicht so. Kaum war die Anfrage raus, meldete sich jemand bei uns, der nicht nur Ahnung, sondern auch Zugänge zu haben schien. Ich mochte den Geruch nicht. Es ging zu sauber und zu glatt. Ich glaube, das hat sogar der Kerl begriffen, der den Kontakt aufgenommen hat. Er nennt sich ‚Aladin'. Kaum hatte ich meine Leute auf ihn gehetzt, löste er sich in Luft auf. Aber wir sind nicht, was wir sind, weil wir unsere Zeit damit verbringen, auf Angebote zum Dialog zu warten."

„Und?", drängte Kowaljow.

„Der Kerl mag ein Genie sein, aber er ist auch ein arrogantes Arschloch. Hielt es nicht für möglich, dass eine Bande ukrainischer Motorradfreaks das Wort ‚Handle' buchstabieren oder ihm gar folgen könnten. Fakt ist: Wir konnten ihm folgen und ihn bis auf eine Mobilfunkzelle in Brüssel orten. Dachte wohl, es reiche, sich über ein spanisches Prepaid-Handy ins Netz einzuloggen und ansonsten gemütlich zu Hause zu sitzen. Und jetzt halt' dich fest: Der Typ heißt Jean-Pierre Gheysens und ist der IT-Chef der Fight for Democracy Foundation. Einer Stiftung des russischen Fonds Horizon Hill, der..."

„Aleksei Wladimirowitsch Laritski gehört", beendete Kowaljow den Satz.

„Riechst du's jetzt auch?"

„Ich kapier' gar nichts mehr. Wozu das Ganze, der Umweg über mich, wenn sie's direkt unter sich abwickeln könnten?"

„Ich glaube, das ist der Witz an der Sache: Laritski weiß nichts davon. Und seine Frau weiß nichts von Gheysens. Muss sie auch nicht – du erledigst den Drecksjob für sie. Ich glaube, da zieht jemand ganz anderer die Fäden. Und sowohl die Laritskaja als auch Gheysens sind am Ende nur nützliche Idioten. In das Netzwerk der Stiftung sind meine Leute nicht hereingekommen. Keine Chance. Gheysens ist wirklich sehr, sehr gut, wenn er sich nicht gerade als einzig aufrecht Gehender in einem Kreis von Idioten wähnt, die noch auf Bäumen leben und sich ins eigene Fell scheißen. Also haben wir auf die gute alte Methode unserer Freunde bei der Polizei zurückgegriffen: Beschaffung und Auswertung. Wir haben jedes Zeitungsarchiv auf Berichte über die Stiftung durchforstet und außerdem dem Geschäftsführer der FDF, einem gewissen de Maere, über Wochen Geleitschutz gegeben. Und erstaunlicherweise ergeben sich da zwei ganz unterschiedliche Bilder. Ein offizielles und ein mit großer Wahrscheinlichkeit inoffizielles. In Letzterem findet Laritski nicht statt. Oder anders ausgedrückt: Ich glaube, dass es Laritski mit seiner Stiftung durchaus ernst ist: Sie soll die Demokratie in Russland und die Beziehung Russlands zur Welt fördern. Punkt. Dass eure Regierung das nicht mag und Bestrebungen in dieser Richtung, die über Traktate und Transparente hinausreichen, unterbindet und dabei so weit geht, solche Organisationen des Landes zu verweisen, liegt in der Natur der Dinge. Aber das hat der Sache keinen Abbruch getan. Die Beziehungen zu sogenannten Regimekritikern und Oppositionellen sind intensiver denn je. Und obwohl mit finanziellen Mitteln im Bereich des Bodenlosen ausgestattet, hat Laritski immer betont, dass man nicht in die Fußstapfen ähnlicher NGOs zu treten gedenke, deren Stiftungszwecke so lange vergewaltigt und missbraucht würden, bis davon nur noch ein paar Buchstaben übrig seien. Ich glaube wirklich, dass er überzeugt ist, den Spagat zwischen politischer Einmischung und neutraler Geburtshilfe zu schaffen. Sein Fokus liegt immer auf Russland. Keine Verbandelungen mit den Europäern oder den Amis. Nicht mal ein gemeinsames Essen. Und genauso hält er es mit den Geldgebern der Stiftung. Es sind ausschließlich russische Firmen und Organisationen."

„Und das inoffizielle Bild?"

„Nun – da hat der Geschäftsführer der FDF die Pinsel in der Hand. Und ich sage dir: Es ist kein schönes Bild."

„Dieser de Maere?"

„Genau – Pascal de Maere. Belgier. Mutter Russin. Ist seit ein paar Jahren bei der Stiftung und war lange einfach das lächelnde Gesicht Laritskis."

„Und jetzt nicht mehr?"

„Doch. Aber er trifft sich außerdem mit Leuten, die nicht lächeln. Mit Leuten, mit denen Laritski sich im Zusammenhang mit der Stiftung nie einlassen würde. Seine Hauptkontaktperson scheint Sophia Svenström zu sein. Ihres Zeichens Kommissarin für Inneres, Migration und Bürgerschaft der Europäischen

Kommission. Und was noch wichtiger ist: Direktorin des größten EU-Thinktanks, der intensiv mit sogenannten Stiftungen zusammenarbeitet. Die Orte, an denen sie sich treffen, legen außerdem nahe, dass es sich dabei nicht um eine groß kommunizierte Zusammenarbeit handelt."

„Und warum bist du so sicher, dass das alles nicht auf Laritskis Mist wächst und er sich bloß fein raushält?"

„Damit das klar ist: Laritski ist nicht besser als alle anderen. Weder als Mensch noch in seinen Geschäften. Aber ich bin sicher, dass er sich nicht mit Leuten an einen Tisch setzen würde – nicht mal vertretungsweise –, deren Hauptziel es ist, Russland schlicht und einfach zu verhindern. Politisch ebenso wie wirtschaftlich."

„Aber Horizon Hill...", wandte Kowaljow ein.

„Das steht auf einem anderen Blatt. Der Fonds ist Geschäft – rein gewinnorientiert. In Zeiten durch und durch politischer Märkte ein Krieg – und Krieg ist immer dreckig. Dazu steht er. Sich allerdings auf eine Stufe zu begeben mit jenen Leuten beziehungsweise ihren Stiftungen, die die Destabilisierung ganzer Nationen betreiben und es als sogenannt farbige Revolutionen verkaufen, ist eine andere Sache. Zumal es bei diesen organisierten Unruhen nicht selten darum geht, so viele Länder wie möglich aus dem Einflussbereich Russlands herauszulösen. Immer unter der Prämisse, das Volk wolle es – es mag stimmen, sie vergessen bloß ein Wort. Es ist das manipulierte Volk, das das will. Und diese Manipulation lassen sie sich Milliarden kosten. Auch hier bei uns vor ein paar Jahren. Du erinnerst dich: Die sogenannt orangene Revolution. Das waren mitnichten ein Haufen unorganisierter Idealisten, die da die Fäden zogen. Nicht weniger als dreieinhalb Milliarden US-Dollar sind da reingepumpt worden. Und sag jetzt nicht, die seien eben auch fleißig und hätten das Geld gesammelt. Hier wurde der Boden bereitet für ein robusteres Eingreifen der USA. And there we are... Mein Land ist heute fraktionell, ideologisch und regional gespalten, und unsere sogenannte Regierung wird nicht müde, in diese Kerbe zu hauen und die Gräben zu vertiefen. Ganz nebenbei und ohne viel Lärm wurde das Assoziierungsabkommen mit der EU unterzeichnet. Ebenso ein Öldeal mit Chevron über zehn Milliarden Dollar und ein ähnlicher mit Royal Dutch Shell. Was da massiv stört, sind Tatsachen wie jene, dass Russland die zweitgrößte Ölraffinerie des Landes besitzt und aus seinen Gelüsten nach der größten keinen Hehl macht. Diese Hand auf den Preisen ist sehr störend für die USA, zumal sie bereits mehr als fünf Milliarden Dollar bezahlt haben, um an die Öl- und Gasreserven vor Ort ranzukommen. Nein, Semjon – bei solchen Spielchen ist Laritski nicht dabei."

„Aber dieser de Maere schon..."

„Worauf du einen lassen kannst. Der spielt ein doppeltes Spiel. Auf der einen Seite Schoßhündchen und auf der anderen Mittler zwischen Firmen und Institutionen, die ideologisch und wirtschaftlich in direkter Konkurrenz zu Horizon Hill und Laritski stehen. Zu Leuten, die Krieg wollen und vor allem brauchen. Krieg außerhalb und innerhalb eines geschwächten Europas. Dass ein Coup wie jener, zu dem du gezwungen wirst, nicht der Stärkung des Kontinents dient, brauche ich dir nicht extra zu sagen."

Das jetzt in Neonfarben leuchtende Namensschild des Hotels „Style" wurde durch diese Bereicherung nicht schöner. Kowaljow, die Hände in die Hosentaschen gerammt, die Schultern hochgezogen, grauste bei der Vorstellung, da reingehen und die Nacht verbringen zu müssen. Galuschkas Blick war dem seinen gefolgt und hing ebenfalls an dem irisierenden Schriftzug, der die russgeschwärzte und sich auflösende Fassade des schmucklosen Flachdachbaus ins Bordellhafte zwang. Und als wär's die Fortsetzung eines nicht geführten Gesprächs, sagte er jetzt:

„Hol deine Sachen. Ich habe für uns was bei Freunden organisiert. Wir reden unterwegs weiter."

Kowaljow blieb stehen, als hätte er nicht die Absicht, sich von der Stelle zu rühren.

„Ich kapier's nicht, Andriy. Was soll der ganze Scheiß? Warum organisiert eine in jeder Beziehung erfolgreiche Russin auf eigene Faust einen Deal, der sie alles kosten kann, was sie erreicht hat? Einen Deal für Leute, die die Schwächung Russlands durch Isolierung zu einem ihrer Hauptziele gemacht haben und die mit dieser Aktion nebenbei auch noch den Hausfrieden innerhalb der eigenen Grenzen zerstören. Und vielleicht sogar Menschenleben riskieren.“

„Macht lässt es meistens nicht beim Riskieren bewenden, Semjon. Und wenn du mich fragst, dann geht es hier um Geld. Daran hängt das ganze System.“

„Geld? Das ist doch absurd. Wenn du recht hast mit dem, was du vermutest, dann sprechen wir hier von den Sphären des Strato-Kapitals, vom finanziellen Nirwana. Warum sollten die Geld brauchen?“

„Du verstehst es falsch – es geht nicht so um‘s Geld. Nicht Geschäft und Deals. Oder doch – aber eben anders. Jetz geh‘ schon, hol dein Zeug. Ich komme um vor Hunger.“

Kowaljow bewegte sich, als löse er sich aus einer Form, in die er hineingefroren war, ging auf die Tür mit den asymmetrisch angeordneten Glaselementen zu, legte die Hand auf den Knauf, blieb erneut stehen.

„Hast du vorhin an dem Tümpel gesagt, ich solle das Maul zumachen, wenn Hirn käme?“

„Und ob ich das gesagt habe.“ Galuschkas Stimme drohte mit einem Lachen. „Ich musste ja befürchten, dass du beim Ankommen in der Realität überschnappst. Und glaub‘ mir: Ich habe keine Lust, zu all dem Scheiß hinzu noch einen Amok laufenden russischen Motorradhelden an der Backe zu haben.“

„Dann ist ja gut.“ Und sich wieder der Tür zuwendend: „Danke.“

19

Samstag, 13. Mai, Bern, Papiermühlestrasse, Hauptsitz NDB
„Lassen wir die Höflichkeiten, meine Herren", sagte Christoph Hiller, Bruns direkter Vorgesetzter, bevor dieser seine Frage nach der Befindlichkeit des Chefs hatte ausformulieren können. „Die Tatsache, dass Sie, Brun, ein persönliches Treffen verlangen, ist allein schon artfremdes Verhalten. Wenn dann auch noch du", sein Kinn wies in Jo Burgers Richtung, „mit dabei bist, dann ist das beängstigend. Ich schlage vor, wir bringen es so rasch wie möglich hinter uns. Es gibt nämlich außerhalb eurer Welt Menschen, die ein Privatleben haben. Gerade an Wochenenden. Also – worum geht's?"

Brun wusste, dass die Kaltschnäuzigkeit seines Vorgesetzten nicht echt war. Nicht mehr. Sie war es einmal gewesen. Sie waren einmal Kollegen gewesen. Draußen. Nie Freunde, aber das Gewicht am selben Strang hängend, die Fersen in denselben Grund gestemmt. Oft gegen die Richtung, in die man sie von oben zu drängen versucht hatte. Brun wusste, dass es noch irgendwo war in Hiller drin. Eingebrannt. Korrumpiert und weichgeknetet von guten Gründen, Annehmlichkeiten und gegen Wahrheit eingetauschte Wirklichkeit – aber immer noch da.

And did they get you to trade? Hot air for a cool breeze? Cold comfort for change?

„Du weißt nicht, was der Job aus dir gemacht hätte, Carl", hatte Burger einmal gesagt.

„Darum habe ich ihn nie gewollt."

„Es geht um die Laritski-Sache", sagte der Älteste der Runde jetzt. Und bevor Hiller sich mit den Händen übers Gesicht fahren konnte, sich und den beiden anderen jedes Unterfangen in diesem Zusammenhang vorsorglich abschminken, aufstöhnen, fuhr er fort: „Es waren fünf Personen an Bord von Laritskis Maschine. Eine Leiche wurde nicht gefunden. Die Person, die unter dem Namen ‚Antonin Brejcha' eingecheckt hat, gilt als verschollen. Mit großer Wahrscheinlichkeit handelt es sich um eine Tarnidentität. Das Ehepaar Laritski schweigt. Und wird es wohl auch weiterhin tun, da Jordi sie hat ausreisen lassen. Es ist von Sabotage auszugehen. Das Geld an Bord – 500 Millionen Euro – legt, zumindest was die Logistik betrifft, das Mitwissen einer oder mehrerer Personen auf Regierungs- oder Zentralbankenebene nahe. Die Beschaffung einer solchen Summe in Zypern und ohne Hilfe von offizieller Stelle ist kaum möglich. Es ist also davon auszugehen, dass die Sache heikel wird. Aber immerhin haben wir einen offiziellen Auftrag unseres Bundespräsidenten, wie Sie wissen."

„Und was wollt ihr Jungs dann noch von mir?", fragte Hiller.

„Wir kommen nicht weiter", ergriff Brun das Wort. „Wenn Sie sich auch nur ansatzweise mit dem Fall beschäftigt haben, dann wissen Sie, dass eigentlich gar nie richtig ermittelt worden ist. Wie das jetzt noch möglich sein soll, wo die Laritskis ausgereist sind, ist ein Rätsel. Fakt ist aber, dass, wenn wir unseren Job machen wollen, wir an die Laritskis herankommen müssen. Nahe heran. Ein Gesuch stellen hilft da nicht."

Hiller schien seine Stimme nur mühsam von einem Brüllen fernzuhalten: „Der Auftrag lautet ‚beschaffen und auswerten', wenn ich richtig liege. Von ‚dramatisch überreagieren' war nie die Rede. Aber genau das scheint ihr Jungs ja zu wollen: Ein Bündel Pässe und etwas Taschengeld für einen verdeckten und von niemandem abgesegneten Einsatz im Ausland. Das Ganze barfuß, wenn ich es richtig verstehe. Herrgott…! Was kommt ihr damit zu mir, wo ihr die Sache offenbar schon so schön zurechtgelegt habt? Warum geht ihr nicht direkt zu Besson, zu dem ihr allem Anschein nach ja einen direkten Draht zu haben scheint." Die letzten Worte hatte er in Richtung Burger gezischt.

„Wir können das nicht über Besson abwickeln."

„Und worauf gründet sich diese Zurückhaltung? Rücksichtnahme auf das hohe Amt? Verarschen kann ich mich selber, Brun."

„Besson lässt Amtskollegen überwachen. Und zwar nicht über unsere Leute, Hiller. Über einen Kontakt in Brüssel. Vielleicht auch andere. Das wissen wir noch nicht. Aber ich brauche Ihnen wohl nicht zu erklären, dass wir so nicht arbeiten können. Wir brauchen eine Basis, die still ist und vertrauenswürdig."

„Und das soll ausgerechnet ich sein? Lassen Sie die Schleimscheißerei, Brun. Das passt nicht zu Ihnen."

„Sie sind einer von uns."

Das Letzte brütete lastend in der unvermittelten Stille über dem Tisch der drei Personen. Drei Augenpaare blickten auf drei Paar Hände. Ein Löffel wurde zwischen Fingern gedreht, eine Schachtel Zigaretten in runde Form gebracht, Finger wie zum Gebet vor einem zerfurchten Gesicht verschränkt.

Hillers Gedanken rasten. Schnappschüsse im Sekundentakt flammten auf vor seinen Augen: Er und Besson im Büro des Bundespräsidenten. „Ich brauche einen Mann, dem ich vertrauen kann, Hiller." Er und Besson bei einem Empfang in der russischen Botschaft. Er selber mit Gattin. „Es ist von unschätzbarem Wert, Leute wie Ihren Mann an seiner Seite zu wissen." Er und Besson in der Tiefgarage des Bundeshauses. „Behalten Sie Burger im Auge, Hiller. Ich will über jeden Schritt in dieser Ermittlung informiert sein. Halten Sie mich auf dem Laufenden." Er und Besson in Meetings des Sicherheitsausschusses, beim Business-Lunch im erweiterten Kreis, bei offiziellen Empfängen für die Medien: Ein Nicken, ein Blick, man kannte sich. Geld war auf sein Konto geflossen. Eine Lohnerhöhung, hieß es von Seiten des Personalbüros. Längst fällig. Nichts Besonderes. Man gratulierte. Und jetzt wurde er an etwas erinnert, das er weggeschoben hatte aus Platzgründen: Kameradschaft. Er holte Atem. Brun wechselte einen kurzen Blick mit Burger. Hiller hatte sich verraten. Der Preis des guten Lebens: Man verlor die Fertigkeiten viel zu schnell an die Grenzwächter der Bequemlichkeit, als dass man es gemerkt hätte. Etwas blieb zwar immer. Aber eben nicht alles. Hillers Atem hatte gezittert. Irgendwas stimmte nicht.

„Und? Christoph?“, fragte Burger schließlich. Er klang beinahe liebevoll. „Können wir mit dir und ein paar Leuten rechnen? Wie du bereits richtig sagtest: Wir brauchen das ganze Programm: Legenden, Pässe, Kredit- und Visitenkarten, Flugtickets ab diversen Flughäfen, Bargeld... das Ganze für sieben Personen. Und wenn möglich sofort. Ziel Moskau. Absprachen außer mit mir mit niemandem.“

„Was ist mit Kontakten? In Moskau, meine ich...“ Hiller schien sich gefangen zu haben.

„Darum kümmern wir uns selber“, antwortete Brun.

„Und wie – bitte sehr! – soll ich das Besson erklären? Könnt ihr mir das auch noch sagen?“

„Wird er denn fragen?“

„Ich gehe davon aus. Er ist es doch, der den verdammten Job in Auftrag gegeben hat. Du warst dabei, Jo. Du hast selbst gehört, dass er laufend informiert werden will.“

„Dann läuft alles wie geplant“, schaltete sich Brun wieder ein. „Wir sind am Ermitteln. So lautet schließlich sein Auftrag. Beschaffen und auswerten. Was den Standort Ihrer Leute anbelangt: Lassen Sie sich was einfallen. Halten Sie ihn hin. Und bevor irgendwas auffliegen kann, sind wir wieder da und liefern das, was alle Interessierten anscheinend nicht geliefert haben wollen.“

„Mit wie viel Zeit rechnen Sie?“

„Ich weiß es nicht.“

„Das reicht nicht, Brun. Geben Sie mir einen zeitlichen Rahmen.“

„Acht Wochen. Inklusive Vorbereitung.“

„Acht Wochen...?“ Hillers Stimme war ein Heulen.

„Reiß dich zusammen“, kam es von Burger. Gedämpft. Schneidend. „Was ist dein Problem? Bist du derart bei deinen Oberen in die Kreide geraten, dass acht Wochen dich deinen halbvergoldeten Arsch kosten könnten? Ist es das?“

Hiller schien einen Moment zu wanken zwischen der Möglichkeit, dem Alten Paroli zu bieten, und jener, taktisch einzulenken. Er entschied sich für Letzteres.

„Okay – wenigstens ist es nicht die Ukraine.“ Und wieder an Brun gewandt: „Was wissen wir bis jetzt über diese Laritskis? Und wie wollen Sie die Sache angehen?“

„Zu Ihrer ersten Frage: Viel zu wenig.“ Brun holte diverse Papiere hervor, die er kurz überflog. Dann legte er sie hin. Er brauchte nicht abzulesen. Er kannte jedes Wort auswendig.

„Laritski ist ein Akademiker – Doktor der Mathematik – und aus demselben Holz geschnitzt wie die meisten russischen Unternehmer der ersten Stunde. Er ist intelligent, gut ausgebildet und auf eine in seinem Fall ruhige Art risikofreudig. Großer Ehrgeiz und eine schier unerschöpfliche Energie werden ihm nachgesagt. Sein Geld hat er als Autohändler gemacht. Sein Unternehmen verkaufte Autos der Marke Lada. Daneben importierte er gebrauchte europäische Wagen und baute ein Netz von Werkstätten auf, in denen die von ihm verkauften Autos repariert werden konnten. Ein Autoimport- und Service-Unternehmen. Aber das war erst der Einstieg in das Geschäftsleben. Mit Kreditgeschäften schaffte er es in der Hyperinflation, den größten russischen Autobauer um Millionen von Dollar zu prellen und ihn damit in den Bankrott zu treiben. Er übernahm das Unternehmen. Anfang der 90er stieg er in das Bankgeschäft ein, behielt aber einen Fuß in der Autobranche. In kurzen Abständen erwarb er Stück für Stück Teile einer Öl- und Gasgesellschaft und wurde zudem größter Anteilseigner des staatlichen Fernsehsenders Kanal Eins, womit er auf einen Schlag Zugang zu 98 Prozent der russischen Haushalte erhielt. Seine weltweit agierende Investmentgesellschaft Horizon Hill verwaltet heute ein geschätztes Vermögen von zwei Billionen Dollar und ist eine der größten Schattenbanken der Welt. Oder anders ausgedrückt: Er verfügt über Kapital, das ungefähr dem Fünffachen des Haushalts der Bundesrepublik Deutschland entspricht. Dies nur nebenbei. Während der Anfangszeit seiner Geschäftstätigkeit, 1990, glaubt man den offiziellen Informationen, lernte er den ehemaligen und aktuellen Präsidenten der Russischen Föderation kennen. Aber viel wichtiger noch: Er lernte dessen heutigen Berater kennen, Nikolai Nikolajewitsch Sorokin. Ursprünglich auch ein Akademiker. Mediziner. Er war damals nach seinem Medizinstudium in Sankt Petersburg Stellvertreter des Stadtratsvorsitzenden Orlow und half Laritski dabei, eine Werkstatt in Leningrad zu eröffnen. Es heißt, er habe das getan, ohne das von dem viel jüngeren Laritski selbstverständlich gebotene Schmiergeld anzunehmen, was diesen nachhaltig beeindruckt habe. Laritski, auf dem besten Weg, sich einen Platz in der Kaste der Oligarchen zu besorgen, machte es sich zur Gewohnheit, den in seinen Augen ungewöhnlichen Bürokraten jedes Mal in dessen Büro aufzusuchen, wenn er in Sankt Petersburg zu tun hatte. Während dieser Zeit stieg Nikolai Nikolajewitsch Sorokin mit der Wahl Orlows zum Bürgermeister zu dessen Stellvertreter auf. Später, als Orlows Wiederwahl scheiterte, hielt er diesem die Treue über das Amt hinaus und verzichtete auf einen Job unter dem neuen Stadtoberhaupt. Laritski hatte diesen Zug erwartet und wurde nicht enttäuscht. Er sah in Sorokin, der kurz darauf nach Moskau zog, um einen Verwaltungsposten im Kreml zu übernehmen, mittlerweile einen Verbündeten und vor allem ein Investment. Während der Moskauer Zeit sahen sich die beiden öfter. Meist in einem der exklusiven Clubs, die Laritski im Stadtzentrum betrieb. Danach wird vieles diffus. Zu viele Varianten derselben Geschichte sind im Umlauf. Die einen sagen, die beiden hätten sich nicht mehr sehr oft gesehen, die anderen behaupten, Laritski habe Sorokin regelrecht unter seine Fittiche genommen und ihm jeden Posten verschafft, den er bis zur Ankunft an der Seite des Präsidenten innehatte. Auch die Geschichten, die sich um die Wahl des Letzteren ranken, sind nicht eindeutig. Einerseits heißt es, Laritski sei ein neutraler und vom engsten Kreis um die schwächelnde Regierung Jelzins beauftragter Kandidaten-Scout gewesen, andererseits kursiert die Version, er habe den Präsidenten in spe bereits sehr früh regelrecht umworben, sei ihm und seiner Familie sogar in ihr Feriendomizil in Biarritz nachgeflogen und habe schlechterdings alles getan, um den gesichtslosen Beamten und damaligen FSB-Chef zum Kandidieren zu überreden. Das Verrückte allerdings, in dem sich alle Geschichten überschneiden, ist die Tatsache, dass sowohl Laritski als auch Sorokin die Leute, die den Präsidenten schließlich auf den Thron hievten, zu überzeugen vermochten, Letzterer sei der Idealkandidat, da seine Persönlichkeit im besten Fall marginal, die Interessen desgleichen und er selber in erster Linie formbar und diszipliniert sei. Jeder konnte in den grauen Apparatschik hineinprojizieren, was immer ihm beliebte."

„Wie wär's mit ‚auf den Punkt kommen', Brun?", sagte Hiller in eine Atempause hinein.

Brun ging nicht auf den Einwand ein: „Gleichzeitig mit oder kurz nach der erfolgreichen Präsidentenwahl", fuhr er fort, „scheint aber zwischen Sorokin und Laritski etwas vorgefallen zu sein. Die beiden werden nicht mehr zusammen gesehen, scheinen sich vielmehr aus dem Weg zu gehen. Zu diesem Zeitpunkt sind die Laritskis noch nicht miteinander bekannt oder verbandelt, und sie ist in irgendeiner subalternen Kommission für die neue Regierung tätig. Interessant wird es, wenn man herauszufinden versucht, was diesen Bruch herbeigeführt haben könnte. Wir haben verschiedene unserer Kontakte dazu befragt. Die Meinungen und das, was man zu wissen glaubt, gehen auch hier auseinander. Ein roter Faden zieht sich allerdings durch jede noch so abenteuerliche Version. Erstens: Sorokin verdankt seine Position an der Seite des Präsidenten eindeutig Laritski. Da sind sich alle einig."

„Und zweitens?" Hiller klang genervt.

„Zweitens wird das Gerücht, es sei der FSB gewesen, dem der neue Präsident damals noch vorstand und der diesen als starken Mann mit gezielten Aktionen quasi an die Macht gebombt habe, kategorisch abgetan. Der allgemeine Tenor lautet, man könne vom Präsidenten und dessen Demokratieverständnis halten, was man wolle, aber diese Version des Geschehens sei nicht bloß nicht belegbar, sondern schlicht unwahrscheinlich. Es gab und gibt keine einzige Stimme aus den Reihen des FSB – auch keine gekauften, und die gibt es eigentlich immer, wenn der Preis stimmt – , die diese Version bestätigen würde. Überzeugungen und Fakten gehen vielmehr dahin, dass die Untersuchung der Bombenanschläge, die der Präsident persönlich nach seiner Wahl angestrengt habe, keine Farce gewesen sei, obwohl nie Ergebnisse vorgelegt worden sind. Das einzige, was sich als solches interpretieren lässt, ist der Bruch zwischen Sorokin und Laritski. Und genau das tut man. Das wenige, was bekannt ist, deutet im Zusammenhang mit den Ereignissen nämlich nicht auf den FSB, sondern auf eine Nichtregierungsorganisation, die zwei Jahre vor der Wahl offiziell registriert und tätig geworden ist: Die Fight for Democracy Foundation – kurz ‚FDF'. Eine Stiftung, die sich eigenen Angaben zufolge nicht weniger als der Öffnung Russlands und der Förderung der Demokratien sowie der Unterstützung von Initiativen zu diesem Zweck verschrieben hat. Gräbt man sich tief genug in die Zahlen der Stiftung hinein, wird es interessant: Einziger Finanzier der Stiftung ist – über eine auf Zypern registrierte Management- und Booking-Firma ohne näher bestimmten Daseinszweck – Laritskis Fonds Horizon Hill. Gräbt man noch tiefer, deutet laut unserem IT-Spezialisten viel darauf hin, dass die Stiftung oder jemand innerhalb der Stiftung eine Art doppelte Buchhaltung führt und über eine Tochtergesellschaft sehr wohl Kofinanziers mit an Bord duldet: Es sind die Stiftungen Rockefeller, Bill and Melinda Gates, Robert Bosch, George Soros, Henry Ford. Aber auch Chevron, Western Union, APCO, ExxonMobil, Microsoft, Coca-Cola, Philip Morris, McKinsey, PricewaterhouseCoopers sind mit von der Partie. Die Aufzählung ist nicht abschließend. Klar ist aber, dass die Gelder von diesen Schatten-Geldgebern über andere Konten als die offiziellen laufen. Fakt ist: Zeitgleich mit der Trennung des vormaligen Dream Teams Laritski-Sorokin ist auch die Idee eines Verbots der FDF aufgekommen, allerdings nie zu parlamentarischer Reife gelangt. Die Stiftung zog sich daraufhin zurück und trat nicht mehr in Erscheinung, wo sie vormals lautstark und stets polarisierend Lärm veranstaltet hatte. Die personelle Nähe zur Regierung wurde aufgegeben. Desgleichen die Räumlichkeiten, die man in einem ehemaligen Verwaltungsgebäude in der Nähe des Kremls gemietet hatte. Auch mit der vollmundigen Ankündigung von Bildungs- und Gesundheitsprojekten zur Stärkung der Zivilgesellschaft und der Förderung der Demokratie sei es vorbei gewesen. Bis vor kurzem – und das ist ein weiterer roter Strang, den unsere Informanten uns liefern: Seit ein paar Jahren ist die Stiftung wieder aktiv innerhalb der Russischen Föderation. Durch Einzelpersonen, die wir noch nicht kennen, und von Budapest aus. Und man ist sich einig, dass etwas Großes in Planung sei. Und dass die Unruhen rund um die Ukraine, um Georgien und Moldawien ein paar Leuten innerhalb der Stiftung oder in deren Nähe sehr gelegen kämen. Hier sind wir allerdings noch nicht weiter. Zu Ihrer zweiten Frage: Wenn ein Mann wie Laritski, einer der mächtigsten Männer der Welt, der sich so geschickt im Schatten hält und der ein derartiges Sicherheits- und Bewegungsnetz aufgebaut hat, dass nie jemand mit Bestimmtheit zu sagen vermag, zu welchem Zeitpunkt er sich wo aufhält, in seiner Privatmaschine angegriffen wird, dann, finde ich, ist das einen zweiten Blick wert. Zumal durch eine halbe Milliarde Euro und die Tatsache, dass der Absturz sich hier ereignet hat – geplant oder nicht –, eine Verbindung gegeben ist. Jetzt einfach wegzusehen nach dem Motto ‚Kein Laritski, kein Geld, kein Problem' ist, bei allem Respekt, schwachsinnig bis grob fahrlässig. Über Horizon Hill ist Laritski sowohl mit Russland, mit den USA und vor allem mit der EU beziehungsweise mit einigen ihrer Exponenten und Freunde eng verbandelt. Was auch immer hier genau passiert ist – sei es eine Aktion von Seiten eines Staats oder einer supranationalen Organisation –, es ist auf unserem Territorium geschehen, und wir sollten zumindest versuchen, zu verstehen, was da genau gelaufen ist. Um dazu in der Lage zu sein, müssen wir an die Laritskis, an Horizon Hill und an die FDF herankommen. Oder anders gesagt: Ich denke, wir sollten einfach das machen, wozu wir angestellt worden sind: Sicherheit nach innen und außen produzieren. Das macht in meinen Augen mehr Sinn als das Ausspionieren der eigenen Leute zu fiskalischen Zwecken unter der Flagge des Heimatschutzes."

„Danke für Ihre Einschätzung", schnappte Hiller in Bruns Richtung. „Aber glauben Sie mir eins: Sie brauchen mir unseren Job nicht zu erklären. Auch wenn Sie das möglicherweise erstaunt."

Diesmal war es Burger, der unterbrach: „Meine Herren – Animositäten bringen uns hier nicht weiter. Nur noch einmal, um sicher zu gehen: Bist du dabei, Christoph? Können wir mit deiner Unterstützung rechnen?“

Diesmal kam das „Ja“ rasch und beinahe überzeugend.

„Gut. Carl – habt ihr schon einen Plan?“

„Grob gestrickt nach dem Motto: Wenn andere bei uns rumfuhrwerken, dann können wir das auch. Wir schaffen eine Situation im nahen Umfeld der Laritskis, die uns in ihre unmittelbare Nähe katapultieren wird. Dann sehen wir weiter.“

„Ich warne Sie, Brun“, kam es von Hiller. „Sollten Sie oder jemand Ihres Teams auffliegen da drüben...“

„...dann sehen wir weiter“, wiederholte Burger Bruns Worte von eben, bevor wieder einer der beiden sich verhaken konnte im Selbstverständnis des anderen.

„Was denkst du?“, fragte Brun den Freund und Vorgesetzten, als sie draußen waren.

„Viel Arbeit. Das denke ich. Viel Arbeit und viel Geld.“

„Doppelter Boden? Eigene Legenden?“

„Natürlich doppelter Boden. Oder hast du Hiller seine Unterstützungserklärung auch nur eine Sekunde lang abgekauft? Er wird uns Legenden liefern, so viel wir wollen. Und er wird jede von ihnen überwachen lassen. Das meine ich mit viel Arbeit und viel Geld. Steuergeld, sollte ich wohl sagen. Steuergeld, das von der Behörde dazu verwendet wird, die eigenen Leute zu überwachen. Es ist eine Ironie sondergleichen, dass du mit deinem Team ausgerechnet in die ehemalige Sowjetunion reisen wirst.“

„Was denkst du, wem Hiller rapportiert?“

„Ich tippe auf Besson. Wir müssen versuchen, da mehr zu erfahren. Können wir das?“

„Klar können wir das. Dann wird die ganze Sache noch teurer. Mit jedem Tag und jedem Mik und jeder Person, die daran arbeitet. Ich frage mich, ob wir die Sache abblasen sollten, Jo. Du hast recht: Die Aktion wird teuer, und es sind Steuergelder.

Und vielleicht hat sogar Hiller recht: Das Problem ist mit Laritski und dem Geld verschwunden."

„Zweifelst du?", fragte der Ältere zurück.

„Ja. Natürlich. Immer."

„Das war nicht die Frage. Zweifelst du an der Legitimität eines Unternehmens, das die Aufklärung eines möglichen Attentats auf Schweizer Boden zum Ziel hat?"

„Nein, nicht daran, Jo. Das weißt du genau. Aber daran, was es bringen wird. Was es dem Land und den Leuten wirklich bringt. Ob es nicht eine dieser selbstgestellten Aufgaben ist, die zwar legitim, aber mitnichten notwendig sind? Legitim, weil wir als Nachrichtendienst ja sozusagen freihändig bestimmen können, was das Land bedroht, wo Gefahr lauert, was überwacht werden muss. Und unnötig, weil auch der größte Erkenntnisgewinn unsererseits..."

„...nichts verändert?", beendete Jo Burger den Satz.

Brun sparte sich die Antwort.

20

Freitag, 26. Mai, Moskau, Kutusow-Prospekt

Evgenija Iwanowna Laritskaja saß in Moskaus erstem Beauty- und Spa-Center von Aldo Coppola und versuchte, sich zu erinnern, wie es gewesen war, ohne Angst zu leben. Ohne Lügen. Es gelang ihr nicht, und sie war froh, Michele Ponomarjow, ihren Friseur, im Spiegel auftauchen zu sehen.

„Evgenija Iwanowna, was ist mit Ihnen? Erst sehe ich Sie während Wochen nicht wieder, so dass ich mir große Sorgen machen muss. Und jetzt, wo Sie hier sind, werden Sie mit jeder Minute blasser."

Sie wusste, dass sein richtiger Vorname nicht Michele war. Er hieß ganz einfach Juri. „Jurotschka", bettete sie normalerweise zwinkernd zwischen die Flatterküsschen beim Eintreten oder Verabschieden. Heute nicht.

„Lass nur, Michele. Ich glaube, ich habe was Falsches gegessen."

„Ich bin sicher, Sie sind eine hervorragende Lügnerin, Evgenija Iwanowna. Aber ich bin auch ein hervorragender Menschenkenner. Und als solcher sage ich Ihnen geradeheraus: Diese Blässe kommt nicht vom Magen."

Sprach's und entschwand, die Hüften kaum merklich schwingend, um zwei Minuten später mit einem beschlagenen Champagnerkelch zurückzukehren.

„Das wird Ihnen und Ihrem Magen guttun."

Und ohne weiter darauf einzugehen oder auch nur ein Danke abzuwarten: „Können wir?"

Noch während er es sagte, wickelte er mit raschen Bewegungen, die sie kaum wahrnahm, das warme Tuch von ihrem Kopf und zog sich in das Schweigen einer professionellen Distanz zurück, die es ihr erlaubte, sich ungestört zu fühlen. Sie nippte an dem Champagner. Michele hatte recht: Es tat gut, die nadelspitzen Perlen kalt auf der Zunge zu spüren.

Es brachte einen ins Jetzt. Angst wurde Furcht. Damit war umzugehen.

Sie würde es wieder tun. Sie würde wieder einwilligen, den Auftrag für jene zu übernehmen, die glaubten, die kleine russische Aufsteigerin sei der eigenen Gier erlegen. Sie hätten sie aufs Eis gelockt, während es gerade umgekehrt war: Sie war es, die gelockt hatte von dem Moment an, als sie verstanden hatte, was hinter dem täglichen tausendfachen Kommunizieren wirklich geplant war. Sie war es, die dafür gesorgt hatte, dass sowohl Svenström als auch de Maere sie als leicht zu instrumentalisierendes Opfer wahrgenommen und auserwählt hatten. Und es hatte nichts mit Gier zu tun. Rein gar nichts. Aber das würden diese Leute nie verstehen. Wie auch, wo sie den Blick nie aus der Versenkung der eigenen politischen oder wirtschaftlichen Intimzone hoben oder ihn höchstens auf die nächsten zu realisierenden Schritte richteten? Wo die Motivationen deckungsgleich mit der eigenen Person waren und wo jedes Außerhalb immer bloß Mittel blieb?

Sie selbst war nicht anders. Aber in ihrem Fall war das nur die eine Hälfte der Wahrheit. Da war noch eine andere Seite, und dort gab es dieses Außerhalb. Dort gab es nur dieses Außerhalb: Ehefrau, Partnerin, Mutter, Russin. Dort hatte sie nur diese Wahl gehabt von dem Moment an, als sie verstanden hatte, was man mit ihrer Heimat vorhatte. Sie hatte weder um die Vermutung noch um das Wissen gebeten. Dass es der Zufall war, der dazu geführt hatte, entband sie nicht von der Pflicht, alles in ihrer Macht Stehende zu tun, um daraus etwas Gutes für ihr Land abzuleiten. Darum ging es – nur darum: Verantwortung.

Es war ein Donnerstagabend vor ungefähr zwei Jahren gewesen. Place du Luxembourg, After-Work-Party in einer Bar in unmittelbarer Nähe des EU-Parlamentsgebäudes. Eine alte Sportbar, ein Anachronismus an diesem Ort, wo ansonsten weder Wille noch Zeit vorhanden waren, die Dinge wachsen zu lassen. Wo lanciert, implementiert und aufgebaut wurde. Die Bar existierte heute nicht mehr. Sie war einem Konzept gewichen.

In der realen Welt außerhalb des Europaviertels war damals die sogenannte Euro- oder Schuldenkrise hinter den Schlagzeilen weiter von einer echten Lösung entfernt gewesen als je zuvor, die Medien mit der Verhinderung von Populismus und „Rechtsrutschen" vollkommen ausgelastet und der Ukraine-Konflikt, obwohl mitnichten überwunden, so doch politisch unterstützt ins mediale Hintertreffen geraten. Nicht so der Russe, dem für unbestimmte Zeit jene Rolle zugedacht worden war, die klassischerweise der Jude innehatte: schuld an allem sein. Egal ob Völkerrechtsverletzung, Kurseinbrüche an den Börsen, Hackerangriffe, unerwünschte Wahlausgänge, ein Selbstmordanschlag oder ein Wintereinbruch im März. Dass die USA und die EU wirtschaftliche Sanktionen gegen das Land verhängten, hatte auch dem Letzten der großen Mehrheit eingeleuchtet.

Vollkommen unberührt von den Einschlägen in den Niederungen des Realen, ging in den Fluren der Brüsseler Bürokratie alles seinen gewohnten Gang. Donnerstag war der letzte Arbeitstag der Woche und damit offizieller After-Work-Party-Tag. Die Happy Hour dauerte zwei Stunden.

Die „Plux", wie die Place du Luxembourg genannt wurde, war an diesem ersten warmen Sonnentag brechend voll: EU-Politiker, Mitarbeiter ihrer Stäbe, Praktikanten, Lobbyisten und Studenten dominierten das bunte Gedränge.

Wie stets, wenn sie in der Stadt war, hatte sie es so eingerichtet, dass sie sich in dem farblich einer Kindertagesstätte nachempfundenen Eingangsbereich des EU-Parlamentsgebäudes einer Gruppe von Leuten anschließen konnte. Zu befürchten, sie würde in der Halle übersehen, brauchte sie nicht. Im Gegenteil: Der, dessen Blick nicht einen Tick zu lange auf ihr verweilte oder nicht nach einem ersten Streifen zurückschoß, wäre auch für die Königin persönlich blind. Nichts an Evgenija Iwanowna war grell. Nichts heischte lautstark und farbig nach Aufmerksamkeit. Ihre Kleidung war stets eine Mischung aus schlichter Eleganz und elegantem Casual, ihr Gesicht kaum sichtbar geschminkt. Außerdem hätte sie von vielen, die hier als Anfänger oder Praktikanten arbeiteten, die Mutter sein können. Aber weder das eine noch das andere hatte in ihrem Fall ein Gewicht. Ihr dicker blonder Zopf, die zierliche Gestalt, die Symmetrie ihrer Züge, das dunkle Blau der Augen, die vollen Lippen, das stets nahe Lachen, der Schalk – alles an ihr ließ bei Frauen ebenso wie bei Männern die normalen Bewertungsskalen in einen Hintergrund rücken, wo keiner mehr hinsah. Wer sie sah, wollte ihr gefallen. Mehr noch: von ihr gemocht werden.

An jenem Abend hatte die Gruppe aus zwei Leuten des EU-Parlaments – eine junge Frau und ein Mann – und zwei Angestellten der Kommission bestanden, mit denen sie vormittags an einer Sitzung teilgenommen hatte. Dazu kamen drei Banker, von denen einer in die junge Frau verliebt zu sein schien. Wie sich herausstellte, arbeiteten sie für die Europäische Zentralbank und waren nur für die Dauer einer Woche als Mitglieder einer Expertengruppe in Brüssel.

Für Evgenija Iwanowna bedeuteten diese Abende Arbeit. Viel lieber wäre sie jeweils mit der Halb-zwei-Lufthansa-Maschine zurück nach Moskau geflogen. Aber Arbeit war hier wie überall auf der Welt, wo Politik gemacht wurde, gleichbedeutend mit Information. Und das bedeutete Beziehungen, die in den wenigsten Fällen dort geknüpft wurden, wo wirklich gearbeitet wurde.

Sie hatten in der warmen Aprilsonne einen Tisch in der Nähe des Bareingangs ergattert. Da sie zu den frühen Gästen gehört hatten, waren sie zügig bedient worden. Alle weiteren Drinks hatte später einer der Banker an der Bar geholt. Es war einer der angenehmen Abende gewesen, fand sie. Das Gespräch war ungehindert zwischen politischem Geschehen in den Herkunftsländern der Anwesenden, Tratsch und aktuellen Dossiers dahingeplätschert. Und wie so oft hatte keiner der Runde gefragt, woher sie kam. Hätte man einem um den anderen am Tisch die Frage gestellt, dann wäre als Antwort von Griechenland bis England alles geboten worden. Alles, außer Russland. Es war jedes Mal dasselbe, und es war der Grund, warum man sich in solcher Runde beim Thema keine falsche Zurückhaltung auferlegte. Auch diesmal nicht. Das Ganze hatte sich in wenigen

Sekunden abgespielt. Sekunden, die über ihre Zukunft entschieden. Leben und möglicherweise Sterben.

Irgendjemand war auf das Thema Russlandsanktionen gekommen. Erwünschte und unerwünschte Effekte. Der Mann, der Nicolas hieß, ehemals beim IWF und heute Teamleiter im Bereich Finanzmarktregulierung der EZB, hatte abgewunken:

„Natürlich treffen sie die Russen“, hatte er gemeint. „Teilweise sogar empfindlich. Auch die Europäer. Aber das wird nicht lange dauern. Die einzelnen EU-Staaten wollen sich gar nicht daran halten und haben ihre Juristen längst von der Leine gelassen. In zwei, drei Wochen wird es die ersten Ausnahmeregelungen geben. In zwei Monaten werden es bereits Dutzende sein.“

Die junge Frau, Justine, eine Französin, die in einer Art wacher Losgelöstheit mehr einer Soziologiestudentin als einer Angestellten der Ethik-Direktion des EU-Generalsekretariats glich, hatte darauf hingewiesen, dass nur die staatsnahen, staatstreuen und großen Unternehmen von den juristischen Spitzfindigkeiten profitierten:

„Die kleinen und mittleren bleiben in den meisten Fällen auf der Strecke. Dort wird Schaden angerichtet. Und zwar vor allem in unseren Breitengraden.“

„Richtig“, hatte der EZB-Mann gesagt. „Aber richtig ist auch, dass kleine und mittlere Firmen, deren Hauptabsatzmarkt Russland ist, eine Minderheit darstellen. Und im Gegensatz zu jedem anderen Bereich gelten Minderheiten in Sachen Wirtschaft politisch nichts. Darauf wird niemand Rücksicht nehmen, und die Unternehmen wären gut beraten, sich neu zu orientieren.“

„Temporär, ja“, hatte die Frau zugestimmt. „Aber grundsätzlich… die Sanktionen werden nicht ewig aufrechterhalten werden.“

Dann waren die Sekunden gekommen, die sie nie vergessen würde. Rückblickend kam es ihr vor, als hätte sie zehn Dinge auf einmal gesehen oder als würde sie vom Jetzt aus auf eine Fotographie schauen: Der mattschwarze wabenförmige Aschenbecher, der Kollege von Justine, der über den Tisch lehnend ungeschickt alle Gläser einzusammeln versuchte, um neue Drinks zu holen, der zweite EZB-Mann, der sich bereits in Richtung Bareingang auf den Weg machte, ein großer dünner Mann mittleren Alters in Lederjacke und mit einem Drink in der Hand zu ihrer Rechten, jemand, dessen Gesicht im Schatten eines Sonnenschirms nicht zu sehen war, lachte. Alles von gleicher Intensität, gleich laut, gleich deutlich. Und doch waren die Worte ihres Gegenübers herausgestochen aus dem Gewimmel:

„Natürlich nicht. Das wäre auch Idiotie. Ein Land wie Russland zwingt man langfristig nicht mit Sanktionen in die Knie. Aber wir haben Nullzinsen. Wenn das Timing für den Exit gut gewählt ist, dann kann das die Russen wirtschaftlich gesehen ein Jahrzehnt zurückwerfen. Und mehr ist gar nicht nötig. Alles, was der Westen will, ist Zeit. Und die wird er sich verschaffen." Und in die verbleibende Runde blickend: „Ich nehme ab sofort Wetten an. Wer hält dagegen?"

Sie hatte sofort reagiert, ihr Portemonnaie aus der Handtasche geholt und einen 20-Euro-Schein auf den Tisch gelegt.

„Ich. Hier."

Nicolas hatte gelacht. „Sind Sie etwa Russin? Oder haben Sie Familie dort?"

„Weder noch. Ich bin bloß geldgierig. Außerdem liebe ich Wetten."

„Diese hier werden sie aber verlieren."

Und wie so oft hatte keiner der Runde gefragt, woher sie kam. Hätte man einem um den anderen am Tisch die Frage gestellt, dann wäre als Antwort von Griechenland bis England alles geboten worden. Alles, außer Russland. Sie sprach absolut akzentfreies Englisch. Es war jedes Mal dasselbe.

„Sie unterschätzen die Russen", hatte sie eingewandt. „Die US-Notenbank spricht seit Monaten und täglich über den Exit, den Ausstieg aus der Nullzins-Politik. Sollte der erste Zinsschritt irgendwann kommen, dann wird er alles sein, bloß nicht überraschend. Davon auszugehen, dass sich ausgerechnet die Russen nicht damit und mit entsprechenden Plänen der EU befassen und sich darauf vorbereiten, ist ziemlich naiv."

„Und Sie, meine Liebe, unterschätzen die Macht des Zentralbanken-Kartells und die Wucht politisch gesteuerter Kapitalmärkte. Geld kennt keine Grenzen, und Geld will nur eines: Rendite. Und dorthin, wo es die höchste Rendite gibt, dahin fließt es. Und zwar von heute auf morgen. Sie liegen schon richtig, wenn Sie sagen, ein Zinsschritt der US-Fed würde heute keinen mehr überraschen. Die paar Punkte sind längst eingepreist. Auch jeder weitere. Anders sähe die Sache allerdings aus, wenn es zu einer Art Zinsschock käme."

Sie hatte den Kopf geschüttelt: „Aber das käme für den Westen einem Schuss ins eigene Bein gleich. Die europäischen Staaten können sich höhere Zinsen bei ihren Schuldenbergen längst nicht mehr leisten." –

„Es sei denn, man fände eine andere Quelle für kostenloses Geld als die EZB. Die Pläne des IWF und der EU für eine einmalige Vermögensabgabe von zehn Prozent aller Vermögen und für den Zugriff auf private Sparguthaben zum Zweck der Einrichtung eines EU-Investitionsfonds liegen längst auf dem Tisch. Glauben Sie mir: Wenn Politik eines kann, dann ist es, sich Geld zu beschaffen. Die Betonung liegt auf ‚sich'."

Die beiden anderen waren mit den Drinks in das Lachen hineingetreten, das die letzte Bemerkung ausgelöst hatte. Dann war das Thema fallengelassen worden. Evgenija Iwanowna hatte sich gezwungen, zu bleiben. Erst nach zehn Uhr war sie aufgestanden und hatte sich mit der Begründung verabschiedet, sie wolle noch die letzte Maschine nach London kriegen.

Man hielt sie nicht zurück. Sie würde diese Leute mit großer Wahrscheinlichkeit nie mehr sehen. Und wenn, dann wär's ein Winken, ein Nicken oder nicht einmal das.

„Und setzen Sie nicht Ihr ganzes Geld auf den RTS-Index", hatte ihr Gesprächspartner dem Wunsch für einen guten Flug hinzugefügt. „Wobei", hatte er sich korrigiert, „eine Weile können Sie noch. Danach sollten Sie zusehen, da rauszukommen."

Sie war gegangen. Die letzten Worte des Mannes wie etwas mit sich tragend, das alles Weiterdenken unmöglich machte. Erst im Hotel war ihr die ganze Bedeutung klargeworden. Sie hatte verstanden. Und sie hatte auch verstanden, dass, wenn nichts geschah, sie dabei zusehen müsste, wie man ihr Land ruinierte. Einmal mehr, und schlimmer noch: in die Arme internationaler „Weltenretter“ wie IWF, Weltbank oder eine internationale Schuldenagentur, in die Abhängigkeit und direkt in den Dollar-Käfig trieb.

Es war zwei Uhr nachts gewesen, als sie Aleksei angerufen hatte. Er hatte nach dem ersten Klingeln geantwortet:

„Langer Tag?“, hatte er gefragt.

Anstatt einer Antwort hatte sie ihm ein Szenario geschildert, das sie während der vorangegangenen drei Stunden wieder und wieder betrachtet hatte und von dem sie jetzt überzeugt war, dass es real und geplant war.

Lange war es still geblieben, als sie geendet hatte. Nichts Ungewöhnliches für sie beide. Um ein Stück Weg gemeinsam zurückzulegen, bedurfte es keiner Worte. Endlich schienen sie am selben Punkt angelangt zu sein.

„Es wäre in der Tat Wahnsinn“, hatte Aleksei schließlich gesagt. „Aber es kann funktionieren. Die Voraussetzungen sind optimal. Sie haben drüben die Zinsen so gut wie abgeschafft mit dem Resultat, dass Milliarden von Dollar und Euros auf der Suche nach einer Rendite aus Europa hinaus- und dorthin fließen, wo es so was noch gibt. Nimm Russland als Beispiel: Die ausländischen Direktinvestitionen verdoppeln sich jährlich. Dieser Trend wird sich durch die Projekte rund um die Fußballweltmeisterschaft 2018 noch verstärken. Sollte es in Europa zu diesem Zeitpunkt und quasi über Nacht wieder einen Zins geben, der diesen Namen verdient, vielleicht drei oder vier Prozent, dann wäre das, als würde ein Magnet auf einen Schlag seine Kraft verlieren. In der nächsten Nacht, um beim selben Bild zu bleiben, würden Dutzende Milliarden aus Russland abgezogen. Um entweder in Europa investiert zu werden oder um unrentabel gewordene Kredite zurückzuzahlen. Unsere Währung würde in den freien Fall übergehen. Die Wirtschaft, egal wie solide sie sich präsentiert, mit großer Wahrscheinlichkeit folgen."

„Dann würde den Europäern aber ihr ganzer Scheinboom um die Ohren fliegen. Von den grotesken Staatsschulden ganz zu schweigen", hatte sie entgegengehalten und war abrupt verstummt. „Oder glaubst du wirklich, die würden so weit gehen, das Vermögen der eigenen Leute zu beschlagnahmen?"

Aleksei hatte aufgelacht: „Jede verdammte Regierung auf dieser Kugel geht früher oder später so weit, Eva. Und noch weiter."

„Aber die Leute würden sich wehren. Einfach so ginge das nicht."

„Das ist Wunschdenken, Eva, und das weißt du. Sie würden es nicht nur mit sich machen lassen, sie würden es sogar wollen. Alles lupenrein demokratisch. Sie müssen nur genug…"

„… Angst haben", hatte sie den Satz beendet.

„Bingo."

Von dieser Nacht an hatte sie gesucht. Und schließlich gefunden, was mit einem im Gespräch harmlos wirkenden „sehr, sehr weit" gemeint war. Als sie verstanden hatte, was da Form annahm, hatte sie auch den maximalen Preis für sich selbst mit einkalkuliert: den eigenen Exit in zwei Varianten. Freiwillig und lebend oder unfreiwillig und tot.

Trotzdem hatte sie sich verschätzt. Nicht einen Moment lang hatte sie in Erwägung gezogen, dass diese Leute so weit gehen würden, ihre Art der Problemlösung auf ihren Mann oder gar ihren Sohn auszudehnen. Dass sie noch lebte, war reines Glück. Dass sie noch lange leben würde, glaubte sie nicht. Was sie in dieser kurzen Zeit tun konnte, war klar: Aleksei und Aljoscha schützen. Das zuerst. Und außerdem ihr Wissen bei jemandem deponieren, der es nicht ignorieren würde. Bei der Regierung eines neutralen Staates, der sich seit Jahren gegen den Zugriff der EU wehrte. Die erste E-Mail an diesen Schweizer, Pierre Besson, war ein Anfang gewesen.

Das war die Chance, die ihr noch blieb, um ihr Russland im Vakuum zwischen gestern und alter Größe in neuer Form zu schützen vor einer weiteren Plünderung, einer weiteren Gewaltherrschaft, die sich diesmal als Rettung ausgeben würde. Sie war sich bewusst, dass sie nur ein kleines Steinchen zu verschieben vermochte. Zu gering war ihr Gewicht, als dass es mehr sein konnte. Aber dieses Steinchen konnte genügen, um die geölte Maschinerie der globalen Gottspieler ins Stocken zu bringen. Für eine Sekunde nur vielleicht – eine Sekunde, um die gewollte Katastrophe zu verhindern. Eine Sekunde, um Russland Atem zu verschaffen. Denn das war alles, was es brauchte. Etwas, das ihr Land diesen Leuten entgegenhalten konnte, wenn der politische Wille und die Macht der Zentralbanken sich vereinigten mit dem Ziel, Russland wie so viele andere Länder vor ihm auf dem Umweg der Kapitalmärkte in die Knie zu zwingen. Darum ging es. Nur darum: diesen Leuten etwas entgegenhalten zu können. Eine Erpressung. Nicht mehr und nicht weniger. Darum hatte sie bei dem Irrsinn mitgemacht. Darum machte sie weiter im Wissen, dass alles, was sie zu erreichen hoffen konnte, darin bestand, den Zeitpunkt um ein paar Sekunden vorzuverlegen, um jene auf dem falschen Fuß zu erwischen, die meinten, alles zu kontrollieren.

Dann und nur dann bestand die reelle Chance, dass er aufflog, der Jahrtausendbetrug, der sich mal „Euro-Rettung“, mal „Flüchtlingskrise“ und mal „Terrorbekämpfung“ nannte. Und mit ihm jener Betrug, den sie mit zu organisieren geholfen hatte und der alles Vorstellbare überstieg. Die Welt – und mit ihr die Börsen – würde für diese eine russische Sekunde ihren Hochfrequenz- und Hyperaktualitäts-Atem anhalten. Danach wäre alles anders. Und es wäre an diesem schockanfälligen Europa und an ihrem Russland, damit das Richtige zu tun. Mehr war nicht drin. Aber es war besser als nichts. Und es hatte längst begonnen.

„So gefallen Sie mir viel, viel besser, Evgenija Iwanowna.“

Micheles Stimme drang von weit her zu ihr. Sie erschrak, schnappte innerlich nach Atem. Ihr Körper und Michele schienen es nicht zu bemerken: Sie lehnte entspannt im ergonomisch perfekt modellierten Hochglanzstuhl in Rot, den Kopf an die weiße Nackenstütze gebettet, die Augen geschlossen. Sie fühlte sich ausgeruht. Vielleicht eine Spur losgelöst – wer würde das nicht in ihrer Situation. Sie öffnete die Augen, lächelte blind in den indirekt umleuchteten Spiegel.

„Deine Medizin ist eben die beste, Jurotschka.“ Den Namen formte sie nur mit den Lippen, obwohl sie hier hinten im Séparée, das dieselben Maße aufwies wie der Salon vorne, allein waren und niemand sie hören konnte. Es war ihr Bruder-Schwester-Flirt, wie Michele es einmal genannt hatte. Zu zweit gegen den Rest der Welt im Bewusstsein, dass besagter Rest sich stets auf die vier Wände eines Friseursalons beschränken würde.

Der Champagner war lauwarm geworden. Trotzdem hielt sie Michele davon ab, ihr ein neues Glas zu bringen. Auch das war jetzt gut. Mehr desselben würde nicht helfen bei dem, was sie zu tun hatte: Aleksei Wladmirowitsch einweihen oder ihn verlassen.

Er hatte ihre mager gewordenen Oberarme umklammert, hatte sie geschüttelt, angeschrien.

„Sprich mit mir! Sprich endlich mit mir, Eva.“

„Dann sag‘ mir, was du hören willst! Sag‘ es. und ich sage es.“

Abrupt hatte er die Hände von ihr gelöst, war zwei Schritte von ihr zurückgewichen – taumelnd – und hatte sich auf den Sessel im Eingangsbereich zu ihren Zimmern fallen lassen. Eine Hand war über das Gesicht gefahren, auf den Augen liegen geblieben.

Das Bild, wie er da saß, gleichsam sie und ihre gemeinsame Welt ausblendend, waberte jetzt als Wasserzeichen in ihr. Sie würde es nie mehr los. Den Schmerz, ihn so zu sehen. Ihre Schuld.

Sich ihm zu Füßen setzen, den Kopf auf seine Knie legen. Sie hatte es nicht getan. Er hätte es nicht zugelassen. Warum auch – er wusste nichts von Abschieden, von letzten Malen und von Entscheidungen, die sie zu fällen hatte. Er war aufgestanden, an eines der Fenster getreten.

„Ich habe mit Nikolai Nikolajewitsch gesprochen.“

Bevor sie darauf etwas hätte sagen können, war er herumgeschnellt. Wieder zwei Schritte, diesmal auf sie zu. Schon hatte sie gedacht, er würde sie erneut packen und die Worte aus ihr herauszuschütteln versuchen. Stattdessen:

„Seine Leute gehen davon aus, dass es sich bei dem Mann, den du als Leibwächter eingestellt hast, um einen Tschechen handelt. Er wird in den Geheimdienstdossiers auch so geführt: ‚der Tscheche'. Er ist ein Auftragsmörder, Eva."

„Dann ist er nicht mein Problem", hatte sie ihn unterbrochen.

„Und wer ist dann dein Problem? Wer sind seine Auftraggeber? Ich weiß, dass du es weißt."

„Warum ich? Warum überhaupt ich, Aleksei? Wer sagt denn, dass – wer auch immer – nicht über mich an dich herankommen wollte? Dass nicht du das Ziel warst?"

„Mach das nicht, Eva. Tu uns das nicht an. Wir beide wissen…"

Er hatte innegehalten, ausgeatmet. Seine Stimme hatte geklungen, als hätte sie sich hingesetzt: „Du warst diejenige, die von einem Tag auf den anderen einen Leibwächter zu brauchen meinte. Du hast dafür gesorgt, dass unsere Maschine mit 500 Millionen Euro beladen wurde. Fangen wir damit an, Eva. Warum war dieses Geld bei uns an Bord?"

„Weil es eine offizielle Sache war, Aleksei!", hatte sie ihrem Mann ins um Ruhe bemühte Gesicht geschrien. „Unser Geld gegen den Stopp von Nabucco. Politik, Aleksei. Hat Nikolai Nikolajewitsch das zu erwähnen vergessen? Oder sogar etwas anderes behauptet?"

Laritski hatte einen Moment lang geschwiegen. Antwort genug. Dann: „Nein – das hat er mir nicht gesagt. Trotzdem, Eva – ich habe jede Ecke im Zusammenhang mit Horizon Hill und den Fonds-Geschäften ausgeräumt. Auch die Kooperationen. Ich habe mit Dutzenden von Leuten gesprochen. Die wollten nicht mich, Eva. Die wollten dich."

„Bist du dir da wirklich so sicher? Und was ist mit der Stiftung?"

„Was meinst du? Was hat die Stiftung damit zu tun?“

„Sieh dich doch um in deiner Demokratie-Förder-Maschine. Kennst du auch nur einen von denen noch, die an der Spitze dieses Frankenstein-Sozialwerks sogenannt wohltätige Projekte ausbrüten? Was dieser de Maere tut, hat nichts mehr mit dem Stiftungszweck gemein, den du vor Jahren einmal formuliert hast. Die Gutmenschen-Masche zieht er längst nur noch für dich ab. Ansonsten ist es Politik. Und er ist auch noch dumm genug, zu meinen, in seinem Fall sei es mehr als Erfüllungsgehilfentum. Dabei ist er genau das und nur das: Wasserträger größenwahnsinniger Manipulatoren. Ich spreche nicht von unappetitlichen Arten des Lobbyings, Aleksei. Das ist längst passé. Nur dir und deinem Geld zuliebe wird noch das Image engagierten Sich-Einsetzens zum Besten der Bürger gepflegt. Dabei gilt längst nur noch ‚durchsetzen, aufwärts und empor‘. Ich habe mit de Maere, seinen Leuten und Zugewandten aus den Reihen der EU zu tun im Rahmen von Projekten, die wir gemeinsam umsetzen oder umsetzen wollen. Und glaub‘ mir: So wie‘s aussieht, störst du da eigentlich nur noch. Du und dein Geld. Und vielleicht solltest du dich fragen, ob diese Leute überhaupt noch für dich arbeiten oder längst auf ein anderes Pferd setzen.“

Sie hatte schon nicht mehr damit gerechnet, als seine Hände sich erneut um ihre Arme gekrallt hatten:

„Vielleicht hast du recht. Ich werde der Sache nachgehen. Aber es geht nicht um Schuld, Eva. Versteh‘ doch – es ist mir egal, wer am Ende Schuld hat oder der Grund ist für das, was hier passiert. Ich will leben. Verstehst du das nicht? Ich will mit dir und Aljoscha leben. Nur das. Ich frage mich, ob wir dasselbe wollen.“

„Du weißt, dass ich das auch will. Aber nicht nur das.“

Seine Arme waren heruntergesackt, irgendwas in seinen Augen auch.

„Das unterscheidet uns dann wohl.“

„Sag‘ das nicht, Aleksei. Es stimmt nicht. Es ist eine Lüge. Du bist auch nicht so. Und wenn doch, dann bist du es, der eine Abzweigung genommen und mir nichts davon gesagt hat. Du hast dich verändert. Früher warst du auf dem Laufenden, was deine Stiftung und den Fonds anbelangt. Wenigstens das Seniormanagement war dir bekannt. Die großen Linien des Engagements. Früher wäre dir längst aufgefallen, dass es diesen Leuten nicht mehr um Verbesserung für andere, sondern allein um Macht geht. Nicht mehr und nicht weniger. Du wüsstest, dass es neuerdings Kontakte zu jenen global agierenden Stiftungen gibt, mit denen du nie etwas zu tun haben wolltest. Du wüsstest, dass sie mit neuen Partnern zusammenarbeiten. Mit monopolartigen IT-Dienstleistern wie Google und Facebook und damit auch mit Geheimdiensten. Du wüsstest, dass ihr verzerrter Aktivismus mit der lapidaren Polit-Lyrik, die sie über ihre PR-Stelle versprühen, nichts mehr gemein hat. Du wüsstest, dass es sich beim Großteil dieser Leute nicht um die selbstlosen Streiter für mehr Partizipation der Menschen am sogenannt demokratischen Prozess handelt, sondern um eine kleine Elite abgehobener Klone, die ihre Projekte von oben nach unten lancieren und durchsetzen. Und schließlich wärst du dir bewusst, dass ihr Ziel nichts Geringeres ist, als die Gesellschaft umzubauen, indem sie die Leute wie Pawlowsche Hunde auf ihre eigene Agenda konditionieren. Oder auf die Agenda dessen, der am besten zahlt. Und das bist längst nicht mehr du. Aber du hast dich zurückgezogen. Irgendwann. Du hättest mich warnen sollen."

„Du hast recht. Es stimmt: Vieles hat sich verändert. Ich mich auch."

„Warum hast du mich ausgeschlossen? Warum hast du die Richtung geändert, ohne mir etwas zu sagen?", hatte sie gefragt.

„Du hast dasselbe getan, Eva. Und nein: Sag' nicht, das stimme nicht. Auch du bist irgendwo abgebogen und in etwas hineingeraten, von dem du mir nichts sagst. Wir wissen es beide."

21

Moskau

Für Freitag, den 26. Mai waren am Flughafen Moskau-Scheremetjewo 674 „Arrivals“ angesagt. Unter den ersten Flügen des Tages befanden sich jene aus Barcelona, Paris, Amsterdam und Genf. Der Flug der russischen Nordwind Airlines aus Barcelona landete mit 35-minütiger Verspätung um 00:45 Uhr. Die Maschinen von Aeroflot, Air France und KLM kamen pünktlich oder verfrüht herein. Die meisten Passagiere wurden von Shuttle-Bussen der Hotels, von Taxis oder Freunden und Verwandten abgeholt. Wem sich diese Möglichkeit nicht bot, hatte im Vorfeld einen Mietwagen gebucht und holte sich die Fahrzeugschlüssel an einer der Code-gesicherten Boxen bei den geschlossenen Schaltern von Avis und Konsorten ab. Unter den Automietern waren unter anderem die folgenden Personen: Janosch Winter, Österreicher, Erasmus-Stipendiat und zur Zeit in Barcelona studierend, allein reisend, Tourist. Franca del Vecchio mit Jens Weidmann, Schweizerin aus Lugano und Deutscher, sie Architektin, er Bauleiter, beide Touristen, Susan Miller mit Yoav Sasson, sie amerikanisch-schweizerische Doppelbürgerin, er Holländer, sie Kindergärtnerin, er Physiotherapeut, Touristen. Und zu guter Letzt Marc André Lipp, Franzose, allein reisend, Rentner, Tourist.

Um 03:15 Uhr war Bruns Team mit Ausnahme der eigenen Person vollzählig auf russischem Boden.

Er selbst würde erst am Abend mit einer weiteren Nordwind-Maschine und mit Papieren eintreffen, die ihn als Matthias von Cleve, deutscher Fotograf mit Presseakkreditierung für ein Shooting im Auftrag von „Men‘s Health“ Deutschland, auswiesen. In der Kombination, in der sie gereist waren, würden sie in den kommenden beiden Tagen als Einzelpersonen oder Paare in verschiedenen Hotels logieren. Kontakte fänden während dieser Zeit nur zwei statt. Der eine zwischen Brun alias Matthias von

Cleve, der sich mit einem Journalisten der „Moskauer Deutschen Zeitung“, Grigori Petrowitsch Metenkow, treffen würde. Der andere zwischen Marc André Lipp alias Valentin Röthlisberger und Xenia Leonidowna Boguslawskaja. Während der Kontakt zu Grigori über Czaba, den Informanten in Ungarn, zustandegekommen war, handelte es sich bei jenem zu Xenia um eine Verbindung aus der Zeit des Kalten Kriegs. Vali hatte keine nähere Erklärung abgegeben, und keiner aus dem Team hatte weiter gebohrt. Jeder schleppte solches mit sich herum. Keiner hätte danach gefragt werden wollen. Der einzige Bereich ihres Berufs, wo Nichtwissen Vertrauen schaffte. Zusammenschweißte.

Auch die vergangenen drei Wochen waren von dieser Qualität gewesen. Bis zur letzten Minute hatten sie nicht sicher sein können, ob sie es schaffen würden, quasi zwei Stockwerke unter dem Radar eine Operation wie diese aufzugleisen: Einsatz eines siebenköpfigen Teams auf fremdem Staatsgebiet und ohne Genehmigung. Barfuß, wie Hiller gesagt hatte.

„Und wer – bitte sehr – soll das bezahlen?“, war Savas erste Frage gewesen, als Brun ihnen die Situation nach dem Gespräch mit Hiller geschildert hatte. „Das ist doch absurd, Carl. Wir waren uns doch immer einig, dass wir diese Spielchen nicht mitmachen. Schon gar nicht auf Kosten der Leute, die uns bezahlen. Bist nicht du es, der nicht müde wird, einem großen Teil von ‚Denen-da-Oben‘ anzukreiden, dass ihr Verständnis von Regieren und Verwalten sich darauf beschränkt, neue Worte für Enteignung und finanzielle Repression zu erfinden? Wenn wir diese Sache so durchziehen, tun wir genau dasselbe: unser Ding drehen auf Kosten der anderen…, um es mal höflich zu formulieren. Und genau das, wenn ich daran erinnern darf, war der Grund, warum wir aufgehört haben.“

Brun hatte sich darauf beschränkt, ihre Frage zu beantworten: „Burger zahlt. In dieser Hinsicht brauchst du dir also kein schlechtes Gewissen zu machen.“

„Burger? Privat?“

„Ja. Und bevor du weiter fragst: Ja – richtig privat. Aus dem eigenen Sack und als A-fonds-perdu-Beitrag. Egal, was dabei herauskommt. Papiere, Reise, Aufenthalt, Equipment und was sonst noch so alles anfällt. Wir eingeschlossen."

„Hat er im Lotto gewonnen?"

„Ich glaube, er will seine Memoiren verkaufen. Oder zumindest diesen Fall hier", hatte Brun gesagt. „Die Deutschen kaufen angeblich nicht nur Steuer-CDs. Vielleicht wird's auch Hollywood und wir werden verfilmt. Meine Rolle – sorry, Leute, es ist die Hauptrolle – wird in diesem Fall von Russell Crowe gespielt."

„Ich will von Ryan Gosling repräsentiert werden", kam es von Nouriel. „Ich sehe sonst echt keinen, der es mit meiner Physis aufnehmen kann."

„Jaja – und ich bin Julianne Moore." Das Blitzen in Savas Augen strafte die Trockenheit der Stimme und der hingeworfenen Bemerkung Lüge. Kurz hatte es geschienen, als würde etwas wie Übermut die Truppe erfassen. Sava hatte gebremst: „Wenn Burger die Sache so wichtig ist, dass er sie aus der eigenen Tasche bezahlt, dann geht er davon aus, dass hier was richtig Mieses abgezogen wird, und ich tendiere dazu, mich auf sein Urteil zu verlassen. Worauf lassen wir uns da ein, Carl?"

„Ich weiß es nicht, Sava. Aber du hast recht: Burger vermutet, dass hier ein Riesending gedreht wird und dass wir größtes Interesse haben, zu erfahren, was es ist. Und sei es nur, um am Ende zu wissen, was auf uns zukommt."

Nouriel hatte sich erneut eingeschaltet: „Und was geben wir Hiller zu sehen, Carl? Wenn ihr recht habt mit der Vermutung, dass er uns durchsichtige Legenden liefert, die er überwachen lässt, dann sollten diese doch auch was unternehmen, was seine Leute ihm berichten können. Sie müssen sich bewegen, kommunizieren, reisen… Kosten verursachen… so absurd das auch ist."

„Keine Sorge, das werden sie. Mit Lorenz als Reiseveranstalter. Etwas nach uns erst, aber glaubhaft. Und Hiller wird sie lieben für ihr Kostenbewusstsein."

„Also – letzter Aufruf, Leute. Wer will, fühle sich frei…"

Mit einer Geste zur Tür hin hatte er ihnen ein letztes Mal zu verstehen gegeben, dass sie frei wären, zu gehen. Er würde weder aufhalten noch nachtragen. Sie waren geblieben.

Brun und Sava standen von da an in ständigem Kontakt mit Hillers Leuten, die den offiziellen Satz der Legenden liefern würden. Nouriel, Valentin, Jezreel und Piet hatten dasselbe getan: Beleg- und nachprüfbare Existenzen erschaffen. Vom Geburtenregister über Schulzeugnisse bis hin zu standesamtlichen Eheschließungen, Konsumpräferenzen und Gesundheitsdaten. Da zu dieser Jahreszeit gut 70 Prozent der in Moskau eintreffenden Fluggäste Touristen waren – heimkehrend oder ausländisch –, lag es auf der Hand, die Legenden in dieser Gruppe anzusiedeln. Alle bis auf jene Matthias von Cleves, was den Kontakt mit Grigori rechtfertigte, sofern jemand danach fragen sollte. Hillers Leute hatten es von ihrer Seite her genauso gehalten. Nach zwei Wochen intensiver Arbeit waren 14 neue Leben erschaffen gewesen. Sieben davon wurden seitdem rund um die Uhr und mit allen zur Verfügung stehenden Mitteln von Christoph Hiller und seinen Leuten begleitet und existierten ausschließlich zu diesem Zweck, was den Begleitern allerdings nicht bekannt war. Und während das Papier-Team anscheinend noch in der Schweiz nach Informationen wühlte, war das andere, echte längst dabei, sich so nahe wie irgend möglich am Leben zweier Moskauer Persönlichkeiten niederzulassen.

***

Sonntag, 28. Mai, Moskau, Truschenikow-Weg
Wie eine verwitterte Alte inmitten einer Gruppe Halbstarker stand das vierstöckige Backsteinhaus nahe am Eck zur Pliuschicha-Straße. Nicht Vorwurf, nicht Anklage – steinernes Zurückgebliebensein. Die Eingangstür mit der vergitterten Glaslampe darüber aus rostgeflecktem Eisen. Zu ebener Erde vier Fenster. Metallene Fensterläden hinter Eisenstäben. Das Haus in seiner Gänze vertikal zweigeteilt von einer bis unter den Dachfirst reichenden Fensterreihe, die von Licht im Innern sprach

und dem Betrachter dennoch ganz andere Begriffe in den Sinn kommen ließ. Beidseits der Glasschneise, hinter der sich das Treppenhaus hochschraubte, Wohn- oder Geschäftseinheiten, deren Balkone an die Förderkörbe einer Kohlegrube gemahnten. Die an sie anschließenden Mauervorsprünge, die Erker oder eine Art Loggia darstellen mochten, von ebenso schachtartigem Charme. Hätte ein Neugieriger indes das Bedürfnis verspürt, die Eingangstür zu öffnen in Erwartung eines Stücks in die Gegenwart versetzter Sowjet-Realität, wäre er zu seinem Erstaunen nicht bloß auf ein neues Schloss, sondern auf eine von modernster Technik sprechende Zahlentastatur mit Scannerfeld unter einer Holzabdeckung gestoßen. Auch Letztere schien erst vor kurzem angebracht worden zu sein. Als Jezreel Vidali nach Eingabe des Codes und Scan des Daumenabdrucks die Tür aufstieß, tauchte sie ein in eine Kühle, die nichts mit der Temperatur im Innern zu tun hatte, sondern mit Zeit. Tote Zeit kühlt ab wie tote Körper, dachte sie. Ausgetretene Steinstufen führten nach oben. Im dritten Stock auf der linken Seite dann die Tür mit der Nummer sieben darauf. Kaum noch zu lesen. Sie trat ein in einen im Halbdunkel liegenden großen Raum. Licht bekam die ehemalige Küche – Röhren und Rohre, die wie amputierte Gliedmaßen aus den Wänden ragten, legten diesen Schluss nahe – von den Fenstern der angrenzenden Zimmer, von denen jenes linkerhand auf den Truschenikow-Weg hinausgehen musste. Eine nackte Glühbirne hing von der Decke. Gegenüber der Eingangstür an einem Tisch, von dem die Verbindungstür nur einen Ausschnitt freigab, saß Brun und sah sie an.

„Dagegen…“

„… ist Ihr Loch in Zürich das reinste Sanssouci“, beendete Brun den Satz für sie. „Ich wusste, dass es Ihnen gefallen würde.“

„Jedenfalls ist es gut gelegen: Vorn an der Straße gibt‘s eine Wurstbude und gleich daneben eine, die Süßes verkauft. Im Vergleich zu den beiden letzten Tagen ist das aus kulinarischer Sicht eine massive Steigerung.“

„Hat Herr Weidmann es etwa unterlassen, dich standesgemäß auszuführen?", klang eine weitere vertraute Stimme ums Eck. Valentin.

Jezreel durchquerte die Küche und trat über die Schwelle in den von sonnigem Morgenlicht durchfluteten Raum. Er war größer, als sie erwartet hatte. Und größer als erwartet war auch die Wärme in ihr selbst. Sie waren wieder da. Jetzt, fern von dem, was man allgemein als Heimat bezeichnete, zu Hause. Zusammen. Familie. Dann jähes Innehalten und Hängenbleiben an einem unbekannten Gesicht. Valentin kam ihr zu Hilfe, verschaffte ihr Distanz:

„Darf ich dir Xenia Leonidowna Boguslawskaja vorstellen, Jez. Ihr gehört die Wohnung hier. Sie hat sich um die Installation des Schließsystems und des anderen Krams gekümmert und wird uns auch in der kommenden Zeit unterstützen."

Jezreels Blick war Valentins vager Handbewegung gefolgt: Im Dunkel der Küche nahm sie im Eck über der Eingangstür das Blinken einer Kamera wahr. Sie hatte sie längst bemerkt. Auch jene im Treppenhaus und an der Eingangstür. Weitere waren mit Sicherheit hinter den metallenen Fensterläden auf die Straße gerichtet. Standard. Jetzt kam sie um eine Antwort herum – die Wohnungstür öffnete sich erneut, und Piet alias Jens Weidmann kam herein. Wie immer wenn er einen Raum betrat, schien alles kleiner zu werden. Hätte man das Maßband angelegt, wäre man zum Schluss gekommen, dass seine Körpergröße mit der Bruns identisch war. Dennoch wirkte Letzterer drahtig und nicht übermäßig groß, während Piets Ausdehnung nur als wuchtig beschrieben werden konnte. Etwas war an ihm, das ihn jederzeit über das ihn Umgebende erhob. Nicht die Gleichgültigkeit eines Felsens – die Ruhe war's. Trotzdem sah Jezreel jetzt die Funken tanzen in den gut bekannten Augen: Auch er anscheinend froh, hier zu sein. Im Unterschied zu ihr zuckte er nicht zurück, als er Xenia erblickte. Er reichte ihr die Hand, stellte sich vor, drehte sich um die eigene Achse in ihre Richtung.

„Das dort ist Jezreel Vidali. Ich bin sicher, sie hat sich mit keiner Silbe vorgestellt. Nehmen Sie es ihr nicht übel. Es ist nicht Unhöflichkeit – sie ist bloß nie sozialisiert worden. Man hat sie im Alter von acht Jahren im Wald gefunden."

Jezreel lächelte jetzt, trat vor, reichte Xenia Leonidowna ebenfalls die Hand. Jetzt war es gut. Die Abstände stimmten. Und während die Wohnungstür sich in unregelmäßigem Rhythmus weitere Male öffnete und der Rest des Teams eintraf, tastete sie sich an das fremde Gesicht und die neue Stimme heran. Schlohweißes, in einen Dutt hineinwellendes Haar lenkten Auge und Ohr zuerst ab. Man musste sich lösen von der falschen Fährte filigraner Gebrechlichkeit. Große, fast schwarze Augen über einem geraden, hohen Nasenrücken. Die Lippen in ihrem Faltenbett jene einer alten Frau. Dennoch hatte man den Eindruck von jugendlichem Schwung und Jahre ignorierender Fülle. Die Stimme, die sie sagen hörte, ihr Vater sei Schneider gewesen, der Raum, in dem sie sich befänden, seine Werkstatt, war stark und tief, während der Rest der feingliedrigen Erscheinung von der Versehrtheit einer Tänzerin sprach.

„In der Küche und im Zimmer nebenan haben wir gelebt. Meine Eltern und wir acht Kinder."

„Zehn Personen..." Die Worte von Sava waren nicht als Frage gemeint und wurden auch nicht so verstanden.

„Wir waren eine von den glücklichen Familien."

Die Erklärung dieses Glücks, die wahlweise „kein Alkohol", „stete Arbeit" oder „die richtige Seite" hätte sein können, behielt sie für sich. Stattdessen stand sie auf und machte sich an einer Art Wasserkocher zu schaffen. Erstaunt stellte Jezreel fest, dass sie groß war – größer, als die schmalen, nur scheinbar müden Schultern hatten vermuten lassen.

Der Wasserkocher war ein Samowar. Während Sava und Nouriel sich am oberen Ende des Tischs mit der Kaffeemaschine befassten, bereitete Xenia zwei Tassen Tee für sich und Vali. Sie schien zu wissen, in welcher Konzentration er den seinen mochte. Dann ein fragender Blick zu Jez, vor der noch keine Tasse stand. Zu ihrer eigenen Überraschung hörte sie sich „Ja" sagen. Und „stark".

„Okay Leute – fangen wir an.“

Noch während er die vertrauten Worte aussprach, erhob sich Brun. Wie es seine Gewohnheit war, würde er von jetzt an nicht mehr sitzen, sondern auf und ab gehen, stehen bleiben, sich an Wände und Kanten lehnen. „Sitzen ist warten“, hatte er einmal gesagt. „Ich warte schon mein halbes Leben lang.“

Jetzt war er mit dem Rücken zum Tisch am Fenster zu stehen gekommen: „In diesem Augenblick führt Grigori Petrowitsch von der ‚Moskauer Deutschen Zeitung‘ ein Interview mit der Familienbeauftragten der Regierung, Evgenija Wladimirowitsch Laritskaja“, hob er an.

„Wie kam er so kurzfristig zu einem Termin?“, fragte Nouriel.

„Fristigkeiten sind relativ, wenn sich die Möglichkeit bietet, einen Haarriss in die Propagandamauer des politischen Gegners zu kriegen. Die ‚Moskauer Deutsche Zeitung‘ hat ihren Hauptleserstamm außerhalb Russlands. Wie dort zur Zeit nachfragefreies Herunterbeten kriegstauglicher Böser-Russe-Hetze zelebriert wird, wissen wir alle.“

„Und was ist der Zweck des Interviews?“

„Im besten Fall ein paar Informationssplitter. Aber auch einfach ein Stimmungsbild kann helfen.“

„Nötig haben wir‘s“, kam es von Piet. „Zu sagen, wir hätten nur wenig Informationen, wäre immer noch untertrieben. Laritski, sein Haus – ich sollte wohl besser ‚Palast‘ sagen –, sein Leben und das seiner Frau sind besser geschützt als das Weiße Haus.“

„Dann sehen wir uns doch mal an, was wir haben. Wenig ist immer noch besser als nichts. Sava, Nour – was habt ihr?“

„Es ist besser, wenn Jez und Piet anfangen“, antwortete Sava. „Nouriel und ich haben jeweils erst übernommen, wenn die eine der Zielpersonen außerhalb des 500-Meter-Radius war, in dem Laritskis Privatarmee in konzentrierter Form patrouilliert. Nur so viel an dieser Stelle: Laritski ist heute Morgen nach Kiew abgereist.“

Brun reagierte sofort: „Wissen wir…?“

„Bisher nur, dass auf seinen Namen kurzfristig eine Suite im ‚Premier Palace' gebucht wurde", beantwortete Lorenz die Frage, bevor Brun sie gestellt hatte. „Eine weitere Suite wird ab heute von einem Pascal de Maere belegt."

„Und was ist mit dem?" Brun klang unwirsch.

„Er ist der Geschäftsführer der Stiftung Fight for Democracy, kurz FDF, die über Laritskis Fonds Horizon Hill finanziert wird. Auf der Website nur Bürgerrechts-Lyrik. Mehr habe ich zur Zeit nicht. Allerdings sieht alles nach einer regelmäßigen Sache aus. Soweit ich das überblicke, treffen sich die beiden alle paar Monate im selben Hotel."

„Okay – bleib dran. Ich möchte mehr über diesen de Maere wissen." Und zum Rest des Teams: „Was haben wir außer der Tatsache, dass unsere Zielperson weg ist?"

Noch während er sprach, stand Piet auf und befestigte eine grobkörnige Luftaufnahme an der Wand zwischen den Fenstern. „Sorry – etwas Besseres haben wir nicht. Aber für das hier wird es reichen. Hier" – er deutete mit einem Stift auf ein großes, weißes Gebäude – „das ist Laritskis Haus". Er fuhr die breite, von Bäumen gesäumte Straße entlang zu einer kleinen Querstraße, der er mit dem Stift ebenfalls folgte: „Und hier befinden wir uns im Moment."

22

Mayne Island, British Columbia, Kanada

Der Mann, der die steile Holztreppe erklomm, die von den beiden zum Grundstück gehörenden Stränden zum Haus führte, rubbelte sich das nicht mehr ganz kurz geschorene und sich bereits wieder kringelnde braune Haar im Gehen. Bis auf die Badeshorts war er nackt. Aber sowohl von der Kälte als auch von den Bewegungen, die Beine und Hände vollführten, schien er nichts zu bemerken. In Gedanken versunken überließ er die Glieder den tausendfach erinnerten Abläufen täglicher Routine. Erst als er auf die Holzterrasse trat, die das Haus auf den Felsen über die gesamte Länge säumte, tauchte er gleichsam auf. Und wie stets bei diesem Schritt oder einem der letzten auf der Stiege legte sich eine harte Enge um etwas in ihm. Eine Enge, die er jedes Mal mit einem tiefen Atemzug sprengte, von dem er nie zu sagen vermochte, ob er noch Erleichterung oder schon Freude war.

Als er das zu 100 Prozent aus natürlichen Rohstoffen gebaute Haus und den Platz, an dem es stand, vor bald sechs Jahren zum ersten Mal gesehen hatte, war ihm sofort klar gewesen, dass es dieses wäre. Dieses oder keines. Er hatte dem Makler, der ihm die Zwei-Millionen-Villa anpries, nicht länger zugehört. Es hatte keine Rolle mehr gespielt, was der Mann zu sagen hatte. Distanzen zum Fährhafen, zum kleinen Flugplatz, zu Museen, Kirchen, Schulen, Einkaufsmöglichkeiten – unwichtig. Ebenso die Wohnfläche von knapp 500 Quadratmetern, die Luxusausstattung, der private Wachdienst. Was blieb und zählte, war die am kurzen Zeithorizont eines Nik Horn gemessen ewige Wärme von Ahorn, Erle, Kiefernzeder und Tanne, vier Hektar im Wald verborgener Abgeschiedenheit, das ewig sich wandelnde Gesicht des Pazifiks. Das hier würde sein Prellbock. Hier würde er den Stillstand erzwingen, zur Ruhe kommen und von sich krepieren lassen, was krank war und ihn siechen ließ. Es hatte funktioniert, er war gesundet. Anstatt wie eine Handgranate auf Dope, ging er heute in konzentriertem Schritttempo und nach der einzig verbliebenen Regel durchs Leben, die er zu einer Art oberstem Prinzip erhoben hatte und der er alles unterwarf: Freiheit. Meine hört an der Grenze zu deiner auf. Und umgekehrt. Das einzig wahre Menschenrecht. Alles andere, jedes weitere sogenannte Recht bloß der fadenscheinige Versuch einer Entschuldigung dafür, das erste im Fall anderer zu brechen. Sofort nach Unterzeichnung des Kaufvertrags hatte er die Verträge mit Wachdienst und Reinigungspersonal gekündigt. Er wollte keinen anderen hier haben. Keinen, der seine Kämpfe und Tänze sähe, der reinplatzte, wenn er nackt in dem Abgrund saß, der ihm bis dahin als Seele gedient hatte. Aufräumen und putzen konnte er selber. Zeit hätte er genug. Außerdem hatte er schon damals gewusst, dass er nur einen Teil des Hauses bewohnen würde.

Jetzt trat er in die Küche und vor den Ofen, ging in die Hocke, öffnete die Tür und legte ein Holzscheit nach. Er hatte sich an die Temperaturen hier gewöhnt. Im Haus herrschten selten mehr als 18 Grad. Bei einer Außentemperatur von 14 Grad wie heute verzichtete er allerdings ungern auf die zusätzliche Wärme der Öfen. Mit einem Ruck kam er hoch. Er konnte noch ewig rumtrödeln, sich gedanklich an den glatten Rändern seichtsentimentaler Erlösungsbetrachtungen herumdrücken und versuchen, Zeit zu schinden – es änderte nichts an der Tatsache dessen, womit er sich befassen musste. Und zwar jetzt.

Sorokin hatte ihm die Direktheit, mit der er Auskunft über den Grund seines Hierseins gefordert hatte, nicht übelgenommen. Zumindest scheinbar nicht. Bei diesen Russen wusste man nie. Egal wie jovial sie sich gaben und wie scheinbar leichtfüßig sie im Jetset unterwegs waren – irgendwas Düsteres, Freudloses, Schwermütiges dräute immer irgendwo. Mitleid- und gnadenlos. Russischer Bär – von wegen. Sibirische Hunde. Es spielte keine Rolle. Er öffnete eine Büchse mit weißen Bohnen, leerte sie in eine Pfanne und stellte sie bei kleinster Flamme auf den Gasherd. Aus dem freistehenden Gefrierschrank nahm er eines der dort im Dutzend gelagerten Brote, legte es in den Backofen und stellte ihn auf 200 Grad ein.

„Geld und Information“, hatte Nikolai Nikolajewitsch gesagt. „Es geht immer um dasselbe, Nik.“

„Korrigieren Sie mich, Nikolai Nikolajewitsch, wenn ich falsch liege. Aber ich vermute, dass das nur die halbe Wahrheit ist. Die Tatsache, dass Sie es sind, der hier ist, sagt mir deutlich, dass es vor allem um Politik geht. Besser: um das Bett, das sich Politik und Versorgungsindustrie unter Einsatz sogenannter Sicherheitskräfte teilen. Und das dann je nach Bedarf an Feindbildern und Präferenzen der Konsum-Bürger ‚Wirtschaft‘, ‚Kapitalismus‘ oder ‚Markt‘ genannt wird. Ist es nicht so?“

„Vielleicht ist es das“, hatte Sorokin gesagt. „Ich weiß es nicht. Genau deshalb brauche ich Ihre Hilfe.“

„Es ist immer das, Nikolai Nikolajewitsch. Korpokratie, High Jingo, Deep State… es ist egal, wie man es nennt. Ich war lange genug dabei, und ich schlage vor, wir lassen die Show beiseite.“ Und der Möglichkeit vorbeugend, dem anderen den Eindruck zu vermitteln, er zähle ihn zu dieser „Show“: „Ich respektiere Sie zu sehr, Nikolai Nikolajewitsch, um hier Theater zu spielen. Mich selber mittlerweile übrigens auch.“

„Sie haben sich wirklich sehr verändert.“ Sorokin hatte ihn über sein Glas hinweg, von dem Horn nicht sagen konnte, ob es Wasser oder Wodka enthielt, nachdenklich angesehen.

Er hatte verstanden: „Vielleicht bin ich heute nicht mehr der Richtige für den Job, Nikolai Nikolajewitsch.“

„Im Gegenteil, Nik – Sie sind meine Traumbesetzung. Wenn ich richtig informiert bin, dann bin ich einer Ihrer letzten Gläubiger. Sie hatten in den vergangenen Jahren genug Zeit, sich vorzustellen und zu erahnen, wie es ist, wenn man ganz frei ist. Meine Leute sagen mir auch, sie hätten hart dafür gearbeitet. Die Freiheit ist ein starkes Weib. Es gibt sie ganz oder gar nicht. Sie wollen sie ganz. Deshalb sind Sie hergekommen. Sie wollen Ihre Schulden loswerden.“

Horn stand jetzt unter der Dusche. Nicht um des Waschens und Reinwerdens willen, sondern allein der Wärme wegen.

Schritt für Schritt ging er die Informationen durch, die Sorokin ihm gegeben hatte. Wie eine heiße Haut auf der eigenen eisig gewordenen floss die Hitze weniger an ihm herunter als um ihn her. High Jingo. Die russische Regierung hatte über das Familienministerium 300 Millionen Euro bereitgestellt, um sie in die Kanäle der Europäischen Union und ihr Zugewandter einzuspeisen mit dem Ziel, das Pipeline-Projekt Nabucco durch jene, die vorgaben, es zu wollen, untergraben und sabotieren zu lassen. Die Russen waren bekannt dafür, Schmiergelder zuverlässig zu zahlen, und man hatte offenbar auch diesmal nicht daran gezweifelt, dass die vereinbarten Summen bei den Zielpersonen ankommen würden, was erklärte, dass Nabucco tot gewesen war, bevor ein einziger Cent geflossen war. So weit das Übliche. Es gab keinerlei Anlass, in diesem Vorgang den Grund für einen Anschlag zu suchen.

„Es geht also um die anderen 200 Millionen. Verzeihen Sie, Nikolai Nikolajewitsch – aber warum holen Sie sich die Informationen nicht direkt bei Ihrer Ministerin?“

„Schulden, mein Freund“, hatte Sorokin nur gesagt. „Auch ich habe Schulden, die bezahlt werden wollen.“

„Bei wem?“

„Aleksei Wladimirowitsch Laritski.“

„Horizon Hill“, der Name fühlte sich für Horn an wie ein fester Gegenstand, der ihm in der Kehle steckte.

„Genau der“, bestätigte Sorokin. „Unsere Familienministerin ist seine Frau.“

„Evgenia Iwanowna Laritskaja. Kann es nicht sein…?“, hob Horn an. Es klang wie ein Fluchtversuch.

„Nein“, war Sorokin ihm ins Wort gefallen. „Nichts von dem, was Ihnen bei all Ihrer Erfahrung spontan als Grund für die Tatsache von 200 Millionen Bargeld ungeklärter Herkunft an Bord eines Privatflugzeugs in den Sinn kommt, trifft zu. Meinen Sie, ich hätte nicht auch ein paar Leute, die solches abzuklären in der Lage sind? Meinen Sie, ich hätte es nicht versucht?“

„Ich zweifle keinen Augenblick daran, Nikolai. Verzeihen Sie mir die naive Frage: Aber warum klären nicht genau diese

Leute die Sache? Oder noch besser: Warum nicht der Ehemann? Näher an dem Dreckloch, das sich Politik nennt, kann kaum einer sein. Warum ich? Warum kommen Sie mit der Geschichte zu jemandem, der seit Jahren nicht mehr mit am Tisch sitzt?"

„Hören Sie sich selbst zu, Nik Horn. Sie nennen den Grund: Sie sind weg vom Tisch. Aufgestanden und davongegangen. Irgendwo in einen kanadischen Wald. Keiner rechnet mit Ihnen. Auch Laritski nicht. Außerdem weiß ich, dass es eine Menge Leute gibt, die bei Ihnen in der Kreide stehen. Immer noch."

„Und was genau wollen Sie von mir?"

„Ich will, dass Sie für mich dem Geld folgen. Ich will wissen, woher es kommt und über wessen Konten es geflossen ist. Meine Leute kommen da nicht weiter. Wer auch immer die Sache in die Wege geleitet hat, hat die Mittel, sich auf eine Weise zu schützen, die eigentlich nur einen Schluss zulässt."

„Eine Regierung", hatte Horn unnötigerweise gesagt.

„Zumindest eine sehr mächtige und wohlhabende Organisation. Ich will wissen, was Evgenia Iwanowna mit ausländischen Institutionen, die dieses Profil aufweisen, für Projekte realisiert, von denen sie nicht einmal mir erzählt. Projekte, die jemandem derart gefährlich geworden sind oder werden könnten, dass er nicht davor zurückschreckt, einen Auftrag zu erteilen."

Horn war aus der Dusche getreten und schlüpfte in ein Paar graue Chinos, einen dunkelblauen Wollpullover und die Flipflops. Als er in die Küche trat, ertönte das Klingeln des Backofens, das signalisierte, dass die eingestellte Temperatur erreicht und das Brot aufgetaut und warm sei. Wie jedes Mal erfüllte ihn für den Bruchteil eines Moments die kindliche Freude über das perfekt laufende Uhrwerk seiner Routine. Er stellte den Ofen aus und die Tür schräg. Dann nahm er die Pfanne mit den Bohnen vom Herd, schüttete den Inhalt in einen Suppenteller und stellte ihn auf den Tisch. Auch dieser war Horn-Eigenproduktion. Hätte er je Gäste gehabt, hätte er sie nicht eigens darauf aufmerksam zu machen brauchen. Aber er hielt. Alles, was zählte. Horn schenkte sich Wasser ein, nahm das Brot aus dem Ofen und setzte sich. Normalerweise schaffte er es an genau dieser

Stelle, sämtliche Gedanken, die sich nicht zumindest mittelbar mit dem Inhalt seines Tellers und dem Vorgang des Kauens befassten, auflaufen zu lassen und auf danach zu verschieben. Seit er zurück war aus London, war ihm das nicht mehr oft gelungen. Auch er hatte in den vergangenen Wochen Schulden eingetrieben. Auch hier war die Währung Information gewesen. Zusammen ergaben die Brocken bisher nicht mehr als Vermutungen. Unwiderlegte Vermutungen, die ein Szenario vorstellbar machten, das jeden Wahnsinn, dem er bisher begegnet war, Lichtjahre hinter sich ließ.

Horn schob den Teller von sich, warf den Kanten Brot, mit dem er die Bohnen auf den Löffel geschoben hatte, daneben auf den Tisch. „Einen Auftrag erteilen". Er spuckte den Euphemismus vor sich auf den Tisch. So nannte man das in Sorokins Welt, wenn jemand störte und vom Stören abgehalten werden sollte. Horn machte sich von den Tentakeln blanken Entsetzens, das nach ihm griff, frei und nahm die gedankliche Sichtung des Vorhandenen wieder auf.

Kaum zurück aus London, hatte er die Fühler ausgestreckt und gewartet. Nach und nach waren aus allen Ecken des Planeten Informationen hereingetröpfelt. Sie ließen sich in einem Wort zusammenfassen: nichts. Sorokin hatte recht gehabt: Irgendwer, der die Mittel hatte, seine Spuren gründlich zu verwischen, hatte die Überweisung von 200 Millionen Euro in Auftrag gegeben. Rückverfolgung unmöglich. Es war, als wären sie weniger auf das zypriotische Konto der Laritskaja überwiesen worden, sondern vielmehr erst dort entstanden. Aus dem Nichts. Und genau da hatte Horn angefangen, das Undenkbare zu denken. Es gab sehr wohl eine Institution, die in der Lage war, Geld aus dem Nichts entstehen zu lassen. Jene Institution, die sich in quasi blasphemischer Art auch gerne als „Währungshüterin" bezeichnete, wo es allein um Kontrolle ging. Nicht etwa um Kontrolle des Geldwerts zum Besten der Bürger. Sondern um Kontrolle und Verteilung der besten Plätze an der Quelle. Dort, wo das Geld, das sie erschuf, noch einen Wert hatte, bevor das, was an Markt übriggeblieben war, es verdünnte auf jenen Wert, den er ihm zuwies. Eine Zentralbank. Er hatte den Gedanken als absurd beiseite gefegt. Dann war die E-Mail von Fabien Ruger gekommen. Händler bei der Swiss First Bank. Ehemals Mitarbeiter seines Teams. Heute in der Position eines Direktors. Horn fragte gar nicht erst danach, wie ein Kerl, den man vom Charakter her bestenfalls als Hohlraum bezeichnen konnte, das geschafft hatte. Was zählte, war, dass er Horn einen Gefallen schuldete. Er hatte, wie dieser ihn einschätzte, eher alibimäßig einen kleinen Hacker auf die Laritskis angesetzt, die als Privatpersonen zum Kundenstamm der SFB gehörten. Dieser hatte sich aus Langeweile oder Faulheit oder beidem zugleich darauf beschränkt, sich an das elektronische Pendant des Laritski-Hauseingangs zu setzen und sich die Fingernägel zu feilen. Zumindest hatte er das eigenen Angaben zufolge vorgehabt. Dann war es anders gekommen. Kaum hatte er seinen Posten bezogen, hatte er gemerkt, dass er hier mitten in das IT-mäßige Äquivalent einer Belagerung hineingeraten war. Vereinfacht gesagt. Denn das, was Ruger Horn an Informationen hatte zukommen lassen, war in einer Sprache und einem Jargon verfasst, die nahelegten, dass der andere sie ihm diktiert hatte. Zusammengefasst und übersetzt: Der Kleine aus Zürich hatte den Ritt seines Lebens in Form einer irren Verfolgungsjagd um die halbe Welt erlebt. Alles, was in der Szene Rang und Namen hatte, schien sich vor Laritskis Festung mehr oder minder gut getarnt den Arsch platt zu sitzen. Die Spuren verloren sich entweder in Russland oder führten nach Brüssel, in die Ukraine und in die Schweiz. Und genau dort war Rugers Informant über das Glück gestolpert. Auf dem Server der IT-Sicherheitsabteilung des Bundes. Eine E-Mail, die das Geld, das er suchte, zum Thema hatte und die ihn dahin geführt hatte, wo er nicht sein wollte. Dort, wo alle Politik die letzte Maske fallen ließ und den Blick freigab auf die von ihren wahren Motiven entstellten Züge: Macht. Mehr war es nicht. Mehr war es nie. Der grandiose Coup, das Ganze bei Gelingen im Sinn der Beteiligten „Demokratie“ und bei Scheitern „Markt“ oder „Kapitalismus“ zu nennen, war state of the art in Sachen Öffentlichkeitsarbeit. Wobei – die sogenannte Öffentlichkeit machte es diesen

Leuten auch verdammt einfach. Sie verlangte zum großen Teil längst nicht mehr nach Fakten, nach staubtrockener Information zwecks Prüfung und Meinungsbildung. Affektmassage reichte in der Regel vollkommen. Wozu auch mehr? Für den Treueschwur an die eigene Filterblase in den sozialen Netzwerken und für die als Interesse getarnten Empörungs-Höhepunkte war es genug an Stimulanz. Horn stand auf. Zum zweiten Mal an diesem Tag sagte er sich, dass er verdammt gut daran täte, mit der Zeitschinderei aufzuhören. Er zwang sich zurück zu seinem Problem: Ruger beziehungsweise dessen Hacker hatte den Kontakt zu einem Kollegen hergestellt. Einer der besten, hatte er ausrichten lassen. Horn hatte Ruger daraufhin angerufen.

„Warum macht der Hacker deiner Wahl nicht selber weiter?", hatte er ihn gefragt, nachdem sie das gekünstelte Begrüßungsritual inklusive falsche Interessensbekundungen hinter sich gebracht hatten. „Warum auf einmal so schüchtern? Und sag jetzt nicht, dass einen wie ihn die Tatsache, dass möglicherweise ein Schweizer Bundesrat in die Sache involviert ist, derart mit Zurückhaltung schlägt, dass er dem rattigen Zwang seiner Spezies widersteht."

„Die Sache ist ihm zu heiß", hatte sein ehemaliger Mitarbeiter geantwortet.

„Du musst schon etwas deutlicher werden. Was genau an der Sache ist ihm zu heiß?"

„BUJobs."

„Was ist damit?"

„Er vermutet, dass es sich dabei um eine Tarnfirma des Bandidos-Chapters der Ukraine handelt."

Beinahe hätte Horn gelacht: „Und was ist das Problem? Ich verlange von dem Kerl ja nicht, dass er in die Ukraine reist."

Ruger hatte gezögert. „Ich weiß es nicht", hatte er schließlich gesagt. „Echt, Nik – keine Ahnung. Der Kerl ist vollkommen in Panik geraten, als er sich sicher war, dass es sich um die Bandidos handelt. Meinte, die hätten von den besten IT-Leuten überhaupt in ihren Reihen, würden ihn zurückverfolgen und umbringen lassen. Totale Hysterie. Sorry, Alter – aber was willst du? Ich kann ihm schlecht eine Knarre an den Kopf halten und ihn zwingen, weiterzumachen.“

„Schon klar“, hatte Horn, nun seinerseits alarmiert, eingelenkt. „Kannst du mir wenigstens sagen, von wo aus dieser ‚Kollege‘ operiert? USA, Europa…?“

„Europa. Brüssel.“

„Wie sicher ist diese Information?“

„100 Prozent sicher. Das sagt jedenfalls mein Mann.“

„Ist das alles, was er an Informationen über ihn hat? Nichts mehr?“

„Sieht so aus. Tut mir leid, Nik.“

„Schon gut.“

„Dann sind wir jetzt quitt?“

„Quitt? Dafür? Bisschen wenig, wenn man bedenkt, dass ich dich noch vor morgen früh in den Knast bringen kann. Findest du nicht auch?“

„Komm schon, Nik. Wie lange ist das jetzt her? Sechs, sieben Jahre? Außerdem könnte ich dich ebenso gut…“

„Was, Fab? Was könntest du? Mich hinhängen? Nur zu. Tu‘ dir keinen Zwang an. Vergiss bloß nicht, dass ich, wenn du das wirklich tun solltest, nicht allein hängen werde.“

„Was willst du?“ Ruger klang aus der Defensive, in die er sich selber manövriert hatte, aggressiv.

„Ich will, dass, wenn ich dich um einen Gefallen bitte wie diesen, du deinen fetten Arsch hochkriegst und versuchst, so viele Infos wie möglich zu erhalten. Egal wie. Was du mir hier anbietest, ist unterste Schublade, und das weißt du. Da muss schon etwas mehr kommen, als ein kleiner Kiffer für 200 Mäuse rausrückt. Was ist zum Beispiel mit den Konten der Laritskis? Bei euch in der Schweiz, in Zypern, in Russland?“

„Jetzt hör mir mal zu, Nik – du weißt genau…“

„Was? Dass es dich, wenn du gewollt hättest, im Rahmen der sogenannten Weißgeld-Strategie ein paar Anrufe gekostet hätte, um Infos zu erhalten? Mach‘ mir nichts vor, Fab. Der Direktor einer Bank wie der SFB, eines systemrelevanten Instituts, hat heute blendende Kontakte zu den Behörden. Und diese wiederum haben im Zug der Bürgerüberwachung, die sie gerne auch ‚Bürgerschutz‘ nennen, beste Kontakte zu ihren ausländischen Kollegen. Alles legal und demokratisch legitimiert unter dem Label des Informationsaustauschs. Erzähl mir also nicht, was ich weiß und was nicht. Übers Quittsein sprechen wir, wenn du mir etwas darüber sagen kannst, woher die 200 Millionen Euro kommen.“

Ruger hatte nicht geantwortet und Horns Finger bereits über der Trenntaste geschwebt, als dessen Stimme – unkenntlich und klein geworden in der Distanz von 20 Zentimetern – erneut an sein Ohr gedrungen war:

„Nik! Nik?“

„Was gibt‘s noch?“

„Bleib noch kurz dran. Da ist noch was… Diese FDF…“

„Was ist damit?“, hatte Horn gefragt, als der andere nicht fortfuhr.

„Das wüsste ich auch gern. Ich kann meine eigene Scheiß-Handschrift nicht lesen… Wart‘ – ich hab’s gleich.“

Horn hatte sich zusammenreißen müssen, um nicht einfach aufzulegen.

„Fight for Democracy Foundation! Das ist es!“ Ruger hatte es beinahe gerufen. Triumphierend wie ein Kind. „Aber darum geht‘s nicht.“

„Verdammt, Fab – kannst du – bitte! – so mit mir reden, dass ich eine minimale Chance habe, deinen Gedankensprüngen zu folgen?“

„Okay – für dich, der Reihe nach: Bei der FDF handelt es sich mit großer Wahrscheinlichkeit um die Fight for Democracy Foundation.“

„So weit konnte ich folgen. Und weiter?“

„Die FDF wird finanziert von Horizon Hill, dem Laritski-Fonds.“

„Okay. Noch was?“

„Die FDF sitzt in Brüssel. Mein Mann hat versucht, da reinzukommen. Keine Chance. Scheint IT-mäßig ein Hochsicherheitsding zu sein. Er meinte nur, um so was aufzuziehen, bräuchte man nicht nur Geld wie Heu, sondern auch ein Knowhow der Extraklasse. Er meint, das, was er gesehen habe, passe zu dem Kollegen, den er uns empfohlen hat."

„Warte-warte-warte...", hatte ihn Horn unterbrochen. „Jetzt mal langsam. Du empfiehlst mir einen Kontakt, an den ich mich vertrauensvoll wenden soll, und sagst mir gleichzeitig, es sei gut möglich, dass ebendieser Kontakt über die FDF in den ganzen Scheiß verwickelt sein könne? Versteh' ich das richtig?"

„Sieht so aus. Tut mir leid."

„Hör auf, dich dauernd zu entschuldigen, Fab. Kann ich persönlich mit deinem Mann sprechen?"

„Ich glaube nicht, dass er nach dieser Sache noch ‚mein Mann' ist. Würde mich nicht erstaunen, wenn er ausgewandert wäre."

„Okay."

„Was wirst du tun?", hatte Ruger ihn gefragt.

„Ich weiß nicht. Ich muss nachdenken."

„Die Sache riecht nach Scheiße, Nik. Nach großer, großer Scheiße. Wenn ich du wäre, würde ich die Finger davon lassen."

„Was du tun würdest, das weiß ich, Fab. Aber in diesem Fall sieht's so aus, dass ich das nicht selber bestimme."

„Pass auf dich auf."

„Ruf mich an, wenn du etwas zu dem Geld herausfindest."

„Versprochen."

Seither war er nicht weitergekommen. Falsch. Er war weitergekommen. Gedanklich. Jetzt musste er bloß noch den Schritt tun und dem Gedanken die Tat folgen lassen. Das Ganze war eigentlich ziemlich einfach: Wollte er seine Schuld bei Sorokin loswerden, dann musste er jetzt jene Person kontaktieren, die ihm als einzige weiterhelfen konnte. Eine Person, von der er nicht wusste, ob er ihr oder sie ihm etwas schuldete. Der einzige Mensch, dem er wirklich vertraute, obwohl er nicht zu sagen vermocht hätte, warum: Jezreel Vidali.

23

Brüssel, Chaussée d'Etterbeek

Das Hauptquartier der FDF – der als NGO regristrierten Fight for Democracy Foundation – lag in Gehdistanz zum politischen Machtzentrum Europas. Nur der Leopold-Park trennte das Gebäude mit der Glasfassade, in dessen zweiter Etage die Büros der Stiftung lagen, von den Korralen simulierten Volksvertretertums. Die Worte, die den Stiftungszweck über die Website fdf.ru in die Welt hinaustrugen, passten zur räumlichen Inszenierung: offene Landschaft, keine trennenden Wände außer jenen um de Maeres Büro. Organisierte Harmonie, globale Nützlichkeit. Demokratiefördernde Aktivitäten tauchten im Text regelmäßig auf, ohne den Leser mit Details zu belästigen. Dies und: die Förderung und Begleitung des Übergangs von einer geschlossenen zu einer offenen Gesellschaft. Auch hier: Für wen oder was diese nicht genannte Gesellschaft im Namen des globalen Friedens und einer nicht näher definierten Gerechtigkeit geöffnet werden sollte, wurde nicht erwähnt. Aber das war auch nicht von Belang: Die Website hatte pro Tag bloß eine Klickzahl im unteren zweistelligen Bereich zu verbuchen. Um diese in mehrerer Hinsicht verirrten User und ihr Umfeld zu identifizieren, hatte die FDF in Person de Maeres den IT-Sicherheits-Spezialisten Jean-Pierre Gheysens angeheuert. Unter seiner Ägide wurde die Kommunikationstechnologie der Stiftung Schritt für Schritt von Laritskis Fonds Horizon Hill, der sie ins Leben gerufen hatte, losgelöst, in ein autarkes System überführt und zum elektronischen Pendant von Alcatraz ausgebaut. Darüber, dass Gheysens Verbundenheit sich nicht auf die Stiftung beschränkte, machte sich de Maere keine Illusionen. Seine quasi freiberuflichen Aktivitäten in den elektronischen Netzen, wo er unter dem Alias ‚Aladin' unterwegs war, waren ihm schon oft nützlich gewesen.

De Maere stand von seinem Schreibtisch auf. Er schaltete die drei Monitore aus, ging zum Garderobenständer und nahm die Anzugsjacke vom Bügel. Jeder Geste durch die Grobheit, mit der er sie verrichtete, übersteigerte Wichtigkeit beimessend. Er war genervt. Es reizte ihn bis aufs Blut, schon wieder bei der EU-Tante antanzen zu müssen. Seit ihr Lover, dieser Schweizer, die E-Mail aus Russland erhalten hatte, drehte sie am Rad und versuchte, die Sache zu seinem Problem zu machen. War er etwa ihr IT-Fuzzi? Die Arroganz, mit der sie nicht nur auf ihn und seine Lebenszeit, sondern auch auf das Personal der FDF, in diesem Fall Gheysens, zugriff, empfand er als eine nur schwer zu ertragende Anmaßung. Die Hand schon auf dem Türknauf, hielt er inne, ging zurück und öffnete die Tür des wandeinnehmenden USM-Aktenschranks, deren gesamte Innenseite ein Spiegel einnahm. Routiniert taxierte er den Sitz des grauen Anzugs und der Krawatte, fuhr sich unnötigerweise durch das hellbraune, an der Seite gescheitelte Haar und schaute sich selbst in die graublauen Augen. Dann lächelte er im Wissen, dass dies alles veränderte. Der ganze Mensch strahlte für einen Moment, zog das Gegenüber unweigerlich hinein in eine Art beschwingten Komplizentums, wärmte und adelte jeden, dem es zuteil wurde, und ließ ihn im Bewusstsein unverdienter Leichtigkeit zurück. Sogar auf ihn selber verfehlte das gespiegelte „Lass-uns-Pferde-stehlen-aber-mit Stil"-Gesicht seine Wirkung nicht. Mit der Schuhspitze versetzte er der Schranktür einen Schubs. Jetzt war er bereit, jede Gehässigkeit los. Svenström war es, die ihn in das Spiel reingebracht hatte. Und seine Rolle ihr gegenüber war jene der überzeugenden Darstellung von Dankbarkeit und professionellem Dienstleistertum. Dass er von ihnen beiden bis jetzt das weit größere Risiko getragen hatte, spielte dabei keine Rolle. Name of the game. Es war indes möglich, dass sich das Spiel gerade änderte. So, wie sich Sophia Svenström seit einiger Zeit aufführte, war die Wahrscheinlichkeit ziemlich groß.

Rasch, aber ohne Hast ging er durch den kurzen Flur und durchquerte den lichtdurchfluteten sonntäglich verwaisten Empfangsbereich des Büros. Ein von den Bäumen des Leopold-Parks beschattetes Fenster stand offen. Er entschied, zu Fuß zu dem Treffen mit Svenström zu gehen. Der Treffpunkt war immer derselbe: „Le Grain D'Orge", eine unscheinbare Bäckerei mit Kaffeeausschank in der Chaussée de Wavre.

***

Chaussée de Wavre 142

Obwohl sie im Schatten der braungelb gestreiften Stores saß, fühlte Sophia Svenström die Wärme der jetzt senkrecht in die Gasse scheinenden Sonne. Sie war eine Viertelstunde zu früh. Kurz schloss sie die Augen und genoss die kleine Trägheit des Moments. De Maere war immer auf die Minute pünktlich. Es blieb ihr also genug Zeit, sich auf das Gespräch vorzubereiten. Etwas hatte sich im Lauf der letzten Wochen verdichtet und ihr schließlich fast den Atem genommen. Jetzt war es besser. Dass Pascal de Maere nur Momente vor ihr genau dasselbe empfunden hatte, hätte sie möglicherweise amüsiert. Oder erschreckt. Sie nippte an ihrem Kaffee und zündete sich eine Zigarette an, um sie gleich wieder auszudrücken. Sie hatte trotz allem die ganze Zeit über funktioniert – trotz der E-Mail, die Besson aus Russland erhalten hatte, und auch nach der Konferenz, als das Gefühl, im Zentrum einer Schlinge zu stehen, überhand zu nehmen drohte. Ausschusssitzungen, Kommissionssitzungen, Expertenrunden, Strategie-Meetings. Flüchtlingskrise, Euro-Krise, Energiekrise, Terrorgefahr, Wirtschaftskrise – alles ging seinen gewohnten Gang im Paralleluniversum des politischen Managements. Business as usual. Für sie. Für Pierre Besson wäre es das nie. Ein Lächeln stahl sich hinter ihre Augen. Pierre Besson stand solchem Verhalten diametral gegenüber. Kompetenz, Ordnungsliebe, Pflichtbewusstsein, Leistungsstreben, Selbstdisziplin und Besonnenheit – kurz: Gewissenhaftigkeit. Zuverlässig berechenbar wie eine mathematische Funktion. So hatte sie es bisher wahrgenommen und durch jede seiner Reaktionen bestätigt gefunden. Seit jenem letzten gemeinsamen Frühstück im „Odette" hatte sich das allerdings verändert. Ihr war sofort klar gewesen, dass der Besson-Algorithmus bei der E-Mail ohne viele Zwischenschritte in Panik hätte münden müssen. Dass er sie scheinbar kaum wahr- geschweige denn ernst genommen hatte, war ein Verhalten, das nur zwei Erklärungsmöglichkeiten zuließ. Entweder hatte er, von sich selber und ihr unbemerkt, den Schritt in ihre Welt getan, wo die ihn so treffend charakterisierenden Eigenschaften nur Steine am Bein bedeuteten. Oder aber er hatte die Panik bereits überwunden gehabt und ihr etwas vorgemacht. Die Info von Gheysens, alias Aladin, wonach Besson ihre Überwachung in Auftrag gegeben hatte, legte nahe, dass Letzteres zutraf. Das rang ihr Respekt ab: In Anbetracht seines Charakters war es ein bemerkenswertes Manöver. Wobei: Vielleicht auch nicht. Er tat es nicht für sich, sondern für die Schweiz. Aber auch dessen war sie sich nicht mehr sicher. Für sie wurde er damit unberechenbar und somit zum Risiko.

Schon von weitem sah sie de Maere auf dem Gehsteig in ihre Richtung kommen. Sie wusste, dass er sie nicht leiden konnte. Die Abneigung war gegenseitig und zwingend. Ohne sie wäre er nie aufgestiegen in ihre Liga und würde seine Zeit in der pseudoeuphorischen Belanglosigkeit professionellen Hilfswerk-Kitschs fristen. Sie wiederum war auf Leute wie ihn angewiesen, um ein Projekt umzusetzen, von dem niemand außer einer anonymen Expertengruppe wusste und das ihr niemand zugetraut hätte. Ihr, der Kommissarin für Migration, Inneres und Bürgerschaft, von der man hinter vorgehaltener Hand sagte, sie selbst und die Berichte, die sie zu Händen des Kommissionspräsidenten verfasse, dienten ausschließlich der dekorativen Verschönerung seiner jeweiligen Schlafstätte und deren direkter Umgebung.

Sie zuckte zusammen, als de Maeres Stimme sie aus ihren Gedanken riss:

„An solch einem Tag denke ich manchmal, das Leben sei für ganz anderes geschaffen als das hier", sagte de Maere, während er sich andeutungsweise über ihre Hand beugte, einen Stuhl heranzog und sich setzte. Worte und Gesten ein fließendes Ganzes, ohne im Geringsten künstlich oder aufgesetzt zu wirken.

„Es ist müßig, über solches nachzudenken, wenn man nichts anderes kann", entgegnete Sophia Svenström, während sie sich erneut eine Zigarette anzündete, einen Zug nahm und sie ausdrückte.

„Seien Sie nicht so, Sophia. Der Tag kauft ihnen ihre Härte nicht ab. Nichts Hartes, nichts Schweres – er ist zum Fliegen gemacht."

Svenström ging nicht darauf ein. „Konnten Sie – endlich, bin ich versucht zu sagen – mehr über die E-Mail herausfinden?"

„Bisher nicht. Wir versuchen nach wie vor, den Sender ausfindig zu machen."

„Und?"

„Was erwarten Sie, Doktor? Wir sind dran…"

„Das reicht nicht, Pascal", zischte sie. „Diese E-Mail ist ein Problem. Ich will wissen, wer es wagt, solche… Dinge in die Welt zu setzen. Sind sie wenigstens an Besson dran? Ich will wissen, was er tut, mit wem er spricht, wohin er geht. Alles. Und vor allem, ob er weitere solche E-Mails erhält."

„Jetzt hören Sie mir mal zu, Sophia." Auch de Maere sprach jetzt leise, jedes Wort dennoch deutlich wie eine Abrisskante. „Seit Beginn unserer Zusammenarbeit werden Sie nicht müde, mich daran zu erinnern, dass meine Kompetenz in dieser Sache jene einer Bergblume zu sein hat. Ich halte mich daran. Sie wollten wissen, woher die E-Mail kommt. Und ich sage Ihnen: Wir arbeiten daran. Wenn Sie erwarten, dass ich im gleichen Aufwasch auch noch die Geräte des Schweizer Bundespräsidenten hacken lasse, ohne einen Auftrag zu haben, dann sollten wir unsere Kooperation neu definieren."

Sophia Svenström lehnte sich in ihrem Stuhl zurück, atmete ein, aus – etwas schien sich zu lösen. „Sie haben recht – bitte entschuldigen Sie."

Ein Grinsen streifte de Maeres Inneres: Sogar die Entschuldigung dieser Frau klang wie ein verdammter Befehl. Von einer Bitte konnte nicht die Rede sein. Dass er seine nicht vorhandene Kompetenz überschritten und die Überwachung Bessons längst in die Wege geleitet hatte – eine Tatsache, die schreiend deutlich zwischen ihnen auf dem Tisch lag –, trug das ihre zu seinem Amüsement bei. Er wartete ab.

„Was ist mit Evgenija Iwanowna? Kann die E-Mail von ihr kommen?“, fragte sie jetzt und bestätigte ihm, was er selbst auch vermutete: dass die Frau, die man zwecks diskreter Bezahlung wohlwollender Entscheidungen und bestellter Ware in die Schweiz gelockt hatte, um sie in Wahrheit loszuwerden, sich querlegte.

„Möglich“, antwortete er. „Dass die E-Mail aus Russland kommt, hat sich ja bestätigt.“

„Und weiter?“

„Nichts weiter. Man hat uns rausgeworfen, wenn Sie so wollen. Wir kommen nicht mehr an ihre Geräte heran. No way.“

„Sind nicht Sie es, der dauernd behauptet, Ihr IT-Mann, dieser Gheysens, sei ein gottbegnadetes Genie?“

„Laritski hat offenbar auch ein solches im Team. Er oder jemand anderes.“

„Wie meinen Sie das?“

„Nun – es sieht so aus, als wäre um Laritskis IT-System herum, das ja bereits besser gesichert war als Langley, ein weiterer Sicherheitsring entstanden. Nichts geht rein oder raus, ohne da aufgehalten und gecheckt zu werden. Es ist am naheliegendsten, anzunehmen, dass er nach allem, was passiert ist, noch vorsichtiger geworden ist und diese zusätzliche Sicherung bei seinen Leuten in Auftrag gegeben hat. Oder aber jemand will uns genau das glauben machen und filtert von außen her die ganze Kommunikation. Und ich sagen Ihnen: Derjenige, der das installiert hat, ist ein verdammtes Genie. Meine Leute sind hundert Mal gegen diese Glaswand gerannt, bevor sie überhaupt bemerkt haben, dass sie da ist.“ Und abrupt einen Haken schlagend: „Aber ist das Risko nicht überschaubar? Oder sollte ich sagen ‚befristet‘?“

„Ich lade Sie ein, die Risikoanalyse uns zu überlassen, Pascal, und sich darauf zu konzentrieren, das zu erledigen, was Ihr Job ist.“

„Immer mit Vergnügen, Sophia. Aber wenn ich alles richtig verstehe, dann ist es ja so, dass dieses Problem gar nicht existieren würde, wenn andere vor uns ihren Job sauber erledigt hätten. Schieben Sie also nicht mir die Schuld in die Schuhe."

Spätestens jetzt war klar, dass er alles wusste. Oder zumindest ahnte. Sie war nicht überrascht, hatte damit gerechnet, seit sie ihn und die Stiftung an Bord geholt hatte. Alles andere wäre naiv und grob fahrlässig gewesen. Zum zweiten Mal an diesem lauen Tag lenkte sie ein:

„Das ist richtig. Und richtig ist auch, dass das Problem befristet sein wird. Aber bis dahin kann eine Menge Schaden angerichtet werden."

„Mit ein paar kryptischen E-Mails an den Präsidenten eines Liliputstaates? Bei allem Respekt: In Anbetracht dessen, was so läuft, wie Sie es wollen, erscheinen mir Ihre Bedenken doch etwas übertrieben. Hat die Laritskaja denn auch nur die geringste Chance, zu beweisen, dass der Absturz kein Unfall war?"

Jetzt war es raus. Die Karten auf dem Tisch. Auch diese noch. Sophia Svenström blieb nichts anderes übrig, als sie aufzunehmen.

„Sie wäre dumm, es nicht wenigstens zu versuchen. Sie weiß, dass wir sie nicht mehr brauchen. Und sie weiß, dass sie eine Gefahr für uns darstellt. Ansonsten hätte sie es nicht für nötig gehalten, bereits vor Monaten einen Leibwächter anzuheuern. Sie weiß Bescheid. Und sie wird versuchen, uns damit zu erpressen. Sie hat fast nichts zu verlieren."

„Was ist mit ihrem Mann? Und ihrem Sohn?"

„Ich sagte *fast*, Pascal. Aber lassen Sie das meine Sorge sein. Was ist mit diesem ‚Sicherheitsring', wie Sie es nennen? Können Sie das in nützlicher Frist lösen?"

„Wie gesagt, wir sind dran. Aber was vielleicht noch wichtig ist: Außer uns scheinen da noch andere an derselben Aufgabe zu sitzen."

„Wie das?"

„Wir sind nicht allein mit dem Wunsch, uns im Laritski-Netzwerk umzuschauen. Es ist die reinste Belagerung."

„Können Sie feststellen, wer es ist?"

„Bisher konnten wir nur den Schweizer NDB identifizieren. Aber es sind mindestens zwei weitere Parteien dort, die dasselbe wollen oder bereits haben."

„Was meinen Sie mit ‚bereits haben'?"

„Das heißt, dass ich verdammt noch mal nicht weiß, wie lange die dort schon rumhängen. Wir haben sie erst spät bemerkt, weil wir nicht mit ihnen gerechnet hatten. Wir können also nicht wissen, wer welche Infos hat. Und wir können auch nicht wissen, ob noch jemand außer uns, Besson und seinen Leuten diese E-Mail hat. Sofern sie wirklich von der Laritskaja kommt, dann ist zumindest von der Möglichkeit auszugehen, dass andere ebenfalls davon wissen."

„Dann sehen Sie zu..." Weiter kam Svenström nicht. De Maeres Handy klingelte. Nach einem kurzen Blick auf das Display und ohne sich für die Unterbrechung zu entschuldigen ging er mit einem knappen „Ja" ran. Dann wieder ein „Ja". Mehr nicht. Er beendete das Gespräch und machte Anstalten, sich zu erheben. Sophia Svenström stellte erstaunt fest, dass de Maere die Farbe gewechselt hatte. Er war weiß wie eine Wand.

24

Bern, Papiermühlestrasse, Hauptsitz NDB

Christoph Hiller, Leiter der operativen Abteilung des Schweizer Narichtendienstes NDB, legte den Telefonhörer zurück auf die Station. Behutsam und lautlos die Bewegung, als gälte es, irgendwas oder jemanden nicht zu erschrecken. Noch konnte er es nicht sehen hinter den Worten. Dennoch wusste er, dass es da war. Sonst hätte er eben nicht gelogen. Reglos blieb er sitzen. Den Blick auf die Wand am anderen Ende des Büros gerichtet. Bereit, zu sehen, wenn Staub und Laute des Gesprochenen sich gelegt hätten. Ein Erstes wurde deutlicher: Pierre Bessons Stimme hatte anders geklungen als sonst. Kühl, unter Druck. Nein – falsch. So klang er immer. Das war es nicht. Hiller tastete sich an den Ausgangspunkt des kurzen Gesprächs zurück:

„Ah, Hiller – Besson hier."

Etwas in Hiller schnappte zu – das war es: Besson hatte ihn noch nie direkt kontaktiert. Das entsprach weder der Abmachung mit Burger, noch dem Dienstweg. Und es passte nicht zu Besson. Wohl hatte er sich Hiller durch Vertraulichkeiten und die eine oder andere wohlwollende Geste warmgehalten – aber es war nie außerhalb der gerade noch als offiziell geltenden Wege des amtlich Korrekten geschehen. Von Vorteilsnahme oder gar Bestechung hätte in keinem Fall die Rede sein können. Das kurze Telefonat von vorhin war ein Tritt neben diese Spur. Wieder zurück:

„Ah, Hiller – Besson hier."

„Herr Bundespräsident..."

Besson lachend: „Bitte keine Titel, Hiller. Das macht die Dinge nur kompliziert."

„Was kann ich für Sie tun?"

„Wie weit ist Ihr Team in der Laritski-Sache? Ich werde heute Mittag beim Empfang des Staatssekretariats für Wirtschaft mit großer Wahrscheinlichkeit den russischen Botschafter treffen. Es ist immer gut, das Neueste zu wissen. Man stellt andere Fragen."

Hiller hatte sich den letzten Bericht zu Händen Burgers vergegenwärtigt. Jetzt schalt er sich, nicht bereits da begriffen zu haben, dass dieses Gespräch gar nicht hätte stattfinden sollen.

„Soweit ich weiß..."

„Warum sagen Sie das?", hatte ihn Besson unterbrochen. „Wissen Sie nicht mit Bestimmtheit, wo Ihre Leute stehen?"

„Natürlich weiß ich, wo sie stehen. Aber es liegt in der Natur von Informationen, die mit unseren Methoden gewonnen werden, dass sie bis zu einem gewissen Grad immer in Frage stehen. Sicherheit, Herr Bundespräsident, ist in unserem Job eine höchst subjektive Sache." Es war das erste Mal, dass Hiller Besson derart über den Mund gefahren war. Schon hatte er Atem geholt, um das Gesagte abzufedern, da war Besson ihm zuvorgekommen:

„Schon gut, Hiller. Mein Fehler. Bitte entschuldigen Sie. Also – was haben wir?"

„Unsere Leute werden die Recherchephase in zwei bis drei Tagen abschließen."

„Und dann?"

„Dann erhalten Sie den vorläufigen Schlussbericht inklusive ihre Einschätzung der Geschehnisse."

„Könnten Sie diesem ausnahmsweise etwas vorgreifen?"

„Was wollen Sie wissen?"

„Haben Ihre Leute Zugriff auf Laritskis Kommunikationsnetzwerke?"

„Nein. Wir können bisher nur sagen, dass die E-Mail mit großer Wahrscheinlichkeit von seinem Server kam. Nicht aber mit Sicherheit und vor allem auch nicht, welche Person, die Zugriff auf das Netzwerk hat, sie gesandt hat."

„Warum nicht?"

„Laritski scheint sich IT-mäßig eingebunkert zu haben. Die Sicherheit wurde erhöht. Hier einfach so reinzuspazieren, empfiehlt sich nicht. Aber wir sind dran – vielleicht klappt es noch."

„Okay. Gut. Vielen Dank, Christoph.“ Es hatte geklungen, als wolle Besson das Gespräch beenden. Das Nächste bloß nebenbei, ein flüchtiger Einfall: „Wen haben Sie überhaupt mit der Sache betraut?“

„Jens Alder und sein Team. Leute aus der Abteilung für Beschaffung und Auswertung.“

„Wie kommunizieren Sie?“

„Wir haben ein Overlay-Netzwerk für das Team eingerichtet, das es ermöglicht...“

„Ich weiß, was ein Overlay-Netzwerk ist“, war ihm Besson erneut ins Wort gefallen. „Danke nochmals, Hiller.“ Damit war das Gespräch beendet gewesen.

Danach, in der echoerfüllten Stille des Büros, bekam Bruns Aussage von vor drei Wochen eine andere Qualität: „Besson lässt Amtskollegen überwachen. Nicht von Ihren Leuten. Über einen Kontakt in Brüssel.“

Brun hatte recht gehabt, Besson von Anfang an nicht zu trauen. Und so wie er selber, Hiller, sich Brun gegenüber verhalten hatte, war davon auszugehen, dass dieser auch ihn von der Liste der Vertrauenswürdigen gestrichen hatte. Was das wiederum bedeutete, war Hiller mehr als klar.

Seine eigenen Worte von vorhin wurden zum höhnenden Widerhall: „Sicherheit, Herr Bundespräsident, ist in unserem Job eine höchst subjektive Sache.“

Fluchend griff er erneut zum Telefon.

„Brun?“, fragte Jens Alder, als Hiller ihn abgebellt und nach dem aktuellen Standort des Laritski-Teams gefragt hatte. Alder klang, als hätte man ihn eben aus dem Tiefschlaf geholt.

„Letzter und aktueller Standort ist das Haus an der Schwanengasse.“

„Seit wann sind sie dort?“

„Seit drei Tagen...“

„Verdammt, Alder! Drei Tage – und bei Ihnen läuten keine Alarmglocken?! Das sind Brun und seine Leute! Das ist kein verdammtes Zeltlager!“

„Nein – keine Alarmglocken, Chef." Alders Stimme blieb leise, wurde indes härter, als hätte man eine Bespannung verstärkt: „Sie wissen, wie das läuft. Kurz vor einem Einsatz wird rund um die Uhr gearbeitet. Und davon, Kollegen zu beschatten, war nie die Rede."

Der Text hinter dieser Aussage: „Kollegen überwachen, das ist Ihr Ding, Hiller. Aber erwarten Sie nicht, dass wir dasselbe tun. Auch nicht auf Befehl. Brun und seine Leute sind nicht der Feind."

Hiller verstand – die Botschaft ebenso wie die Haltung dahinter. Er lenkte ein:

„Sie haben recht, Alder. Mein Fehler. Es ist eine dumme Situation."

Jens Alder verzichtete darauf, dies zu kommentieren.

„Können Sie für mich abchecken, ob sie noch da sind?"

„Kein Problem."

Grußlos wurde das Gespräch beendet.

Hiller lehnte sich in die Umarmung des ledernen Schreibtischsessels zurück, ließ den Blick durch den Raum und an sich herunterwandern, schaute hoch an die Decke und darüber hinaus, während er den Kopf an die Nackenstütze sacken ließ. Dann lachte er.

Ich bin fett geworden. Alles an mir ist fett geworden. Das Denken auch. Meine Worte sind feist, mein Reden, meine Ambitionen, dieser verdammte Sessel: „Plus fort que le cul", wie die Franzosen sagen. Der Stuhl ist stärker als der Arsch, der drin sitzt.

Kein schöner Anblick. Die Versuchung, sich abzuwenden, weiterzumachen, als hätte man nichts gesehen, groß. Hiller bezwang sie.

Tatsache war: Er hatte gerade eben den Bundespräsidenten angelogen. Wenigstens das – ein Einschnitt in die ranzigen Polster billig erkaufter Selbstgewissheit.

Wieder blickte er an sich herunter. Kariertes Hemd, Cordhose. Seit 30 Jahren schon. Jeder wusste, dass er seine Kleider ausschließlich in der Landwirtschaftlichen Genossenschaft kaufte. Anfänglich war es Trotz gewesen, dann Gewohnheit, zum Schluss und während er Fett angesetzt hatte, Imagepflege. Nur das noch.

Er atmete tief ein. Für heute reichte es mit der Selbsthäutung. Er wuchtete sich aus dem Sessel hoch, holte das Handy aus der dunkelgrünen Allwetterjacke und wählte Jo Burgers Nummer. Es war nicht nötig, auf Alders Antwort zu warten. Er wusste, dass Brun und sein Team weg waren. Er hätte an ihrer Stelle genauso gehandelt. Damals, als er noch ein anderer gewesen war. Ein Blick in die entsprechende Kostenstelle hatte es ihm außerdem bestätigt. Neben dem Arbeits- und Materialaufwand für die Beschaffung der sieben Identitäten war nichts vermerkt. Jens Alder und sein Team hatten den simplen Check offenbar nicht für nötig befunden. Oder es aber vorgezogen, diese Fakten nicht zu kommunizieren. Es war gut möglich, dass sie Brun zwar überwacht, ihm und seinen Leuten aber durch ihr Stillhalten Deckung gegeben hatten. Loyalität. Kameradschaft eben.

Das leere Tuten an seinem Ohr erreichte ihn wieder. Bei Burger ging niemand ran.

***

Moskau, Truschenikow-Weg

„Das solltet ihr euch ansehen“, unterbrach Lorenz Piet, der dabei war, den anderen im Detail das Sicherheitsdispositiv rund um Laritskis Moskauer Haus weniger zu beschreiben denn in ihre Hirne hinein zu praktizieren. Wissen, das im Blut sein musste. Keiner im Team wunderte sich über die Unterbrechung oder verstieg sich gar zu Gedanken betreffs Höflichkeiten. Das war Lorenz. Dies zu wissen reichte.

Jetzt standen sie im Halbkreis um seine Laptops herum. Auf dem einen der Monitore war stark vergrößert das Folgende zu lesen:

„500 Millionen Euro befinden sich in den Tresoren der Schweizerischen Nationalbank. Provenienz und Begünstigung:

300 Millionen der Russischen Föderation für den Stopp von Nabucco zugunsten diverser Personen. 200 Millionen der EU via FDF zugunsten von BUJobs. Der Absturz von Flug Nummer LC-1607 war kein Unfall."

„Was ist das?", fragte Brun als Erster in die Stille hinein.

„Es ist der Content einer E-Mail."

„Und weiter? Woher, an wen?" Brun klang ungeduldig.

„Gefunden habe ich sie auf einem separaten Server der IT-Sicherheitsdienste des Bundes. Wie es scheint, haben diese Leute ebenfalls versucht, rauszufinden, woher die Mail kam. Allerdings scheint es, dass sie dabei bis jetzt nicht sehr erfolgreich gewesen sind. Ich kann auf die Schnelle auch keine Details liefern. Bin noch dran. Nur so viel: Die Mail wurde von jemandem versandt, der Zugriff auf das Intranet von Laritski hat. Wer das allerdings gewesen ist – keine Ahnung. Sobald die E-Mail das interne Netzwerk verlassen hatte, war die IP-Adresse nicht mehr sichtbar. Was ich allerdings weiß, ist, wer der Empfänger ist: Pierre Besson."

Stille stürzte in den Raum wie eine Flutwelle, während jeder der acht Anwesenden überschlug, was diese Information bedeutete oder bedeuten konnte.

Es war Nouriel, der dem Hereinbrechenden Einhalt gebot: „Und wie willst du es anstellen, an die IP-Adresse des Senders ranzukommen?"

„Ich werde suchen müssen. Kann aber eine Weile dauern."

„Wie jetzt? In Laritskis internem Netzwerk? Merken die das nicht?"

„Bis jetzt haben sie nichts gemerkt", erklärte Lorenz. „Für sie sieht es so aus, als wäre ich ihr Root, ihr Hauptsystemadministrator. Ich habe mich an den Eingang gesetzt und gewartet, dass einer beim Rein- oder Rausgehen vergisst, die Tür abzuschließen."

„Und du bist jetzt da immer noch drin?" Nouriel klang, als pendle er zwischen einem Wut- und einem Lachanfall.

„Schon – aber die haben keine Ahnung."

„Und das heißt?"

„Wie gesagt: Für die sieht es aus, als sei ich einer der Chefs. Ihr System schlägt nicht Alarm, wenn ein Superuser sich bewegt. Wenn er sich außerdem aus jenem Bereich, der vom System laufend auf Lücken überprüft wird, herausbegibt und die Pfade hinter sich löscht, dann wird er so gut wie unsichtbar. Und sollte einer dennoch auf die Idee kommen, ihm zu folgen, dann wird er lediglich feststellen, dass dieser dort draußen einen zusätzlichen Sicherheitsring angelegt hat. Sofern dieser Jemand aber nicht der Chef selber ist, bleibt die Gefahr, aufzufliegen, gering. Aber da ist noch etwas: Wir sind nicht allein. Andere voneinander unabhängige Leute versuchen hartnäckig, an mir vorbeizukommen."

„Du meinst...?" Jez' leise Stimme klang viel zu laut.

„Wir sind nicht die Einzigen, die sich für Laritskis Netzwerk interessieren. Und ich kann nicht mit Bestimmtheit sagen, ob sie die E-Mail da auch haben oder nicht."

„Kannst du herausfinden, wer es ist? Und was mit ‚BUJobs' und ‚FDF' in der E-Mail gemeint ist?"

Lorenz deutete auf den dritten Monitor, auf dem sich in irrwitzigem Tempo Zahlen- und Buchstabenreihen jagten. „Läuft."

„Gut." Brun riss sich aus der Versteinerung der Halbkreisformation um Lorenz herum los.

„Ich schlage vor, wir machen dort weiter, wo wir aufgehört haben. Und zwar rasch – so wie's aussieht, haben wir nicht ewig Zeit. Wir müssen zusehen, dass die Aktion in ein, zwei Tagen stattfinden kann und wir an Laritski rankommen. Piet, Jez..."

„Ähm – da ist noch was", kam es von Lorenz. Er sprach, ohne darauf zu achten, ob ihm jemand zuhörte oder nicht. Sie taten es. Wie ein Mann wandte sich das Team, das bereits auf dem Weg zu den Plätzen rund um den Tisch war, erneut zu ihm um.

„Dieser Kerl, Jez, der Kontakt mit deinem Informanten aufgenommen hatte für die Jordi-Überwachung: Nannte sich der nicht ‚Aladin'?"

„Ja. Warum?"

„Weil ich ihn überall da, wo ich hinkomme, auch antreffe. Sogar bei unseren IT-Leuten. Wie es aussieht, ist er dort jedoch nicht reingekommen."

„Wo sonst noch?", hakte Sava nach.

„Hier bei Laritski."

„Wie kannst du wissen, dass er es ist? Vorhin sagtest du, du könnest die anderen, die sich für Laritski zu interessieren scheinen, nicht identifizieren."

„Ich hatte ihn schon zu Hause auf dem Radar, als Jez die Sache mit Besson und Jordi erzählte. Außerdem ist der Kerl ein arrogantes Arschloch."

Und bevor einer nachfragen konnte: „Er ist gut, das steht außer Frage. Aber wenn einer vor lauter Gutsein anfängt, zu glauben, seine Schleichwege seien so verdammt perfekt, dass es nicht nötig sei, Spuren gründlich zu verwischen, dann wird's früher oder später eng für ihn. Ich habe die Sache parallel zu unserer Recherche einfach umgedreht und bin ihm gefolgt."

„Und?" Jez war sich sicher, dass das, was Lorenz mit einem lapidaren „Da ist noch was" eingeleitet hatte, ein Durchbruch sein konnte.

„Drei Dinge: Erstens hat er nicht nur uns auf den Fersen. Jemand anderes scheint sich auch sehr für ihn zu interessieren. Ich weiß bisher nur, dass dieser Jemand sehr wahrscheinlich von der Ukraine aus operiert. Zweitens, denke ich, liefert er uns die Antwort darauf, wer in der Mail mit ‚FDF' gemeint ist. Und zwar die Fight for Democracy Foundation. Jene Non-Profit-Organisation mit Sitz in Brüssel, die von Horizon Hill, Laritskis Fonds, finanziert wird."

„Wie sicher ist das?", fragte Brun.

„Ziemlich sicher. Es wäre ein verdammt großer Zufall, zweimal hintereinander auf das Kürzel ‚FDF' zu stoßen im Umfeld der Laritskis, ohne dass es einen Zusammenhang gäbe."

„Kannst du da mehr in Erfahrung bringen?"

„Ich versuch's. Bis jetzt bin ich allerdings noch nicht reingekommen. Für eine NGO haben die Sicherheitssysteme auf Armeestandard. Ich würde sagen, Aladin hat nicht nur Laritskis IT-Sicherheitssystem entworfen, sondern auch das der FDF. Dieselbe Handschrift."

„Und drittens?", schaltete Jez sich ein.

„Aladin steht in Kontakt mit einem Hacker in Zürich."

„Und?"

„Dieser Hacker seinerseits steht in Kontakt mit jemandem innerhalb der Swiss First Bank. Und bevor jemand fragt: Nein – ich weiß nicht, mit wem. Auch hier: Ich komme nicht rein auf die Schnelle."

„Was ist mit Telefonverbindungen?", fragte Jez.

„Das sind Tausende täglich. Schafft mir einen vernünftigen Filter her, und ich sehe, was ich tun kann. Aber einfach so ins Blaue hinein… um hier einen Tag durchzuchecken, bräuchten drei Leute eine ganze Woche."

„Schon klar", kam es von Brun. „War‘s das?"

Was grob klang, war nicht so gemeint. Es waren Ton und Worte, ohne unnötige Fracht. Alles andere, Dankbarkeitsbezeugungen, Motivation und was sonst noch normale zwischenmenschliche Zusammenarbeit beförderte, wäre bei Lorenz vergebliche Liebesmüh.

„Im Moment ja. Wobei – eine Verbindung gibt‘s noch, die möglicherweise interessant ist: Diese Laritski-Stiftung, die FDF, steht in intensivem Kontakt mit der EU, was bei solchen NGOs normal ist. Im Fall der Stiftung scheint dieser Kontakt zum größten Teil über Sophia Svenström zu laufen, die wiederum sowohl mit Besson, mit Jordi und mit der Laritskaja in Kontakt steht."

„Sind solche Verbindungen nicht politische Notwendigkeiten?", fragte Brun.

„Gut möglich. Sie ist Ministerin für Inneres, Migration und Bürgerschaft und demnach Jordis Amtskollegin auf EU-Ebene. Von Seiten der EU war sie es, die sich für die Ausreise der Laritskis engagiert hat, was unter anderem den Kontakt mit Besson erklärt, was aber auch eine Verbindung zu unserem Problem darstellt."

„Ebenso die Tatsache, dass es Jordi war, die die Ausreisepapiere für die Laritskis unterzeichnet hat", ergänzte Sava.

„Genau", kam es von Lorenz. „Außerdem geht sie auch mit Besson ins Bett."

Keiner fragte mehr nach der Wahrscheinlichkeit der letzten Information, dem Wie und Warum ihrer Beschaffung. Wenn Lorenz solches mit Bestimmtheit sagte, dann war es auch so. Konzentration und Dringlichkeit der neuen Situation ließen Kaffeetassen und Teegläser vergessen.

Als alle wieder an ihren Plätzen rund um den Tisch saßen, gab Brun die Richtung vor: „Okay – was haben wir?"

„Sieht beinahe nach einem roten Faden aus", nahm Sava seine Frage auf. „Nach einem, der viel mehr verbindet, als wir bisher vermutet haben."

Brun nickte ihr zu. Wortlos. „Mach weiter."

„Wir hatten einen Anschlag auf ein Flugzeug in der Schweiz, den jeder uns für einen Unfall verkaufen will. Wir wissen, dass das nicht stimmt. Wir haben außerdem 500 Millionen Euro, von denen man uns glauben machen will, sie seien längst außer Landes und bei den Russen, was so, glaubt man dieser E-Mail an Besson, nicht stimmt. Wir haben eine Person an Bord, die es laut offiziellen Daten nicht gibt und nie gegeben hat. Wir haben einen Bundespräsidenten, der nicht nur eine Ministerin überwachen lässt. Vielmehr müssen wir davon ausgehen, dass er lange vor uns viel mehr wusste, als er zugibt. Mehr noch: dass er möglicherweise irgendwie in die ganze Sache involviert ist. Und dann haben wir Aladin, der überall dort auftaucht, wo wir auch sind, und der damit eigentlich alle Punkte verbindet. Oder anders gesagt: Es macht vielleicht Sinn, mit der Annahme zu arbeiten, dass all jene Personen und Organisationen, mit denen dieser Kerl in Kontakt steht oder tritt, irgendwie in der Sache mit drinhängen. Auch diese ominösen Leute aus der Ukraine, die ihn auf dem Radar haben, und jemand innerhalb der SFB."

„Okay – wir haben also Besson, Jordi, Sophia Svenström, das Ehepaar Laritski, einen unbekannten und verschollenen Passagier, Antonin Brejcha, diesen Aladin, der mit der FDF und mit Laritski verbandelt ist, und eine Person bei der SFB. Wir haben die Schweiz, Brüssel, Russland und die Ukraine."

„Und 500 Millonen Euro“, ergänzte Nouriel, als Brun innehielt.

Eine Weile reagierte dieser nicht. Er schien gedanklich weit weg zu sein. Dann kam er auf die Beine, als habe sich etwas in ihm gelöst, das lange stark gespannt gewesen war: „Ich muss mit Jo Burger sprechen. Besson weiß mehr, als er sagt. Jo soll Druck machen. Ende der Schonzeit. Fünf Minuten Pause, Leute. Danach konzentrieren wir uns auf das, weswegen wir hier sind. Wir müssen so rasch wie möglich an Laritski ran. Es ist das Geld, Nour. Du hast recht. Und die Sache gefällt mir von Minute zu Minute weniger. Entweder schaffen wir es, in kürzester Frist an ihn heranzukommen, oder wir sind morgen Abend weg hier.“ Sprach‘s und verließ den Raum, um Burger anzurufen.

25

Herrenschwanden, Nähe Bern

Im Rahmen seiner Tätigkeit für den Auswärtigen Ausschuss hatten Jo Burger und seine Kollegen im Gremium Anspruch auf einen offiziellen Arbeitsplatz. Was man ihnen zugewiesen hatte, war das büromäßige Pendant zum Reservetisch beim Chinesen im Durchgang zur Küche. Neben der Toilette. Dieser Umstand hatte zur Folge, dass jedes Mitglied des Ausschusses für sich eine individuelle Lösung suchte. Und da jede dieser Lösungen sicheres Internet und ebensolche Telefonverbindung forderte, liefen die Sparbemühungen für den Steuerzahler auf ihr Gegenteil hinaus.

Burger verabscheute sowohl die Haltung als auch das Gebaren dahinter, die sämtliche Verlautbarungen in Sachen verantwortungsvoller Umgang mit anderer Leute Geld zu Lippenbekenntnissen machten. Aber er konnte es nicht ändern. Es war eine Art systemimmanente und jeden Teilnehmer infizierende Krankheit. Wer weiß, dass immer Geld da ist und dass immer Geld zugeschossen würde, sollte es mal nicht reichen, der passt nicht mehr auf. Im Gegenteil: Er entwickelt zwingend eine Erwartungshaltung. Wie der Jugendliche, der aller Schimpferei und Drohung der Eltern zum Trotz weiß, dass sie ihn stets rauspauken würden – egal in welche Bredouille er hineingeriete. Wenn also Beamte vom Sparen sprachen und von Kosteneffizienz, dann konnte man sich getrost eine Tüte Popcorn holen, sich zurücklehnen und die Show genießen. Es war auch diesmal nicht zu ändern, und seine einzige Rebellion dagegen hatte darin bestanden, sämtliche notwendigen Installationen bei sich zu Hause aus der eigenen Tasche zu berappen.

Von solchen Überlegungen war er im Moment denkbar weit entfernt. Wie stets, wenn er Antworten oder zumindest Ansätze zu Antworten suchte, musste er zuerst Stille finden. In der Regel fand er sie hinter seinem Haus. Auf der Terrasse und dem einzigen vorhandenen Stuhl. Diesmal war es ihm nicht gelungen. Auch das war ihm vertraut, und er wusste, was half. Bewegung. Nur das. Mit dem Körper kamen Gedanken in Fluss, Verbindungen zustande, Kreise schlossen sich. Zur Zeit floss und schloss sich indes gar nichts. Erst die Hunde rissen etwas auf. Er wusste, dass ihre Namen „Philosoph" und „Utopia" waren. Der ihrer Besitzerin „Eva Burgermeister". Sie wohnte in einem der Häuser seiner Siedlung. Er wusste nicht, in welchem. Die Hunde kamen ein Stück weiter vorn, dort, wo die grasige Kerbe breiter wurde, aus dem Wald und auf das Feld geschossen und galoppierten in wildem Spiel mal sich um die eigene Achse drehend, mal jäh die Richtung ändernd auf die gegenüberliegende Seite zu, wo hinter der Kulisse dichten Grüns die Schnellstraße verlief. Auf den Pfiff der Frau hin hielten sie abrupt bremsend inne, standen Sekunden wie in Blei gegossen und jagten dann auf demselben Weg zurück.

Die Frau… das war es, worum er seit geschlagenen zwei Stunden kreiste. Dies und Gefahr. Hillers erster Anruf hatte ihn nicht überrascht. Zumindest nicht die Information, die jener ihm gegeben hatte: Besson spielte ein falsches Spiel, und er, Hiller, hatte sich selbst in die Tasche lügend bis heute mitgespielt. Politik. Was ihn innerlich in Alarmbereitschaft versetzt und was er nicht zu fassen gekriegt hatte, war, wie weit Besson offenbar zu gehen bereit war. Die Tatsache, dass er scheinbar nebenbei in Erfahrung zu bringen versucht hatte, wer auf den Fall angesetzt war, konnte vieles bedeuten. Von der Illusion persönlicher Kontrolle bis hin zur Enttarnung von Geheimdienstmitarbeitern. Und wenn Letzteres passierte, so zeigten genügend Beispiele aus der Vergangenheit einzelner NDB-Teams und der Regierung, dann lief das innert Sekunden um die Welt. Ganz ohne Abhören. Wohl hatte Hiller Besson falsche Namen angeboten, und dieser hatte sie anscheinend gekauft. Aber ein Anruf des Bundespräsidenten bei jemandem aus Alders Team, ein Preis, genügend Druck oder auch nur etwas Schmeichelei konnte reichen, um die richtigen Informationen zu erhalten. Sollte das der Fall sein, dann waren Carl und sein Team in Gefahr. In Lebensgefahr. Nichts einfacher, als sieben Menschen, die offiziell gar nicht in Russland waren, in Russland verschwinden zu lassen.

Er war noch dabei gewesen, dieses Bild zu erfassen, da war schon der nächste Anruf gekommen. Wieder von Hiller. Und er hatte alles auf den Kopf gestellt, wovon sie ausgegangen waren: Es war die Frau, um die es die ganze Zeit ging. Evgenija Iwanowna Laritskaja. Nicht ihr Mann, sein Geld, der Fonds oder die Kredite an die Regierung.

„Scheint unser Tag zu sein, Jo“, hatte Hiller gesagt, als Burger zum zweiten Mal in kurzer Zeit ans Telefon gegangen war.

„Was gibt‘s noch?“, hatte Burger nur gefragt.

„Ein alter Bekannter von euch sucht Jezreel Vidali.“ Und als Burger darauf nicht reagiert hatte: „Nik Horn.“

„Was will er?“

„Das frage ich dich, Jo. Was, verdammt noch mal, läuft hier?“

„Glaub‘ mir, Christoph: Wenn ich das wüsste, würde ich mich nicht mit dir unterhalten. Was sagt er?“

Hiller, zurückgestutzt auf das loyalitätsmäßige Format einer Ratte und reduziert auf den Spitzel, der er im Auftrag seines Wanstes gewesen war, hatte die Kälte akzeptiert. Das waren die Regeln. Wiedergutmachung gab es nicht bei solchem Vertrauensbruch. Nur den Versuch, abzuzahlen, was nie beglichen werden konnte.

„Er ist nicht damit herausgerückt“, hatte er in neutralem Ton gesagt. „Es war reiner Zufall, dass sie ihn überhaupt zu mir durchgestellt haben. Er rief an, verlangte, Jezreel Vidali zu sprechen, und sagte, es handle sich um etwas Privates.“

„Und warum kommen Sie damit zu mir?“

„Weil ich ihm gesagt habe, er müsse mir schon etwas geben, um mich dazu zu bewegen, überhaupt etwas für ihn zu tun.“

„Und?“

„Nabucco.“

„Nabucco?“

„Ja, Jo – Nabucco.“

„Horn ist Investor.“ Jo Burger hatte es mehr zu sich selber als zu seinem Gesprächspartner gesagt.

„Genau das habe ich mir auch gedacht“, war es von Hiller gekommen. „Er ist Investor. Und vor allem: Er ist ein Investor, von dem seit der Sache damals keiner wirklich weiß, wo er lebt und arbeitet. Der Kerl ist untergetaucht. Niemand kennt seine Kunden, Mittelsmänner und Treuhänder. Die einen munkeln, er lebe in Kanada. Andere wollen was von Osteuropa oder Neuseeland wissen.“

„Und?“, hatte Burger gefragt im Wissen, dass Hiller bereits alle Hebel in Bewegung gesetzt hatte, um zumindest den Ort von Horns Kontaktaufnahme zu bestimmen.

„Er ist hier“, hatte er denn auch bestätigt. „Und wenn du mich fragst, Jo, dann kommt ein millionenschwerer Neo-Einsiedler, über dem außerdem nach wie vor das Damoklesschwert made in Switzerland für eine nicht verjährte Straftat schwebt, nicht freiwillig aus der Deckung, um mit einem unserer Leute über eine Mozart-Oper zu plaudern.“

„Verdi“, hatte Burger gesagt. „Es ist eine Verdi-Oper. Was denkst du?“

„Das Pipeline-Projekt“, war es von Hiller gekommen. „Es ist zeitlich zu nah, als dass es sich um etwas anderes handeln könnte. Vor nicht mal einem Monat wurde die Sache offiziell abgeblasen. Da standen und stehen noch Milliarden im Feuer. Aber das ist nicht der Punkt.“

„Sondern? Für die Schweiz und für die Russen hätte es doch nicht besser laufen können.“

„Es ist Bessons Dossier, Jo. Besson und die Russen. Besson und Laritski. Wir wissen beide, dass in der Politik nie etwas zufällig oder kostenlos geschieht. Die Hypothese, dass das Geld an Bord der Laritski-Maschine der Preis war, der bezahlt worden ist, um die EU im Sinn der Russen umzustimmen, macht in meinen Augen durchaus Sinn. Sollen wir Horn reinholen?“

„Nein. Wisst ihr, wo er sich aufhält?“

„Luzern. In ‚The Hotel‘.“

„Name des Hotels?“

„Das ist der Name, Jo. ‚The Hotel‘.“

Hiller hätte nicht sagen können, ob Burger diese Info kommentiert oder bloß ein Geräusch von sich gegeben hatte. Hätte er indes eine Wette abschließen müssen, dann hätte er darauf gesetzt, die Worte „Die Partei“ herausgehört zu haben.

Burger hatte aufgelegt und Horn angerufen. Das Gespräch war kurz gewesen. Und seither versuchte er, Ruhe zu finden, um denken zu können.

Fast war er jetzt froh, als sein Handy klingelte. Etwas, das sich rasend schnell in Hals und Brust ausdehnte bis zum äußersten Rand, um ebenso schnell wieder auf einen stechenden Nadelpunkt zu schrumpfen, raubte ihm für Sekunden den Atem, als er Bruns Stimme hörte. Seiner eigenen Stimme war indes nichts anzuhören, als er, Begrüßung und Kenntnisnahme zugleich, des anderen Namen nannte und ihm als Erstes mitteilte, sie sollten zusehen, dass sie so rasch wie möglich nach Hause kämen.

„Was ist los, Jo?“

Burger berichtete. Von seinem Gespräch mit Hiller und dem darauffolgenden mit Horn. Von Hillers Geständnis, von der Lüge, mit der er Besson abgespeist hatte, von Nabucco und schließlich von der E-Mail, über die irgendein Kontakt von Horn auf dem Server der IT-Sicherheit des Bundes gestolpert war.

„Das erklärt den Kontakt zur SFB, den Lorenz ausgegraben hat“, meinte Brun, als Burger verstummte.

„Würdest du die Güte haben, mir zu sagen, wovon du sprichst, Carl? Das alles scheint dich nicht zu überraschen.“

„Die Mail haben wir seit gerade eben auch, Jo. Und dank Lorenz sind wir bereits ein Stück weiter.“

Diesmal berichtete Brun. Von der Belagerungssituation vor Laritskis Netzwerk, von Aladin, davon, dass auch andere sich für ihn interessierten, von den Spuren, die in die Schweiz und zur SFB, nach Brüsell zur FDF und in die Ukraine führten, von Svenström, die sowohl mit der FDF als auch mit Besson verbandelt war und die sich für die Ausreise der Laritskis eingesetzt hatte. Und noch bevor Burger auf den Bericht reagieren konnte:

„Gib uns noch zwei Tage, Jo – wenn wir dann nicht an Laritski rangekommen sind, kommen wir heim. Versprochen. Aber es ist der kürzeste Weg. Und der effizienteste, jetzt, wo wir schon mal da sind."

„Es geht nicht um Laritski, Carl."

„Wie meinst du das?"

„Genau so, wie ich es sage. Es geht nicht um ihn. Es geht die ganze Zeit über um seine Frau. Frage mich nicht, wie, aber Horn hat es geschafft, die Konten des Ehepaars einzusehen."

„Womit der Kontakt Laritski-SFB auch geklärt wäre."

„Ich weiß nicht, ob diese Einsicht über die SFB gelaufen ist. Aber das ist sekundär. Jedenfalls sind die 500 Millionen Euro auf das Konto der Frau in Zypern überwiesen worden. Aber nicht als Summe, sondern als zwei separate Zahlungen. 300 Millionen über ein Konto von der Sberbank. Ich würde auf saubere russische Polit-Schmiere tippen. Im Fall der anderen Zahlung über 200 Millionen sieht die Sache allerdings anders aus. Horn sagt, es sähe aus, als seien sie nirgendwoher gekommen."

„Und was soll das bitte heißen?"

„Die Laritskaja hat ihr Geld, was Zypern anbelangt, zum größten Teil bei der Bank of Cyprus parkiert. Dorthin sind, wie gesagt, kurz vor dem Anschlag auf die Hawker 300 Millionen von der russischen Sberbank überwiesen worden. Es ist dieses Institut, über das die Regierung via Kredite gerne Geschäfte abwickelt. So weit, so normal. Die restlichen 200 Millionen waren im Gegensatz dazu einfach plötzlich da. Es sehe zwar auf den ersten Blick so aus, als wäre der Laritskaja von ihrer zypriotischen Hausbank ein Kredit über diese Summe gewährt worden. Grabe man indes ein wenig tiefer, stelle man fest, dass es innerhalb der Bank of Cyprus keine entsprechende Gegenbuchung gebe, wie sie eigentlich vorhanden sein müsste. Allerdings habe die Bank gleichen Tags Anleihen über denselben Betrag veräußert. Und jetzt halt dich fest: Der Käufer der Anleihen war die Fight vor Democracy Foundation."

„Laritskis persönliche Heilsarmee kauft Anleihen einer Bank über 200 Millionen Euro?" Brun klang ratlos.

„Genauso sieht's aus, Carl. Aber das ist noch nicht alles. Laut Einschätzung von Horn würde ein Institut wie die Bank of Cyprus nie, ich wiederhole: nie Anleihen in diesem Umfang an eine russische NGO veräußern. Eine solche Partnerschaft, egal ob offiziell oder nicht, würde sie bei Bekanntwerden von jedem EU-Rettungsschirm oder EZB-Notfallkredit abschneiden. Er sagt, keine Bank wäre heute auch nur in der Lage, so was überhaupt zu denken."

„Warte, warte, warte, Jo. Gib mir eine Sekunde. Willst du damit sagen, Horn behaupte, die 200 Millionen stammten in Wahrheit von denselben Leuten, die den größten Teil der europäischen Bankanleihen kaufen? Von der EZB?"

„So hab' ich's verstanden, ja."

„Großer Gott, Jo – weißt du, was das heißt?"

„Ja, Carl. Es heißt, dass hier etwas läuft, das zu groß ist für uns. Und es heißt, dass du und deine Leute schleunigst von dort verschwinden und nach Hause kommen solltet."

„Nein, Jo – es heißt, dass wir ganz nah dran sind. Und das meine ich sowohl im Wortsinn in Bezug auf die Laritskaja als auch im übertragenen Sinn in puncto Information. Wir können ab sofort davon ausgehen, dass die E-Mail…"

„Apropos E-Mail…", unterbrach ihn Burger.

„Was ist damit?"

„Horns Informant geht davon aus, dass es sich bei BUJobs um die Bandidos Ukraine handeln könnte."

„Wie sicher ist er sich?"

„So sicher, dass er Horn und sein Honorar in den Wind geschossen hat und abgetaucht ist."

„Dann wäre auch das klar", meinte Brun.

„Wovon sprichst du?"

„Lorenz sagt, er sei nicht der einzige, der sich für diesen Aladin interessiert. Er konnte die Spur dieser Leute bis in die Ukraine zurückverfolgen. Bisher war nicht klar, was es damit auf sich hat. Aber jetzt macht sogar das Sinn."

„Aber das erklärt den Link nicht. Was hat die Laritskaja mit den Bandidos zu schaffen? Und was Besson mit all dem?

Nun – wir werden es herausfinden. Jedenfalls ist die Annahme, die E-Mail komme von der Russin, jetzt plausibel. Und wenn du mich fragst, dann versucht sie, sich zu schützen, indem sie droht.“

„Dann hängt Besson also mit drin?“

„Nicht zwingend. Es kann sein, dass sie mit gutem Grund davon ausgeht, dass Besson einfach nur Fragen stellen wird und damit jene warnt, die es betrifft.“

„Da könntest du recht haben.“

„Sieh‘ zu, dass ihr da rauskommt, Carl“, wiederholte Burger. „Das hier wird zu groß. Und damit meine ich: zu gefährlich.“

„Zwei Tage, Jo. Gib uns zwei Tage. Dann kommen wir rein.“

26

Autobahn H07 östlich von Kiew, Ukraine

Der einzige Anspruch, dem die drei Kilometer zuvor angekündigte „Raststätte“ genügte, war das einstmalige Vorhandensein einer öffentlichen Toilette. Wie graue Konfetti im mageren Grün rund um den Parkplatz zerstreute Papierfetzen gaben jedoch Auskunft darüber, dass größtenteils auf die Nutzung der zivilisatorischen Errungenschaft verzichtet wurde. Das Innere des Häuschens, das einmal die sanitäre Anlage beherbergt hatte, war ausgeweidet. Trennwände und Türen der ehemaligen Kabinen sowie Teile der Boden- und Wandkacheln hatten neue Besitzer und Verwendungszwecke gefunden. Von Toiletten und Waschbecken ganz zu schweigen.

An diesem Vormittag, dessen Himmel sich farblich der Örtlichkeit angepasst zu haben schien, befanden sich in dem kleinen Gebäude drei Männer. Einer davon war dabei, sich auszuziehen, während der zweite in voller Ledermontur Kleidungsstück um Kleidungsstück inklusive Gürtel, Socken und Schuhen entgegennahm und einer eingehenden Prüfung unterzog. Der Dritte, der den Raum mit seiner Präsenz zu füllen vermochte und zu sprengen riskierte, stand nur dabei.

„Ist das euer neues Aufnahmeritual?“, fragte Semjon Kowaljow, während er in die Jeans schlüpfte, die ihm der andere mit einem Brummen wieder in die Finger gedrückt hatte.

Das Ganze wurde dadurch, dass er temporär nur über einen Stiefel verfügte und es um jeden Preis verhindern wollte, mit dem nackten Fuß den Boden zu berühren, nicht vereinfacht.

„Was beklagst du dich, mein Freund? Normalerweise wird der Feind liquidiert – wir beschränkten uns darauf, dich in Augenschein zu nehmen.“

Die Stimme Andriy Galuschkas, des ukrainischen Bandidos-Chefs, dröhnte durch das schwindsüchtige Mauerwerk, obwohl Kowaljow hätte schwören können, dass der andere nur geflüstert hatte.

Die weitere Prozedur absolvierten sie schweigend. Kowaljow war müde. Buchstäblich zum Umfallen. Er war die Strecke von Moskau hierher durchgefahren. Zwölf Stunden Autofahrt nach einer Schicht im Krankenhaus. Das letzte Stück vor dem Grenzübertritt durch Weißrussland. Andriy hatte ihm diese Route empfohlen.

„Sofern dir nicht danach ist, durch einen 300 Kilometer breiten Sandkasten zu fahren, um den sich eure Leute mit der Nato streiten, dann rate ich dir, über den Norden reinzukommen."

Er war dem Rat gefolgt. Galuschkas Leute hatten ihn an der Grenze in Empfang genommen. Er hätte nicht zu sagen vermocht, welche der spärlichen Autos es waren, die ihm Geleit gaben, um allfällige andere Begleiter ausfindig zu machen.

Mit einem abschliessenden „tschisto", was so viel wie „sauber" bedeutete, wurde ihm jetzt der Gürtel ausgehändigt. Sie traten in das helle Grau des Tages hinaus. Erst als sie bei den Autos angelangt waren und er sich eine Zigarette angezündet hatte, erlaubte sich Semjon Kowaljow, durchzuatmen. Jeder Rauch war sauberer als die Luft, die über dieser Ecke hing.

„Was ist los, Andriy?", fragte er schließlich.

Anstelle einer Antwort kam eine Gegenfrage: „Warum ist deine Familie nicht hier?"

„Warum sollte sie? Ich bin nicht im Urlaub, Andriy?"

„Urlaub…" Andriy Galuschka kostete das Wort, als wär's eine ausgefallene kulinarische Kreation. Dann legte er den Kopf in den Nacken und lachte sein Murgang-Lachen. Nicht nur der Mann, sondern auch das ihn Umgebende schien zu beben, während er sich nach hinten lehnte und reines Dröhnen war. Kowaljow kam nicht umhin, bei dieser Vorstellung zu grinsen. Man konnte sich dagegen nicht wehren, Verständnis hin oder her. Zu gewaltig war die Kaskade der Heiterkeit – egal wie bitter sie sein mochte. So unvermittelt es ausgebrochen war, so plötzlich war es zu Ende.

„Hättest du jemals gedacht, dass etwas so Normales wie Urlaub einmal völlig absurd werden könnte?“

„Für viele Russen war es das schon immer“, antwortete Kowaljow.

„Für dich und mich nicht. Und wir beide wissen, was wir gerade verlieren.“

Semjon Kowaljow wusste es. Allen Unterschieden zum Trotz hatten sie Gemeinsamkeiten: ihre Liebe zur Familie, zum Club, zur Heimat. Dass Letztere im Fall Galuschkas gerade mit Hilfe von EU, IWF und USA zum Preis der Landnahme ausverkauft und seine eigene in eine Art Krieg gezwungen wurde, war eine Tatsache. Die Frage nach dem Ob hatte sich längst erledigt, ganz egal, wie viel Zeit die PR-Crew in Kiew zwecks optimierter Füllung der eigenen Taschen zu schinden vermochte. Ja – an etwas wie Urlaub auch nur zu denken, kam einem Witz oder gar einer Beleidigung gleich.

Eine Art Mutlosigkeit wollte ihn erfassen.

„Lass uns hier verschwinden“, sagte Andriy Galuschka, als ginge es ihm ebenso. „Wir haben ein gutes Stück Weg vor uns. Wir können im Auto reden.“

Damit war für Kowaljow klar, dass er ab jetzt einen Beifahrer hätte. Während er schweigend und rauchend den beiden anderen Fahrzeugen folgte, stellte er erstaunt fest, dass sie dieselbe Strecke gen Norden zurückfuhren, auf der er gekommen war. Während einer Viertelstunde fuhren sie schweigend. Fast schien es, als warte Galuschka darauf, dass er nervös würde. Unruhig, das verbale Stehenbleiben nicht aushaltend, weil das Gewissen drängte. Irgendwann schien er zum Schluss zu kommen, dass Kowaljows Arglosigkeit nicht gespielt war, die gespannte Ruhe, die wohl wartete, aber nicht quälte, echt.

„Du hast wirklich keine Ahnung, oder?“

„Was ich weiß, ist schon viel zu viel.“

„Tu mir leid, mein Freund. Es wird noch mehr. Es gibt Probleme.“

„Das alles ist ein Problem“, stieß Kowaljow zwischen den Zähnen hervor. Es klang härter als beabsichtigt.

„Du bist müde“, war Galuschkas Kommentar.

„Stimmt. Lass uns zur Sache kommen. Warum bin ich hier?“

„Ich muss dir was zeigen.“

„Du machst Witze...“

„Mir ist nicht nach Witzen zumute.“

„Ich weiß.“

Es war nicht einfach so dahergesagt. Er wusste es wirklich. Spätestens seitdem Galuschka ihm beim letzten Mal zu erklären versucht hatte, worum es, wie er vermutete, bei der ganzen Sache wirklich ging. Und mit welchen Mitteln man es erreichen wollte. Und wer „man“ war. Dennoch: Ein Teil von ihm verweigerte sich, konnte es nicht fassen, rettete sich in die eng gesteckten, sicheren Grenzen des eigenen Seins-Radius. Offenbar hatte Galuschka jetzt die Absicht, ihn dort herauszuzerren.

„Es geht nicht um Geld im Sinn von Bereicherung“, hatte er bei ihrem letzten Treffen nach dem Essen den Faden ihres Gesprächs wieder aufgenommen. Sie hatten in der großen Küche von Freunden Galuschkas gesessen. Der Raum hatte leer gewirkt, alt und ärmlich und noch nüchterner als die Bar des Hotels „Style“. Aber im Vergleich zu dieser warm. Als wäre auch er ein Freund. Zuerst hatte es milden Wodka mit Knoblauchspeck und Schwarzbrot gegeben. Danach Wareniki – Teigtaschen – mit verschiedenen Füllungen. Und wieder Wodka. Irgendwann waren neben den Schnapsgläsern noch solche für Tee auf den Tisch gekommen. Dazu Apfelkuchen. Die Freunde waren verschwunden, ohne dass es Kowaljow aufgefallen war. Nichts hatte gekünstelt oder gezwungen gewirkt – Familie.

„Es geht darum, worum es in bedrohten Systemen zum Ende hin immer geht, Semjon. Um Kontrolle. Und Kontrolle heißt zuallererst immer Kontrolle über Geld.“

„Aber die haben sie doch längst, die Kontrolle über das Geld“, hatte er mehr gerufen als gesagt. „Die Fed der Amis ist in Wahrheit eine Privatbank, die EZB eins ihrer halboffiziellen Subunternehmen. Ebenso die BOJ, die SNB, die Bundesbank. Sie sind ja längst das Geld. Sie sind die Kontrolle.“

„Du musst näher ran, Semjon“, hatte Galuschka entgegengehalten.

„Was willst du mir zeigen?“, fragte Kowaljow jetzt.

„Einen Kollateralschaden“, sagte Galuschka. „Fahr da vorne mal rechts ran. Ich übernehme. So wie du fährst, kommen wir nie an. Ich schlage vor, du haust dich hinten aufs Ohr.“

***

„Premier Palace Hotel“, Kiew

Aleksei Wladimirowitsch Laritski fühlte Evgenija in seinen Händen, als hätte er den Griff um ihre Schultern nie gelockert. Jeder Finger übermittelte ihm ein Stück der filigranen Härte, auf die er gestoßen war. Faser für Faser, als wäre sie eingebrannt in ihn. Ihre Magerkeit, der durchscheinende Mensch, der verlassen zu sein schien, nicht mehr da. Nicht mehr Mensch. Er stemmte sich gegen die Trauer, die ohne klare Konturen in ihm waberte, sich ausdehnte; trauern hieß überwinden. Er wollte sie nicht überwinden. Er wollte sie zurück. Sie war nicht tot. Er hatte sie verloren für den Moment. Er würde sie wiederfinden. Deshalb war er hier.

Sie hatte recht, wenn sie sagte, er habe sich entfernt. Von ihr, vom Geschäft, von der Stiftung. Es gab eine Zeit vor Aljoscha und eine Zeit danach. Sein Sohn. Ihr Sohn. Er hatte gesehen, wie sehr sie wollte und nicht konnte, und hatte versucht, den unbesetzten Raum zu füllen, ein Vater zu sein, der Mutterschaft in seinem Schatten barg. Alles andere war weniger wichtig geworden. Seine vormaligen Inhalte und Ambitionen klein im Vergleich zu dem Unterfangen, eine Seele stark zu machen, ohne dass sie Schaden nähme dabei. Lange Zeit hatte er gedacht, es gelänge. Es hatte funktioniert. Störungsfrei und reibungslos. Für die Tatsache, dass auch die zunehmende Distanz zu allem anderen diese Illusion genährt hatte, hatte er blind sein wollen. Müssen vielleicht. Im Fall von Horizon Hill war die Rechnung aufgegangen. Der Fonds war neben Aljoscha sein anderes Kind. Er hatte die Firma im Blut. Jeden einzelnen ihrer Wachstumsschritte und -schübe, jeden Rückfall, jedes Stehenbleiben von dem Moment an, wo er unsicher und jung die ersten Schritte im Geschäft getan hatte. Er war die Firma. Und das Management, das sie jetzt führte, hervorragend. Man kannte ihn. Die Balance war perfekt, Distanz war hier Nähe. Treu und Glauben fest verankert im Fundament ungeschriebener, aber klar definierter Folgen.

Bei Aljoscha war das anders. Er war zu plötzlich da gewesen. Genau wie Evgenjia hatte er die sichtbare Veränderung während der Schwangerschaft auf sie selbst beschränkt, auf ihren Körper. Als wäre es etwas, das auftrat, da war und dann wieder abklingen würde. Die Geburt war einem Ausscheiden gleichgekommen. Es hatte auch ihn zerrissen, das Nicht-Fühlen und das Wissen. Er hatte Wiedergutmachung gelobt im Bewusstsein, dass das Mögliche immer zu wenig wäre. Es hatte sich verändert, ohne dass er es bemerkt hatte. Aljoscha war sein Kind geworden. Liebe, der man alles opferte, wenn man nicht auf der Hut war. Er hatte aufgepasst und dabei Eva aus den Augen verloren. Sie allein gelassen vielleicht. Er wusste es nicht. Für den Moment war sie außerhalb seiner Reichweite. Jetzt war er auf dem Weg zurück zu ihr.

Er öffnete die Augen und ließ den Blick eintauchen ins Blau der Suite „Serge Lifar", deren sterile Üppigkeit ihm traumhafter erscheinen wollte als jede noch so schemenhafte Gedankenwolke. Der Schmerz, der ihm durch die Bauchdecke bis ins Hirn fuhr, als er den Arm hob, um auf die Uhr sehen zu können, war vertrauter Diener. Er ahnte, dass er die Zeit seit dem Absturz, ihre Dauer ohne ihn nicht überstanden hätte. Nicht so jedenfalls. Er zog sich auch jetzt an ihm hoch, als wär's eine ausgestreckte Hand, setzte sich auf. Er entschied, sich für das Treffen mit Pascal de Maere weder umzuziehen noch zu duschen. Danach hätte er es vielleicht nötiger. Der Tisch war für ein Uhr reserviert. Als Grund für das Treffen hatte sich der Verlust eines Hilfstransports der Stiftung angeboten nach dem Motto: Wenn's so heiß wird, dass es brennt, muss sich der Boss persönlich reinhängen. In Wahrheit wollte er de Maere einfach sehen. Sein Verhalten, seine Reaktionen den Vermutungen, die längst Verdacht waren, entgegenstellen. Er war sich bewusst, was für eine Art Mensch er mit de Maere an die Spitze der Stiftung gestellt hatte. Dass unter der soliden Schicht professionellen Zupackens zum Besten anderer reine Zweckmäßigkeit Antrieb und Brennstoff war. Genau so jemanden hatte er gebraucht. Einen, der sich – Motive hin oder her – anzupassen vermochte. Jeder Situation, jeder Person. Eine Wohltätigkeits-Kakerlake, die, wenn sie für sich selbst das Beste herausholen wollte, auch das Beste für die Stiftung beziehungsweise für deren Aktivitäten tun musste. Den Bock zum Gärtner machen und ihm gerade so viel Heu reinwerfen, dass er die Rosen in Ruhe ließ. Das war das Kalkül gewesen. Und de Maere so gut, ihn glauben zu machen, dies reiche ihm. Die wöchentlichen Berichte zum Stand der Aktivitäten hatten das Ihre dazu getan.

Kurz nach den viel zu professionell organisierten und zu gut bezahlten Protesten in der Ukraine gegen die Nichtunterzeichnung des Assoziierungsabkommens mit der EU, nach dem sogenannten „Euromaidan“, hatte sich der Hauptfokus der Stiftung vermehrt auf diese Region gerichtet. Als die Absetzung und Flucht der Regierung sowie der Konflikt rund um die Krim sich zu konkretisieren begannen, hatten es auch die Projekte der Stiftung getan. Von Anfang an war man nach Absprachen mit beiden Seiten – auch wenn dies in den Medien nicht erwähnt oder bewusst unterschlagen wurde – mit Hilfslieferungen für die Bevölkerung, aber auch für die sogenannten Separatisten vor Ort gewesen. Man hatte mit aller Energie ein Netzwerk von Einzelpersonen und Organisationen zusammengebracht, das über vor- und nachgelagerte Verbindungen die Versorgung der in einen Krieg hineinrutschenden Region sicherstellte. Alles in kürzester Zeit, unter Bündelung sämtlicher Kapazitäten und mit dem Segen aller am Konflikt Beteiligten. Dass man dabei Menschenleben, Infrastruktur und Hilfsgüter verlor, lag in der Natur der Sache, und jeder, der sich für eine Stiftung wie die FDF engagierte, musste sich dessen bewusst sein. In der vergangenen Woche war zum zweiten Mal in diesen Jahren ein Hilfskonvoi der FDF bombardiert und dabei eine Person getötet worden. Von wem, ob gezielt oder unbeabsichtigt – das wusste man nicht. Das herauszufinden, war auch nicht die erste Aufgabe der Stiftung. Sie musste weitermachen. Weiterliefern. Darum ging es. Und vordergründig tat de Maere genau das. Und er tat es gut. Zu gut, wie Laritski in der Rückschau festgestellt hatte.

Es war nicht das erste Mal, dass die Stiftung in derlei Krisenherden tätig war. Der Aufbau einer Lieferkette, die Beschaffung der nötigen Waren, der ganze praktische Teil einer solchen Unternehmung war Fleißarbeit und – die Transportwege ausgenommen – Routine. Was Zeit kostete und was die ganze Planung ad absurdum führen konnte, waren die Verhandlungen mit den Konfliktparteien. Die endlosen Gespräche, Korrespondenzen und Irrwege bis zu dem Moment, wo grünes Licht gegeben wurde und man endlich die Versorgung jener Menschen angehen konnte, um die es beiden Seiten angeblich ging. Was nun die Krise in der Ukraine anbelangte, so war die Organisation der Hilfe auf russischer Seite Standard gewesen und flüssig vonstattengegangen. Man kannte sich und wusste, womit man es zu tun hatte. Das Problem war die andere Seite. Immer. Die FDF war eine russische Organisation, egal wo ihr Hauptsitz sich gerade befand oder wer ihre Geldgeber waren, und die Ukraine war ein souveräner Staat. Zumindest in der Wahrnehmung der Öffentlichkeit und auf dem Papier. Wollte man als NGO – Wohltätigkeit hin oder her – nicht als Partei und damit als Feind wahrgenommen werden, musste man sich mit den Machthabern arrangieren. Ob zu diesem Zweck Geld floss, spielte keine Rolle. Dazu hätte sich Laritski jederzeit bekannt. Aber auch im besten Fall und unter Einsatz hoher Summen verliefen solche Verhandlungen nie glatt und zügig. Es konnte Wochen und Monate dauern, bis man als Außenstehender das Okay bekam, den Leuten, die die jeweiligen Gesprächspartner zu vertreten vorgaben, auch nur das Nötigste zu liefern. Und auch dann: Mehr als Aspirin, ein paar Kleider und Milchpulver ließ man in der ersten Phase nie durch. Von der Präsenz von Hilfskräften vor Ort ganz zu schweigen.

Diesmal war jedoch alles anders gewesen. Er hätte stutzig werden müssen. Keine zwei Wochen hatte es gedauert, bis man drin gewesen war. Es hatten seit langem Kontakte gegeben zur Ukraine. Schließlich hatte man politisch einmal zusammengehört. Aber die Kontakte waren – besonders seit 2004 und der sogenannten Orangen Revolution – nicht mehr solche gewesen, die den direkten Zugang zum innersten Kreis ermöglichten. Man hatte sich im äußeren Gürtel der Macht so gut wie möglich vernetzt gehalten, ohne jedoch den von Amerika und der EU finanzierten NGOs zu nahe zu kommen. Die Tatsache, dass genau diese es waren, die am Ausbruch und am temporären Ausgang der neuerlichen Krise aktiv beteiligt waren, lag für Laritski auf der Hand. Und es hätte ebenso sein sollen bei seiner Beurteilung von de Maeres Berichten, er hätte misstrauisch werden müssen. Um in solch kurzer Frist Zugang zu dem gierigen Haufen im Regierungspalast zu erhalten, der seit seinem Einzug dort für sich und seine Zuträger quasi einen Dauerschlussverkauf feierte, musste man jene kennen und auf seiner Seite haben, die diese Leute dorthin gebracht hatten und dort spielen ließen. Und genau da hätte es bei ihm einhaken sollen: Diese Leute, die hinter der EU, hinter NGOs jeder Couleur, dem IWF und den UN die Fäden zogen und überall Vetorecht hatten, betrachteten sowohl ihn, Laritski persönlich, als auch seinen Fonds und die Stiftung nicht nur als Konkurrenten, sondern als Feind. Hier innert kürzester Zeit ein wohlwollendes Schulterklopfen und Willkommen zu erreichen, war ein Ding der Unmöglichkeit. Es sei denn, man kannte sich längst und hatte gemeinsame Interessen. Anders ginge es nicht. Und dies wiederum legte den Schluss nahe, dass de Maere sich den sprichwörtlichen Rosen zugewandt hatte. Deshalb war er hier.

Laritski wandte sich in der Tür zur Suite kurz um. Bis auf die Delle auf der rechten Betthälfte im hinteren Zimmer sah der Raum unberührt aus. Er wusste noch nicht, ob er nach dem Treffen mit de Maere hierher zurückkommen oder direkt zum Flughafen fahren würde. Letzteres war näherliegend – das Bedürfnis nach größtmöglicher Distanz zum fauligen Gestank der geplatzten Blase aus Selbstbetrug und Trägheit würde mit großer Wahrscheinlichkeit überwiegen.

Als er von der Wendeltreppe auf das Dach des Hotels im neunten Stock hinaus- und in das Restaurant „Atmosfera“ eintrat, traf ihn zweierlei: die überraschende Kraft des frühen Sommers und die Einsicht, dass de Maere ihm in die Augen blickte, bevor er ihn gesehen hatte. Er war absichtlich zu spät gekommen. Es war ein Statement. Aber es schien seine Wirkung verfehlt zu haben. Als er an den im Schatten eines Sonnensegels stehenden Tisch trat, hatte sich de Maere erhoben und strahlte ihn an, und er kam nicht umhin, festzustellen, dass er den Mann allem zum Trotz gut leiden konnte. Er mochte eine Schlange sein, ein Dreckskerl und Lügner; aber er war es auf eine sympathische Weise. Aleksei Wladimirowitsch dachte diesen Gedanken ruhig und ohne ihn zu wägen; er hätte keinen Einfluss auf seine Entscheidung. Er würde auch seinen besten Freund ausschalten lassen, wenn er zum Schluss käme, es sei notwendig.

„Pascal.“

„Aleksei – schön, Sie zu sehen.“

Ein Handschlag. De Maere zog einen Stuhl für Laritski heran, und sie setzten sich.

„Wasser?“, fragte de Maere, während er sich nach dem Kellner umsah.

Noch bevor Laritski nicken oder die Frage anderweitig beantworten konnte, bestellte de Maere Mineralwasser für ihn und Weißwein für sich selber, was neu war: Normalerweise schloss er sich in Bezug auf die Getränkewahl seinem Vorgesetzten an. Zeit, dass auch er einen Haken schlug und de Maere in der Sicherheit seines Übermuts unterstützte:

„Und mich lassen Sie bei einem Glas Wasser darben?“

De Maere schien überrascht und erfreut zu sein. Und wenn sich Laritski nicht täuschte, war in dem Atem seines Lachens eine Spur Erleichterung zu hören:

„Tut mir leid, Aleksei. Ich dachte...“

„Schon gut, Pascal. Es ist die Sonne. Der Ort... hier oben, über all dem da unten. Diese Leichtigkeit will nicht recht zum Russen in mir passen. Da reicht Wasser nicht mehr."

Die Getränke wurden serviert.

„Wunderbar", sagte Laritski nach dem ersten Schluck und lehnte sich in die weißen Kissen des eckigen Korbstuhls zurück. „Sagen Sie, Pascal – arbeiten Sie mit doppelten Büchern?"

Nur einen Moment noch klang die Zufriedenheit in de Maeres Augen nach, während seine Züge erstarrten und ein neues Lächeln hervorbrachten, ein anderes jetzt: „Wie bitte?"

„Sie haben mich schon richtig verstanden. Also? Doppelte Bücher, doppelte Agenda, zwei Herren? Nennen Sie es, wie Sie wollen."

„Gegenfrage, Aleksei: Sehe ich aus wie ein lebensmüder Irrer? Wie kommen Sie auf die Idee?"

Diesmal fühlte Laritski das Amüsement hinter seiner Stirn und hielt den Blick auf sein Glas gesenkt, das er scheinbar gedankenlos in den Händen drehte. De Maere war gut. Wirklich gut. Nur einen Lidschlag hatte es gedauert, um den blanken Spiegel weißen Entsetzens wegzuwischen aus dem Blick.

„Nun – man hört so dies und das."

„Und was und von wem, wenn ich fragen darf?"

„Das ist nicht der Punkt, Pascal."

„Und ob das der Punkt ist." De Maere wechselte in den Pitbull-Modus. „Sie kennen mich. Ich informiere Sie wöchentlich über jeden taktischen Furz der FDF. Und Sie kommen hier an, bezichtigen mich des Betrugs – denn genau das tun Sie ja –, weil sich irgendwo zwei frustrierte Mittelmäßler nicht anders zu helfen wissen als dadurch, alles, was besser ist als sie, mit Dreck zu bewerfen? Jeder kennt Sie, Aleksei. Und jeder, der seine Stimme zum Weitergeben derartiger Gerüchte hergibt, weiß auch, was das für mich bedeuten kann. Wie gesagt: Noch bin ich nicht lebensmüde, und deshalb frage ich Sie noch einmal: Woher kommen diese Gerüchte?"

Laritski wollte sich gerade über den Ausbruch de Maeres, den er in seiner Gegenwart nur als höflich, zurückhaltend und zuvorkommend kannte, zu wundern beginnen, als dieser sich die Sonnenbrille von der Nase riss und erhob: „Entschuldigen Sie bitte, Aleksei. Ich muss kurz austreten."

Sprach's und entfernte sich vom Tisch, während alles Erstaunen auf Laritkis Seite jäh in sich zusammenfiel. Auch die gemurmelten Worte des sich entfernenden de Maeres, wonach er gar nicht so viel fressen könne, wie er kotzen möchte, bargen keine Überraschung mehr: Er hatte die Augen gesehen. Rot und ausgedörrt, viel zu wach und viel zu weit. Laritski vermutete Kokain. Diese mittelmäßigste aller Drogen. Ordinär und bieder, und für den Außenstehenden so durchschaubar, dass man ihr eine gewisse Rechtschaffenheit nicht absprechen konnte. De Maere, die mit allen Wassern gut bezahlter Konzilianz gewaschene Wohltätigkeits-Hure in eigenem Dienst, hatte Angst.

Als wär's die logische Konsequenz dieser Einsicht, bestellte Laritski jetzt eine Zigarre, die ihm kurz darauf gleichmäßig glühend in einem gläsernen Aschenbecher gereicht wurde. De Maere kam von den Waschräumen zurück. Strahlend wieder.

„Bitte entschuldigen Sie, Aleksei. Es ist nicht meine Art, so aus der Haut zu fahren. Aber solches..."

„Schon gut, Pascal", beruhigte ihn Laritski, neigte den Kopf in den Nacken und ließ einen Rauchfaden in die Luft steigen. „Sehr wahrscheinlich haben Sie recht damit, dass Ihnen und somit der FDF mehr als einer alles andere als das Beste wünscht. Ich bin es, der um Entschuldigung zu bitten hat."

Und bevor de Maere antworten konnte: „Würden Sie uns noch eine Runde von diesem wunderbaren Weißen bestellen? Am besten eine Flasche. Schön kühl. Was ist es überhaupt?"

„Pouilly Fumé, 2012", kam es von de Maere, während er sich auf seinem Stuhl streckte, um den Kellner auf sich aufmerksam zu machen. Laritski schälte sich aus seinem Sakko, warf es auf den freien Stuhl, rollte die Hemdsärmel hoch. Als der Weinkühler mitsamt Flasche zwischen ihnen stand, die Gläser gefüllt waren und beide sich von den Häppchen bedient hatten, nahm Laritski den Faden wieder auf.

„Gehen wir der Sache auf den Grund. Ich werde offen zu Ihnen sein, Pascal. Es war Evgenija Iwanowna, die mich überhaupt auf den Gedanken gebracht hat.“ Und als wäre das nicht klar, ergänzte er: „Meine Frau.“

De Maere traute seinen Ohren nicht. Wohl hatte er gehofft und auch ein Stück weit geglaubt, die Situation wieder im Griff zu haben, nachdem sie ihm kurz vorher entglitten war. Der Gang zur Toilette hatte ihn gerettet. Für einen angeketteten Hund konnte Defensive tödlich enden. Er hatte sich für den Angriff entschieden und war jetzt vor die erfreuliche Tatsache gestellt, dass ein solcher nicht notwendig war. Nicht genug damit, dass Laritski ihm vorbehaltlos zu glauben schien – er spielte auch noch mit offenen Karten. Denn an der Info, dass es Evgenija Iwanowna war, die ihm zur Wahrung der eigenen Interessen und zum Selbstschutz derart in den Rücken fiel, zweifelte er keinen Moment. Aber das spielte keine Rolle. Das Problem war dabei, sich zu lösen. Es war nicht nötig, den Mann in dieser Sache auf seine Seite zu bringen. Absurderweise ging ihm der Gedanke durch den Kopf, ob man überhaupt noch von „Seite“ sprechen könne, wenn das Gegenüber bereits in naher Zukunft wegfiele. Er rief sich zur Ordnung. Besann sich auf den zweiten Punkt, zu dem er sich während der kurzen Auszeit in der Herrentoilette entschlossen hatte: Hier bot sich ihm nämlich unverhofft auch die Möglichkeit, die verhasste Kette loszuwerden. Sophia Svenström. Maklerin der Macht, Hüterin der Schlüssel, die ihn unten hielt, unwissend, auf Distanz. Als wäre sie Jesus oder so. Ha – das hier lief vollkommen anders, als er sich das gedacht hatte. Es lief perfekt. Er nahm einen Schluck von dem Weißwein, besann sich auf Ort und Zeit und die Tatsache, dass jetzt nicht der Moment war, im Rausch des Möglichen zu schwelgen.

Jetzt lachte er. Verstehend, väterlich, wohlwollend fast. Er fand, es gelinge ihm hervorragend: „Nun, Aleksei – ich denke, es liegt in der Natur unserer Aufgaben, einander zutiefst misstrauisch gegenüber zu stehen. Evgenija Iwanowna und ich, meine ich. Sie ist Partei – naturgemäß und aus tiefster Überzeugung. Ich werde in ihren Augen immer nur eine Art Zuhälter sein. Ganz egal, zu welchem Zweck und in wessen Dienst. Die Tatsache, dass ich dabei finanziell verdammt gut wegkomme, was meinen Idealismus wohl zusätzlich in Frage stellt, tut das ihre. Was ich allerdings nicht verstehe, ist das Warum. Oder besser: Warum jetzt gerade dieser Verdacht, der in Anbetracht Ihrer Beziehung eigentlich schon eine Anschuldigung ist?“

Laritskis Antwort gab de Maere die Bestätigung, dass die Möglichkeit einer Befreiung real und nicht überdrehte Spinnerei war:

„Soviel ich weiß, hatte sie in den letzten zwei Jahren vermehrt mit Leuten der Europäischen Kommission zu tun. Ich habe mich nie in ihre beruflichen Angelegenheiten eingemischt. Und ich werde auch jetzt nicht damit anfangen. Sie werden allerdings verstehen, dass ich diese Regel ein wenig zu lockern bereit bin, nach dem, was passiert ist.“

„Verdammt, Aleksei – und ich frag‘ Sie nicht einmal, wie‘s Ihnen geht…“

Die Betroffenheit in de Maeres Stimme war echt. Erneut war er versucht, aus der Haut zu fahren. Wie hatte er es vergessen können? Ausblenden? Er war in seiner Panik derart damit beschäftigt gewesen, nicht in die Hose zu scheißen, dass er vergessen hatte, dass der andere einen verdammten Flugzeugabsturz überlebt hatte.

„Ach, machen Sie sich nicht‘s draus. Ich bin selber froh, wenn ich nicht daran denken muss“, kam Laritski jeder Entschuldigung zuvor. „Und außerdem nehme ich es als Kompliment, was die Qualität meines physischen Vorhandenseins anbelangt. Ihr Versäumnis ist die Bestätigung dafür, dass man mir den Krüppel nicht sofort ansieht. Das ist gut. Aber, um auf unser Thema zurückzukommen: Ich verzeihe es mir zur Zeit, die Pfosten meiner eigenen Grundsätze ein wenig zu verschieben. Nicht so, dass es auffällt. Vor allem nicht Eva. Darum brauche ich Ihre Hilfe, Pascal. Sie kennen den ganzen politischen Zirkus hüben wie drüben. Ich muss wissen, ob dieser Anschlag – denn dass es ein solcher war, davon bin ich überzeugt – mir oder meiner Frau gegolten hat. Darum auch die Frage vorhin. Und ich stelle sie erneut – im Vertrauen: Sind Sie bei der Arbeit für die Stiftung Leuten zu nahe gekommen, Projekten, der Konkurrenz, Absprachen, die ein Ausbremsen meiner Person oder der FDF notwendig machen könnten? Haben Sie Abkürzungen genommen, die Sie besser nicht genommen hätten? Überlegen Sie, Pascal. Es ist wichtig, und es wäre keine Schande. Ich selber bin oft genug im Leben nur durch pures Glück nicht in Fallen getreten, vor denen man mich gewarnt hatte. Man ist ungeduldig manchmal. Außerdem operieren wir zur Zeit in derart von Interessen vermintem Gelände..."

Er ließ den Satz in der Luft hängen und gab de Maere Zeit, seine Gedanken zu ordnen. Dieser sortierte derweil ganz anderes als die Standard-Maßnahmen der FDF zur Ernährung kriegsgebeutelter Waisenkinder. Beides ging ihm am Arsch vorbei. Dass er in diesem Moment nicht jaulte vor innerer Zufriedenheit mit sich selber, kam einem Wunder gleich. Es war so einfach. So verflucht einfach. Und er selber einfach nur gut. Laritski hatte von Fallen geredet. Er selber brauchte die seine bloß noch zuschnappen zu lassen. Dann wäre er frei.

„Ich habe es vorhin bereits gesagt, Aleksei: Sie kennen jede unserer Aktionen im Detail. Soweit ich das überblicken kann, bin ich bei deren Umsetzung keinem ins Gehege gekommen. Und was die NGO-Konkurrenz betrifft: Der Witz ist, dass wir für die keine Konkurrenz sind. Wir sind, was wir sagen zu sein. Die anderen, das sind Polit-Maschinen. Von Leuten, die Sie besser kennen als ich; eigens dazu ins Leben gerufen, unter dem Deckmantel des Non-Profit- und Non-Government-Bekenntnisses für politische Richtungsgebung zur Absicherung geplanter oder bereits getätigter Investitionen zu sorgen. Wir sind die Guten, sprich: die Naiven – und glauben Sie mir, Aleksei: Die sogenannte Konkurrenz hat für uns nur ein Lächeln übrig. In deren Augen sind wir bloß eine gut vernetzte und überfinanzierte Suppenküche. So sieht's aus."

„Okay. Dann muss ich anderswo bohren.“ Laritski klang mit einem Mal erschöpft. „Der Kerl ist ein Wrack“, ging es de Maere durch den Kopf. Gleichzeitig streifte ihn der Schatten des Gedankens, dies alles gehe zu einfach, es könne sein, dass der andere die Fäden in der Hand halte, er selber bloß Marionette sei. Kurz nur die Welle panischen Drängens, die sich gegen die Rippen wuchtete. Er kam wieder obenauf, gebot dem Sturm. Er war es, der hier die Puppen tanzen ließ, nicht jener gegenüber, der sich – genießerisches Weltmannsgehabe hin oder her – in seine ganz persönlichen Albträume zu fügen schien. De Maeres Gedanken jagten sich. Kristallklar, scharf, blendend – einer reihte sich hinter den andern. Man hatte längst gemunkelt, dass Laritski nicht mehr derselbe sei. Nicht erst seit dem Absturz. Aber dieser habe das sich Abzeichnende noch verstärkt: Kraft, Stärke, Angriffslust und Kompromisslosigkeit, die sein Handeln im Geschäftlichen stets ausgezeichnet hatten, seien Rückzug geworden, Desinteresse und Laissez-faire. Hier hatte er den Beweis. Das hier war nicht mehr der Mann, dem Widerstand Ansporn war, Gesetze Herausforderung, Gewalt in jeder Hinsicht Hilfe. Weder Mann noch Memme. Als gäbe es ihn nicht mehr. Höchste Zeit, den eigenen Arsch ins Trockene zu bringen, bevor der andere ganz leck liefe. De Maere war der Meinung, etwas Besseres als dieses Treffen hätte ihm gar nicht passieren können. Er registrierte, dass Laritski ihm von dem Wein nachschenkte. Déjà-vu – hatte er dasselbe nicht gerade vorhin schon getan? Wieder für Sekunden etwas, das ihm wie eine zweite Wahrheit den Finger in die Rippen drückte, eine Delle hinterließ im Hochglanz seines polierten Gedankendefilees. Er nahm einen Schluck aus seinem Glas. Noch einen. Jetzt waren sie wieder in Reih und Glied, die Soldaten seines Denkens. Seinem Kommando folgend schritten sie aus. Die Streitmacht der Unwiderlegbaren:

„Es gibt vielleicht etwas, was weiterhelfen könnte“, hörte er sich selber sagen. Laritski hob fragend eine Augenbraue. „Es sind bloß Gerüchte... aber möglicherweise ist es ein Ansatzpunkt.“

„Schießen Sie los.“

„Sophia Svenström."

„Sprechen Sie von dieser Etagen-Gouvernante des Politisch Korrekten, die sich Kommissarin nennt?"

Da war es wieder, das laut Warnende. So sprach kein Wrack, keiner, der ausgecheckt hatte. De Maere drängte das Schreiende beiseite.

„Nicht nur das", antwortete er. „Mir ist zugetragen worden, dass der Ministeriums-Job, den sie innehat, seit einiger Zeit nur noch Fassade ist. Dass sie stattdessen hinter der Fassade des EU-Thinktanks, dessen Direktorin sie ist, eine Agenda verfolgt, in der Europa sowohl in Ausdehnung als auch in Inhalten lediglich eine optimal zu teilende Größe ist. Ganz egal wie laut die Presseabteilungen der EU ‚Integration' schreien – unter all den Bekenntnisschichten findet sich am Ende doch nur das gute alte Teile-und-Herrsche. Spiel jeden gegen jeden aus, schaffe Konflikte, ein perverses Gleichgewicht des Hasses, um die eigene Position als Schlichter und Lenker zu festigen. Eine Art großkontinentaler Königsmechanismus."

„Was keinen überraschen kann, der nicht seit 20 Jahren im Wachkoma liegt", antwortete Laritski. „Es ist immer dasselbe. Aber was hat das mit Eva Iwanowna zu tun? Oder mit mir?"

„Nun – auch Evgenija Iwanowna verfolgt für ihren Präsidenten nicht nur Angelegenheiten im Zusammenhang mit Familienpolitik. Ich gehe davon aus, dass Ihnen das bekannt ist."

De Maere nahm Laritskis Schweigen als Zustimmung und fuhr fort: „Kennengelernt hat sie Sophia Svenström allerdings schon im Zusammenhang mit Dossiers, die indirekt mit ihrer beider Kerngeschäft zu tun haben: Syrien. Die Finanzierung von Transport, Betreuung und Integration syrischer Familien. Russland tut für diese Menschen vor Ort, zu Hause und auch hier in Europa viel, auch wenn das bei uns nicht publik werden darf. Der russische Bär hat schließlich böse zu sein, wenn das Feindbild Bestand haben soll. Ein anderes Projekt, das jeder Russe, der Kontakte zur EU pflegt, zu unterstützen hatte, war natürlich das Pipeline-Projekt Nabucco. Wenn meine Informationen stimmen, dann hat Svenström für Ihre Frau hier als Türöffner fungiert und die nötigen Kontakte hergestellt. Die Folge: Nabucco ist tot."

„Das könnte durchaus einen Liebesentzug von Seiten der offiziellen EU erklären. Aber ein Anschlag? Das ist doch lächerlich", kam es von Laritski.

„Nicht unbedingt", warf de Maere ein. „Es kommt immer darauf an, wen oder was man hier schützen will."

„Kennen Sie die Summe?", fragte Laritski, als hätte er den Einwurf nicht gehört. „Um was für eine Summe ging es bei diesem angeblichen Nabucco-Deal?"

„300 Millionen Euro."

„Das ist doch absurd."

„Absurd, Aleksei? Das müssen Sie mir jetzt..."

„Ich spreche nicht vom ob oder dass", unterbrach ihn Laritski harsch. „Ich spreche von der Summe. 300 Millionen, Pascal. Das ist viel zu viel für eine Gefälligkeit, wie das Nabucco-Aus sie darstellt."

„Nicht, wenn der Nabucco-Deal in Wahrheit einen anderen Deal kaschiert."

Laritski schien sich auf den Gedanken einzulassen: „Okay – nehmen wir an, es stimmt, was Sie sagen: Dann muss davon ausgegangen werden, dass 300 Millionen des Geldes an Bord unserer Maschine von meiner Regierung kamen." Und ohne auf einen Kommentar von de Maere zu warten: „Dafür, dass Sie es ‚Gerüchte' nennen, Pascal, sind Ihre Aussagen verdammt detailliert. Was wissen Sie über den anderen Teil des Geldes? Woher kam das? Haben Sie da auch ein paar Gerüchte für mich?"

De Maere war sich auf einmal nicht mehr sicher, ob das Gespräch wirklich so gut lief.

***

Nähe Schazk-Nationalpark, Ukraine

Semjon Kowaljow fühlte eine Art panischer Leichtigkeit, eine schwebend rasende Wachheit, wie sie nur Koffein bei ausbleibender Nahrung bei ihm bewirkte. Der Zustand war eine Art zweite Natur für ihn, seit er seine erste Stelle als Assistenzarzt angetreten hatte. Damals – es schien ihm, als hätte er seither mehrere Leben gelebt – hatte er sich ein gigantisches Manko an Schlaf aufgehalst und war es seitdem nie mehr losgeworden. Nichts Ungewöhnliches – eine Konstante im steten Wechsel. Was ihn beunruhigte, war die Tatsache, dass Andriy Galuschka, der mit geschlossenen Augen auf dem Beifahrersitz saß, während der letzten zehn Stunden außer Kaffee und Cola auch nichts zu sich genommen hatte. Der Mann, der essen und trinken konnte mit der Freude und Lebenslust eines jungen Bären, während er über Dinge sprach, die jedem anderen den Appetit verschlugen, schien mit jedem Kilometer, den sie westwärts fuhren, härter zu werden. Etwas in oder an ihm kälter, als habe ein eisiges Fieber ihn gepackt, gegen das einer sich nur mit steinerner Anspannung und geballten Fäusten zu wehren vermochte. Ein paar Mal hatte Kowaljow Atem geholt, um zu fragen. Wohin, wozu, warum. Er hatte es jedes Mal sein lassen und war stumm dem GPS gefolgt. Die Worte wären ihm obszön vorgekommen, neben dem Erdrückenden, das der andere zu tragen, womit er zu ringen schien. Als Galuschka endlich etwas sagte, war es, als hätte man ein Fenster geöffnet. Und genau das tat Kowaljow auch, während Galuschka ihn anwies, irgendwo rechts ranzufahren.

„Es ist nicht mehr weit. Aber straßenmäßig wird‘s jetzt etwas haarig.“

Kowaljow hielt bei der nächstmöglichen Gelegenheit, und sie tauschten die Plätze. Rings um sie her Wald. Nichts als Wald. Seit Stunden, wie es Kowaljow schien. Um sich die Zeit zu vertreiben, während der er jeweils am Steuer saß, hatte er versucht, die Orientierung zu halten und abzuschätzen, wo sie sich befanden. Bis zum letzten Wechsel war es ihm auch ziemlich gut gelungen. Dann waren sie in den Wald gefahren, und mit Wissen und Deuten war es zu Ende gewesen. Als wär‘s etwas Lebendiges, ein anderes Element, hatte das dunkle Grün sie verschlungen. Ratlos stieß er den Rauch der Zigarette aus, die er sich angezündet hatte.

„Willkommen im Grenzland“, sagte Galuschka, als hätte er Kowaljows Gedanken erraten. „Polen, Slowakei, Weißrussland – alles gleich um die Ecke. Such‘ dir was aus.“ Sprach‘s, schaltete das Navigationsgerät aus, nahm es von der Halterung und wies Kowaljow an, den Akku rauszunehmen. Und während er sich ebenfalls Feuer gab: „Keine Angst, wir bleiben zu Hause. Keine weiteren Grenzübertritte. Das“ – den Blick nicht von der Straße wendend und nur mit dem Kinn in Richtung Kowaljow und das Navi deutend – „ist bloß zur Sicherheit. Nichts Illegales, keine Angst. Bloß noch nicht ganz offiziell.“

„Du sprichst in Rätseln, Andriy. Und zwar genau seit dem Moment, als du mich gestern angerufen hast.“

„Wart‘s ab.“

Mit einem Schlag war das Leichte wieder aus Galuschkas Stimme verschwunden und der Härte gewichen, aus der er sich eben erst herausgeschält hatte. Ein Schild signalisierte, dass sie in ein Naturreservat fuhren. Der Schazk-Nationalpark. Gleich darauf bog Galuschka links ab auf eine Straße, deren Befestigungsgrad sich nicht definieren ließ. Wenn es so weiterginge, würden sie bald im Dunkeln fahren. Es war bereits nach sechs. Wälder waren Lichtfresser. Semjon Kowaljow war seit 48 Stunden auf den Beinen. Auch das: nichts Ungewöhnliches. Trotzdem fühlte er jetzt eine bleierne Schwere in den Gliedern. Als hätte ihm der andere zusammen mit dem GPS-Gerät ein Stück dessen hinübergewuchtet, woran er trug. Der Gedanke an einen Schluck von der Cola erreichte ihn nicht mehr.

Ein Holpern schleuderte ihn aus dem Schlaf. Es dämmerte jetzt, und Semjon Kowaljow brauchte ein paar Sekunden, um zu merken, dass sie sich nicht mehr im Wald befanden. Auch auf keiner Straße mehr, wie es schien. Offenes Gelände um sie her. In der Ferne konnte er die Waldränder sehen – es schien eine riesige, kahle, staubige Lichtung zu sein. Im Zwielicht konnte er Fahrspuren ausmachen. Breite Fahrspuren von Hunderten von Fahrzeugen, wie man sie auf den Zufahrten zu Großbaustellen oder Kiesgruben findet. Hinter einem aufgeschütteten Hügel tauchte ein flaches Gebäude auf. Galuschka hielt darauf zu.

Beim Näherkommen wurde aus dem geduckten Bau eine riesige Halle mit Flachdach. Die ganze Vorderseite eine Lkw-Laderampe mit durchnummerierten Verladetoren und Überladebrücken. Es mussten an die 20 Andockstellen sein. An die Halle direkt anschließend machte Kowaljow etwas aus, das Koppeln oder Durchgänge für Vieh sein konnte. Stallungen.

„Eine Großschlachterei im Naturschutzgebiet? Ist das jetzt Gerissenheit oder schon Humor?"

„Weder noch. Es ist schlichte Not", antwortete Galuschka.

„Verzeih, Andriy – aber mein Gehirn weigert sich, die Worte ‚Not' und ‚Bandidos' nebeneinander stehen zu lassen."

„Dann nenn' es meinetwegen geschäftliche Notwendigkeit."

„Ja – so geht's… Aber kapieren tu' ich's trotzdem nicht. Ihr seid doch die, die als Subunternehmer die großen Schlachthöfe Westeuropas mit Billigstarbeitskräften aus unseren Menschenreservoirs versorgt. Warum sich die Hände schmutzig machen, wo es doch viel mehr Kohle bringt, bloß das Personal und dessen Unterbringung zu organisieren?"

„Warum wohl, Semjon? Weil es sich nicht mehr lohnt. Weil uns drüben die Behörden, die Gewerkschaften, die Hilfswerke und die Kirchen das Geschäft versauen mit ihrem Geschrei nach Menschenwürde und Gerechtigkeit. Wir müssten die Stundenlöhne verdoppeln, die Unterbringungen in Fünf-Sterne-Hotels verwandeln, Verpflegung für Laktoseintoleranz, Frauenquote und Vaterschaftsurlaub einführen."

„Du übertreibst."

„Natürlich übertreibe ich. Aber die eben auch. Die Arschlöcher kapieren rein gar nichts. Schau: Ich weiß, wer und was wir sind. Nenn' es meinetwegen Ausbeutung. Ich scheiße darauf, wie die selbsterklärt Guten mit ihren fremdfinanzierten feisten Bio-Wänsten und Bio-Gehirnen es nennen. Fakt ist: Sklaverei ist es nicht. Wir zwingen keinen. Weder zur Arbeit in den Schlachthöfen Deutschlands noch zur Unterbringung in den verlausten Baracken. Und vor allem: Wir zwingen keinen Konsumenten, die Ware zu kaufen, an deren Bereitstellung wir beteiligt sind.

Wir sind bloß die, die sagen: Hey – wer will, der kann. Und was die Arbeiter anbelangt: Sie kommen, Semjon. Zu Tausenden. Wir sind hart, unmenschlich? Weil, wenn einer krank ist und im Bett bleibt, er auch nicht mehr aufzutauchen braucht? Aber sicher! Weil hundert andere auf den Job heiß sind. Fakt ist: Am Ende eines Monats schickt einer ein paar Hundert Euro nach Hause. Nicht viel? Ein Hungerlohn? Sag das mal seiner Familie in Rumänien, Bulgarien oder hier auf dem Land! Die erklären dich sofort für geisteskrank. 200 Euro im Monat sind hier ein verdammtes Vermögen. Sie kommen, weil sie dort, wo sie herkommen, nirgends und zu keiner Zeit die Aussicht auf ein solches Einkommen haben. Und jetzt – was haben sie davon, die Guten? Wir verschwinden. Und mit uns die sogenannten Sklaven. Und die Idioten wissen nichts Besseres, als es als Erfolg zu verbuchen. Dass diese sogenannt ausgebeuteten Menschen jetzt gar keinen Job, gar kein Einkommen mehr haben und sich und ihre Familien zum Teil gar nicht mehr ernähren können, das interessiert keinen mehr. Das Problem ist ja verschwunden, und sie fühlen sich wieder gut. Und Fleisch gibt's ja wie durch Zauberhand trotzdem noch. Moralisch einwandfreies Fleisch."

„Und jetzt macht ihr in der Lieferkette also einen Schritt nach vorn? Schlachtet selber? Glaubst du wirklich, die Guten, wie du sie nennst, werden es kaufen, wenn darauf als Herkunftsland Ukraine steht?"

Sie waren am Gebäude angekommen. Galuschka hielt an, öffnete die Fahrertür und stieg aus. Kowaljow nahm einen letzten Schluck lauwarmen Cokes, zündete sich eine weitere Kippe an und folgte ihm in Richtung der Hubrampe.

„Wir haben keine Ahnung, ob es funktionieren wird. Es ist ein Versuch, den wir zusammen mit einem deutschen Partner realisieren. Wege, die EU-Gesetzgebung betreffend Deklarationspflichten zu dehnen oder ganz zu umgehen, gibt es zur Genüge. Die Frage ist, ob es rentieren wird. Schau dich um: Das hier ist eine Rieseninvestition. Und das Teuerste sieht man nicht einmal: Du stehst auf einer hochmodernen autarken Abwasserkläranlage. Von den Vorschriften betreffend die Hygiene, die Stallungen, die tierärztliche Versorgung, die Konfiskaträume ganz zu schweigen. Alles eingehalten. Aber weißt du, was der größte Witz ist an der Sache? Wir haben Leute aus Frankreich, aus Deutschland und sogar aus Österreich, die von dem hier Wind bekommen haben und sich um einen Job bewerben. Mach dir ein Bild. Und das nennen die da drüben dann wirtschaftlichen Aufschwung und soziale Marktwirtschaft."

„Was sind Konfiskaträume?", fragte Kowaljow.

„Wirst du gleich sehen", antwortete Galuschka und schlüpfte durch eine Hartgummischleuse, nachdem er eines der Verladetore mittels Eingabe eines Codes auf dem Tastenfeld an der Wand geöffnet hatte. Kowaljow zögerte nur kurz, bevor er sich ebenfalls durch den steifen Vorhang zwängte. Trotzdem schien Galuschka es bemerkt zu haben. „Keine Angst, Herr Doktor", rief er über die Schulter. „Alles noch sauber und unbefleckt hier."

Sie durchquerten einen jetzt in kaltes Neonlicht getauchten Raum von ungefähr 100 Quadratmetern Fläche, passierten eine weitere Schleuse und gelangten in die Haupthalle. Kowaljow nahm im Gehen Stahl, weiße Kacheln, Abflüsse, Tische, Haken, Fördersysteme, Lüftungsrohre wahr. Ebenfalls registrierte er die Unterteilung der Halle in die verschiedenen Arbeitsbereiche. „Produktionsschritte" müsste es wohl heißen. Mehr noch, als er die Idee von Großschlachtereien verabscheute, war ihm sein Wissen um die eigene Ohnmacht in dieser Sache zuwider. Er liebte Fleisch. Und genau aus diesem Grund hatte er vor Jahren mit sich einen Deal gemacht: Wenn du Fleisch essen willst, dann besorg das Tier selber, töte es selber, zerlege es selber. Entweder das – oder kein Fleisch. Auch das war Familie. Er hätte möglicherweise nicht zu erklären vermocht, warum.

Sie durchquerten die Halle und gelangten an der gegenüberliegenden Wand erneut an eine Tür. Diese hier vollautomatisch. Erneut erfolgte die Eingabe eines Codes, und mit einem Schmatzen trennten sich die mit Gummi abgedichteten Stahlflügel und gaben die Sicht auf einen Durchgang frei. An den Wänden auf Hüft- und Fußhöhe eine Art Sprinkleranlage.

„Desinfektion", sagte Galuschka.

Danach etwas, das wie eine Garderobe aussah, erneut eine Schleuse und dann endlich frische Luft. Ein argloser Abend. Wenn Kowaljow allerdings gedacht hatte, er habe das Gröbste nun hinter sich, dann hatte er sich getäuscht. Gleich im Anschluss an die Halle, etwas seitlich zurückversetzt, kauerte ein bunkerartiges Flachdachgebäude. Auf dessen massiv aussehende Tür steuerte Galuschka nun zu. „Das ist der Konfiskatraum“, sagte er. „Die Kadaversammelstelle.“

„Und ich dachte, ihr würdet die Tiere hier dereinst verarbeiten und nicht bloß töten.“

Galuschka ging nicht auf Kowaljows Versuch ein, die Spannung, die sich mit jedem Schritt aufzubauen schien, mit der Bemerkung zu lösen.

„Für das untaugliche Fleisch. Kurzfristige Entsorgung.“ Er spuckte die Worte aus. Es folgte das bereits vertraute Ritual der Codeeingabe. Kowaljow duckte sich instinktiv, als er in den von einer einzelnen Leuchtstoffröhre erhellten Raum trat. Dort knallte ihm Galuschka einen in Plastik eingeschweißten Schutzanzug vor die Brust. „Zieh das an“, sagte er, während er bereits einen weiteren Anzug für sich in den Händen hielt und mit den Zähnen die Plastikhülle aufriss. Kowaljow tat wie geheißen. Der Anzug war gelb mit rot überklebten Nähten. Die Abschlüsse von Armen und Beinen mit eng sitzenden Gummis versehen. Ein weiterer um die Taille. Er stieg in das Ding, zog den doppelten und mit Klett zusätzlich gesicherten Reißverschluss hoch und zog sich die dreifache Kapuze über den Kopf. Schweigend. Und auch dann, als Galuschka ihm Handschuhe, Stiefel aus demselben Material wie der Anzug, eine Vollsichtschutzbrille und eine Atemmaske reichte, schwieg er. Er wusste, dass, was Galuschka versteinert hatte, nun ein Gemeinsames war. Egal was. Er fühlte sein Herz hart an seiner Brust pochen, als versuchte es, zu fliehen von dem Ort. Jeder einzelne seiner Muskeln war gespannt, als er dem mächtigen Rücken Galuschkas folgte. Der Raum, in den sie traten, wirkte nach den Dimensionen der Halle klein und niedrig. Und vor allem kalt. Eiskalt. Kowaljow schien es, als bekäme er kaum Luft, als er hinter Galuschka, der stehengeblieben war, nach vorne und neben ihn trat. Er sah sofort, was Galuschka ihm zeigen wollte. Und er verstand sofort, was er sah.

Die zwei toten Männer lagen auf Stahltischen. Kowaljow trat näher an den vorderen der beiden heran.

„Großer Gott!“, flüsterte er. „Was ist das, Andriy?“

„Sag‘ du es mir, Semjon Kowaljow. Du bist der Arzt. Du hast die Ware bestellt.“

„Wie…?“ Dann begriff er. Und gleichzeitig wurde er ruhig, als er in sich den vertrauten Kampf zwischen dem Interesse des Arztes und dem panischen Menschen fühlte, der sich wegzuducken versuchte. Der Arzt gewann die Oberhand. Wie immer. Er trat nun ganz an den Stahltisch heran und beugte sich über die Leiche. Er hatte noch nie zuvor etwas Ähnliches gesehen. Der Mann war von blauen, besser: schwarzen Flecken übersät. Rund um den Mund Spuren getrockneten Blutes. Vorsichtig hob er ein Augenlid an. Auch hier Blutergüsse. Ebenso im Mund, den er vorsichtig mit beiden Händen etwas weiter öffnete. „Durchfall?“, fragte er Galuschka über die Schulter.

Aber anstatt direkt auf die Frage zu antworten, nahm dieser einen Umweg. Wort für Wort lud er Kowaljow auf die Schultern, was er nicht mehr allein zu tragen vermochte.

„Das sind Mikahjlo und Aleksandr. Sie waren es, die den Stoff zur Modifizierung abgeliefert und auch wieder geholt haben.“

„Wo war das?“, fragte Kowaljow. „Was heißt abgeliefert und geholt?“

„Im Donbas. Dort, wo zur Zeit die halbe Nato rumsitzt und im Namen des Völkerrechts einen Krieg anzuzetteln versucht. Dort befinden sich zur Zeit drei US-Militärlabors. Nun – uns war egal, woher das Zeug kam. Wir hatten einen Auftrag, und wir hatten den Stoff. Das Einzige, was wir verlangten, war die Garantie, dass die Sache absolut sicher ist. Und eigentlich sah alles danach aus. Wir lieferten die Ware nackt, und zurück kam sie in isolierten Metallbehältern und darin noch weiter verpackt in kleinere Boxen, wie sie in der Nuklearmedizin für Abfälle verwendet werden. Fakt ist: Keine der Kisten war beschädigt.

Man hat uns eine Falle gestellt, Semjon. Die haben nicht nur auf uns gewartet da draußen und genau gewusst, dass wir kommen würden. Der Plan sah auch vor, dass wir den Stoff holen, ihn am vereinbarten Ort abliefern und dann ruhig nach Hause fahren und krepieren. Der Rest meiner Jungs und ich verdanken es nur einem unserer Tierärzte, der zufällig hier war, dass wir noch am Leben sind."

„Was ist passiert?", drängte Kowaljow, als der andere schwieg.

„Mikahjlo und Aleksandr gaben mir vom Übergabeort per SMS das Okay durch. Alles war glatt gelaufen. Sie hatten die Ware gerade wieder übernommen."

„Was ist mit dem Geld?", hakte Kowaljow nach. „Ich meine – diese Leute werden das nicht für lau gemacht haben."

„Das war mein Fehler, Semjon. Mein verdammter Fehler. Hätte ich Idiot mich an meine eigenen Scheiß-Prinzipien gehalten, würden die beiden noch leben."

„Wie das?"

„Als diese Leute sich anonym und via Internet auf unsere Suchanfrage meldeten, sagte ich ihnen, das Geld sei noch nicht bereit und wir übernähmen eine Ware aus Prinzip immer erst dann, wenn wir auch bezahlen können. Zeitgleicher Tausch. Vorsintflutlich, aber echt."

„Und hier?"

„Sie drängten. Sagten etwas von Infrastruktur zur Modifizierung des Stoffs, die sofort aufgebaut werden und dann verschwinden müsse. Ein Zeitfenster von drei Tagen, die Kohle könnten wir später liefern. Mach' dir ein Bild, Semjon. 100 Millionen – ‚ach, lasst mal Jungs. Es eilt nicht.'"

„100 Millionen Euro?" Kowaljow klang fassungslos.

„200, wenn du unseren Anteil mitrechnest."

„Aber das ist Irrsinn."

„Find' ich nicht. 200 Millionen Euro für etwas, von dem ich heute weiß, dass es das Potenzial für ein Massensterben hat, ist nicht übertrieben."

Galuschkas Sarkasmus traf wie eine Handkante auf den Erbschen Punkt. Kowaljow krümmte sich innerlich zusammen, drohte ohnmächtig zu werden, hielt stand: „Weiter. Erzähl weiter."

„Wie gesagt – ich Idiot ging darauf ein. Sagte mir, ich hätte keine Wahl. Entweder so, oder keine Modifizierung des Stoffs. Wir lieferten. Das heißt: Mikahjlo und Aleksandr lieferten. Das Nächste, was ich von ihnen hörte, war, wie gesagt, das Okay nach der Übernahme. Ich rechnete zwei Tage später mit ihnen. Ein weiterer Kontakt war nicht vorgesehen. Irgendwann in der zweiten Nacht rief Aleksandr an. Mikahjlo hatte hohes Fieber. Wie es ihm selber ging, wollte er nicht sagen. Nur, dass Mikahjlo Blut scheiße und Blut kotze und dass ich verdammt noch mal zusehen solle, einen Arzt hier zu haben, wenn sie einträfen. Einer der Tierärzte, der hier war, um…" Galuschka hielt inne, fuhr sich mit der Pranke über das jetzt schweißglänzende leichenblasse Gesicht, auf dem die Stoppeln des Bartes sich wie unnatürliches schwarzes Gewächs ausnahmen „… ach, verdammt – ich weiß nicht, was der Kerl überhaupt hier wollte. Jedenfalls war er da. Er hatte mitgehört, nachgefragt und sofort gewusst, was Sache ist. Ich und die anderen, die hier waren, verdanken dem kleinen Scheißkerl unser Leben. Er fing an, rumzuschreien und meine Leute in einer Sprache, die ich noch nie gehört hatte, vom Hof zu jagen. Wir standen rum und lachten – er sah aus wie Rumpelstilzchen. ‚Wenn hier sein, alle tot. Wollen tot? Dann bleiben. Ich gehen.' Immer wieder schrie er dasselbe. Ich war drauf und dran, ihm ein paar Ohrfeigen zu verpassen, als er sich beruhigte. Was er dann sagte beziehungsweise was ich verstand, war in etwa, dass Mikahjlo und Aleksandr mit großer Wahrscheinlichkeit ein Virus eingefangen hätten, das, betrachte man die Symptome, tödlich enden würde und hoch ansteckend sei. Auf meine Frage, was zu tun sei, sagte er nur, man müsse sie sofort isolieren. Hilfe gäbe es keine. Bestenfalls Schutz für uns. Wir hatten diese Anzüge da. EU-Vorschrift. Ob sie von der Qualität her den Standards entsprachen, wusste ich nicht. Ich hatte keine Wahl. Ich schickte die anderen weg und behielt mit robuster Überredungskunst den Tierarzt da."

„Und dann?“

„Dann warteten wir. Zwei Tage lang. Als sie schließlich kamen, schleppten wir sie hier rein. Mikahjlo war schon mehr tot als lebendig. Aleksandr hatte kapiert, was Sache war. Es gab nichts zu sagen.“

„Die Familie.“ Kowaljow sagte es, als wäre es das erste und einzige Wort, das er kannte.

„Ja – Semjon. Die Familie. Seine Familie. Das war alles, woran er dachte. Und er nahm mir das Versprechen ab, diese Leute bezahlen zu lassen.“

„Wie lange?“, fragte Kowaljow. „Wie lange hat es gedauert?“

„164 Stunden.“

„Und dann?“

„Dann habe ich mein Versprechen eingelöst.“

„Wie das?“

„Wir haben geliefert, Semjon. Wir haben die verdammte Ware geliefert.“

Kowaljows Atem ging flach, seine Lunge schien schlagartig auf ein Viertel ihres Volumens zu schrumpfen, schwarzes Pochen in den Schläfen, wie Schläge auf Blei.

„Mein Gott… Andriy… Ihr könnt doch nicht…“

„Was? Was können wir nicht, Semjon Kowaljow? Den Job durchziehen, den du uns vermittelt hast? Um dessen Übernahme du mich auf Knien angefleht hast? Doch, wir können. Wir müssen sogar. Und ich frage dich das jetzt ein Mal – ein einziges Mal: Hast du das gewusst? Hast du gewusst, dass es so… hast du das hier gewusst?“

Kowaljow schien nicht zu verstehen und starrte Galuschka an. „Was meinst du?“

„Das hier, Semjon Kowaljow“, brüllte Galuschka jetzt. „Das hier! Wusstest du, was das für ein Zeug ist? Was es anrichtet? Was wir da tun?“

Noch immer schien die Fracht dessen, was Galuschka sagte, nicht in Kowaljows Hirn einzudringen. „Ich bin Arzt“, stammelte er nur. Und dann, Halt suchend, sich wehrend und ebenfalls brüllend: „Ich bin Arzt, Andriy! Nie hätte ich…“ Seine Stimme sackte zusammen. Er sprach leise, flüsterte fast, als er fortfuhr: „Nie hätte ich mich auf so etwas eingelassen. Was ich wusste, war genau das, was ich dir gesagt habe: eine Art Grippevirus. Aber nie tödlich. Davon“ – er nickte in Richtung der zwei Toten – „war nie die Rede“.

„Ich glaube dir, Semjon Kowaljow“, sagte Galuschka schließlich. „Hilf mir jetzt, das hier zu Ende zu bringen.“

„Wo?“, fragte Kowaljow, ohne zu verstehen, was der andere von ihm wollte. Und als dieser nicht gleich antwortete, erneut brüllend: „Wo habt ihr das Zeug hingebracht, Andriy? Wo, verdammt noch mal? Wo ist es jetzt?“

Galuschka, der sich bereits abgewandt hatte und Anstalten machte, in Richtung Tür zu gehen, hielt inne und drehte sich erneut Kowaljow zu. Ein Bewegung gewordenes Seufzen, wie man es für sture Kinder reserviert hat. „Wir hatten die Anweisung, den Wagen mitsamt Ware rund 50 Kilometer nördlich von Bratislava an der österreichisch-slowakischen Grenze abzustellen. Ein Parkplatz in der Nähe von Dürnkrut. Das war‘s. Und jetzt komm.“

Anstatt sich erneut umzudrehen, blieb Galuschka stehen, wo er war. Er wusste, dass auch an Grenzen nur Handel Menschen bewegte. Tausch, Kooperation, Markt. Und er respektierte sein Gegenüber allem zum Trotz zu sehr, um ihm diese einzige Art echter Achtung zu verweigern. Ein Wort für ein Wort.

„Und?“, fragte Kowaljow. Auch er hatte verstanden. Mitten im weißen Entsetzen schien er einen Weg zu sehen, die Möglichkeit, zu handeln, die der andere ihm bot. Zuspätkommen war alleweil besser, als nichts tun zu können. Galuschka brauchte nicht erklärt zu bekommen, was Kowaljow meinte. Natürlich waren sie geblieben. Natürlich hatten sie gewartet, um zu sehen, wer die Ware übernähme.

„Sie waren zu viert. Kamen in einem alten Opel Calibra. Zivil. Einer stieg aus. Schutzanzug. Übernahm den Transporter und fuhr los. Der Calibra folgte. Wir mussten Abstand halten. Auf dieser Seite der Grenze ist verkehrsmäßig nichts los. Sie fuhren in den Wald. Es wäre zu heiß gewesen, ihnen zu folgen. Wir stellten den Wagen ab und gingen zu Fuß los. Und wir hatten Glück, Semjon. Wir hatten so verdammtes Glück, dass ich es immer noch nicht fassen kann. Komm raus hier."

Diesmal erhob Kowaljow keinen Widerspruch und folgte nach einem letzten Blick auf die Stahltische und die Folter ihrer Fracht. Er würde es brauchen für das Kommende, dieses Bild. Wie ein Eisen im Fleisch.

Als sie draußen waren, immer noch in Schutzanzügen, holte Galuschka einen Packen Fotos aus der Innentasche seiner Jacke, die er darunter trug, und reichte sie Kowaljow mitsamt einer kleinen LED-Lampe.

Die Bilder zeigten eine Szene im Wald. Die meisten waren unscharf mit Ästen oder Blättern im Fokus. Einige jedoch gestochen scharf. Man sah vier Männer, alle in Schutzanzügen jetzt. Es sah aus, als wären sie dabei, den Innenraum eines Transporters mit einer Art Folie abzudecken.

„Das war eine perfekt orchestrierte Sache", sagte Galuschka. „Es dauerte keine 15 Minuten. Wagen auf, Isoliermaterial rein, Desinfektion innen und außen. Und schon waren sie wieder weg. Aber wir haben was", sagte er und deutete auf das Bild, das die Heckscheibe des offenbar davonfahrenden Calibra zeigte. „Verdammter Jackpot, wenn du mich fragst."

Kowaljow verstand rein gar nichts. Nicht einmal die Nummernschilder waren zu sehen.

„Hier, Semjon", Galuschka deutete mit seinem wuchtigen Finger erneut auf die Heckscheibe des Calibra. „Siehst du das?" Kowaljow strengte sich an. In der linken unteren Ecke der Heckscheibe war etwas Blaues auszumachen. Ein Spickel satten hellen Schwimmbadblaus.

„Und jetzt schau dir das da an." Galuschka nahm Kowaljow den Stapel aus der Hand. Ungeduldig. Schob das eben noch oben liegende Foto darunter und hielt ihm eine Vergrößerung hin. Jetzt war das ganze Bild blau. Man konnte die unscharfen Konturen eines Emblems ausmachen. Blau, gelb, schwarz. Buchstaben. Zu verschwommen, um sie lesen zu können.

„Verdammt, Andriy – das sieht für mich aus wie eine Scheiß-Vase. Was ist das für ein Abzeichen?“

„Schwert, Lorbeer, Granate, Flammen. Es ist das Emblem der Eurogendfor, der sogenannten Europäischen Gendarmerietruppe.“

27

Moskau, Truschenikow-Weg

Nur ab und zu klickte an Bruns jeweiligem Standort ein Feuerzeug, während erst Piet und Jezreel und anschließend Sava und Nouriel schilderten, was sie in den zwei Tagen seit ihrer Einreise in die Russische Föderation hatten feststellen können.

Sie arbeiteten jetzt unter Hochdruck. Jeder wusste, dass es in den kommenden 60 Stunden keinen Schlaf für keinen von ihnen gäbe. Keine Ruhe. Und vor allem: Kein Nachlassen. Keine Sekunde lang.

Etwas hatte sich verändert, als Brun von seinem Telefonat mit Jo Burger aus dem Nebenzimmer zurückgekommen war. Als wäre die Masse des Mannes kompakter geworden, hatte er bei seinem Eintreten die Aufmerksamkeit jeder im Raum befindlichen Person auf sich gezogen. Mehr noch: Gedanken, Geräusche, Bewegung – alles schien unweigerlich und zwingend auf ihn zuzurasen. Es war Sava gewesen, die den Sog unterbrochen hatte: „Was ist los?"

Brun hatte berichtet. Als er zum Ende und zu der Ankündigung gekommen war, dass ihnen zwei Tage blieben, hatte sich hart gespannte Stille wie ein pochendes Vlies über Ort und Stunde gelegt. Kurz nur. Piet hatte zerrissen, was den Atem zu rauben drohte: „Dann ist das Ganze hier irgendeine perverse schief gelaufene Aktion der EU? Verstehe ich das richtig?"

„Das wissen wir nicht", hatte Brun geantwortet. „Wir haben nur den Namen Sophia Svenströms."

„Aber wenn die EZB mit drinhängt…"

„Auch das wissen wir nicht. Die EZB, das sind Menschen. Männer und Frauen mit Preisschild. Drei davon reichen theoretisch aus, um so was durchzuziehen."

Valentin hatte, was die Sicht versperrte, beiseitegeschoben: „Darum geht's nicht, Leute. Die Frage, die wir beantworten müssen, ist: Wozu das alles? Um was zu vertuschen? Die Nabucco-Sache kann es nicht sein, da liegt Horn" – bei der Erwähnung des Namens hatte er in Jezreels Richtung geblickt – „richtig. Das ist business as usual. Der ganz normale, verantwortungsfreie Selbstbereicherungs-Zirkus, der sich Politik nennt. Erstaunen kann da höchstens die Tatsache, dass man derart auf die eigene Deutungshoheit vis-à-vis der Öffentlichkeit vertraut, dass man sich gar nicht erst die Mühe macht, zu vertuschen, dass die Schwächung Europas nicht nur in Kauf genommen, sondern aktiv betrieben wird. Aber das ist für uns nicht relevant. Es ist möglicherweise das, was Besson aufs Eis gelockt hat. Das wird zu klären sein. Aber wir müssen uns um die losen Enden kümmern. 200 Millionen Euro, eine regimetreue Russin mit Kontakten zu Svenström, die FDF, eine Verbandelung mit einer kriminellen Organisation in der Ukraine. Lose Enden, die, so unzusammenhängend sie erscheinen, das Risiko eines in Auftrag gegebenen Anschlags rechtfertigen. Hier darf etwas um keinen Preis an die ansonsten belachte, im besten Fall als lästig wahrgenommene Öffentlichkeit gelangen. Entweder weil zu große Namen dahinterstehen oder weil es bei der Sache um etwas geht, das ebendiese Öffentlichkeit an ihrem Lebensnerv zu treffen und damit Reaktionen auszulösen in der Lage ist, die für den Moment verhindert werden müssen."

„Warum sagst du ‚für den Moment'?", hatte Nouriel gefragt.

„Liegt das nicht auf der Hand?", hatte der Älteste der Runde zurückgefragt. „Kontrolle, Nour. Wenn du irgendwo eine Bombe hochgehen lassen willst, wirst du alles dafür tun, dass sie dir nicht bereits im Transporter um die Ohren fliegt."

Piet hatte die Arme über den Kopf gehoben und sich so gut es ging auf seinem Stuhl gestreckt. Mit seinem graublond gestoppelten Gesicht hatte er ausgesehen wie ein großer Hund. Seine Worte hatten den Eindruck Lügen gestraft: „Genau von hier an ist alles bloß noch Spekulation." Und in Bruns Richtung: „Wollen wir? Zwei Tage erscheinen mir verdammt lang, wenn der Boden so heiß wird. Ich für meinen Teil will hier so schnell wie möglich raus. Machen wir, dass wir an die Laritskaja herankommen, aus ihr rausholen, was geht, und dann nichts wie weg."

„Was will er dafür?“ Die Frage, leise gestellt und scheinbar keinem der zuvor gesponnenen Stränge folgend, war von Jezreel gekommen. Trotzdem hatte jeder im Raum gewusst, was sie meinte: Horn. Was wollte er als Gegenleistung für die Burger gelieferten Informationen? Nichts war je umsonst. Bürgerpflicht und Nächstenliebe fielen als Motiv aus.

„Sie, Vidali“, hatte Brun am Fenster stehend und ohne sich ihr zuzuwenden geantwortet. „Er will mit Ihnen sprechen.“

Jezreel hatte die Worte ohne sichtbare Reaktion entgegengenommen. Um das, was sie enthielten, würde sie sich später kümmern. Und so, wie es aussah, Brun auch.

Jetzt stand Piet erneut vor der stark vergrößerten Luftaufnahme an der Wand und zeichnete Kreuze ein. 24.

„Das sind die Kameras, von denen auszugehen ist, dass sie alle der Überwachung des Laritski-Hauses dienen. Wie ihr seht, ist nicht nur das Gebäude selber, sondern auch die nähere Umgebung mit einbezogen. Auch ein Teil des Parks auf der anderen Straßenseite. Hier drüben“, Piets Hand machte einen Schwenk zur westlichen Begrenzung des Parks, „ist irgendein Heiligenschrein der Jungfrau. Tagsüber gibt es einen dünnen, aber steten Besucherstrom im Park. Das hier“, seine Hand kam über einem kleinen rechteckigen Objekt zu stehen, „ist eine öffentliche Toilette. Eine dieser vollautomatischen Kleinstfabriken, die sich nach Verlassen verriegeln und selbst reinigen. Hier am vorderen Rand ist eine weitere Laritski-Kamera angebracht. Das war unsere Position. Es ist insofern praktisch, als dass jeder Gedanke an Essen sich erübrigt.“

„Jetzt verstehe ich deine Begeisterung für die Würstchenbude“, bemerkte Valentin in Jez‘ Richtung, ohne den Blick von dem Bild zu nehmen.

Brun ließ keine Ablenkung zu: „Und weiter?“

Jez übernahm, ohne die vor ihr liegenden Notizen zu konsultieren: „Zusammen mit dem Ehepaar Laritski, ihrem Sohn und dessen Kindermädchen befinden sich regelmäßig 19 Personen im Haus oder in dessen Nähe. Es gibt einen Sicherheitschef, der im Haus wohnt. Sein Team von 16 Leuten arbeitet in zwei

Schichten. Jeweils acht sind vor Ort und lösen sich nach sieben Stunden ab. Das restliche Personal mit Ausnahme von zwei jungen Frauen – wir nehmen an, dass es Zimmermädchen sind – wohnt ebenfalls im Haus. Das Personal ist im Dachgeschoss des linken Flügels untergebracht.“ Jez stand auf und ging zu der Aufnahme an der Wand. Beim Haupteingang, bei der Ausfahrt der Tiefgarage, auf der Straße, im Garten hinter dem Haus und im Haus selber zeichnete sie jeweils Dreiecke. „Das ist die Verteilung des Sicherheitsteams. Sie bleibt sich immer gleich. Bei den zwei Personen im Haus handelt es sich um den Chef sowie um die Person, die für die Kameras zuständig ist. Soweit wir das in der kurzen Zeit festmachen konnten, sind die verbleibenden Personen zwei Köche, zwei Hausangestellte und die Chefgouvernante. Außerdem gibt es einen Chauffeur. Er fährt nur Laritski. Seine Frau fährt selbst. Meist geht sie jedoch zu Fuß.“

„Das ist ja fast zu schön, um wahr zu sein“, kam es von Brun. „Keine Begleitung? Personenschutz?“

„Außer mir bis jetzt nicht“, antwortete Valentin.

Er war es gewesen, der Evgenija Iwanowna Laritskaja jeweils von Jez und Piet zu Sava und Nouriel „gebracht“ hatte, die, ohne dass er gewusst hatte, wo, zwei Querstraßen weiter postiert gewesen waren. Ein älterer Herr, der wie viele andere seines Alters seinen Tag in Streifen schnitt, die Zeit verkürzte und verkleinerte mit Spaziergängen, Taubenfüttern, Im-Park-Sitzen und Menschen-Sehen. Ein älterer Herr, der verschwinden konnte, noch während er dir in die Augen schaute, wie Brun zu sagen pflegte. Valentin war der beste Beschattungs- und Überwachungsspezialist, den Brun je getroffen hatte. Und dieser Ruf beschränkte sich nicht auf die Grenzen des NDB oder der Schweiz.

„Sava?“, drängte Brun.

„Jeden Morgen geht sie für ein paar Stunden ins Büro. Sogar am Wochenende. Trotzdem sieht es so aus, als ob sie ihr Pensum nach dem Absturz noch nicht wieder voll erfüllt. Ansonsten Friseur, Shopping, ein Museumsbesuch, zwei Vernissagen. Und wenn ihr mich fragt: Sie hat Angst.“

„Geht's deutlicher?“

„Nein – es ist bloß ein Gefühl. Eine Frau, die innerhalb dieses Systems und ohne fremde Hilfe die Position erreicht, die sie innehat, muss nebst Können, Kontakten, Geld und Einfluss vor allem über große Stärke und Selbstdisziplin verfügen. Davon ist bei ihr zur Zeit nichts zu sehen. Sie lässt sich herumschwemmen wie ein toter Fisch. Ein schreckhafter toter Fisch. Ihre Aufmerksamkeit gilt nicht dem Programm, das sie absolviert, sondern ihrer Umgebung. Als rechnete sie laufend damit, überfallen zu werden. Es war nicht immer einfach, unbemerkt zu bleiben.“

„Aber sie macht es jedem, der sich für sie interessiert, extrem einfach, sie zu finden“, ergänzte Nouriel. „Sie geht jeden Tag zur selben Zeit dieselbe Strecke. Von ihrem Haus an der Pliuschtschika-Straße auf direktem Weg – meist hier vorbei – runter an den Fluss auf die Rostowskaja. Dieser folgt sie – immer der Moskwa entlang – auf die Sawinskaja, dann auf die Smolenskaja und über den Novii-Arbat-Boulevard ins Arbat-Quartier. Dort dann wie gesagt Friseur, Shopping, Kirche. Für mich sieht es fast so aus, als warte sie auf jemanden. Ich kann's auch nicht anders erklären.“

„Was ist mit ihm?“, fragte Brun.

„Bei Laritski sieht die Sache ganz anders aus. Er ist nie zu Fuß unterwegs, wenn er, was sehr selten ist, das Haus verlässt. Nur mit Chauffeur.“

„Dann wird's draußen sein. Das Haus ist für uns in dieser kurzen Zeit ein absolutes No-Go. Wir müssen unterwegs an sie ran.“

Brun kam an der Längsseite des Tischs zum Stehen, an der er bis jetzt entlangpatrouilliert war. „Vorschläge?“

Bevor jemand antworten konnte, trat Xenia Leonidowna aus dem Nebenzimmer in den Raum. Niemand hatte gemerkt, dass sie den Tisch verlassen hatte. Sie hielt ein Satellitenhandy hoch.

„Jemand hat gerade eine Haltersuche im Netz lanciert“, sagte sie jetzt. Und auf die fragenden Blicke hin: „Es ist die Kontrollschildnummer eines unserer Fahrzeuge.“

***

Ecke Pliuschtschika-Straße – Truschenikow-Weg

Vaclav Ondrisek war vom Flughafen mit dem Mietwagen, der, wie auch der Flug für einen Herrn Petr Cerny, tschechischer Geschäftsmann aus der Schweiz, von Italien aus gebucht worden war, direkt hierher in die Nähe des Laritski-Hauses gefahren. Bevor er ins Hotel am anderen Ende der Stadt gehen würde, um ein paar Stunden zu schlafen, wollte er seine Erinnerung einem Realitätscheck unterziehen und sich erneut mit der Umgebung und den veränderten Details vertraut machen. Die Take-Away-Bude, von der er eben eine Art Hamburger bezogen hatte, war eingeklemmt zwischen einem Wohnhaus und dem Polizeirevier. Er selber saß auf einer Bank schräg hinter dem Verkaufswagen im Schatten ein paar noch junger Bäume – an der vielleicht am besten überwachten Stelle von ganz Moskau, wie er wusste. An jeder Ecke des Polizeipostens waren drei Kameras angebracht. Er war sich ziemlich sicher, dass ihr Radius sich mit jenem der Kameras an Laritskis Palast überschnitt. Gemeinsame Interessen sozusagen. Wer in diesem Moment an dem Mann auf der Bank und dem kleinen Park mit der Treppe im Hintergrund vorbeiging, sah einen typischen Vertreter jener oft nicht mehr jungen Leute, deren Erscheinung ein einziger Schrei war: Authentizität! Ein ungehörter Schrei indes, weil zu viele Stimmen das Gleiche schrieen, gleiche Authentizität zelebrierten und sich am Buffet des Gleichen, schon Dagewesenen bedienten. Der zufällige Passant sah Mittelmaß: Vollbart, Holzfällerhemd, Hornbrille. Die Haare in einem Sidecut geschnitten, die Schuhe von Converse, auf den Knien ein iBook und über den Ohren Kopfhörer der Marke Skullcandy Aviator, Modell „Roc Nation". Was nicht passte, war die weite Cordhose und die Tatsache, dass der Mann sein Hemd darüber trug. Hätte er sich von der Bank erhoben, wäre sofort klar gewesen, was der Grund war für diese Abweichung vom Stil: Er war zu groß und zu muskulös für Röhrenjeans. Außerdem trug er eine Waffe. Abgesehen von diesen Details war er einfach ein Mann, der es vorzog, in der noch kühlen Sonne sitzend zu arbeiten und zu frühstücken. Für ihn selber gab es neben der Neusondierung des Terrains allerdings noch einen weiteren Grund dafür, dass er bereits seit zwei Stunden hier hockte. Er musste sein beinahe physisches Widerstreben gegen diesen Job loswerden. Es lag nicht am Job, sondern an seinem Versagen, das der Grund für sein Hiersein war. Er hatte noch nie zurück gemusst. Wie ein gleißendheller Krampf breitete sich beim Gedanken daran die Wut in ihm aus. Wut darüber, dass sein Fehler dazu geführt hatte, dass andere ihn in der Hand hatten, ihn zwangen, hier zu sein, über ihn verfügten, als wäre er ein Rädchen in ihrem scheiß Spiel. Er war immer frei gewesen. Er musste es bleiben, wenn er das hier hinter sich bringen wollte. Ein für alle Mal. Dann aussteigen. Schluss machen. Sauber und frei. Während er versuchte, seine ganze Energie von diesem Sich-Wehren und Sich-Stemmen zu befreien, speiste er verschiedene Suchanfragen durch die unterschiedlichen Türen des Internets ein: Kontrollschildnummern von Fahrzeugen, die von der Pliuschtschika-Straße in den gegenüberliegenden Truschenikow-Weg einbogen. Unregelmäßig sich öffnende Dialogfelder auf dem Display lieferten Auskünfte aus den verschiedensten Quellen. Die Fahrzeuge gehörten in der Nähe wohnhaften Privatpersonen, Putzinstituten, Hauspersonal oder Handwerkern. Einige waren auf Mietwagenfirmen zugelassen. Touristen, wie er vermutete. Er gab sich einen Ruck. Er brauchte Schlaf. Eine um die andere schloss er die offenen Anwendungen und wollte das iBook eben zuklappen, als er feststellte, dass ein noch offenes Dialogfeld das Herunterfahren des Geräts verhinderte. „B619B177RU nicht zuzuordnen." Mit einem Schlag war er hellwach. 177 war der Regionalcode und stand für Moskau. Ein ganz gewöhnliches Kennzeichen der letzten Generation. Es war nicht möglich, dass eine Moskauer Kontrollschildnummer nicht irgendwo registriert war. Demnach war es entweder gefälscht, oder aber jemand hatte die Registrierung gelöscht oder löschen lassen. Für beides gab es einen Grund. Die Entscheidung war gefallen. Die Frage, ob er hier sein wollte, stellte sich nicht länger. Er war's, und jemand anders, der nicht gesehen werden wollte, war es auch.

***

Moskau, Ulitsa Pliuschtschika

Als Aleksei Wladimirowitsch Laritski in der Tiefgarage den Fahrstuhl links liegen ließ und, alle Schmerzen ignorierend, die Treppe ins Erdgeschoss hochjagte, kam es ihm vor, als wäre es der Endspurt eines Laufs, der vor der Tür des Premier Palace in Kiew seinen Ausgang genommen hatte.

Er musste zurück. Nur das noch. Zurück zu ihr. Um de Maere würde er sich später kümmern. Vom Moment an, als klar gewesen war, dass er von dem Geld an Bord der Maschine wusste, war auch klar gewesen, dass er ihn belog. Die Info war von sämtlichen Behörden unter dem Deckel gehalten worden. Was kursierte, waren nicht mehr als Gerüchte. Dass de Maere nicht nur die Info hatte, sondern auch die genaue Summe kannte, legte den Schluss nahe, dass er mit einer der beteiligten Seiten auf sehr gutem Fuß stand. Die Russen waren das ganz sicher nicht. Ebenso wenig die Schweizer, die, so schien es ihm, alles dafür taten, dass man ihre im besten Fall indirekte Verwicklung in die Sache vergaß. Blieb jene Seite, die de Maere im Lauf des Gesprächs ans Messer zu liefern versucht hatte: Sophia Svenström und das, wofür sie stand: die EU und jene, die dahinter die Fäden zogen. Die gab es immer. Aber das waren Probleme. Mehr nicht. Probleme löste man. Und schließlich war die FDF immer noch seine Stiftung. Das Telefonat mit seinem IT-Chef in Moskau, das er kurz vor Verlassen des Hotels geführt hatte, hatte ihn eines Besseren belehrt: Er, einer der mächtigsten Männer Russlands, war ohnmächtig. De Maere hatte das IT-System der Stiftung von seinem IT-Mann Gheysens in einer Art und Weise aufmotzen lassen, dass der Chef nicht mehr hineinkam. „Keine Chance“, hatte sein Sicherheitsbeauftragter gesagt. Da hatte die Wut zugeschlagen und ihn rasen lassen; aus dem Hotel hinaus, auf den Boulevard. Es war eine Wut, die sich ausschließlich gegen ihn selber richtete: Er war selber schuld. Kein anderer. Er hatte losgelassen, war lasch geworden, hatte sich wie ein gutgläubiger Idiot über den Tisch ziehen lassen. Als die Wut ebenso plötzlich, wie sie ihn gepackt hatte, verraucht war, hatte er sich vorsichtig auf eine der Metallbänke im Fußgängerbereich zwischen den Fahrbahnen und den Pappeln gesetzt. Ebenso klar, wie er die Karos des feinen Gitters durch den Stoff der Hose auf der Haut zu fühlen glaubte, hatte er gewusst, was er zu tun hatte. Er hatte wohl Waffen, aber keine Munition. Sie zu beschaffen, darauf musste er sich jetzt konzentrieren, wenn er gegen Svenström antreten wollte. Er hatte sein Handy hervorgeholt und Sorokins Nummer gewählt. Arina hatte geantwortet, und Laritski hatte erst gar nicht nach ihrem Boss gefragt. Es kam auf dasselbe hinaus, wenn er mit dieser Frau sprach, die Sorokin als Leibwächterin, Sekretärin, Krankenpflegerin und Chauffeur diente.

„Haben Sie etwas über Sophia Svenström?“, hatte er gefragt.

„Woran denken Sie, Aleksei Wladimirowitsch?“

„Etwas, womit man schnell und hart zuschlagen kann.“

„Wie hart?“

„Tödlich.“

„Ich melde mich bei Ihnen.“

Jetzt war er im Erdgeschoss seines Hauses. Der zweiten Möglichkeit, die ihm blieb, zum Greifen nahe. Kaum innehaltend drückte er jemandem seinen Mantel in offene Arme. Dann weiter, die Treppen hoch zu ihren Zimmern. Vor der Tür hielt er kurz inne, schöpfte Atem, klopfte zweimal und trat ein in ihre Welt. Sie saß in einem der beiden Stühle, die sich zusammen mit einer Chaiselongue um einen ovalen antiken Holztisch gruppierten. Auf den Knien Papiere. Der Blick, der sich bei seinem Eintritt hob, schien von weit her zu kommen. Langsam ließ sie die Hand mit der Lesebrille, deren Bügel sie beim Nachdenken wie so oft zwischen den Zähnen gehalten hatte,sinken.

„Aleksei.“

Er sah das Erstaunen über sein gezügelt ungestümes Eintreten in ihren Augen, das Fragen. Hinter allem Zärtlichkeit. Darauf musste er bauen. Er trat zu ihr, streifte mit den Lippen ihren Scheitel, atmete den Duft ihres Haars.

„Genia“, sagte er. „Lass uns reden.“

„Über Kiew, de Maere?“

„Darüber oder über etwas anderes. Ganz egal“, sagte er, während er sich vor ihr auf den hochflorigen Teppichboden setzte, den Rücken an das Holz des Stuhls gelehnt, auf dem sie saß.

Er hörte, wie sie die Papiere von ihrem Schoß hob und auf den Tisch legte. Den Stift, ohne den sie kein Dokument zur Hand nahm, und die Brille darauf legte. Dann ihre Hände, die durch sein Haar fuhren, die Wärme ihrer Wange an seinem Kopf.

„Was ist los, Aleksei? Was ist passiert?“

„Ich habe verstanden, Eva. Das ist passiert. Aber es ist egal. Wir brauchen nicht darüber zu reden. Das einzige, was zählt, sind wir. Du, Aljoscha und ich.“

„Darüber waren wir uns immer einig“, antwortete sie. „Du weißt, dass ihr das Wichtigste seid, was…“

„Nein, Eva“, unterbrach er sie und neigte den Kopf zurück. „Nicht Aljoscha und ich. Darauf lasse ich mich nicht ein. Wir drei. Du, Aljoscha und ich. Ich werde nicht zulassen, dass du dich selber aus der Gleichung streichst. Es gibt kein Wir ohne dich. Es gibt nichts.“

Er fühlte, wie die Wärme sich von seinem Kopf entfernte, wie sie sich hinter ihm aufrichtete, auf Distanz ging. Um dies zu verhindern, war er hier. Er wusste nicht, wie groß die Strecke war, von der er zugelassen hatte, dass sie sie trennte. Aber auch das war egal. Er hatte sich auf den Weg gemacht, und er würde, wenn nötig, diese Nacht und viele weitere auf den Beinen bleiben, um sie zurückzulegen. Es war nicht notwendig, hier und jetzt über Richtungen und Ziele zu sprechen. Auch nicht, dass sie ihm entgegenkam. Hauptsache, er konnte sie dazu bringen, stehenzubleiben. Sich nicht noch weiter zu entfernen. Nur das. Nur so hatte er eine Chance, sie einzuholen.

Mit jeden Schmerz ignorierendem Elan kam er auf die Beine und streckte ihr die Hand entgegen.

„Lass uns runter gehen in die Küche. Etwas kochen, essen, trinken, rauchen.“

„Aleksei – es ist mitten in der Nacht… Ich bin müde und ich muss diese Papiere hier noch…“

„Das war keine Bitte, Weib. Komm. Dein Mann ist hungrig.“

In einer Bewegung senkte sie den Kopf in sich ergebender Geste und reichte ihm gleichzeitig die Hand. Als sie den Blick wieder hob, sah er, was seit Monaten weg gewesen war: Schalk in ihren Augen, ein Lachen auf der Stirn. Die ersten Meter waren geschafft.

28

Nationalpark Desna-Stara Huta, Ukraine

Semjon Kowaljows schlotterndes Emporschießen aus dem Schlaf ins Wachsein kam einer Heimkehr gleich. Hart fühlte er die gerillte Ladefläche des Pickups durch den Stoff seiner Kleider und des Schlafsacks hindurch. Hunderte Male war er genauso erwacht. Stets in der kältesten Stunde des Tages. Zeit spielte keine Rolle, diese Stunde war überall und zu jeder Zeit dieselbe. Er schätzte die Temperatur auf acht, neun Grad. Mit geschlossenen Augen tastete er nach der hellbraunen Wolldecke und zog sie sich über Schultern und Kopf. Sofort wurde ihm wärmer. Jetzt nur noch warten. Auf die ersten Vogelstimmen, die Botschaft von Licht. Er wusste, dass er nicht mehr würde schlafen können. Und ebenso wusste er, dass er dem, was ihn zurückzerrte ins Gestern, in die vergangene Nacht, mit aller Kraft widerstehen musste, bis es hell würde. Über solche Schwärze dachte man nicht in der Enge einsamer Dunkelheit nach, wenn man nicht den Verstand verlieren wollte. Er hielt sich fest am Einzigen, das blieb und das real war: dem Ort, an dem er sich befand. Sogar im streifenden Scheinwerferlicht des Wagens hatte er in der Nacht einen Eindruck der Schönheit bekommen, die ihn jetzt unsichtbar umgab. Erst war er einer befestigten Straße gefolgt, die durch den Nationalpark führte, später dann querfeldein in Richtung der Seen, die das Schutzgebiet an seiner nördlichen Seite begrenzten. Lichte, im Licht kalkweiß erscheinende Tannenwälder wie erstarrte Heere. Raue Grasbüschel, Ginster, schließlich Sand und ein erster See. Er war ausgestiegen, hatte die Schlafutensilien aus der auf der Ladefläche befestigten Box geholt und sich hingelegt in der Absicht, die Nacht irgendwie hinter sich zu bringen, ohne dabei und daran irre zu werden. Mit Schlaf hatte er nicht gerechnet. Mit einem federnden Sprung kam er auf die Füße, rollte Schlafsack und Decke zu einem Bündel zusammen, öffnete die Box, verstaute die Sachen und holte Kaffeekocher und Gas hervor. Er wusch sich das Gesicht in dem nur scheinbar eisigen Wasser, putzte sich die Zähne, schenkte sich Kaffee ein und setzte sich auf einen Stein im Sand.

Noch vor wenigen Stunden, gepeitscht vom Rasen, das Schlaflosigkeit in Panik verwandelte, hatte er die Möglichkeit in Betracht gezogen, wahnsinnig zu werden. Jeder hätte das. Wie sonst konnte ein normaler Mensch das Äußerste aushalten? Das Äußerste, von dem er wusste, dass er es zu verantworten hatte? Den möglichen Tod von Menschen. Vielen Menschen. Er war nicht der Versuchung erlegen, in Gedanken und Gefühlen von Mitverantwortung zu schwafeln, von dem kleinen Rädchen, das er sei in einem Größeren, von der Schuld anderer. Was blieb, war er. Er selber. Man hatte ihn erpresst und belogen – trotzdem war er schuld.

Tatsache war: Er hatte im Auftrag – Erpressung und Drohung hin oder her – eine Ladung Kokain, die mit einem pathogenen Virus angereichert war, besorgt, die, wie es aussah, auf den Straßen Europas verkauft werden sollte. Krankheit, Hysterie, Unruhen und Tod wären die Folgen.

„Denk' nach. Wie wird Kokain konsumiert?", hatte Galuschka ihn gefragt, als sie nebeneinander im Dunkeln und nach Rauch und Benzin und Schweiß stinkend und mit baumelnden Beinen auf der Laderampe der großen Schlacht- und Zerlegungshalle gesessen hatten.

„Was meinst du? Geschnupft?"

„Ja – aber wie wird es in der Regel geschnupft? Womit?"

Und noch bevor er „Röhrchen" oder „Löffelchen" hatte sagen können: „Der ganz normale Konsument verabreicht sich seine Partydosis via Banknoten-Röhrchen. Auf zwei Dritteln der Euro-Banknoten wurden Drogenspuren nachgewiesen. Vor ein paar Monaten – vielleicht ist es auch schon ein Jahr her – wurde außerdem von der EU-Gesundheitsbehörde ein Test durchgeführt. Bezeichnenderweise in der Schweiz."

„Was für ein Test?"

„Ein Test zur Verbesserung der ‚Volksgesundheit'." Galuschka hatte beim Aussprechen des letzten Wortes Anführungszeichen in die Luft gestrichelt. Eine Geste, die nicht zu dem gewaltigen Mann passen wollte. Und es doch tat. „Es sollte herausgefunden werden“, hatte er fortgefahren, „wie viele Banknoten mit Drogen kontaminiert sind. Und außerdem – und jetzt halt dich fest – wie viele Viren sich darauf befinden und wie lange sie überleben können.“

„Was kam dabei heraus?“, hatte er gefragt.

„Geld ist schmutzig.“

„Nichts Neues also. Die alte sozialistische Leier von der bösen Freiheit des freien Handels.“

„So ungefähr. Aber diesmal verbunden mit etwas, was immer zieht: Furcht. Geld, im Speziellen Bargeld, ist nach den Einsichten der Forscher nicht nur dreckig, sondern gefährlich. Und während die Tests in aller Unauffälligkeit und Stille durchgeführt worden sind, hat man die Resultate großflächig breitgetreten. Kein Medium innerhalb der EU hat auf die Story verzichtet. Das Terrain für deinen Stoff ist optimal vorbereitet. Sollte er auf die Straße kommen, dann wird das zwar Panik auslösen, aber ganz neu wird es nicht mehr sein. Den ersten Panik- und Empörungs-Abschreiber haben die schon hinter sich.“

„Und die Menschen werden Angst haben vor Bargeld…“

„Jetzt fängst du an, zu begreifen. Es ist die immer gleiche Geschichte, Semjon. Jene von der Lenkung der Massen. Kontrolliere die Furcht, kontrolliere den Hass, präsentiere Schuldige. Dann kontrollierst du auch das Handeln. Der gute alte hausgemachte Terror. Sollte dort drüben also das Schlimmste eintreten, werden die Menschen Angst haben. Und während sie buchstäblich um ihr Leben fürchten, entzieht man ihnen ihre Bürgerrechte. Im besten Fall geben sie sie selber ab. Zum Beispiel jenes auf Bargeld. Sie werden lieber heute als morgen ein Bargeldverbot akzeptieren, das bisher stets auf Widerstand gestoßen ist, nur um die Angst loszuwerden. Und ist dieser Schritt einmal getan, sind sie verloren. Der Einzelne mitsamt seinem Wollen, Wünschen und Tun vollkommen durchsichtig. Jeder seiner Schritte würde kontrolliert werden können. Er könnte sich auf legale Weise nicht einmal eine Busfahrkarte kaufen, eine Flasche Wein oder ein Abendessen, ohne dass die Behörden es wüssten. Und beim Wissen bleibt es nie, da reicht ein Blick in unsere eigenen Geschichtsbücher. Stell dir vor, einer ist dann Kunde in einem Laden, dessen Besitzer die falsche Gesinnung hat. Auf sanftes Hinweisen wird Strafe folgen. Der Ladenbesitzer kann über kurz oder lang dichtmachen. Oder einer konsumiert mehr als die behördlich abgesegnete Menge Wein am Tag. Rauf mit der Prämie für die Krankenversicherung. Dasselbe für Raucher, Sportmuffel oder einfach solche, die zu alt werden oder zu krank sind. Aber das Beste daran bleibt die Tatsache, dass es den Leuten egal sein wird: Sie werden es wollen oder zumindest akzeptieren. Es wird ein lupenrein demokratischer Prozess sein. Und jetzt stell dir vor, was passiert, wenn beispielsweise das Gerücht aufkommt, die Ermittlungen hätten ergeben, dass der Stoff über eine der Asyleinrichtungen ins Land gelangt sei. Oder dass die Russen darin verwickelt sind."

„Mein Gott…" Kowaljow hatte, die Ellbogen auf den Knien, das Gesicht in den Händen geborgen. Es war schweißnass gewesen.

„Ja – da hilft dann auf Seiten der ganz normalen Menschen wirklich nur noch beten", hatte Galuschka ihm hingeworfen. „Die Behörde wird es dabei allerdings nicht bewenden lassen. Als Nächstes folgt dann der schizophrene Kampf gegen den Terror. Und auch dieser Schritt wird wohl von einer Mehrheit wieder gewollt sein. Zumindest werden die Leute auf das Versprechen, wonach es sich um eine temporäre Maßnahme zur Aufrechterhaltung der inneren Sicherheit handle, anspringen und vermehrte Militär- und Polizei-Präsenz auf den Straßen akzeptieren. Oder zumindest einen Handels- und Währungs-Krieg gegen Russland. So oder so – der Stoff und das, was er anzurichten in der Lage ist, bedeutet für die in der Krise von Brexit und sogenanntem Populismus gebeutelte EU-Großkontinentalbehörde absolute Macht. Und wer weiß: Vielleicht kommt diesen kranken Hirnen auch eine zahlenmäßige Reduktion der Bevölkerung gerade recht. Schwache und Kranke bitte zuerst."

Jetzt kam Kowaljow auf die Beine, ging zum Pick-up und holte die Zigaretten, die im Fach der Mittelkonsole lagen. Etwas in ihm baute sich auf. Auch als er wieder auf dem Stein saß, umgeben von dieser ihm fast grotesk erscheinenden friedvollen Schönheit, als er sich Feuer gab und die Luft ausstieß, entwich der Druck nicht. Das war gut. Unter Druck hatte er immer die besten Entscheidungen gefällt. Egal ob als Präsident des Clubs oder am OP-Tisch.

Tatsache war: Er verachtete Europa und die Europäer. Für ihre Laschheit, für das Verschleudern ihres Erbes an ideellen und materiellen Werten. Für die Preisgabe ihrer Zukunft zugunsten einer von Selbstmitleid kaschierten Gegenwartsgier, die eine Mischung aus Ignoranz, Dummheit und Neid war. Aber damit hatte es sich dann auch schon. Die Tatsache, dass die Menschen dort, wenn sich nichts änderte, früher oder später auf genau diese Weise in einen staatlichen Totalitarismus hineinstolpern würden, ließ ihn kalt. Weder gönnte er es ihnen, noch täte es ihm leid. Sie hätten es sich schlicht und einfach selber zuzuschreiben. Redlich verdient. Punkt.

Jetzt wurde ihm bewusst, dass er „die Sache", die Erpressung, die Drohung, sein Handeln bis hin zu Galuschka, dem Stoff und dem Virus auf dasselbe Gleis geschoben hatte. Als wäre es egal, mehr noch: nicht real. Seit gestern war solch bequemes Wegducken unter den Radar der Wirklichkeit nicht mehr möglich. Deutlicher als Mikahjlo und Aleksandr konnte einem keiner die Fresse in die Wahrheit drücken.

Mit dieser Einsicht ergab sich das Handeln aus der eigenen Verantwortung heraus von selbst: Er musste versuchen, die Sache zu stoppen. Irgendwie. Und irgendwie auch so, dass er jenen, die er liebte und zu schützen gelobt hatte, nicht schadete. Träfe der Schaden ihn selber, dann würde er damit leben können. Oder sterben.

Jetzt wich der Druck und machte einer Schärfe und einer Wachheit Platz, die ihn über sich selbst und den Ort hinaushob. Einer hatte mal gesagt, wer das Letzte überwunden habe, fürchte nicht das Vorletzte. Jetzt verstand er es. In dem Maß, in dem er sich unter die größte Last beugte, unter die einer sich beugen konnte, wurde er frei.

Er packte Kippen, Kaffeebecher und Kocher zusammen, verstaute das Zeug, ohne es zu waschen, in der Box, sprang in den Führerstand des Pick-ups und verließ das ihm für Stunden gewährte Paradies, noch bevor die ersten Wagen von Fischern und Ausflüglern im Park auftauchten.

29

Dienstag, 30. Mai, Moskau, Slomenskaja-Platz

„Zielscheibe" – Aleksei hatte recht. Das war es, was sich seit Wochen veränderte und dem sie keinen Namen zu geben vermocht oder gewagt hatte. Nicht irgendetwas hatte sich verschoben, sondern sie selber hatte dafür gesorgt, dass die Kulissen zurückwichen, Stück für Stück, und dass, was am Ende als Exponat übrigblieb, sie selber war. Wartend. Schutzlos. Die täglichen Fußmärsche in die Innenstadt kamen einem aktiven Heraustreten aus dem kümmerlichen Rest verbleibender Sicherheit gleich. Einladung und Aufforderung an jene, die ihren Tod brauchten. Nur ihren.

Und jeden Vormittag, wenn sie durch eine der drei Schwingtüren in den Sicherheitsbereich des Innenministeriums trat, stellte sie fest, wie der Druck des erwarteten Letzten von ihr abfiel. In diesen Sekunden hielt nur der Wille sie auf den Beinen, ließ sie lächeln, grüßen, Evgenija Iwanowna Laritskaja sein. Handtasche auf das Förderband, Schritte durch den Ganzkörperscanner, Handtasche wieder aufnehmen. Auch heute. Das letzte Mal. Sie hatte es Aleksei erst vor wenigen Stunden versprochen. Ab morgen würde ein Sicherheitsteam rund um die Uhr für Schutz sorgen.

Ihre Büros lagen im 19. Stockwerk des im stalinistischen Zuckerbäckerstils erbauten Hochhauses, „Stalin-Finger" genannt oder auch eine der „Sieben Schwestern". Letzteres passte zu ihr selber, fand sie. Die ganzen bücherfüllenden Absonderungen zur sogenannten „russischen Seele" – sie liefen alle auf Grund, angeschwemmt am Ufer kurzatmiger Begrifflichkeit. Es war nicht die Seele. Es war das Blut. Das russische Blut. Schwestern.

Heute war alles anders. Hätte sie heute über Glück nachgedacht, dann wäre sie wohl zum Schluss gekommen, dass das hier das Glück war. Nicht mehr allein sein.

Ihr Mann hatte sie an der Hand aus ihrem Sessel hoch, in den Flur und die Treppe hinunter in die Küche gezogen. Im Haus war es still gewesen. Licht war nur von ein paar versteckten Lampen gekommen, die mehr Schatten als Helligkeit zu spenden schienen. Durch die offene Tür des Raums des Sicherheitsdienstes im hinteren Teil der Eingangshalle blaues Bildschirmflimmern. Als die indirekte Beleuchtung die Küche in warmes Licht getaucht hatte, waren sie sich bewusst geworden, dass sie in ihrem eigenen Haus flüsterten und herumschlichen wie Kinder, die im Bett sein sollten. Sie hatten sich angesehen, gelacht und weiter geflüstert, als wäre die Stille eine Decke, die man sich über den Kopf ziehen kann. Aleksei war zum Getränkekühlschrank gegangen und hatte zwei Flaschen Bier hervorgeholt, sie geöffnet und ihr eine gereicht. Sie hatte sich zwischen Herd und Fenster auf die Anrichte gehievt und sich darauf beschränkt, ihm zuzusehen. Thunfischsalat mit Kartoffeln und ein Omelett. Es war ihr vorgekommen, als habe man sie in die Szene einer Postkarte aus ihrer Vergangenheit versetzt. Genauso hatten sie sich früher oft hier getroffen, zu dieser Stunde. Beide arbeiteten sie immer bis spät in die Nacht, und egal womit sie sich gerade beschäftigten und ohne auf die Uhr zu sehen, konnten sie sich darauf verlassen, den anderen, wenn nicht schon im Flur, im Aufzug oder in der Halle, dann spätestens hier zu treffen. „Früher" war erst ein paar Monate her, und doch hatte die kurze Zeitspanne seit dem Absturz bewirkt, dass ihr das eben noch Gewohnte heute wie etwas Neues erschien. Aber auch hier galt: Sie war nicht allein gewesen mit dem Gefühl der Fremde. Als sie sich wie immer, jeder mit seinem Bier und mit seinem Teller, an den Frühstückstisch gesetzt hatten, war eine Art Verlegenheit zwischen ihnen gewesen. Verpackt und eingewickelt in vertrautes Tun und doch durch alle Schichten hindurch riechend wie ein toter Fisch in einer alten Zeitung.

„Seltsam – nicht?", hatte Aleksej gesagt. „Komm mit…"

Erneut war er vor ihr gestanden und hatte ihr die Hand entgegengestreckt, erneut hatte sie die ihre hineingelegt. Durch die

Halle, die Treppe hoch, an ihren Zimmern vorbei. Sie hatte gewusst, wo er sie hinführte.

Als sie wenig später, beide das Bild ihres schlafenden Sohnes mit sich tragend, wieder in der Küche gewesen waren, hatte sich etwas geöffnet gehabt. Oder geschlossen. Es war nicht wichtig. Die Verlegenheit inszenierter Postkartenwelten war weg gewesen. Ihm alles zu erzählen das einzig Normale. Der Irrsinn, der Terror, die immergleiche Geschichte von Macht, die unersättlich, triebhaft und einzig um ihrer selbst willen zu Allmacht kommen wollte. Als alles auf dem Tisch gewesen war, hatte sie es zusammen mit ihrem halbleeren Teller beiseitegeschoben. Er hatte sie an Aljoschas Bett geführt. Wenn es für sie drei einen Weg geben sollte, dann musste sie dort anfangen.

„Es ist meine Schuld. Alles. Der Absturz, dein Fast-Tod. Ich bin schuld. Die müssen mich loswerden. Dein Ableben wäre für de Maere zwar sicher praktisch, aber es war nie das Ziel. Ich bin es, die Aljoscha und dich in Gefahr gebracht hat."

„Und darum läufst du jeden Tag wie eine Zielscheibe durch die Gegend?"

„Ich wusste mir nicht anders zu helfen, bis…"

„Bis was?"

„Bis ich sicher sein konnte, dass du wieder ganz gesund wirst."

„Und dass ich mich allein um Aljoscha kümmern kann? Ist es das, was du sagen willst?"

Sie hatte nicht geantwortet, hatte erwartet, dass er auf die Beine kommen, sie wie letzthin über den Tisch hinweg an den Schultern packen, schütteln würde. Wortlos, ohnmächtig. Sie hatte falsch erwartet. Auch hier hatten sich Dinge verschoben. Er hatte den Arm ausgestreckt und seine Hand an ihr Gesicht gelegt.

„Wenn ich bleibe…", hatte sie angehoben.

„Nicht, wenn wir zusammenarbeiten", hatte er sie unterbrochen. „Wie immer, Eva. Du und ich." Er hatte sie falsch verstanden. Sie hatte nicht von der Gefahr gesprochen, der er und

Aljoscha ausgesetzt wären, wenn sie bliebe. Es fing früher an. Vor aller Gefahr.

„Ich spreche nicht von der Gefahr, Aleksei. Wenn ich bleibe, musst du mir vergeben können. Alles. Der Anschlag. Das, was in Europa möglicherweise passieren wird – der Terror. Kannst du das? Kann das überhaupt jemand?"

Er hatte sie, die Faust vor dem Gesicht in der anderen Hand geborgen, über den Tisch hinweg angesehen. Das war der Kern. Nur an diesem Ort konnten sie anfangen. Unvergebene Schuld ließ Innerstes bersten, egal wie solide man drum herum baute. Unvergebene Schuld zerstörte Menschen, Paare, Familien – ganze Nationen. Die Wartezimmer der Psychiater waren voll davon.

„Als ich dich geheiratet habe, habe ich dir gleichzeitig auch alles vergeben, was du je getan hast", hatte er schließlich gesagt. „Und auch alles, was du noch tun würdest. Ich hatte es vergessen. Jetzt sehe ich, dass sich daran nichts geändert hat."

„Ich habe es nicht sehen wollen."

„Was meinst du?"

„Das fürchterliche Ausmaß. All die Menschen, Aleksei. Echte Menschen, echtes Leben. Ich habe erst begonnen, zu erfassen, als mein eigenes Leben auf der Kippe stand. Ich habe es von mir ferngehalten. Es war ein Projekt. Kann so was je vergeben werden?"

„Das ist nicht die Frage, Evgenija. Die Frage ist: Sie oder wir. Jetzt aufzuhören, hieße ‚wir'. Es ist keine Option."

Jäh wurde sie aus ihren Gedanken gerissen – auch hier im Eingangsbereich des Verwaltungsgebäudes, in dem ihre Büros lagen, hatte sich seit gestern etwas verschoben. Allerdings war dieses Etwas deutlich sichtbar: Ein Kordon aus Sicherheitsleuten riegelte vier der fünf Fahrstühle ab, und vor dem einen, der zugänglich war, staute sich eine Menschenschlange. Ein Blick in Richtung Treppenaufgang bestätigte ihr, dass dort dasselbe vor sich ging. Jeder Einzelne wurde abgetastet, auf eigens dafür hingestellten Tischen Handtaschen und Aktenmappen durchsucht. Es war die routinierte Umsetzung des Sicherheitsdispositivs anlässlich des Besuchs einer ranghohen ausländischen Delegation in Begleitung von Beamten aus dem direkten Umfeld des Präsidenten.

„Evgenija Iwanowna Laritskaja?" Die Stimme, die fragte und nicht verbarg, dass sie längst wusste, gehörte Piotr Blinow, dem Mann, der den Bereich Sicherheit im Gebäude unter sich hatte.

Sie wandte sich ihm wortlos zu.

„Bitte folgen Sie mir. Sie werden erwartet."

In der hinteren rechten Ecke der Halle hielt er ihr eine Tür mit der Aufschrift „Sicherheitspersonal" auf. Sie trat ein und widerstand dem Impuls, sich zu ducken: Nach der wahnhaften Ausdehnung der Halle kam einem manchmal sogar der Himmel niedrig vor. Ganz zu schweigen von einem Kabuff wie jenem, in das Blinow sie jetzt führte. Eigentlich nur ein Fahrstuhl-Vorraum. Die Tatsache, dass es neben den fünf Fahrstühlen in der Lobby noch einen weiteren gab, war ihr neu. Die Begrenztheit des kleinen Raums ließ keinen Platz für Geräusche. Teppichbeläge taten ein Übriges. Die mattsilberne Fahrstuhltür glitt lautlos auf. Sie folgte Blinow, der ihr diesmal nicht den Vortritt ließ. Als die Kabine sich nach unten in Bewegung setzte, kollidierte etwas in ihr – als hätte der Körper eine Aufwärtsbewegung vorweggenommen und würde nun jäh ausgebremst. Sie zählte: Bis in den 19. Stock kam sie meistens bis 22. Bei 13 war die Fahrt diesmal zu Ende. Sie mussten sich mindestens neun Stockwerke unter Erdgeschossniveau befinden. Es war wärmer hier. Vielleicht war es auch nur der Druck. Sie gingen einen schmalen Flur entlang. Er hätte zu einem beliebigen Hotel gehören können. Irgendwo auf der Welt.

Mit einem Mal waren sie nicht mehr allein in dem Gang. Drei Männer schirmten eine Tür rechterhand ab. Das Emblem auf einem der Jackenärmel sagte ihr, dass hinter der Tür der inoffiziell mächtigste Mann des Landes auf sie wartete. Sie überreichte einem der Männer ihre Handtasche, wandte sich gegen die Wand, ließ sich abtasten. Auf ein stummes Nicken hin öffnete sie die Tür und trat ein in den Raum, der sich um den schüchternen Lichtkegel einer tief über einem Tisch hängenden Lampe zu drängen schien. Nikolai Nikolajewitsch Sorokin war verschwimmende Silhouette. Nur sein Gesicht tauchte aus dem Dunkel auf wie aus schwarzem Wasser. Er machte keine Anstalten, sich zu erheben. Evgenija Iwanowna wartete, bis sie hörte, wie die Tür hinter ihr schmatzend in die Dichtungsgummis gezogen wurde.

„Evgenija Iwanowna."

„Nikolai Nikolajewitsch."

„Setzen Sie sich." Und noch während sie der Aufforderung Folge leistete: „Aleksei Wladimirowitsch macht sich Sorgen um Sie. Und ich auch."

„Ich weiß."

Zwei körperlose Gesichter. Für einen Moment war es still. Der Druck hier drin hatte seinen eigenen Sound. Dicht. Evgenija Iwanowna sehnte sich nach oben in die Weite der Lobby, unter den tiefen Himmel. Atmen.

„Wie geht es Ihnen, Eva?"

„Ich lebe, Nikolai."

„Das ist nicht viel."

„Es reicht."

„Wofür, Eva? Wofür reicht es?"

„Wissen Sie das nicht längst?" Sie nickte andeutungsweise in Richtung Tür.

„Es mag Sie erstaunen, aber noch habe ich keine Überwachung veranlasst. Ich habe Ihnen immer vertraut, Eva. Und ich tue es noch. Und wenn ich sage, ich mache mir Sorgen um Sie, dann ist es genau das. Ich weiß, dass Sie nie gegen mich oder unser Land arbeiten würden. Und schon gar nicht gegen Aleksei Wladimirowitsch."

„Und weshalb sind wir dann hier?"

„Weil ich Ihnen nur helfen kann, wenn Sie mir ebenfalls vertrauen."

„Sie können mir nicht helfen."

„Und Aleksei?"

„Geht es darum?"

„Ihnen doch auch.“ Und bevor sie bestätigen oder verneinen konnte: „Er war bei mir vor kurzem. Er stellt sich dieselben Fragen wie ich. Um sie zu beantworten, wird er allerdings weiter gehen. Ihretwegen. Er wird den 500 Millionen Euro folgen. Er wird nicht lockerlassen, bis er weiß, woher sie kamen und für wen sie bestimmt waren.“

Evgenija Iwanowna holte Atem, um etwas zu erwidern. Hielt inne – ein minimales Heben des Kinns ihres Gegenübers gebot ihr Schweigen. Nikolai Nikolajewitsch war noch nicht fertig.

„Nabucco ist tot. Das war der Deal. Unser Deal. Dass man das an Bord der abgestürzten Maschine befindliche Geld zu Schwarzgeld und die ganze Aktion zu einem kurzfristigen Erfolg im Kampf gegen die Geldwäscherei uminterpretiert hat, war ziemlich geschickt von den Schweizern und dürfte auch Sie nicht erstaunt haben. Allerdings dürfte Ihnen auch klar sein, dass diese spontane Deutung und Nutzung einer Katastrophe nicht in den Stunden nach dem Ereignis entstanden ist, sondern eine sorgfältig und rechtzeitig an den richtigen Stellen eingespeiste Idee war. Meine Leute sind aber auch davon überzeugt, dass der Kauf von Gegenstimmen, wie es im Fall von Nabucco geschehen ist, nicht Grund genug ist, etwas so Dramatisches zu inszenieren. Sollte der Nabucco-Deal publik werden, dann wäre das drüben in Europa höchstens ein Grund zu noch mehr medialer Erregung. Halb so schlimm. Ich bin sogar der Meinung, die Info über die Käuflichkeit jeder beliebigen Entscheidung hinter dem Rücken der eigenen Bevölkerung könnte uns hier zu gegebener Zeit nutzen. Nichts verstellt den Blick so sehr wie bis an den Rand mit Schuldzuweisungen gefüllte Medienformate.“

Evgenija Iwanowna nutzte das kurze Innehalten ihres Gegenübers und sagte fast dieselben Worte, die ihr Mann vor kurzem gesagt hatte:

„Warum erzählen Sie mir Dinge, die ich weiß, Nikolai Nikolajewitsch?“

„Nun – vielleicht hoffe ich, dass Sie mir im Gegenzug etwas erzählen, was ich nicht weiß, von dem ich aber sicher bin, dass

Sie es wissen. Was läuft da, Evgenija? Wozu waren die 200 Millionen Euro bestimmt?“

Das war der Punkt. Genau hier.

„Er wird dir keine Wahl lassen“, hatte Aleksei in der vergangenen Nacht gesagt. „Dein Job wird es sein, ihn deine Kapitulation glauben zu machen. Liefere ihm so wenig wie möglich und so viel wie nötig. Aber lass‘ mich aus der Sache raus. Er soll weiterhin glauben, wir wüssten nichts voneinander. Das gibt uns Zeit.“

Daran hielt sie sich jetzt. Sie erzählte von ihrem Kennenlernen mit Sophia Svenström vor über sechs Jahren. Davon, wie sie im Rahmen ihrer beider Tätigkeiten zusammengearbeitet hatten. Mehr informeller Austausch als reale Projekte. Diplomatische Notwendigkeit zu aller Nutzen hinter den Kulissen der offiziellen Politik. Bloß zwei Ministerinnen, deren Hauptaufgabe darin bestand, die Tür zwischen ihren Ländern und Regierungen offen zu halten. Dann Svenströms Beförderung zur Direktorin des EU-Thinktanks. Eine weitere Tür, in deren Rahmen man sich getroffen hatte. Fernab der Familienpolitik diesmal. Fernab von offiziellen Agenden und Verhandlungszielen. Nabucco. Man ließ sie via Svenström wissen, dass man von EU-Seite und im Rahmen der politischen Agenda keinen Wert auf die Realisierung lege. Im Gegenteil: Alles, was im Bereich der klassischen Energieversorgung scheiterte, war ein Sieg für die vorgeblich von den Nationen gewünschte und unter dem Label „Energiewende“ lancierte staatliche Klimarettungs-Maschinerie. Man hatte sich vorgenommen, Kontinent-übergreifend nicht weniger als eine ganze Industrie über den Umweg der Angst zu erschaffen. Der erste 100 Prozent staatlicher Markt. Wenn man da nebst natürlich ausgelösten Katastrophen wie Fukushima die eine oder andere Notwendigkeit wie das von Dritten verschuldete Scheitern eines Projekts organisieren konnte – umso besser.

„Und weiter?“, drängte Sorokin mit dem kalten Ennui in der Stimme dessen, dem Geduld und Zeit davonlaufen. Sie erzählte ihm nichts Neues.

Sie sah Schweißperlen auf seiner Stirn. Erst jetzt registrierte sie, dass, was die gewohnte Kraft und Masse ausstrahlte, bloß ihre Erwartung und sein Wille waren. Sie saß einem kranken Mann gegenüber. Die Einsicht traf sie unvorbereitet. Mehr noch als Aleksei, hatte Sorokin stets das große Unveränderbare im Hintergrund dargestellt. Mehr Vater denn Fels. Wenn er weg wäre, dann wäre viel mehr nicht mehr da als die graue Eminenz, als die er gemeinhin galt. Und als hätte er ihre Gedanken gehört:

„Machen Sie sich keine Sorgen, Evgenija Iwanowna. Für eine Weile reicht‘s noch. Aber kommen Sie auf den Punkt. Wir haben uns Nabucco gekauft. Wir haben bezahlt. Was noch?“

„Eines Tages fragte mich Svenström, was bei der Sache eigentlich für mich drin sei. Nicht direkt. Mehr so, als bräuchte sie bloß die Bestätigung für etwas vollkommen Selbstverständliches. Dafür, dass auch ich einen Preis habe. Sie hätte mich genauso gut fragen können, ob ich Nahrung zu mir nehme. Diese Leute kennen keine Loyalität außer sich selbst gegenüber. Hätte ich ihr mit einem Nein geantwortet, hätte sie entweder gelacht oder den Kontakt abgebrochen. Ich gab ihr, was sie wollte, erzählte etwas von der Aussicht auf ein prestigeträchtigeres Ministerium, von Aufträgen für Horizon Hill. Außerdem ließ ich durchblicken, dass ich meine berufliche Zukunft nicht zwingend im Dienst meiner Nation, sondern eher in jenem einer supranationalen Organisation wie den UN sähe.“

Erneut hielt sie kurz inne. Diesmal drängte Sorokin nicht. Wie einen Film sah sie die Monate vor sich, während derer sich das Bild verändert hatte. Als sie fortfuhr, ruhten ihre Augen auf dem Tisch, wo Szene um Szene sich abzuspielen schien. Man hatte sich kaum merklich häufiger getroffen. Sie war bei Einladungen berücksichtigt worden, bei denen man sie bisher stets übergangen hatte. Cocktail-Empfänge, Dinners und Arbeitsessen. Svenström nie die direkt Einladende, aber immer zugegen, immer in der Nähe. In ihrer Nähe. Und beide hatten sie ihre Rollen als etwas wie „werdende Freundinnen“ gespielt.

„Ich habe mich begeistert gezeigt. Und dankbar“, fuhr sie fort. „Das vor allem. Als sei das alles etwas Neues, als hätte ich bisher nur das party- und prestigemäßige Pendant zur Taiga gekannt. Aber das reichte ihr nicht. Irgendwann begriff ich, dass ich ihr mehr geben musste. Sie wollte Angst sehen. Angst vor dem Vergessenwerden, vor Ausschluss und Verlust. Die Panik des Emporkömmlings vor jenen Tiefen, aus denen andere ihn herausgeholt haben. Abhängigkeit, Auslieferung. Es ergaben sich Gelegenheiten. Weniger Cocktail jetzt, mehr Kaffee. Nur wir zwei. Dann, vor etwa zweieinhalb Jahren, ließ sie ab und zu irgendwas von einem ‚Projekt' fallen. Sie ging nie näher darauf ein, versuchte mich aber davon zu überzeugen, dass bereits die Erwähnung des ominösen ‚Projekts' mich zu einer Art Eingeweihter machte."

Dann war der Nabucco-Deal gekommen. Und mit ihm zum ersten Mal die Forderung nach einer Gegenleistung für die vielen vermeintlich an der kleinen Russin begangenen Wohltaten. Für das „Projekt". 200 Millionen Euro, deren Herkunft nicht bekannt werden dürfe, müssten ebenfalls in die Schweiz. Quasi im selben Aufwasch mit dem Nabucco-Geld keine große Sache. Kaum war alles aufgegleist – lange bevor die Sache überhaupt passierte –, distanzierte sich Svenström auf einmal. Ließ sie fallen, wie jemanden, der aus dem Spiel war. Tot.

„Den Rest wissen Sie, Nikolai Nikolajewitsch. Damals bekam ich es mit der Angst zu tun. Suchte mir einen Leibwächter, der, so weiß ich heute, das genaue Gegenteil war. Es folgten der Absturz, die Schweiz, das Seilziehen bis zur Ausreise und endlich die Rückkehr nach Hause."

„Ist das alles?", fragte Sorokin, als sie verstummte, in einem Ton, der ihr sagte, dass eine Bejahung der Frage keine Option war.

„Nein. Natürlich nicht."

„Also? Was ist passiert, dass diese Leute Sie zum Abschuss freigegeben haben, wenn ich das mal so salopp formulieren darf?"

„Ich habe jemanden beauftragt, die Herkunft des Geldes abzuklären", log sie. „Um es kurz zu machen: Es kommt von der EU. Besser: von der Europäischen Zentralbank. Aber das ist nicht der Punkt. Der Punkt ist, dass die Überweisung über die Fight for Democracy Foundation abgewickelt worden ist. Die Stiftung von Alekseis Fonds."

„Ich weiß, wer und was die FDF ist", warf Sorokin ein.

„Dann wissen Sie auch, dass dieses Geschäft niemals mit Alekseis Segen hätte abgewickelt werden können. Wenn es so was gibt wie einen Stiftungszweck, dann gibt es auch eine Art Anti-Zweck: Für Aleksei war Letzterer immer der, sich unter keinen Umständen und zu keiner Bedingung finanziell mit dem Westen zu verbandeln. Und das wiederum lässt nur den Schluss zu, dass das Management der Stiftung in der Person Pascal de Maeres längst mit ebendiesen Leuten im Bett liegt und für Aleksei eine doppelte Agenda aufrechterhält. Oder anders gesagt: Es gibt 200 Millionen guter Gründe, uns beide als störend zu empfinden."

„Und was war dein Plan, Evgenija?" Sorokin klang müde. Mehr noch: enttäuscht. Und sie wusste im selben Moment, dass er ihr diese abgespeckte Version nicht abkaufte. Die Tatsache, dass er sie jetzt duzte, konnte Abschied oder Anerkennung sein. Sie hatte sich seiner Obhut und Kontrolle entzogen. Ihr bisheriger Nutzen wäre unerheblich, wenn er zum Schluss käme, dass sie eine Gefahr darstelle.

„Abwarten", sagte sie jetzt.

„Abwarten und sterben für Russland?" Etwas, das Husten oder ein trockenes Lachen sein konnte, entrang sich seiner Kehle. „Das hast du dir zu einfach vorgestellt. Und mich solltest du besser kennen: Ich lasse keinen mit ein bisschen Pathos davonkommen. Auch dich nicht. Auch nicht Aleksei zuliebe."

Und als wäre das letzte Wort ein Glockenzeichen gewesen, hörte Evgenija Iwanowna die Tür über den Teppichflor gleiten und fühlte einen Luftzug im Nacken, von dem sie wusste, dass er reine Einbildung war. Sie erhob sich, hielt für den Bruchteil einer Sekunde inne und wandte sich dann vom Tisch ab und dem hell erleuchteten Schacht zu. Kein Abschied. Auf dem Gang wartete Blinow.

Kurz streifte Nikolai Nikolajewitsch Sorokin im dumpfen Dunkel des Raums der Gedanke an Pyramiden und ihre Pharaonen-Grabkammern. Er lauschte den unhörbaren Schritten Evgenija Iwanowna Laritskajas nach und bildete sich ein, das Klingeln einer sich öffnenden Fahrstuhltür zu hören, wo er wusste, dass es keines gab. Er kam auf die Beine, tauchte gleichsam aus dem Lichtkegel der kleinen Lampe heraus ins Dunkel, trat an die Tür, öffnete sie und deutete einem der Männer, hereinzukommen. Schon wieder auf dem Weg zurück zum Tisch und ohne den Eintretenden anzusehen, deutete er auf den zweiten Stuhl.

„Setzen Sie sich."

Und als beide umständlich – der eine aufgrund seines Zerfalls, der andere behindert durch Uniform und Ausrüstung – auf den sich am kleinen Tisch gegenüberstehenden Stühlen Platz genommen hatten: „Wie ist Ihr Name?"

„Viktor Pokrowski."

„Vatersname?"

„Sergejewitsch."

„Viktor Sergejewitsch", wiederholte Sorokin. Er sprach den Namen aus wie einer, der etwas betrachtet, das sehr weit von ihm entfernt ist. Das weiter zurückreichte als er selber. Jetzt war es gut. Jetzt konnte er denken. Er hatte ein Gegenüber. Er brauchte das neuerdings. Seit er mit seiner permanent fühlbaren Endlichkeit zusammenlebte, wurden seine Gedanken oft hineingezogen in etwas Konturloses, frei Schwebendes. Keine Haken, die ihn selber oder die Dinge hielten. Kein Grund, darauf zu stehen. Es machte ihm keine Angst, es war bloß ineffizient, und er hatte keine Zeit dafür. Auch jetzt war jede Furcht fern. Jetzt, da davon auszugehen war, dass Evgenija Iwanowna und Nik Horn ihm mit ihrem Wissen auch ihre Gefährdung aufgeladen hatten. Das war nicht neu. Ein Lächeln ließ sein viel zu zerfurchtes Gesicht breiter werden. Er war schon zu lange im Geschäft, um sich irgendwelchen Illusionen von eigener Unversehrbarkeit hinzugeben. Als er das einst begriffen hatte, hatte er endlich richtig zu arbeiten begonnen. Befreit. Und genau das hatte er auch weiterhin vor: arbeiten. Nur das. Klarheit schaffen, Dinge ordnen, lose Enden verbinden. Und vor allem: sich über die Details hinausheben und versuchen, das ganze Bild zu sehen. Denn bisher verstand er nicht. Er sah nicht, was hinter all dem war. Evgenija Iwanowna, Sophia Svenström, Nabucco, 200 Millionen Euro, die Schweiz, die EU. Hier hakte er ein. Die Europäische Union. Die Tatsache, dass dort drüben zur Zeit gerade ohrenbetäubender Stillstand herrschte, war bis hierher zu hören. Alles sah zwar aus wie richtige Politik, aber wer genau hinschaute, sah rasch, dass es nicht mehr war als aufwendig produzierte Leere. Ein sich verzweifelt den Anschein von Bedeutung gebender Tanz um nichts. Und es war in dieser durchschlagenden und von Stillstand gekennzeichneten Ergebnislosigkeit, dass sich das wahre Gesicht dieses sogenannten Friedensprojekts zeigte. Ein vertrautes Gesicht. Über der Geschichte der Menschheit auf- und untergehend wie Sonne oder Mond: Leviathan. Moloch der Macht, der Machtkonzentration und des Machterhalts. Das vor allem. Es musste heute einer schon im Koma liegen, um nicht mitzukriegen, dass hier hinter den Schlagzeilen von sogenannten Richtungswechseln auf nationaler Ebene etwas vorangetrieben wurde, gegen das Russland und seine Herrschaft geradezu sanft anmuteten. Mit eiserner Gerte, Schritt für Schritt, wurden Kompetenzen und Befugnisse von der Nation und am Bürger vorbei an die Zentrale in Brüssel übertragen. Unumkehrbar. Aber es gab Bremsen. Und damit gute Gründe dafür, in eine härtere Gangart zu schalten. Allen voran, und hinter dem Gedöns von Brexit, Populismus und Rechtsrücken verborgen, die explosive Situation im halbverstaatlichten Bankensektor und die hochverschuldeten Staatshaushalte. „The economy, stupid." Immer dasselbe, wo Staaten oder Verwaltungsmonster sich daranmachten, Märkte nicht nur zu regulieren, sondern zu lenken oder gar zu erschaffen. Nikolai Nikolajewitsch Sorokin war überzeugt, dass dies und nur dies die erste Sorge jener Leute war, die das Schicksal des Kontinents zu bestimmen wünschten. So, wie die Dinge heute standen, war der Zugriff, der nötig wäre, um wirklich durch die kommende Krise hindurchregieren zu können, nicht umfassend genug. Man hatte wohl die Banken, man hatte Großkonzerne und ganze Industrien in der Hand. Aber das Kleinvieh noch nicht. Man arbeitete daran. Die Testballons betreffend Bargeldabschaffung, Einlagesicherung, Bedingungsloses Grundeinkommen und globale Umverteilung waren längst in der Luft. Aber davon, den Sack richtig und ein für alle Mal zuzumachen, war man noch Lichtjahre entfernt. Es sei denn, irgendein sogenannter Schwarzer Schwan, ein unvorhersehbares Ereignis, würde alles auf den Kopf stellen. Wenn man den Menschen außerdem noch weismachen könnte, der Vogel komme aus Russland, dann wäre die Legitimation zum Abschuss und nachhaltigen Durchgreifen eine demokratische Formalität. Peak Freiheit. Auf dem Weg dahin war der einst von den Russen so bewunderte und vergötterte Westen längst.

Nachdenklich ruhte Sorokins Blick auf dem Gesicht seines Gegenübers. Ein junges, breites, offenes, gesundes Gesicht. Er sah es nicht, und doch war es seinen Gedanken Anker, Leitplanke und Antrieb zugleich. 200 Millionen Euro. Entweder war es ein sehr großes Geschäft, oder aber ein sehr schmutziges. Er tippte auf Letzteres. Große Geschäfte kamen nicht zustande, ohne dass er davon zumindest gerüchteweise erfuhr.

Demokratie. Das war der Kern. Sie wurde vom Gros der Menschen in Europa nach wie vor wie ein Gott verehrt und angebetet. Der Gedanke, dass sie längst zur Diktatur all jener geworden war, die davon lebten, kam ihnen gar nicht. Wer auch immer durchgreifen und durchregieren wollte, musste es schaffen, dies auf demokratische Weise zu erreichen. Er musste die Menschen zwingen, zu wollen, was er wollte, ohne dass sie sich des Zwangs bewusst waren. Die Zauberworte hatten sich über Jahrhunderte hinweg nicht verändert: „Neid“ – „Gier“ – „Furcht“ – „Sicherheit“. Sie hießen heute „Menschenwürde“, „Gerechtigkeit“, „Extremismus“ und „Frieden“. Dafür waren die Menschen in der Regel bereit, alles aufzugeben. Die eigene Freiheit zuerst. Der Boden war längst optimal bereitet, um die Sache auf „anständige“ Art über die Bühne zu bringen. Beneiden, verleumdet, geschädigt und geprügelt würde diesmal für das Gute. Marodiert für mehr Gleichheit, für Toleranz und gegen Diskriminierung. „Nie mehr“ und „nie vergessen“ mittels der Methoden von damals. Mit gutem Gewissen. Eine solche Gesellschaft war bereit für die Diktatur. Wenn dazu noch die Tatsache kam, dass mindestens 60 Prozent, eher aber 80, finanziell teilweise oder ganz via staatliche Bezüge von den restlichen 20 Prozent lebten, dann war der Wille, nicht bloß zu fordern, sondern es sich schlicht und einfach zu nehmen, groß. Und wenn dann die Behörde daherkam und sagte: Du brauchst dir nicht Hände und eventuell vorhandenes Restgewissen schmutzig zu machen – wir erledigen das für dich, wenn du das demokratisch willst, dann hieß man die Behörde so gerne machen. Dass der Preis die eigene Freiheit war und man im Grunde bloß ein anreizpervertiertes Nagerdasein fristete, schien keinen zu schmerzen.

Was für eine alte, alte Geschichte. Und immer wieder zog sie Menschen und Völker in ihren Bann. Dagegen war das heutige Russland geradezu ein Hort von Selbstbestimmung und Fortschritt.

„Das ist der Kern.“ Sorokin hatte die Worte laut wiederholt. Es kam einem Auftauchen gleich, einem Luftholen. Das Gesicht des Mannes gegenüber, der fast noch ein Junge war, blieb unverändert, die Augen blank auf ihn gerichtet. Er schien die Situation zu kennen. Möglich, dass er ihm schon einmal gegenübergesessen hatte. Vielleicht hatten ihm auch die anderen davon erzählt. Es spielte keine Rolle. Er hatte seinen Zweck erfüllt. Ein Lotse. Sorokin war jetzt bei der Boje angekommen, die er im Nebel zuvor nicht gesehen hatte. Er war sich sicher, dass in Europa gerade eine Art Putsch stattfand. Ein gewaltiger und gewaltsamer Staatsstreich. Nicht gegen den Staat, sondern durch den Staat gegen den verfassungsmäßigen Souverän. Das Volk. Evgenija Iwanowna lag richtig: Etwas Besseres konnte Russland gar nicht passieren. Aber sie hatte ihn, ihren Mentor und politischen Vater, unterschätzt. In seinem Schattten war sie groß geworden – wie all die anderen. Ihre Art zu denken war seine Art zu denken. Ihre Art zu lügen seine Art. Und es war dumm, von einem zu glauben, er könne mit ein paar lausigen bunten Fetzen eine falsche Fährte legen. Die anderen hätten nicht zu solch drastischen Maßnahmen wie einem Anschlag gegriffen, wenn Evgenija nicht viel mehr wüsste. Alles. Das ganze Ausmaß. Und Evgenija wäre heute hier nicht so gelassen gewesen, wüsste sie nicht jenen an ihrer Seite, den sie liebte und als Einzigen brauchte: Aleksei Wladimirowitsch. Sie waren in dem Moment zu unsicheren Variablen geworden, in dem sie sich entschieden hatten, die Rechnung ohne ihn, Sorokin, zu machen. Es war Zeit, die Karten wieder selbst in die Hand zu nehmen. Die Tatsache, dass die beiden auch für die andere Seite ein Problem darstellten, kam ihm entgegen. Er würde das Problem lösen.

***

Moskau, Truschenikow-Weg

Jezreel Vidali hatte standgehalten. „Erwarte alles." Dazu war sie ausgebildet. Wie eine schützende Haut hatte sich dieses Wissen und mit ihm die Ruhe vorhin am Smolenskaja über ihr Denken gelegt. Die herankriechende Lähmung erstickt. Alles war Bewusstsein geworden, Vernunft, Tun, was sonst in tierischer Körperlichkeit geschah: atmen, sehen, registrieren, gehen, Blut durch den Leib pumpen, auf den Beinen bleiben, weitermachen. Das vor allem. Weitermachen. Die anderen nicht hängen lassen. Nie und unter keinen Umständen.

Es war ein Testlauf für die Kontaktaufnahme mit Evgenija Iwanowna Laritskaja gewesen. Eine Kontaktaufnahme, die seit gestern aufgrund des neuen Informationsstands den Charakter eines Zugriffs hatte.

Smolenskaja. Das war der Ort, für den sie sich entschieden hatten. Mitten im Zentralen Verwaltungsbezirk Moskaus. Die Kameradichte war enorm, das Risiko auf den ersten Blick lächerlich hoch. Was überwogen und das Team schließlich zu dem Entschluss gebracht hatte, die Aktion genau da und nirgends sonst durchzuführen, war die Belebtheit des Orts. Tagsüber und vor allem zu den Stoßzeiten waren hier dichte Ströme von Menschen und Autos unterwegs. Die Strecke, die Evgenija Iwanowna zu Fuß zurücklegte, war ansonsten viel zu nackt. Sie passierte kleine Seitenstraßen, verwaiste Uferpromenaden, enge Passagen. Und immer wieder Kameras.

„Wenn wir die Sache anderswo durchziehen, dann können wir uns ebenso gut unter unseren richtigen Namen bei der örtlichen Filiale des FSB melden. Oder bei der Botschaft der Amerikaner“, hatte Piet die Alternativen zusammengefasst.

Jetzt war der Plan hinfällig. Alles umsonst, wie es schien.

Die Ampel am Smolenskaja war auf Rot gesprungen, sie selber neben Evgenija Iwanowna Laritskaja zum Stehen gekommen. Piet hatte ein Stück hinter ihr gestanden. Auf der gegenüberliegenden Straßenseite, die gesamte Szenerie überblickend, Valentin. Brun vier Meter links von ihm in der Menschentraube am Fußgängerstreifen. Lichtjahre entfernt. An der Spitze der wartenden Autokolonne ein Motorrad, das Sekunden zu früh losgefahren war. Eine dunkle Enduro. Zwei Personen. Sava und Nouriel. Ihre Choreographie. Jeder an seinem Platz. Das anschwellende Dröhnen Dutzender durchstartender Motoren. In diesem Moment, so der Plan, würde ein Stoß die Laritskaja morgen auf die Straße werfen, Jezreel sich selber vor und über sie, das Motorrad scheinbar nur zufällig rechtzeitig ausweichen. Gefahr, Rettung, Kontakt. Denkbar einfach, denkbar effizient. Und jetzt keinen Deut mehr wert.

Der Bildausschnitt vor Jezreel war zum vertrauten Kaleidoskop geworden. Ein Vielfarbiges, aus dem sich wie Bojen nur die Zielperson neben ihr und die Mitglieder des Teams heraushoben. Fokus, Konzentration. Plötzlich eine Art unvorhergesehener Lücke wie eine Warndiode in der gesteigerten Aufmerksamkeit. Sekunden nur. Da hatte sie ihn gesehen auf der anderen Straßenseite: Vollbart, Holzfällerhemd, Hornbrille. Jezreel hätte ihn überall und in jeder Maskerade wiedererkannt. Sie hatte den hinter einer Sonnenbrille verborgenen Blick abgewandt, während ein Teil von ihr weiter auf das Bild gestarrt, gesehen und verstanden hatte. Schweiß durch schiere Denkkraft in die Poren zurückdrängen. Sehen. Registrieren. Atmen. Gehen. Die Fußgängerampel war auf Grün gesprungen, die Menschentrauben auf beiden Straßenseiten waren losmarschiert, Evgenija Iwanowna mittendrin, sie selbst gleich neben ihr. Der andere war ihr entgegengekommen, an ihr vorbeigegangen. Sie hätte ihn riechen können, hätte sie gewollt. Sie hatte es sich nicht erlaubt, war weitergegangen wie geplant. Auf der anderen Straßenseite vor dem Bogendurchgang, der zum Ministerium führte und in dem Evgenija Laritskaja verschwunden war, nach links. Wegtauchen. Untergehen im Menschenstrom. Sie hatte auf die Uhr gesehen. 10:09 Uhr. Sie war in der Zeit. Drei Taxis mit Freizeichen hatten auf dem breiten Bordstein vor dem Ministerium gestanden. Sie hatte an die Beifahrerscheibe des vordersten geklopft, der Fahrer hatte sie heruntergelassen und auf ihre fragende Angabe der Zieladresse hin genickt. Sie war eingestiegen. Die Fahrt zur Klinik JSC Medicina hatte zehn Minuten gedauert. Die Smolenskaja entlang, weiter auf der Sadowaja-Kudrinskaja auf die Bolschaja-Sadowaja. Dann links ab in Richtung Begowoi-Distrikt und gleich wieder rechts in die Julіusa-Fuchika. Vor dem wuchtigen neunstöckigen Bau der Klinik, die auf den ersten Blick eher wie ein Luxushotel aus ferner Zeit wirkte, hatte sie den Fahrer bezahlt und war ausgestiegen. Wie jemand, der Zeit schindet vor dem Eintritt in den Ort, wo nicht nur geheilt, sondern auch gestorben wird – Wand an Wand, Tag um Tag, Nacht um Nacht –, hatte sie sich unten an den Stufen, die zum überdachten Eingang hochführten, einen Zigarillo angezündet. Sie war nicht weiter aufgefallen. Zwei Pfleger oder Ärzte in weißen Kitteln und mehrere Personen in Zivil hatten es ihr gleichgetan. Pause gemacht, Mut zusammengekratzt oder einfach nur geraucht. Auf und ab gehend hatte sie drei Kameras registriert. Ebenso das Schild, das in vier Sprachen darauf hinwies, dass sich die Notaufnahme hinter dem Gebäude befand. Nach ein paar Minuten hatte sie den Zigarillo in einem der hüfthohen rundbetonierten und mit Sand gefüllten Aschenbecher ausgedrückt. Sie hatte gesehen, was sie sehen musste. Würde die Aktion so laufen wie geplant, würde sie morgen mit einer nur geringfügig angeschlagenen Evgenija Iwanowna Laritskaja hierherkommen. Ein Check, zur Sicherheit nach dem „Unfall". Abgeholt würden sie von Piet und Nouriel, die sie in eine neue sichere Wohnung bringen würden. Dort hätten sie anschließend zwei Stunden Zeit, die Iwanowna davon zu überzeugen, dass es besser für sie wäre, mit ihnen zu sprechen.

Für den Weg zurück hatte sie erneut ein Taxi genommen und sich an der Ecke Pliuschtschika-Burdenko absetzen lassen. Das Drehbuch hatte dicht gehalten, was ihren Teil anbelangte. Die Operation hätte ihrer Meinung nach sauber und ohne großes Aufsehen durchgeführt werden können. Aber jetzt war ein Faktor, auf den sie keinen Einfluss hatten und der alles auf den Kopf stellte, dazugekommen: Vaclav Ondrisek. Er veränderte alles.

Vom Rest des Teams war noch keiner da, als sie, zitternd jetzt, in die Wohnung zurückkehrte, die ihnen bis heute Abend als Einsatzzentrale dienen sollte. Vorsichtig, als bestünde die Möglichkeit, dass es nur eine Täuschung war, setzte sie sich auf den Stuhl oben am Tisch. Bruns Stuhl. Und als hätten sowohl Körper als auch Verstand auf dieses Signal möglichen Loslassens gewartet, begann sich augenblicklich und vibrierend etwas Bleiernes durch ihre Muskelstränge zu fressen. Im Schlepptau Taubheit, die sich von den Fingerspitzen her ausbreitete. Das Blut nurmehr ein Klumpen in der Brust. Sie ließ es zu. Weit weg hörte sie die Wohnungstür aufgehen und sich wieder schließen. Die Augen folgten dem Geräusch, übertrugen indes nur ein schwarzes Loch, wo Licht hätte sein sollen. Sie kannte das von irgendwo her: „So schaue darauf, dass nicht das Licht in dir Finsternis sei." Die Haut ihres Gesichts war eisig und feucht. Sie wusste sich auf der Kante zur Ohnmacht. Sie atmete durch einen Mund, der nicht ihr zu gehören schien. Dann wurde es anders, etwas kam zurück, floss wieder. Ihre Augen wollten sich öffnen, nach Licht schnappen wie ihre Lunge nach Luft. Die Lider gehorchten nicht. Dann endlich doch. Brun vor ihr in der Hocke. Er war es, der hereingekommen war, auf sie zugetreten im Dunkeln. Sie sah, dass er sprach, hörte nichts durch das rauschende Rasen vieler Herzen hindurch. Dann endlich war es vorbei. Die

Brust füllte sich mit Atem, die Ohren mit Tönen. Sie fühlte die Wärme des Zimmers durch die kalte Nässe ihrer Haut, Bruns Hand an der Wange. Immer Brun.

„Besser?“, hörte sie ihn fragen.

„Ist gut“, sagte sie. „Hören Sie auf, mich zu ohrfeigen.“

„Sicher?“

„Ja.“

Sie beugte sich nach vorn und deutete mit der Hand in Richtung eines leeren Teeglases, das auf dem Tisch stand. Brun stand auf, verschwand, kam mit einem vollen Glas zurück und stellte es vor sie auf den Tisch. Sie griff danach, hob es hoch, verschüttete einen Teil des Inhalts und ließ es wieder auf die Holzplatte knallen. Schon schien es ihr, als türme sich erneut die Woge des Dunkels im Hintergrund auf, sie schloss die Augen. Dann spürte sie das kalte Glas an den Lippen, sie trank. Brun sagte nichts, und sie war dankbar dafür. Er hatte keine Ahnung, was den Schock ausgelöst hatte. Aber er wusste, wie es war. Mehr brauchte es nicht in diesem Moment. Eigentlich nie. Bloß einer, der wusste. Sie trank erneut. Froh darüber, dass außer Brun keiner da war. Ein Lächeln in irgendeiner Ecke ihrer selbst.

„Drehen Sie mir jetzt nicht durch, Jez“, sagte Brun.

„Ich dreh‘ nicht durch.“

„Warum grinsen Sie mich dann so hirnlos an?“

„Ich kann das nicht anders als hirnlos. Sie sollten das eigentlich wissen.“

„Gut – so gefallen Sie mir schon besser. Was war da draußen los, verdammt noch mal?“

Er wurde unterbrochen von Valentin, der in das Zimmer trat. Sowohl Brun als auch Jez hatten die Eingangstür überhört. Ebenso gut war es möglich, dass es nichts zu hören gegeben hatte.

Der Älteste der Truppe trat an den Tisch, schenkte sich Tee ein und ließ den Blick von Brun zu Jez und wieder zurück wandern.

„Du siehst aus, als hätte man dich eben exhumiert, Jezreel. Die Tatsache, dass wir möglicherweise aufgeflogen sind, sollte dich allerdings nicht derart in Mitleidenschaft ziehen. Wäre ja nicht das erste Mal."

Brun schaltete sofort. „Bist du sicher?"

„Ja. Er ist allein. Auch da bin ich mir sicher. Und er interessiert sich scheinbar auch für die Iwanowna."

„Es ist Vaclav Ondrisek. Kolkos ehemalige Ein-Mann-Sondereinheit", kam es von Jezreel.

Die Gesichter der beiden Männer wandten sich ihr in einer einzigen Bewegung zu.

„Der Tscheche", ergänzte Brun unnötigerweise. Er klang wie einer, der mitten in der Fassungslosigkeit bereits zu verstehen begann. Dann dieselbe Frage wie zuvor: „Sind Sie sicher?"

Sie antwortete mit einem Nicken. „Ich habe ihn damals gesehen. Kurz nur jeweils. Ich glaube, er war mit Kolko dort." Und bevor Stille sich breitmachen konnte, die Einsicht, dass das lapidare „dort" und „damals" sie beinahe Leben und Verstand gekostet hatte, fuhr sie fort: „Er hinkt. Kaum sichtbar, aber er hinkt."

„Genau der", bestätigte Vali.

„Der fünfte Passagier." Bruns Feststellung schien an ihn selber gerichtet zu sein.

„Das denke ich auch", sagte Jezreel. „Die Beschreibung passt. Und anders kann ich es mir nicht erklären. Ein Flugzeug stürzt ab. Es gibt deutliche Hinweise darauf, dass es sich um einen Anschlag handelt. Gemäß allen Angaben waren fünf Personen an Bord, wovon eine schlicht und einfach verschwindet, was im Fall eines Unfalls unsinnig und wohl auch unmöglich gewesen wäre. Zweieinhalb Monate später taucht ein professioneller Problemlöser im Umfeld der vermuteten Zielperson auf. Das passt zu gut, als dass es Zufall sein könnte."

„Kann er Sie erkannt haben?", fragte Brun.

„Ich glaube nicht. Allerdings ist die Wahrscheinlichkeit hoch, dass er uns erkannt hat. Als Team."

Für ein paar Sekunden herrschte Stille. Jez und Brun warteten. Valentin wäre nicht Valentin, hätte er es dort an der Smolenskaja bei der Feststellung, dass sie nicht allein waren, belassen. Sie wurden nicht enttäuscht:

„Jezreel hat recht. Er hat uns erkannt. Trotzdem war es kein Problem, ihm zu folgen. Xenia Leonidowna hat das übernommen."

Brun zog die Augenbrauen hoch und wandte sich fragend an die Gestalt, die im Türrahmen stand. Sie?

Und noch während die unausgesprochene Frage in der Luft hing, beantwortete das, was er sah, sie von allein: Es war perfekt.

„Gute Arbeit, Vali", sagte er nur. Und erneut an die Frau gewandt, der etwas um den Mund spielte, das Belustigung sein konnte: „Und?"

„Jakimanka-Distrikt, Schtschipok-Straße, Ibis Hotel. Er hat als Petr Cerny aus Genf eingecheckt, was darauf schließen lässt, dass er keine Sekunde lang mit Ihnen gerechnet hat. Mit einem Schweizer Team, meine ich. Und auch wenn er uns gesehen hat – wovon ich ausgehe –, glaube ich nicht, dass er als Erstes an die Schweiz denkt. Das Wegducken und Vergessen Ihrer Regierung ist in diesem Fall ein Segen für Sie."

„Dann macht sich die Feigheit unserer Exekutive hier für einmal bezahlt."

Brun stand auf und trat an eines der Fenster. Ein Feuerzeug klickte. Und während der Rauch zur Decke stieg, setzten sich die Gedanken. Nach und nach traf der Rest der Truppe ein. Es war gut. Es wirbelte auf und mischte neu. Als alle da waren und Brun sich oben an das schmale Ende des Tischs stellte, war das Gröbste schon hinter ihnen. Die anderen würden mitgezogen werden, aufholen. Brun brachte alle auf den neuesten Stand.

„Dann ist das alles hier ab sofort ein Glücksspiel", sagte Nouriel, als er geendet hatte. „Und so wie's aussieht, haben wir genau zwei Möglichkeiten: Abwarten oder uns anpassen."

„Das Risiko, die Laritskaja vor morgen früh zu verlieren, ist zu hoch." Valentin sprach die Worte ruhig aus. „Die Gefahr für sie ist jetzt eine reale und keine inszenierte mehr. Und unser Schutz-Job ist ab sofort auch ein realer. Wenn wir eine Chance haben wollen, mit ihr zu sprechen, dann müssen wir sicherstellen, dass sie bis morgen früh überlebt. Und das geht nur auf eine Weise, und zwar auf die gute alte."

„Wir müssen an ihr dranbleiben", ergänzte Brun das Offensichtliche.

„Genau. Und zwar ab jetzt. Je länger wir warten, umso größer wird das Risiko, dass die Frau den Tag nicht überlebt. Dann war das hier alles umsonst."

Er sprach von der Reise, den Legenden, den Kosten und von den vergangenen Tagen und Nächten. Das Team hatte nonstop gearbeitet. Mit den neuen Informationen vom Vortag war der Druck gestiegen. Man hatte sich für den Smolenskaja-Platz entschieden. Gemeinsam mit Valentin hatte Piet vor Ort Maß genommen. Die Szenerie war irgendwann mitten in der Nacht auf einem verwaisten Gelände außerhalb der Stadt, zu dem Xenia Leonidowna sie geführt hatte, im Verhältnis eins zu eins nachgebildet worden. Straßen, Gehsteige, Ampeln, Eingänge. Sie mussten ein Gefühl für die Distanzen bekommen. Mehr noch: Sie blind kennen, um jede Kapazität frei zu haben zur Reaktion auf all das, was nicht planbar war. Es war noch genug.

Xenia Leonidowna hatte auch das Material besorgt, das sie brauchten. Viel war es nicht. Ein paar Sekunden hatten sie die Bescherung schweigend betrachtet: Handys und Funk-Sets.

„Brauchen wir die Headsets?", hatte Piet gefragt.

„Müssen Sie kommunizieren, wenn die Sache schiefläuft?", hatte Xenia an Bruns Stelle mit einer Gegenfrage an das ganze Team geantwortet.

„Bringt nichts." Valis Kommentar hatte keinen im Team überrascht. „Technischer Klimbim sind die Krücken jener, die unser Handwerk nicht beherrschen", war eine seiner in regelmäßigen Abständen wiederholten Aussagen. „Wenn's übermorgen schief läuft, fahren wir nach Hause", hatte er ergänzt. „Die Routen sind klar. Mehr als diese eine magere Chance haben wir nicht. Plaudern hilft da nicht."

„Dann lassen wir sie da. Je weniger Ballast, umso besser."

Das war gestern gewesen. Und jetzt standen sie wieder an einer Art Anfang.

„Die Halteranfrage", sagte Nouriel in die Stille hinein. „Das wird mir erst jetzt klar... Das muss dieser Kerl gewesen sein. Welche Informationen kann er erhalten haben?", fragte er in Xenia Leonidownas Richtung.

„Keine", antwortete sie. „Und das ist das Problem. Es ist eine Sackgasse, die ihm sagen wird, dass sich in der Nähe seines Zielobjekts Leute herumtreiben, die Autokennzeichen fälschen."

„Dann wird er spätestens jetzt eins und eins zusammenzählen."

„Das hat er längst", kam es von Sava. „Wie gehen wir vor?"

Brun wandte sich in Lorenz' Richtung. „Haben wir Zugriff auf den Kalender der Laritskaja? Wo ist sie jetzt?"

„Ja. Aber bis 15 Uhr ist nichts eingetragen."

„Kannst du ihr Handy orten?"

„Kein Signal."

„Okay. Versuch's weiter. Was steht ab 15 Uhr drin?"

„15 Uhr Friseur. Der nächste Eintrag ist erst für 22 Uhr. ‚Artel Bessonnica'. Ein Club am westlichen Rand des Zentralen Verwaltungsbezirks – auch ‚Moskwa City' genannt. So wie's aussieht, eine private Veranstaltung. Der Club ist gemäß Website von Montag bis Mittwoch geschlossen."

„Okay – dann an die Arbeit, Leute. Wir müssen sie finden."

„Einen Moment noch, Carl", sagte Piet in die sich breitmachende Geschäftigkeit hinein. „Wir brauchen Waffen."

„Nein." Brun fuhr herum. „Es reicht vollkommen, dass wir hier inoffiziell und ohne Rückendeckung drin sind."

„Was ist das Problem, Carl? Wir sind keine verdammte Hilfsorganisation. Ich gehe da nicht raus und mache einen auf Zielscheibe, bloß weil du dir vorgenommen hast, hier auf Socken und Zehenspitzen rumzuschleichen, als wärst du der EU-Chefdiplomat."

„Genau das ist das Problem", fuhr Brun ihn an. „Socken wären ein verdammter Luxus. Falls es dir entgangen sein sollte: Wir sind hier nicht nur barfuß drin, wir sind komplett nackt. Wir haben nicht nur keine Einladung von den russischen Kollegen, sondern bis auf Burger auch keine Rückendeckung von unseren Leuten, wenn's in die Hose geht." Abrupt verstummte er. Atmete aus. Es klang, als schiebe er eine Ladung Schutt von sich weg. Ruhiger fuhr er fort: „Wenn wir richtig liegen, dann ist Ondrisek hier, um einen Job zu erledigen. Und zwar auf professionelle Art. Der wird nicht riskieren, festgesetzt zu werden, indem er eine Wild-West-Show veranstaltet."

„Trotzdem hat Piet recht, Carl", sagte Valentin jetzt. Die Ruhe seiner Stimme, die eine Art Frieden war, versperrte einer bedrückt gereizten Stille, die hineinzusickern versuchte, den Weg. Aber bevor er fortfahren konnte, platzte etwas Weiteres herein. Etwas Helles, Frisches.

„Es ist Zeit, dass ihr etwas zwischen die Zähne bekommt, Kinder." Aus der ausgeweideten Küche trat Xenia. Mit ihr ein Schwall von Gerüchen, die keiner des Teams wahrgenommen hatte. Dies und die vertrauliche Anrede der bisher so zurückhaltenden Frau brachten unerwartet Wärme herein, Licht, die Botschaft, dass es gut sei, müde zu sein, gereizt, entmutigt. Genau so und nicht anders. Alles normal. Brun wusste, dass das Timing perfekt und kein Zufall war. Ein kaum sichtbares Nicken in Richtung der Frau, die jetzt eine dunkelblaue Schürze mit Streifen goldener Blumen trug, die sie fülliger erscheinen ließ. Dankbarkeit brauchte keine Worte. In den Händen hielt Xenia Leonidowna einen Stapel Teller, die sie geräuschvoll auf den Tisch stellte. „Sie weiß alles", dachte Jez, die Bruns Blick gefolgt war und verstanden hatte. „Sie kennt das."

„Sagen Sie nicht, sie hätten einen Caterer beauftragt", kam es von Brun.

„Hören Sie auf, zu träumen, Carl Brun. Wir sind in Russland, auch wenn es Moskau ist. In meinen Häusern wird das Essen eigenhändig zubereitet. Und was Sie hier in den vergangenen zwei Tagen in sich hineingetan haben, kann meines Erachtens nicht als Essen bezeichnet werden. Außerdem: Nach allem, was ich in den letzten Wochen für Sie organisiert habe, sollten Sie mir zutrauen, dass ich auch in der Lage bin, eine Herdplatte und ein paar Teller aufzutreiben. So" – sprach's, richtete sich auf und blickte in die Runde – „und jetzt wäre ich froh, wenn mir jemand helfen könnte. Wir haben nicht viel Zeit, wie es aussieht."

Piet und Nouriel waren innert Sekunden und zeitgleich auf den Beinen. Wortfetzen flatterten, Teller wurden verteilt, Gläser, Tassen. Der Tisch füllte sich mit Schüsseln, Platten mit gefüllten Eiern und Teigtaschen, Körben voller Pfannkuchen und dunklem Brot. Innert Sekunden machte sich eine kindliche Neugier breit, jeder wollte von allem kosten. Das Lachen war nicht weit. Etwas wurde ausgetauscht, erneuert. Gereiztheit, Unsicherheit und Zweifel kondensierten im hereinströmenden Frischen: kaum sichtbare Tropfen, von Lappen und Ärmeln weggewischt.

„Möchte noch jemand Tee?", fragte Xenia Leonidowna, als sie fertig waren. Keiner antwortete. „Dann sprechen Sie jetzt über die Waffen. Ich kann das für Sie organisieren. Aber ein paar Stunden Zeit brauche ich schon, aber gängige Modelle und Munition sind kein Problem."

Der Vorhang, der das Team für die kurze Zeit des Mals vom Draußen getrennt hatte, wurde mit den Worten heruntergerissen. Die Zeit drängte wieder. Lorenz stand auf und ging in den Nebenraum, wo seine Laptops installiert waren.

„Wie sieht's mit einer kleinen Sig Sauer P229 Elite Stainless und .40 sw-Munition aus?", fragte Piet in Richtung der Russin. Die Frage war nicht ernst gemeint, und die Antwort kam denn auch mit einem Lächeln: „Wie gesagt: Wenn Sie nicht auf maßgefertigten Griffschalen aus Tropenholz bestehen, ist im Standardbereich alles möglich."

„Carl – hast du das gehört? ‚Standard', sagt sie! ‚Standard'!"

Brun ging nicht auf die Witzelei ein. „Besorgen Sie bitte, was Sie am schnellsten beschaffen können, Xenia."

Keiner des Teams kommentierte die Tatsache, dass er seine Meinung geändert hatte. Entscheidungen mussten reifen. Und sei es nur während eines halbstündigen Essens.

Jezreel Vidali setzte sich in ihrem Stuhl aufrecht hin. Es wirkte, als wäre sie türenknallend von draußen in den Raum getreten. Die Aufmerksamkeit des gesamten Teams wandte sich ihr zu. Brun fühlte einen vertrauten Stich im Innern. Sie tut es immer wieder, dachte er. Ist anwesend und gleichzeitig nicht da. Irgendetwas in ihr rückte in einem Maß in den Hintergrund, das bewirkte, dass man sie vergaß, dass bloß Leere blieb, wo sie ging und stand. Und der Stich in Bruns Innerem kam daher, dass er wusste, dass keiner, auch er nicht, ihr je würde folgen können an diesen Ort. „Jezreel" war bloß ein anderes Wort für „allein".

„Wenn ich Ondrisek wäre", hob sie an, „dann hätte ich mein Hotel durch die Hintertür gleich wieder verlassen, wäre zurück zum Ministerium gegangen und hätte mir die Zielperson, Risiko hin oder her, gleich dort geholt. Jeder von uns hätte an seiner Stelle dasselbe getan. Es wenigstens versucht. Ein Team bleibt nicht unbeweglich an einem Ort. Nie. Das weiß er genauso gut wie wir. Er konnte davon ausgehen, dass die Bahn frei wäre, wenn er zurückkäme. Er brauchte nur vor dem Ministerium zu warten. Wir müssen zumindest in Betracht ziehen, dass Evgenija Iwanowna bereits tot ist. Oder gerade in diesem Moment getötet wird."

Die Worte fielen wie Bleitropfen auf den Tisch. Brun ließ nicht zu, dass sie das wenige versengten, was sie hatten.

„Okay", sagte er. „Wir arbeiten in denselben Teams wie bisher. Findet die Frau. Sobald sie auftaucht, wird sie permanent begleitet. Zwei Personen halten sich im Fahrzeug bereit."

„Wie kommunizieren wir?", fragte Sava.

„Funk", antwortete Brun. Und in Richtung Xenia: „Können Sie uns auf eine Frequenz in einem Bandbreitenbereich lotsen, wo nicht ganz Russland mithört?"

„Kein Problem."

Jetzt hakte Piet doch ein: „Das klingt jetzt alles nicht mehr nach Socken und Zehenspitzen, Carl."

„Du hattest recht vorhin", sagte dieser. „Wir haben keine Zeit für diplomatische Schaustücke. ‚Wenn's kesseln sollte, dann flicken wir später', pflegte mein Großvater zu sagen. Genauso halten wir's." Und erneut an Xenia Leonidowna Boguslawskaja gewandt: „Ist die neue Wohnung bereit?"

„Ja. Es ist ein Haus in der Nähe von Krasnogorsk. Gut 20 Minuten vom Moskauer Zentrum entfernt."

„Genaue Adresse?"

„Sosnowaja-Straße 27 in Aprelewka."

„Danke, Xenia. Hat das jeder notiert? Nächster Treffpunkt Aprelewka. Jez – auf ein Wort."

Jezreel Vidali schaute hoch: „Nik Horn? Ich weiß – ich rufe ihn an."

„Gut. Aber heute noch."

Im Abstand von jeweils 20 Minuten verließen sie die Wohnung.

„Erwarte alles." Der Mann, der dasselbe wie Jezreel Vidali weniger dachte denn fühlte, war jetzt ruhig und in der Lage, nachzudenken. Zum ersten Mal nach all den Monaten, wie ihm schien. Ruhe.

Mitten in der Bewegung, mit der Vaclav Ondrisek ein T-Shirt packte und in die Sporttasche auf dem Bett beförderte, hielt er inne und ließ sich in den Office-Stuhl sacken, der zur Standard-Zimmerausstattung des Kettenhotels „Ibis" gehörte. Rund um den Globus dieselben Stühle in jedem Zimmer. Dieselben Fenster, die sich nicht öffnen ließen. Dieselbe Temperatur. Dieselben Nicht-Farben. Ein leeres Gesicht. Sein Blick floh ins Freie, über die Dächer der Schtschipok-Straße. Die Emotionen, auf deren Wellen er sich hierher hatte zurückspülen lassen, machten dem Denken Platz. Die Wut nicht erkannter und nicht erwarteter Möglichkeiten blieb auf Distanz. Vor ihm lag nackter Grund. Monate, Tage, Stunden deutlich und scharf geschnitten wie Splitter. Einer davon das Autokennzeichen. Es hätte bei ihm einhaken müssen. Während Stunden hatte er versucht, irgendwas darüber herauszufinden. Über den Halter. Halteränderungen. Was auch immer. Gefunden hatte er nichts. Die Kontrollschildnummer war nicht wieder in der Nähe des Laritski-Palasts aufgetaucht. Und er hatte wie ein Anfänger den Zufall die Wahl treffen lassen, hatte das Störende von der eigenen Ratio unbemerkt als unwichtig beiseitegeschoben. Korrumpiert von falscher Erwartung und eigenem Wünschen. Er hatte nur mit dem gerechnet, was er bereits kannte.

Dem Moment der ersten Kontaktaufnahme, bei der er sich vor beinahe acht Monaten als Personenschützer der Iwanowna ins Spiel gebracht hatte, waren Wochen intensiver Recherchearbeit vorangegangen. Sie war zu dem Menschen geworden, der ihm am nächsten war, den er am besten kannte, dessen Leben ihm vertraut war wie das eigene. Darauf hatte er auch diesmal aufgebaut – das war der Fehler. Er hätte all dieses Wissen von ihr und über sie löschen müssen. Neu anfangen, alles zurücksetzen. Die Person, die sie heute war, ihr Verhalten, was sie antrieb und ausmachte, hatte nichts mit jener Evgenija Iwanowna Laritskaja von damals gemein. Der Anschlag hatte sie und alles um sie her verändert, und er hatte es nicht mal in Betracht gezogen. Geblendet und blind vom eigenen Wollen, dem persönlichen Ziel. Zum zweiten Mal war er hierher gekommen. Und anstatt es als neuen Job zu behandeln, hatte er sich verhalten, als wäre es derselbe. Die Oberfläche schien ihm recht zu geben – er traf an, was ein Teil von ihm erwartet hatte. Das Einzige, das sich im Vergleich zu der Zeit vor dem Absturz verändert zu haben schien, präsentierte sich ihm als Glücksfall: die Fußmärsche. Als warte sie auf ihn.

Mit einem Laut, der nichts Menschliches an sich hatte, kam er auf die Beine. Die Hände, die irgendwas schlagen wollten, seitlich an den Kopf gekrallt, der Kiefer mahlend. Das war nicht die Wahrheit. Die Wahrheit hinter seiner kurzatmig pochenden Logik war, dass das Fehlen nicht aufgehört hatte. Ihr Fehlen. Deshalb hatte er vorhin nicht geschossen. Deshalb lebte sie noch.

Dass jener, zu dessen Schatten und Schirm man sich über Monate hinweg gemacht hatte, einem fehlte, nachdem alles vorbei war, das war normal. Auf einen Schlag fand man sich in einem leeren Raum wieder, wo vor Minutenfrist noch Stimmen, Stoffe, Bilder, Licht und Leben gewesen waren. Jene des anderen. Das Einzige, was einer wie er tun konnte und musste, war, sich loszureißen, den Schritt hinaus ins Eigene zu machen oder hinein in einen neuen Raum, der für kurze Zeit zum Eigenen würde. Das hatte er diesmal nicht getan. Er war geblieben und hatte sich nach dem Moment gesehnt, in dem das Leben in die Leere zurückkäme. Sie. Er hatte vorhin nicht sie verschont, sondern sich selber. Das war die Wahrheit und nur das.

Er hatte sich für den Smolenskaja-Platz entschieden. Viele Menschen, viel Verkehr, jede Menge Möglichkeiten, danach abzutauchen. Er hatte darauf verzichtet, ihr erneut zu folgen, hatte sie vielmehr an der Ampel erwartet: bloß ein Mann mittleren Alters, der, Kaffeebecher und Brötchen balancierend, ein wenig von der Straße zurückversetzt auf- und abgehend telefonierte. Er hatte den Alten gesehen und nicht erkannt. Dabei hätte er ihm sofort ins Auge stechen müssen. Oder ins Ohr – wie eine Melodie, die ihr vertrautes Muster durch das Gestänge des Lärms wob. Der Alte – er war die erste Tonfolge gewesen. Er hatte ihn auf einer Bank in der Nähe des Torbogens zum Innenhof des Ministeriums gesehen. Er hatte dagesessen, als wäre er ein Teil des eisernen festgeschraubten Dings. Er selber, das Smartphone am Ohr, hatte wartend die Szenerie gekämmt, wieder und wieder. Auf einmal, er hätte nicht zu sagen vermocht, wie, war der Alte verschwunden wie ein verdammter Zauberer. Die Zeit, die sein Blick abgeschweift war, hätte dazu bei jedem normalen Menschen nicht reichen dürfen. Er sah ihn auf der anderen Seite seines eigenen Standorts weggehen in die Richtung, aus der die Iwanowna kommen würde. Ja – da hatte die Melodie eingesetzt. Ein Ton war dem anderen gefolgt, immer dichter... der Kerl auf seiner Seite des Fußgängerstreifens. Groß, muskulös und doch schmal wirkend, Lederjacke, Jeans. Dann der Mann, der hinter der Iwanowna stand. Er hatte ihn erkannt und das Erkennen beiseitegeschoben. Er war ihm bereits einmal gegenübergestanden. Er war sich nur nicht sicher, wo. Die Frau daneben. Er konnte sich nicht an sie erinnern, wusste nur noch, dass sie eine Sonnenbrille trug. Das und langes Haar. Eine Enduro hatte sich durch die Autokolonne gedrängelt, zwei Personen.

Es war ein verdammter Tanz gewesen. Der Einzige, den er selber beherrschte. Und trotzdem hatte er ihn nicht erkannt:

die perfekt orchestrierte Aktion eines professionellen Teams. Er ging den Ablauf erneut durch. Die Aufführung hatte nicht mehr als zwei Minuten gedauert. Ihr Mittelpunkt die Iwanowna. Was machte ihn jetzt so sicher? Er schloss die Augen, ließ den Ort, die Ampel, den Fußgängerstreifen, die Menschen defilieren und Platz nehmen. Der Alte, die zwei Männer, beide groß, der eine breit, die Frau mit der Sonnenbrille, das Motorrad. Und dann wusste er es: Ein derart perfektes Zusammenspiel war nur möglich zwischen Individuen, die unabhängig und freiwillig entschieden hatten, kurzfristig aufeinander angewiesen zu sein. Selbstbestimmung in ihrer schönsten und professionellsten Form. Kein Platz für feige und im Laschen verbleibende Mitsprache. Hart auf hart, jeder für sich, das Beste für alle herausholen. Der schönste Tanz der Welt. Trotzdem hätte er schießen können und fände sich jetzt nicht in der Haut eines Idioten, der sich selbst zur Zielscheibe gemacht hatte.

Er wusste nicht, ob diese Leute – er tippte auf Geheimdienst oder militärische Sondereinheit – für oder gegen Evgenija Iwanowna Laritskaja arbeiteten. Beides war möglich. Auch das Unwahrscheinliche: dass er sich getäuscht hatte. Wobei – er glaubte es nicht. Er musste hier und jetzt entscheiden, wie er weiter vorgehen wollte. Und vor allem musste er raus hier. Er wusste nicht, ob ihm jemand gefolgt war. Nicht einmal das. Er hatte sich aufgeführt wie ein verdammter Amateur. Er gab sich einen Ruck. Die Selbstgeißelung musste warten bis später. Er stand auf, holte eine Flasche Wasser und den Laptop wieder aus der Reisetasche und setzte sich auf das gemachte Bett. Während der Rechner startete, trank er in großen Schlucken, leerte die Flasche zur Hälfte. Es half. Was sengend sich im Innern irr um sich selber drehend seiner Kontrolle entziehen wollte, erlosch. Er brauchte einen kühlen Kopf jetzt. Er hatte eine Botschaft abzusetzen. Keine Einladung zum Dialog. Schluss damit. Aus der Deckung hinter der nigerianischen Dating-Website naijaplanet.com versandte er eine Nachricht an die offiziellen E-Mail-Adressen von Sophia Svenström. Die Nachricht war mit Tracking-Pixeln ausgestattet. Mit viel Glück und vorausgesetzt, jene, die in der Sache mit drinhingen, waren nicht entsprechend geschützt, würde er innerhalb von Minuten oder Stunden sehen, von wem oder zumindest wo sie geöffnet würde. Und er könnte möglicherweise sehen, was sie an Reaktionen auslöste, wen sie aufschreckte. Die Chance war denkbar klein. Aber es war immerhin eine Chance. Etwas, das ein Lächeln sein konnte, streifte den Rand seiner Gedanken. Er hatte keinen Apparat im Rücken, der sich „Demokratie“ nannte, aber wie kaum einer wusste er, wie die Show aufgezogen war und ablief. Und er wusste um das Personal, das in jeder ihrer Versionen stets dasselbe wollte: lenken, leiten und kontrollieren zum eigenen Besten. Hierfür wurde jeder Preis bezahlt. Und sein Preis hatte sich gerade massiv erhöht.

30

Bern, Inselgasse 1, Eidgenössisches Departement des Innern
„Szenen einer Ehe“ – so lautete der Name einer Fotoausstellung, die zur Zeit in Zürich lief. Die Frage, warum der Titel gerade in diesem Moment weniger durch seine Gedanken denn durch den Raum an sich streifte, stellte sich nicht. Sie war da, sie schien außer sich zu sein und er, Pierre Besson, der Grund dafür. Auf den ersten Blick jedenfalls – ebenso gut konnte es reine Show sein. Die Fakten lagen auf dem Tisch, oder besser: auf dem hölzernen Boden, wo sie sie ihm vor die Füße geknallt hatte. Zum einen war da Aladin, den er noch in Brüssel kontaktiert und beauftragt hatte, ihr Smartphone zu hacken. Es war genau das passiert, was er vermutet hatte, und er wusste jetzt zweierlei: Erstens, auf wessen Payroll dieser Mann stand, und zweitens, dass er für Svenström auch seine Kommunikation überwachte. Alles andere wäre Wunschdenken. Nur so ließ sich erklären, wie sie wissen konnte, dass seine Leute des NDB tiefer in der Russland-Sache wühlten, als er sie hatte wissen lassen. Zum anderen war da das größtmögliche Grauen, dem er seit der anonymen E-Mail nicht mehr auszuweichen in der Lage war: Svenström hatte nicht nur per Zufall von dem Geldtransport gewusst. Von wegen Schwarzgeld! Die 500 Millionen, die sie ihm als Gegenleistung für sein Mitwirken am angeblichen EU-Machtspiel mit den Russen angeboten hatte, waren nicht nur mit ihrem Wissen, sondern in ihrem Auftrag transferiert worden. Die anonyme E-Mail, deren Absender die Leute von der IT-Sicherheit des Bundes immer noch nicht hatten identifizieren können, ließ keinen anderen Schluss zu. Außerdem machte sie klar, dass entweder Evgenija Iwanowna Laritskaja oder ihr Mann sehr genau über den Bestimmungszweck des Geldes informiert war. Und der war, wie er heute wusste, ursprünglich nicht Pierre Besson gewesen. Das wiederum ließ nur zwei Schlüsse zu: Entweder Svenström hatte nie vorgehabt, ihren Teil des Deals mit ihm einzuhalten, oder

aber sie war davon ausgegangen, dass die Laritskis nicht die Möglichkeit hätten, auf die Verwendung des Geldes Einfluss zu nehmen. Letzteres aus dem schlichten Grund, dass sie tot waren.

„Und wenn's so wäre? Was kümmert es dich? Du hast das Geld – Ende der Geschichte", hatte sie nur hingeworfen und damit bestätigt, was er nicht zu denken gewagt hatte.

Die Nonchalance, mit der sie nicht nur all diese Fäden locker in der Hand zu halten schien, sondern sich auch nicht von Grenzen des Gesetzes oder grundlegender menschlicher Skrupel bremsen ließ, nötigte ihm sogar jetzt noch Bewunderung ab. Trotzdem schien sich etwas verändert zu haben. Sie selbst hatte sich verändert. Etwas war dünner geworden, durchscheinender. Was eine glatte, kalte Haut gespielten oder echten Furors hätte sein müssen, saubere und kristallklare Wut, war löchrig und dünn. Die Aussagen und Anwürfe waren jene ihrer Rolle, Attitüde und auch jetzt schlüssig. Und doch: Etwas anderes schimmerte durch und ließ die Kontraste verschwimmen.

Er rief sich zur Ordnung, beorderte sich zurück in die Realität seines Büros, der Fakten, der Situation, in der er sich befand. Anstatt sich über vage Verschiebungen im Seinszustand einer EU-Kommissarin Gedanken zu machen, mit der er seit geraumer Zeit eine Affäre hatte, sollte er sich mit jenen Dingen befassen, die nicht länger bloß drohende Wahrscheinlichkeit, sondern Tatsachen waren.

„Ich muss dich sehen", hatte sie vor ein paar Stunden am Telefon gesagt.

Ihm war sofort klar gewesen, worum es ging. Teilweise jedenfalls. Und er zog es vor, diese Schlacht hier in seinem Büro auszutragen. Es ging nicht um die repräsentative Kraft der offiziellen Mauern oder des Dekors oder darum, dass es sein Territorium war. Es ging um mehr: Das hier war für ihn die Schweiz schlechthin, und genau hier und nirgendwo sonst würde er tun, was zu tun wäre. Und hier würde er auch dafür sorgen, dass er persönlich und niemand sonst die Rechnung für sein Tun ausgehändigt bekäme.

„Was hast du erwartet, Sophia?“, fragte er jetzt. „Dass ich der Idiot bleibe, für den du mich hältst und der ich zugegebenermaßen auch war? Dass ich auf dein Wort hin mein Hirn ausschalte und mich ruhig dem Versuch der Renovation unserer Sozialwerke widme?“

„Darum geht's nicht“, zischte sie, blieb mitten in ihrem Lauf stehen und fuhr zu ihm herum. Er saß auf der hellbraunen Ledercouch, die Teil einer Sitzgruppe am oberen Ende des langgestreckten Raums war.

„Und worum geht's dann? Um die Art etwa... komm mir jetzt nicht damit, so gehe man mit Freunden nicht um.“

„Keine Angst, Pierre. Davon bin ich weit entfernt. Wir haben einen Deal. Ich halte mich an meinen Teil der Abmachungen. Du nicht.“

„Einen Deal nennst du das?“

„Du hattest von Anfang an alle für dich relevanten Informationen.“

„Falsch! Richtig ist vielmehr, dass ich zugelassen habe, dass du bestimmst, welche Informationen für mich relevant sind. Ich habe dir vertraut. Und bevor du etwas sagst: Nein – das ist nicht dein Fehler. Es ist meiner. Und ich werde dafür geradestehen. Vor dir, vor meinen Kollegen und vor den Leuten, die ich zu vertreten hätte.“

„Du hast das Geld genommen. Du hast keine Fragen gestellt.“

„Richtig. Und dazu stehe ich. Was das Geld betrifft, so wage ich zu behaupten, dass sogar eine Mehrheit der Leute es verstehen würde. Ich habe es nicht persönlich genommen. Wenn ich die Schweiz besser aufstellen und für die Zukunft rüsten und gleichzeitig Steuern senken und den Verwaltungsapparat zurückbauen will, dann geht das kurzfristig nicht ohne Geld. Und das habe ich beschafft.“

„Bist du dir da sicher?“

„Glaub mir, ich kenne die finanzielle Situation der Projekte, die ich zu verantworten habe. Ebenso jene unseres Landes. Und ich wage sogar zu behaupten, dass ich die Schweizer kenne.“

„Das meinte ich nicht."
„Und was meinst du dann?"
„Bist du sicher, dass das Geld, das du ‚beschafft' hast, noch da ist?"
„Wie bitte?"
„Du hast mich schon richtig verstanden. Was ist, wenn ein Teil davon weg ist? Auf Konten transferiert, die auf deinen Namen lauten? Und wenn das publik wird?"
„Dann habe ich verloren", hörte er sich sagen. Und als ob ein anderer die Worte spräche, war er selber frei und sah deutlich vor sich, was er vor Minutenfrist ohne Erfolg festzumachen versucht hatte. Er sah Sophia Svenström am höchsten Punkt einer Leiter stehen. Hinter sich Dutzende anderer, die nachdrängten. Vor ihr, nach der obersten Sprosse, nichts. Leere. Die Option des Zurück nicht vorhanden. Und in dieser Sekunde wurde ihm klar: Das Löchrige, das er vorhin nicht festzumachen in der Lage gewesen war, war Angst. Mehr noch: Es war dabei, Furcht zu werden. Er traf eine Entscheidung. All in. Volles Risiko.
„Ist das alles, was du dazu zu sagen hast?", fragte sie jetzt.
„Nein. Eigentlich nicht."
„Also?", hakte sie nach, als er nicht weitersprach.
„Gib mir eine Minute, Sophia." Sprach's, stand auf und ging zu der Kaffeemaschine, die auf einem Sideboard stand. Vor den Fenstern das Ende eines Vorsommernachmittags. Als er mit den beiden Espressi zurückkam, stellte er jenen, der für seinen Gast bestimmt war, wortlos auf den niedrigen Couchtisch. Seinen eigenen behielt er in der Hand, rührte den Zucker ein, kostete. Scheinbar zufrieden legte er den Löffel auf den kleinen Teller. Jetzt erst hob er den Blick in Richtung der Frau.
„Ich denke, du weißt, dass ich nicht zu jenen gehöre, deren erste Reaktion auf alles und jedes darin besteht, die Schuld anderen zuzuschieben. Ebenso wenig bin ich jedoch gewillt, mich im Morast dieser Schuld zu wälzen, die ich als meine eigene identifiziert habe. Der Morast ist da, es reicht, dass ich ersaufe, wenn ich einmal nicht mehr auf den Beinen stehen kann. Nicht vorher. Und noch stehe ich auf den Beinen. Du denkst, mich in

der Hand zu haben. Das hast du insofern, als du die Geschichte von dem unterschlagenen Geld publik machen und durchziehen kannst. Dann bin ich weg vom Fenster. Ich möchte dir allerdings zwei Punkte zu bedenken geben: Erstens bin ich angetreten, mich selbst zu demontieren. Es stimmt schon alles, was man von mir sagt: Ich glaube, dass Regieren etwas Vernünftiges sein kann und muss. Mehr noch etwas Technisches. Aber sosehr ich die Vernunft auch liebe, es ist etwas anderes, was ich anbete: die Freiheit. Unsere Gesellschaft, die Leute draußen, haben ihre Freiheit zu einem großen Teil abgegeben. Delegiert an Leute wie mich. Es ist – war, muss ich vielleicht sagen – mein Ziel, ein Stück dieser Freiheit zurückzuholen. Und das geht nur, wenn ich sie unsereinem wegnehme. Der Apparat Staat ist selbstherrlich und reiner Selbstzweck geworden. Das einzige Ziel der Selbsterhalt. Um jeden Preis. Wohin das führt, das wissen wir beide. Wenn also mein Ziel so oder so die eigene Absetzung, im besten Fall die ersatzlose Streichung meines Mandats ist, dann wirst du verstehen, dass mich ein Skandal, soweit es meine Person anbelangt, nicht bis ins Mark erschüttert. Das war geplant. Nicht jetzt, zugegeben, aber irgendwann. Ich hätte nur gerne noch etwas mehr Zeit gehabt. Zeit, um zu arbeiten."

„Und zweitens?" Svenström schaffte es, die Frage gelangweilt klingen zu lassen. Sie hatte sich, während er sprach, gesetzt und schaute nun zu ihm hoch.

„Wenn du planst, mich jetzt absaufen zu lassen, dann werde ich das nicht leise tun."

„Du drohst mir?"

Besson lachte. Es klang jung und hart. Genau so fühlte er sich.

„Natürlich drohe ich dir."

„Und was schlägst du vor?"

„Ich weiss nicht, ob du mir in Bezug auf das Geld die Wahrheit sagst. Dass du dazu in der Lage bist, was du eingefädelt hast, auch wieder auszufädeln, bezweifle ich jedoch keinen Moment. Wenn du interveniert hast, um einen Teil der Summe auf besagte und auf meinen Namen lautende Konten überweisen zu lassen, dann wirst du, sobald du dieses Büro verlässt, die Rückführung der Gelder organisieren. Außerdem erwarte ich, dass du mir den Namen jener Person nennst, die diese Sache für dich abwickelt. Wobei – das ist nicht zwingend erforderlich. Ich kann das auch selber herausfinden. Und das werde ich. Ebenso wie ich herausfinden werde, woher das Laritski-Geld in Wahrheit kam, für wen es bestimmt war und wie du wissen konntest, dass keiner – die Laritskis eingeschlossen – darauf Anspruch erheben würde."

„Ist das alles?" Es war eine rhetorische Frage. Sie fuhr fort: „Glaubst du im Ernst, du hättest noch die Zeit dazu? Oder irgendjemand da draußen würde einem korrupten und auf ganzer Linie gescheiterten Bundespräsidenten glauben, der außerdem ohne jegliche Legitimation seinen Geheimdienst auf Steuerzahlerkosten auf einen vagen Verdacht hin eine illegale Operation in Russland durchziehen lässt? Was willst du denn sagen? Undurchsichtige Geschäfte, geheime Absprachen, ein in Auftrag gegebener Mordanschlag auf Schweizer Boden? Während du nicht nur die eigene in Panik um Selbsterhalt bemühte Regierungsmannschaft, sondern auch jene der europäischen Freunde gegen dich hättest? So schnell, wie dir die schreibbefugte Presse den Aufkleber eines Verschwörungstheoretikers und Sündenbocks verpassen würde, kannst du nicht mal deinen Schreibtisch räumen."

„Ich lass es drauf ankommen."

Die fünf ohne Zögern ausgesprochenen Worte kosteten Besson mehr Kraft und Kontrolle, als er in sich zu haben geglaubt hatte. Die Information, dass Hiller ihn hintergangen hatte und dass sich zur Zeit ein Team des NDB auf russischem Boden befand, hatte ihm für den Bruchteil einer Sekunde den Boden unter den Füßen weggezogen. Svenström schien es nicht bemerkt zu haben.

„Und wenn ich jetzt sofort da rausgehe und vor versammelter Presse auf dich zeige?", fragte sie.

„Dann habe ich grob geschätzt drei Stunden Zeit, bis die Bombe platzt. Drei Stunden, um zu arbeiten. Und zwar unter Einsatz meiner Ellenbogen und nicht auf den Knien."

„Du ziehst es also wirklich durch.“

„Ich ziehe gar nichts durch, Sophia. Ich habe mich in die Lage gebracht, ausschließlich reagieren zu können. Das werde ich mir nie verzeihen. Aber ich werde alles tun, um dieses Reagieren so zu tun, dass es sich für die Schweiz auszahlt. Und sei es nur dadurch, dass ich ein paar da draußen vor Leuten wie dir warnen kann.“

„Dann sind wir hier fertig.“

Sie erhob sich, griff nach der Tasche, die Hand- und Aktentasche in einem war, hängte sie sich um die Schulter. Dann stand sie vor ihm. Nah, blickte ihm in die Augen, wandte sich ab und ging dann in Richtung Ausgang. An der Tür blieb sie stehen, drehte sich halb um die eigene Achse, schien noch etwas sagen zu wollen, es sich aber dann anders zu überlegen. Wortlos verließ sie sein Büro. Er stand noch eine Weile, ohne sich zu rühren. Erst als er feststellte, dass die Hand, die immer noch die Kaffeetasse hielt, eisig war, dass er selber einer Art Erkaltung entgegenglitt, die sich als Müdigkeit tarnte, kam er in Bewegung. Die Tatsache, dass sie nicht danach gefragt hatte, ob und wann er seine Leute zurückpfeifen würde, ließ nur einen Schluss zu: Es spielte keine Rolle. Es war Zeit, die Masken abzulegen. Viel davon blieb ihm nicht. Er setzte sich in Bewegung und brachte die gefühlte Distanz eines mittleren Marathons bis zu seinem Schreibtisch hinter sich. Die Beine Blei, die Arme zentnerschwer. Es kostete ihn seine ganze Kraft, das Handy vom Schreibtisch zu nehmen und Jo Burgers Nummer zu wählen.

Schon fürchtete er, am anderen Ende würde keiner rangehen, und wollte die Verbindung trennen, als er Burgers Stimme vernahm. Ohne Umschweife kam er zur Sache.

Die Mitteilung war vor wenigen Stunden auf allen ihren offiziellen E-Mail-Adressen eingegangen. Sie war über eine nigerianische Dating-Site mit Namen „naijaplanet.com“ versandt worden und denkbar kurz: „Mehr Gäste gekommen als geplant. Verpflegung knapp. Brauchen Nachschub. Ansonsten Abbruch.“ Der Anruf, der sie nur wenige Minuten später erreichte, bestätigte Sophia Svenström, was sie seit Virginia mehr als nur vermutet hatte: Ihre Kommunikation, oder zumindest ein Teil davon, wurde überwacht. Zu ihrer Überraschung war der Anrufer Sven Ritter gewesen, EU-Kommissionspräsident und ihr direkter Vorgesetzter.

Normalweise versuchte man, die repräsentativen Marionetten der nationalen und supranationalen Behörden, die mit den Medien in Kontakt standen, sauber zu halten wie die Fassaden, hinter denen sie hockten. Je weniger Details sie wussten, desto geringer war die Gefahr, dass einer einknickte oder schlicht zu viel sagte. Die Tatsache, dass man Ritter zwang – und dass es so war, bezweifelte sie keinen Moment –, sich in die Niederungen praktischer Umsetzung zu begeben, konnte nur eins bedeuten: Er war zum Abschuss freigegeben. Seine geordnete und medial orchestrierte Demontage war dabei, umgesetzt zu werden. Die Nachfolge stand bereit. Sein letzter Dienst wäre jener als „Verantwortlicher". Sie war zu lange im Geschäft, um sich etwas anderes vorzumachen. Es war stets dasselbe Spiel. Die Tatsache, dass seine Stimme fest, die Entschlossenheit echt war, bestätigte ihr außerdem noch etwas anderes, das sich stets gleich blieb: Die schier unbegrenzte Fähigkeit zum Selbstbetrug jener, die selbst viele um sich her kaltgestellt, abgeschrieben und der Öffentlichkeit zum Fraß vorgeworfen hatten. Am Tag, an dem es sie persönlich betraf, waren sie von einer fast rührenden Blind- und Taubheit und von jener kindlichen Glaubensbereitschaft, die sich, die Hand vor den Augen, in Sicherheit und ungesehen wähnt. Von Ritter, dem illusionslosen Zyniker, hätte sie es trotzdem nicht erwartet. Sie fühlte etwas, das Mitleid sein konnte und etwas sagen wollte. Warnen. Sie ließ es sein. Er würde nicht hören. Sie hörten nie.

„Was, verdammt noch mal, läuft da, Sophia?" hatte er, auf Begrüßung und Höflichkeit verzichtend, gefragt.

„Ist die Leitung sicher?", hatte sie anstelle einer Antwort zurückgefragt. Die Stimme kalt, sachlich, überlegen.

„Spielt das für Sie noch irgendeine Rolle?" Und ohne auf eine Antwort zu warten: „Natürlich ist sie sicher. Im Gegensatz zu Ihren sperrangelweit offenen E-Mail-Accounts. Also…?“

Svenström hatte sich innerhalb von Sekunden für die Wahrheit entschieden. Es war nicht nötig, einem, der politisch so gut wie tot war, etwas vorzumachen. Außerdem sollten jene, die mithörten, wissen, dass sie alles im Griff hatte.

„Was ‚da läuft‘, wie Sie sich ausdrücken, Sven, ist das Projekt. Und bevor Sie fragen: Ja – es gibt ein Problem. Ist Ihnen jemals ein Projekt untergekommen, während dessen Realisierung es keine Probleme gegeben hat? Probleme gehören dazu, das wissen Sie genauso gut wie ich. Aber solange sie lösbar sind, ist nichts gefährdet.“

„Geht es auch ein wenig deutlicher?“

„Die Person, die dafür zuständig ist, die Sache nach dem Vorfall in der Schweiz in Ordnung zu bringen, hat festgestellt, dass andere sich für dieselbe Person interessieren wie sie.“

„Ich bin kein minderbemittelter Dorftrottel, Sophia. Das ist mir klar. Was mich interessiert, ist, wer dort drüben die Nase in Dinge steckt, in denen nur unsere stecken sollte.“

„Mit 90-prozentiger Sicherheit die Schweizer.“ Und bevor Ritter nachhaken konnte: „Etwas Besseres konnte uns gar nicht passieren, Sven. Ich fliege gleich in die Schweiz und werde Besson den Finger auf die Brust setzen. So, wie ich ihn einschätze, wird er danach die Flucht nach vorne antreten und einen Skandal auslösen. Einen soliden, greifbaren und klar umrissenen Skandal: der Nabucco-Deal. Mehr weiß er nicht. Er wird seine Rolle offenlegen, den Beschiss europäischer Steuerzahler und die Vorteile, die er auf diesem Weg für sein Land rauszuholen gehofft hatte. Es wird einen Riesenlärm geben. Leise Töne, unsere Töne, die wird dann keiner mehr hören.“

„Und was ist mit dem ‚Vorfall‘ in der Schweiz, wie Sie es nennen, mit Moskau? Wird er das aus irgendeinem Grund oder Ihnen zuliebe einfach vergessen?“

Sie war nicht darauf eingegangen. „Heute Nachmittag weiß ich mehr.“

„Lösen Sie das Problem“, hatte Ritter geschnauzt. „Details interessieren mich nicht.“

„Oh doch, mein Lieber, das tun sie“, hatte sie in die Leere der unterbrochenen Verbindung hinein gesagt. „Das tun sie.“

Jetzt trat sie aus dem Haus an der Inselgasse 1 heraus, wo Bessons Ministerium untergebracht war und das dem baulichen Pendant des Wortes „Administration“ sehr nahekam und an ein Formular erinnerte. Eine Limousine wartete. Sie lächelte, als sie darauf zutrat.

Sie hatte richtig vermutet. Ihre Instinkte trogen sie nicht. Besson wusste wohl, dass ein Team seines Geheimdienstes an der Sache dran war – er hatte es schließlich selber in Auftrag gegeben. Aber zu erfahren, dass die Mitglieder dieses Teams in Russland waren, war ein Schock für ihn gewesen. Er war von seinen eigenen Leuten hintergangen worden. Und sie wusste gut genug, wann dieser Schlag Menschen zu solchen Maßnahmen griff: dann nämlich, wenn sie herausfanden, dass jene, für die sie arbeiteten, sie benutzten und zuerst hintergangen hatten. Aber egal was diese Leute auch herausfanden oder irgendwann zu wissen glauben würden – es wäre kein Problem. Am Ende bliebe, was bei politisch nicht Erwünschtem immer blieb: ein Haufen Menschen aus Parlament, Ministerien und Verwaltung, von denen jeder seinen Job auf der nahrhaften Seite der Gesellschaft um jeden Preis behalten wollte. Ihnen gegenüber ein kleiner Kreis von Nachrichtendienstlern, die ihre Selbstermächtigung und eine abstruse Verschwörungstheorie zu erklären hätten. Die Gewinner standen von vornherein fest. Es waren stets die Guten. Und zu denen zählten die Sicherheitsbehörden eines Landes in der Regel nicht. Sophia Svenström ignorierte den Chauffeur, der ihr den Schlag aufhielt, und ließ sich im Fond der Limousine in die Polster fallen. Während der Wagen stadtauswärts über die Kirchenfeld- und die Monbijoubrücke in Richtung Wabern und Belp zum Flughafen glitt, tätigte sie verschiedene Anrufe. Einer davon war ein Ortsgespräch. Annbelle Jordi meldete sich nach dem zweiten Klingeln. Auch hier: Auf eine Begrüßung wurde verzichtet:

„Unsere Vereinbarung sah keinen weiteren Kontakt vor."

„Ich tue Ihnen hier gerade einen Gefallen, Frau Ministerin", antwortete Svenström.

Jordi ging nicht darauf ein. Sie schwieg, schien zu warten und nötigte Svenström, die den Blick über die vorbeigleitende Dorfkulisse von Belp streichen ließ, ein weiteres Lächeln ab. Diese Frau hatte auch sie korrumpiert wie alle anderen. Auch sie hatte sie unterschätzt.

„So, wie's aussieht, hat Pierre Besson vor, zu beichten", sagte sie in die Stille hinein. „Er wird an die Medien gelangen und auspacken. Das wird nicht schön. Auch für Sie nicht."

„Ist das sicher?", fragte Jordi.

„Nein. Aber wahrscheinlich."

„Heute ist es zu spät für eine Pressekonferenz", stellte Jordi nur fest. „Wenn er das wirklich will, dann wird er bis morgen warten müssen. Zwölf Stunden können eine lange Zeit sein, wenn es darum geht, die eigene Meinung vor sich selber zu behaupten."

„Auf ein Umdenken würde ich mich an Ihrer Stelle nicht verlassen."

„Das werde ich auch nicht."

„Was werden Sie unternehmen?"

„Ich glaube nicht, dass gerade Sie die Person sind, mit der ich das besprechen sollte. Nur so viel: Ich bin bereit."

Svenström legte grußlos auf. Jordi war intelligent, opportunistisch und skrupellos. Sie würde das Richtige tun. Für sich selbst zuerst. Was für Svenström selber bedeutete, dass sie schleunigst zusehen sollte, diese Flanke zu sichern und das Schweiz-Fenster zu schließen. Die Taktik wäre dieselbe wie immer: den Skandal an den Glasfassaden des Supranationalen abprallen lassen. Und wenn er nicht abprallte, eine Gegenstory lancieren. In der dunklen Stille des Fonds durchfuhr es sie wie ein Stromstoß. Sie hatte die Gegenstory schlechthin. Was für ein Euphemismus für etwas, das die politische und gesellschaftliche Schweiz innerhalb von Tagen vom Regal fallen lassen würde. Im Chaos versinken. Post-Demokratie. Die ersten Schockwellen würden Europa nicht von Deutschland oder einem anderen EU-Staat, sondern von der Schweiz aus erreichen. Es war perfekt, und ein Teil von ihr ärgerte sich, dass sie nicht von Anfang an genau das geplant hatte. Was vor Stunden beim Gespräch mit Ritter bloß Ratio und Argument gewesen war, entpuppte sich jetzt als Wahrheit: Etwas Besseres als der politische Amoklauf Bessons hatte ihr gar nicht passieren können.

Ein weiterer Anruf ging an das Handy von Pascal de Maere. Auch dieser hatte nicht den Charakter eines Gesprächs. Es war der Auftrag, noch einmal dieselbe Summe wie bereits vor Jahresfrist auf das Konto einer tschechischen Firma mit Namen „OndraTech“ und Rechtssitz auf den Caymaninseln zu überweisen. Der dritte Anruf schließlich ging an einen Anschluss, der sich in Vicenza, Italien, befand. Und zum dritten Mal innert Stundenfrist war eine Person nicht erfreut, Sophia Svenströms Stimme zu hören, und machte keinen Versuch, diese Tatsache zu verbergen.

„Was wollen Sie?“

Svenström tat dem Mann, der das Amt als Kommandant der Eurogendfor für zwei Jahre ausfüllen durfte, den Gefallen, eine vage Zerknirschtheit in die Stimme zu legen.

„Haben Sie zur Zeit Leute in der Schweiz, Philippe?“

„Ich bin weder befugt noch gewillt, Einsatztruppen und -orte mit Ihnen zu besprechen. Holen Sie mir jemanden vom CIMIN an den Apparat, dann sieht die Sache anders aus.“

Das CIMIN – die französische Abkürzung für „Hochrangiges Interministerielles Komitee“ – war das entscheidungstragende Gremium der Eurogendfor. Der Mann am Telefon, Titel hin oder her, bloß sein Laufbursche und Berichteschreiber.

„Glauben Sie mir, Philippe, sie wollen nicht mit jemandem des CIMIN sprechen“, antwortete Svenström. „Denn bevor es so weit käme, würde ich mit dieser Person reden. Und zwar über einen vom CIMIN nicht autorisierten Einsatz eines Ihrer Teams in Dürnkrut, den es gegen sehr gutes Geld für eine in Brüssel niedergelassene NGO durchgeführt hat."

„Wovon sprechen Sie?" Der Mann war jetzt auf der Hut.

„Philippe – bitte. Ich werde hier nicht Theater spielen. Lassen wir das. Ich werde Ihnen nicht erklären, worum es geht, und Sie werden darauf verzichten, mir weiszumachen, dass Sie nicht über den Einsatz informiert waren. Sprechen wir lieber vom Rotationsprinzip, von ihren Entscheidungskompetenzen und der Dauer Ihrer Kommandantur. In ein paar Monaten ist sie bereits vorbei, wenn ich richtig informiert bin."

„Und?"

Svenström seufzte hörbar. „Wie Sie wollen... Ich habe keine Zeit für solche Tänze, und es gibt zum Glück so was wie einen Markt für Sicherheitsdienstleistungen da draußen. Viel Glück, Philippe. Sie werden es künftig brauchen."

„Warten Sie. Was wollen Sie?"

„Ich will, dass die erste Tranche der Ware in die Schweiz geliefert wird und dort zum Einsatz kommt. Streuen Sie das Gerücht über eine Lieferung und sehen Sie zu, dass die Nigerianer den Stoff erhalten. Und zwar solche, die aus dem Schatten der Asylindustrie heraus agieren."

„Wann?"

„Am besten gestern."

„Aber das ist Wahnsinn." Der Mann klang, als wolle er schreien.

„Das habe nicht ich entschieden, Philippe. Machen Sie Ihren Job, ich mache meinen. Einverstanden?"

„Ich werde bei dieser Aktion möglicherweise Männer verlieren."

„Okay – wie klingt das: Ihr Amt wird künftig nicht mehr nach dem Rotationsprinzip alle zwei Jahre besetzt, sondern aufgrund einer Wahl. Der Prozess zu dieser Änderung wird in den kommenden Wochen angestoßen. Gleichzeitig wird die Diskussion über eine längst überfällige Flexibilisierung im Rahmen der Kommandantur lanciert. Zusätzlich zehn Millionen Euro für Sie."

„50."
„30."
„Gut. 30."
„Abgemacht. Ich veranlasse die Überweisung eines Viertels der Summe sofort. Der Rest folgt nach Lieferung und Verkauf. Halten Sie mich auf dem Laufenden."

Svenström trennte die Verbindung und entspannte sich. Sie wäre gerne ein paar Minuten so sitzen geblieben. Kurz nur. Sich ausruhen, die Augen schließen, dem Rotieren nichts entgegenstemmen. Sich treiben lassen. Keine Chance. Der Schlag wurde geöffnet. Sie waren am Flugplatz Bern-Belp eingetroffen. Die Maschine nach Brüssel wartete. Für den Bruchteil einer Sekunde glaubte sie, die Kraft, die es erforderte, auf die Beine zu kommen, nicht aufzubringen. Die Sekunde verstrich und sie ging auf den zweistrahligen Businessjet zu, der im Schatten eines Hangars bereitstand.

***

Nähe Bern, Herrenschwanden

Warten war eine Fähigkeit, die Jo Burgers Überzeugung nach zu den Hauptfächern einer jeden schulischen Einrichtung gehören sollte. Eine Kompetenz, an der sich die vereinte Pädagogenschaft abarbeiten sollte – unermüdlich und intensiv. Das Aushalten der Untätigkeit bis zum Eintreten eines Ereignisses. Langeweile. Weder Aktion noch Reaktion. Und trotzdem nicht nachlassen. Das Erlöstwerden, wenn es ein Ende nahm und man standgehalten hatte. Als würde das Leben wieder zu einem durchbrechen, der Atem, das Licht. Er fragte sich, ob sein Alter zur Intensivierung dieses Gefühls beitrug. Vielleicht.

„Mach dir nichts vor, mein Lieber. Natürlich tut es das."

„Shorter of breath and one day closer to death." Brun hatte es mal gesagt. Die Zeile einer Liedstrophe. Er hatte sich den Namen der Band nicht gemerkt.

„Solches Zeug hörst du dir an? Mehr davon, und ich würde mich erschießen, wenn eine Waffe in greifbarer Nähe wäre.

Und überhaupt: Ist sie nicht pubertär, diese kaltschnäuzige Koketterie mit dem Ende, wenn man selber noch am Anfang steht?“

„Natürlich ist sie pubertär“, hatte Brun erwidert. „Das Echte braucht oft das Unreife, um echt zu sein.“

Sie hatten hier draußen gesessen, wo er jetzt stand. Irgendwann an einem Sommerabend. Vielleicht auch Vorsommer oder Herbst. Sie verschwammen, all die Male, ungezählt, glitten ineinander. Und nicht nur mit Brun hatte er hier draußen gesessen. Das bieder bemessene, wild bewachsene Stück Natur, das am Rand der 70er-Jahre-Flachdachsiedlung fließend in Laubwald überging, war der Ort unzähliger Brüche. Was hier ankam, sich setzte oder stehenblieb, war mit Ausnahme von Brun selten Gast, Besucher oder anderweitig aus freien Stücken Verweilender. Hier wurde man angeschwemmt mit zertrümmerten Gliedern, zerbrochenem Gemüt und dem Schutt eingestürzter Mauern von Selbstbetrug und Illusion. Seine, Jo Burgers, Stimme vom Ufer her rufend oft der einzig verbleibende Halt. Hier wurde an Land gezogen und geborgen, was übrig war von Zielen und Grundsätzen, von den Menschen, die meinten, alles gesehen zu haben, alles zu kennen und am Ende vor dem eigenen Spiegelbild zurückschreckten.

Und manchmal war auch all das Zerbrochene nur eine weitere Maske.

Jetzt wartete er auf Pierre Besson. Jo Burger machte einen Schritt auf den verwaisten Stuhl zu, überlegte es sich anders, nahm die Stufe ins Haus, ging zum Kühlschrank und kehrte mit einer Flasche Bier zurück. Das Warten der vergangenen Wochen, das Vage, schien hier und heute zu einem Ende zu kommen – Grund genug, sich etwas zu gönnen. Der erste Schluck war der beste, die Wärme des Abends, der Blick ins Grün des herandrängenden Waldsaums. Er stellte die Flasche ab und kehrte in Gedanken zurück zum eben geführten Telefonat. Besson hatte geklungen, als wäre der Raum, der ihm zur Verfügung stand, im Sekundentakt kleiner geworden, enger. Sachlich zwar wie immer das Gesagte, aber gehetzt, gepresst unter großer Last. Er war ihm mit Worten entgegengeeilt, hatte versucht, ihm Platz zu schaffen:

„Ihr Anruf überrascht mich nicht, Herr Bundespräsident."

„Umso besser", hatte Besson darauf geantwortet.

Nur das, ohne weitere Höflichkeitsfloskeln. Dies und die Bitte um ein sofortiges Treffen. Burger hatte ihm seine Privatadresse genannt. Jetzt wartete er erneut. Die Türklingel, die nur ein leises Tuten war, schnitt durch die Szenerie. Jo Burger erhob sich vom Stuhl, auf den er sich am Ende doch niedergelassen hatte, ging ins Haus und öffnete die Tür. Wortloser Händedruck, Besson folgte Burger auf die Terrasse. Burger deutete auf die offene Bierflasche auf dem Tisch:

„Auch eins?"

„Gern."

Als der Ältere dem Gast den einzigen vorhandenen Stuhl hinschob, wehrte dieser ab. „Es gibt Momente, in denen man der Beobachtung durch den eigenen stillstehenden Schatten nicht ausgesetzt sein möchte. Kennen Sie das?" Und ohne auf eine Antwort zu warten: „Dies hier ist so ein Moment."

Burger ließ ihm keine Möglichkeit, sich zu drücken. „Dann reden Sie, Besson. Das hilft. Fangen Sie mit der Überwachung von Außenministerin Jordi an. Wie kam es dazu?"

Besson schnellte zu Burger herum: „Sie wissen...?" Und sich selber die Antwort gebend: „Natürlich wissen Sie. Sie müssen mich für den unbedarftesten Idioten der Welt halten. Und wissen Sie auch, was das Beste dabei ist? Ich hielt mich bei alldem für ziemlich smart."

„Keine Sorge, damit sind Sie in bester Gesellschaft. Anders würden wir den Unsinn, den wir im Lauf unseres Lebens anzetteln, gar nicht ertragen. Also – wie kam es dazu?"

„Sophia Svenström."

„Ritters Gehirn", konstatierte Burger. Er spielte damit auf die Aussage des EU-Kommissionspräsidenten Sven Ritter an, der im Kreis einiger Vertrauter gesagt haben sollte, durch die Beförderung Sophia Svenströms zur Kommissarin für Inneres, Migration und Bürgertum einerseits und zur Leiterin der

EU-Denkfabrik andererseits – kurz: an die Spitze der Macht – habe er endlich jemanden gefunden, der für ihn denke.

Besson verzichtete darauf, zu bestätigen, was klar war. Stattdessen fuhr er fort, als fürchte er, es sich in letzter Sekunde doch noch anders zu überlegen, aufzustehen, zu gehen. Man war nie sicher vor sich selber.

„Ich habe sie im Rahmen eines Treffens kennengelernt. Migrationspolitik. Es ging um den sogenannten Verteilschlüssel. Wieder so ein Deal, bei dem wir dank Schengen-Dublin nichts zu sagen, aber zu zahlen haben. Entschuldigen Sie..." Besson rieb sich mit einer Handfläche über das Gesicht. Mit rot geäderten Augen blickte er in Burgers Richtung. Etwas zerrte an seinen Zügen. Es konnte der Versuch eines Lächelns sein. Und sich wiederholend: „Entschuldigen Sie, Burger... ich weiche mir selber aus."

„Wir haben Zeit."

„Nein", antwortete Besson bestimmt. Er klang jetzt wieder wie der Minister für Inneres. Der Bundespräsident. „Ich muss davon ausgehen, genau das nicht mehr zu haben: Zeit."

„Sie waren bei Sophia Svenström..."

„Genau. Wir lernten uns, wie gesagt, auf einem dieser unsäglichen Gipfeltreffen kennen. So gut kennen, dass wir uns fortan und so oft wie möglich ein Zimmer teilten. Ich sah die Sache von Anfang an als eine rein menschliche Angelegenheit. Ich war wirklich der naiven Meinung, als Mann in ihr eine Art verwandter weiblicher Seele gefunden zu haben. Eine gutaussehende verwandte Seele. Sie gab sich vorsichtig staatskritisch und jung im Denken, mutig, freiheitlich und im Rahmen ihrer Möglichkeiten innerhalb des Apparats sogar reaktionär. Und ich sagte mir, dass es möglich sei: Ein Mensch, seiner Zeit politisch weit voraus, frei von Ideologie und nur gezwungenermaßen gebunden an einen absolutistischen Apparat. Ein doppelter Anachronismus sozusagen, ein Glücksfall, ein Grund zur Hoffnung. Dass alles perfekt inszeniert war, um mich und das Land, das ich vertrete, als Blitzableiter in Position zu bringen, ist mir keine Sekunde lang in den Sinn gekommen."

Besson hielt inne. Wieder riss etwas in seinen Gesichtszügen. Er schien es nicht zu merken. Auch Burger schien er vergessen zu haben. Die Bierflasche in der einen Hand, die andere locker in der Hosentasche, sah er aus wie ein Mensch, der einfach nur ein Bier trank. Feierabend. Wald. Ein Freund.

„Meinen Sie mit Blitzableiter die Folgen des Absturzes der Laritski-Maschine?“ Burger musste jetzt doch aufpassen, nicht zu drängen, nicht auf die Füße zu springen, den anderen an den Schultern zu packen: Reden Sie, Mann. Ich habe meine besten Leute da draußen! Ohne Sicherheitsnetz.

„Ja, genau“, kam es von Besson. Und als hätte er die Ungeduld des anderen in seinem Rücken gespürt, die nur gewaltsam unterdrückte Bewegung, fuhr er fort:

„Von einem Absturz war natürlich nie die Rede. Aleksei Wladimirowitsch Laritski, den ich bis dahin nur dem Namen nach kannte, wurde mir als einer der Oligarchen präsentiert, die im Zuge der europäischen Schuldenkrise – oder wohl besser: Gläubigerkrise – ihre Schafe ins Trockene zu bringen versuchten. Allerdings als einer mit Sonderstatus, den ihm sein Ruf als Privatbankier des Kremls einbringt. Die perfekte Wahl, um ein starkes Zeichen zu setzen, wie man so schön sagt. Als die Maßnahmen für Zypern beschlossen wurden – also die zwangsweise Enteignung der Bevölkerung –, waren natürlich offiziell auch die Konten all der dort ansässigen Russen betroffen. Ich sage ‚offiziell‘, weil da mit Wissen der einheimischen Behörden und von der EU-Kommission geduldet Milliarden von Dollars, Euros und Schweizer Franken das Land auf diskreten Wegen verlassen konnten. Die 500 Millionen an Bord der Laritski-Maschine waren im Vergleich zur Gesamtsumme der Geldströme Peanuts. Zu wenig, um zu wirklich zu schmerzen, genug für ein politisches Statement. Wie gesagt: perfekt, um ein Exempel zu statuieren und den gerechten Zorn der Bürger zu befriedigen. Als Svenström mir den Plan darlegte, habe ich nicht lange gezögert. Er war legal, einfach und von maximaler Wirkung. Außerdem sehr nützlich.“

„Wie ist Svenström an die Informationen zu dem Geldtransport gekommen?“, fragte Burger dazwischen.

„Ich weiß es nicht mit Sicherheit. Ich habe mich mit der Tatsache begnügt, dass ich das Geld brauche, wenn ich meinen Job machen will. Ich kann unsere Sozialwerke nicht sanieren, ohne zumindest eine Anschubfinanzierung zu haben. Ich kann nicht Steuererleichterungen auf den Weg bringen ohne eine Art finanzieller Brücke. Dazu kam noch, dass man mir in Aussicht stellte, das TAP-Pipelineprojekt zu pushen und das Konkurrenzprojekt Nabucco diskret sterben zu lassen. Ich habe sofort eingewilligt.“

„Sie sagten, Sie wüssten nicht mit Sicherheit, wie Svenström an die Information für die Verschiebung der Gelder gekommen ist“, hakte Burger nach. „Haben Sie eine Vermutung?“

„Es ist mehr als das. Egal wie ich es drehe, es bleibt am Ende immer nur diese eine Möglichkeit.“

Irgendetwas riss in Burger. Etwas, das zu lange unter zu großer Spannung gestanden hatte, war dünn geworden und hielt nicht länger stand: „Verdammt, Besson – Sie wollten reden. Dann reden Sie endlich. Hören Sie auf, sich hier jede verdammte Silbe aus der Nase ziehen zu lassen. Wie ist Svenström Ihrer Meinung nach an die Info über den Geldtransfer gekommen?“

Burger stand jetzt in der Mitte der Terrasse. Wollte Besson weiter auf und ab gehen, müsste er um ihn herum. Er tat es nicht. Blieb vor dem Älteren stehen. Für den Bruchteil eines Augenblicks sah es aus, als würden sich die zwei Männer im nächsten Moment prügeln. Dann wich die Spannung. Etwas in Besson schien zusammenzusacken.

„Ich weiß es nicht, Burger. Aber alles andere als die Annahme, dass sie genau über Summe, Provenienz und Zielort des Geldes informiert war, ergibt keinen Sinn. Laritski auszuwählen als Ziel, um ein Exempel gegen Geldwäscherei oder was auch immer zu statuieren, ist das eine. Aber es ist absolut undenkbar, bei so was auf den Zufall zu setzen. Politik ist immer berechenbar und stützt sich immer auf einen Plan – auch wenn es noch so zufällig aussieht. Wenn Svenström also auf Laritski setzte, dann einzig deshalb, weil sie mit Sicherheit wusste, dass die Gelder an Bord wären."

„Weil sie selber den Transfer organisiert hatte", ergänzte Burger. „So weit waren wir auch schon. Wir haben die E-Mail."

„Sie haben was?" Und ohne auf eine Antwort zu warten: „Und Sie sagen mir, ich solle mir nicht alles aus der Nase ziehen lassen, während Sie mich hier vorführen wie einen verdammten Schuljungen. Ich bin immer noch Ihr Bundespräsident, und ich erwarte von Ihnen, dass…"

Da war sie, die Maske. Zerknirschung, Sack und Asche – alles kam ins Rutschen. Noch eine Minute oder zwei, und Burger würde nur noch einen vor sich haben: den echten Pierre Besson. Dann würden sie arbeiten können. Er ging auf Bessons Ton ein:

„Was, Herr Bundespräsident? Was erwarten Sie von mir? Los – spucken Sie's aus. Was sind meine Leute, Hiller und ich Ihrer Meinung nach? Irgendein Club, der bei Amtsantritt in Ihren Besitz übergegangen ist? Wenn ja, dann liegt hier ein großes Missverständnis vor, Herr Bundespräsident. Wir können es hier und jetzt ausräumen und fortfahren, unseren Job zu machen, oder aber Sie verlassen dieses Grundstück und erhalten morgen mein Demissionsschreiben."

„Was ist das hier, Burger? Die Schizo-Version von guter Bulle, böser Bulle?"

„Gutes Stichwort, Herr Bundespräsident. Aber Sie liegen falsch. Hören Sie auf, sich selbst was vorzumachen. Diese ganze Nummer hier, der zerknirschte, sich selbst geißelnde Besson, in eine Falle getappt wie ein unbedarfter Idiot. Das sind nicht Sie. Sie wollten das. Das ist die Wahrheit. Sie wollten die Frau, Sie wollten den Deal, Sie wollten den Erfolg, Sie wollten die Macht. Sie wollen die Scheinwerfer, Sie wollen die Lorbeeren. Also hören Sie auf, einen alten Geheimdienstler wie einen Pfadfinder für die Wölflein-Truppe des Pierre Besson anzuwerben."

Besson wandte den Blick ab, machte einen Schritt auf den Tisch zu, knallte die Bierflasche auf die gelochte Fläche und ging grußlos auf die zwei Stufen zu, die ins Wohnzimmer führten.

„Nehmen Sie den Weg ums Haus herum, Herr Bundespräsident“, rief Burger ihm nach. „Drinnen ist es stockdunkel.“

Besson hielt inne, einen Fuß bereits auf der unteren Stufe. Dann wandte er sich zu Burger um, blieb stehen, die Hände in den Hosentaschen wie vorhin. Sein Blick ruhte nachdenklich auf dem Alten.

„Sie machen das nicht zum ersten Mal, Burger, nicht wahr? Wie viele haben Sie schon aus ihrem ganz persönlichen Spiegelkabinett hinaus ins Licht der Realitäten gezerrt?“

„Das ist Teil meines Jobs, Herr Bundespräsident. Das Servicepersonal bei Kostümfesten sollte keine Masken tragen. Und zum Personal gehören wir nun mal beide.“

„Hören Sie auf mit dem dauernden ‚Herr Bundespräsident‘, Burger. Ich kann es nicht mehr hören.“

„Doch, Besson. Sie können und Sie wollen. Und das ist gut so. Lassen Sie uns jetzt arbeiten. Ich habe meine Leute da draußen, und es sieht gerade alles danach aus, als könnte uns die Sache jeden Moment um die Ohren fliegen. Helfen Sie mir, die Lücken zu füllen.“

„Okay – arbeiten wir. Aber zuerst muss ich wissen, ob die Info stimmt, dass ein NDB-Team in Moskau ist.“

„Ja.“ Mehr sagte Burger nicht. Er wusste, dass die Bestätigung dieser Information für Besson ein erneuter Schlag in die Weichteile war. Und es wäre beschämend genug für ihn, sich beim Zusammenklappen und stöhnenden Wiederaufrichten nicht allein zu wissen.

Schließlich stieß Besson den Atem aus, sog die Luft scharf ein: „Warum, Burger? Warum diese Aktion hinter meinem Rücken?“

„Wir sind per Zufall auf die Person gestoßen, welche die Jordi-Überwachung hier für Sie organisiert hatte. Ein Externer. Solches von einem Vorgesetzten zu erfahren, macht unsereinen hellhörig. Als wir zudem feststellten, dass Hiller mit großer Wahrscheinlichkeit log, wurden wir misstrauisch. Wir röntgten die Legenden, die er uns für den Auslandseinsatz gab, und waren nicht weiter überrascht, als wir feststellten, dass ein zweites Team, jenes um Jens Alder, den Job gefasst hatte, uns zu überwachen. Das war der Zeitpunkt, an dem ich entschied, die Operation auf eigene Kosten durchzuziehen. Wir klinkten uns aus und spielten für Hiller Theater. Die Sache ist ganz einfach, Besson: Die Operationsteams des NDB halten für dieses Land buchstäblich den Arsch hin. Und wenn sie eines nicht mögen, dann ist es, herauszufinden, dass jene, die vorgeben, dasselbe in anderer Funktion zu tun, sie bescheißen. Das gilt auch für Alder und für Hiller. Bloß dass beide ein wenig mehr Zeit brauchten, um sich daran zu erinnern. Sie, Besson, haben den Fehler gemacht, einen entscheidenden Faktor nicht in Ihre Rechnung mit einzubeziehen: Kameradschaft. Die freiwillig eingegangene Pflicht unbedingten Beistands. Auch wenn er einen alles kosten sollte. Das ist es, was uns unterscheidet. Keine Summe und kein Prestige ist am Ende groß genug, sie unten zu halten. Für eine Weile – ja. Aber nicht auf Dauer."

„Wer?", fragte Besson. „Wer ist in Moskau, Burger, und was verdammt noch mal läuft dort?"

Jo Burger schüttelte kaum wahrnehmbar den Kopf: „So läuft das nicht, Besson. Auf den Waagen, mit denen wir arbeiten, haben Bekenntnisse kein Gewicht. Auch solche von Bundespräsidenten nicht. Zuerst brauche ich von Ihnen handfeste Informationen. Dann sehen wir weiter. Ich schlage vor, wir machen dort weiter, wo wir vorhin stehengeblieben sind." Und ohne auf eine Reaktion Bessons zu warten: „Verstehe ich es richtig, dass Ihr Teil der Abmachung mit Svenström sich darauf beschränkte, bei der Landung der Maschine via Zollbehörde und aufgrund eines Tipps zuzuschlagen und für die Show Boden und Personal bereitzustellen? Also für die EU die Laritskis und für Sie einen Haufen Geld und TAP?"

Besson bestätigte es mit einem Nicken.

„Und Ihnen ist nicht in den Sinn gekommen, dass der Deal zu gut sein könnte?"

„Ich wollte es nicht sehen", antwortete Besson. „Nicht mal dann, als Sophia… Svenström so weit ging, mir bei Bedarf Personal der Eurogendfor zur Verfügung zu stellen."

Burger pfiff durch die Zähne, ging aber nicht weiter auf diese letzte Info ein. „Erklären Sie mir die Sache mit Nabucco", hakte er stattdessen nach. „War nicht der Witz an der Sache, dass man sich auf europäischer Ebene im Energiebereich von den Russen freimachen wollte und dass das Projekt genau in diese Richtung lief? Warum also TAP?"

„Politik, Burger. Nur Politik. Ihnen brauch' ich das doch nicht zu erklären."

„Tun Sie's trotzdem."

„Nabucco war ein reines Vorzeigeprojekt, um Investorengelder anzulocken. Den Europäern, also der EU und ihren Freunden des transatlantischen Bündnisses, ist die Abhängigkeit von russischem Gas scheißegal. Sie dient ausschließlich dazu, die Klimaagenda voranzubringen und gleichzeitig ein Feindbild am Leben zu erhalten. Furcht und Erlösungsglaube. Und außerdem eine jederzeit umwandelbare Steilvorlage, die ein militärisches Eingreifen im Namen der Versorgungssicherheit Europas rechtfertigt. In der Ukraine ist man ja längst."

Burger ließ Besson nicht erneut ausscheren: „Und was ist mit TAP?", hakte er nach. „Auch bloß ein Bluff?"

„Natürlich. Es ist genauso ein Schacher wie Nabucco. Es verschafft uns Geld. Nur das. Der Unterschied liegt einzig in diesem einen Wort: uns. Und nicht denen. Im besten Fall wird durch die Pipeline eines Tages irgendwas fließen. Wenn nicht – auch egal. Was zählt, ist, dass ich zum richtigen Zeitpunkt die richtigen Emotionen bei den Leuten ausgelöst haben werde. In diesem Fall das Gefühl von Sicherheit und Unabhängigkeit. Nur darum geht's. Die Leute wählen nicht Projekte, Sachgeschäfte oder Resultate – sie wählen Emotionen. Wer im Sattel bleiben will, muss eine gute Show liefern."

Burger ging nicht auf die deprimierende Kurzfassung dessen ein, was allgemein „Demokratie" genannt wurde, sondern lotste Besson zurück auf den Grund dafür, dass er hier war:

„Aber der sogenannte Deal hat für Sie doch funktioniert. Dass die Landung nicht planmäßig stattgefunden hat, kann Ihnen egal sein. Sie haben das Geld und TAP, die EU hatte für zwei Monate das Ehepaar Laritski als Druckmittel, und jetzt schulden die Russen ihr etwas. Abgesehen davon, dass es ein verdammtes Drecksspiel ist – wo liegt das Problem, Besson?"

„Ich bin nicht sicher, ob wir das Geld noch haben", stieß dieser hervor. Und bevor Burger erneut nachfragen musste, rückte er mit der Szene vom heutigen Abend heraus.

„Wenn das stimmt, dann haben wir also mindestens eine gekaufte Person innerhalb der Nationalbank", fasste Burger zusammen.

„Nicht zwingend. Womit ich bei ihrer Frage bin, wie es zu Jordis Überwachung kam. Ich bin mittlerweile überzeugt, dass Jordi nicht nur für die Ausreise der Laritskis bezahlt wird. Oder macht es in Ihren Augen Sinn, die Ministerin eines Landes zu kaufen, wenn dabei als einziger Nutzen ein Ausreise-Wisch steht? Das Risiko stünde in keinem Verhältnis dazu. Wenn Svenström in der Lage ist, die Gelder, wie sie sagt, jederzeit zu verschieben, dann nur, weil sie jemanden bezahlt, der die Befugnis hat, der SNB Anweisungen zu erteilen. Und das muss ein Bundesrat sein."

„Das ist Schwachsinn, Besson. Wir wissen, dass Sie die Überwachung von Jordis Kommunikation in Auftrag gegeben haben, lange bevor die Sache mit der SNB aktuell wurde. Was war der wahre Grund für die Jordi-Überwachung?"

Diesmal war das, was an oder in Besson zusammensackte, echt. „Ihretwegen", sagte er. „Ich wusste, dass Ihre Leute früher oder später über die Tatsache stolpern würden, dass die Ausreise der Russen über Jordi gelaufen war. Dass man sie dafür bezahlt hatte. Ich musste wissen, wann das der Fall wäre, um, wenn es eng werden sollte, die Aktion abblasen und Sie und Ihre Leute zurückpfeifen zu können. Um mich selbst und meinen Deal zu schützen." Und nach einer kurzen Pause, in der er scharf die Luft einsog: „Aber darum geht's nicht, Burger. Das alles ist, um es mit Ihren Worten zu sagen, nur ein verdammtes Drecksspiel, wie es jeden Tag hundertfach gespielt wird. So what? Wenn's mir um die Ohren fliegt, bin ich weg vom Fenster, der Schaden für das Land ist überschaubar. Aber ich bin hier und heute davon überzeugt, dass der Absturz ein Attentat war und dass da im Hintergrund etwas viel Größeres läuft. Etwas Größeres und vor allem Schmutzigeres. Sie sagen, Sie haben die E-Mail. Dann wissen Sie, was ich meine."

Burger ging nicht darauf ein. „Was wird Svenström Ihrer Meinung nach jetzt tun?", fragte er stattdessen.

„Ich weiß es nicht, glaube aber eigentlich, dass die Sache mit der Verschiebung der Gelder auf Konten, die auf meinen Namen lauten, eine reine Drohkulisse ist. Ein Erpressungsversuch auf die Schnelle. Sie kann es sich im aktuellen politischen Umfeld nicht leisten, dass einer auf sie zeigt. Nicht mal die Schweiz. In halb Europa stehen Wahlen an. Die Stimmung ist kritisch und könnte jederzeit kippen. Ich werde auspacken, Burger."

„Nein, Besson. Das werden Sie nicht tun. Was wir auf Regierungsebene brauchen, sind Menschen, die ihren Job machen, und keine Märtyrer."

„Aber etwas Besseres kann uns gar nicht passieren. Die Verhandlungsposition der Schweiz gegenüber der EU würde über Nacht eine neue. Ich glaube nicht, dass wer auch immer dann noch in der Lage sein wird, irgendwelche Rahmenabkommen und die automatische Übernahme von EU-Recht bei den Stimmbürgern durchzubekommen."

„Das ist schon richtig, Besson. Aber dazu ist es nicht nötig, an die Medien zu gelangen. Sie haben das Wissen, und Svenström weiß das. Das reicht für den Moment vollkommen. Solange Sie sich stillhalten, wird auch sie es tun. Machen Sie Ihren Job, Besson. Halten Sie die Füße still. Und wir machen in der Zwischenzeit auch unseren Job."

„Geht es auch deutlicher?"

„Nein. Im Moment nicht, Herr Bundespräsident."

„Sie vertrauen mir nicht. Antworten Sie nicht, Burger. Es spielt keine Rolle." Besson nahm seine Anzugsjacke, die er auf den Tisch gelegt hatte, auf und ging wortlos davon. Etwas kam an ein Ende. Vielleicht der Mensch selbst.

Dort, an diesem Ende, fing Vertrauen an. Zusammenarbeit, die den Namen verdiente.

„Warten Sie, Besson."

Der andere hielt inne, wandte sich zum zweiten Mal an diesem Abend zu Burger um. Sein Blick war klar und fest auf Burger gerichtet. Alles Zerbrochene daraus verschwunden. Ein Mann, der im Begriff war, mitten in der größten Schwäche, seine größte Stärke zu entdecken. Ein Lächeln streifte Burgers Inneres. Dorthin hatten sie gemusst.

„Ich werde ein Sicherheitsteam für Sie anfordern, Besson. Ab sofort stehen Sie unter permanentem Schutz."

„Schutz oder Beobachtung, Burger?"

„Das liegt ganz bei Ihnen, Herr Bundespräsident. Jedenfalls wird das Team nicht vor einer halben Stunde hier sein. Wir haben noch Zeit für ein Bier. Kommen Sie, setzen Sie sich. Sprechen wir über Moskau."

Der Informationstransfer dauerte zehn Minuten. Weitere zehn Minuten nahm das Briefing Bessons in Anspruch.

„Das muss sein, nicht wahr?", fragte Besson, als Burger geendet hatte.

„Ja, Herr Bundespräsident. Es ist die einzige Art, Zeit zu gewinnen. Und nur das brauchen wir, wenn wir herausfinden wollen, was da wirklich läuft. Ich werde veranlassen, dass Svenströms Maschine nicht starten kann. Sie wird also heute Nacht in der Schweiz bleiben müssen."

„Was ist, wenn sie nicht darauf anspringt?"

„Sie wird, Besson. Weil Sie sie überzeugen werden. Es wird nicht einfach. Aber denken Sie daran: Wir sind da. Sie sind nicht allein. Und denken Sie vor allem daran, dass es Ihr verdammter Job ist, die Schweiz zu schützen. Das wollten Sie doch die ganze Zeit, oder?"

„Wer wird da sein?", fragte Besson anstatt einer Antwort.

„Jens Alder und sein Team."

Besson ließ sich nicht anmerken, ob ihm die Ironie der Situation bewusst war. Von fern hörte Burger das Dröhnen zweier V8-Ottomotoren. Das Team der Einheit Enzian, das die in Europa nicht zugelassenen 405 PS starken Infiniti QX80 als Dienstfahrzeuge nutzte, traf ein. Diesmal verabschiedeten sich die beiden Männer mit Handschlag. Burger wartete, bis das Motorengeräusch verklungen war. Dann griff er zum Telefon.

31

Moskau, Naro-Fominsk-Distrikt, Aprelewka

Als Brun an der Adresse des sicheren Hauses eintraf, fand er Grigori Petrowitsch Metenkow, offiziell Korrespondent bei der „Moskauer Deutschen Zeitung“ und Schriftsteller, inoffiziell langjähriger Kontaktmann des NDB unter seiner Führung, den Rücken an die Hauswand gelehnt auf einer brüchig wirkenden Bank an der Sonne sitzen. Er hatte die Augen geschlossen. Brun ließ sich neben ihm nieder und zündete sich eine Zigarette an.

„Sieh dir diese Aussicht an, Carl, die Stille. Die Vorstellung, dass es solche Orte gibt, wo einer leben könnte, schreiben. Das Wissen, dass sie leer stehen, unbenutzt und für unsereiner unerreichbar…“

„Siehst du deshalb nicht hin?“, fragte Brun und ließ den Blick über die Szenerie gleiten, die vor ihm lag. Petrowitsch hatte recht. Der schilfdurchwachsene See, die nach allen Seiten offene Weidefläche, ein Waldsaum am Horizont– alles sprach von einem Frieden, den viele ersehnten. Und den die wenigsten ertrügen. Brun wusste darum – er war einer von denen, die ihn zum Überleben brauchten. Zu Hause in seinem Wald.

„Was läuft hier, Carl?“, fragte Petrowitsch schließlich. „Ich musste auf dem Weg hierher dreimal in einen anderen Wagen umsteigen. Ich dachte, du bräuchtest nur ein paar Infos zur Laritskaja. Und jetzt riecht alles nach einer verdeckten Operation.“

„Die Situation hat sich verändert“, sagte Brun nur. „Ich weiß, um ehrlich zu sein, selber nicht, was da genau läuft, und komme mir mittlerweile vor wie in einer Pokerrunde, bei der als Einsatz mein Hausschlüssel auf dem Tisch liegt. Dich wollte ich da eigentlich raushalten.“

„Und jetzt nicht mehr?“, hakte Petrowitsch nach.

„Doch. Darum die Umsteigerei. Reine Vorbeugemaßnahme. Mit großer Wahrscheinlichkeit unnötig.“

„Okay, dann schieß los: Warum sind wir hier?“

„Schreibst du für deine Zeitung immer noch über die Events der Schönen und Reichen?“

Petrowitsch gab etwas von sich, das ein Seufzen, ein Grunzen oder ein körperinterner Vorgang sein konnte.

„Ich deute das mal als ein Ja. Heute Abend findet in einem Club mit Namen ‚Artel Bessonnica‘ irgendeine geschlossene Veranstaltung stattt. Weißt du etwas darüber?“

Petrowitsch holte seinen Tabak aus der Jackentasche. „Die Reichen und Schönen, wie du sie nennst, haben eine Schwäche“, sagte er, während er sich eine Zigarette drehte.

„Du sagtest, du hättest aufgehört“, kam es von Brun, der das Tun des anderen ohne hinzusehen richtig gedeutet hatte. Er wusste nicht, wie viele Hundert Male er diese Gesten an Petrowitsch gesehen hatte. Sie gehörten zu dem Mann wie sein graumeliertes Haar, seine stets leicht gebückte Haltung, sein braungebranntes und tausendfach gefälteltes Gesicht mit den wasserblauen Augen.

„Ich dreh‘ sie nur.“

„Und was machst du dann damit?“

„Ich verschenke sie.“

„Worauf wolltest du vorhin hinaus mit der Schwäche der Reichen und Schönen?“, kam Brun auf das Thema zurück.

„Sie wollen kultiviert sein, Carl. Um jeden Preis. Der Gig heute Abend in diesem Club passt in dieses Schema. Irgendjemand, auf den die Szene hört, hat erklärt, einen aufsteigenden Stern am Kunsthimmel entdeckt zu haben. Heute Abend ist es ein junger Kerl, der sich ‚Konzept-Künstler‘ nennt. Viel mehr weiß ich nicht über ihn. Sein Ding sind Gruppen von kleinen 80er-Jahre-Fernsehmonitoren, die er in Haufen aufeinanderschichtete und auf denen er vom letzten Parteitag in China über Sturzgeburten in freier Natur bis hin zum New Yorker Frauenmarsch mit Vaginamützen alles an Filmmaterial ablaufen lässt, was ihm in den Sinn kommt. Politisch engagiert wird das genannt. Kontrovers. Provokativ. Radikal.“

„Diese hier kannst du nicht mehr verschenken“, meinte Brun und deutete mit dem Kinn in Richtung der Kippe.

Petrowitsch ließ Tabak- und Papierpartikeln wie Sand durch die Finger auf den Boden rieseln und ging nicht weiter auf Bruns Bemerkung ein. „Ich glaube, er hat's allgemein mit Haufen. Manchmal sind es anstatt der Monitore Steine, Gummipuppen, Petflaschen."

„Klingt danach, als bräuchte der Mann ganz schön viel Platz für seine Kunst", meinte Brun.

„Darum das ‚Artel Bessonica'", erklärte Petrowitsch. „Es ist ein altes Stadtpalais mitten in Moskwa City. Es wurde für Millionen saniert und dient an den Wochenenden als Oligarchen-Kinder-Hangout. Von Montag bis Mittwoch wird es für Vernissagen und andere sogenannte kulturelle Veranstaltungen vermietet."

„Wer ist der Veranstalter des Anlasses heute?"

„Elena Schischkin. Inhaberin einer der größten Kunstgalerien der Stadt. Wenn sie einen zum Künstler erklärt, dann ist er vor morgen früh ein Star, stinkreich und gehört ab sofort ihr."

„Kannst du zwei Leute aus meinem Team da reinbringen?"

„Be my guest, Carl Brun."

„Gehen auch drei?"

„Kein Problem. Treffpunkt um 23 Uhr in der O_2-Bar des ‚Ritz-Carlton'."

„Aber der offizielle Beginn ist um 22 Uhr", wandte Brun ein.

„Grundregel Nummer eins für den Event-Berichterstatter: Gehe erst hin, wenn alle schon dort sind. Zuspätkommen muss man sich leisten können. Es verschafft dir vollkommen unverdienten Respekt. Und erleichtert die Arbeit. Es wäre außerdem gut, wenn du ein standesgemäßes Fahrzeug auftreiben könntest. Dann kann ich dich und deine Leute im Notfall als europäische Kunstsammler vorstellen."

„Was heißt standesgemäß?"

„Alles, was ein ‚Q' oder ‚X' in der Bezeichnung hat, geht. Gleich nach dem vollgepanzerten Conquest Evade oder dem Dartz Nagel Dakkar. Zur Not tut's auch ein Escalade, ein Macan oder ein Cayenne."

„Im Ernst? Ein Luxus-SUV?“

„Falsch Carl – ein russisches Luxus-SUV“, berichtigte ihn Petrowitsch. „Wir haben hier Modelle, die weder in den USA noch in Europa zugelassen sind. Was hörst du dir eigentlich die ganze Zeit über an?“ Sein Blick deutete auf den Stöpsel in Bruns Ohr.

„Meine Leute.“

„Über Funk?“ Und ohne auf Bruns Bestätigung zu warten: „Die Sache gefällt mir immer weniger, Carl.“

„Spätestens übermorgen sind wir hier weg, Grigori. Zu knapp, um aufzufliegen.“ Und das Thema wechselnd: „Schreibst du eigentlich noch? Bücher, meine ich.“

„Natürlich schreibe ich noch“, antwortete Petrowitsch, der sich seit über 20 Jahren weigerte, Brun den Namen zu verraten, unter dem er seine Romane veröffentlichte. „Es gibt nur etwas, das schlimmer ist, als schreiben: nicht schreiben. Also schreibe ich.“

„Und verkaufst du auch?“

„Ja.“

„Top-Ten-Plätze?“

„Manchmal.“

„Warum sagtest du dann vorhin, ein Haus wie dieses sei für ‚unsereinen unerreichbar‘?“

„Es ist nicht das Geld, Carl. Es ist das Hirn. Es hält den Gegensatz nicht aus. Sieh dir diese Schönheit an hier, diese perfekte natürliche Ordnung. Totale Üppigkeit, ohne auch nur im Geringsten überladen zu sein. Und dann kommst du daher, mit Worten, hältst dieser Perfektion eine Idee entgegen, eine jämmerlich kleine, magere Geschichte, und fühlst als Einziges das Bedürfnis, so schnell wie möglich einzupacken und abzuhauen. Ich muss in der Enge schreiben, im Dunkel meiner schäbigen Moskauer Wohnung. Am besten nachts. Nur dort hat das, was ich auf dem Papier anstelle, überhaupt ein Gewicht. Und ich habe die Illusion, etwas zu schaffen, das es wert ist, zu existieren. Es ist fürchterlich…“

„Wie ein unglücklicher Mann willst du mir aber nicht…“

Brun hielt abrupt inne, als nach langem Schweigen die erste Meldung über Funk an sein Ohr drang. Nouriels Stimme:

„Hier Drei. Gast ist unterwegs. Smolenskaja-Platz. Wir folgen.“

Brun atmete auf. Sie hatten die Laritskaja gefunden. Sie lebte. Gute Arbeit, Leute, dachte er. Von jetzt an würde das ganze Team sie begleiten und nicht mehr aus den Augen lassen.

„Smolenskaja-Straße“, kam die nächste Statusmeldung.

„Zwei. Bestätige Sichtkontakt.“ Sava.

„Fünf. Bestätige Sichtkontakt.“ Jezreel.

So, wie die Sache aussah, war Evegenija Iwanowna Laritskaja auf dem Weg nach Hause.

„Alles okay?“, fragte Petrowitsch, der aufgestanden war, in die Stille hinein.

„So, wie‘s aussieht, ja“, antwortete Brun und kam ebenfalls auf die Beine.

Eine Weile standen sie schweigend, die Rücken der Sonne zugewandt mit Blick auf das Haus.

„Ich frage mich schon die ganze Zeit über“, kam es von Petrowitsch, „ob den Leuten, die dieses arme Haus gebaut haben, mitten im Projekt das Geld ausgegangen ist oder ob es einfach nur hässlich ist. Solches sollte man der Idee von Häusern nicht antun dürfen.“

Brun ließ den Blick über das dreistöckige Gebilde wandern, das in der Tat eine Mischung aus modernem Kunstwerk und Bauruine zu sein schien. Zahllose Vorsprünge, geländerlose Flächen, die halbfertige Balkone oder Dekoration sein konnten, ein Dach, dessen Entwurf und Konstruktion man ohne den Miteinbezug psychotroper Substanzen nicht nachzuvollziehen vermochte. Und als wäre, was hier angerichtet worden war, nicht schon genug, waren die Außenwände von Algen überzogen.

Petrowitsch schien in seinen Betrachtungen am selben Ort angekommen zu sein: „Wenigstens ist die Luftqualität gut hier. Algen wachsen am besten in sauberer Luft. Bis später, Carl.“

Sprach‘s und ging um das Haus herum zum Vorplatz, wo einer von Xenias Männern im Wagen auf ihn wartete.

Brun machte einen Schritt und ließ sich erneut auf der Bank nieder. Die Augen schließen wie Petrowitsch vorhin. Fünf Minuten sitzen.

I knew the waiting had begun.

Jäh, grob fast, riss er sich aus der plötzlichen Schwere heraus, die sich wie ein Verlust anfühlte. Es war bloß Müdigkeit. Was er brauchte, waren nicht fünf Minuten an der Sonne, sondern Kaffee. Er stand auf, ging ebenfalls um das Gebäude herum und stieg die vier Stufen zur Eingangstür hinauf. Das Haus hielt innen, was es außen versprach – eine aufgegebene Idee, wie ein Hund, der einem nach sechs Monaten auf den Sack geht und mit dem die Kinder nicht mehr spielen wollen. Ausgesetzt, weggeworfen. Xenia hatte Leute zum Putzen und Einrichten hergeschickt. Es roch nach Zitrone und nach etwas, das Javelwasser sein konnte. In einem Raum, den auf Hüfthöhe ein Ring aus roten Kacheln umrundete, stand ein Kühlschrank. Er sah neu aus und war gefüllt. Ebenso das Gefrierfach. Neben der Spüle stand ein italienischer Kaffeekocher, wie Brun ihn zu Hause nutzte. Er war sich fast sicher, dass Sava für dessen Hiersein gesorgt hatte. Vielleicht Valentin. Sicher nicht Jezreel.

And did you see that it wasn‘t only me you were running from.

„Hier Drei. Gast geht nicht ins Nest. Geht Richtung Smolenski-Boulevard."

„Fünf bestätige. Folge."

„Zwei bestätige. Folge."

„Hier Vier und Sechs. Augen auf Ziel. Fahren vor."

Brun nahm diese erste Meldung von Valentin, der mit Piet im Auto unterwegs war, erleichtert zur Kenntnis. Während er dem vertrauten Sound der eintreffenden Statusmeldungen lauschte, füllte er mit geübten Bewegungen Wasser in den Kocher, Pulver, schaltete den Gasherd ein und setzte den Kaffee auf.

Dann veränderten sich Klang, Farbe und Rhythmus der Worte:

„Hier Fünf. Gast winkt ein Taxi heran."

„Drei. Bestätige."

Brun schaltete sich ein: „Hier Alpha eins. Vier und Sechs, wo seid ihr?“

„Vier und Sechs. Ecke Smolenskaja-Straße – Smolenski-Boulevard. Kein Sichtkontakt. Wiederhole: Kein Sichtkontakt.“

„Fünf. Gast ist eingestiegen. Sie ist jetzt unterwegs zu euch, Vier und Sechs. Kontrollschild nicht deutlich lesbar. Sieht wie ‚M374MO‘ aus.“

„Hier Vier und Sechs“, kam es von Vali. „Wir warten.“

Die Stille, die folgte, war keine ruhige. Fast schien es Brun, er höre jeden Einzelnen seiner Leute ausatmen, als Valentin meldete, sie hätten Sichtkontakt zum Taxi und würden folgen.

„Hier Alpha eins. Vier und Sechs, wir lassen euch jetzt allein. An alle anderen: Treffen in 30 Minuten zu Hause“, gab Brun durch, der von Xenia die Mitteilung erhalten hatte, ihre taktische Ausrüstung sei eingetroffen.

Moskau, Donskoi-Distrikt, Donskaja-Straße

Evgenija Iwanowna Laritskaja hatte das kurze Zögern des Fahrers bemerkt. Normalerweise ließen sich Besucher des Donskoi-Klosters und des Friedhofs beim großen Eingangsportal an der Ecke Stasowoi-Donskaja absetzen. Nicht hinter dem Friedhof, an dessen Nordostecke, wo hinter den wuchtigen Mauern und unter mageren Bäumen sich eingerichtet zu haben schien, was nicht des Lichts bedurfte. Barackenartige, verwittert bunte Häuser, man wusste nicht, ob Wohn- oder Geschäftsstätten, säumten quer- und längsseits und sogar eckseitig aneinandergepresst die schmale namenlose Gasse, die zusammen mit der Ostmauer des Friedhofs eine Art Spickel bildete. Auf einem Wendeplatz vor einer mindestens drei Meter hohen Bretterwand war abrupt Schluss. Scharniere im hölzernen Wehr ließen die Konturen eines Tors erkennen. In der linken und rechten oberen Ecke Kameras. Ebenso an den Enden der Wand und rund um den Wendeplatz.

„Bitte warten Sie hier“, sagte Evgenija Laritskaja zum Hinterkopf des Fahrers und schlüpfte aus dem Fond des Taxis, ohne bezahlt zu haben. Obwohl seit Tagen Wärme und Sonne vorherrschten, war der nur noch mit einzelnen Teerbrocken befestigte und ansonsten lose Boden feucht, als hätte es vor kurzem geregnet. Auf Zehenspitzen, um die Absätze nicht zu ruinieren, ging sie zu dem hohen Tor. Erst als sie direkt davor stand, sah sie linkerhand den Monitor mit eingebauter Kamera. Darunter ein separater Knopf und ein Tastenfeld. Sie drückte auf die Taste, von der sie annahm, dass es die Klingel war, und wartete. Während endloser Sekunden geschah nichts. Sie fröstelte und bildete sich ein, die Nässe unter den Sohlen zu spüren. Der einzige Grund dafür, dass sie blieb und weiter wartete, war Hoffnung.

„Wir haben genug, um uns zu schützen, Eva", hatte Aleksei vergangene Nacht gesagt. „Genug, um ganz Russland zu schützen. Wir haben Svenström und de Maere – einer von beiden wird einknicken, wenn genügend Druck da ist. Wir haben den Geldtransfer, die Konten der Stiftung, über die alles gelaufen ist. Und schließlich diesen Semjon Kowaljow, dessen Partner und nicht zuletzt die Ware. Es ist zu viel, als dass jemand noch behaupten könnte, es sei bloß eine Wahnidee oder eine Dreckskampagne. Spätestens dann nicht mehr, wenn die Sache in Europa losgeht. Aber Kowaljow kann zum Problem werden und alles gefährden. Wie oft hat er dich heute bereits zu erreichen versucht?" Und ohne eine Antwort abzuwarten: „Der schiebt Panik, Eva. Kümmere dich darum, dass der nicht durchdreht."

Deshalb war sie da. Um zu lügen und nötigenfalls zu drohen. Einmal mehr.

Mit einem kaum wahrnehmbaren Klicken wurde das Tor entriegelt und geöffnet. Vor ihr stand groß und breitschultrig der Mann, den die meisten Russen als den „Arzt" kannten. Semjon Kowaljow. Präsident des Bikerclubs Notschnyje Wolki.

Als das Taxi in die kaum befestigte Gasse hinter dem Friedhof eingebogen und zwischen mit einst bunten Brettern verkleideten Buden verschwunden war, hielt Piet den Wagen an.

„Sackgasse“, sagte er und blickte auf den Bildschirm des Navis.

Valentin holte eine Schiebermütze aus seiner Jackentasche und setzte sie auf. „Fahr ihm nach. Wenn nötig, haben wir da drin eine Panne.“

Piet setzte ein Stück zurück und folgte dem Taxi, während Valentin das auf dem Rücksitz unter einem Tuch deponierte monokulare Fernglas nach vorne nahm. Bereits nach 150 Metern kam das Taxi wieder in Sicht. Es stand auf dem Platz vor einer burgartig aufragenden Bretterwand, an der die Gasse zu enden schien. Und wie eine Perle mitten im Unrat, stand filigran, klein und doch stolz aufgerichtet Evgenija Iwanowna Laritskaja, das hüftlange Haar zu einem losen dicken Zopf geflochten in ihrem eierschalefarbenen Deuxpièces inmitten der äußeren Schäbigkeit des Orts. Piet manövrierte den Wagen vor etwas, das eine Garage sein konnte, und hielt an. Vali reichte ihm das Fernglas.

„Versuch, Fotos zu machen, wenn sich was tut.“

„Und du?“

„Ich bin bloß ein alter Mann, der sich die Beine vertritt.“ Sprach‘s, stieg aus und ging mit trippelnden Schritten los. Piet, eine unangezündete Kippe zwischen den Lippen, justierte das Fernglas.

„Was zum Teufel ist das hier?“, murmelte er, als er Tor und Kameras ebenso erkannte wie die Tatsache, dass Valentin bereits zu weit vom Wagen entfernt war, um ihn zu warnen. Jetzt sah er, dass das, vor dem die Iwanowna stand, eine im Tor integrierte Tür war. Gleich daneben an der Wand etwas, das Teil einer Schließanlage sein musste: Klingel, Monitor, Tastenfeld. Er machte ein paar Fotos. Dann ging die Tür auf, und in ihr erschien, die gesamte Höhe und Breite der Öffnung füllend, ein Mann in Schwarz. Piet vergrößerte den Bildausschnitt, während er den Finger auf der Auslösetaste hielt und Dutzende Fotos von Gesicht, Torso, Armen, Beinen und Schuhen des Mannes schoss. Dann trat der Mann einen Schritt zur Seite und ließ die Iwanowna ein. Mit maximaler Vergrößerung richtete Piet das

Monokular auf das Stück Hintergrund, das der Mann freigab, als er der Frau Einlass gewährte. Als sich die Tür schloss, holte er sein Handy, die Tasche und das Verbindungskabel vom Rücksitz und schloss die Kamera an.

„Hier Vier für Alpha zwei. Habe eine Menge Fotos auf dem Handy. Koordinaten fünf-fünf, vier-zwei, fünf-sechs Nord, drei-sieben, drei-sechs, eins-sechs Ost. Versuch mir bitte zu sagen, wo wir sind und wer dieser Kerl ist."

„Alpha zwei verstanden", drang Lorenz' Stimme an sein Ohr, als er gerade noch sah, wie ein älterer Herr gemächlich an der Seite des Autos vorbeiging. Valentin. Es bedeutete, dass mindestens eine der Kameras vorne am Tor auf die Gasse ausgerichtet war oder sie regelmäßig abtastete. Sobald er den Alten im Rückspiegel nicht mehr ausmachen konnte, startete Piet den Wagen und fuhr rückwärts aus der Gasse heraus. Vorne wendete er, fuhr nach rechts bis zur Schablowoka-Straße, wo er erneut wendete und mit Blick auf die Abzweigung zu den Baracken unter einem Baum parkte. Er hatte kaum den Motor abgestellt, als die Beifahrertür aufging und Vali sich in die Enge des verschmutzten Lada Kalina zwängte.

„Und?", fragte er. „Haben wir Bilder?"

„Lorenz hat sie."

„Gut."

„Und du?", fragte Piet zurück und wurde sich im selben Moment bewusst, dass er Valentin vorhin in der Gasse komplett aus den Augen verloren hatte. Der Alte war und blieb der unangefochtene Meister, wenn es darum ging, nicht bemerkt, vergessen und übersehen zu werden. Auch dann, wenn er direkt vor einem stand.

„Alte Männer sind oft einsam und dankbar für jedes Gespräch", sagte Valentin, und Piet erriet das Schmunzeln in seinem Bart an den Falten der Augen. „Taxifahrer wissen das. Sie sind zeitweise ähnlich."

„Du hast mit dem Taxler gesprochen?"

„Natürlich. Und weißt du, was das da vorne ist? Es ist das Hauptquartier des ältesten russischen Bikerclubs. Der Nachtwölfe. Und der Kerl, der die Tür geöffnet hat, ist der Boss persönlich. Semjon Kowaljow, auch bekannt als ‚der Arzt'."

Ohne die Info zu kommentieren, zog Piet sein Mik aus dem Kragen: „Hier Vier für Alpha zwei. Identifikation ist erfolgt. Wiederhole. Identifikation ist erfolgt."

„Alpha zwei. Verstanden", bestätigte Lorenz, und Piet wiederholte in die vertraute Stille gemeinsamen Wartens hinein die Frage, die er sich bereits vorhin gestellt hatte: „Was zum Teufel ist das hier?"

Semjon Kowaljow stand im höhlenartigen Dunkel des Clublokals hinter der Bar, als wär's eine Befestigung. Zur Sicherheit. Zu ihrer Sicherheit. Die dunkelste Stunde hatte er am See des Desna-Stara-Huta-Nationalparks hinter sich gebracht. Die kälteste lag noch vor ihm. Jene Stunde, die Leben fordern würde hinter der medialen Berichterstattung. Er würde alles tun, um sich und die Seinen vor ihr zu schützen. Und Evgenija Iwanowna Laritskaja ebenso. Es wäre auch so noch genug. Egal wie sehr er sie zu hassen glaubte.

Die Einsicht hatte sich wie ein Schott vor alles Gefühl geschoben, als man ihn gerufen und er ihr Gesicht auf dem Monitor gesehen hatte. Auf eine kaum wahrnehmbare Bewegung hin hatten seine Männer die Bar geräumt und ihn mit ihr alleingelassen. Jetzt wiederholte er die Worte, die er bereits am Eingang zu ihr gesagt hatte, als wären sie etwas, das ihn davon abhalten könnte, blind um sich zu schlagen:

„Ich habe den ganzen Tag versucht, Sie zu erreichen."

„Jetzt bin ich da", sagte sie.

„Meine Schicht im Krankenhaus fängt gleich an."

„Ich brauch' nicht lange."

„Was wollen Sie?"

Evgenija Iwanowna atmete tief ein wie jemand, für den die folgenden Sekunden über Großes entscheiden würden. In gewissem Sinn entspräche es der Wahrheit. Ihre Lüge musste ihn überzeugen. „Ich will es aufhalten", sagte sie schließlich. „Die ganze Sache stoppen. Was auch immer Sie unternommen haben bis jetzt – blasen Sie es ab. Ich werde für alles, was bisher in die Wege geleitet worden ist, bezahlen. Aber halten Sie es auf."

Der Druck war stärker, er konnte nichts dagegen tun. Er hatte Dutzende Male versucht, sie anzurufen, um sie wenn nötig auf Knien genau darum zu bitten: es aufzuhalten. Irgendwie. Und jetzt kam sie daher und verlangte von ihm, was unmöglich war:

„Abblasen wollen Sie die Sache? Aufhalten? Stoppen?", brüllte er, während er in Richtung des Durchgangs stürmte, der den Bereich hinter der Bar vom Rest des Raumes trennte. Es sah aus, als wolle er um die Bar herum auf ihre Seite gelangen, und instinktiv duckte sie sich. Aber nichts geschah. Stattdessen hielt er jäh inne, riss eine Schublade auf, nahm etwas heraus und kam zurück zu ihr. Es war ein Tablet-Computer. Er scrollte durch eine Dateiliste.

„Das hier?", fragte er und knallte das Gerät vor sie auf die Bar. Die Stimme jetzt ruhig. Leise fast. „Ist es das, was Sie stoppen wollen? Oder das?"

Die Bilder zeigten die beiden Ukrainer Mikahjlo und Aleksandr auf den Stahltischen des Konfiskatsraums. Draußen im Dämmerlicht unter Plastikhüllen. Die Gruben, die er zusammen mit Andriy Galuschka ausgehoben hatte. Die Feuer. Der Albtraum des letzten Tages.

„Ist das der ‚heilsame Schreck', von dem Sie damals gesprochen haben, als Sie hier zum ersten Mal aufgetaucht sind? Die ‚Lehre', die man den Europäern erteilen wollte?"

Wenn die Bilder sie schockierten, dann ließ sie es sich nicht anmerken.

„Was ist das? Was ist passiert?"

Kowaljow lehnte sich hinter der Bar an die Ablagefläche mit den Gläsern und schaffte wieder größere Distanz zwischen sich und ihr:

„Die Sache", sagte er. „Das ist passiert. Das, wovon Sie mir gesagt haben, es würde da drüben ein bisschen Panik auslösen, einen Ruck, eine Scheiß-russische-Sekunde! Das ist es.

Und glauben Sie mir, wenn ich etwas tun könnte, dann hätte ich es längst getan. Egal, was es mich kostet. Aber ich kann nichts mehr tun."

„Warum nicht?"

„Weil die Freunde dieser Männer, die verreckt sind wie Hunde, nur eines noch mehr wollen als ihr Geld: Rache. Weil sie gelinkt wurden von Leuten, die genau wussten, dass jemand auftauchen und nach dieser Ware suchen würde. Dass es nur zwei von ihnen getroffen hat, ist purer Zufall."

„Ich zahle jede Summe." Sie klang beinahe flehend jetzt. „Sprechen Sie mit den Leuten. Ich tue alles, was…"

„Es ist zu spät", fiel ihr Kowaljow ins Wort. „Die Ware ist weg. Ausgeliefert. Wenn jemand noch etwas tun kann, dann Sie. Und zwar auf jener Ebene, auf der die Scheiße ausgebrütet worden ist. Was glauben Sie denn, warum ich Sie die ganze Zeit über wie ein Idiot zu erreichen versuche? Um zu plaudern etwa?"

Er sah, wie sie schwankte und die Finger um das Holz des Tresens krallte. Erneut stürmte er in Richtung des Durchgangs. Als er zu ihr gelangte, war sie bereits auf die Knie gesackt, auf alle Viere, keuchend wie ein Tier, während eine Hand im Versuch, einen Halt zu finden, sich hilflos und immer wieder abrutschend am nächststehenden Stuhl festhielt.

Mit einem Mal war alle Wut weg. Die gerechte Empörung, von der er sich eben noch eingebildet hatte, sie lodere in ihm, war in Wahrheit bloß der beißende Rauch eines kümmerlichen Glutrests, auf den man eine Handvoll Reisig warf. Er sah sich selbst, wie er sich zu der Frau hinunterbeugte, ihr Halt bot und, als ihr die Kraft fehlte, ihn anzunehmen, sie hochhob und zu einem der Stühle trug, die lose um verschiedene Tische im Raum verteilt waren.

Als er sicher war, dass sie nicht erneut fallen würde, ging er hinter die Bar, schenkte Kaffee ein und nahm ihn zusammen mit zwei Gläsern und einer Flasche zum Tisch.

„Hier. Trinken Sie."

Sie schob Glas und Tasse von sich weg. „Ich kann nicht."

Er schob beides wieder vor sie hin: „Sie müssen, wenn Sie hier auf Ihren eigenen Beinen wieder raus wollen.“

Sie trank. Er ließ sie in Ruhe, holte sein Handy hervor und stellte eine Verbindung her.

„Ich bin‘s“, sagte er, als am anderen Ende abgehoben wurde.

Dann, scheinbar als Antwort auf eine Frage: „Ja – ich werde hier gerade aufgehalten. Wie sieht‘s bei euch aus? Kommt ihr klar?“ – „Gut.“

Er legte das Handy auf den Tisch.

„Das Krankenhaus?“, fragte sie. Es klang, als wäre sie jemand, der ihn dies schon Tausende Male gefragt hatte zuvor. Und bevor die Selbstverständlichkeit zu schockieren vermochte: „Danke.“

Er ging nicht darauf ein: „Wollen Sie die Sache wirklich stoppen?“, fragte er.

„Ja.“

„Warum?“

„Ich wusste das nicht.“ Sie deutete mit einer Kopfbewegung in Richtung Bar, auf der immer noch das Tablet lag.

„Und das soll ich Ihnen glauben, Evgenija Iwanowna?“

„Glauben Sie, was Sie wollen. Aber ich bin heute hierhergekommen, weil die ganze Aktion, von der ich nicht wusste, was sie in Wahrheit ist, nicht mehr notwendig ist. Ich wollte genau das erreichen, was ich Ihnen gesagt habe. Schutz für Russland und einen heilsamen Schock für all jene, die das fragile Gleichgewicht und die Chance auf Kooperation zu opfern bereit sind. Das ist erreicht. Keiner wird uns mehr erpressen. Und jetzt…“ Sie schien wieder die Bilder der beiden Männer vor sich zu sehen. „Mein Gott! Wir müssen das verhindern. Holen Sie die Ware zurück, Semjon Kowaljow.“

Bei den letzten Worten hatten ihre Hände die seinen gepackt. Tasse und Gläser fielen dabei um. Ein Glas rollte vom Tisch. Das Klirren erschien ihm fern, fast unhörbar. Ein heiler Klang aus einer Welt, zu der er nie mehr gehören würde.

„Es ist unmöglich. Die Ware ist nicht von Leuten in Empfang genommen worden, mit denen man verhandeln kann."

„Warum nicht? Wer ist es?"

„Die Guten, Evgenija Iwanowna. Die Eurogendfor."

„Die Europäische Gendarmerie-Truppe?"

„Genau. Jener Kampfverband, der gemäß Vertrag von Lissabon in Ausnahmefällen auch die Todesstrafe anwenden darf, wenn die Situation es verlangt."

„Mein Gott", wiederholte sie. „Die wollen wirklich ihre eigenen Leute opfern. Tausende, Hunderttausende. Wir müssen…"

„Nein", fuhr Kowaljow dazwischen. „Wir können gar nichts. Sie müssen, wenn Sie die Sache wirklich stoppen wollen. Aber je länger ich darüber nachdenke, umso mehr zweifle ich daran, dass es Ihnen gelingen kann. Es ist zu perfekt und zu perfide aufgegleist, als dass Sie zum jetzigen Zeitpunkt rückwärts raus könnten. Versuchen Sie's doch, dann besteht die Möglichkeit – sofern Sie dann noch leben –, dass Sie und ganz Russland schneller vor einem internationalen Tribunal stehen, als Sie ‚EU' sagen können. Und dann würde auch der Ausrufung des Bündnisfalls nichts mehr im Weg stehen."

„Trotzdem – ich muss es versuchen."

„Ja. Ich glaube, das müssen Sie. Uspechow! – Viel Erfolg."

„Ja. Das muss ich."

Sie stand auf, hob das Glas, das auf den Boden gefallen und heil geblieben war, auf und betrachtete es ein paar Sekunden nachdenklich. Dann stellte sie es auf den Tisch, schenkte von dem klaren Schnaps ein und trank ihn aus. Drei Mal.

„Ja", wiederholte sie dann. „Ich muss. Es spielt keine Rolle, was es für mich persönlich für Konsequenzen hat. Es ist reines Glück, dass ich noch lebe. Ich muss etwas daraus machen."

Sie holte eine Karte aus der Handtasche, die sie auf einem Hocker an der Bar gelassen hatte: „Hier ist meine E-Mail-Adresse. Lassen Sie mir die Bilder zukommen."

Sie sah, wie alles an dem Mann sich spannte, und kam ihm entgegen: „Ich verspreche Ihnen, dass ich Sie und Ihre

Familie aus der Sache heraushalten werde. Es ist nicht Ihre Schuld. Aber Sie müssen trotzdem weg, Semjon Kowaljow. Ich kann nicht dafür garantieren, dass diese Leute nicht alle, die irgendwie mit der Sache zu tun haben, als Gefahr ansehen. Gehen Sie fort. Gehen Sie noch heute mit Ihrer Familie irgendwohin, wo man Sie nicht finden kann. Und bleiben Sie dort."

Semjon Kowaljow war während ihrer letzten Worte ebenfalls aufgestanden und sah ihr in die Augen. Sekundenlang. Dann stieß er die Luft aus, schüttelte den Kopf, wandte den Blick ab und ging davon.

Jezreel Vidali war schon fast beim sicheren Haus am Truschenikow-Weg angelangt, wo sich das Team ein letztes Mal treffen würde, als sie sich einen Ruck gab, ihr Handy hervorholte und die Nummer von Nik Horn wählte, die Brun ihr auf einem Zettel hingeschoben hatte.

Fast augenblicklich wurde am anderen Ende abgehoben: „Hallo?"

„Jezreel Vidali hier. Sie wollten mich sprechen."

Ein Lachen am anderen Ende: „Herrgott! Jez! Hast du dir die Fähigkeit, gewisse Dinge dauerhaft in deinem Gehirn zu speichern, bewusst abtrainiert oder ist dieses Distanz-Ding eine Art Gendefekt? Wir sind beim Du. Und das ungefähr seit sechs Jahren."

Sie ging nicht darauf ein, ging jedoch zum Du über. „Was willst du, Nik?"

Sie hörte das Lachen in seiner Stimme nachhallen, als er antwortete: „Gut. Dann auf deine Art. Wie immer. Und um die Frage zu beantworten: Ich habe Schulden, und man hat mir mitgeteilt, es sei Zahltag."

„Geht es auch klarer?", fragte sie.

„Ich brauche Infos, Jez. Ich habe euch via Burger welche geliefert, und jetzt möchte ich ein paar von dir. Business as usual. Also – was läuft hier mit den Russen?"

„Ich kann dir diese Info nicht geben. Das weißt du."

„Verdammt, Jez. Du willst es wirklich auf die harte Tour, nicht wahr?“ Sie hörte ihn ausatmen: „Bitte sehr – wie du willst. Lass mich deine Erinnerung auffrischen und das Terrain klären. Du und dein scheiß Alleingang haben bei unserem letzten Kontakt dafür gesorgt, dass ich in New York beinahe vor die Hunde gegangen bin, während ich dir einen Gefallen getan habe. Du hast mir vorgemacht, ihr bräuchtet meine Hilfe und ihr hättet das Nötige in der Hand, sie mir abzupressen. Dabei warst nur du es – du und eine deiner Ideen. Du hast mich belogen, und ich habe es beinahe mit dem Leben bezahlt. So sieht‘s aus. Und jetzt kommst du mir mit ‚Ich kann dir diese Info nicht geben‘? Ich werde dir was sagen, Jezreel Vidali: Du kannst, und du wirst.“

Für Sekunden war es still in der Leitung. Dann ihre Stimme: „Okay.“

„Okay was?“, fragte Horn, als erneut Schweigen folgte.

„Okay für die Infos. Unter zwei Bedingungen.“

„Lass hören.“

„Keine Einbahnstraße. Wenn ich dir sage, was wir haben, dann will ich im Gegenzug von dir wissen, wofür die Informationen verwendet werden, wer sie erhält und warum.“

„Gut. Und zweitens?“, fragte Horn.

„Du wirst mir glauben müssen, dass das, was ich dir gebe, alles ist, was wir an Fakten haben. Und das ist im Moment genau dasselbe wie du. Mehr noch: Was wir wissen, wissen wir von dir.“

„Das ist jetzt ein Witz, oder?“

„Leider nein. Wir haben das Ehepaar Laritski. Wir haben die Vermutung, dass der Absturz ihrer Hawker ein Anschlag war. Wir haben eine halbe Milliarde Bargeld an Bord, von der wir dank dir wissen, dass sie mit großer Wahrscheinlichkeit aus EU-Kanälen kommt. Und ebenfalls dank dir wissen wir auch, dass in irgendeiner Weise, die wir uns noch nicht erklären können, die Bandidos der Ukraine möglicherweise etwas mit der ganzen Sache zu tun haben. Kurz: Wir wissen, dass da etwas Großes läuft, in dem die Schweiz mit drinhängt.“

„Und was tut ihr in Russland? Oder bist du allein? Ist das wieder einer deiner Ego-Shooter-Trips?“

„Die Nummer ist unterdrückt. Warum weißt du, wo ich bin?“

„Ich habe jemanden, für den solches kein Problem ist.“

„Ich dachte, der sei abgehauen, als er das Wort ‚Bandidos‘ las.“

„Er ist wieder da. Wir mussten nur den Preis anpassen. Also? Was tut ihr in Russland? Die Leitung ist übrigens sicher.“

„Es ist eine Kontaktaufnahme. Wir müssen mit Evgenija Iwanowna Laritskaja sprechen.“

„Wowowowo – langsam, Jez. Ein operatives Team des NDB reist – inoffiziell, nehme ich an – nach Russland, um mit der Laritskaja zu sprechen, nachdem sie über zwei Monate lang in einer Schweizer Klinik gelegen hat?“

„Wir hatten keinen Zugang zu ihr.“

„Wie das?“

„Russische Ärzte. Russische Sicherheit. Wir vermuten, dass Besson oder Jordi dafür gesorgt haben.“

„Dann lag ich also richtig damit, dass Nabucco nicht zufällig gestorben ist?“

„Ja. Aber es ist komplizierter. Wir warten auf Infos von Burger.“

„Was für Infos?“, fragte Horn.

„Nein, Nik. Your turn – jetzt bist du dran. Ich werde nicht mehr liefern. Erst sagst du mir, für wen du arbeitest. Außerdem will ich mit Brun sprechen. Ich muss ihn über das hier informieren.“

„Brun, hm?“

„Was ist mit ihm?“

„Dein Brun? Immer noch?“, fragte Horn anstelle einer Antwort.

Jezreel beendete die Verbindung. Während sie wartete, gab sie den Code in das Tastenfeld neben der Tür des sicheren Hauses ein und tauchte in die Kälte der Mauern ein. Nach 23 Sekunden zeigte das Display einen eingehenden Anruf an. Sie setzte sich auf die drittunterste Treppenstufe und nahm das Gespräch kommentarlos entgegen.

„Tut mir leid, Jez“, hörte sie Horn sagen. Und abrupt das Thema wechselnd: „Es ist Sorokin, der an mich gelangt ist.“

„Nikolai Nikolajewitsch Sorokin? Der Berater des russischen Präsidenten?“

„Ja. Er war es, der mich damals aus den USA herausgebracht hat, bevor die Maschinerie von Justiz und Sicherheitsdiensten über mich hergefallen ist. Ich verdanke ihm mit großer Wahrscheinlichkeit Leben und Freiheit. Ich kenne ihn seit Jahren. Er war lange Zeit ein großer Kunde der SFB.“

„Hast du eine Idee, warum er diese Infos will?“, fragte sie.

„Machst du Witze, Jez? Etwas Besseres als ein Beweis dafür, dass die EU indirekt via EZB in eine Sauerei verwickelt ist, könnte ihm gar nicht passieren. Er ist ein sehr vorausschauender Mann.“

„Erklär‘s mir.“

„Er will sich selber und Russland schützen. Erpressung war noch nie die schlechteste Option.“

„Und was heißt das im Klartext?“, hakte Jez nach.

„Es heißt Geldpolitik, Jez. Wie fast immer. Durch die zuvor noch nie in dieser Art orchestrierte Niedrigzinspolitik der Zentralbanken der sogenannt entwickelten Märkte können sich Banken und Spekulanten seit Jahren sehr billig sehr viel Geld ausleihen. Und weil Geld an Grenzen nicht haltmacht, bleibt es nicht da, wo es keine oder nur sehr niedrige Zinsen gibt, sondern fließt dahin, wo es am schnellsten den größten Return bringt. Schwellenländer. Unter anderem Russland. Und Großereignisse wie zum Beispiel eine Fußballweltmeisterschaft wirken da gleichzeitig wie zusätzliche Magnete. Kurzfristig fließen also Milliarden in ein Land wie die Russische Föderation. So weit ist alles kein Problem. Wenn sich aber eine der Variablen verändert – der Zins, zu dem das Geld verliehen wurde, oder die Investitionsbedingungen im Land, wo das Geld hingeflossen ist –, dann fällt das Ganze sofort in sich zusammen. All die Kohle, die in so kurzer Zeit in einen Markt gepumpt wurde, wird rausgeholt. Kredite werden zurückbezahlt. Das Risiko lohnt sich bei höheren Bank- und Zentralbankzinsen oder niedrigerem Return nicht mehr. Die Währung eines solchen Landes kann sofort in den freien Fall übergehen. Es kann zu massiven wirtschaftlichen Krisen kommen. Auch Bargeldkrisen und Bürgerunruhen sind nicht auszuschließen. Alles schon gehabt. Ein solches Land braucht etwas, was ihm die Sicherheit gibt, dass die Entwicklung ihm nicht das Genick bricht, sollte sie eintreten. Etwas, was ihm garantiert, dass sein Erdöl und seine anderen Rohstoffe weiterhin gekauft werden und dass es sich nicht im Zuge eines Kriegs, der immer auch ein Währungskrieg ist, plötzlich mit an den Haaren herbeigezogenen Sanktionen konfrontiert sieht. Die beste Garantie ist immer jene, dass einer etwas in der Hand hat, womit er drohen kann. Das hofft Sorokin zu erhalten. Und sehr wahrscheinlich liegt er mit seiner Vermutung, dass irgendwo etwas solches zu holen ist, nicht falsch. Ihr solltet also in diese Richtung denken und euch möglicherweise das Unvorstellbare vorstellen. Ich sage nur: EU-Behörden und die Bandidos. Das klingt in Kombination nach einem grandiosen Haufen Scheiße."

„Wir sind die Geheimdienstler. Verschwörungstheorien sind unser Job, Nik."

„Richtig – aber ich bin der Banker. Und ich sage dir: Für 200 Millionen kriegst du in Zusammenarbeit mit Leuten wie den Bandidos einen Haufen, der groß genug ist, ganz Europa unter sich zu begraben. Und das nicht im übertragenen Sinn. Du solltest vorsichtig sein, Jez."

„Ich melde mich", sagte sie nur und beendete das Gespräch.

32

Schweiz, Belp, Nähe Bern

Pierre Besson ging auf der Terrasse der Campagne Belmont auf und ab. In der Hand ein Glas Wein, das er sich in der Küche eingeschenkt hatte und das nicht mehr war als der Versuch, sich davon zu überzeugen, dass er auf eigenem Grund stand. Sein Wollen, seine Schritte, seine Entscheidungen. Mehr als ein professionell gestaltetes Gesamt- und Stimmungsbild für die Öffentlichkeit. Mehr als die Aufrisszeichnung eines Menschen mit Werten. Burgers Stimme hallte nach: „Sie wollten das. Sie wollten die Frau, Sie wollten den Deal, Sie wollten den Erfolg, Sie wollten die Macht."

Besson stellte das Glas grob auf einem der beiden Tische ab. Der Stiel brach, der Wein floss über die weiß gestrichene Metallfläche und tropfte durch das kleeblattartige Muster zu Boden. Die Wahrheit war eine andere, und Burger kannte sie ebenso gut wie er selber: Er war derart damit beschäftigt gewesen, das eigene wahre Wollen vor sich selbst zu verbergen, dass er nicht gemerkt hatte, wie er fremdem und perfekt auf ihn zugeschnittenem Wollen anderer Leute auf den Leim gegangen war.

Er gab dem Impuls, irgendwas zu beschädigen, nicht nach. Stattdessen lockerte er die Krawatte, ging erneut die Terrasse entlang und in Richtung der kurzen Allee, die von der Hauptstraße rechterhand am Haus vorbei auf den dahinter gelegenen kiesbedeckten Vorplatz führte. Kurz zögerte er. Normalerweise war es die Allee, die er aufsuchte, um nachzudenken oder einfach zu sein. Ihretwegen hatte er die Campagne gemietet. Ein weiterer Teil des Imagekonzepts „Besson". Entschlossen ging er nach links. Der runde Platz auf der Rückseite des Hauses lag im Schatten. Es war kühl hier. Sein Wagen stand vor der Treppe, die zum Eingang hochführte. Eingerahmt von den SUVs der Personenschützer. Wieder ein Impuls: Hingehen, die Männer fragen, ob sie alles hatten, was sie brauchten, sich bedanken. Imagepflege, Selbstbetrug. Es interessierte ihn nicht. Das war die Wahrheit hinter allem. Die einzige Wahrheit. Nur das. Er ging weiter und durchschritt den runden Bogen des offenen Tors, welches das Herrenhaus der Campagne vom dahinterliegenden Gehöft trennte. Er wusste nicht mehr, wie der Bauer, der es bewirtschaftete, hieß. Er hatte ihm die Hand geschüttelt. Einmal anlässlich der Besichtigung mit dem Makler und einmal bei einem Pressetermin nach der Wahl. Imagepflege. Kontakt zur Parteibasis. Genau hier, wo er jetzt stand. Hinter sich das Tor, linkerhand der Unterstand für Traktoren und Maschinen, rechts die Ställe und geradeaus auf der anderen Seite der schmalen Straße, die ins Dorf führte, das Wohnhaus. Obwohl alles in der hereinbrechenden Dämmerung aufgeräumt, die Pflastersteinböden trocken und gewischt waren, fühlte er nur eines: Ekel. Die Gerüche, die Dellen des unebenen Bodens, die er durch das Leder seiner Schuhsohlen fühlte, das Schieben und Schaben und Schnaufen der Tiere vom Stall her. Er blieb gerade so lange stehen, um zu sehen, dass auch der Ekel nur Vordergrund war. Dahinter Verachtung. Unwert. Er machte auf dem Absatz kehrt und ging zügigen Schritts zurück. Erst als er wieder auf seiner Seite des Geländes angekommen war, holte er Luft. Er nahm die paar Stufen zum Eingang, durchschritt die Halle und den Salon und gelangte in das Speisezimmer, das ihm als Büro diente. Der Raum, der seinem liebsten Bild von sich selber entsprach. Jahrhundertealte Mauern, funktionale Einrichtung, state of the art in Sachen Technik, Fachliteratur. Jens Alder und seine Leute hatten hier ihre provisorische Einsatzzentrale. Wer sich mit den Gerätschaften nicht auskannte, sah lediglich eine beeindruckende Zahl von Monitoren, auf denen verschiedene internationale Nachrichtenprogramme liefen. Nichts Ungewöhnliches für das Mitglied einer Landesregierung. Dass sie alle erst seit einer Stunde dort installiert und außerdem mit Kameras und Mikrophonen auf der Terrasse, im Salon, in der Küche und im Schlafzimmer verbunden waren, sah man ihnen nicht an. Ob die kurzfristig aufgegleiste Operation gelang, hing jetzt von ihm ab.

Erst als er beim Schreibtisch anlangte, an dem sich jemand niedergelassen hatte, hob er die Augen und suchte Blickkontakt mit der Person. Ein Mittvierziger. Dunkles Haar, niedrige Stirn. Als der Mann aufstand, um Besson zu begrüßen, und dieser feststellte, dass der andere ihm nur knapp über die Schulter reichte, hatte er weniger den Eindruck von Kleinheit oder Gedrungenheit, sondern den von Druck. Als stünde der Mann mit dem breiten Mund und den schwarzen Augen unter einer Spannung, die auf Konzepte wie Raum und Bewegung nicht angewiesen war. Der kurze, feste Händedruck schien es zu bestätigen. „Alder", stellte er sich vor. „Wir sind hier so weit." Für einen Moment sah Besson in dem festen Blick, was er vor Minutenfrist im Hof nebenan empfunden hatte: Verachtung. Und zum ersten Mal seit vielen Jahren stellte er sich seinem wahren Empfinden. Er zuckte nicht zusammen, wie die Regie der Selbstinszenierung es bisher vorgesehen hatte. Kein schlechtes Gewissen tauchte dem Imagekonzept gehorchend auf. Da war keine Spur von Zweifeln an der Glaubwürdigkeit der eigenen Person. Tatsache war: Es war ihm scheißegal, was dieser Geheimdienst-Affe von ihm dachte. Er war die große Nummer hier. Burger hatte recht: Er wollte es. Er hatte es schon immer gewollt. Ohne Alder eines weiteren Blicks zu würdigen, nahm er sein Smartphone vom Schreibtisch und wählte ihre Nummer. Sophia Svenström nahm den Anruf nach dem dritten Klingeln entgegen. Wortlos. Während der Sekunden, in denen ein „Ich bin's" Platz gefunden hätte, sagte auch Besson nichts.

Dann: „Können wir reden?"

„Wart ihr das?", fragte sie anstatt einer Antwort.

„Wenn du von dem ‚technischen Defekt' an der Maschine sprichst – ja."

„Wird das Gespräch aufgezeichnet?"

„Bleiben Sie bei der Wahrheit", hatte Burger gesagt. „Legen Sie die Karten auf den Tisch. Alle – aber nicht mehr, als das Spiel hat. Das würde sie sofort riechen. Erzählen Sie ihr von unserem Gespräch, sagen Sie, dass ihr Haus verwanzt ist, wer in Moskau ist und was sie dort tun, was wir bisher wissen und vor allem dies: dass Sie nicht bereit sind, die Projekte, die Sie aufgegleist haben, einfach so aufzugeben. Keine öffentliche Beichte, keine Pressekonferenz, kein Rückzug. Das ist die Botschaft. Sie wollen im Spiel bleiben. Es ist nicht wichtig, ob sie es Ihnen als Ehrgeiz, als männlichen Stolz oder als spätes Eingeständnis Ihrer Motive auslegen wird. Was zählt, ist, dass sie es glaubt. Dass sie hierherkommt, dass Sie ein Stück ihres Vertrauens zurückgewinnen und dass wir Zugriff auf ihre Geräte haben."

„Davon ist auszugehen", sagte er jetzt wahrheitsgemäß. „Darum schlage ich vor, dass du hierherkommst."

„Wo ist ‚hier'?"

„Bei mir zu Hause. In Belp. Ich schicke dir einen Wagen."

„Es ist spät, Pierre. Es war ein langer Tag."

„Wir müssen reden, Sophia."

„Ich sehe nicht, was das bringen soll."

„Einen Neuanfang vielleicht."

„Ein überwachter Neuanfang, meinst du wohl."

„Das braucht weder dich noch mich zu kümmern. Die Chancen, aus der Sache eine Win-win-win-Situation zu machen, sind nach wie vor intakt. Egal wer mithört."

„Hast du etwas zu Essen im Haus?", fragte sie.

„Ist Thai okay?"

„Egal was. In einer halben Stunde bin ich da. Einen Wagen brauchst du mir nicht zu schicken. Ich werde den Limousinen-Service des Hotels anrufen."

Grußlos beendete sie das Gespräch.

Besson atmete tief aus und legte das Smartphone vorsichtig auf die wuchtige Holzplatte des Schreibtischs zurück. Als er in Alders Richtung schaute, nickte dieser, und Besson deutete es als Zeichen der Zufriedenheit. Ziel erreicht.

„Wir kümmern uns um das Essen", sagte eine Frau, die zu Alders Team gehörte und aus dem Salon ins Zimmer trat. Besson kommentierte die Info nicht, ging ohne sie anzusehen an ihr vorbei und trat erneut auf die Terrasse.

***

Moskau, Ulitsa Semlianoi Wal

Die Gasse, in der das Haus mit den Mietappartments lag, war Teil der als „Gartenring“ oder „Ring B“ bekannten Ringstraße im Zentralen Verwaltungsbezirk Moskaus. Für die Zwecke Vaclav Ondriseks optimal. Es gab in der Stadt eine unüberschaubare Anzahl privater Mietunterkünfte für Touristen. Legale und illegale. Und längst nicht alle waren den Behörden bekannt. Er kannte die namenlose Herberge seit Jahren. Es gab weder eine Website noch einen Telefonbucheintrag des Unternehmens. Dafür ein Gittertor, das von der Gasse auf den Hof führte und Assoziationen zu den mannigfaltigen Formen von „Konzentration“ weckte. Der Mann, der als Vermieter auftrat, war so wenig Besitzer von Tor und Mauern wie seine Gäste. Vasek hatte einen Verschlag für sechs Personen gemietet, der an eine Militärbaracke erinnerte. Eine sehr enge Militärbaracke. Sechs Euro pro Nacht und Person. Das Gästebuch hatte er übersehen, und anstatt eines Ausweises hatte der Mann einen 100-Dollar-Schein akzeptiert. Ihn hier in der kurzen Zeit, die er noch in der Stadt sein würde, aufzuspüren, war beinahe ein Ding der Unmöglichkeit. Ein weiterer Grund, warum die Location perfekt war, war ihre Lage an der achtspurigen Ringstraße. Nachts so gut wie leer. Er würde ihr nach Norden folgen, die Verbindungsstraße zum zweiten Ring, dem Suschtschowski Wal, nehmen und wäre raus aus Moskau. Außerdem bot das Hotel einen nicht überwachten Gästeparkplatz, wo er zwei Mietwagen abgestellt hatte. Einen Chevy Tahoe und eine VW-Polo-Limousine. Mit Ersterem war er jetzt unterwegs auf dem Bolotnaja-Damm am linken Moskwa-Ufer, wo die „Moskwa City“ mit ihren gargantuesken gläsernen Türmen seit Anfang der 90er Jahre unaufhörlich am Wachsen war. Mitten darin, im Schatten stählerner Riesen, ein Palais, das wirkte, als hätte man es mitsamt Park und altem Baumbestand direkt von der Avenue de Friedland in Paris hierher versetzt. Er war eben daran vorbeigefahren und war unschlüssig, ob es die Glastürme waren, die falsch am Platz wirkten, oder das Schlösschen, in dem der Kulturclub „Artel Bessonnica“ untergebracht war. Er dachte nicht weiter darüber nach. Ein breiter Weg ging vom Bolotnaja-Damm ab, führte direkt vor die Haupttreppe des Palais‘ und von da an in weitem Bogen wieder zurück auf den Damm, der über einen Parkplatz führend in die Bolotnaja-Straße mündete. Auf dem Parkplatz machte er kehrt und fuhr zurück. Diesmal bog er in die Einfahrt des Palais‘ ein. Ein paar Lieferwagen standen am Fuß der Treppe. Vorbereitungen für das Event am Abend, nahm er an. Er hielt an, stieg aus und blieb, groß wie er war und mit unaufdringlich lockerer Eleganz gekleidet, neben dem schwarzen Chevy stehen wie einer, der genau dorthin gehörte. Jemand trat aus der in zartem Graugrün gestrichenen Doppeltür, lief die Treppe hinunter zu einem der Wagen, holte irgendwas heraus, das wie die Sticks eines Stativs aussah, und verschwand wieder im Haus. Er wusste, dass er gesehen worden war, und wartete. Es dauerte keine fünf Minuten, bis der Türflügel erneut aufging und jemand heraustrat. Eine Frau diesmal. Ende 40, Anfang 50. Zerschlissene Jeans, weiße Leinenbluse und Adidas-Sneakers in gleicher Farbe. Seine Anwesenheit war gemeldet worden. Er erkannte in der Frau Elena Schischkin. Moskaus derzeit meistkonsultierte Kunstgaleristin und die Veranstalterin des Anlasses. Ihr Blick fiel sofort auf ihn, und er wusste, dass er mitsamt Kleidung und Auto in einer Sekunde auf sein Potenzial abgeklopft wurde. Was sie sah, schien ihr so vielversprechend zu sein, dass sie die Treppe hinunter auf ihn zukam.

„Kann ich Ihnen weiterhelfen?“, fragte sie mit einem Lächeln. Kaum geschminkt, strahlte sie mit den langen blondgesträhnten und in einem lockeren Knoten zusammengebundenen Haaren einen fast jungenhaften Schalk aus. Die Lockerheit der Kleider an der zierlichen Gestalt verstärkte den Eindruck noch. Vor ihm stand eine Mischung aus Peter Pan und Lolita. Eine sehr schöne Mischung, wie er fand.

„Bitte entschuldigen Sie mein Eindringen hier. Ich wollte nur kurz mal sehen, wo Iljas große Show stattfindet.“

„Sie kennen Ilja Malewitsch?“, fragte sie.

„Ja – in der Tat. Ich habe mal ein Porträt von ihm für die ‚Frankfurter Allgemeine Zeitung‘ gemacht. Seither habe ich seine Karriere verfolgt. Ich würde gerne mal wieder etwas mit ihm machen.“ Und abrupt innehaltend: „Bitte verzeihen Sie“ – Ondrisek öffnete die Fahrertür des Chevy, lehnte sich hinein, holte aus dem Fach in der Mittelkonsole eine Visitenkarte und reichte sie der Frau. „Mein Name ist Petr Cerny. Freier Journalist.“

„Elena Schischkin“, sagte sie. „Ich bin Iljas Galeristin.“ Und lachend: „‚Management‘ müsste ich wohl eher sagen. Wenn Sie Künstler kennen, dann kennen Sie auch das: Die Leute schaffen ihre Kunst und glauben, es reiche, sie irgendwo zu zeigen, damit sie auch verkauft würde.“

„Glauben Sie mir, das ist bei uns Journalisten, wenn wir ehrlich sind, genau dasselbe – wir sind alle felsenfest davon überzeugt, dass wir den Pulitzer einzig aus dem Grund noch nicht unser nennen, weil noch nicht die richtigen Leute unsere Arbeit gesehen haben. Dasselbe gilt auch für sämtliche der angefangenen Romane in unseren Schreibtischschubladen.“

„Gilt das für Sie auch?“

„Natürlich“, sagte er lachend. „Aber mittlerweile sind diese Träume süß und nicht mehr bitter. Eine gute Auftragslage und Erfolg helfen.“

Jemand war aus der Tür getreten und winkte mit einem Smartphone. Ondrisek machte Elena Schischkin darauf aufmerksam.

„So, wie‘s aussieht, muss ich los“, sagte sie. „Die letzten 72 Stunden vor einem Anlass sind immer die schlimmsten. Gleich nach den sechs Monaten davor.“ Sie strahlte bei den Worten in einer Art, die sagte, dass die schlimmsten Stunden und Tage für sie auch die schönsten waren.

„Ich will Sie nicht aufhalten. Viel Erfolg heute Abend.“

„Danke. Bis später dann?“ Die letzten Worte waren eine Frage.

„Ich glaube nicht, dass ich auf der Gästeliste stehe. Es ist reiner Zufall, dass ich gerade in Moskau zu tun habe.“

„Petr Cerny?“, fragte sie, sich bereits abwendend. Und ohne auf Antwort zu warten: „Sie stehen ab sofort auf der Gästeliste.“

Anstatt einer Antwort erwiderte er nur das breite Jungenlächeln, das sie ihm über die Schulter zuwarf.

Er hatte, was er wollte, und hatte gesehen, was er sehen wollte. Er stieg ein, startete den Motor, von dessen Klang er nie genug bekommen würde, und fuhr in östlicher Richtung bis zu dem Parkplatz am Ende des Damms. Dort holte er sein Tablet hervor und checkte seine Konten. Das Geld war überwiesen worden, woraus er zweierlei schloss: Erstens, dass Svenström oder jene, die hinter ihr standen, Panik schoben, und zweitens, dass er nach diesem Job hier verschwinden musste. Aufhören, aussteigen. Exit. Die Sache, die hier abgezogen wurde, schien von einer Dimension zu sein, die keine lebenden Zeugen erlaubte.

Erneut startete er den Wagen und verließ den Parkplatz auf der Seite Bolotnaja-Straße in Richtung Jakimanka-Distrikt. Auf der Brianski-Gasse fädelte er sich in die Spur ein, die zwischen Kiewer Bahnhof und dem in unmittelbarer Nachbarschaft gelegenen Einkaufszentrum hindurchführte. An der Ecke zur Brianski-Straße parkte er im Halteverbot. Er stieg aus und ging die 100 Meter bis zum Eingang des Einkaufszentrums zurück. Es war eines von jenen, die mit jeder Faser ihrer glänzenden und täglich polierten Schmuddrigkeit zu vermitteln suchten, dass sie Ort der Träume und nicht Ort des Handels waren. Der glänzende Marmor gemahnte an Plastik, die fensterlosen Galerien, an denen sich im Kunstlicht Shop an Shop drängte, an eine Art Halbwelt mit Duty-Free-Angebot. Die Menschen wirkten verlassen, die Gesichter leer.

Er sah sie sofort. Sie saß auf einem barhockerähnlichen Stuhl vor der unscheinbaren Vitrine eines Schlüssel- und Schuhreparaturdienstes. Fohlenhaft schlaksig in kurzer Jeans, rosa Top und Plateauschuhen. Sie sahen alle gleich aus. Und ebenso wirkten sie alle, als trügen sie die Kleider ihrer Mütter. Er zweifelte keinen Moment daran, dass einige von ihnen auch von ihren Müttern geschminkt waren. Alles Frivole nur eine dünne

Schicht von Farbe und Stoff. Darunter Kind. Er trat zu ihr hin, und sie drückte ein mit Goldpailletten besetztes rechteckiges Täschchen an sich, als wär's eine Puppe. Er schätzte sie auf 14, maximal 16 Jahre.

„Ein Tag und eine Nacht", sagte er zu ihr. „2.000 Dollar heute Abend, 2.000 morgen."

Hinter ihrem Blick zog ein Schatten alter Angst vorüber. Das, dieses Alte, viel zu Alte, war der Grund, warum Mädchen wie sie in entsprechender Aufmachung locker für Mitte 20 durchgingen. Herr im Himmel – was hatte sie schon alles sehen müssen. Tun.

„Was wollen Sie?", fragte sie.

„Erst mal will ich, dass du mich duzt. Mein Name ist Petr. Sag es."

Sie flüsterte etwas.

„Sprich lauter."

„Petr", sagte sie.

„Und jetzt sagst du mir deinen Namen. Deinen richtigen Namen."

„Nasia."

„Okay, Nasia. Das reicht für den Moment. Was ich von dir will, ist keine große Sache. Aber sie ist wichtig. Hier sind 40.000 Rubel. Und das hier" – er reichte ihr einen Zettel – „ist die Adresse eines Beauty-Salons. Du nimmst dir jetzt ein Taxi und fährst dorthin. Ich habe für dich einen Termin unter dem Namen ‚Cerny' gebucht. Nach dem Termin kommst du an diese Adresse hier", er reichte ihr einen weiteren Zettel.

„Und dann?", fragte sie. Die Worte klangen dunkel wie der Schatten hinter ihrem Blick.

„Dann gehen wir aus. Und nicht vergessen: Die Sache ist wichtig. Wenn du mich verarschst, finde ich dich."

Noch während sie nickte, rutschte sie von ihrem Hocker herunter.

„Gut. Geh jetzt."

Sie ging, und er schaute ihr nach, schaute nach links durch die verschmutzte Vitrine und traf auf den Blick des

Mannes, der mit ungebundener Schürze und einem Schuh in der Hand zu ihm heraus sah. Ihr Vater vielleicht. Die speckigen Lippen in dem feisten Gesicht waren zu einem Grinsen verzogen. Vasek wäre gern in den Laden gegangen und hätte den Kerl verprügelt. Stattdessen zwinkerte er ihm zu und ging.

Moskau, Truschenikow-Weg

Ihr Blick traf auf jenen Bruns, als sie in die aufgegebene Küche der sicheren Wohnung trat. Die Situation war ein Abriss ihres Lebens: Länder, Städte, Wohnungen, Häuser, Einsätze, Bruns Blick. Er schien eben ein Telefonat zu beenden und stand auf, während Jez in das einstige Wohn- und Esszimmer trat. Auch hier eine Szenerie, die sie ungezählte Male gesehen hatte: Sava und Nouriel über etwas gebeugt, das Pläne sein konnten. Sava blickte kurz auf. Ein Lächeln im Blick. Lorenz hinter Bildschirmen von Laptops, die in puncto Robustheit strengste Militärstandards erfüllten. Brun jetzt auf den Beinen und am Beginn einer seiner Wanderungen. Entlang einer Fensterfront, einer Wand, eines Zellengitters. Sie selber Teil davon und doch nicht da. Als würde sie ein Foto betrachten. Piet und Vali fehlten. Brun trat auf Jezreel zu:

„Haben Sie Horn angerufen?“, fragte er so, dass die anderen es nicht hören konnten.

„Ja. Eben gerade.“

„Und? Was will er?“

„Informationen für Nikolai Nikolajewitsch Sorokin.“

Brun pfiff leise durch die Zähne, ließ die Info aber ansonsten unkommentiert.

„Okay, Leute – Lagebesprechung“, sagte er stattdessen.

Und als alle Platz genommen hatten, in Jezreels Richtung: „Sie zuerst, Jez.“ Es klang, als sagte er: „Dann haben wir das hinter uns.“

„Ich habe eben mit Nik Horn telefoniert“, hob sie an. „So, wie‘s aussieht, ist er durch Nikolai Nikolajewitsch Sorokin in die Sache verwickelt worden.“

„Den sogenannten Strategieberater der russischen Regierung?“, fragte Sava.

„Ja“, bestätigte Jez. „Sorokin war Kunde der Swiss First Bank. Horn und sein Team waren für ihn zuständig. Daher die Bekanntschaft. Als Horn während des Nukleus-Falls in New York festsaß und es danach aussah, dass sich ihn jede Sicherheitsbehörde der USA im Moment seiner Genesung zur Brust nehmen würde, hat Sorokin ihn rausgeholt.“

„Und jetzt ist Zahltag“, ergänzte Nouriel das Offensichtliche mit Horns eigenen Worten.

Keiner kommentierte die angedeuteten persönlichen und professionellen Verflechtungen, die sich hinter den klar verständlichen Aussagen verbargen. Sie waren alle schon zu lange im Geschäft mit Geheimnissen, um nicht um den fein austarierten Mechanismus von Schuld und Gegenschuld zu wissen. Um die einzige Währung, die – mit Ausnahmen – für Wissen akzeptiert wurde.

„Ja“, bestätigte Jez. „Der Anschlag auf das Laritski-Flugzeug war der Grund für Sorokins Kontaktaufnahme mit Horn. Aber er, also Horn, meint, dass Sorokins politische Instinkte stärker ausgeprägt seien als bei unsereinem die Naturtriebe. So, wie es aussieht, hat der Anschlag ihn nur bestätigt in dem, was er längst vermutet hatte. Dass nämlich die Laritskaja die Deckung ihrer politischen Aufgaben nutzte für Dinge, die sie nicht mit ihm, ihrem Mentor und politischen Vater, teilte. Anscheinend lässt er ihre Kommunikation, soweit sie den Job betrifft, seit Monaten überwachen.“

„Und was sagt ihm sein politischer Instinkt jetzt?“, fragte Sava.

„Dasselbe, was Horn sein Banker-Instinkt sagt“, antwortete Jezreel. „Dass hier ein Deal von einer Dimension läuft, die den Anschlag auf einen Privatjet als Nebensächlichkeit erscheinen lassen würde. Und dass es in irgendeiner Form mit der EU oder zumindest einzelnen Vertretern der Union zusammenhängt.“

„Wie sind Sie mit ihm verblieben?“, schaltete sich Brun jetzt ein.

„Im Moment so, dass ich ihn nach Rücksprache mit Ihnen über das weitere Vorgehen informiere.“

Brun fand seine eigene spontane Regung bei Jez‘ Worten in Savas von Belustigung gestreiftem Blick bestätigt: „Rücksprache“ passte zu Jezreel wie die sprichwörtliche Erdbeere in das Kuhmaul. Er ließ sich nichts anmerken, als er Jez‘ Aussage mit einem „Okay“ bestätigte und ergänzte:

„Klingt nach einem fairen Deal. Informieren Sie ihn über alles.“

„Alles?“ Jez klang überrascht.

„Ja – alles. Aber sagen Sie ihm auch, dass es nicht umsonst ist. Wenn er Informationen erhält, die uns weiterhelfen können, dann erwarte ich, dass er sie teilt. Und zwar nicht auf sowjetbrüderliche Art.“

„Ich werde es ausrichten. Zwingen kann ich ihn aber nicht“, antwortete Jez.

„Doch. Sie können. Und Sie werden, wenn nötig.“

Eine kurze harte Stille trat ein. Jeder im Raum wusste, wovon Brun sprach. Nik Horn hatte vor Jahren im Koks- und Alkoholrausch ein Mädchen getötet und war der Anklage und Verurteilung in der Schweiz bisher entgangen. Aber ebenso war jedem der Anwesenden das Dilemma klar, in dem Jez sich befand. Ebendiesen Totschlag hatte sie im Nukleus-Fall auf eigene Faust als Druckmittel eingesetzt und Horn zur Kooperation gezwungen, was einen Anschlag auf sein Leben zur Folge gehabt hatte. Dass sie bei dem Alleingang beinahe selber das Leben gelassen hatte und dass sie mit dem ex-süchtigen Ex-Banker eine am äußersten Rand moralischer und emotionaler Verästelung angesiedelte Verbindung hatte, machte die Sache nicht einfacher.

„Okay. Weiter.“ Brun schien mit den Worten mehr sich selbst als seine Leute vom Gegenstand Horn losreißen zu wollen. „Lorenz – was haben wir über den Kerl auf den Fotos von Vali und Piet?“

„Semjon Kowaljow“, rief Piets Stimme aus der Küche, wo er die Wohnungstür hinter sich schloss und Sekunden später an den Tisch trat. „Gründer und Chef des ersten und ältesten Motorradclubs Moskaus“, wiederholte er Valis Worte.

„Die Nachtwölfe?“, fragte Nouriel.

„Ebendieser“, bestätigte Piet.

„Das macht absolut keinen Sinn.“ Nouriel blickte in die Runde, als könne ihm jemand erklären, was er als Einziger nicht verstand.

„Und ob das Sinn macht“, kam ihm Piet entgegen. „Ich sage nur: Bandidos.“

„Aber das ist es ja gerade“, erwiderte Nouriel. „Bandidos ist gleichbedeutend mit Waffen, Drogen, Prostitution, Mord. Alles, was irgendwer gut bezahlt. Die Nachtwölfe sind das genaue Gegenteil. Kowaljow ist Arzt. Er hat nie einen Hehl daraus gemacht, dass er nichts von alldem in seinem Club dulden würde. Das ist auch der Grund, warum sich einzelne Mitglieder abgespalten und eigene Clubs gegründet haben. Aber auch diese blieben im Vergleich mit den Bandidos oder den Hells Angels bis auf einzelne Deals eher sauber. Ich sag‘s euch noch mal, Leute: Das macht keinen Sinn.“

„Was wollte dann die Iwanowna dort?“, fragte Sava. Und in Piets Richtung: „Wo ist sie überhaupt?“

„Zu Hause. Vali ist dortgeblieben und gibt Bescheid, wenn sich was tut.“

„Und was ist mit dem Friseurtermin?“

„Sieht aus, als hätte sie den für Kowaljow platzen lassen.“

„Vielleicht hilft das hier weiter“, kam es von Lorenz. „Kowaljow war außer für seine Ablehnung von Geschäften im Rahmen des Clubs noch für etwas Weiteres bekannt, von dem er die Nachtwölfe mit allen Mitteln fernhielt: Politik. Vor zwei Jahren etwa scheint sich das geändert zu haben. Zumindest was seine Haltung anbelangt. Er äußerte sich zwar nach wie vor nie zu politischen Themen oder Politikern, aber er trat zusammen mit ihnen auf und ging so weit, sich quasi zum Maskottchen des Präsidenten machen zu lassen. Das ging eine Weile so. Alles, was sich irgendwie mit Männlichkeit und dem Arztberuf in Verbindung bringen ließ, diente der medialen Verbrüderung zweier starker Männer. Dann war es ebenso schnell wieder vorbei, wie es begonnen hatte."

„Und jetzt kriegt er Besuch von der Iwanowna", ergänzte Nouriel. „Eine Frau, die sozusagen der Inbegriff dessen ist, was man heutzutage unter Politik verstehen muss. Sagt, was ihr wollt, Leute – aber das sieht für mich, was diesen Kowaljow betrifft, nicht nach Freiwilligkeit aus."

„Menschen ändern sich", warf Sava ein.

„Ich glaube, Nouriel hat recht", kam es von Piet. „Hättet ihr den Kerl gesehen, als er an das Tor kam, um die Iwanowna reinzulassen, wüsstet ihr, was ich meine. Der war nicht erfreut. Und das ist vorsichtig ausgedrückt."

„Gibt es eine Verbindung von den Nachtwölfen zu den Bandidos?", frage Brun in Lorenz' Richtung.

„Ja. Ein Mitglied der ukrainischen Bandidos hat mal einen von Kowaljows Leuten erschossen. Aber das ist Jahre her. Damals hatten die Ukrainer versucht, hier Fuß zu fassen. Seither nichts."

„Bis jetzt", sagte Brun. „Zumindest indirekt über die Iwanowna. Grab' weiter, Lorenz."

Und das Thema wechselnd, ohne auf ein Zeichen der Bestätigung von Lorenz zu warten: „Ich habe eben mit Jo telefoniert. Besson ist eingeknickt."

Brun blickte in die Runde: Wenn das kollektive Ausatmen, das er zu hören glaubte, real war, dann hatte es nichts mit Häme, Empörung oder gar Enttäuschung darüber zu tun, dass ein Regierungsmitglied ein falsches Spiel gespielt, sich verrechnet und sie unterschätzt hatte. Das war immer so, und das Einzige, das in diesem Moment möglicherweise Erleichterung auslöste, war die Tatsache, dass damit eine Bremse gelöst war, ein Hindernis aus dem Weg geräumt.

„Richtig eingeknickt oder sich bloß im taktisch richtigen Moment geduckt?", hakte Piet nach.

„Keine Ahnung. Aber was wir haben, scheint echt zu sein. Und so wie's aussieht, kooperiert er. Im Moment bereiten Alder und seine Leute gerade ein Treffen zwischen Besson und Svenström vor."

„Und was genau haben wir?", fragte Sava.

„Einen sehr einfachen Deal: Die Schweiz setzt die Russen und ihr angebliches Schwarzgeld fest und erhält dafür von der EU in der Person von Svenström die Trans-Adriatische Pipeline. Außerdem darf sie das Geld behalten."

„Und ausgerechnet jenes Flugzeug, das quasi ein Kernstück dieses einfachen Deals darstellt, stürzt ab, und Besson fragt nicht weiter nach?" Sava klang jetzt doch ungläubig.

„Wozu? Für ihn lief alles wie geplant", kam Piet Brun zuvor. „Er hatte das Geld und TAP. Mehr wollte er nicht."

„Und wie hat er sich den Absturz, die anonyme E-Mail und Svenströms Rolle in dem Ganzen erklärt?"

„Svenström hat laut Besson so gut wie bestätigt, dass der Absturz ein Anschlag war."

„Und er hat nicht Alarm geschlagen?"

„Piet hat recht, Sava", schaltete Nouriel sich ein. „Wozu? Für ihn lief alles wie geplant. Er musste bloß zusehen, dass er die Russen-Sache so geräuschlos wie möglich vom Eis brachte."

„Und warum hat er dann grünes Licht für Ermittlungen gegeben? War das auch bloß Show?", fragte sie in Richtung Brun, der abwehrend die Hände über den Kopf hob.

„Keine Ahnung. Ich vermute Tiefenpsychologisches. Nicht meine Baustelle. Das Risiko war für ihn jedenfalls nicht sehr groß. Er hatte Hiller in der Hand und damit jederzeit die Möglichkeit, die Sache abzublasen. Aber das ist reine Spekulation. Und dafür haben wir definitiv keine Zeit. Sehen wir zu, dass wir heute Abend einen sauberen Job machen und dann verschwinden."

„Und wie genau sieht dieser Job heute Abend aus?", fragte Piet.

„Wir gehen aus", sagte Brun. Und mit einem Kopfnicken in Savas und Nouriels Richtung: „Ihr beide seid am Zug. Die Pläne."

Zwei Stunden später stand der detaillierte Ablauf dessen fest, was man mit viel gutem Willen eine verdeckte Operation nennen konnte. Ohne den entsprechenden Willen war es schlicht und einfach eine Black Op. Eine nicht genehmigte, illegale und präzise geplante Aktion auf fremdem Staatsgebiet, die gravierende Verstöße gegen Gesetz und Menschenrechte vorsah. Die Entführung eines russischen Ehepaars durch ein Team des Schweizer Nachrichtendienstes. Dass niemand zu Schaden kommen sollte und dass nebst Informationsbeschaffung auch der Schutz der entsprechenden Personen eine Rolle spielte, würde ein internationales Tribunal nur marginal interessieren.

Entsprechend hoch waren Konzentration und Spannung im Team, als sie ihre Sachen zusammenpackten, um die Wohnung am Truschenikow-Weg ein letztes Mal zu verlassen. Das nächste Mal würden sie sich um 23 Uhr in der Bar des „Ritz-Carlton" treffen, wo Brun mit Grigori Petrowitsch verabredet war.

„Das bedeutet, dass wir frühestens um halb zwölf im ‚Artel Bessonnica' sein werden. Wenn das Ehepaar Laritski beschließt, pünktlich zu Veranstaltungsbeginn um 22 Uhr vor Ort in diesem Kunsttempel zu sein, dann bedeutet das eine Überwachungslücke von anderthalb Stunden", hatte Piet gesagt. „Das ist nicht gut, Carl. Die Wahrscheinlichkeit, die Lakritskaja genau in dieser Zeit zu verlieren, ist geradezu lächerlich hoch."

„Ja – das Risiko ist vorhanden. Aber ich glaube nicht, dass es sehr groß ist. Gemäß Information von Petrowitsch tauchen die Laritskis, wenn überhaupt, immer erst zum Ende solcher Gigs auf. Die Wahrscheinlichkeit ist also eher die, dass wir uns dort ein, zwei Stunden lang die Beine in den Bauch stehen werden, bevor wir sie zu Gesicht bekommen. Tun wir das allerdings von Anfang an und während vier Stunden..."

„... dann ist auch dem letzten Idioten klar, dass wir keine Kunstsammler sind", hatte Piet den Satz beendet.

„So sieht's aus. Außerdem bleibt Vali vor Ort. Sollten die Laritskis wider Erwarten früher los, dann meldet er sich."

Während jeder jetzt sein Zeug zusammenpackte, schien sich die Stille um die Geschäftigkeit des Aufbruchs her zu verdichten. Bruns Stimme störte und erleichterte zugleich:

„Lorenz!" Halb rief er es, halb sagte er es in Richtung des Computer-Jungen, wie Piet ihn nannte. „Abflug! Pack' dein Zeug zusammen. Wir müssen hier raus. Außerdem hast du einiges vorzubereiten in dem Haus, bis wir kommen."

„Es gibt Mailverkehr zwischen Kowaljow und Evgenija Iwanowna", kam es anstelle einer Bestätigung hinter den Laptops hervor.

Sekunden später stand das Team mit Blick auf die Bildschirme seiner Rechner hinter Lorenz.

„Bilder", sagte dieser nur, während er sich durch die sich fortlaufend ladenden Dateien klickte.

Auf den Fotos war Kowaljow zu erkennen. Auf anderen ein weiterer Mann. Groß, breit. Dann eine Art Grube. Dieselbe Grube – verwandelt in einen Feuersee. Im Feuer etwas, das Körper sein konnten. Fotos von Männern auf Stahltischen vor einem kleinen, eckigen Bau. Nahaufnahmen, die zeigten, dass es sich um tote Männer handelte. Tote Männer, deren Tod fürchterliche Spuren hinterlassen hatte.

Keiner sagte etwas, während die Bilder als makabre Diashow ein weiteres Mal über den Bildschirm liefen. Lorenz hatte sich ab- und dem zweiten Laptop zugewandt, auf dessen Tastatur seine Finger einhämmerten. Es war nicht zu sagen, ob er überhaupt noch daran dachte, was gleich neben ihm geschah. Plötzlich hielt er inne und drehte den Bildschirm so, dass alle daraufsehen konnten.

„Hier", sagte er dann. Zu sehen war eine Porträtaufnahme des Mannes von den Fotos. „Andriy Galuschka. Chef des ukrainischen Chapters der Bandidos."

Brun fasste zusammen, was groß wie ein Haus im Raum stand: „Was verdammt noch mal läuft hier?"

Plötzlich beugte Jez sich nach vorn, griff nach der Maus und beschleunigte die Slide-Show der Fotos, um sie bei der Nahaufnahme der Toten anzuhalten.

„Das hier sind Opfer eines hämorrhagischen Fiebers. Es wird durch Virusinfektionen verursacht. Ich habe ähnliche Bilder während der Ebola-Epidemie in Westafrika gesehen. Bereits der leiseste Verdacht ist in den meisten Ländern meldepflichtig. Aber das ist nicht der Punkt. Seht euch die Umgebung an."

„Sieht nicht nach Afrika aus", kam es von Piet.

Jez ließ nicht erkennen, ob sie ihn gehört hatte. Sie zoomte eine Ecke des Bildes heran.

„Der Wald rund um das Gelände, das hier zu sehen ist, besteht zu 80 Prozent aus Tannen. Seht ihr? Dazwischen ein paar Buchen. Das ist nicht irgendwo in Russland. Ich tippe auf Deutschland, Österreich, die Schweiz oder nahe Grenzgebiete."

„Und es sieht nicht danach aus, als hätten dieser Galuschka und Kowaljow irgendwas mit Meldepflichten am Hut", kam es von Nouriel.

„Ich schätze mal, für 200 Millionen Euro kommt man drum herum." Die Bemerkung kam von Sava. Ihre Bedeutung hatte den Effekt einer Giftschlange, die einem von einem Ast herunter vor die Füße fällt. Fast schien es, als wiche jeder in dem kleinen Kreis ein Stück zurück.

Brun löste die Starre auf: „Wir müssen los, Leute. Leite die Bilder an Burger weiter, Lorenz. Und an Alder und Horn. Mehr können wir im Moment nicht tun. Wir sehen uns im ‚Ritz'."

Moskau, Hotel „Ararat Park Hyatt", Penthouse Suite

Der Name hatte den Ausschlag gegeben. „Ararat". Als ihm die 180-Quadratmeter-Penthousewohnung noch vor der Fertigstellung des Hotels 2002 zur Dauermiete angeboten worden war, hatte er sofort zugesagt. Weder die Pläne noch den Bau besichtigt. Der Große Ararat war der höchste Berg auf dem Gebiet der Türkei. Und darum ging es. Nur darum: Dort, wo einer wirkte, die beste Sicht zu haben und in der Lage zu sein, das Ganze zu sehen.

Zur Zeit war die Sicht trotz der Höhe schlecht. Als läge eine Nebelschicht um den Fuß des Bergs, die nur ab und zu eine Lücke auf das Land darunter freigab. 200 Millionen Euro, Evgenija Iwanowna Laritskaja, Sophia Svenström, die Europäische Union, die EZB, Alekseis Stiftung, die Bandidos und jetzt diese Bilder.

Nikolai Nikolajewitsch Sorokin saß in seinem harten, steiflehnigen Sessel, der nicht zur weißen weichen Tiefe der restlichen Sitzgruppe passte, und zwang sich, die Fotos, die Arina vor ihm auf dem niedrigen Tisch aufgereiht hatte, anzusehen.

Die kurzhaarige, große, schlanke Frau im dunkelblauen Hosenanzug, die seit ihrem 20. Lebensjahr für ihn arbeitete, stand aufrecht hinter ihm. Fast schien es ihm, als stütze sie jetzt auch seinen Blick, wie sie sonst im Alltag seinen zerfallenden Körper stützte.

Dann endlich ließ er los. Der Griff zur Sauerstoffmaske, das Einatmen, der Blick quer durch die Suite zur Weite des russischen Himmels hinter der Fensterfront des Wintergartens eine Art Befreiung.

„Was denken Sie, Arina, außer, dass wir immer noch zu wenig haben, um zu verstehen?“, fragte er jetzt in die scheinbare Leere des großen Raums.

„Es ist schon mehr als noch vor einer Viertelstunde“, hörte er ihre vertraute Stimme in seinem Rücken sagen. Er brauchte nicht seinen Blick auf sie zu richten, um ihr Gesicht zu sehen. Jenes Gesicht, das er oft besser zu kennen glaubte als das eigene und dessen Schönheit von der Sorte war, die schmerzte. Seinetwegen. Als sich der Präsident mit der Bitte an ihn gewandt hatte, etwas für die auf Abwege geratene Tochter eines hohen Funktionärs zu tun, hatte er sich in der Hoffnung, dieses „Etwas“ würde sich wie in jedem solchen Fall auf ein mahnendes Gespräch beschränken, in die Moskauer Hochschule für Malerei, Bildhauerei und Architektur begeben. Später konnte er nicht sagen, was den Ausschlag gegeben hatte. Ob der trotzige Stolz ihres Blicks oder die kindliche Unbeugsamkeit, mit der sie seinen Standardphrasen gelauscht hatte. Ihm war sofort klar gewesen, dass hier ein junger Mensch vor ihm saß, der nicht nur viel mehr brauchte, sondern auch viel mehr konnte. Er hatte sie vor die Wahl gestellt, sie hatte entschieden, und dann hatte er sie in die Hölle der jordanischen und pakistanischen Geheimdienstausbildungen geschickt. Nicht deshalb, weil deren russisches Pendant nicht gut genug gewesen wäre. Das war es allemal. Aber er hatte nicht gewollt, dass man wusste, was sie außer seiner Betreuerin und Fahrerin war: seine Hand, sein Gericht, seine Strafe, sein Zorn.

„Reicht es Ihrer Meinung nach, um eine Entscheidung zu treffen?", fragte er jetzt.

„Sie haben längst entschieden, Nikolai Nikolajewitsch", antwortete sie. „Und Sie haben richtig entschieden. Das hier" – sie trat hinter seinem Sessel hervor und ging, den Blick auf die Bilder geheftet, neben dem niedrigen Tisch in die Hocke – „ist ein Geschenk. Es kann nur auf eine Weise gedeutet werden: Hier läuft unter der Regie der EU etwas sehr, sehr Schmutziges. Und was es auch ist, es ist so aufgebaut, dass am Ende alle Pfeile in dieselbe Richtung deuten."

„Zu uns, nach Russland", sprach Sorokin das Offensichtliche aus.

„Ja. Wie eine Art perverser Schnitzeljagd, deren Hinweise auch den letzten Idioten zwingend und sicher nach Moskau führen. Die FDF, die Gelder auf den zypriotischen Konten, die Laritskaja, die Bandidos und jetzt Semion Kowaljow. Hier wurde ein fast perfektes Szenario aufgebaut, das im schlimmsten Fall – und die Bilder zeigen, dass damit gerechnet werden muss – eine militärische Aktion legitimieren könnte."

„Es sei denn, wir sammeln die Papierchen auf, um beim Bild der Schnitzeljagd zu bleiben", kam es von Sorokin.

„Richtig. Wenn es uns gelingt, so viele der Papierchen verschwinden zu lassen, dass am einen Ende nur noch die EU und am anderen wir stehen, dann sähe die Sache plötzlich ganz anders aus. Dann wären mit einem Schlag wir es, die Druck machen könnten."

„Was für ein schreckliches Geschenk", sagte Sorokin nach einer Pause. „Es bedeutet…"

„Ja", sagte sie in die Leere, die das nicht Ausgesprochene schuf. „Alles andere wäre ein zu großes Risiko, Nikolai Nikolajewitsch."

„Holen Sie Alexander Romanowitsch her“, sagte er schließlich, und sie hörte seiner Stimme die Kraft der gefällten Entscheidung an.

„Ruhen Sie sich aus, Nikolai Nikolajewitsch. Ich regle das mit Solonik und halte Sie auf dem Laufenden.“

„Nein, Arina. Das reicht nicht. Ich muss es hören. Alles. Es muss sein, als wären es meine Hände, meine Arme, meine Beine. Was wir hier ‚Papierchen‘ nennen, sind Menschen. Und es ist Evgenija Iwanowna. Das bin ich ihr schuldig.“

Sie verstand. Kommentarlos griff sie zu Sorokins Smartphone, das auf den Fotos lag, stellte die Verbindung zum Chef seines Sicherheitsteams her und übermittelte die Botschaft in zwei kurzen Sätzen. Noch während sie die Verbindung trennte, richtete sie sich in einer fließenden Bewegung auf, legte das Telefon auf den Tisch zurück und machte Anstalten, den Raum zu verlassen.

„Bitte bleiben Sie“, sagte Sorokin.

33

Bern, Autobahn A6 Richtung Belp

Der vollmundig beworbene Limousinen-Service des Hotels „Schweizerhof" hatte sich als Vertrag mit einem Einmann-Taxi-Unternehmen entpuppt. Sophia Svenström hasste Taxis. Auch dann, wenn es sich bei dem Wagen um das noch quasi am Marktstart befindliche AMG CLS 53-Modell von Mercedes handelte und wenn der Innenraum nach nichts anderem als Leder roch. Sie vermied es auch jetzt, ihre Hände auf Flächen zu legen, wo andere Hände bereits gelegen haben könnten, während sie sich darüber klarzuwerden versuchte, was genau hier zur Zeit passierte. Es blieb beim Versuch. Sie hatte noch keinen klaren Gedanken gefasst, als die Limousine bereits die Ausfahrt in Richtung Belp nahm. Im Dorfkern, versteckt unter mächtigen alten Bäumen, kennzeichneten zwei Sandsteinpfosten die Einfahrt in eine Allee. Langsam fuhr der Wagen unter dem gewaltigen Blätterdach, wo es um diese Uhrzeit bereits dunkel war, hindurch. Durch die Baumstämme erhaschte Sophia Svenström einen Blick auf das Schlösschen der Campagne Belmont und dessen Terrasse, wo die Beleuchtung mit dem Restlicht des Tages konkurrierte. Sie fuhren um das Gebäude herum und gelangten auf einen runden Kiesplatz dahinter. Auch hier schien es dunkler zu sein. Sie fröstelte, als sie ausstieg. Ob es wirklich an der Temperatur lag oder an der Einsicht, dass Bessons Wagen von zwei Regierungs-SUVs eingerahmt an der Treppe stand, wusste sie nicht. Alles, was sie hatte, war dies: Win-win-win. Der einzige Grund, warum sie hier war. Besson hatte es am Telefon gesagt. Es war „ihr" Wort. Sie hatten darüber diskutiert, gestritten, gelacht. „Ein einfaches Win-win ist ein kommunikatives No-Go in der Politik, egal ob Situationen dieser Realität entsprechen oder nicht", hatte sie bei einem ihrer Treffen gesagt. „Alle Politik muss sich stets als flotter Dreier verkaufen: Als Gewinn für den Staat – also für die Politik –, den betreffenden Vertragspartner und für die Bürger, die wie ein Kind, das ins elterliche Schlafzimmer platzt, stets nach Erklärung und Beachtung quengeln. Das vor allem. Es nennt sich Demokratie."

Er hatte ihr vorgeworfen, sie sei zynisch. Für andere möge das gelten, für ihn selber nicht. Sie hatte aufgelacht. „Du weißt, dass das Wunschdenken ist, Pierre. Sag' mir ehrlich: Wie viele Entscheidungen haben du und deine Kollegen im vergangenen Jahr gefällt, die nicht ausschließlich euch, euren Verwaltungen und zugewandten NGOs dienen? Ich wette, es waren nicht allzu viele. Es ist immer dasselbe: Win-win, das den Medien dann als Win-win-win verkauft wird." Und vorhin am Telefon hatte er es wieder gesagt: „Win-win-win". Es konnte nur eines bedeuten. Besson wollte einen Deal für sich, für sie und so verpackt, dass er ihn verkaufen konnte. Was wiederum bedeutet, dass das hier, das Treffen, reine Show war für die Wanzen und Kameras seines Geheimdienstes.

Ohne den Fahrer eines Danks oder einer Anweisung darüber zu würdigen, stieg sie aus. Besson wartete oben an der Freitreppe.

„Danke, dass du gekommen bist", sagte er, als sie bei ihm anlangte.

„Ich hatte dank euch nichts Besseres vor", antwortete sie, während sie, ohne ihn anzusehen, an ihm vorbei und auf die offene Tür zuging. In der Halle ein kurzer Moment der Verlegenheit.

„Willst du ablegen?", fragte er.

„Nein, danke."

Besson ging ihr voraus in den großen Salon, von dem aus man durch fünf doppelflügelige Fenstertüren auf die Terrasse gelangte. Sie waren alle geöffnet, ein leichter Wind spielte mit den Vorhängen.

„Ein Glas Wein?"

„Gern."

Eine Frau Anfang 30 erschien an der Tür zum Nebenzimmer. Besson war nicht unfreundlich, als er die Frau bat, eine

Flasche gekühlten „Verdots“ zu bringen. Aber die Bitte war ein Befehl, und Svenström verstand auf einmal. Noch nie hatte sie diesen Ton an ihm vernommen, und er sagte ihr, dass Besson selbst oder auch nur ein Teil von ihm sich gehäutet hatte. Das hier war nicht mehr Pierre Besson, der Idealist und Das-Beste-Woller, sondern nur noch Pierre Besson, der Politiker. Machtbewusst, arrogant, interessegeleitet. Kurz: in größtmöglicher Entfernung zu den Realitäten jener, die er vertrat. Ein Lächeln streifte Sophia Svenström.

„Darf ich fragen, was dich derart erheitert?“, fragte Besson prompt. Und bevor sie antworten konnte und auf eine riesige hellgraue Sitzgruppe deutend: „Setz‘ dich doch.“

„Mir ist nicht nach Sitzen“, sagte sie und wanderte scheinbar gelassen durch den Raum, ab und zu stehen bleibend und ein Bild betrachtend. Sie stand vor einer Vitrine mit alten Herrenuhren, als der Wein gebracht und die Gläser gefüllt wurden. Als die Frau weg war, fragte sie, ohne sich zu Besson umzudrehen: „Was genau tun wir hier, Pierre?“ Und als er nicht gleich antwortete: „Seit wann wissen deine Leute Bescheid?“

„Seit heute Nachmittag“, antwortete er wahrheitsgemäß.

„Und was genau wissen sie?“ Sie drehte sich jetzt zu ihm um und sah in direkt an.

„Alles.“

Sie trat jetzt auf die Sitzgruppe zu, nahm ihre Handtasche von der Schulter und stellte sie auf eines der Sofas. Besson reichte ihr ein Glas. „Le Vin“. Ihr Wein. Ein weiteres Zeichen.

„Was heißt alles?“

„Unser Deal. Das Geld und TAP für die Schweiz, die Laritskis für die EU. Hab‘ ich was vergessen?“

„Was ist mit dem Absturz? Mit der Ermittlung?“, hakte sie nach. „Ihr habt im Alleingang und gegen jede Regel verstoßend ein operatives Team eures Geheimdienstes nach Russland geschickt.“

„Letzteres haben wir getan, um die Frage beantworten zu können, die du eben gestellt hast, Sophia: Was ist mit dem Absturz? Wir mögen es nicht, wenn die Privatjets russischer Oligarchen bei uns vom Himmel fallen."

„Ich kann darüber nicht reden, Pierre, und das weißt du ganz genau. Das betrifft die nationale Sicherheit, und ich bin nicht befugt, hier Informationen rauszugeben."

„Nationale Sicherheit?" Besson lachte auf. „Das ist nicht dein Ernst, oder? Seid ihr jetzt vollkommen abgehoben in Brüssel? So was wie ‚national' gibt es nicht auf EU-Ebene. Aber das spielt keine Rolle. Ich will Antworten, Sophia. Wir wollen Antworten. Und wenn du schon dabei bist, dann kannst du mir vielleicht auch noch das hier erklären", fuhr er fort und warf ein Bündel vergrößerter Fotos auf die Sitzfläche des Sofas, hinter dem sie stehengeblieben war.

Langsam, um Zeit zu gewinnen, neigte sie sich nach vorn und sah die Bilder durch. Sie kannte sie. Jean-Pierre Gheysens, alias ‚Aladin', hatte sie am Eingang des Laritski-Netzwerks abgefangen. Zum ersten Mal hatte sie ähnliche Aufnahmen vor über zwei Jahren gesehen. Januar 2016, Ostukraine, Kreis Charkow.

Ohne Kommentar richtete sie sich wieder auf und ging auf eine der Terrassentüren zu, blieb im Rahmen stehen und schien zu lauschen. Besson folgte ihr. Abrupt drehte sie sich zu ihm um, und er kam so dicht vor ihr zu stehen, dass er ihren Atem spürte. „Wie viele sind es?", fragte sie.

Besson verstand nicht gleich. „Was meinst du?"

„Die SUVs vor dem Eingang. Die zwei dunkelblauen Passat-Kombis auf dem Parkplatz des Restaurants unten an der Straße. Die Nummernschilder sehen nach einer Serie aus, und das Restaurant hat geschlossen."

Da verstand er. „Fünf Leute", antwortete er. „NDB. Die SUVs gehören nicht dazu. Das ist mein neuer Sicherheitskonvoi. Vier Personenschützer."

Sie schien mit der Antwort zufrieden zu sein, wandte sich ab, nahm einen Schluck aus ihrem Glas und trat auf die Terrasse. Sie bedeutete ihm mit einem Blick über die Schulter, ihr zu folgen.

„Wir brauchen Jobs“, hob sie an, als er an ihrer Seite war. Und als sie merkte, dass er etwas sagen wollte: „Nein – hör mir bitte einfach zu.“

Wer die beiden Menschen in der folgenden halben Stunde beobachtet hätte, wäre zum Schluss gekommen, es handle sich um Freunde oder ein Paar, das diesen Weg über die Terrasse zur Allee und wieder zurück schon Tausende Male gegangen war. Diesen Beobachter gab es nicht. Es gab nur Jens Alder und sein Team, die dem Gespräch in gespannter Stille über die Monitore in Bessons Arbeitszimmer folgten. Alder war der einzige, der der Szenerie auf den Bildschirmen den Rücken zugewandt hatte und sich im Hintergrund an die Wand gelehnt mit geschlossenen Augen auf das konzentrierte, was er hörte. Svenströms Stimme.

„Wir brauchen Jobs“, wiederholte sie. „Alles Positive, wofür die EU steht und was bisher erreicht wurde, verliert in den Augen der Menschen jede Bedeutung, wenn es keine Jobs gibt. Das war schon immer so und wird immer so bleiben. Das Krisenmanagement seit 2008, Menschenrechte, Arbeitnehmerschutz, Emanzipation, der Ausbau der Sozialsysteme, der Zugang zu Bildung – alles, alles gerät gewichtungsmäßig ins Hintertreffen, wenn wir die Leute nicht in Lohn und Arbeit bringen. Ich spreche nicht von Jobs für Uniabgänger. Die fangen die Bürokratie und nahestehende NGOs auf. Wir brauchen Jobs für den kleinen Mann. Aber genau diese Jobs verschwinden, je besser wir die Arbeitnehmer schützen, je straffer die einzelnen Staaten die Arbeitsmärkte regulieren. Die Produktion wird in Länder verlagert, wo die Gesetze lascher sind, die Aufsicht bestenfalls formal. Einer der größten Arbeitgeber in diesem Segment sind die Fleischverarbeiter. Der Pro-Kopf-Konsum je EU-Bürger liegt im Schnitt bei 65 Kilogramm pro Jahr. Bei gut 500 Millionen Menschen bedeutet das Millionen von Jobs in Produktion, Verarbeitung und Vertrieb. Allein im Bereich Verarbeitung werden jährlich rund 250 Milliarden Euro umgesetzt. Einer der größten Joblieferanten in diesem Bereich sind die Bandidos.“

„Du meinst die Motorrad-Jungs, die Europas kleinen Mann auch mit Nutten, Waffen und Drogen beliefern?“ Bessons Stimme triefte vor Sarkasmus.

„Kein Grund, dich über den Dreck hinauszuheben, Pierre“, antwortete Svenström gelassen. „Es wirkt etwas lächerlich bei jemandem, der bereit ist, Schwarz- und Steuergelder von einer halben Milliarde Euro für seine Zwecke einzustreichen und der gut und gerne damit lebt, dass Unternehmen und Staaten durch das Scheitern eines bereits weit fortgeschrittenen Projekts wie Nabucco weitere Milliarden verloren haben. Die Bandidos haben sich im vergangenen Jahr vollständig aus der EU zurückgezogen, weil die Margen zu gering wurden“, fuhr sie fort, als hätte es keine Unterbrechung gegeben. „Ich will, dass sie zurückkommen. Das war der Plan. Dafür waren die 200 Millionen gedacht.“

„Moment“, unterbrach Besson sie erneut. „Das geht nicht auf. Du hast mir die gesamte Summe angeboten. Verzeih, wenn ich daraus den abenteuerlichen Schluss ziehe, dass das Geld gar nie an die Bandidos gezahlt werden sollte.“

„Doch. Das Geld war bereits auf den Konten der Laritskaja, die den Kontakt zu den Bandidos über einen russischen Kontakt hergestellt hatte, als wir von einer unserer Quellen erfuhren, dass die Motorrad-Jungs, wie du sie nennst, ihrer Zusage zum Trotz gar nicht vorhatten, den Deal einzuhalten. Die wollten bloß die Kohle einstreichen, während sie in der Ukraine eigene Großschlachtereien bauten.

Das Geld zurückzuüberweisen war keine Option. Bereits der Transfer über die FDF von Laritski war ein riskantes Manöver. Aber immerhin ein kalkulierbares. Das ganze rückwärts noch einmal durchzuziehen, diesmal von den Konten der Ehefrau eines russischen Oligarchen aus, wäre hochgradig dumm gewesen.“

„Und was ist mit den 300 Millionen der Russen für TAP?“, hakte Besson nach.

„Was soll damit sein?“, fragte sie.

„Das Geld sollte der Preis dafür sein, dass Nabucco versenkt wird."

„Wir haben Nabucco versenkt, Pierre. Die EU hat Nabucco versenkt. Wir sind nicht auf Zahlung angewiesen. Aber hier wie überall gilt: Was nichts kostet, ist nichts wert. Also haben wir den Russen einen Preis genannt, und sie haben bezahlt. So einfach ist das."

„Versuchst du mir gerade weiszumachen, die Leute in den Expertengruppen und Komitees, die an der richtigen Stelle den Kopf zu schütteln hatten, hätten dies umsonst getan? Nenn mich einen Naivling, Sophia. Ich gebe dir sogar recht. Aber blöd bin ich nicht."

„Geld ist nicht nötig, wenn du über die richtigen Leute das Richtige weißt."

„Ihr habt sie unter Druck gesetzt?"

„Ja. Natürlich", sagte sie nur.

„Okay. Und weiter?"

„Es gibt kein ‚Weiter', Pierre. Das war's. Das ist alles. Und glaub' mir eines: Ich gäbe viel dafür, wenn das nicht alles wäre. Meine Leute arbeiten rund um die Uhr, um Licht in diese Sache zu bringen."

„Warum die Russin?", fragte Besson. „Oder nein – warte – korrigier' mich, wenn ich falsch liege: Ihr wolltet jemanden haben, auf den ihr zeigen könnt, wenn die Sache schiefläuft. Darum die FDF, die Laritskaja, die Bandidos. Man hätte dann sagen können, sie habe das hinter eurem Rücken und unter dem Radar der Kontrollinstanzen durchbeschissen, aber jetzt, wo die Jobs schon mal da seien, könne man ja einen Kompromiss suchen zum Besten der EU-Bürger. Alles, was gut ist, für euch, und den Dreck für die kleine Russin."

„So ungefähr."

„Und was ist passiert?", fragte Besson weiter. „Warum der Absturz? Und was haben die toten Männer auf den Fotos zu bedeuten?"

„Wir gehen davon aus, dass beides auf das Konto der Russen geht."

Besson lachte erneut hell auf. „Ist es nicht wunderbar, einen Russen zu haben? Wenn irgendwo auf der Welt ein Sack Reis auf die falsche Seite kippt, dann war's der Russe. Sämtliche Wahlergebnisse der letzten zwei Jahre gehen auf seine Kappe, wusstest du das? Trump, der Österreicher, das Mitte-rechts-Bündnis in Italien, Viktor Orbán. Alles das war der Russe. Von ungeklärten Todesfällen von Politikern, Beratern und Bankern ganz zu schweigen. Im Zweifelsfall waren's sowieso alles russische Spione oder gar Doppelagenten. Mein Gott – für wie blöd hältst du uns, Sophia?"

Sie ging über seinen Ausfall hinweg. „Denk nach, Pierre. Die Laritskaja hat das russische Regime oder auch nur einzelne Personen des Regimes durch ihr Handeln anfällig gemacht. Irgendjemand könnte es – Nabucco hin oder her – gar so verstanden haben, dass sie gegen ihre eigene Regierung gearbeitet hat. Und ganz egal, wie oft diese Leute beteuern, Russland sei heute das entspannteste Land der Welt – wenn's um die Sicherung der Macht geht, um Regimetreue und unbedingte Loyalität, dann zählt kein Geld der Welt mehr. Wir sind uns noch nicht sicher, aber je länger ich darüber nachdenke, umso mehr macht es Sinn: Erst die Laritskaja und ihr Mann, dann jene Leute der Bandidos, die in den Deal involviert waren. Und wenn das stimmt, dann bedeutet das…"

„… dass es noch nicht zu Ende ist", beendete Besson den Satz.

Ihr Schweigen war Antwort genug.

„War dieser Kowaljow, von dem die Bilder stammen, der Kontaktmann der Laritskaja in Russland? Jener, der die Verbindung zu den Bandidos hergestellt hat?"

„Ja, wir gehen davon aus."

„Lebt er noch?"

„Das weißt du besser als ich. Du bist es doch, der seine Leute vor Ort hat."

Besson ging nicht darauf ein. Stattdessen fragte er: „Was ist mit der FDF? Wer ist dein Kontakt?"

„Ein gewisser Pascal de Maere. Geschäftsführer der Stiftung."

„Hattest du vor, irgendwas zu seinem Schutz zu unternehmen, oder liefe das dann einfach unter Kollateralschäden?"

Sie waren ein weiteres Mal am Eingang zur Allee angelangt, und Svenström machte Anstalten, umzukehren, als Besson ihr mit einer leichten Berührung am Arm bedeutete, weiterzugehen.

„Sie ist wunderschön, diese Allee", sagte sie, drehte sich unter den Bäumen um die eigene Achse und blickte hoch in das Blätterdach, das von Scheinwerfern, die am Fuß der Bäume angebracht waren, beleuchtet wurde. Scheinbar zufällig und einzig der Schönheit der Szenerie gehorchend ging sie in der Mitte des Wegs durch die Allee in Richtung Tor und Hauptstraße. Besson folgte ihr.

In Bessons Arbeitszimmer herrschte einen Moment Ratlosigkeit. Sekunden nur. „Was ist los?", fragte Alder, der die Monitore nicht im Blick hatte.

„Sie haben den Kamerabereich verlassen. Die Miks fangen auch nichts mehr ein."

„Dann ruft ihn an, verdammt noch mal. Der weiß genau, was er tut." Alder kam jetzt auch zu den Monitoren und starrte auf die leeren Bilder, als könnte er Besson und die Frau durch seinen schieren Willen zurückzerren.

„Sie ist es, die losmarschiert ist", sagte die Frau, die vorhin Wein serviert hatte. Ihr Name war „Anna".

„Was ist?", fragte Alder anstelle eines Kommentars. „Ruft jemand an?"

„Es klingelt", sagte der Mann Mitte 30, der rechts von Alder vor dem dritten Monitor saß.

„Wie lange sind sie schon weg?"

„53 Sekunden."

„Da sind sie wieder", fiel ihm die Frau, die „Anna" hieß, ins Wort. Gleichzeitig war Svenströms Stimme wieder zu hören. Sie klang belustigt:

„Besser? Sind wir jetzt wieder drin, im überwachten Bereich?"

„Ja. Lass das in Zukunft."

„Weil deine Leute mir sonst nicht trauen?", fragte sie.

„Glaub' mir, Sophia. Für einmal geht es mir gerade nicht um dich. Ich habe dadurch, dass ich mich auf unseren Deal eingelassen habe, jedes Vertrauen bei meinen eigenen Leuten eingebüßt. Ich gebe mich nicht der Illusion hin, das wieder hinbiegen zu können. Aber was ich kann und was ich tun werde, ist, von jetzt an mit offenen Karten zu spielen. Und zwar so, dass es überprüfbar ist. Jeder Schritt. Ich will nicht, dass die Leute mir glauben. Aber dem, was sie selber sehen und hören. Wenn das nur dadurch möglich ist, dass ich mich rund um die Uhr überwachen lasse, dann soll das der Preis sein." Und ohne auf eine Reaktion ihrerseits zu warten: „Lass' uns reingehen. Es ist kühl geworden."

Alders Team war vom Modus professioneller Panik wieder in den konzentrierter Langeweile zurückgekehrt und richtete sich auf einen langen Abend ein. Nur Alder selbst schien keine Ruhe zu finden. Nachdem er sich auf die Kante eines Lesesessels gesetzt und eine Weile vor sich hingestarrt hatte, kam er hoch, ging zu dem Mann am mittleren Monitor und verlangte, die letzte Bildersequenz von der Terrasse zu sehen.

Auf dem Bildschirm erschienen Besson und Svenström, wie sie auf die Terrassentür zuschlenderten.

„Nein – noch ein Stück weiter zurück", sagte er.

Jetzt waren die beiden schräg von hinten zu sehen. Es war der Moment, kurz bevor sie den Kamerabereich verließen.

„Ja, genau." Alder beugte sich nach vorn, um besser sehen zu können. „Okay – noch einmal", sagte er, als die beiden verschwanden. Erneut beobachtete er, wie Svenström und Besson die Terrasse verließen. Svenström ging voraus. Es war schwer, mehr als Schemen zu erkennen im Zwielicht der hereinfallenden Nacht und im Sog des Dunkels der Allee.

„Haben wir eine Infrarot-Version?", fragte Alder.

„Ja – hier." Der Mann gab ein paar Befehle ein und holte eine zweite Bildsequenz auf den Monitor. Es war exakt dieselbe Szenerie, nur dass die zwei Personen jetzt als schemenhafte Wärmebilder in Falschfarben die Terrasse verließen.

„Darf ich?“, fragte Alder und deutete an, dass er selber zu navigieren wünschte.

„Klar.“ Sein Mitarbeiter rollte auf seinem Stuhl zur Seite. Alder zog sich seinerseits einen Stuhl heran und ließ sich vor dem Monitor nieder. „Wo kann ich zoomen?“, fragte er, ohne den Blick zu heben. Der Mann zeigte es ihm.

„Nicht die Köpfe“, kommentierte Alder. „Ich will die Hände sehen.“

Der Mann tat wie geheißen. „Der Kamerawinkel ist schlecht“, sagte er.

Alder sah, was er meinte: Bessons und Svenströms Hände waren größtenteils verdeckt, weil die Aufnahmen die beiden von schräg hinten zeigten.

Alder gab nicht zu erkennen, ob er ihn gehört hatte. Stattdessen ließ er dieselbe Bildsequenz wieder und wieder ablaufen. Irgendwann stand er auf, schnappte sich seine Lederjacke von der Stuhllehne, wo er sie früher am Abend hingehängt hatte, und verschwand grußlos.

***

Moskau, Ulitsa Pliuschtschika

Aleksei Wladmirowitsch Laritski saß in einem der Sessel in der Eingangshalle und scrollte sich durch den Newsfeed seines Telegram-Accounts, wo er wie fast jeder in Moskau diversen Leak- und Nachrichtenkanälen folgte, als er hörte, wie der Fahrstuhl sich in Bewegung setzte. Er liebte diesen Moment. Gleich würde sich die stählerne Doppeltür der Kabine öffnen und gäbe den Blick frei auf sie, die es verstand, ihm seit über einem Jahrzehnt den Atem zu rauben. Seine Ehefrau.

Sie trug ein bis knapp unter die Knie reichendes schwarzes Blusenkleid. Keine Stickereien, keine Fältchen, keine sichtbaren Knöpfe. Bloß zwischen Taille und Brust ein rundumlaufender Stoffeinsatz, der den unteren Teil des Kleides kaum wahrnehmbar raffte. Dazu ein paar hochhackige Riemchensandaletten mit Strassbesatz und ein passender Handbeutel, dessen Inhalt sie eben kontrollierte. Das Haar trug sie zu einem lockeren Knoten gebunden. Und sie schaffte auch heute und trotz ihrer neuen Magerkeit wieder, was ihn jedes Mal überrumpelte: Sie ging, als wäre sie barfuß, hielt ihren Kopf, als fielen ihr die langen Locken über Schultern und Gesicht, lächelte, als wäre sie allein und als trüge sie ein weißes Kleid. Irgendwo in einem Sommer. Ungesehen und ohne Schuld. Er stand seine Schmerzen ignorierend auf. Sie hob den Blick und kam auf ihn zu. Kurz legte sie die Hand an seine Brust, ihre Stirn. Keine Umarmung der Welt hätte sie einander näherbringen können, als sie es in diesen Sekunden waren.

„Wie ist es bei Kowaljow gelaufen?“, fragte er.

„Nikolai Nikolajewitsch war heute im Ministerium“, sagte sie anstatt einer Antwort.

„Ich hatte ihn darum gebeten, mit dir zu sprechen. Bevor ich wusste…“

„Ich weiß“, kam sie ihm entgegen.

„Und?“, fragte er.

„Du weißt es, Aleksei. Im besten Fall haben wir ein paar Tage Zeit gewonnen. Mehr braucht er nicht, um die Löcher in der Geschichte, die ich ihm erzählt habe, zu stopfen.“

„Er hat dir also nicht geglaubt?“

„Nikolai Nikolajewitsch hat noch nie in seinem Leben irgendwas geglaubt. Er weiß Dinge. Und er wird es wissen.“

„Was ist mit Kowaljow?“, fragte er.

„Er wird verschwinden. Für eine Weile zumindest.“

„Hat er dir geglaubt? Dass du vom wahren Ausmaß der Sache nichts wusstest?“

„Ich weiß es nicht. Es spielt auch keine Rolle. Er hat jetzt Angst um seine Familie. Wenn er noch nicht weg ist, dann wird er es spätestens morgen sein.“

„Genauso wie wir“, stellte Aleksei Wladimirowitsch fest. „Jetzt, Eva. Heute Nacht noch.“

„Morgen, Aleksei. Lassen wir Nikolai Nikolajewitsch wissen, es sei alles wie immer. Er wird seine Leute auf der Vernissage haben. Für einmal wird er glauben und es nicht einmal merken. Und morgen sind wir weg für eine Weile."

„Es ist mir egal, ob Nikolai Nikolajewitsch irgendetwas glaubt oder nicht, Eva. Was bringt es, ihm jetzt noch etwas vorzumachen? Einen Tag Zeit? Zwei Tage? Wozu? Es ist zu gefährlich."

„In zwei Tagen können wir in der Schweiz sein."

„Nein, Eva. Nicht die Schweiz. Das reicht nicht. Und ‚eine Weile' wird auch nicht reichen."

„Aber die Schweiz hat kein Auslieferungsabkommen mit uns. Und wir können Schutz verlangen."

„Nein – ich werde mich nicht vor einer Behörde in Schutz bringen, um mich einer anderen auszuliefern. Zu glauben, die Schweizer seien anders als andere, ist naiv. Es sind Behörden, Eva. Das reicht. In diesem Fall Behörden, die gerade dabei sind, ein Rahmenabkommen mit der EU durch alle Instanzen hindurch zu bescheißen und ihrem sogenannten Souverän europäische Richter vor die Nase zu setzen. Und denen soll ich meine Familie anvertrauen?" Es war eine rhetorische Frage, denn er fuhr fort: „Du, Aljoscha und ich – wir werden noch heute Nacht nach Amsterdam fliegen. Morgen früh dann weiter nach Panama. Auch Panama hat kein Auslieferungsabkommen mit der Russischen Föderation."

„Du hast schon alles organisiert", sagte sie. Es war keine Frage. Mit einem Mal klang sie müde.

„Ich werde dich nicht zwingen, mitzukommen", sagte er in die folgende Stille hinein. „Ich werde dich nie zu irgendetwas zwingen, Eva."

Etwas in ihr schöpfte Atem, richtete sich auf oder riss sich bloß zusammen: „Ich weiß", sagte sie, drehte sich, immer noch an ihn gelehnt um die eigene Achse und betrachtete, als sähe sie alles zum ersten Mal, den großen Raum um sich her, die geschwungene Treppe, rechterhand der Durchgang zur Küche, gegenüber das große Speisezimmer, der Salon, die Bibliothek. „Und all das?", fragte sie.

Er wusste, dass sie nicht von dem Haus sprach, als er die Arme von hinten um ihre Schultern legte. Es war der Weg. Ihr Weg hierher. Der kleine Anfang, die Jobs, die Projekte, die Kommissionen, die Kämpfe – all die Umwege, die Geduld, das bis zur Erschöpfung mit Arbeit angefüllte Warten. Das jahrelange Taktieren, Sich-Ducken, Vorpreschen und Sich-Zügeln auf dem Weg zur Macht. Und jetzt, wo sie endlich das Familienministerium leitete, das letzte Sprungbrett, sollte sie aufhören. Freiwillig die Hälfte ihres Lebens und dessen Früchte anderen überlassen.

Davon sprach er jetzt, und es klang, als zwinge er sich zu jedem einzelnen Wort: „All das wird bereits morgen früh Gegenstand Tausender begehrlicher Gedanken und Gerüchte sein", sagte er. „Und in ein paar Tagen, wenn die juristischen Formalitäten erledigt und unsere mediale Hinrichtung vollzogen ist, wird jemand, von dem man sich viel erhofft, wie man so schön sagt, es in Besitz nehmen und sich – wie wir damals – einreden, er habe es verdient."

„Und wir, Aleksei?"

„Wir leben", antwortete er. Und gleichsam vorwegnehmend, was ihre sich straffenden Schultern ankündigten: „Wir werden sehen, ob es reicht."

„Muss es wirklich sein?", fragte sie. „Gibt es keinen anderen Weg?"

„Natürlich gibt es den", sagte er, sich ebenfalls aufrichtend und sie behutsam zu sich umdrehend. „Aber jeder andere Weg bedeutet mehr Risiko, und ich bin nicht bereit, Aljoscha dem auszusetzen. Solange ich sein Vater bin, ist das keine Option."

Sie sah zu ihm hoch. „Warum bist du so sicher, dass Nikolai Nikolajewitsch so und nicht anders reagiert? Warum lachst du?"

„Weil du Fragen stellst, deren Antwort jedes russische Kind mit der Muttermilch einsaugt: Weil Bären ihre Kinder töten. Weil es Situationen gibt, in denen sie instinktiv wissen, dass sie das eigene Leben und das des gesamten Wurfs gefährden, wenn sie es nicht tun. Nikolai Nikolajewitsch hat keine Wahl. Er hat dich großgezogen, und du hast ihn hintergangen. Punkt. Wenn er auch nur ahnt, was hier läuft, wird er dich für eine Gefahr halten müssen. Egal was du ihm sagst: Er kann nicht wissen, was du mit der Information vorhast. Was bleibt ihm da anderes übrig, wenn er sich selbst und jene schützen will, die er an die Macht gebracht hat?"

„Ich bin nicht die Einzige, die die Information hat."

„Es gibt Situationen, in denen ein Bär den ganzen Wurf tötet. Du kannst nichts tun, Eva."

„Lass uns gehen", sagte sie.

Herrenschwanden, Nähe Bern

Es war kurz nach elf, als Jens Alder auf dem Parkplatz vor Burgers Flachdach-Bungalow aus dem Wagen stieg. Er hätte gerne eine Zigarette angezündet, sich für ein paar Minuten gegen das Blech des Wagens gelehnt. Ein paar Minuten des Nachdenkens, das hier im Stillstehen ein ganz anderes wäre als im rasenden Vorwärts der Nachtfahrt. Mit einer Art grimmiger Befriedigung stellte er zum gefühlt tausendsten Mal an diesem Tag fest, dass er seit gut einer Woche nicht mehr rauchte. Außerdem stand Jo Burger als Schattengestalt bereits im hellen Rechteck der Tür.

„Was ist, Alder? Kommen Sie rein oder wollen Sie auf die Motorhaube morsen, was sie mir mitten in der Nacht unbedingt persönlich sagen müssen?"

Burgers Stimme klang viel zu laut und zu wach in der engen Stille der Siedlung. Nur hier und da war durch die Blätter von Buschhecken noch ein beleuchtetes Fenster auszumachen, der flackernde Widerschein kalten Fernsehlichts, der Alder an Aquarien denken ließ.

„The same old ground", würde Brun sagen, und Alder würde es nicht verstehen.

Er machte einen Schritt auf Burger zu. Es sah aus, als reiße er sich von etwas los. Burger verschwand für Sekunden aus seinem Blickfeld. Als er wieder auftauchte, hatte er eine Fleecejacke übergestreift, zog den Reißverschluss hoch und kam, die drei flachen Stufen zum Vorplatz mit einem Schritt nehmend, auf ihn zu. Wortlos reichten sie sich die Hand, beide schon im Gehen begriffen. Stumm folgten sie dem Schein der vorne an der Durchgangsstraße stehenden Straßenlaterne. Zügig schritt Burger dem Gehsteig folgend auf den Ausläufern des einsamen Lichts in die Dunkelheit hinein.

„Also, was ist es, Jens?“, fragte er nach einer Weile, während er seine Schritte verlangsamte und den Jüngeren aufholen ließ. „So, wie ich die Infos deiner Leute verstehe, ist alles gut gelaufen in Belp. Besser als erwartet. Besson ist wieder drin im Spiel, und wir mit ihm. Konntet ihr Svenström verwanzen?“

„Smartphone und Handtasche“, kam es von Alder. „Würde mich allerdings wundern, wenn unsere Software nicht bereits aufgespürt worden ist. Leute wie Svenström haben Personal, das nichts anderes tut, als ihre Geräte zu überwachen.“

„Und wenn schon – wir haben die Wanze in der Handtasche. Für die nächsten zwölf Stunden gehört sie uns. Nicht viel, aber immerhin – solide altmodische Überwachungsarbeit. Aber das ist es nicht, nicht wahr?“

„Hast du die Aufzeichnungen erhalten?“

„Ja.“

„Und? Glaubst du diese Geschichte, die sie da erzählt hat? Von wegen man bräuchte händeringend Jobs und gehe mit dem Anliegen ausgerechnet zu einem Verein wie den Bandidos?“

„Ich war auch erstaunt“, gestand Burger. „Allerdings weiß ich heute, dass in der Politik nichts absurd genug ist – auch vom Kostenpunkt her –, um nicht dem Machterhalt zu dienen. Vor allem dann, wenn Wahlen anstehen. Die Geschichte ist grotesk – aber sie ist nicht zu grotesk für Politiker. Aber deswegen bist du nicht hier, oder?“

„Nein. Der Grund, weshalb ich dich heute noch sprechen wollte, ist Besson. Ich glaube nicht, dass wir ihm trauen können“, antwortete Alder.

Er klang wie einer, der die eigenen Worte nicht hören will. „Ich glaube, sein Einknicken ist nicht echt. Die ganze Schuld- und Sühnekiste, die Ehrlichkeit – alles Show.“

„Das ist ziemlich viel Glaube für einen Mann unserer Branche“, meinte Burger.

Alder ging nicht darauf ein. „Hör‘ zu, Jo: Besson hat den überwachten Bereich mit Svenström für 53 Sekunden verlassen“, fuhr er fort. „Und ich sage dir: Das war keine Unachtsamkeit. Er hat sie gelotst. Die Aufnahmen zeigen es. Kaum sichtbar zwar, aber eindeutig. Er berührt sie am Ellenbogen, worauf sie die Terrasse verlässt. Es ist möglich, dass Bessons Mitmachen heute Abend bloß auf diese eine Minute hinausläuft. Zumindest sollte man es in Betracht ziehen. Alles andere wäre dumm. Außerdem…“

Alder hielt jäh inne, als er feststellte, dass sie, ohne dass er es bemerkt hatte, die kurze Strecke zurückgegangen waren und jetzt wieder vor Burgers Haus standen.

„Komm‘ rein. Für Alte wie mich ist zu viel Nachtluft keine gute Sache mehr“, sagte Burger und trat ins Haus. Alder folgte ihm und blieb unschlüssig vor dem dunklen Spiegel der nachtschwarzen Fensterfront, die das Wohnzimmer säumte, stehen. Burger machte sich weiter hinten im Raum, wo Alder die Küche vermutete, zu schaffen.

„Außerdem…?“, nahm Burger den Faden von vorhin auf, als er wieder auftauchte und Alder einen Becher reichte.

„Ich habe mir die Bilder der Überwachungskamera des Tankstellenshops besorgt, wo Besson heute auf dem Heimweg angehalten hat.“

„Meines Wissens tut er das jeden Tag“, wandte Burger ein.

„Schon. Aber normalerweise kauft er frisches Brot, Mineralwasser, Kaugummi – so was eben –, und nicht bereits registrierte und anonyme SIM-Karten.“

„Wie sicher ist das?“, fragte Burger.

„Es ist eine Coop-Tankstelle. Der Geschäftsführer, der den Handel mit solchen Karten unter der Ladentheke betreibt, hat sofort alles ausgespuckt gegen das Versprechen, die Sache auf sich beruhen zu lassen. Es ist scheinbar nicht das erste Mal, dass Besson diesen Service in Anspruch genommen hat.“ Alder sprach mehr zum Inhalt seiner Tasse als zu seinem inoffiziellen

Vorgesetzten, der jetzt in einem von Bücher- und Papierhaufen umstellten Ledersessel Platz genommen hatte.

„Stell's auf den Tisch, wenn du nicht magst", kommentierte Burger Alders kaffeemäßige Ratlosigkeit. Und dann, nach einer Weile: „Du hast recht. Es ist nicht viel, aber es ist zu viel, um es dem Zufall zu überlassen. Allerdings wissen wir beide, dass es auch nichts sein kann. Was du auf den Kamerabildern als ‚lotsen' in Richtung Allee interpretierst, kann genauso gut das Gegenteil sein. Und was die Telefonkarte anbelangt: Es ist möglich, dass der Kauf der Versuch ist, sich die Illusion eines Stücks Freiheit zu erhalten. Eine Art Trotzreaktion auf den Personenschutz. Er wäre nicht der erste…"

„Schon. Aber es kann eben auch sein, dass er die Karte für Svenström gekauft und sie ganz gezielt außerhalb des Empfangsbereichs unserer Kameras und Mikrofone geführt hat", beharrte Alder. „53 Sekunden sind eine verdammt lange Zeit."

„Richtig. Aber siehst du im Moment irgendeine andere Möglichkeit, darauf zu reagieren, außer jener, diese unerfreuliche Variante im Hinterkopf zu behalten? Willst du ihn foltern?"

Anstelle einer Antwort nahm Alder seine Tasse vom Tisch und zwang sich, einen Schluck zu nehmen. Jo Burger zündete sich eine seiner Brunettes an und hielt Alder die Packung hin.

34

Moskau, Moskwa City, Bolotnaja-Damm

Es war kurz vor Mitternacht, als zwei weitere gepanzerte SUVs – diesmal zwei Durango-SRT-Modelle von Dodge – am Fuß der Freitreppe des „Artel Bessonnica“ hielten. Wie bereits Dutzende Male zuvor an diesem Abend, stiegen auch hier zuerst die Fahrer aus, um ihren Fahrgästen die Schläge der Wagen zu öffnen. Dem vorderen entstiegen drei Personen, dem hinteren zwei. Zusammen drei Männer und zwei Frauen. Einer der Männer wurde von Umstehenden sofort als der Journalist Grigori Petrowitsch identifiziert. Die anderen Gesichter kannte man in der Szene nicht. Später, bei der Befragung durch Ermittler der OMON, einer offiziell die Polizei unterstützenden und direkt dem Innenministerium unterstellten Sondereinheit, würden sich einige oben an der Treppe Wartende daran erinnern, dass beide Fahrzeuge hinter der Windschutzscheibe eine Plakette liegen hatten. Sie wiesen darauf hin, dass es sich bei mindestens einer der Personen um einen Arzt in Bereitschaft handelte, was den Umstand erklärte, dass die Autos nicht wie alle anderen das Gelände in Richtung Westen und öffentlicher Parkplatz verließen, sondern dem Kiesweg hinter das Haus zum rückwärtigen Eingang folgten. Zum anderen fiel einigen auf, dass es sich bei dem Fahrer des zweiten SUVs um eine Frau handelte. Mitte, Ende 30, schlank, gesträhntes zu einem Zopf geflochtenes Haar, dunkler Hosenanzug, schwarze Bluse. Allerdings vermochte keiner der Befragten später ihr Gesicht zu beschreiben. Zu schnell glitt alle Aufmerksamkeit von ihr ab und auf die Frau, die als Teil eines Paars dem Wagen entstieg. „Rot“ und „grün“ waren die Worte, die alle Befragten, Männer ebenso wie Frauen, in den frühen Morgenstunden des nächsten Tages zu Protokoll geben würden. Langes im Vintage-Stil in Wellen gelegtes rotes Haar, ein Kleid in Grüntönen, ein Stein von der Größe einer Kinderfaust im Dekolleté. Strahlend weiße Haut. Seltsamerweise wäre keiner in der Lage, zu sagen, ob die Frau groß oder klein, füllig oder schlank, alt oder jung gewesen war. „Eine Helena“, würde einer zu Protokoll geben. Zeitlos. Leuchtend. Eine Frau, die Kriege auslösen könne und Untergänge. Ein Männertraum. Der Begleiter indes, der der Erscheinung seinen Arm bot, wurde kaum wahrgenommen. Hätte ihn jemand der genaueren Betrachtung für würdig erachtet, wäre ihm möglicherweise aufgefallen, dass der Mann trotz der Größe des sichtlich trainierten Körpers auf eine raubkatzenhafte Art geschmeidig wirkte. Dunkles an den Schläfen ergrautes kurzes Haar, schiefergrauer Anzug, hellgraues Hemd, war er der Schönheit an seiner Seite der perfekte Hintergrund. Das Paar schloss sich den drei Personen des vorderen Wagens an: Grigori Petrowitsch mit Begleitung sowie ein Mann im Smoking, der sein graublond gelocktes Haar in einem Pferdeschwanz trug und an den Füßen Sneakers, die an Kletterschuhe erinnerten. Gemeinsam erklommen sie die Freitreppe des Palais. Aus der weit offenen Flügeltür drangen der Gruppe Electro-House-Beats entgegen. Der Gesang, den sie unterlegten, klang, als käme er weniger aus dem Haus als direkt aus der afrikanischen Steppe. Während Rotunde und Treppe mit mannshohen Schwedenfeuern gesäumt waren, wurde das Innere des Palais durch leuchtende Nischen erhellt. Oben, auf dem Absatz der die ovale Rückwand säumenden Treppe der DJ hinter Mischpult und Plattenspielern als schwarze scharf geschnittene Silhouette vor einer riesigen Leinwand, die die Nahaufnahme seines Gesichts zeigte.

Brun, Sava für einen Moment seinen Arm entziehend, trug sich nach Grigori Petrowitsch als „Matthias von Cleve“ in das Gästebuch ein. Weil Petrowitsch drei seiner Gäste erst im letzten Moment angemeldet hatte, fanden sich ihre Namen auf dem hintersten Blatt. Nach ihnen waren nur noch ein halbes Dutzend weiterer Spätentschiedener eingetragen. Einer der Namen war „Petr Cerny“. Der Platz daneben, wo die Unterschrift und Widmung hinkamen, war noch leer. Während Sava und Nouriel sich als „Susan Miller“ und „Joav Sasson“ eintrugen, ließ Brun den Blick über Raum und Menschen gleiten. Er wusste, dass Sava, die erneut seinen Arm nahm, und Nouriel hinter ihm denselben

Gedankensträngen folgten und wie er zu dem Schluss kamen, dass sich zum aktuellen Zeitpunkt circa 200 Menschen in dem Club befanden.

Jede der wie magische Grotten leuchtenden Nischen beherbergte ein Werk des Künstlers Ilja Malewitsch. Alltagsdinge wie Regenschirme, Handschuhe und Toastbrotscheiben im Wechselreigen mit Gasmasken, Waffen und Geschlechtsteilen. In der Mitte des hallenartigen Raums eine der gigantischen Installationen, für die Malewitsch bekannt war: ein bis knapp unter die Decke reichender, gleichsam nach oben gezogener Haufen scheinbar willkürlich aufeinander geworfener Bombenwesten. Der Titel: „Dekonzeption". Gemeinsam war sämtlichen ausgestellten Objekten, dass sie gestrickt waren.

Die kleine Gruppe um Grigori Petrowitsch wandte sich vom Empfangsbereich ab und der dröhnenden Enge von Menschen und Musik zu. Trotz der weit offenen drei Flügeltüren war es warm. Stickig fast. Eine Frau in einem gerade geschnittenen grauen Mao-Kleid und mit im Wet-Look nach hinten gekämmtem, zu einem Knoten gefassten Haar, streckte Grigori beide Hände entgegen.

„Grigori! Mein Gott – bin ich froh, dass Sie hier sind. Ich habe Iljas Sache publizistisch schon verloren gegeben."

Petrowitsch nahm ihre Hände in die seinen, deutete einen Kuss an: „Sie übertreiben maßlos, Elena. Ich bin noch keine zwei Minuten hier und habe schon mindestens fünf Kulturfritzen von der Konkurrenz gesehen."

„Ach, die…" Elena Schischkin wischte sie mit einer trägen Bewegung ihrer schlanken Hand weg. „Internetportale, Nischenmagazine, Kunstblogs. Ich brauche mehr für mein Küken, Grigori Petrowitsch. Leute wie Sie, denen echte Redaktionen die Artikel aus den Händen reißen."

Petrowitsch wandte sich lachend und ins Englische wechselnd an seine Begleiterin, die Elena bereits zu kennen schien, und die drei anderen: „Glaubt dieser Frau kein Wort. Übertreibung ist ihr Metier. Und sie ist die Beste. Spätestens wenn hier in zwei Stunden neben drei Vierteln der Exponate ein roter Punkt klebt, werdet ihr wissen, was ich meine." Und erneut an Elena Schischkin gewandt, die ihm seine Bemerkung nicht übel zu nehmen schien: „Darf ich vorstellen, Elena: meine Freunde aus Deutschland – Susan, Matthias und Joav. Und bevor du dich zu freuen beginnst: Nein – es sind keine potenziellen Käufer. Es sind wirklich nur Freunde. Und hier bei dir sind sie ausschließlich meinetwegen."

„Und sind deine Freunde auch Freunde der Kunst?", fragte Elena Schischkin, während sie erst Sava und dann Nouriel und Brun die Hand reichte. Ihr Blick blieb an Letzterem hängen, als erwarte sie die Antwort von ihm.

„Ich befürchte, nein", sagte er. „Jedenfalls nicht ein Freund dessen, was heute unter der Bezeichnung ‚Kunst' hergestellt wird." Und sich im Bemühen, von der Frau loszukommen, an Sava wendend: „Auch ein Glas Champagner?"

Elena Schischkin schien nicht bereit, ihn freizugeben: „Kommen Sie – da drüben", sagte sie, während sie sich bei ihm einhängte und ihn in Richtung des Durchgangs zu einem der anderen Räume lotste, ohne sich zu vergewissern, ob die anderen folgten.

Auch in dem Raum, den Brun mit Elena Schischkin betrat, herrschte mittlerweile ein Gedränge. Trotzdem wirkte er leerer. Und kühler. Es lag an der Musik. Sie war leiser hier.

„Kein Freund der Kunst also, hm?", nahm Elena Schischkin den Faden wieder auf. Sie waren an eine Bar getreten, die die gesamte Länge einer Wand einnahm. Die Feststellung, die wie eine Frage klang, schien an niemanden gerichtet zu sein. Vielleicht erwartete Elena Schischkin auch keine Antwort, denn sie war bereits dabei, einen der jungen Männer, die bedienten, auf sich aufmerksam zu machen, um Getränke zu bestellen. Brun beeilte sich nicht mit einer Antwort. Er lehnte sich mit dem Rücken gegen die Bar und schien den Raum und die Menschen zu betrachten. Sava und Nouriel waren nirgends zu sehen. Dank Elena Schischkins robuster Inbesitznahme Bruns hatten sie sich diskret absetzen können. Sie würden an verschiedenen Standorten den Tschechen und das Ehepaar Laritski erwarten.

„Doch“, sagte er schließlich. „Ein großer Freund der Kunst – auch wenn ich nichts davon verstehe. Aber wie gesagt: kein Freund dessen, was heute unter dieser Bezeichnung geschaffen wird.“

„Das hier?“ Elena Schischkin reichte ihm ein beschlagenes Champagnerglas und beschrieb mit der freien Hand einen Kreis, der die gesamte Veranstaltung einschloss.

„Danke“, sagte Brun. Und wiederum ohne auf ihre Frage zu antworten: „Ich weiß nicht, wer gesagt hat und in welchem Zusammenhang, einer müsse zur Vordertür hinaus, um die ganze Welt herumgehen und zur Hintertür wieder eintreten – aber genau so stelle ich mir Kunst vor. Sich selber loswerden. Neu sehen.“

„Und das sehen Sie hier nicht?“

„Sehen Sie‘s etwa? Sie sind die Spezialistin – sagen Sie‘s mir.“

Noch während er sprach, holte er sein vibrierendes Smartphone hervor. Auf der Timeline des Twitter-Accounts von Lorenz, alias „Jonas Winter“, war eine Mitteilung hinterlassen worden: ein Tweet von Vali, alias „Marc André Lipp“. Brun hatte ihn vorhin bei ihrer Ankunft in einer Gruppe von Rauchern oben an der Treppe stehen sehen. Ein älterer Herr mittlerer Größe in Abendanzug. Grauweißes Haar. Man übersah ihn gern. Und sähe ihn einer doch, dann hätte er vielleicht den Eindruck, der andere wirke auf seltsame Weise verloren – an dem Ort ebenso wie in der Zeit. Das geschah allerdings nie – wer ihn sah, der wusste es meist nicht oder hatte Sekunden später bereits vergessen, ihn gesehen zu haben. Der Tweet bestand aus zwei Worten: „Gäste eingetroffen.“ Es ging los. Das Ehepaar Laritski betrat in diesen Sekunden das „Artel Bessonnica“.

Elena Schischkin lachte neben Brun. Es klang unbeschwert. „Mich dürfen Sie das nicht fragen. Ich verkaufe diese Dinge.“

„Eben“, sagte Brun. „Diese ‚Dinge‘. Das ist es. Da ist keine Distanz, kein Glaube. Eine gestrickte Toastbrotscheibe ist die Hölle. Die einzige Aussage: ‚Alles ist, wie es ist, und das war‘s.‘ Die Kunst liegt meines Erachtens darin, sich diese Überdosis des Realen anzusehen, ohne dem Wunsch nachzugeben, sich zu erschießen."

Das Display von Elena Schischkins Handy leuchtete auf. Mit einem Lächeln über seine Bemerkung im Gesicht strich sie darüber und nahm die erhaltene Mitteilung zur Kenntnis.

„Vielleicht ist Kunst auch einfach Kunst." Sie schien es mehr zu dem vor ihr liegenden Gerät als zu Brun zu sagen. „Vielleicht erwarten wir zu viel." Sie nahm einen Schluck aus ihrem Glas. Die Art, wie sie es danach auf die silberne Fläche der Theke zurückstellte, hatte etwas Endgültiges.

„Vielleicht ist sie auch einfach leer", antwortete Brun, der die ganze Zeit über den Durchgang zur Halle im Blick behielt. „Nur noch Vordergrund." Und mit dem Kinn auf ihr Handy deutend: „Sie sollten sich um Ihre anderen Gäste kümmern. Ich bin ein hoffnungsloser Fall."

„Ein hoffnungsloser Fall, von dem ich sehr hoffe, ihn später wiederzusehen." Ihr Lachen war zurück. Sie drückte kurz seinen Unterarm, stieß sich von der Theke ab und schlängelte sich durch die Menschentrauben in Richtung Tür. Brun war sich sicher, dass die Mitteilung, die sie erhalten hatte, das Eintreffen des Ehepaars Laritski betraf. Wenn Milliarden das Gebäude betraten, musste jede Chefin der Welt sich persönlich kümmern. Langsam folgte er ihr.

Der Doppelstern der Laritskis zog einen Teil der Aufmerksamkeit der Anwesenden auf sich. Sie waren der Brennpunkt, um den alles sich zu drehen schien. Gleichzeitig jedoch zeugten Brun entgegen und nach oben gewandte Blicke davon, dass in seinem Rücken noch etwas anderes geschah. Er drehte sich um die eigene Achse und sah, was es war. Auf halber Höhe der Treppe, leuchtend, rot, grün, stand Sava am Geländer. Unberührt, unerreichbar, als hätte sie allein durch ihre Schönheit die Macht, nicht nur den pulsierend anbrandenden Basslines und dem Crescendo der jetzt irr auf sie zustürmenden Gesänge, sondern vielmehr den Menschen selbst zu gebieten.

Es war perfekt. Keiner würde auf die beiden Männer achten, die sich im Orbit der Laritskis wachend und suchend zwischen dem Rest der Herandrängenden einordneten. Auf den älteren Herrn im Abendanzug, der etwas Verlorenes an sich hatte, ohnehin nicht.

Es war nicht nötig, mit Piet und Vali Blickkontakt herzustellen. Sie hatten ihn ebenso gesehen wie er sie. Brun ließ sich tiefer in das Gravitationsfeld des Ehepaars hineinziehen, während er laufend die Gesichter der sich nähernden und wieder entfernenden Menschen nach dem einen bekannten des Tschechen abtastete. Das Smartphone in seiner Hand blieb reglos. Keine neue Mitteilung. Keiner hatte Vaclav Ondrisek bis jetzt im Club gesehen.

Die Hand kaum spürbar an ihrem Rücken, lotste Vasek das Mädchen Nasia die Treppe hinauf und in den seltsam verlassen anmutenden Eingangsbereich des „Artel Bessonnica“. Trotz herumstehender und sich unterhaltender Menschengruppen wirkte der Ort, als wäre vor kurzem ein Sturm über ihn hinweg- und weitergezogen. Die Laritskis waren bereits da. Vasek hatte dieselbe Situation während der Zeit, als er für Evgenija Iwanowna Laritskaja gearbeitet hatte, ungezählte Male erlebt. Jetzt war es ihm recht, dass alle Aufmerksamkeit, die ihr Eintritt noch erregen konnte, eine oberflächliche blieb. Der Grund war das Mädchen. Er hatte gewusst, dass sie verändert wäre, wenn sie nach dem Termin bei den Stylisten ins Hotel käme. Trotzdem war ihm das Atmen für einen Moment schwergefallen, die Kehle eng geworden, als sie das Zimmer betreten hatte. Als würde sein Licht in ihrem schwarz. Später war er mit ihr ins „Savva“ an der Teatralnii zum Essen gefahren. Es war ein seltsames Erleben gewesen, dieses Wesen an seiner Seite zu haben und gleichsam an ihrem äußersten Rand mitzufühlen, wie alles sie Umgebende sie gleichsam in die Arme schloss, sich an sie schmiegte, sie liebkoste und bleiben wollte. Egal ob Melodien, Blicke oder die sie umgebende Luft. Kurz hatte er überlegt, ihr den Rest des vereinbarten Betrages zu geben und allein zu der Vernissage zu fahren. Jetzt war er froh, sich dagegen entschieden zu haben. Das wenige, was an Restaufmerksamkeit bei den Gästen übrig war nach dem großen Einzug des Königspaars, blieb an Nasia hängen. Auf ihn achtete niemand. Niemand bis auf einen mittelgroßen älteren Herrn. Fast hätte er ihn übersehen. Und fast hätte er ihn, als er ihn gesehen hatte, wieder vergessen. Genau wie heute Vormittag am Smolenskaja-Platz. Er ließ den Blick weiterwandern, trat an den tresenartigen Empfangstisch und trug sich neben dem Namen eines anderen in die Gästeliste ein. Das Katz-und-Maus-Spiel hatte begonnen, und alles, was ihm auch nur eine einzige Sekunde Zeit verschaffte, zählte. Als er den Flügeltüren des Eingangs den Rücken zuwandte, glaubte er den Blick des Alten dort zu fühlen, wo die vertraute Wärme der sich kreuzenden Nylonriemen des Holsters auf seinem Rücken lagen. Er musste seine ganze Selbstbeherrschung aufwenden, um nicht über die Schulter zurückzublicken. Hätte er es dennoch getan, hätte er festgestellt, dass der andere nicht mehr da war.

Jezreel und Piet standen schweigend bei den Wagen auf der Hinterseite des Hauses. Die Motoren liefen, Beifahrer- und Hintertüren waren geöffnet. Ein feiner Sprühregen hatte eingesetzt. Es fühlte sich an, als legte sich ein warmer Nebel über die Haut. Ein Hauch nur. Der Wendeplatz hier war kleiner als jener an der Frontseite, und es gab nur eine Eingangstür. Der Lieferanten- und Personaleingang. Die Fenster zu beiden Seiten der Tür waren hell erleuchtet: der Catering-Bereich, in dem reges Kommen und Gehen von schwarzgekleideten, in der Mehrzahl jungen Leuten herrschte. Jezreel mochte die streng geordnete Hektik des professionellen Schauspiels, das sich ihr hinter den Scheiben bot. Es kam der eigenen Konzentration entgegen. Sie warteten. Bis auf den Tweet von Valentin, der sie darüber informiert hatte, dass das Ehepaar Laritski eingetroffen war, hatten sie noch keine Informationen. Endlich leuchtete das Display ihres Smartphones erneut auf. „Gast 2 eingetroffen. Erkannt." Kurz schaute Jezreel jetzt zu Piet. Ihre Blicke kreuzten sich. Der Tscheche war da. Und er hatte Valentin registriert. Es war kein GAU, sie hatten es nach der Situation am Smolenskaja-Platz als möglich bis wahrscheinlich eingeschätzt, dass genau das passieren würde. Mehr noch: passieren musste. Ab jetzt hing alles von Sava ab. Davon, dass sie die richtigen Worte fand. Und davon, dass Brun und Nouriel ihr die nötige Zeit zu verschaffen in der Lage waren.

Evgenija Iwanowna Laritskaja ging am Arm ihres Ehemannes durch die vertraute Welt des inszeniert Guten und Gutgemeinten der Vernissage, als ginge sie durch einen Unterwassertunnel. Mitten drin in der Szenerie, die sie so oder ähnlich schon Dutzende Male erlebt hatte, und doch getrennt durch eine unsichtbare Wand, die ihr alles rundum schwerelos und schwebend erscheinen ließ. Sogar die Musik schien auf seltsame Art gedämpft und nur dumpf an ihr Ohr zu dringen. Mehr als sie es fühlte, sah sie vor sich ihre Hand in Alekseis Armbeuge liegen, den Druck, mit der er sie seiner Präsenz und des gemeinsamen Wissens um letzte Male versicherte. Alles wirkte irreal. Fast so, als wäre sie ohnmächtig oder als Einzige wach, der verzerrte schwebende Traum um sie her bloß die rasende Inszenierung eines unruhigen Schlafs. Sie hätte nicht zu sagen vermocht, ob ihre Gesichtsmuskeln ihr gehorchten, wenn sie mit Küsschen Bekannte begrüßte, ob Haut andere Haut berührte, ob Worte ihren Mund verließen. Elena Schischkin hatte sie im Erdgeschoss mit ausgestreckten Armen empfangen, ihre beiden Hände in die eigenen genommen, sich durch die zähe Masse der Musik zu ihr geneigt, gesprochen, über irgendetwas gelacht, sie mit sich gezogen. Kurz hatte sie den Kontakt zu Aleksei verloren, für Sekunden gestockt, einen Blick über die Schulter geworfen. Er war da gewesen, war gefolgt. Erst da hatte sie sich mitziehen lassen vor eine der hellen Grotten, hatte den Champagner in Empfang genommen, den die Galeristin ihr reichte, die Worte, die sie nicht hörte. Die Nische barg eines der Objekte des Künstlers Ilja Malewitsch. Einen Mercedes-Stern in Strick. Jetzt ging der Tunnel abwärts, die Unterwasserwelt um sie her veränderte sich, wurde niedriger, als würde der Druck größer, dunkler, als würde auch das Licht verdrängt. Sie erreichten das Untergeschoss des „Artel Bessonnica“. Boden und Decke des großen Raums, den sie betraten, waren mit schwarzem Material bezogen. Hier gab es nur ein einziges Kunstwerk zu besichtigen: Kein Haufen diesmal, sondern ein etwa 20 Zentimeter hohes, auf dem Boden liegendes braunes Rechteck. Eingefasst mit Häkelspitze. Es hieß „Solidarität". Sie drückte Alekseis Arm. Sie wollte weg hier. Oder zumindest wieder nach oben, wo sie atmen konnte. Aleksei verstand, sie fühlte den Druck des Ellenbogens gegen seine Seite, sah, wie er dem Künstler, den Elena Schischkin herbeizitiert hatte, die Hand auf die Schulter legte.

Später vermochte sie nicht zu sagen, warum aus dem schwimmend Vagen um sie her gerade diese eine Gestalt deutlich und als einzige fassbar hervorgetreten war. Aschblondes gerades Haar, ein feines goldenes Etwas, halb Stirn-, halb Haarband über der beinahe schmerzhaften und unschuldigen Symmetrie eines kindlich perfekten Gesichts. Ihr Blick traf auf große blaue Augen, nahm Bewegung wahr, glitt nach unten. Eine weiße Tunika mit Spitze am Ausschnitt und den weiten Ärmeln. Etwas Schwarzes in schlanken Händen. Eine Waffe mit Schalldämpfer. Fast hätte Evgenija gelacht, so surreal erschien ihr die glänzende Echtheit der Pistole neben dem gestrickten Exponat, das sie kurz zuvor im Obergeschoss betrachtet hatte. Die Frau stand ungefähr sieben Meter von ihr und Aleksei entfernt neben einer der Türen, die in den Nebenraum führten. Alles geschah gleichzeitig: Sie wandte sich zu Aleksei, um zu warnen, sah die Arme der Frau bereits im Wegblicken sich heben, wurde nach hinten gerissen und zu Boden, schrie, ohne einen Laut von sich zu geben. Schmerz fühlte sie keinen. Bloß Dunkelheit und Wärme, die sie bedeckten.

Als Sava die Frau sah, die sie das Wort „Engel" weniger denken denn sehen ließ, reagierte sie mit jener geordneten Abfolge von Bewegungen, wie nur jahrelanges hartes Training sie möglich machte: instinktiv. Sie war gerade neben der Iwanowna zum Stehen gekommen. Die Worte „Schweiz", „Svenström", „Kowaljow" und „Besson" lagen ihr auf der Zunge, als sie sah und verstand. Sie machte einen Schritt hinter die Frau neben sich, legte ihr im Bruchteil einer Sekunde die Hände über Stirn und Hals und zog sie in einer fließenden Bewegung nach hinten und unten. Trotzdem war sie zu spät, Evgenija Iwanowna Laritskaja von einer Kugel getroffen worden. Ihre weitgeöffneten Augen sprachen davon, dass sie den Schmerz der Verletzung noch nicht fühlte. Sava kam aus der Hocke hoch, während jemand neben ihr auf die Knie sackte. Es war der Ehemann. Erst die am nächsten stehenden Personen fingen an, zu begreifen, was geschehen war. Jemand schrie. Wissen und Verstehen würden sich in den nächsten Sekunden unter den Gästen ausdehnen wie ein Kreis im Wasser. Diese Sekunden gehörten ihnen.

„Ich bin Arzt. Treten Sie zur Seite!" Bruns Stimme. Er trat in den kreisrunden freien Raum, auf dessen Boden Evgenija Laritskaja lag. Und noch einmal, den Ehemann zur Seite drängend: „Ich bin Arzt, machen Sie Platz!" Er hob die Frau hoch und rannte mit ihr in den Armen in Richtung der Personaltreppe zum Obergeschoss. Nouriel, der ebenfalls hinzugetreten war, packte Aleksei Wladimirowitsch Laritski am Arm, zerrte ihn auf die Beine und stieß ihn grob, um die Barriere des Schocks zu durchdringen, vor sich her in dieselbe Richtung. Die Leute, die verstanden hatten, was passiert war, standen wie gelähmt. Zu schnell, zu routiniert, zu selbstverständlich geschah, was geschah. Noch zehn Sekunden, und sie hätten es geschafft. Als Sava oben an der Treppe eintraf, den Cateringbereich durchquerte und nach draußen trat, wurde ein Mann neben ihr von den Beinen gerissen. Sie sah Piet in Schussposition, Brun zusammen mit Jezreel die Frau auf den Rücksitz des vorderen Wagens legen, die Türen zuwerfen. Der Nieselregen von vorhin war zur Flut geworden. Jez sprintete zur offenen Fahrertür des hinteren Wagens. „Los, los, los!", hörte sie Brun in Nouriels Richtung rufen, der Aleksei Wladimirowitsch Laritski mit sich riss, während sie selbst neben Jezreel auf den Beifahrersitz kletterte. Sie hatte die Türe noch nicht geschlossen, als die brüllenden 475 PS des Dodge Durango alles um sie her verschlangen.

Ohne Licht rasten die beiden SUVs über den Kiesweg und durch das Feuerspalier der Finnenkerzen zur Ausfahrt und bogen nach links auf den Bolotnaja-Damm ab. Keiner sprach, während sie am Ende des Damms den Parkplatz passierten, auf dem die Fahrer der Limousinen der Vernissagegäste in Gruppen beisammenstanden.

Die Wagen querten den Moskwa-Arm über die Bolschaia-Poljanka-Straße, beschleunigten erneut und gelangten via Leninski-Avenue auf den dritten Verkehrsring. Erst als Piet, langsamer jetzt, an der Kreuzung Kutusow-Allee/Leninski den viel zu hellen Lichttunnel der Straßenbeleuchtung verließ und dem Dunkel folgend in das Gewirr von Gassen des Naro-Fominski-Distriks eintauchte, ließ der Druck im Wageninnern nach.

„Wie sieht‘s aus?“, fragte Piet nach hinten, wo Brun sich im Fußraum der Rücksitze kauernd über Evgenija Iwanowna Laritskaja beugte.

Anstatt einer Antwort kam eine Gegenfrage: „Was war da bei euch draußen los?“

„Ich habe eine Entscheidung getroffen“, erklärte Piet ohne Umschweife. „Zwei der Kellner waren rausgekommen, um zu rauchen. Als sie uns sahen, machten sie kehrt und holten die Security. Der Kerl, der dann ankam, fuchtelte schon mit seiner Waffe rum, bevor wir überhaupt etwas sagen konnten. Und dann kamt schon ihr daher. Ich musste handeln. Wie geht es ihr?“

„Sie ist nicht bei Bewusstsein. Aber so, wie‘s aussieht, hat sie Glück. Der Schuss ging in die Schulter. Hätte Sava sie nicht von den Füßen geholt, wäre sie jetzt tot. Und er womöglich auch. Sie hat versucht, ihn ins Visier zu nehmen, es dann aber vorgezogen, zu verschwinden.“

„Sie?“, fragte Piet.

„Ja. Und bevor du fragst: Ich habe keine Ahnung, wer das war. Ondrisek auf jeden Fall nicht.“

„Aber er war da. Und zwar in Begleitung.“

„Ich weiß“, bestätigte Brun. „Aber er war noch nicht im Untergeschoss, als es passierte. Und die Frau, die bei ihm war, auch nicht.“

„Wie kannst du dir da sicher sein? Du hast die Frau doch nicht gesehen."

„Aber Vali wäre ihr gefolgt, und den habe ich da unten nirgends gesehen."

„Nicht gesehen zu werden, ist sein Job", meinte Piet. „Und er ist der Beste."

„Bei mir funktioniert das nicht. Ich rieche ihn."

„Wann kommt er überhaupt nach?", fragte Piet.

„Sobald Xenia einen Arzt aufgetrieben hat."

Moskau, Ulitsa Zemlianoi Val

Vaclav Ondrisek erinnerte sich erst an das Mädchen Nasia, als er auf den Gästeparkplatz des Hauses mit den Mietappartements fuhr. Auf der Fahrt hierher war er in Gedanken im „Artel Bessonnica" geblieben, hatte quälend langsam Sekunde für Sekunde der vergangenen Stunde wieder und wieder vor seinem inneren Auge ablaufen lassen. Die plötzliche Stille, die Weite in der Fahrerkabine, die bis eben gerade noch vom Sound des Achtzylinders erfüllt gewesen war, kam einem Erwachen gleich.

„Komm mit", sagte er zu dem Mädchen auf dem Beifahrersitz. „Ich gebe dir das Geld oben. Nicht hier."

Sie stiegen aus, überquerten im Dunkeln die Betonfläche des Parkplatzes, kletterten über die Metallschwelle des rostig in den Angeln hängenden Gittertors und gelangten in den eingemauerten Hinterhof des Appartementhauses. Zu dieser Stunde waren Müll und Unrat, die den Hof füllten, nur zu riechen. Ohne nachzudenken fasste Vasek mit seiner freien Hand die des Mädchens und führte sie gleichsam lotsend und schützend durch den Hof und zum Eingang. Die Tür war nicht abgeschlossen. Sie traten ein, stiegen die Treppe zur zweiten Etage hoch und kamen in den Sechspersonen-Verschlag, den er gemietet hatte. Durch das Fenster zwischen zwei Etagenbetten drang braungelbes Licht. Das Mädchen stand bewegungslos und stumm bei der Tür, die er hinter sich geschlossen hatte. Ohne die Lampe an der Decke einzuschalten, warf er die Tasche, die er mit hochgenommen hatte, auf das nächststehende Bett, öffnete sie, holte einen Umschlag heraus und reicht ihn ihr.

„Hier – dein Geld. Das war's, Nasia", sagte er. „Gut gemacht."

„Willst du nicht…?" Die Frage klang, wie sie aussah: zögernd, frierend, müde und wieder viel zu alt. Ihre Hände waren bereits dabei, den Reißverschluss des Kleides zu öffnen.

„Nein." Und nach einer kurzen Pause: „Du kannst trotzdem hier schlafen, wenn du willst. Hier!" Er reichte ihr eines seiner Sweatshirts.

Sie nahm es und ging ins Bad.

Er legte sich auf eines der unteren Betten, schob eine Hand unter den Kopf und nahm die Sichtung der immergleichen erinnerten Bilderabfolge wieder auf. Der Alte im Eingangsbereich des „Artel Bessonnica". Er selber, der mit Nasia am Arm die Halle durchquerte. Das Gedränge auf der Treppe zum Untergeschoss, woraus er geschlossen hatte, dass der Mittelpunkt der Party dort war und mit großer Wahrscheinlichkeit identisch mit dem Ehepaar Laritski. Er hatte sich als einer der Letzten der Menschentraube angeschlossen, die die Treppe nach unten ging. Dann hatte er einen Schrei gehört und, lange bevor irgendjemand rundum auch nur ahnte, was los war, gewusst, dass die Sache gelaufen war.

„Komm", hatte er zu dem Mädchen an seinem Arm gesagt, hatte kehrtgemacht, die wenigen Stufen zur Halle genommen und das Palais ohne Eile verlassen wie einer, der ziellos kehrtmacht, weil er keine Lust hat, Schlange zu stehen. Er hatte den Kopf geschüttelt und nur die Hand ausgestreckt, als einer der jungen Männer beim Eingang ihm zu verstehen gegeben hatte, dass er den Wagen holen würde. Der Mann hatte ihm den Schlüssel gereicht und das Trinkgeld entgegengenommen. Gerade, als sie die Freitreppe betreten hatten, waren zu seiner Rechten zwei Geländewagen hinter dem Haus hervorgeschossen. Beide ohne Licht. Die Scheiben getönt. Ein Teil seines Hirns hatte die Schönheit der Szenerie bewundert: Die dröhnenden Monster in der wild gegen den Regen anflackernden Feuergasse der Rotunde. Wie eine anbrandende Welle hatte er im selben Moment die Unruhe in seinem Rücken gespürt: Wissen und Verstehen hatten sich durch die Menschenmenge im Innern hindurchgefressen, und ihm war klar gewesen, dass nur Minuten später die Hölle los wäre. Geschrei, Panik, erste Blaulichter. Ohne Eile war er die Treppe hinuntergestiegen und nach wie vor schlendernd dem schmalen Plattenweg gefolgt, der den runden Vorplatz in der Mitte durchschnitt und direkt zur Straße führte. Vor sich und in sich wie ein Schnappschuss, den man ihm auf die Augen geklebt hatte, das Fahrerfenster eines Dodge-Geländewagens, dahinter das Profil einer Frau. Sekunden nur. Er kannte dieses Profil wachend, schlafend, schreiend, tränennass und lachend. Jezreel Vidali. Die Frau, die sein ehemaliger Arbeitgeber, Gabriel Kolko, während zwei Tagen und drei Nächten hatte befragen lassen. Und in dem Moment wurde ihm auch klar, woher er den großen Kerl an der Ampel kannte. Er hatte ihm bereits einmal gegenübergestanden. An der Wohnungstür einer Basler Privatbankerin. Das hier waren definitiv die Schweizer, NDB, und er hatte keine Ahnung, was hier lief und ob die Laritskaja noch am Leben war.

Er stand auf, nahm in dem schmutzigen Zwielicht des Zimmers die Fernbedienung des TV-Geräts von dem Möbel, auf dem es stand, legte sich wieder auf das Bett und schaltete den Fernseher ein. Er brauchte nicht zu zappen – Rossija 1, der größte landesweite Fernsehsender, war auf der Eins gespeichert. Irgendeine Dok-Serie lief, die sich „Unbestechlich“ nannte. Vasek erlaubte sich, den Kopf auf die Kissen zu legen, während er auf die Programmunterbrechung und die Meldung von einer Schießerei während einer Vernissage im „Artel Bessonnica“ wartete.

Er war kurz eingenickt und schreckte hoch, als sich leicht und ohne ihn zu berühren die Wärme des Mädchens an seine Brust schmiegte. Er hatte nicht gehört, wie sie aus dem Bad gekommen war. Sie schlief. Vorsichtig stieg er über sie hinweg, holte eine Decke vom oberen Bett und deckte sie zu. Dann setzte er sich, an die Bettstatt gelehnt, die Beine über Kreuz, auf den

Boden und nahm das Warten wieder auf. Warten auf Information, um entscheiden zu können. Er hörte sie atmen.

35

Moskau, Gorodskoi-Gasse

Semjon Kowaljow stand am äußersten Rand des Flachdachs des achtstöckigen verschachtelten Betonbaus, der einen Teil des größten Krankenhauskomplexes im nördlichen Zentrum Moskaus mit rund 2.500 Angestellten und fast ebenso vielen Betten beherbergte: die Botkin-Klinik. Die Nacht war bisher ruhig gewesen, als schiebe sie Versehrte und Verletzte wie Schutt vor sich her, um sie später alle auf einmal abzuladen. Und vielleicht war es auch eine von der Sorte, die die Ausnahme bildeten und den Durchschnitt von über 4.000 Einsätzen der Klinikambulanz pro Nacht nach unten riss. Auch die gab es. Kowaljow zündete sich eine zweite Zigarette an. Abschiede verlangten nach dem Besonderen, und das hier war ein Abschied. Er hatte mit seiner Frau gesprochen. Nachdem die Laritskaja das Clublokal verlassen hatte, hatte er sie angerufen und gebeten, in die Klinik zu kommen. In einem leeren Aufenthaltsraum für das Personal hatte er ihr alles erzählt. Sie hatte zugehört. Nur das. Aufrecht und ernst. Als er zum Ende und zum heutigen Tag gekommen war, hatte sie sich auf dem Stuhl nach vorne gelehnt und eine Hand an seine Wange gelegt.

„Ich kenne jemanden", hatte sie gesagt. „Er hat ein Haus in Kokterek. Dahin können wir gehen."

Vor einer Woche noch hätte er sie gefragt, wer dieser Jemand sei, woher sie ihn kenne und was verdammt noch mal sie mit ihm zu schaffen habe. Vor einer Woche wäre das wichtig gewesen. Jetzt nicht mehr. Sie, er, die Kinder. Das Einzige, was blieb. Sie waren am selben Ort und hatten dasselbe Ziel.

„Kasachstan also", hatte er gesagt, und die zwei Worte waren befrachtet gewesen mit all dem, was sie zu klären hätten. Morgen, übermorgen. Was würden sie tun, wovon leben? Wie lange? Wohin mit dem Wissen und der Schuld?

Es war nicht nötig gewesen, Organisatorisches zu klären. Er hatte gewusst, dass alles bereit wäre, wenn er nach Hause käme, die beiden Wagen geladen, Geld, woher auch immer, vorhanden. Er hatte sie nach unten und zum Ausgang begleitet. Zwischen den Betonsäulen des breiten, niedrig wirkenden Eingangsschlunds waren sie kurz stehen geblieben. Diesmal war er es, der ihr Gesicht mit seinen Händen umfangen hatte. Sie hatte gelächelt. Alles, was er brauchte. Noch immer meinte er ihre Wange zu fühlen, ihre Hand, die die seine fasste. Dann losließ. Er hatte ihr nicht nachgeblickt, als sie gegangen war. Ihr Bild mit sich tragend, das Wissen um Möglichkeit, hatte er kehrtgemacht und den nächsten Notfallpatienten in Empfang genommen.

Piepser und Handy meldeten sich gleichzeitig. Seine Station. Er zog das Telefon hervor und sah, dass eine Polizeimeldung durchgegeben worden war. Schusswechsel im Club „Artel Bessonnica". Da war er, der Schutt der Nacht. Von jetzt an gäbe es keine Pause mehr.

Er ließ seinen Blick ein letztes Mal über die dunkle Masse der Bäume gleiten, die den Park einer Privatklinik in direkter Nachbarschaft beschatteten, weiter bis zum Lichtschimmer des dritten Verkehrsrings, darüber hinaus, dorthin, wo das Leichtathletikstadion lag, der Weißrussische Bahnhof, die Schienenstränge, die Verbannung. Mit Daumen und Mittelfinger schnippte er die Kippe über den Rand des Dachs.

In diesem Moment kam der Stoß. Er hatte keine Chance und fiel mit der fallenden Glut einer zu Ende gerauchten Zigarette, die das letzte Bild sein sollte, das er vor Augen hatte.

***

Moskau, Naro-Fominski-Distrikt, Aprelewka

Beim sicheren Haus angelangt, kam es Brun vor, als würde er weniger aus dem Wagen heraus-, sondern hineinsteigen in die Dunkelheit, die mehr zu sein schien als das bloße Fehlen von Licht. Etwas Festes, Eigenes, das nicht seiner Sinne bedurfte, um zu sein. Aus dem Haus drang kein einziger Lichtstrahl. Als

Piet mit der Taschenlampe zu ihm gelangte, hob er Evgenija Iwanowna Laritskaja vorsichtig vom Rücksitz. Sie wimmerte. Er stand neben dem Wagen mit der Frau im Arm, als die Scheinwerfer eines zweiten Wagens die Masse der Nacht von der Hauptstraße her auf dem unbefestigten Weg durchschnitten. Gegen alle Wahrscheinlichkeit hoffte er, dass es Valentin und Xenia wären. Sie brauchten einen Arzt. Es war der zweite SUV, der auf einer anderen Route hierhergefahren war. Brun machte kehrt und ging Piet folgend auf die geländerlose Treppe zu, die zur Eingangstür hochführte. Er war noch nicht oben, als wie eine Druckwellenfront das Brüllen eines Mannes von da auf ihn zustürzte, wo der andere Wagen angehalten hatte. Der Ehemann. Brun hielt nicht inne, wandte sich nicht um. Die Aufgabe, Aleksei Wladimirowitsch zu beruhigen und, wenn nötig, außer Gefecht zu setzen, kam Nouriel zu. Er trat über die Schwelle in das erleuchtete Zimmer, das Entrée, Küche und Wohnraum in einem zu sein schien. Die Fenster waren mit schwarzer Folie abgeklebt. In der Mitte des Raums standen vier zu einem Quadrat gegeneinander geschobene Tische. Daran saß Lorenz mit seinem IT-Equipment. Er ließ nicht erkennen, ob er zur Kenntnis nahm, was um ihn her geschah. Der Boden war rauer Beton. Brun drehte sich um die eigene Achse. Sein Blick fiel auf das, was er gesucht hatte: ein Stapel aufeinandergeschichteter Decken. Betten und Kissen brauchte keiner des Teams. Decken hingegen waren unentbehrlich. Man erholte sich nicht, wenn man fror. Egal ob für fünf Minuten oder zwei Stunden. Piet hatte sie auch gesehen, nahm drei davon und legte sie als provisorisches Lager außerhalb des Lichtkegels des grellen Lampenscheins auf den Boden.

Vorsichtig legte Brun die Frau darauf. Sie wimmerte in einem ohnmächtigen Singsang und wandte das Gesicht mit den geschlossenen Augen ab, als Piet den harten Strahl eines der Bauscheinwerfer auf sie richtete. Sie kam zu Bewusstsein.

„Ihr Mann wird gleich da sein", sagte Brun in ruhigem Tonfall, während er die provisorische Kompresse, die er auf dem Weg hierher aus seinem Hemd gemacht hatte, anhob. „Aleksei Wladimirowitsch wird gleich da sein." Die Wunde blutete nicht mehr. Man sah bloss ein kleines, sauber gestanztes Loch. Eine Austrittswunde gab es nicht. Das Projektil steckte in der Schulter. Die Zerstörung im Gewebe konnte 30 bis 40 Mal größere Schäden angerichtet haben, als die Wunde es vermuten ließ. Sollte nicht im Verlauf der nächsten Stunde ein Arzt eintreffen, müssten sie die Frau entweder selber und mit den minimalen Hilfsmitteln der Erste-Hilfe-Box des Dodge behandeln oder sie in die Klinik bringen lassen. Brun, weiter beruhigend auf sie einredend, legte eine Decke über sie und stopfte sie unter ihrem Körper fest. Dann legte er zwei weitere Decken, die er vom Stapel nahm, unter ihre Beine. Er kam gerade aus der Hocke hoch, als mit einem Knall die Eingangstüre gegen die Wand flog. Was hereindrängte, waren weniger zwei Männer als das Bild eines Kampfs. Laritski, der vorwärtsstürmend sich Nouriels zu entledigen versuchte, der ihn seinerseits mit der Kraft eines Schraubstocks, die eine Hand auf seinem Nacken und den ganzen Mann nach unten zwingend, die andere auf dem Rücken seinen Arm nach oben reißend, vor sich hertrieb. Brun reagierte sofort. Diesmal war er es, der brüllte. Gegen den Druck von Nouriels Griff riss er Laritski am Kragen seiner Jacke nach oben und zwang ihn, ihm in die Augen zu sehen:

„Schluss damit, Aleksei! Seien Sie still! Evgenija Iwanowna braucht Ruhe!"

Zuerst sah es aus, als würde Laritski, als er den Fremden den Namen seiner Frau so vertraut aussprechen hörte, mit neuer Kraft, gegen den Schmerz und blind auf alles losgehen, was sich bewegte. Dann sackte etwas zusammen. Sein Blick war Bruns Hand gefolgt und auf die Umrisse des am Boden liegenden Körpers gefallen. Ein letztes Mal versuchte er, sich loszureißen – halbherzig nur. Dann gab er auf.

„Gut", sagte Brun und ließ ihn los. „Gehen Sie zu ihr. Sie braucht Sie jetzt, Aleksei. Beruhigen Sie sie, bleiben Sie bei ihr. Der Arzt wird jeden Moment eintreffen."

Es war nicht auszumachen, ob Laritski die letzten Worte überhaupt gehört hatte. Wie ein Schlafwandler ging er durch das nackte Zimmer und bei seiner Frau auf die Knie.

Etwas wie Ruhe kehrte ein. Routinierte Geschäftigkeit. Sava, die das Zimmer zusammen mit Jezreel betreten hatte, nahm eine der Taschen, die Lorenz am Nachmittag hergebracht und an der Wand neben dem Eingang hingestellt hatte, und verschwand im Dunkel des nebenan liegenden Zimmers, um sich umzuziehen. Jezreel folgte ihr. Als sie wenig später wieder auftauchten, waren sie in Jeans und Sweatshirts. Jez trug außerdem noch einen Kapuzenpulli darüber. Sava hatte ihr Haar zu einem Zopf geflochten. Auch Nouriel und Brun hatten die Kleidung des Einsatzes gegen Alltagszeug getauscht. Von dort, wo Laritski kniete, war Gemurmel zu hören. Piet stand im Küchenbereich und hantierte mit irgendwas, während Nouriel sich über Lorenz beugte, um auf dessen Bildschirme sehen zu können. Brun ging auf einer Seite des Tischquadrats auf und ab und beendete gerade ein Telefongespräch mit Burger. In dem harten Licht sah Jez die Falten von Bruns Zukunft auf dessen Gesicht. Sie kannte sie ebenso gut wie die Geste, mit der er sich gleich eine Zigarette anzünden würde.

„Und?“, fragte Sava im Wissen, dass sich die konzentrierten Gedankentrassen jedes Einzelnen des Teams um die Frage drehten, wie man hier rauskäme nach dem, was in der vergangenen Stunde passiert war.

„Nichts“, antwortete Brun. „Ich habe ihn nur informiert. Offiziell kann er ohnehin nichts unternehmen, ohne eine diplomatische Krise auszulösen.“

„Und inoffiziell?“, fragte Nouriel, von den Bildschirmen aufschauend.

„Inoffiziell gibt es im Moment grad‘ nicht. Die USA drohen seit Wochen damit, neue Sanktionen gegen Russland zu beschließen, während die EU damit droht, sich ihnen möglicherweise anzuschließen. Oder auch nicht. Von dieser Seite ist keine Hilfe zu erwarten. Unsere Gesichter werden spätestens in zwei Stunden sämtliche Start- und Titelseiten der heimischen Presse zieren. Außerdem ist von einer sofortigen Erhöhung der Sicherheitsstufen an Flughäfen und Bahnhöfen auszugehen. So, wie‘s aussieht, haben wir zwei Möglichkeiten: Entweder wir schaffen das Kunststück, in den nächsten zwei Stunden das Land zu verlassen, oder wir richten uns darauf ein…"

Mitten im Satz brach Brun ab, zog synchron mit Jezreel und Sava seine Waffe und richtete sie auf die Tür. Das Motorgeräusch eines Kleinwagens war kaum hörbar ins Zimmer gedrungen. Bruns Handy klingelte. Er holte es mit einer Hand aus der Tasche, hob ab und nickte den anderen zu. Valentin war eingetroffen. Kaum hatte Brun aufgelegt, trat dieser zusammen mit einem Schwall kühler Luft, Xenia und einer großen mageren Frau auch schon ein.

„Wo ist der Verletzte?", fragte die Unbekannte ohne Umschweife und in neutralem Ton, während ihr Blick den Raum scannte. Und ohne auf eine Antwort zu warten, als ihr Blick auf die beiden Gestalten an dessen Rand traf: „Ich brauche Licht da drüben."

Nouriel stellte den Bauscheinwerfer erneut in die Nähe der Laritskaja.

„Andere Seite", forderte die Ärztin, ohne aufzusehen.

Erst jetzt, im grellen Licht, stellte Brun fest, dass sie Gummistiefel trug.

„Leiterin des Veterinärmedizinischen Instituts", kam Valentin jeder Frage zuvor. „Jelisaweta Jewgenjewna Anitschkowa."

„Gut", sagte Brun. Es klang wie eine Frage und war auch eine: Können wir arbeiten, während sie da ist? Die Antwort kam als kaum wahrnehmbares Nicken von Xenia.

„Gut", wiederholte Brun. „Wo waren wir…?"

„Entweder wir schaffen es, in den zwei kommenden Stunden das Land zu verlassen, oder wir richten uns darauf ein, uns hier für unbestimmte Zeit einzurichten", beendete Sava Bruns Satz von zuvor.

„Leute", kam es von Piet, der Nouriels Platz hinter Lorenz eingenommen hatte. „Wir haben jetzt die Bilder der Kameras im Club."

Die Szenen, die sich auf den drei Bildschirmen abspielten, hatten trotz der zeitlichen Nähe etwas gespenstisch Fernes an sich. Als wäre die Welt darauf eine andere, vergangene, die Menschen, die man sah, längst nicht mehr. Da war der Eingangsbereich des „Artel Bessonnica“. Grigori Petrowitschs Eintreffen mit seinen Gästen. Später die Ankunft der Laritskis. Schließlich Ondrisek, der Tscheche, mit Begleitung. Eine weitere Kamera war anscheinend an der Decke über der Treppe nach unten platziert und auf das Haupt-Ausstellungsstück des Künstlers, das eingehäkelte Fäkalienquadrat, und dessen nächste Umgebung gerichtet. Dasselbe galt für die dritte Kamera, die Werk und Raum von der gegenüberliegenden Seite aufzeichnete. Lorenz ließ die verschiedenen Sequenzen bis zum Moment des Tumults und zum Rückzug des Teams parallel ablaufen und startete sie dann erneut. Jetzt nur noch auf einem Bildschirm. Auf den anderen beiden Monitoren waren vergrößert und eingefroren einerseits Brun, Nouriel und Sava bei den Laritskis im Moment des Zugriffs und andererseits das Gesicht einer Frau zu sehen.

Es war nicht nötig, zu sagen, was spätestens jetzt jedem klar war: Zumindest Sava, Nouriel und Brun konnten in den kommenden Wochen keinen Kontrollposten passieren, ohne sofort festgenommen zu werden. Ob sie es je wieder würden tun können, stand in den Sternen. Aber diese Situation war für keinen von ihnen neu. Darüber konnte später nachgedacht und gesprochen werden. Was jetzt zählte, war die Frau, die geschossen hatte und deren Schönheit seltsam schmerzhaft anmutete.

„Wer verdammt noch mal ist sie?“, fragte Piet.

„Arina Anitschkowna Swetschin“, kam die Antwort aus dem Off des kleinen Kreises, der sich um Lorenz gruppiert hatte. Sechs Köpfe wandten sich in einer Bewegung nach hinten, wo Aleksei Wladmirowitsch Laritski Stellung bezogen und die Bildsequenzen mit angesehen hatte. Er war ein anderer jetzt. Nicht mehr der unkontrolliert wütende und verzweifelte Mann von vorhin. Ruhig vielmehr und bereit, zu verhandeln. „Ich bringe ihn um“, sagte er und klang dabei wie einer, der sich eine Notiz macht, um etwas nicht zu vergessen.

Brun, der der Ruhe nicht traute, beschränkte sich auf die Frage nach Fakten:

„Wer ist sie? Für wen arbeitet sie?“

„Sagt Ihnen der Name Nikolai Nikolajewitsch Sorokin etwas?“, fragte Laritski zurück.

„Ja“, antwortete Brun, ohne sich allfällige Überraschung anmerken zu lassen. „Ein Berater Ihres Präsidenten. Der wichtigste vielleicht.“

Laritski nickte.

„Warum?“, fragte Brun weiter.

„Wer will das wissen?“, fragte Laritski anstelle einer Antwort.

„Das spielt keine Rolle. Also?“

Laritski fixierte Brun kurz, zuckte dann die Schultern und wandte sich ab.

„Nur zu“, sagte Brun. Lauter jetzt. „Tun Sie sich keinen Zwang an. Unsere Wagen stehen Ihnen zur Verfügung. Nehmen Sie Ihre Frau und gehen Sie.“

Laritski schnellte herum: „Ich kann jetzt hier rausgehen und…“

„Und dann was?“, herrschte Brun ihn an. „Vor versammelter Presse auf dieses Haus und auf uns zeigen? Wie gesagt: Nur zu. Ich drücke Ihnen die Daumen. Wird nicht ganz einfach sein, aber es kann klappen. Einzige Bedingung ist, dass Sie es schaffen, bis dahin am Leben zu bleiben.“

Laritski sog scharf die Luft ein, sagte aber nichts. Brun sprach ruhiger, als er fortfuhr: „Fakt ist, Aleksei, dass wir zur Zeit die Einzigen zu sein scheinen, die daran interessiert sind, Sie und Ihre Frau zu schützen. Für den Moment sind wir die Guten. Glauben Sie es. Geben Sie uns die Informationen, die wir wollen. Oder gehen Sie. Jetzt. Ihre Entscheidung.“

Stille, hart wie das Licht, senkte sich über den Raum. Etwas, das längst gespannt war, wurde weiter angezogen. „Okay“, sagte Aleksei Wladimirowitsch schließlich. „Was wollen Sie?“

„Das, was wir von Anfang an wollten: Informationen.“

„Was für Informationen?“

„Solche, die den Absturz Ihrer Maschine in der Schweiz erklären.“

„Sie arbeiten für die Schweizer Regierung.“ Es war keine Frage. Trotzdem antwortete Brun: „Ja. Wir mögen es nicht, wenn bei uns Kriege ausgetragen werden, an denen wir nie teilgenommen haben. Das hier hätte eine ganz normale Kontaktaufnahme werden sollen. Informationsbeschaffung, Aufklärung – nennen Sie es, wie Sie wollen. Wir fragen, Sie antworten, wir gehen nach Hause, alle sind glücklich. Dann haben wir vor ein paar Stunden festgestellt, dass jemand anderer dasselbe will. Mit anderem Ausgang freilich. Wenn wir also weiterhin mit Ihnen und Ihrer Frau sprechen wollten, dann mussten wir zuerst dafür sorgen, dass Sie am Leben bleiben.“

„Der Tscheche“, stellte Laritski fest.

„Sie wissen von dem Mann?“ Brun klang überrascht.

„Ja.“

„Woher?“

„Von Nikolai Nikolajewitsch Sorokin. Ironisch, nicht wahr?“, sagte Laritski, ohne zu lächeln. „Sorokin war es, der mich vor dem Mann gewarnt hat, der unserem Geheimdienst als ‚der Tscheche‘ bekannt ist. Und so, wie‘s aussieht, ist es jetzt Sorokin, der den Schatten ebendieses Tschechen nutzt, um dessen Job zu machen.“

Brun ging nicht darauf ein. „Warum?“, fragte er nur.

„Das wissen Sie doch längst: Politik“, sagte Laritski.

„Geht es auch deutlicher?“ Piet, der bisher nichts gesagt hatte, klang, als beherrsche er sich nur unter Anstrengung.

„Ja. Unter einer Bedingung.“

„Was genau von dem, was er Ihnen vorhin gesagt hat, haben Sie nicht verstanden?“, fuhr Piet Laritski auf Brun deutend an. „Für den Fall, dass es Ihnen entgangen sein sollte, wiederhole ich es noch einmal: Dass Sie in der Lage sind, hier zu stehen, haben Sie einzig uns zu verdanken. Und es ist nicht die Position, in der man Bedingungen…“

„Lass“, ging Brun dazwischen. Und an Laritski gewandt: „Aber unrecht hat er nicht. Das hier läuft auf einen Deal hinaus. Wenn wir beide gewinnen wollen, dann sollten wir uns mit Bedingungen zurückhalten.“

„Okay“, sagte Laritski. „Sie erhalten sämtliche Informationen, über die wir im Zusammenhang mit dem Anschlag verfügen, sobald ich die Garantie dafür habe, dass meine Frau und mein Sohn in Sicherheit sind.“

„Wir können Ihren Sohn hierherbringen lassen.“

„Das reicht nicht. Ich will, dass Sie für ihre Ausreise aus Russland und für Schutz in der Schweiz sorgen.“

„Dann werde ich Sie jetzt bitten, zu gehen. Es gibt keinen Deal“, sagte Brun. Und mit dem Kinn auf Xenia deutend: „Fragen Sie sie. Los – fragen Sie sie, ob es eine reale Möglichkeit für Sie oder uns gibt, das Land in den kommenden Wochen auf sicherem Weg und unbemerkt zu verlassen.“

Alle blickten auf die zierliche Frau, die ihrerseits stumm Laritski fixierte. Es gab nichts zu fragen und nichts zu antworten.

„Was wir Ihnen bieten können“, fuhr Brun fort, „ist das hier. Die Sicherheit dieser Wände. Einen Unterschlupf. Es ist davon auszugehen, dass es Wochen dauern wird, bis die Situation hier sich beruhigt hat. Zumindest bis nach der Weltmeisterschaft. Ob und wie meine Leute und ich dann ausreisen können, steht in den Sternen. Dasselbe gilt für Sie und Ihre Familie. Mehr als ein Set falscher Identitätsdokumente können wir Ihnen nicht versprechen.“

„Es gibt vielleicht noch eine weitere Möglichkeit.“ Obwohl Jezreel leise sprach, hätte die Wirkung ihrer Worte nicht größer sein können, wenn sie sie gebrüllt hätte. Sämtliche Köpfe wandten sich der mit verschränkten Armen dastehenden Silhouette im Schatten zwischen den Lichtern am Tisch und jenen der improvisierten Krankenstation zu.

„Nikolai Nikolajewitsch Sorokins Privatmaschine“, sagte Jez.

***

Moskau, Hotel Ararat Park Hyatt, Penthouse-Suite

Mit dem Regen war der Atem gekommen. Nikolai Nikolajewitsch Sorokin hatte längst aufgehört, nach Zusammenhängen zu fragen. Sie verleiteten zu anfälligem Hoffen, zu Selbstbetrug. Für beides hatte er nicht mehr die Zeit. Er nahm es hin. Auch jetzt, als er am Terrassenfenster stand, den Blick versenkt in das glänzende Netz der Wasserstränge, das wie ein Vorhang zwischen dem Dachvorsprung und der Brüstung mit den Lampen gespannt war. Eine Windböe verwischte das stete Fallen, eine Gischtwelle traf die Scheibe.

„Wir haben jetzt die Bilder aus dem Club", sagte jemand in seinem Rücken. Eine Männerstimme. Tief einatmend meinte er, die Frische von der anderen Seite zu fühlen. Er wandte sich um. Auf der leeren Rückwand der Suite über dem Sideboard liefen stumm die projizierten Szenen einer Party ab. Obwohl kein Ton zu hören war, glaubte er die basslastigen Beats zu hören. Er hatte selber an Dutzenden solcher Veranstaltungen teilgenommen. Früher. Als noch nicht alles bloß eine Frage von Zeit gewesen war.

„Noch einmal", sagte Sorokin, als die Bildsequenz abrupt abriss. Alexander Romanowitsch Solonik, sein Sicherheitschef, der wie ein Scherenschnitt vor der Leinwand neben der vertrauten Gestalt Arinas gestanden hatte, beugte sich über den Laptop auf dem Tisch und gab einen Befehl ein. Erneut war der Eingangsbereich des „Artel Bessonnica" zu sehen.

„Stopp", sagte Sorokin, als die Kamera das Eintreffen der Gruppe um den Journalisten Grigori Petrowitsch einfing. Und an seinen Sicherheitschef gewandt: „Was haben wir über sie?"

„Nichts, Nikolai Nikolajewitsch. Absolut nichts. Wir wissen nicht einmal, ob sie zu dem Journalisten gehören oder nicht. Einige der Gäste sagen ja, andere meinen, ihre Wagen seien nur zufällig zur gleichen Zeit eingetroffen. Später, während der Party, wurden sie nicht mehr zusammen gesehen."

„Befragungen?", hakte Sorokin nach.

„Sind noch im Gang", antwortete Solonik. „Soll ich…?"

„Nein. Lassen Sie. Es reicht, wenn wir uns dann für die Sache interessieren, wenn andere es auch tun. In ein paar Stunden, wenn die Meldung überall durch ist."

Auf den unausgesprochenen Befehl Sorokins hin ließ Solonik den Film weiterlaufen. Das Bild, das am Ende der Aufnahme eingefroren an der Wand verblieb, war jenes einer Starre. Als hätten die Menschen darauf gewusst, dass die Sequenz hier zu Ende wäre. Dort, wo sich die tumultartige Szene am rechten Bildrand abgespielt hatte, klaffte ein Loch, ganz links am Rand war Arinas Gesicht zu sehen.

„Es tut mir leid, Nikolai Nikolajewitsch“, sagte sie in die Stille hinein.

„Man sieht nur Ihr Gesicht, Arina. Das muss Ihnen nicht leidtun.“ Und an den Mann gewandt: „Hätten Sie es verstanden, Alexander? Hätten Sie verstanden, was passiert?“

„Nein“, kam die Antwort. „Ich hätte es auch nicht kommen sehen.“

„Gut. Dann gibt es auch nichts zu entschuldigen.“ Und erneut an den Mann gewandt: „Haben Sie eine Vermutung?“

„Aleksei Wladimirowitsch Laritski hat das Geld und die Kontakte, um sich die besten Leute zu besorgen. Und genau das hat er getan, vermute ich.“

„Sie denken, diese Leute gehören zu ihm?“

„Auf jeden Fall sind sie auf seiner Seite. Es gibt also genau zwei Möglichkeiten. Entweder sie arbeiten für ihn, oder…“

„ …oder sie wollen ihn und seine Frau haben“, beendete Sorokin den Satz.

„Richtig.“

„Weiß man in der Zwischenzeit etwas von den Wagen?“

„Nein. Die letzten Aufnahmen, die es gibt, sind jene auf dem dritten Verkehrsring kurz vor der Kreuzung Kutusow-Allee/Leninski. Die Nummernschilder sind wegen des Regens nicht zu erkennen. Garagen und Mietfirmen werden zur Zeit überprüft.“

„Gut“, sagte Sorokin und wandte sich von der Wand mit dem eingefrorenen Bild und den beiden ab. „Es ist spät. Schlafen Sie für ein paar Stunden.“

„Ich glaube nicht, dass wir Zeit haben, zu schlafen“, sagte Arina in seinem Rücken. Sorokin wandte sich um. Der Beamer, der immer noch mit dem Laptop verbunden war, projizierte den roten Balken einer Nachrichten-Sondermeldung an die Wand.

„Nach einem Anschlag im Moskauer Kulturclub ‚Artel Bessonnica‘ sind die Sicherheitsvorkehrungen in der ganzen Stadt intensiviert und die Kontrollen an Flughäfen und Bahnhöfen verschärft worden. Eine komplette Schließung der öffentlichen Flughäfen ist laut Behörden nicht vorgesehen. Über das Motiv des Anschlags ist noch nichts bekannt. Ein terroristischer Hintergrund wird nicht ausgeschlossen. Das Verkehrsministerium hat eine Telefonnummer für Reisende und besorgte Angehörige eingerichtet.“

Es folgte die Einblendung einer Telefonnummer mit Moskauer Vorwahl und die Ankündigung einer Sondersendung. Bevor eine der Personen im Raum etwas sagen konnte, lief eine weitere Meldung über die Wand:

„Der Moskauer Arzt und Chef der Motorradvereinigung Nachtwölfe, Dr. Semion Kowaljow, der seit 22 Jahren an der Botkin-Klinik als Chirurg tätig war, hat sich in der vergangenen Nacht mit einem Sprung vom Dach der Klinik das Leben genommen. Über die Gründe für den Suizid des 46-Jährigen ist zur Zeit noch nichts bekannt. Er hinterlässt eine Frau und drei Kinder.“

Kurz sah Sorokin seinen Sicherheitschef an, nickte kaum wahrnehmbar und ließ sich in die Kissen des Sofas fallen. Die Zeit des Atems war vorbei. Er griff zur Sauerstoffmaske. Bevor er sie vor Mund und Nase halten konnte, die Augen schließen, sich entspannen, fraß sich das vibrierende Summen seines Handys durch die Stille. Er lehnte sich nach vorn und griff nach dem Gerät. Das Display zeigte an, dass es sich bei dem Anrufer um Nik Horn handelte. Es war kurz vor sechs Uhr.

36

Mittwoch, 31. Mai, Moskau, Naro-Fominski-Distrikt, Aprelewka

„Das wird nie aufhören, nicht wahr?“ Die Frage war von Nik Horn gekommen, als Jezreel ihn in den frühen Stunden dieses letzten Maitages angerufen und ihm gesagt hatte, was sie von ihm wollten.

„Das ist jetzt ziemlich pathetisch, Nik. Aber wenn‘s dich tröstet: Danach ist es vorbei“, hatte sie geantwortet. „Das ist das letzte Mal.“

„Und das soll ich glauben, Jezreel? Ernsthaft? Leute wie ihr lebt doch von Leuten wie mir.“

„Von Leuten, denen wir die Konsequenzen ihres Handelns ersparen, meinst du?“

Die Fracht der Stille, die auf der Verbindung gelastet hatte, war fühlbar gewesen. Nicht sie waren es, die bestimmt hatten. Er hatte die Linie überschritten. Er allein Grenzen hinter sich gelassen, die für alle anderen galten. Sie hatten bloß den Kredit zur Schuldtilgung gewährt. Die Modalitäten der Rückzahlung lagen in seiner Verantwortung. Den letzten Zahltag bestimmte er allein.

Jezreel hatte vor der Tür des sicheren Hauses in der Dunkelheit gestanden und gewartet, dass Horn den vertrauten Brocken schluckte. Der Regen war noch stärker geworden, und sie hatte den Sprühnebel der schwarzen Wasserwand vom Dach auf dem Gesicht gefühlt. Die Dachrinnen waren verstopft oder nicht vorhanden.

„Nikolai Nikolajewitschs Feind sein, heißt tot sein, Jezreel“, hatte Horn schließlich gesagt. „Du weißt das, ich weiß das.“

„Ja. Aber es ist möglich…“

„Was, Jezreel?“, war er ihr ins Wort gefallen. „Einem Mann, der auf sämtliche Ressourcen der russischen Sicherheits-Infrastruktur zugreifen kann, vorenthalten, dass anstatt einer zehn Personen an Bord seiner Maschine gehen? Ihn nicht merken zu lassen, dass er beschissen wird von jener Person, die ihm sein Leben verdankt? Ist es das, was du sagen willst?“

„Ach komm – heul‘ leiser“, kam es von Jez.

Die Druckwelle Horns umgelenkter Wut, die eine auf die eigene Feigheit und die selbstverschuldete Ohnmacht war und sich nur der Einfachheit halber gegen sie richtete, war regelrecht greifbar gewesen. Dahinter sich windend das Gewissen. Darunter Angst. Ein Leben für ein Leben.

„Okay“, hatte er schließlich gesagt. „Entschuldige. Was wolltest du eben sagen?“

„Ich wollte sagen, dass es möglich ist, dass Sorokin spätestens in ein paar Stunden ganz andere Probleme haben wird als einen wortbrüchigen Ex-Banker, was uns Zeit verschafft.“

„Wie muss ich das verstehen?“

„Für den Moment gar nicht, Nik. Ruf ihn jetzt an.“

„Wie viel Zeit habe ich?“

„Zwei Stunden.“

Horn hatte wortlos aufgelegt, und Jez war ins Haus getreten und hatte, dem fragenden Blick Bruns begegnend, kurz genickt. „Zwei Stunden“, hatte sie gesagt.

Und als wären ihre Worte ein Ball gewesen, hatte Brun sie aufgenommen und in Richtung des Mannes, der im Abendanzug am Tisch saß, wiederholt: „Zwei Stunden, Aleksei.“

Davon waren noch keine 30 Minuten verstrichen, als Jez‘ Handy sich meldete. Das Team hatte sich während der Zeit des Wartens mit Kaffee und Broten versorgt. Laritski war zu seiner Frau zurückgekehrt, die sich nach wie vor in der Obhut der Ärztin befand und bei Bewusstsein war. Es hatte nichts zu sagen gegeben. Nichts zu gestehen, nichts zu versprechen. Alles hing davon ab, ob Jezreels Idee funktionierte.

Ihre Worte hatten die Wirkung einer Handgranaten-Attrappe gehabt, die über den Boden und zwischen die Beine einer Gruppe von Leuten rollt. Schock, Schreie, Erkennen und ein erstes Lachen wären die natürlichen Reaktionen normaler Menschen gewesen. Nichts davon in dem Raum des Hauses am Rand eines Moors, das einmal ein See gewesen war. Stattdessen Stille. „Es kann funktionieren“, hatte Valentin schließlich gesagt.

Und jetzt sah tatsächlich alles danach aus, als hätten sie eine Chance.

„Die Sache läuft“, sagte Horn, als Jez sich meldete.

„Wie hat er reagiert?“

„Wie zu erwarten war.“

„Was heißt das?“, hakte Jez nach.

„Das heißt, dass wir einen Deal haben.“

„Was genau hast du ihm gesagt?“

„Dass ich vorhatte, heute nach Moskau zu fliegen, wo ich einen Kunden treffen sollte, der einen Teil seiner Barreserven außer Landes schaffen wolle. Und dass dieses Unterfangen bei dem, was zur Zeit gerade in Moskau laufe und bei der anzunehmenden Verstärkung der Sicherheitsmaßnahmen an den Flughäfen schwierig bis unmöglich sei, weshalb ich eine private und diskrete Transportmöglichkeit bräuchte.“

„Ist das nachprüfbar?“

„Wenn du den geplanten Flug meinst: Ja. Ich habe vorhin als Erstes einen Platz in der Business-Class der Swiss für heute Vormittag gebucht.“

„Gut. Was ist mit dem Geld? Um welche Summe geht es?“

„Zwischen 80 und 90 Millionen Dollar.“

„Schmuck?“

„Genau. Es ist immer noch eine der beliebtesten und sichersten Arten, große Beträge über die Grenzen zu bringen. In diesem Fall Diamanten in einer Range von 1,29 bis 1,49 Karat, die in dieser Qualität pro Karat an die 35.000 Euro kosten dürften. Vom Gewicht her also kein Problem. Außerdem werden Sorokins Gäste selten sehr genau überprüft. Er hat die Story gekauft.“

„Perfekt. Was ist mit dem Flieger? Wann ist er startbereit?“

„Einer seiner Jets mit dem Kennzeichen ‚M-OSCOW-NNS‘ ist zum Zeitpunkt unseres Gesprächs wenn nicht schon in der Luft, dann auf der Startbahn auf der Isle of Man. Um elf kann ich ab Bern-Belpmoos nach Moskau einchecken. Irgendwann zwischen 14 und 15 Uhr bin ich da, und wenn alles klappt, sind wir heute Abend bereits wieder in Bern."

„‚Ihr', Nik. Nicht ‚wir'".

„Was willst du damit sagen?"

„Ich will damit sagen, dass du mit einem regulären Flug zurück nach Zürich fliegen wirst. Es kann Probleme geben."

„Als ob das jetzt noch einen Unterschied machen würde", blaffte Horn.

„Große Probleme, Nik."

Horn kapitulierte: „Okay."

„Wo landet Sorokins Maschine?"

„Moskau-Ostafjewo."

„Der ehemalige Militärflugplatz?"

„Wenn du so willst... ja. Er ist heute im Besitz der Firma Gazprom. ‚Ehemalig' ist in diesem Fall also relativ."

„Okay", sagte Jez nur. „Was ist mit der Crew? Wie viele Personen sind an Bord?"

„In der Regel Pilot, Copilot und zwei Stewards. Allesamt Männer. Und wenn ich gerade dabei bin: Die Zollformalitäten mögen ein Witz sein im Fall von Leuten des Formats Sorokins. Seine internen sind es nicht: Die Crew wird über jeden Passagier im Vorfeld informiert. Mit Foto. Und sie sind bewaffnet."

„Okay", wiederholte Jez. Und nach einem kurzen Zögern: „Was verlangt er dafür?"

„Sorokin?", fragte Horn.

„Natürlich Sorokin. Was ist dein Teil des Geschäfts?"

„Er will einen Namen."

„Den Namen des angeblichen Kunden, für den du das Geld außer Landes schaffen sollst?"

„Ja."

„Und?"

„Ich habe ihm einen Namen gegeben."

„Welchen?"

„Nein, Jezreel. Auf keinen Fall."

„Nik, ich brauche alle relevanten Informationen."

„Nein. Diese nicht."

Jezreel merkte, dass sie nicht weiterkäme und dass alles Drohen ins Leere laufen würde.

„Ich melde mich später“, sagte sie und legte auf.

Ihr Aufblicken kam einem Auftauchen gleich. Sie kam von weither zurück in den Raum, den sie nie verlassen hatte. Zu Brun, der am anderen Ende des Zimmers an den Rahmen eines der abgedeckten Fenster gelehnt stand, rauchte und sie unverwandt ansah. Der andere Mensch. Erst jetzt merkte sie, dass auch alle anderen Augen auf sie gerichtet waren. Sogar Laritski schaute in dem Moment hoch und zu ihr hin.

„Die Sache läuft“, hob sie an. „Horn wird voraussichtlich gegen 15 Uhr in Moskau landen.“

„Wo?“, fragte Piet.

„Ostafjewo.“

„Bravo“, kam es von Lorenz, der sich nicht die Mühe machte, von seinen Bildschirmen aufzusehen. Trotzdem war jedem klar, was er meinte. Wenn das weltweit größte Erdgasförderunternehmen mit rund 110 Milliarden Dollar Marktkapitalisierung zusammen mit seinem Mehrheitsaktionär, dem russischen Staat, einen sogenannt privaten Flugplatz betrieb, konnte davon ausgegangen werden, dass es der am besten bewachte und kontrollierte im ganzen Land war.

Bevor jemand einen Kommentar oder Vorschlag abgeben konnte, trat die Ärztin an den Tisch heran. Keiner hatte gemerkt, wie die große, seltsam hart wirkende Frau aufgestanden war. Sogar ihr Reden war knöchern, als sie sich an Xenia wandte:

„Ich gehe jetzt. Der Frau geht es so weit gut. Sie sollte in den nächsten 48 Stunden sicherheitshalber zur Nachkontrolle in ein Krankenhaus.“

„Ist sie in Gefahr?“ Die Frage kam von Laritski.

„Nein. Ich konnte die Wunde problemlos reinigen. Der Schuss hat zwar den Schlüsselbeinknochen beschädigt, aber nicht zerstört. Knochensplitter und Kugel sind raus. Sie wird Schmerzen haben. Ich lasse zusätzliche Schmerzmittel hier. Achten Sie darauf, dass sie ruhig ist und dass der Verband nicht verrutscht.“

„Was ist, wenn die Wunde sich entzündet?“, hakte Laritski nach.

„48 Stunden. Krankenhaus“, wiederholte die Frau, die von Kopf bis Fuß in braunes Stallgrün gehüllt war und sich bereits mitsamt ihrem großen Koffer abwandte.

„Danke“, kam es von Brun. „Aber Sie können nicht gehen.“

Mit einer Behändigkeit, die ihr keiner zugetraut hätte, wirbelte Jelisaweta Jewgenjewna Anitschkowa herum. Der Koffer schien kein Gewicht mehr zu haben. „Wie bitte?“ Und als Brun mit einem „Hören Sie…“ Anstalten machte, zu wiederholen, was er eben gesagt hatte, es zu erklären: „Nein – Sie hören. Ich habe Sie sehr wohl verstanden. Und ich sage Ihnen: Ich kann nicht nur gehen, ich werde gehen. Ich versorge im Schnitt pro Tag vier Schusswunden und sechs Brüche. Und das sind nur die Menschen. Menschen wie Sie hier. Ich frage nicht. Weder nach Gründen, noch nach Namen. Ich behandle. Genau wie Sie. Sie haben auch nicht gefragt, als ich vorhin angekommen bin. Fangen Sie jetzt nicht damit an.“ Sprach‘s, machte auf dem gummierten Stiefelabsatz kehrt und ging zur Tür.

„Eltern benennen ihre Kinder nach ihr“, sagte Xenia in die Stille hinein. „Aber keiner nennt sie bei ihrem Namen. Wenn vom ‚Knochendoktor‘ die Rede ist, dann ist sie gemeint und jeder weiß Bescheid.“

„Gut. Das wird reichen müssen“, sagte Sava. Und an Xenia gewandt das Thema von vorhin wieder aufnehmend: „Ostafjewo. Können Sie irgendwas tun, was uns erlauben würde, auszuweichen? Landeerlaubnis verweigern oder so?“

„Nein. Nicht in diesem Fall. Aber das Risiko ist überschaubar. Es ist ein kleiner Flugplatz. Bloß 15 bis 20 Passagiere pro Tag und nur eine in Betrieb befindliche Start- und Landebahn, die bis auf einige Ausnahmen wie Sorokin ausschließlich von den Maschinen der firmeneigenen Fluglinie genutzt wird. Außerdem ist es der nächstgelegene Flugplatz. Von hier aus in rund 20 Minuten erreichbar.“

„Okay. Dann an die Arbeit“, sagte Brun, stand auf und zündete sich in der Bewegung eine Zigarette an. „Sie“ – er deutete auf Laritski – „kommen mit. Sava – du auch.“ Und in Richtung des Rests des Teams: „Und schafft den Jungen her.“

„Wohin gehen wir?“, fragte Laritski.

„Nur nebenan“, warf Brun über die Schulter zurück. „Zeit, dass Sie Ihren Teil des Deals erfüllen.“

„Aber mein Sohn ist noch nicht hier. Von Sicherheit ganz zu schweigen.“

„Meine Leute werden ihn holen. Wenn wir hier wieder rauskommen, ist er vielleicht schon da.“

Widerwillig folgte Laritski den beiden in das Nebenzimmer. Jez sah ihnen nach. Welcome to the machine. Laritski hatte keine Ahnung, was ihm blühte.

37

Moskau, Ulitsa Semlianoi Val

„Warum bist du noch in der Stadt?“, fragte sie. „Du sagtest gestern, du würdest Moskau noch in der Nacht verlassen.“

Vaclav Ondrisek saß, das versehrte Bein ausgestreckt, auf einem der dünnbeinigen Holzstühle, die zur Ausstattung des Gruppenverschlags gehörten, und starrte stumm zum Fenster und in den Regen hinaus. Mann und Wasser hatten beide etwas verbissen Zähes an sich. Er wandte sich nicht zu dem Mädchen um, das klang, als schlafe es noch.

„Willst du nach Hause?“, fragte er anstatt einer Antwort. „Ich fahr‘ dich hin.“

„Nein.“ Es hörte sich an, als hätte sie die Augen geöffnet. Ein Lächeln zog an ihm vorbei zum Fenster hinaus. Er sah ihm nach. „Was willst du dann?“

„Ich habe Hunger.“

„Okay.“ Er hörte, wie in seinem Rücken Bewegung entstand. Er blendete die Geräusche aus. Warum er noch in der Stadt war, das wusste er. Was er tun sollte, außer abzuwarten, dass die Lage sich beruhigte, nicht.

Als sie eine Viertelstunde später im gemieteten VW-Polo den Gästeparkplatz verließen, bog er, die achtspurige Ringstraße querend, nach links ab und fuhr gegen Norden. Vorbei an Autoreparaturwerkstätten, Bankfilialen, einem Burger King, Kleiderreinigungs-Geschäften, Reisebüros und dem Klotz des städtischen Finanzamts, der an aufeinandergeschichtete Aquarien erinnerte. An der Kreuzung Semlianoi-Pokrowka bog er erneut links ab und fuhr auf der Spur, die für Busse reserviert war, in Richtung Innenstadt. Eine andere Welt hier: Verkehr, Menschen, gegen das Grau anleuchtender Blumenschmuck und, je näher sie dem Stadtzentrum kamen, mit jedem Meter größere Schaufenster, minimalistischere Auslagen, samtigere Töne.

„Da vorne ist ein McDonald‘s“, stellte das Mädchen fest. Die Gleichgültigkeit, mit der sie es sagte, war durchscheinend wie das professionelle Make-up der letzten Nacht. Sie trug die kurze Jeans vom Vortag, das Top und darüber sein Sweatshirt, in dem sie geschlafen hatte und das ihr bis zu den Knien reichte. Es war heute merklich kühler als am Vortag, und sie fror.

Der Tscheche reagierte erst, als sie an dem Fastfood-Laden, dessen Name in Naias Stimme unterdrückte Begeisterung hatte vibrieren lassen, längst vorbei waren. Auf der Höhe, wo die Pokrowka- in die Maroseika-Straße überging, fuhr er auf den Gehsteig und hielt vor einem Geschäft, in dessen riesigen, wie schwarze Samtschatullen wirkenden Vitrinen jeweils nur ein Kleidungsstück ausgestellt war.

„Warte hier“, sagte er, stieg aus und verschwand in der Boutique. Als er zurückkam, reichte er ihr einen schwarzen eckigen Papiersack. „Zieh das an.“

Das Mädchen tat ohne Scheu wie geheißen und schien nicht auf die Blicke aus den entgegenkommenden Autos und jene der Menschen auf den Gehsteigen zu achten, die an den Ampeln in den Wagen und auf ein langgliedriges Geschöpf in verschiedenen Stadien der Nacktheit starrten.

Als sie in den Stadtteil kamen, der „Kitai-Gorod“ – „China Town“ – hieß und nichts mit China, aber viel mit mittelalterlichen Wehrwällen und Befestigungen zu tun hatte, saß neben Vasek eine junge Frau in schwarzer Jeans, grauem Strickpullover und Wildledersneakers in der Farbe ihres langen glatten Haars, das sie zu einem Pferdeschwanz zusammengebunden hatte. Vasek bog vor dem Roten Platz links ab in die Lubianski-Gasse, um gleich darauf rechts über ein Stück der Warwarka-Straße auf die Kitaigorodski-Gasse zu gelangen.

„War das nicht hier, letzte Nacht?“, fragte das Mädchen, als sie die Uferstraße der Moskwa erreichten. Es war nicht auszumachen, ob der Tscheche die Frage gehört hatte. Mit konzentrierter Miene fuhr er auf der Kremlpromenade an der Moskwa entlang und über die Große Steinbrücke. An deren Ende bog er scharf rechts ab und fuhr runter auf den Kai, der am Moskwa-Nebenarm entlangführte. Auf der anderen Seite lagen der Bolotnaja-Damm und das „Artel Bessonnica“. Von dort, wo sie entlangfuhren, war gut zu sehen, dass der gesamte Bereich, der den halbinselartigen Spickel zwischen Moskwa-Arm und Moskwa bildete, abgeriegelt war. An sämtlichen Zufahrtsstraßen waren Kontrollposten eingerichtet. Die Männer schienen schwer bewaffnet zu sein. Vasek verlangsamte nicht, löste den Blick von der Szenerie und fuhr, scheinbar nicht länger interessiert, weiter. An der Kreuzung zur Golutwinski-Gasse wendete er, fuhr denselben Weg zurück und folgte der Dammstraße rund um das Stadtzentrum bis zur Kommissariats-Brücke.

„Was ist dort in dem Club passiert?“, fragte das Mädchen.

„Es wurde auf jemanden geschossen.“

„Auf wen?“ Sie fragte wie jemand, der weiß, dass jener, den er fragt, die Antwort kennt.

„Auf Evgenija Iwanowna Laritskaja.“

„Die Politikerin?“

„Ja.“

„Bist du deshalb noch in der Stadt?“

„Ja.“

Sie hatten die Brücke überquert, und Vasek war dabei, den Wagen am Sadownitscheskaja-Damm in eine Parklücke zu manövrieren.

„Komm“, sagte er und stieg aus. Sie folgte ihm und ging im Schutz der Dachvorsprünge hinter ihm her an einem eingerüsteten Haus entlang. Vasek überquerte eine Seitenstraße und ging weiter geradeaus. In der Mitte eines sich über mehrere Hausnummern erstreckenden rosa Gebäudes glitt er durch eine Gittertür im Torbogen, der in einen Innenhof führte. Verschiedene über jeweils drei Stufen erreichbare Türen rahmten das graue leere Eck ein. Es waren die Hintereingänge zu den verschiedenen Hausfluren. Die Fenster dazwischen waren vergittert. Vasek ging auf einen der Eingänge zu, klopfte an und wartete. Fast wirkte es, als öffnete sich die Türe ohne Zutun. Erst als das Mädchen dem Tschechen ins Innere folgte, sah sie den kleinen runden Mann, der sich in dem engen Eingangsbereich halb neben, halb hinter der Tür an die Wand drückte. Der Eindruck von Enge blieb auch bestehen, als der Raum sich öffnete. Sie waren in einem Restaurant. Sitznische reihte sich ohne Anspruch an Regelmäßigkeit oder Harmonie an Sitznische. Dazwischen als Trennelemente dunkle Bretterverschläge, die an Ställe gemahnten. Die Wände waren bis auf Schulterhöhe aus dunklem Backstein. Darüber rauchgelbes Weiß. Vasek, dem die Umgebung vertraut zu sein schien, durchquerte das leere Lokal und setzte sich ganz hinten an den Tisch, der sich neben der Tür befand, die möglicherweise zur Küche führte. Diverse Sauceflecken, Zigarettenpackungen, zerknüllte Papierservietten, Aschenbecher, Tassen und Gläser verrieten, dass hier eben gerade noch das Personal gesessen und gegessen hatte. Nasia trat ebenfalls an den Tisch und blickte, bevor sie sich setzte, über die Schulter. Der Mann, der ihnen die Tür geöffnet hatte, folgte ihr auf dem Fuß und sah, als sie stehen blieb, zu ihr hoch. Rasch und wie auf einen stummen Befehl hin setzte sie sich dem Tschechen gegenüber.

„Sie waren lange nicht hier“, sagte der Mann, dem die Tischkante bis zur Mitte des stattlichen Bauches reichte.

„Geschäfte“, antwortete der Tscheche.

„Das Übliche?“

„Das Übliche.“

„Chinkali?“

„Zwei Portionen.“

„Fleisch oder Käse?“

„Von beidem.“

„Wein?“

„Tee.“

Es klang wie ein vertrauter Schlagabtausch nach exakt vorgegebenem Muster. Der Mann verschwand in dem Raum hinter der Schwingtür, die auspendelnd Schwalle von Essensgerüchen zu den beiden Menschen am Tisch beförderte. Etwas, das Entzücken oder auch nur Hunger sein konnte, hatte in den Augen des Mädchens aufgeblitzt, als das Wort „Chinkali“ gefallen war.

Sie übertünchte es, indem sie mit träger Bewegung nach einer der Zigarettenpackungen griff, eine Kippe herauspulte und sie anzündete.

„Bin gleich wieder da“, sagte Vasek, bereits im Aufstehen begriffen.

„Das Übliche?“, fragte das Mädchen.

Abrupt blieb er stehen. „Was meinst du?“

„Was ist das Übliche?“

„Nichts, was dich zu interessieren hat.“ Sprach‘s, stieß die Tür auf, verschwand aus ihrem Blickfeld und tauchte in das klaustrophobische Weiß der Küche ein. Frauen in Röcken und weißen Kopftüchern standen dicht an dicht, in Dampfwolken gehüllt oder über den in der Mitte stehenden Holztisch gebeugt. Keine hielt in ihrem Tun inne oder hob auch nur den Blick, als der große Mann ihr Sichtfeld kreuzte, kaum wahrnehmbar hinkend den Raum durchquerte und durch eine weitere Türe verschwand. Hinter der Tür lag ein kurzer Flur, von dem drei Türen abgingen. Vasek öffnete die linkerhand gelegene und trat in etwas ein, das anmutete wie ein Verhörraum, den Papier- und Ordnerstapeln zufolge aber ein Büro war. Graue fensterlose Wände, Betonboden, ein Tisch, zwei Stühle. Auf dem Tisch ein Laptop und ein Telefon. Keiner, auch nicht die Polizei, die hier schon mehrere Razzien durchgeführt hatte, wäre auf den Gedanken gekommen, dass es sich bei dem klimatisierten Zimmer um eine hochfrequenzgeschirmte Kabine handelte. Komplette Kupferauskleidung, metallisierte Textilabdeckungen, Schirmtüren, separate Lüftung, Stromversorgung und Glasfasernetze waren die unsichtbaren Bestandteile eines komplett abstrahlsicheren Bereichs nach Nato-Vorgaben. Es war das sichtbare Kernstück des seltsamen Kerngeschäfts des Armeniers, dessen Namen Vasek bis heute nicht kannte. Das Geschäftsmodell war denkbar einfach: Ich liefere dir Sicherheit, du lässt mir deine Informationen hier. Jedes hier geführte Gespräch wurde in Bild und Ton aufgezeichnet, jede Mail registriert. Was der Mann mit der Ernte anstellte, war niemandem bekannt. Am wahrscheinlichsten war Erpressung – diskret und verborgen wie sein unter georgischer

Flagge geführtes Restaurant. Indes – keiner fragte danach, und die Tatsache, dass noch nie einer im Zusammenhang mit den von hier aus gesandten Signalen in schwierige Situationen geraten war, bescherte ihm einen treuen und zahlungskräftigen Kundenstamm.

Vasek setzte sich an den Tisch, nahm den Hörer vom Apparat und wählte aus dem Gedächtnis die Nummer eines Mobiltelefonanschlusses.

Sophia Svenström meldete sich sofort: „Ja."

„Haben Sie die Nachrichten gesehen?", fragte der Tscheche.

Die Frau ging nicht darauf ein, was einer Bejahung gleichkam. Stattdessen sagte sie: „Ihr Anruf verstößt gegen unsere Vereinbarung. Kein direkter Kontakt. Außerdem ist die Leitung nicht sicher."

„Die Vereinbarung ist nicht mehr gültig", sagte er.

„Was reden Sie da? Das Geld, das Sie gefordert haben, ist längst überwiesen."

„Wie gesagt", wiederholte Vasek – „unsere Vereinbarung ist nicht mehr gültig."

„Und warum ist sie auf einmal…", setzte Svenström an.

„Ich mag es nicht, wenn man mich bescheißt", unterbrach er sie. „Sie wussten die ganze Zeit, wer diese Leute hier sind. Sie kannten das Risiko. Sie haben es in Kauf genommen."

„Und Sie fürstlich bezahlt."

„Sie haben mich im Glauben gelassen, es handle sich bloß um irgendwelche Private wie mich und nicht um das wohl beste operative Team des Schweizer NDB. Hätte ich das gewusst, dann hätte ich Ihnen sofort gesagt, was ich jetzt sage: Machen Sie Ihren Job selber. Und achten Sie in Zukunft gut darauf, was in Ihrem Rücken passiert."

„Sie drohen mir?"

„Nein. Ich warne Sie."

„Und was heißt das im Klartext?"

„Ich bin raus. Ende der Geschichte. Und sollten Sie auch nur eine Sekunde lang mit dem Gedanken spielen, meinen Namen bei Ihren Freunden ins Spiel zu bringen oder, wie Ihr Kontakt in Brüssel angedeutet hat, mir einen Kollegen zu schicken, dann hören Sie gleich wieder damit auf.“

Eine Weile war es still in der Leitung. Dann: „Eine Frage noch.“

Der Tscheche wartete, dass sie weitersprach. Als sie es tat, hatte sie die Lappen professioneller Empörung abgestreift: „Wo sind sie jetzt?“

„Was meinen Sie?“

„Sie wissen genau, was ich meine“, zischte Svenström, und Ondrisek lenkte ein.

„Die Schweizer haben sie“, antwortete er. „Wo sie sind, weiß ich nicht. Vielleicht kann Ihr Freund Besson weiterhelfen.“

„Woher wissen Sie…?“

„Das war nicht schwer herauszufinden.“

„Was wollen Sie?“

„Ich will in Ruhe gelassen werden, Doktor Svenström. Sorgen Sie dafür.“

Er unterbrach die Verbindung und verharrte eine Weile mit dem Hörer in der Hand. Die Angst, die in ihre Stimme gekrochen war, hallte in ihm nach. Angst war stets ein schlechter Ratgeber. Sie würde das Falsche tun. Wenn nicht bereits jetzt, dann später, wenn sie glaubte, er wiege sich in Sicherheit. Er würde es nicht dazu kommen lassen.

Mit entschlossener Bewegung legte er den Hörer auf den Apparat zurück, kam hoch und trat aus dem Raum, in dem er eine Nummer, eine Stimme und einen Namen zurückließ.

Als er aus der dampfenden Enge der Küche ins Lokal und an den Tisch trat, sah er, dass das Essen serviert worden war. Das Mädchen war gerade dabei, den Saft aus einer der Teigtaschen zu schlürfen, die sie an dem harten Zipfel hielt. Ihr Blick fuhr hoch, der ganze junge Mensch schien zusammenzuzucken, als sein Schatten auf den Tisch fiel. Auch hier Angst. Als sie ihn erkannte, entspannte sie sich und in ihren Blick trat kindliche Freude. Rasch zählte er die säuberlich auf ihrem Tellerrand aufgereihten Hüte und stellte fest, dass sie bereits bei der zwölften

Teigtasche angelangt war. Die Zigarette lag vergessen wie altes Spielzeug im Aschenbecher.

„Du hast wirklich Hunger“, sagte er und nahm sich ein Chinkali.

***

Bern, Hauptbahnhof

Pierre Besson, der amtierende Bundespräsident der Schweiz, betrat die Buchhandlung im zweiten Untergeschoss des Hauptbahnhofs. Ganz hinten in dem Laden gab es einen Gastronomiebereich, wo Kaffee und Gebäck serviert wurden. Er setzte sich an einen der kleinen quadratischen Holztische. Geschäft und Kaffeeecke waren um diese Uhrzeit so gut wie leer. Bloß eine Frau mit Rollkoffer las die Klappentexte einzelner Bücher beim Gestell mit den Kriminalromanen. Ein alter Mann in Rollkragenpullover und karierter Jacke, der aussah, als lebe er hier, saß ohne etwas zu tun in einem der Lesesessel. Die junge Bedienung, die den Eindruck erweckte, sie hätte in den Kleidern, die sie am Leib trug, geschlafen, nahm wortlos seine Bestellung auf. Kaffee und Croissant. Besson lehnte sich in dem Stuhl zurück und stellte fest, dass seine Haut unter dem Anzug kalt und schweißnass war. Kurz streifte ihn eine Regung, die Scham sein konnte. Was er hier abzog, war als Plan so dünn gestrickt, dass die Chancen, durch die Maschen zu fallen, beinahe lächerlich hoch waren. Dass er es am Vorabend geschafft hatte, Sophia Svenström außerhalb des überwachten Bereichs das zuvor erworbene und bereits registrierte Handy zuzustecken, hatte ihn beinahe ebenso überrascht wie die Tatsache, dass er mit seiner improvisierten Erklärung durchgekommen war. Die NDB-Frau, die vorgegeben hatte, zu seinem Personal zu gehören, war auf der Terrasse aufgetaucht, als er den zuvor abgesteckten Bereich verlassen hatte und mit Sophia in die Allee getreten war. Er hatte vorgegeben, sie nicht zu bemerken, war weitergegangen. Ein Husten ihrerseits, ein Blick zurück, ein Nicken. Gleichzeitig hatte sein Handy zu klingeln begonnen.

Dann waren sie um- und zur Terrasse zurückgekehrt. Ein Fehler seinerseits.

„Ich habe zu spät reagiert", hatte er später zerknirscht zu einem der Männer von Alders Team gesagt, als Sophia die Campagne verlassen hatte. Alder selbst war zu diesem Zeitpunkt bereits nicht mehr da gewesen. „Tut mir leid."

„Vergessen Sie's", hatte der Mann nur gemeint. „Das gehört zu unserer Arbeit. Menschen sind nun mal nicht berechenbar. Hat sie in dieser Zeit etwas gesagt, wovon wir wissen sollten?"

„Nein. Nur den Baumbestand bewundert."

„Dann ist ja gut."

Später in der Nacht hatte er dann das eigene Notfall-Handy zusammengebaut und ihr die SMS mit dem Treffpunkt zukommen lassen, an dem er sich jetzt befand. Ergänzt um den Hinweis, die Handtasche im Hotel zu lassen. Dass er eben gerade seinen neuen Personenschutz losgeworden war, verdankte er einem offiziellen, aber von den meisten ignorierten Notausgang in der Herrentoilette des Bundeshauses in der Nähe der Kommissionszimmer im Erdgeschoss. Er war früh aufgestanden, hatte in seinem Büro an der Inselgasse nur gerade den Mantel abgelegt und ein paar Unterlagen eingepackt und sich dann ins Parlamentsgebäude begeben, wo gemäß seiner Agenda die erste Sitzung des Tages unter seiner Leitung stattfinden würde. Von sechs bis 20 nach sieben hatte er gearbeitet. Dann die Toilette aufgesucht. Der Notausgang neben den Waschbecken, der aussah wie ein Teil der dunklen Wand, vor der eine stilisierte weiße Hortensienblüte in einem Metallständer stand, führte nicht etwa in ein ausgeklügeltes Tunnelsystem, sondern bloß zum Besuchereingang. Das hatte gereicht. In den fünf Minuten, die es dauern würde, bis der Personenschutz die Toilette kontrollieren würde, wäre er längst beim Bahnhof. Später würde er erneut improvisieren müssen, um den französischen Abgang zu erklären. Später.

Als Sophia Svenström an den Tisch trat und sich setzte, stellte er fest, dass Kaffee und Gipfel, wie Croissants in der Schweiz heißen, serviert worden waren. Er hatte es nicht bemerkt.

„Un thé“, sagte Svenström zu der Bedienung. Und als das Mädchen wieder verschwunden war: „Was soll dieses ganze Theater, Pierre? Und was willst du?“

„Eine Lösung“, antwortete Besson.

„Eine Lösung für die Schweiz, oder eine für Pierre Besson?“ Und als Besson nicht sofort antwortete: „Danke für den Tee, Pierre.“ Sie schob den Stuhl zurück und machte Anstalten, aufzustehen.

„Warte, Sophia.“

Sie hielt inne, schaute auf ihn hinunter: „Wenn ich bleiben soll, dann musst du hier und jetzt zuerst etwas loswerden. Sofort.“

„Wovon sprichst du?“

„Von deinem Gutseinwollen, Pierre. Mit der Macht ist es wie mit Gott: Es gibt kein Ansehen der Person. Und im Fall der Macht gibt es außerdem auch kein Ansehen der Wege, die dahin führen. Entweder du hast Macht, oder du hast sie nicht. Das ist alles. Die einzige Bedingung: Du musst aufhören, dich wie der Mensch zu verhalten, der du meinst sein zu wollen, und zu dem werden, der du bist. Menschen, die glauben, sie könnten mit Scheiße hantieren ohne dabei etwas abzubekommen, sind die unzuverlässigsten Geschäftspartner, die man haben kann. Und sieh dich an: Du sitzt hier, weil die Not dich dazu zwingt, bist aber tief in dir immer noch davon überzeugt, es sei eine einmalige Sache, du könntest danach wieder der Alte werden, aussteigen, neu anfangen. Sitzt hier trotz aller Panik in deiner ganzen reinlichen Überheblichkeit und Besserdünkerei und machst einen auf Zusammenarbeit, während man dir den Ekel zu allen Poren heraustriefen sieht. Hast du wirklich geglaubt, ich würde mich auf so jemanden einlassen? Jemanden, der mich verachtet? Da solltest du mich eigentlich besser kennen.“

„Was muss ich tun?“, fragte Besson. Er sprach leise.

„Die fünfte Person in der Absturzmaschine der Laritskis, die ihr bisher nicht mit Bestimmtheit identifizieren konntet, heißt Vaclav Ondrisek“, sagte sie, während sie sich wieder setzte.

„Ehemals Mitglied einer Sondereinheit der tschechischen Armee. Seit rund zehn Jahren selbständig.“

„Selbständig?“ In Bessons Nachfragen klang bereits Entsetzen mit.

„Ein Problemlöser, der zum Problem geworden ist. Hier ist die Nummer von Pascal de Maere, Geschäftsführer der Fight for Democracy Foundation.“ Sie schob ihm das Mobiltelefon hin, das er ihr am Vorabend gegeben hatte. Auf dem Display leuchtete eine Nummer mit der Vorwahl 0032. „Ruf ihn an und sag‘ ihm, das Problem Vaclav Ondrisek müsse gelöst werden.“

„Die FDF – ist das nicht die Stiftung des Laritski-Fonds?“, fragte Besson wie einer, der glaubt, die Realität seines lichterloh brennenden Hauses verändern zu können, wenn er nur intensiv genug den Garten betrachte.

Svenström ging denn auch nicht auf die Frage ein. „Ruf ihn an.“

„Mein Gott! Sophia! Ich kann doch nicht da anrufen, als würde ich eine scheiß Pizza bestellen. Ich bin der Bundes…“

„Kein Ansehen der Person, Pierre. Ruf an oder lass es sein. Aber entscheide dich jetzt. Sei, was du bist, oder versuch weiter, der zu sein, den du im Spiegel oder in den Schlagzeilen zu sehen erhoffst.“

Besson griff nach dem Handy, hob es hoch und drückte auf die Wähltaste. Als er knapp zwei Minuten später das Gespräch beendete, war er aschfahl, warf das Gerät so grob von sich und auf den Tisch, dass der Akku raussprang, stand auf und verschwand in Richtung Toilette.

Sophia Svenström wandte sich um und bestellte eine weitere Tasse Tee.

***

Moskau, Naro-Fominski-Distrikt, Aprelewka

„Haben Sie sich das eben gerade ausgedacht? Da drüben? Haben Sie so Ihre Frau beruhigt? Ich weiß, dass die Umstände Ihnen nicht gefallen, Aleksei. All das hier. Ich verstehe auch, dass Sie versuchen, Ihre Familie zu beschützen. Ich respektiere das sogar. Aber was Sie mir hier auftischen, ist so verdammt dünn, dass ich nicht recht weiß, ob ich lachen oder beleidigt sein soll." Brun, der, während Laritski gesprochen hatte, im Schatten der einzigen Lampe auf und ab gegangen war, stützte sich jetzt auf die Tischplatte und starrte auf den Russen hinunter. Dann atmete er seufzend ein, ließ sich Laritski gegenüber auf den Stuhl fallen und zündete sich eine weitere Zigarette an. Der Russe verzog den Mund. Die Luft in dem kleinen Zimmer war auch so schon zum Schneiden. Bruns Qualmerei brachte die Sache an den Rand des Erträglichen.

Sava, die als Dritte mit am Tisch saß, wusste, dass es Brun ebenso erging. Er war wohl ein Raucher, aber verqualmte Räume gehörten nicht zu den Dingen, die er mochte. Er war stets einer der Ersten, die Fenster aufrissen und Türen. Aber das hier war nicht Brun. Das hier war einer der besten Verhörspezialisten des NDB. Einer von der Sorte, die mit Eintritt in ein Gespräch zum Algorithmus wurden und sich darauf beschränkten, das, was der Verhörte eingab, in Ausgaben des eigenen Verhaltens und Reagierens zu überführen, um weitere Eingaben zu erzielen. Für Brun war Laritski nicht länger Mensch, nicht länger Person, sondern bloß noch Ausgangspunkt von Handlung, die von ihm Gegenhandlung erforderte. Brun konnte toben während eines Verhörs, Zuhörer sein, Mit-Trauernder, Freund oder der Kerl, der deine Frau vögelt. Aktion, Reaktion. Nur das.

„Ich weiß nicht mehr", sagte Laritski jetzt. „Ich schwöre. Das ist alles, was ich weiß. Und es ist die Wahrheit."

„Okay. Dann erzählen Sie mir dieses Alles jetzt noch einmal von vorne. Wenn ich danach immer noch das Gefühl habe, gerade verarscht zu werden, dann fliegen Sie raus. Einverstanden?" Und ohne auf eine Antwort zu warten: „Möchten Sie eine Tasse Kaffee? Oder Tee?"

Laritskis Blick, der an Brun haftete, veränderte sich, wurde weiter, als atmete er auf: „Ja. Eine Tasse Tee. Danke."

„Okay", sagte Brun, tat aber nichts, um dem Wunsch nachzukommen. Stattdessen: „Schießen Sie los." Und sich, die Hand ans Kinn legend, die Augen schließend, nach hinten lehnend: „Und lassen Sie nichts aus."

Sava sah die kurze Irritation in Laritskis Zügen, die im Bruchteil von Sekunden Empörung wurde, dann Wut, dann Wissen und schließlich Verstehen. Brun tat nichts anderes, als ihm klarzumachen, dass er die Wahl hatte. Und dass einzig er es in der Hand hatte, was mit seiner Familie geschah. Als der Russe zu sprechen begann, war ihr klar, dass sie diesmal eine andere Geschichte zu hören bekommen würden.

Es konnten Stunden vergangen sein, als die Tür sich öffnete. Sava hatte jedes Zeitgefühl verloren. Was sie eben gehört hatte und zu verstehen glaubte, war von einer Art, die außerhalb gängiger Raum-Zeit-Konzepte passierte. Piet, der hatte eintreten wollen, hielt abrupt inne, als er gegen die Wand aus Rauch und verbrauchter Luft stieß. „Lebt hier noch jemand?", fragte er. Und als keiner antwortete: „Kowaljow ist tot."

„Wie?", fragte Laritski.

„Selbstmord. Vom Dach des Krankenhauses gestürzt."

„Solonik", sagte der Russe. Keiner verstand, was er damit meinte.

„Wie bitte?", hakte Piet nach.

„Alexander Romanowitsch Solonik." Laritski schaute zu Piet, als würde der vollständige Name alles erklären. „Nikolai Nikolajewitsch Sorokins Sicherheitschef. Es ist seine Handschrift. Außerdem war Kowaljow, soviel ich weiß, weit davon entfernt, sich auf diese Weise aus dem Staub zu machen."

„Solonik", hakte Piet nach. „Der Name sagt mir was."

„Der Schakal", sagte Laritski. „Aber so nennen ihn nur die Medien. Für jene, die ihn besser kennen, ist er ‚der Mazedonier'. Ein Auftragskiller, der früher als Selbständiger auf die Beseitigung von Leuten aus dem Mafia-Milieu spezialisiert war. 1994 wurde er bei einer Razzia zufällig gefasst. Die Polizei konnte ihr Glück damals kaum fassen. 1995 gelang ihm die Flucht aus einem Hochsicherheitsgefängnis. Seitdem ist er verschwunden. Nur sehr wenige Leute wissen, dass Nikolai Nikolajewitsch ungefähr zur selben Zeit einen neuen Mitarbeiter für den Bereich

Sicherheit eingestellt hat. Und noch weniger Leute stellen einen Zusammenhang her zwischen Unfällen, Selbstmorden oder Überfällen auf Menschen, die irgendwann in ihrem Lauf die Bahn Sorokins oder jene seiner politischen Freunde gekreuzt haben."

„Und was ist, oder besser: war die Rolle Kowaljows in dieser ganzen Scheiße hier?", fragte Piet in Richtung Brun, von dem man nicht sagen konnte, ob er der Konversation gefolgt war oder nicht.

„Später", sagte dieser nur, stand auf und ging mit den Worten „Ich muss mit Burger sprechen" an Piet vorbei. Dieser breitete in einer fragenden Geste die Hände aus und blickte zu Sava, die sitzen geblieben war.

„Später", wiederholte sie Bruns Worte.

Brun stand eine Weile dort, wo Jezreel Stunden zuvor ebenfalls gestanden und mit Horn telefoniert hatte, und fühlte dieselbe Dachtraufengischt auf dem Gesicht. Dann trat er hinaus in den Regen, hob das Gesicht zum Grau über sich und trat zurück in den Schutz des Vordachs. Es brachte nichts. Er müsste Stunden da stehen bleiben, Tage, Wochen, um loszuwerden und abzuwaschen, was in ihm war.

„Ich glaube, da drüben hat Norman Mailer in den 50er Jahren mal einen Hirsch erschossen", hatte Grigori in der Welt von gestern gesagt und mit einer vagen Geste in Richtung Waldrand hinter dem Schilf gezeigt, den Brun jetzt durch den Regen nur als Schemen sah.

„Im Ernst?"

„Nein. War nur ein blöder Spruch, den ich mal irgendwo gehört habe."

Ein Lächeln zerrte an Bruns Zügen. Es war besser jetzt. Er machte auf dem Absatz kehrt und trat zurück ins Haus. Seine Leute saßen um den Tisch. Keiner sprach oder schien gesprochen zu haben. Laritski kauerte wieder neben seiner Frau am Boden. Sie schien jetzt zu schlafen. Die Tür zu dem provisorischen Verhörraum stand offen.

„Gibt‘s noch Kaffee?“, fragte Brun und zündete sich eine Zigarette an. Es war Jezreel, die aufstand. „Haben Sie Burger erreicht?“, fragte sie, während sie in Richtung Küche ging.

„Nein.“

Brun wusste ohne hinzusehen, dass Jezreels Blick, den sie über die Schulter zurückwarf, ein anderer war als die fragenden des Rests der Truppe. Sie wusste, was er da draußen getan hatte. Wusste um das Hineingebundensein in das Grauen, die große Trauer und die Frage, ob es einen selbst noch gäbe, gäbe es das andere nicht mehr.

Er zog sein Handy hervor, suchte Burgers Nummer, wählte, stellte auf Lautsprecher und legte das Gerät auf den Tisch.

„Ich bin‘s“, sagte Brun, als Burger sich meldete. „Meine Leute hören mit.“

„Gut.“ Mehr kam nicht.

„So, wie‘s aussieht, kommen wir heute noch nach Hause“, sagte Brun.

Und ohne nach dem Wie und Warum zu fragen, erwiderte Burger: „Kann ich etwas tun?“

„Ja.“ Brun gab ihm das Kennzeichen von Sorokins Privatjet und die ungefähre Landezeit in der Schweiz durch.

„Bern oder Zürich?“, fragte Burger.

„Bern.“

„Gut. Das macht die Sache einfacher. Sonst noch was?“

„Wir bringen Gäste mit.“ Und bevor Burger nachfragen konnte: „Das Ehepaar Laritski und den Sohn. Außerdem eine komplette Kabinencrew.“

„Gäste?“ Burger klang zweifelnd.

„Die Laritskis kommen freiwillig. Ich werde Personenschutz für sie brauchen, wenn wir landen.“

„Und die Crewmitglieder?“, fragte Burger.

„Da sieht‘s etwas anders aus. Um die müsste sich ein Team kümmern, wenn wir landen.“

„Und was kriegen wir dafür, dass wir dem Ehepaar Laritski Schutz gewähren? Sympathiepunkte reichen nicht, Carl.“

„Wir kriegen, so, wie's aussieht, genau das, was wir wollten: die Schweiz mit sauberen Händen in der ganzen Attentats-Sache."

„Schafft ihr das?"

„Das und noch mehr, Jo. Dann wird's allerdings schmutzig. Aber mit dem, was die Laritskis liefern, werden wir die Schweiz auch aus der Umarmung mit der EU herausholen. Wenn wir schnell genug sind, dann werden wir die Karten ganz neu mischen können."

„Und wenn wir nicht schnell genug sind?"

„Dann werden möglicherweise sehr viele Leute sterben."

„Kann ich auch ein bisschen mehr bekommen?" Burger klang jetzt ungeduldig. Brun atmete tief ein. Jetzt musste er in Worte packen, was ein Teil von ihm sich immer noch zu fassen weigerte.

Als er zu einer Antwort anhob, klang er wie einer, der sich anschickte, aus großer Höhe zu springen.

„Ich werde etwas ausholen müssen."

„Nur zu."

„Die EU steckt in der Krise."

„Von welcher sprichst du?", kam es von Burger. Keine Spur von Ironie.

„Ich meine die ganz große, Jo. Geldkrise plus Bürgerkrise plus Bündniskrise. Was all diese Probleme oder eben Krisen verbindet: Sie werden nicht gelöst, sondern in die Zukunft verschoben werden. Mit Geld, das dank Null- und Negativzinsen niemanden etwas kostet. Sollte sich das ändern und das Geld plötzlich wieder einen Preis haben und sollten die Milliardenschulden der Regierungen und Unternehmen wieder etwas kosten, dann fliegt die ganze Sache über Nacht in die Luft. Die Wirtschaft bricht zusammen, Staaten gehen pleite, Sozialsysteme lösen sich in Luft auf, und jene 70 bis 80 Prozent der Menschen Westeuropas, die direkt oder indirekt von der gigantischen Umverteilerei leben, verarmen schlagartig. Es kommt zu Bankruns, um Erspartes in Sicherheit zu bringen, zu Verteilkämpfen, zu Unruhen, zu Bürgerkrieg."

„Warum die EZB die Zinsen genau dort belassen wird, wo sie sind“, kam es von Burger.

„Nicht wenn sich kurzfristig die Möglichkeit bietet, das russische Paradoxon zu lösen und das Land mit einer Zinsanhebung um zehn Jahre zurückzuwerfen und im gleichen Aufwasch den Rest der sogenannten Bürgerdemokratien durch bürokratische und militärische EU-Netzwerke zu ersetzen.“

Eine Weile war es still. In der Leitung ebenso wie in dem Raum. „Fang‘ mit den Russen an“, sagte Jo Burger schließlich.

„Okay. Auch hier zuerst nichts, was dir neu sein dürfte: Wenn die EU und die USA mit ihren ganzen Problemen und mit dem Dollar und dem Euro allein wären, dann wäre die Lage kontrollierbar. Sie sind aber nicht allein. Sowohl Russland als auch China drängen mit ihren Währungen auf die Weltmärkte. Und sie haben Erfolg. Mehr noch: Je mehr der Westen gegen die Russen loszieht, je mehr verunglimpft, sanktioniert und provoziert wird, umso besser scheint es der russischen Wirtschaft zu gehen und umso fester sitzen Präsident und Regierungscrew im Sattel. Der Lebensstandard der Russen hat sich in den vergangenen 17 Jahren verdreifacht, die Inflation ist von 36 auf zwei Prozent gesunken, die Arbeitslosigkeit auf vier Prozent, und die Brutto-Wirtschaftsleistung nähert sich schnell der Vier-Billionen-Marke. Der Agrarsektor boomt, und Russland ist heute Weltmarktführer im Export von Weizen. Auch im Finanzsektor sieht es gut aus: Während die Banken des Westens nicht mal davon zu träumen wagen, Schulden abzubauen, verfügen russische Banken über Aktiva im Gesamtwert von 1,45 Billionen Dollar. Kurz: Große Wirtschaftsprüfungsunternehmen wie Pricewaterhousecoopers sagen voraus, dass Russland bei gleichbleibender Entwicklung im Jahr 2045 sowohl Deutschland als auch Großbritannien überholt haben und die größte Volkswirtschaft Europas sein wird. Das können die USA nicht zulassen – die Gefahr für den Dollar als Weltleitwährung ist viel zu groß. Wenn man dann noch bedenkt, dass Russland Expertenschätzungen zufolge auf einem 9.000-Tonnen-Goldschatz sitzt, dann kann man sich vorstellen, dass die Schuldenwirtschafter des Westens totale Panik schieben. Also greift man dort an, wo man Schwäche sieht: Bereits jetzt, durch die erneuerten und verlängerten Sanktionen, fließt viel Kapital aus Russland ab. Experten rechnen in den kommenden zwei Monaten mit einem Abfluss von rund 800 Millionen Dollar. Das Ende der Fußballweltmeisterschaft wird wie eine zusätzliche Schubreserve wirken. Für die russische Wirtschaft bedeutet das eine nicht zu unterschätzende Herausforderung. Aber sie ist berechenbar und vor allem längst eingepreist. Aber jetzt stell dir vor, dass mitten in dieser Herausforderung und genau dann, wenn jeder schon glaubt, das Schlimmste sei vorbei, etwas passiert, was den bisherigen Kapitalabfluss wie einen Witz erscheinen lässt."

„Die Zinsen", kam es von Burger.

„Genau. Steigende Zinsen der EZB. Milliarden von Euros, die aus dem EU-Raum herausgeflossen und in Russland investiert worden sind, weil es hier nichts mehr dafür gab, würden aus Russland abgezogen und zurückfließen, weil sich die Sache schlicht nicht mehr rechnet. Ein solcher Abzug von Kapital kann das Land in seinen Möglichkeiten gegen außen kurzfristig lähmen. Wirtschaftlich, politisch und militärisch."

„Das käme einem Angriff gleich", kam es von Burger.

„Laritski nennt es EU-Konjunkturprogramm", antwortete Brun.

„Und dafür wäre man hier bereit, in Europa Bankenpanik und Chaos in Kauf zu nehmen?"

„Mehr als das, Jo. Gemäß Laritski ist genau das eines der Ziele."

„Das ist krank", kam es von Burger. Brun ging nicht darauf ein. Er fuhr fort:

„Die einzige Bedingung, die erfüllt werden muss, um etwas Derartiges unter Kontrolle zu halten, ist, dass genügend Liquidität gewährleistet ist, um überbrückend eine Art Fassade des Funktionierens auch mit Zinsen von zwei oder drei Prozent aufrechtzuerhalten und Unruhen zu vermeiden."

„Bankruns werden sie nicht verhindern können, Carl. Nach zehn Jahren Euro-Rettung haben die Menschen ein feines Sensorium entwickelt. Schon wenn es von Weitem nach Bankenpleite riecht, holen die Leute alles, was sie können, von den Konten, wenn sie es nicht schon längst zu Hause haben."

„Es sei denn, es gäbe nichts mehr zu holen, Jo. Stell dir vor, es gäbe kein Bargeld mehr. Dann hätte die EU freien Zugriff auf sämtliche privaten Vermögen ihrer Bürger und gleichzeitig auch die totale Kontrolle über sie. Im Klartext und nur für die Euro-Zone bedeutet das direkten oder indirekten Zugriff oder Einfluss auf durchschnittlich 230.000 Euro Vermögen von rund 150 Millionen Haushalten. Kein schlechtes Polster, wenn du mich fragst."

„Damit kämen sie nie durch, Carl. Seit Jahren produziert jede Organisation, die das Wort ‚Finanzierung' zu buchstabieren in der Lage ist, Dutzende von Konzepten, die eine Bargeldabschaffung ermöglichen sollen. Von bescheuerten Marketingspielchen, wie der IWF sie vorschlägt, über direkte Belohnungen wie in Griechenland bis hin zu Hau-Ruck-Übungen à la Indien liefern interessierte Kreise Ideen zu allen Spielarten, um diesen feuchtesten aller feuchten Träume einer jeden je dagewesenen Regierungsclique zu nähren. Die Leute kümmern sich einen Dreck um Geld- und Finanzwirtschaft, Carl. Das ist schon richtig. Aber wenn die da oben anfangen, ernsthaft an dieser letzten Ecke der Freiheit zu sägen, dann haben sie einen feinen Riecher."

„Nicht wenn die einzige Wahl, die den Leuten bleibt, jene zwischen Bargeld und Leben ist." Und bevor Burger oder jemand des Teams reagieren konnte: „Gemäß letzten Berichten wird in Europa jährlich Kokain im Wert von viereinhalb bis sieben Milliarden Euro konsumiert. Pro Jahr werden von den Sicherheitsbehörden um die 60 Tonnen der Droge sichergestellt. Mindestens jede zweite Euro-Note weist Spuren von Kokain auf. Und jetzt stellt euch das Folgende vor: Eine Tonne Kokain zum Großhandelspreis von circa 50 Millionen US-Dollar gelangt nach Europa. Im Vergleich mit der jährlich umgeschlagenen Menge ein Klacks. Diese Lieferung kommt allerdings nicht vom Balkan, aus Afrika oder via Italien auf den Kontinent, sondern aus der Ukraine. Und der bezahlte Preis sind nicht 50 Millionen US-Dollar, sondern 200 Millionen Euro. Letzteres aus dem Grund, dass der Stoff in der Ukraine modifiziert wurde. Angereichert mit einem tödlichen Erreger aus der Familie der Filoviren."

„Die Fotos", platze Nouriel heraus. „Die Leichen."

Brun widersprach nicht und fuhr fort: „Stellt euch außerdem vor, die Lieferung geht an die Nigerianer, die – speziell in der Schweiz und in Deutschland – aus dem Schatten des Asylsystems heraus arbeiten. Damit wären bei Bekanntwerden schlagartig jene zwei Komponenten gegeben, die für das Kippen von Stimmungen Bedingung sind: Furcht und ein Feind. Furcht vor Bargeld und ein nicht länger kontrollierbarer Hass auf Einwanderer."

„Was dem Begriff ‚Migrations-Waffe' eine ganz neue Bedeutung gibt", kam es von Burger.

„Richtig", sagte Brun. „In einem solchen Szenario ist der Einsatz des Militärs zur Aufrechterhaltung der öffentlichen Ordnung nicht nur eine Möglichkeit, sondern Bedingung und würde von den Menschen auch akzeptiert. Im Klartext und in Kürze bedeutet es Bargeldabschaffung, Ausnahmezustand und verschärfte Kontrollen. Wertverfall der Euros trotz steigender Zinsen, Wirtschaftskrise und die Verwandlung des Rests des europäischen Mittelstands in eine Masse verzweifelter Menschen auf dem Weg nach unten. Und jetzt stellt euch vor, jene, die dann an der Macht sein werden, können als Verursacher der Misere, als einzigen Schuldigen auf den wirtschaftlich zwar geschwächten, aber vom europäischen Elend zunehmend profitierenden Russen zeigen. Auf einen russischen Regierungsberater, auf einen russischen Milliardär, auf eine russische NGO wie die Fight for Democracy Foundation."

„Bündnisfall", sagte Sava. Sie klang müde.

„Und nebenbei auch ein verarmtes, schwaches, abhängiges und buchstäblich krankes Europa", kam es aus dem Gerät in der Mitte des Tischs. „Das und ein quasi diktatorisches Zentralregime in Brüssel. Demokratisch legitimiert."

Und nach einer Weile, als müsste er sein Hirn zwingen, weiterzudenken, wo alles Denken sinnlos erschien: „Du sagtest vorhin ‚Ziele‘, Carl.“

„Was meinst du?“, fragte Brun.

„Du sagtest, Chaos im EU-Raum sei laut Laritski nur eines der Ziele. Was ist das andere?“

„Der Russe und sein Rubel, Jo“, sagte Brun. „Ein am Boden liegender, hungernder und um Dollar bettelnder Russe.“

Erneut machte sich Stille breit. Fast schien es, als ginge sie von dem Smartphone auf dem Tisch aus. Und als hätte Jo Burger an seinem Telefon an seinem Waldrand die Lähmung gefühlt, mit der das neue Schweigen befrachtet war, brachte er das erstarrte Bild des Schreckens erneut in Bewegung: „Die Fotos“, sagte er. „Wir konnten sie zuordnen. Wir haben einen Ort. Dürnkrut.“

Die sonntäglich anmutende Beschaulichkeit des Dorfnamens vor dem Hintergrund des absoluten Grauens ließ etwas in Piet reißen. Er schnellte von seinem Stuhl hoch, packte die Kaffeetasse und schleuderte sie in das schwarze Folienviereck des Küchenfensters. Sein Blick raste suchend zurück, erfasste Savas Tasse, nahm auch die und ließ sie der ersten folgen. Hinter der Folie klirrte weiteres Glas, während die Scherben der Tassen vor den Augen des Teams zu Boden gingen. „Was für eine beschissene, beschissene Scheiße“, presste er hervor. „Dürnkrut? Hat er gerade Dürnkrut gesagt? Wie viele Menschen leben dort? 500? 1.000? 2.000? Aber was spielt das schon für eine Rolle, wenn man mit Massen kalkuliert? In Hunderttausender-Tranchen? Und wir sitzen hier rum und kümmern uns um die Leute, die die ganze Scheiße mitorganisiert haben. Sie“, schrie er und machte einen Schritt auf Laritski zu. „Sie wollen uns allen Ernstes weismachen, Sie hätten nichts mit all dem zu tun? Sie und Ihre Frau seien nur Erpressungsopfer von Nikolai Sorokin, der das zusammen mit Sophia Svenström aufgegleist habe? Sie seien quasi nur eine Art perverser Makler in der ganzen Sache? Und warum hat Sorokin dann einen Schweizer Ex-Banker auf die Sache angesetzt, wenn er bereits alles weiß? Als Täuschungsmanöver etwa?“ Er war bei dem Russen angelangt, packte ihn an den Aufschlägen seiner Anzugsjacke und zerrte ihn auf die Beine.

Laritski, der halb an Piet hing, halb schon stand, riss sich los und knallte mit dem Rücken gegen die Wand, an der seine Frau lag.

„Keiner weiß alles“, keuchte er. „Keiner, außer jenen, die es organisieren.“

„Und Sie haben nicht mal aus Neugier gegoogelt, was so ein Virus anzurichten in der Lage ist?“, brüllte Piet ihn an.

„Wir wussten nicht, was für eine Art…“

„Ich glaube Ihnen kein Wort“, unterbrach ihn Piet. „Ich verwette meinen Arsch darauf, dass Sie an dieser Sache nicht nur beteiligt sind, sondern auch daran verdienen. Worauf haben Sie mit Ihrem Fonds gesetzt? Auf europäische Gesundheitstitel? Auf Aktien von Krankenhausbetreibern? Auf Pharmawerte? Auf Gold als Bargeldersatz?“ Er machte einen Schritt auf den Russen zu und sah danach aus, als würde er ihn erneut packen.

In dem Moment fiel ein Schuss. Piets Augen ließen Laritski los, er schnellte herum und zog in derselben fließenden Bewegung seine Waffe. Sein suchender Blick fand nur Brun, der ebenfalls auf die Beine gekommen war. Die Glock hielt er entspannt in der Hand an seiner Seite.

„Du hast durch das scheiß Fenster geschossen“, sagte Piet. „Du könntest was getroffen haben.“

„Vielleicht einen Hirsch“, antwortete Brun. „Du darfst den Kadaver apportieren, wenn du willst.“

„Ich gönne euch den Spaß, Kinder, und ich will kein Spielverderber sein“, klang Burgers Stimme unberührt von dem Zwischenspiel aus dem Lautsprecher des Telefons. „Aber wenn ich alles richtig verstanden habe, dann müsst ihr schon bald los und habt nicht die Zeit für solches.“

„Du hast recht“, antwortete Brun und hielt dabei Piets Blick fest, der seinerseits die Augen senkte und seine Pistole ins Holster zurückstieß.

„Wie sieht der Zeitplan für den Exit überhaupt aus? Wie lange habt ihr noch?“, fragte Burger weiter.

„Abflug zwischen 15 und 18 Uhr von Ostafjewo.“

„Geht‘s genauer?“

„Nein. Im Moment nicht.“

„Kann es Probleme geben?“

„Natürlich wird es Probleme geben, Jo. Die gibt es immer. Das brauche ich dir nicht zu sagen. Aber wie gesagt: Du hast recht – wir sollten weitermachen. Also, du sprachst von diesem Kaff – Dürnkrut. Gibt‘s noch mehr Infos zu den Bildern?“

„Ja. Zumindest was die Beteiligung von EU-Behörden betrifft, sagt euer Mann die Wahrheit. Dürnkrut liegt an der österreichisch-slowakischen Grenze. Ideal für derartige Transporte. Aber das ist nicht der Punkt. Den Leuten, die die Ware abgeholt haben, ist ein Schnitzer unterlaufen. Wir haben eine Art Identifizierung. Auf der Ablagefläche hinter den Rücksitzen des einen Fahrzeugs ist ein Logo sichtbar. Es ist das Wappen der Eurogendfor.“

„Diese paramilitärische Sondereingreiftruppe der EU?“

„Genau die. Außerdem meinen unsere Leute, dass die Russen, auch was die Ware anbelangt, mit großer Wahrscheinlichkeit die Wahrheit sagen. Die Behälter und die Auskleidung des Transporters deuten auf gefährliche Substanzen hin. Wenn das also Drogen sind, die da verladen werden, dann sind es nicht normale Drogen.“

„Okay“, sagte Brun. „Haben wir einen Kontakt bei der Eurogendfor?“

„Frag‘ mich das heute Abend noch mal.“

„Du fliegst da hin? Wo sitzen die überhaupt?“

„In Italien. Vicenza. Und nein – nicht ich fliege da hin. Ludwig fliegt.“

„Du hast den Gesamtbundesrat informiert?“, platzte Brun heraus. „Warum das Risiko, Jo? Wir haben Besson im Team. Er ist der Bundespräsident. Hätte das nicht gereicht für den Moment?“

„Nein, Carl, nicht in dieser Situation. Hier nicht die gesamte Regierung an Bord zu haben, wäre grob fahrlässig. Außerdem bin ich nicht sicher, ob wir uns wirklich auf Besson verlassen können."

Burger schilderte kurz, was sich tags zuvor auf dem Weg zur Campagne Belp, im Lauf des Abends und am heutigen Vormittag in Bern abgespielt hatte.

„Glaubst du wirklich, der macht bei der Sache mit? Jetzt noch?", fragte Brun.

„Ich weiß es nicht, Carl. Aber ich möchte weder mein eigenes noch euer Leben darauf verwetten."

„Und was will Ludwig diesen Leuten in Vicenza sagen? Die Fotos herumzeigen und höflich fragen?"

„Wir werden's mit Drohen versuchen. Der Rumäne, der zur Zeit der Kommandeur dieser EU-Armee ist, hat zwei Konten in der Schweiz, die auf Briefkastenfirmen im Kanton Zug lauten. Auf beiden sind in den vergangenen Monaten größere Summen eingegangen, deren Provenienz bisher nicht geklärt werden konnte. Letzte Transaktion gestern. Siebeneinhalb Millionen Euro. Ein Anruf genügt, und die Gelder sind eingefroren. Gründe können wir später liefern."

„Klingt nach einem Plan", sagte Brun. „Was ist mit Besson? Was sagst du ihm?"

„Wir machen weiter wie bisher. Er wird vollumfänglich über jeden Schritt informiert."

„Wenn du recht hast und er wirklich ein doppeltes Spiel spielt, dann wird er jede Info sofort an Svenström oder einen anderen EU-Kontakt weiterreichen."

„Genau das ist der Sinn der Sache."

„Du willst ihm eine Falle stellen?"

„Nein, Carl. Ich will wissen, woran wir mit ihm sind. Wenn er falsch spielt, dann wird er versuchen, uns eine Falle zu stellen. Und nur dann können wir reagieren. Das ist unser Job."

„Und wenn wir falsch liegen?", fragte Brun.

„Dann ist nichts passiert und die Schweiz kann sich eines integren, loyalen Bundespräsidenten rühmen."

Keiner des Teams in der künstlichen Lichtkegelwelt rund um den Tisch hatte das Geräusch der sich öffnenden Tür gehört. Erst der regenfrische Luftzug, der die Folie vor dem zerbrochenen Küchenfenster sich blähen ließ, löste Bewegung aus. Köpfe schnellten in Richtung Tür. Xenia Leonidowna Boguslawskaja, die eben eingetreten war, blieb stehen, bis alle Augen sie erfasst hatten und jedes Hirn Entwarnung gab. Über dem Arm hielt sie einen Packen von etwas, das in Plastik gehüllt war. Er schien schwer zu sein. An der freien Hand hielt sie einen ungefähr siebenjährigen Jungen. Nouriel, Sava und Laritski kamen gleichzeitig auf die Beine.

„Ich muss Schluss machen, Jo“, sagte Brun in Richtung Tischmitte.

„Gut. Sieh zu, dass ihr da rauskommt.“

„Bis später, Jo.“

***

Bern, Bundeshaus, Fraktionszimmer Nummer 14

Das war es also. Es hatte angefangen. Pierre Besson brauchte nicht in die Runde zu blicken, um die Szenerie zu sehen, deren Teil er war. Wie ein Déjà-vu waberte in ihm, was ihn umgab. Der einzige Unterschied war das Tageslicht. Es war kurz vor zwei Uhr. Ansonsten war alles so wie damals in jener Aprilnacht. Zimmer, Personen, Dringlichkeit. Anwesend waren der Gesamtbundesrat und die Mitglieder des Auswärtigen Ausschusses. Die Sitzung war geheim, Protokoll gäbe es keines. Den Grund für das Treffen hielt er in der Hand: Eine auf den ersten Blick harmlos wirkende Medienmitteilung des Instituts für Medizinische Mikrobiologie der Universität Zürich. Ein Vorabdruck zu Händen des Bundesamts für Gesundheit. Ihr Erscheinen war für den kommenden Tag vorgesehen.

„Medienmitteilung
Neues RNA-Virus entdeckt

Das Institut für Medizinische Mikrobiologie der Universität Zürich hat dieser Tage ein zu den RNA-Viren zählendes neues Folivirus bei acht Personen aus Nigeria entdeckt. Die Analysen lösten ein europaweites Alarmsystem, die Bereitschaft von Notfallteams und eine sofortige länderübergreifende Untersuchung aus. Der Erreger wird nach Biostoffverordnung des Rates der Europäischen Union der Risikogruppe 4 zugeordnet.

Viren gehören zum Tagesgeschäft am Nationalen Referenzzentrum für Mykobakterien (NZM) der Universität Zürich. Außergewöhnlich in dem Maß, dass es Alarm auslöst, ist ein Virus aus der Familie der Filoviridae, das bei acht nigerianischen Asylbewerbern aus den Asyldurchgangszentren Kemptthal, Hinteregg und Kloten im Kanton Zürich nachgewiesen wurde. ‚Nach aktuellem Wissensstand haben wir es mit einer bisher unbekannten Variante des Ebolavirus zu tun. Da es auch für keine der bekannten Varianten eine standardisierte Therapieform gibt, behandeln wir die betroffenen Personen symptomatisch unter intensivmedizinischen Bedingungen und Isolation', sagt Paul Ryser, stellvertretender Leiter Diagnostik des NZM. Man hoffe, dass es dank des raschen Nachweises und der Isolationsmaßnahmen zu keinen weiteren Übertragungen auf Personen in der Schweiz komme.

Warnung und Vorsorgemaßnahmen

Trotz der optimistischen Prognose sehen sich das NZM und das Bundesamt für Gesundheit (BAG) zu einer Warnung an die europäischen Kollegen und einen sofortigen Miteinbezug der Spezialisten der BLS-4-Laboratorien des Bernhard-Nocht-Instituts für Tropenmedizin und des Instituts für Virologie der Universität Marburg gedrängt. Sämtliche molekularbiologischen Daten stehen außerdem dem European Centre for Disease Prevention and Control (ECDC) zur Identifizierung weiterer möglicher Patienten in der EU zur Verfügung.

Zusammen mit der Weltgesundheitsorganisation WHO und der EU haben die nationalen Behörden anläßlich einer Notfallsitzung außerdem entschieden, bei Auftreten weiterer Fälle den experimentellen rekombinanten Impfstoff VSV-EBOV des

Pharmaunternehmens FELS Pharmaceuticals zum Einsatz zu bringen. In einem Feldversuch mit 4.000 Guineern hatte sich gezeigt, dass der Impfstoff die Probanden nach zehn Tagen 100-prozentig vor dem Virus schützte.

In Anbetracht der Tatsache, dass die Infektionskette nicht geklärt ist, und aufgrund des bestehenden Risikos wird außerdem die Möglichkeit einer per sofort eingeführten europaweiten Impfpflicht mit dem bisher noch nicht zugelassenen Präparat in Erwägung gezogen. Umfragen aus der Vergangenheit zeigen, dass rund 80 Prozent der Schweizerinnen und Schweizer im Notfall eine derartige Maßnahme akzeptieren würden. An einem entsprechenden Schnelltest wird unterdessen weitergearbeitet.

Die oben genannten Asyl-Durchgangszentren werden von der Firma BBI Mangagement Services AG betrieben, einem europaweit auf die Bereitstellung von Infrastruktur im Bereich Asyl spezialisierten Unternehmen. Die BBI, die in der Schweiz mehrere Zentren des Bundes, rund 40 Durchgangszentren, Wohnheime und Nothilfestrukturen sowie 650 Wohnungen auf Gemeindeebene leitet und an die 600 Mitarbeiterinnen und Mitarbeiter beschäftigt, hat dem NZM und den Behörden vollumfängliche Kooperation zugesichert. Die drei betroffenen Zentren sind unter Quarantäne gestellt und weiträumig abgeriegelt worden."

Die Panik war nicht zurückgekehrt heute Morgen. Auch dann nicht, als ihm Svenström nach seiner Rückkehr aus der Männertoilette schonungslos die ganze Wahrheit präsentiert hatte. Das Projekt. Noch jetzt brachte er die neutrale Bezeichnung nicht mit der Realität eines echten und tödlichen Passierens zusammen. Solches ging nur in der Welt von Drehbuchautoren, von Verschwörerhirnen und Endzeitpredigern Hand in Hand. Nicht in der banalen, biederen Echtwelt einer Alpenrepublik oder ihrer Politiker. Und doch war es wahr und dabei, zu geschehen.

„Wie ist das möglich?", hatte er, die Stimme in ein flüsterndes Falsett kippend, gefragt, als sie ihm die Mitteilung, die später beim BAG eingegangen war, auf ihrem Tablet zu lesen gegeben hatte. „Habt ihr Vorlagen für so was?“

Sie hatte die mit Spott bemäntelte Hysterie in seiner Stimme ignoriert: „Es ist nie eine Frage von Personen, Fristen oder Orten, Pierre. Es ist eine Frage des Preises. Nur das. Du solltest es wissen.“

„Und wenn keiner sich darauf eingelassen hätte?“

„Das Risiko dieses Szenarios war nicht gegeben, Pierre. Die Firma BBI ist europaweit tätig. Außerdem hält die EZB im Rahmen ihres Anleihekaufprogramms Aktienanleihen des Unternehmens in einem Umfang, der einer Mehrheitsbeteiligung gleichkommt. Oder anders gesagt: Die BBI, das sind wir. Was das NZM anbelangt, so gibt es nur zu sagen, dass das Institut seit Jahren mit der BBI kooperiert. Und mit uns. Es handelt sich dabei um eine jener Institutionen, die die ganzen Tests zur Überlebensfähigkeit von Viren auf Banknoten durchgeführt und von uns dafür sehr viel Geld bekommen haben. Kurz: Man kennt sich. Das alles hier wurde nicht erst in der letzten Nacht ausgebrütet, Pierre. Aber sogar das wäre möglich gewesen. Im Notfall anonym. Eine E-Mail mit den Daten an die entsprechende Stelle hätte gereicht. Es zu ignorieren hätte sich keiner leisten können. Aber wie gesagt: Das war nicht nötig. Nichts ist so treu wie Menschen, die sich daran gewöhnt haben, sich nicht dem Druck harter Markt- oder anderer Prüfungskriterien in Budgetfragen beugen zu müssen.“

„Nenn‘ mich schwer von Begriff, aber ich verstehe immer noch nicht: Du sagtest vorhin, der Plan sei gewesen, das Virus zuerst in Deutschland und Österreich zum Einsatz zu bringen. Warum jetzt die Schweiz, Sophia. Warum ausgerechnet die Schweiz?“

„Kannst du dir das nicht denken, Pierre? Was hätte ich deiner Meinung nach tun sollen, nachdem du mir gedroht hattest, alles öffentlich zu machen?“

„Alles?“ Er hatte es beinahe geschrien, und sie hatte ihm mahnend eine Hand auf den Arm gelegt. „Ich wusste doch nur einen Bruchteil von allem!“

„Genug, um in der fragilen Situation, die wir haben, Dinge auszulösen, die wir um keinen Preis wollen. Nicht so kurz vor den Wahlen.“

„Und wie geht‘s jetzt weiter?“, hatte er gefragt.

„Als Nächstes wird die Übertragungskette geklärt und bekanntgegeben. Kokain, Banknoten, Konsumenten. Ab da ist von einem Ausnahmezustand auszugehen. Bewachung sämtlicher Asyleinrichtungen, Schließung von Schulen, freiwillige Abgabe von Bargeld, Umfragen betreffend Bargeldverbote, und so weiter und so fort. Weitere Krankheitsfälle. Die Ware wird im Lauf der kommenden Wochen tranchenweise auf den Markt gebracht.“

„Wie gelangt das Zeug in die Schweiz?“

„Soviel ich weiß über Vorarlberg.“

„‚Soviel du weißt…?‘“ Erneut hatte sich Hysterie in seine Stimme drängen wollen.

„Es passiert, Pierre. Ich brauche nicht alles zu wissen. Ich brauche Verantwortliche, und ich brauche Resultate. Beides habe ich.“

Er hatte sich gefasst. „Und wer ist verantwortlich? Wer macht diesen Job?“

Sie hatte gezögert.

„Ich bin hier“, hatte er, die Stimme wieder ruhig, gesagt. „Und ob es dir gefällt oder nicht: Ich bin im Moment die Schweiz, die europaweit und immer stärker als Widerstandsnest gegen eure zentralistischen Bemühungen gilt. Unsere Medien werden von den Deutschen zum Teil bereits als ‚Westfernsehen‘ bezeichnet. So klein wir auch sind: Es wird Eindruck machen, wenn die Schweizerinnen und Schweizer sich freiwillig einem vorübergehenden rigorosen behördlichen Schutz- und Kontroll-Regime unterstellen. Aber ich muss wissen, mit wem ich es zu tun habe.“

„Eurogendforce“, hatte sie schließlich gesagt.

„Wer von denen?“

„Nur der Kommandeur und vier Leute aus seinem engsten Kreis.“

„Okay.“

„Und?“, hatte Svenström nach einer Weile gefragt, als von Besson nichts weiter gekommen war.

„Und was?“, hatte er geblafft und gleich eingelenkt: „Entschuldige… es ist nur…“

„Viel“, hatte sie gesagt. „Viel auf einmal.“

Er war nicht darauf eingegangen. Was hätte er auch sagen sollen? Er hatte sich entschieden. Jetzt noch zu klagen über den sich windenden Wurm, der ihm bisher als Gewissen gedient hatte, wäre ein Witz gewesen. Svenström schien gemerkt zu haben, was in ihm vorgegangen war.

„Was wirst du als Nächstes tun?“, hatte sie gefragt.

„Ich werde eine Notfallsitzung des Gesamtbundesrats und des Auswärtigen Ausschusses einberufen und sie vollumfänglich informieren.“

„Was heißt ‚vollumfänglich‘?“

„‚Vollumfänglich‘ heißt vollumfänglich, Sophia. Was ist daran nicht klar?“

Alles an ihr hatte sich angespannt, scharf hatte sie den Atem eingezogen. Besson war ihr mit Worten zuvorgekommen:

„Du verlangst von mir, dass ich dir vertraue, Sophia. Ich verlange dasselbe. Vertraue mir. Und hör mir genau zu.“

Er hatte ihr geschildert, was jetzt in diesem Moment um ihn her geschah. „Mehr Win-win-win geht gar nicht“, hatte er geschlossen. „Die Schweiz wird der EU einen großen Dienst erwiesen haben und mitsamt ihrer Bevölkerung bäuchlings an den Verhandlungstisch für ein institutionelles Rahmenabkommen kriechen. Die Sicherheitsbehörden werden als Helden gefeiert, das Vertrauen in die staatlichen Anstrengungen, die Bevölkerungen zu schützen, wird größer sein denn je. Gefahr erkannt, reagiert, Katastrophe abgewendet. Ware sichergestellt, Schuldige ausgeschaltet, Problem gelöst. Die Menschen werden ihre Regierungen und die EU lieben.“

Als er geendet hatte, hatte sie ihn nachdenklich angesehen: „Es kann funktionieren“, hatte sie schließlich gesagt. „Was willst du dafür, Pierre?“

„Nein, Sophia. Es wird funktionieren. Aber nur dann, wenn wir uns jetzt und hier genau absprechen und wenn jeder von uns sich daran hält."

„Du hast meine Frage nicht beantwortet", hatte Svenström wiederholt. „Was willst du von uns als Gegenleistung?"

„Ich will die Möglichkeit haben, die Schweiz zu gestalten. Richtig, meine ich, für die Zukunft und ohne dabei dauernd und bereits im Stadium des Angedachten gebremst zu werden von Parlament und…"

„Bürgern?", hatte sie gefragt.

„Ja."

Jetzt blickte Pierre Besson in die Gesichter der Personen an dem großen Konferenztisch von Fraktionszimmer Nummer 14. Schock, Ratlosigkeit, Wut, Scham, Angst und Misstrauen waren als Reaktion auf Jo Burgers Worte auf den Zügen der Männer und Frauen zu lesen.

Kaum hatten sich die Türen des Konferenzraums geschlossen gehabt, war Claudia Camponovo, Vorsteherin des Justiz- und Polizeidepartements, auf Annbelle Jordi losgegangen.

„Sie waren es, die unbedingt mit dieser BBI Management Services zusammenarbeiten wollten. Und das" – sie hatte mit einem Ausdruck der für den Folgetag angekündigten Medienmitteilung des NZM herumgefuchtelt – „haben wir jetzt davon. Solches gehört nicht privatisiert, sondern in die Hände des Staates. Hätten wir…"

„Hätte dieser Staat, vertreten durch Sie und Ihre Verwaltungsbeamten, nicht Volkswillen und Abstimmungsresultate ignorierend ganz Afrika und den Nahen Osten angefleht, doch bitte nicht nur nach Deutschland, sondern auch in die Schweiz einzuwandern, gäbe es Firmen wie die BBI gar nicht", hatte Jordi gekontert. „Von solchen Problemen, wie wir sie jetzt haben, ganz zu schweigen. Sparen Sie sich also die Spucke für die Kameras, Claudia. Sie werden sie brauchen."

„Sie machen es sich…" hatte Camponovo erneut in Richtung Jordi angehoben. Weiter war sie nicht gekommen.

„Ruhe!“, hatte da Burger gedonnert, und schlagartig war es still geworden. Man war es nicht gewohnt, von dem zurückhaltenden, höflichen Geheimdienstveteranen solche Töne zu hören. „Setzen Sie sich.“ Und als alle Platz genommen hatten: „Das hier“ – er hatte nun seinerseits auf das vor ihm liegende Exemplar des Ausdrucks gedeutet – „ist weder ein Unfall, noch eine Panne, noch ein Zufall. Es ist ein EU-Projekt.“

In die Fassungslosigkeit hinein, die den Worten gefolgt war, hatte er erzählt. Angefangen mit dem Absturz einer Hawker 850XP in der Schweiz. Jetzt lag alles auf dem Tisch. Bessons unrühmlicher Deal mit Svenström, das Geld für seine politische Kriegskasse, Jordis Manöver, das die Ausreise der Laritskis ermöglicht hatte. Der Miteinbezug des NDB. Das, wie sich herausstellte, begründete Misstrauen Burgers gegen Hiller und Besson, die Entscheidung, ein Team unter dem offiziellen Radar auf die Sache anzusetzen, der Kontakt mit Horn, die Verbindung zu Nikolai Nikolajewitsch Sorokin, das Geschehen in Moskau und schließlich die Informationen, die sie seit heute Vormittag via Brun von Laritski hatten.

Besson hörte die Stimmen um sich her wie durch ein Sieb, das nur einzelne Worte durchließ. „Schutz“. „Schulen“. „Quarantäne“. „Wachpersonal“. „Armee“. „Bargeld“. „Warnung“. Es war genau das, was Svenström vorausgesagt hatte. All die Begriffe zusammen ergaben im Endeffekt nur dies eine: Ausnahmezustand. Und genau darauf steuerten sie zu. Es war so einfach. So beängstigend einfach.

Jetzt veränderte sich der Stimmenteppich. Aus dem Wortgemenge heraus schälte sich etwas, das die Fetzen verdrängte. Es kam von Jordi:

„Die Medienmitteilung des NZM geht morgen raus. Uns bleibt also etwas Zeit, um uns vorzubereiten. Und auf eine Stunde mehr oder weniger kommt es jetzt auch nicht mehr an. Ich schlage vor, dass wir hier und jetzt zuallererst die Frage klären sollten, ob wir diesem Russen glauben oder nicht. Glauben wir diese ganze irre Geschichte? Würde der nicht alles erzählen, um da drüben, wo es für ihn gerade ziemlich heiß zu sein scheint, rauszukommen?"

„Der Anschlag von vergangener Nacht, der Tod von Kowaljow und die Informationen von Nik Horn zu den Geldströmen sprechen dafür, dass er die Wahrheit sagt. Und in ein paar Stunden können Sie ihn selber fragen. Brun und seine Leute bringen ihn her."

„Wie bitte?" Die Frage von Umweltminister Eugen Wegener war ein Ausruf. „Ihnen ist aber schon klar, was das auslösen wird? Diplomatisch, meine ich. Eben wurden die Sanktionen gegen die Russen verlängert. Neue sind dazugekommen. Und wir machen einen auf schweizerisch-russische Freundschaft? Eine diplomatische Krise ist da noch das Wünschenswerteste. Wissen Sie, was zur Zeit im Zusammenhang mit dem Rahmenvertrag mit der EU für uns auf dem Spiel steht?"

„Ja", entgegnete Burger ruhig. „Es ist meine Aufgabe, das zu wissen. Und es ist auch meine Aufgabe, Ihnen zu sagen, dass es hier nicht zuerst um Vertrauen oder Nicht-Vertrauen gegenüber einem russischen Ehepaar, sondern um jenes gegenüber unserem Bundespräsidenten Pierre Besson geht. Bundesrat Besson steht seit gestern mit seinem Einverständnis unter Personenschutz und Überwachung. Seit der Inkraftsetzung der Maßnahme hat er dreimal gegen die Regeln verstoßen. Zuletzt heute Morgen. Es ist meine Aufgabe, Herr Bundespräsident, Sie aufzufordern, uns zu informieren, wo Sie waren und wen Sie getroffen haben."

„Ich habe Sophia Svenström getroffen", sagte Besson in die Stille hinein, die Burgers Frage folgte.

„Unseren Informationen zufolge hat sie ihr Hotelzimmer bis elf Uhr nicht verlassen", wandte dieser ein.

„Ihre Handtasche hat das Hotel nicht verlassen", berichtigte Besson. „Sie selber schon. Wenn Sie es nicht längst wissen, Burger, dann vermuten Sie es. Ich habe ein vorregistriertes Handy gekauft und es ihr gestern Abend gegeben. Später ein Treffen für heute Morgen vereinbart, das ich wahrgenommen habe. Und bevor Sie jetzt alle zur Inquisition übergehen: Was hätte ich Ihrer

Meinung nach sonst tun sollen? Es war die einzige Möglichkeit, ihr glaubhaft zu machen, dass ich nach wie vor mit im Boot bin. Und es hat sich gelohnt. Die Frage, ob wir dem Russen glauben, erübrigt sich nämlich. Sie hat jedes Detail bestätigt. Und mehr noch. Für die Schweiz sind in den kommenden zehn Tagen weitere Lieferungen von dem Zeug vorgesehen."

„Das wissen wir bereits", kam es von Burger.

„Sie wissen das? Woher?" In Bessons Stimme schlich sich eine Spur Unsicherheit.

„Vom Kommandeur der Eurogendfor", antwortete Oskar Ludwig. „Ich habe heute mit ihm gesprochen."

„Dann wissen Sie sicher auch, wo die Ware über die Grenze kommt und wer sie bringt."

„Nein."

„Habt ihr zu wenig bezahlt, dass er damit nicht herausgerückt ist?"

„Nein. Es kam etwas dazwischen. Er ist tot."

„Was?" Aller Hohn war aus Bessons Stimme gewichen.

„Sie haben schon richtig gehört. Er lebt nicht mehr. Die Info betreffend Lieferung gab er uns anlässlich eines Telefongesprächs, während dessen er auch sagte, er würde sich zu dem Treffen mit Oskar Ludwig um eine halbe Stunde verspäten. Auf dem Weg dahin kam sein Wagen von der Straße ab."

„Mein Gott! Diese Leute schrecken vor nichts zurück", stieß Besson hervor.

„Das sollte Sie nicht erstaunen."

Besson ging nicht darauf ein, schien vielmehr seine ganze Kraft auf das Folgende zu konzentrieren: „Es sind vier Personen aus dem engsten Kreis des Kommandeurs", sagte er. „Vier Personen liefern die Ware. Und zwar von Österreich aus. Wir können das noch aufhalten. Wir müssen die Grenze abriegeln."

„Abriegeln verschiebt das Problem nur in die Zukunft. Svenström und wer immer da mit drinhängt bräuchten nur abzuwarten und könnten die Bombe irgendwann später hochgehen lassen. Außerdem wäre ihre Scheinkooperation damit hinfällig und wir würden den Kontakt zu Svenström verlieren. Unser Job wird es sein, diese vier Personen zu kriegen und zum Sprechen zu bringen, während Sie Svenström glaubhaft versichern, wir wüssten von nichts."

„Wie wollen Sie das bewerkstelligen? Mit dem Grenzschutz etwa? Hundertschaften in Zivil tage- und wochenlang im Einsatz?"

„Nein. Das Risiko ist zu groß, dass die Lage außer Kontrolle gerät, wenn wir Polizei oder Grenzschutz mit einbeziehen. Wir müssen versuchen, diesen Teil des Unternehmens so klein wie möglich zu halten. Wir werden hier ab morgen, wenn diese Medienmitteilung raus ist, genug Probleme haben. Ich schlage vor, wir ziehen jene Leute heran, die bereits mit allem vertraut sind – das NDB-Team, das heute aus Moskau zurückkommt. Unterstützt vom Team Alder als Backup."

„Angenommen, die Information betreffend den Grenzübertritt ist korrekt", warf Wegener ein, „wie wollen Sie mit ein paar NDB-Leuten über 100 Kilometer Grenze sichern? Das ist doch die reinste Lotterie."

„Wir werden dieselben Mittel anwenden wie der Gegner", antwortete Burger. „Wir werden sehr, sehr gut bezahlen für zuverlässige Informationen." Und in Richtung Besson: „Geld haben wir ja genug, nicht wahr?"

Besson ging nicht auf Burgers Sarkasmus ein. „Glauben Sie wirklich, dass das funktioniert?", fragte er stattdessen. „Das ist die Eurogendfor, Burger. Militär, Ehrenkodex, Kameradschaft. Glauben Sie wirklich einen zu finden, der seinen Waffenbruder hinhängt?"

„Ja, genau das glaube ich. Die Eurogendfor hat die große Schwäche, ein künstliches Konstrukt und nicht natürlich gewachsen zu sein. Treue und Loyalität, die Dinge, die Kameradschaft ausmachen, haben die lästige Eigenschaft, zumindest teilweise an Naturgesetze gebunden zu sein und etwas Echtes, Gemeinsames zu benötigen, um sich zu entfalten. Sonst bleiben es Lippenbekenntnisse. Italienische Einheiten der Organisation werden das untereinander haben. Ebenso französische oder deutsche. Aber die Deutschen gegen die Franzosen, die Spanier gegen die Italiener? Ich wage zu zweifeln. Und außerdem geht es ja nicht um Leben und Tod. Wir sind – zumindest offiziell – nicht im Krieg, und die Schweiz ist nicht Guantanamo. Alles, was wir wollen, sind ein paar Namen, Gesichter und Standorte. Ich glaube, für zehn oder 20 Millionen wird einer mit ein bisschen Selbstbetrug ziemlich gut damit leben können, ein paar Papier-Kameraden an die Schweizer Justiz zu liefern."

„Einen Versuch ist es auf jeden Fall wert", meinte Annbelle Jordi. „Was haben wir denn sonst für Möglichkeiten?" Sie schien keine Antwort auf die Frage zu erwarten, sondern fuhr an Burger gewandt fort: „Was sind die nächsten Schritte?"

„Wir tun genau das, was von uns erwartet wird: Wir bereiten den Notstand vor. Wenn diese Mitteilung morgen rausgeht, werden die Medien das tun, was sie am liebsten tun: Panik schüren. Dann müssen wir bereit sein. Für Diskussionen über demokratiepolitische Feinheiten haben wir dann keine Zeit mehr. Ich will die verfassungsmäßig zugelassenen 4.000 Armeeangehörigen für die nächsten drei Wochen einsatzbereit haben, außerdem sämtliche NDB-Teams und die Polizei. Bereiten Sie Ausgangssperren an allen Standorten der Asylzentren vor, ebenso die Schließung von Schulen und wenn nötig Auflagen für die Medien. Holen Sie die Führungscrews der Nationalbank und sämtlicher Banken mit an Bord. Wenn wir Glück haben, dann ist der Spuk zwar in ein paar Tagen vorbei und wir haben die Leute und die Ware. Aber vorbereiten müssen wir uns auf das Schlimmste." Und unwirsch in Bessons Richtung: „Wie gehen Sie mit Svenström vor? Spätestens wenn sie von unseren russischen Gästen erfährt, wird sie verstehen, dass wir alles wissen. Sie wird irgendwie reagieren."

„Was auch immer sie tut", entgegnete Besson, „es ist nicht mehr unser Problem. Ich habe vor, sämtliche Informationen, die wir in den kommenden Tagen erhalten – Aussagen, Protokolle, Aufnahmen, Unterlagen – an die EU weiterzuleiten. Und das wird zwei Dinge auslösen: Erstens wird der Name ‚Sophia Svenström‘ nirgends mehr laut ausgesprochen werden, und zweitens werden die EU-Behörden so kurz vor den Wahlen im September aus Angst davor, dass irgendwas durchsickern könnte, der Schweiz jeden Gefallen tun, den sie auch nur sanft andeutet. Marktzugänge, Grenzkontrollen, Einwanderungskontingente, Banklizenzen, individuelles Steuerregime, Verzicht auf Milliardenbeiträge, und so weiter. So krank es ist: Etwas Besseres als diese Katastrophe konnte uns in puncto Beziehungen zu Brüssel gar nicht passieren.“

„Wir werden sehen“, sagte Burger, raffte seine Papiere zusammen und verließ grußlos das Sitzungszimmer.

***

Moskau-Bern

Mit Xenia, dem seltsam ruhigen Jungen und ihrem in Plastik gehüllten Packen, den sie über dem Arm trug, waren Motorengeräusche in die künstlich beleuchtete Welt des Raumes in dem sicheren Haus gedrungen.

„Was läuft da draußen?“, fragte Brun, während Nouriel die Last, die er Xenia abgenommen hatte, auf den Tisch legte und Sava Aljoscha zu seinen Eltern führte.

„Die Wagen“, antwortete Xenia. „Sie werden weggebracht. Für die Fahrt zum Flughafen wird ein anderes Fahrzeug vorbereitet.“

„Gut.“ Brun fragte nicht nach, wer die Wagen wegbrachte und was stattdessen geliefert würde. Er war dankbar dafür, diese operativen Details Valentin und Xenia überlassen zu können. Das war es auch, was sein Nicken in Richtung der beiden bedeutete. Es wurde verstanden.

Nouriel hatte inzwischen den Klettverschluss vorne an dem Plastikpaket geöffnet. Zum Vorschein kamen Uniformen. Hellblaue mit dem Gazpromavia-Logo der konzerneigenen Fluggesellschaft von Gazprom und die grauen des Wachpersonals, das zur Wartung und Bewachung von Pipelines, Gebäuden und manchmal VIPs eingesetzt wird.

„So sollten wir ohne Probleme in den Personalbereich hereinkommen“, meinte Xenia. „Sieben Personen als Gazpromavia-Kabinenpersonal, drei Personen als Bewachung. Angemeldet ist ein VIP-Charterflug nach London, womit auch die große Anzahl an Bordpersonal erklärt werden kann. Wenn wir drin sind, werden wir improvisieren müssen.“

„Warum ‚wir‘?“, fragte Brun und hatte bereits im Fragen verstanden: „Sie müssen das nicht tun, Xenia.“

„Ich weiß“, sagte sie nur und erwiderte Bruns Blick. Sie hatte ihre Gründe. Das musste reichen.

„Okay“, sagte Brun. „Was ist mit dem Jungen?“

„Der Junge ist Ihr VIP.“

Brun zögerte. Bis auf den Jungen waren sie alle erwachsene Menschen. Erwachsen hieß in seinen Augen vor allem dies: verantwortlich. Ein Kind – das war etwas anderes. Trotzdem lenkte er ein: Aljoscha hier zu lassen würde für den Jungen ein größeres Risiko bedeuten. „Okay“, wiederholte er. „An die Arbeit. Lasst uns planen, was wir planen können. Es wird auch so noch eine Stegreif-Aktion werden.“

Konzentration verband die Anwesenden bei dem, was folgte, wie eine Nabelschnur. Rollen wurden verteilt und neu verteilt, Zeitfenster gesetzt und wieder verschoben, Texte geschrieben und umgeschrieben, Ideen vorgebracht und wieder verworfen. Kurz vor drei Uhr waren sie so weit. Eine Spur Unruhe schlich sich ein, während Minute um Minute verronnen war, ohne dass Horn sich gemeldet hatte. Das Klingeln von Jez‘ Handy kam einer Erlösung gleich. Sie nahm den Anruf wortlos entgegen. Es hätte auch gar nichts gebracht, etwas zu sagen. Kaum hörte Horn, dass die Verbindung stand, legte er los:

„Hör‘ zu, Jez“, hob er an. „Es ist mir scheißegal, was da genau läuft, was ihr vorhabt, was es kostet oder wer mit drinhängt. Aber wenn ihr wollt, dass ich noch mitmache, dann sorgt ihr dafür, dass ich spätestens in drei Stunden zusammen mit euch hier wieder raus bin. Und komm‘ mir nicht mit ‚Es kann Probleme geben‘. Wenn ich hierbleibe, dann bin ich in zwei Tagen tot. Ich ziehe eure Probleme dieser Möglichkeit vor.“

Abrupt verstummte er.

„Gut“, sagte Jez.

„Wie jetzt?“

„Wir bringen dich raus.“ Bei diesen Worten schaute sie in Bruns Richtung. Sein Blick war hart, schweifte kurz ab zu Vali, kehrte zu ihr zurück. Dann ein Nicken.

„Einfach so? Keine Widerrede, keine Ausflüchte?“, fragte Horn.

„Keine Zeit, Nik. Hör mir zu: Wo bist du jetzt?“

Er erklärte es ihr.

„Okay. Sieh zu, dass du in den Departure-Bereich der VIP-Lounge des Flughafens kommst. Wir sind in anderthalb Stunden da.“

„Und dann?“

„Dann wird es Probleme geben, Nik.“

„Ich werde da sein.“

Eine Viertelstunde nach diesem Gespräch war ein Mercedes-Benz Neun-Sitzer-Kleinbus auf der E101 von Aprelewka in Richtung Osten unterwegs. An Bord vier Frauen und drei Männer, die den Uniformen nach zum Personal der Gazpromavia gehörten, drei weitere Männer, deren Kleidung sie als Gazprom-Schutzpersonal auswies, und ein Kind. Ein Junge.

Alle späteren Versuche von Behörden und Medien, den exakten Ablauf der darauffolgenden Geschehnisse zu rekonstruieren, würden scheitern oder zumindest schwer bruchstückhaft bleiben. Es würde die Amateuraufnahme eines Bürgers der Ortschaft Ptitschnoje auftauchen, die einen Mercedes Vito mit Gazprom-Logo zeigte, der mit überhöhter Geschwindigkeit unterwegs gewesen sein sollte. Andere Leute würden gesehen haben wollen, dass der Fahrer eine Art Sturmhaube trug, dass es nicht ein, sondern drei Wagen gewesen seien, dass jemand hinter einer der getönten Scheiben um Hilfe geschrien habe, dass geschossen worden sei. Kurz: Es wurde eine Geschichte daraus, und sie wurde mit jedem Mal, wo einer sie genüsslich erzählte, üppiger, farbiger, phantastischer.

Die Fakten hätten am Ende nur noch enttäuscht. Kurz vor 17 Uhr war ein Mercedes-Benz Vito Tourer 119 CDI auf das Gelände des Flughafens Moskau-Ostafjewo gefahren und hatte im Kurzparking-Bereich der Abflughalle eine siebenköpfige Gazpromavia-Crew und drei Personen des Wachdienstes abgesetzt. Leiterin der Crew als Chef de Cabine war eine ältere elegante Dame im knielangen hellblauen Gazpromavia-Rock, auf Taille geschnittener Jacke, weißer Bluse und blauweißem Foulard. Zu ihr gehörten drei weitere Frauen in identischer Kleidung sowie drei Männer, die vom Alter her in drei unterschiedlichen Generationen unterzubringen waren. Bis auf eine der Frauen zog jedes Mitglied der großen Crew einen kleinen Reisetrolley. Die Männer des Wachdienstes waren gut sichtbar bewaffnet und bildeten eine Art Dreiecksformation um das Personal, das wiederum den Jungen in seiner Mitte hatte. Im Departure-Bereich ging die Crew-Chefin zielstrebig auf eine automatische Glastür zu, hinter der sich laut dem schwarzgoldenen Schriftzug auf dem Glas die VIP-Lounge befand. Bei ihrem Eintritt blickte sie sich nach einer der Frauen ihres Teams um, die diskret in Richtung eines Mannes nickte, der wartend in einem der dunkelgrauen Sofas mit Blick auf die Multimediawand und die Abflugtafeln saß. Der Tross wechselte die Richtung. Bei Nik Horn angelangt, trat die Crew-Leiterin auf ihn zu, reichte ihm die Hand. Die Szene, die folgte, zeigte eine im Umgang mit VIPs routinierte Kabinenchefin, die ihrem hochrangigen Gast ihre Crew präsentierte. Nichts Ungewöhnliches an diesem Ort.

All das wurde später, als alles längst vorbei war, wie die Teile eines Puzzles von den Behörden zusammengetragen. Allerdings war es nicht möglich, Angestellte und Passagiere über ein Hörensagen hinaus zu beeideten Aussagen zu bringen. Wer hätte bezeugen können, was genau geschehen war, zog es vor, den Mund zu halten. Entweder aus Angst um den Job oder um sein Leben. Schweigen war auch heute noch das Sicherste. Was trotzdem bekannt wurde, war teuer erkauft und nicht belegt.

Für einige Erheiterung sorgte die Aussage einer anonymen Quelle, wonach einer der Gazprom-Wachmänner einen Kollegen gefragt haben sollte, ob die Mädels die Uniformen danach behalten dürften.

Aber egal wie unterschiedlich die Medienberichte waren, das Ende der Geschichte blieb sich gleich. Eine vierköpfige Crew und eine Person, die ein Passagier sein konnte, die mit dem Privatjet des Regierungsberaters Nikolai Nikolajewitsch Sorokin von London kommend in Moskau-Ostafjewo eingetroffen waren, wurden von den Wachmännern und Mitgliedern einer fremden Crew aufgefordert, an Bord der Maschine zu gehen, die startklar im Abfertigungsbereich des Hangars für private Charterflüge stand. Gewalt oder Waffen wollte keiner gesehen haben. Dass es sich bei den Geschehnissen um eine Geiselnahme handeln könnte, wurde erst klar, als der Pilot nach dem Start der Maschine den internationalen Transpondercode „7500" für Flugzeugentführung übermittelte.

Es folgte große Verwirrung, die alle Ingredienzien für einen diplomatischen Zwischenfall aufwies, hätten nicht andere, größere Ereignisse die Schlagzeilen und das politische Interesse gebündelt. Die Meldung über eine mögliche Flugzeugentführung ging in kürzester Zeit an russische, internationale, europäische und schweizerische Luftfahrtorganisationen und Flugsicherheitsbehörden. Daraufhin passierte… nichts. Der Flug Nummer U8 1710 – ein privater Business-Jet, der unter dem IATA-Code der zypriotischen Fluggesellschaft Tus Airways flog – fand genau so statt, wie er angemeldet gewesen war. Von der Isle of Man über London kommend nach Moskau-Ostafjewo, den Gazprom-Flughafen, und von dort am gleichen Tag weiter nach Bern. Die alarmierten Schweizer gaben nach der Landung der Maschine sofort eine Entwarnung und weiter keine Informationen heraus. Von einer entführten Privatjet-Crew wollte niemand etwas wissen. Für entsprechende Bestätigung verwies man auf die Tatsache, dass es sich um ein Flugzeug im privaten Besitz des russischen Regierungsberaters Nikolai Nikolajewitsch Sorokin handelte, der sämtliche Angaben zu bestätigen in der Lage sei, was dieser aber verweigerte. Es hätte für die Schweiz eine üble Story werden können. Aber wie jede üble Story hatte sie die Eigenschaft, ungehört zu verhallen, wenn eine noch üblere zu erzählen war. Und genau das war der Fall. Die Tatsache, dass Regierung und Geheimdienst eines westlichen Kleinstaats mit heruntergelassener Hose bei der Verletzung jedweder völkerrechtlichen und diplomatischen Regel erwischt worden waren, verblasste in Anbetracht der Möglichkeit, dass Europa möglicherweise einer Katastrophe gegenüberstand, die einige bereits „Pest 2.0" nannten.

Von all dem – den E-Mails und Telefonaten, der Einbestellung des Chefs der Schweizer Botschaft in den Kreml mitten in der Nacht, den darauffolgenden Drohungen der EU im Gleichklang mit den USA in Richtung Russland – erfuhren Brun und seine Leute erst im Nachhinein. Der Jet landete planmäßig kurz vor elf Uhr in Bern und fuhr von der Landebahn direkt in einen der Hangars, dessen glänzender Boden Brun auf der Gangway an die Böden der Turnhallen seiner Kindheit gemahnte. Neben zwei schwarzen Kleinbussen stand Alders achtköpfiges Team. Etwas weiter weg drei schwarze Limousinen. Brun machte die Vorhut. Ihm folgten das Ehepaar Laritski mit Sohn und Nik Horn, danach Sava und zuletzt, umringt vom Rest seines Teams, die vierköpfige Original-Crew von Sorokins Maschine. Die Waffen hatte man ihnen abgenommen, und Sava übergab sie einer Frau in Alders Team. Alder trat auf Brun zu.

„Wir übernehmen sie ab hier", sagte er.

„Wer ‚sie'?", fragte Brun.

„Alle", antwortete Jens Alder.

„Von wem kommt die Anweisung, Jens?"

„Von Burger. Da…" Er deutete in Richtung der Limousinen. „Ihr werdet erwartet."

„Gut – danke. Aber Horn kommt mit uns. Wir brauchen sein Know-how. Außerdem sind er und Laritski während des Flugs anscheinend Freunde geworden. Vielleicht hat er Infos."

„Er gehört ganz dir", sagte Alder und wandte sich ab.

Brun fing die Blicke seiner Leute ein und bedeutete ihnen mit einem Nicken, ihm zu folgen.

Bei den wartenden Wagen handelte es sich um den Tesla des Bundespräsidenten Pierre Besson und zwei Großraumlimousinen der Mercedes V-Klasse. Als Bruns Team näherkam, stieg Besson aus und kam, den Arm ausgestreckt, auf Brun zu. Brun ergriff die Hand und fühlte, wie Bessons Linke ihm auf Schulter und Oberarm klopfte, als wär‘s nicht die Szene mitten in der Nacht in einem geschlossenen Hangar, sondern eine Pressekonferenz. Oder aber als würde er wirklich meinen, was er sagte.

„Danke, Carl. Darf ich Carl sagen?“

„Nur zu.“

„Danke für Ihren Einsatz, Carl.“ Und an die sieben Personen gerichtet, die in zwei Metern Abstand stehen geblieben waren: „Ihnen allen – danke. Wenn es während dieser Operation zu gefährlichen Situationen, zu größeren Risiken als notwendig gekommen ist, dann ist das meine Schuld. Burger wird Sie informiert haben. Ich habe Fehler begangen, große Fehler, Sie und andere haben dafür bezahlt. Das tut mir leid. Aber glauben Sie mir: Ich werde alles tun, um Ihnen ab jetzt ein zuverlässiger Vorgesetzter zu sein. Ein Bundespräsident, auf den Sie sich verlassen können.“

Die Stille, die folgte, war unangenehm. Keiner im Team schien zu wissen, was auf eine solche Ansage zu erwidern war. Erst als Valentin das Wort ergriff, fiel, was unsicher schwebend in diese oder in jene Richtung hätte gehen können, zu Boden und fand Halt: „Danke, Herr Bundespräsident. Verzeihen Sie, dass ich mich vordränge, aber ich denke, mein Alter erlaubt das. Es war und ist uns eine Ehre, diese Operation für die Schweiz erfolgreich durchzuführen. Wenn ich die Sache allerdings richtig einschätze, dann dürften die diplomatischen Drähte zur Zeit etwas überhitzt und Sie zu Erklärungen gezwungen sein, die im besten Fall als heikel bezeichnet werden können, und da ist es vielleicht an uns, um Entschuldigung zu bitten.“

„Das ist nicht nötig“, erwiderte Besson. „Seien Sie versichert – Sie alle –, dass ich mir, nach dem, was in Moskau passiert ist, der Gefahr sowohl für die Zielpersonen als auch für

Sie vollkommen bewusst bin und Ihr Vorgehen gutheiße." Und in Richtung Valentin: „Aber in einer Sache muss ich Sie enttäuschen: Die Operation ist nicht vorbei. Wir stecken vielmehr mittendrin. Jo Burger wartet da drüben auf Sie. Er wird Sie über alles informieren. Noch einmal: Danke."

Sprach's, machte auf dem Absatz kehrt und tauchte durch den offenen Schlag in den Fond seines Dienstwagens, der, kaum war die Tür zu, los- und unter dem nur knapp geöffneten Eisenrolltor davonraste.

„Was sagt man dazu?", kam es von Piet, der nach dem dramatischen Abgang des Bundespräsidenten als Erster die Sprache wiederfand.

Brun ließ nicht zu, dass das Zwiespältige des eben Erlebten sich in die Gruppe hineinfraß. Es reichte vollkommen, wenn jeder für sich gegen die Zweifel ankämpfte, die die glatten Worte Bessons vor dem Hintergrund ihres Wissens auslösten.

„Kommt, Leute", sagte er. „Sieht so aus, als würde das hier eine weitere lange Nacht."

38

„Wie war die Reise?“, fragte Burger, als die beiden Großraumlimousinen scheinbar geräuschlos aus dem Hangar glitten. In dem Wagen, in dem er zusammen mit Oskar Ludwig auf das Team gewartet hatte, saßen jetzt außer ihnen nur noch Brun und Horn. Die anderen waren einer unausgesprochenen Übereinkunft folgend in den anderen Van gestiegen. Brun stellte fest, dass sie nicht, wie er erwartet hatte, auf die Autobahn nach Bern, sondern auf der Landstraße Richtung Süden und Rubigen fuhren.

„Sagen Sie‘s ihm“, forderte er Nik Horn auf. „Sie haben sich mit Laritski unterhalten da oben. Wir anderen sind nur rumgesessen und haben abwechselnd aufgepasst, dass der Pilot die Richtung behält und die beiden anderen nicht aufmucken.“ Und zu Burger: „Was passiert übrigens mit ihnen?“

„Sie werden, wie das in unseren Kreisen so üblich ist, üppig für ihren Einsatz entschädigt und sind wohl zur Zeit bereits mit ein paar Leuten von Alders Team unterwegs an die Grenze zu Frankreich in eines unserer Häuser, wo sie sich ausruhen und davon überzeugen lassen können, dass sie gut daran tun, ihren Lohn zu genießen und ansonsten zu schweigen.“

„Ausruhen“, knurrte Brun. Er klang wie einer, der von einem Leben sprach, das er mal gelebt hatte und an das er sich nur mit der Unregelmäßigkeit und Unbeständigkeit eines wiederkehrenden Traums erinnerte. Er riss sich los.

„Also? Horn? Was gab‘s so Interessantes zu bereden da oben?“

„Wir haben unsere Informationen verglichen.“

Oskar Ludwig, der, bis auf die Begrüßung, während derer er Bruns Hand eine Sekunde länger als nötig in der seinen gehalten hatte, stumm geblieben war, drängte, den Blick auf Brun gerichtet: „Geht‘s auch präziser? Wir haben nicht die Zeit, Ihnen alles aus der Nase zu ziehen.“

„Nur eine Sekunde“, sagte Horn. „Geben Sie mir nur eine Sekunde.“ Und nach kurzem Schweigen: „Also: So, wie‘s aussieht, ist die Besetzung in dieser irren Scheiße – pardon, aber anders kann ich das, was da läuft, nicht bezeichnen – dieselbe wie bisher bei der Nullzinspolitik alias Währungsabwertung alias Exportsubventionierung alias Gratisverschuldung alias Sparerenteignung. Also ganz klar die Big Guys aus Wirtschaft und Politik: Banken, Pharma, Medien, Rüstung, Regierungen, Zentralbanken und so weiter. Zusammen haben sie in den vergangenen Jahren eine galaktische Geld- beziehungsweise Schuldenblase mit heißer Luft gefüllt. Alles, was zur Zeit an Wachstum propagiert und gefeiert wird, ist in Wahrheit nur heiße Luft. Platzt die Blase, dann platzt mit ihr das ganze Scheinsystem.“

„So weit waren wir auch schon“, kam es von Brun.

„Dann ist Ihnen ja sicher auch klar, dass die großen Jungs, die in dieser Liga spielen, weiterspielen wollen. Und zwar nach dem Motto: Gewinne runter, Boni hoch, fuck the crisis. Keiner will auf den Selbstbedienungsladen, zu dem die Zentralbanken die sogenannten Märkte gemacht haben, verzichten. Es ist einfach zu schön. Für die Politiker ebenso wie für die Großkonzerne. Das Problem, das sich stellt, ist aber einerseits, dass wir an einem Punkt sind, wo jeder, der mitmischt, sich täglich mehr verschulden muss, damit das System einfach nur stillsteht, und andererseits jenes, dass es auf der Welt nicht bloss die Big Guys aus Amerika und Europa und daneben nur noch ein paar hungernde Drittweltländer gibt, sondern Konkurrenz. Ernsthafte Konkurrenz wie Russland und China. Außerdem Hunderte Millionen von Bürgern, von denen ein größer werdender Teil langsam aber sicher die Schnauze voll hat von Rettungspolitik zu ihren Lasten.“

„Also musste ein Plan her, um zumindest ein paar dieser Probleme vorübergehend in den Griff zu bekommen“, stellte Burger fest. „Genau“, bestätigte Horn. „Und so betrachtet ist, wer auch immer die Idee hatte zu diesem Plan, ein verdammtes Genie. Denn: Die Sache wird sich sozusagen von allein ergeben, und die Big Guys geben vor, nur zu reagieren. Eine Krankheit, ein

Virus, ist keine Person, es ist eine Naturgewalt. Nichts stärkt die Politik und ihre Verbündeten mehr als der entschlossene, selbstlose Kampf gegen eine Naturgewalt. Nichts macht Menschen mehr bereit, Opfer zu bringen, als eine scheinbar unkontrollierbare Gefahr und die Möglichkeit, sie durch politische Maßnahmen abzuwenden. Und schließlich: Nichts eint Menschen mehr als ein klar identifizierter und real bekämpfbarer Feind. Hier ist einfach alles gegeben. Und nebenbei werden sich die großen Jungs so richtig die Taschen füllen, wenn's knallt. An den Amok laufenden Börsen und mit dem dann ‚mobilisierten' Geld der Sparer, über das diese freiwillig die Kontrolle abgegeben haben werden. Und das Friedensprojekt Europa wird dann ein einziger grosser Hedgefonds sein."

Eine Weile war es in dem Wagen still. Die Luft war stickig. Brun öffnete das Fenster auf seiner Seite einen Spaltbreit. Automatisch tasteten seine Finger nach den Zigaretten.

„Nicht hier, Carl", kam es von Burger.

Brun zog seine Hand wieder aus der Jackentasche. Ein Lächeln durchzog ihn. Wäre die Situation nicht die gewesen, die sie war, dann hätte Burgers Bemerkung der Auftakt zum sakralen Ritus eines ihrer von Bier und Schweigen umrahmten Geplänkel sein können. Bevor er den Gedanken abstreifen und dem Gespräch einen neuen Impuls geben konnte, verlangsamte der Wagen und fuhr über eine holprige Straße oder einen Weg. Brun war sich sicher, dass sie nicht mehr als acht bis zehn Kilometer zurückgelegt hatten. Als der Wagen hielt und er als Erster ausstieg, stellte er fest, dass er recht hatte: Beide Vans standen auf dem verwaisten Parkplatz des Restaurants „Jägerheim" in unmittelbarer Nähe zum Fluss. Das Gartenrestaurant, das an schönen Tagen von Spaziergängern und andern Ausflüglern überflutet wurde, war im Dunkel nicht zu sehen. Über der Eingangstür oben an der Holztreppe, die ins Innere des Restaurants führte, brannte eine einsame Lampe.

„Langsam komme ich mir vor wie in einem dieser Filme, bei denen aus Kostengründen 90 Prozent der Szenen bei Nacht und im Regen gedreht werden", sagte Brun. Und bevor Burger antworten konnte: „Muss man hier nicht normalerweise ein Jahr im Voraus reservieren, um einen Tisch zu kriegen?“

„Für Freunde hat Willy immer einen Tisch frei“, antwortete Burger und schritt auf die Treppe zu. Die anderen folgten ihm. Drinnen gingen sie an der Tür zu den verschiedenen Gasträumen vorbei, wo, vom Licht im Flur ausschnittweise beschienen, schemenhaft das Weiß gestärkter Servietten und Tischtücher, Silber und der Kristallglanz polierter Gläser aufleuchteten. Am Ende des Ganges stieg Burger eine weitere Treppe hoch, die in einen großen Dachraum mündete. Der in der Mitte stehende Tisch war bestückt mit Tellern voller Sandwiches, einer dampfenden Suppenschüssel, Körben mit Brot und Wasserkaraffen. Auf einem weiteren standen Kaffee und Gebäck bereit. Vom Gastgeber war nichts zu sehen.

Während Brun und seine Leute sich verpflegten, fügten Burger und Ludwig den bereits bekannten Informationen jene hinzu, über die sie nach der Notfallsitzung mit dem Gesamtbundesrat verfügten.

„Was mir immer noch nicht einleuchtet“, sagte Nouriel schließlich, „ist Sorokin. Glaubt ihr die Geschichte, die uns Laritski auftischt? Dass die Sache nicht von Brüssel aus über seine Frau gelaufen ist, sondern von Brüssel über Sorokin, der sich die Laritskaja durch Erpressung oder Drohung oder beides gefügig gemacht hat? Dass sie außerdem in keinem Moment wusste, was genau da geplant war, sondern von einem harmlosen Virus ausging, das schlimmstenfalls ein bisschen Durchfall auslösen würde?“

„Wir wissen es nicht“, antwortete Brun. „Und es ist fraglich, ob wir es je wissen werden. Aber im Ernst: Was kümmert uns das? Jeder arbeitet in der Politik für irgendwen, und wenn‘s richtig dreckig wird, verrät jeder jeden, um mit einigermaßen heiler Haut rauszukommen. Das ist das Einzige, was wir wissen müssen, und ansonsten müssen wir uns auf das beschränken, was wir tun können. Und das ist im Moment, so, wie‘s aussieht, das Aufspüren eines Produkts, das irgendwo da draußen bereit zur Auslieferung gebunkert wird.“

„Richtig", bestätigte Oskar Ludwig. „Was brauchst du, Carl? Besson ist bereit, alle notwendigen Ressourcen zu mobilisieren, um euch zu unterstützen."

„Ich brauche nur eines: Leute, denen ich vertraue. Meine Leute. Sonst nichts. Vor allem brauche ich keinen, der mir mit Regeln kommt. Sobald wir hier raus sind, werden wir uns an keine mehr halten. Nur so haben wir eine Chance. Besson soll sich seine ‚notwendigen Ressourcen' sonst wohin stecken."

„Ich glaube nicht, dass er das goutieren wird." Ludwig sagte es nicht als Vorwurf oder Einwand. Es war bloß eine Feststellung. Und sie war nicht ironisch gemeint.

Trotzdem lösten die Worte etwas in Brun, das zu lange unter zu großem Druck gestanden hatte. Er sprach leise, und doch hatte man das Gefühl, der Mann brülle: „Nach dem, was er sich geleistet hat, sollte er verdammt vorsichtig sein mit seinen Forderungen an jene, die gerade versuchen, ihn aus dem Dreck zu hieven, den wir einzig ihm und seinesgleichen verdanken. Überlegt doch, in welchem Maß hier gerade Terror verbreitet wird! Staatsterror, der sich mit jeder Zeitungsmeldung von neuen Krankheitsfällen – und die wird es geben – wie ein Schleier oder ein Netz über alles, das gesamte Land, den ganzen Kontinent ausbreiten wird. So schleichend und langsam, dass die Menschen es nicht bemerken werden. Und es wird so aussehen, als ob nicht nur den Leuten auf der Straße, sondern auch den Mächtigen der Dreck um die Ohren fliegt und dass sie reagieren müssen. Und was dann als Rettung und Schutz daherkommt, als Notfallplan, den die Leute sich wünschen, wird nichts anderes sein als eine Invasion. Wir werden Militär und Polizei auf den Straßen haben, Kontrollposten, Hausdurchsuchungen. Wir werden de facto besetzt werden, und jeder wird denken, es sei zu seinem Schutz. Und da soll ich mich an Regeln halten? Das Problem ist nicht Besson. Er interessiert mich nicht. Wir treten nicht gegen ihn an. Wir treten gegen die EU an, oder besser noch: gegen jene, die hinter der offiziellen EU das Sagen haben. Gegen die Big Guys, wie Horn sie vorhin nannte. Denen gehört alles. Sie können sich jede Person, jede Information, die sie wollen, kaufen. Ihnen gehören Tausende und Abertausende Immobilien und Firmen. Das ist unser Gegner. Es sind die Leute, die die Regeln machen. Und sie verdanken ihre Existenz der Nichteinhaltung und Verletzung dieser Regeln, die nur für die Idioten gelten, die glauben, alle hielten sich daran. Wenn das Besson nicht gefällt, dann soll er mich gefälligst feuern. Und wem die Sache zu heiß ist, der soll es jetzt sagen. Dann ist er raus und kann gehen. Ich nehme es keinem übel. Aber verlangt nicht von mir und jenen, die helfen, dass wir Amtshilfegesuche einreichen, Genehmigungen einholen und uns auf Nachbarschaftsbefragungen und Rasterfahndungen beschränken. Auf Okays und grüne Lichter zu warten, macht aus dieser Operation ein Himmelfahrtskommando."

„Wie werdet ihr vorgehen?" Die Frage kam von Burger. Es war eine Einverständniserklärung.

„Willst du das wirklich wissen?"

„Du kennst mich, Carl. Und deinen Vater ebenso." Er nickte unnötigerweise in Ludwigs Richtung, als könnte nicht klar sein, wen er meinte. „Wir beide sind nicht von der Sorte, die Nichtwissenwollen als Begründung für Feigheit und Sesselkleberei als tragendes Berufs- und Existenzkonzept betrachtet."

„Viele Optionen haben wir nicht", sagte Brun. „Wir werden uns die Namen und Angaben zu den Personen verschaffen, die den engsten Kreis um den Eurogendfor-Kommandeur gebildet haben. Wir werden ihre Privatsphäre aufs Gröbste verletzen, werden ihre Telefone und Computer und die ihrer Familien und Freunde orten und abhören, werden drohen, erpressen und alles tun, um herauszufinden, wer sich wo befindet. Und wir werden vor allem hoffen, dass wir irgendwie die Ware finden und eine Katastrophe verhindern können, die in Wahrheit ein Staatsstreich ist." Und in Lorenz' Richtung: „Verspreche ich zu viel?"

„Gib mir 24 Stunden Zeit, dann kann ich die Frage beantworten", kam es vom Ende des Tischs her, wo Lorenz, der ohne seine Geräte nackt und verloren wirkte, etwas zu betrachten schien, das sich zwischen seinen Knien abspielte.

***

2. Juni, Belp, Restaurant „Jägerheim“

In den von Lorenz geforderten 24 Stunden veränderte sich die Welt. Von dem Moment an, als die Medienmitteilung des NZM rausging, war die Schweiz nicht mehr das, was sie noch tags zuvor gewesen war. Keine sechs Stunden nach den ersten Presseberichten meldete die Nachrichtenagentur Reuters, dass die Zahl der MFR-Infizierten – so der offizielle Name des neuartigen Virus – weiter steige. Auf 24 Krankheitsfälle kamen 198 Verdachtsfälle. Zwei mit dem Erreger infizierte Personen waren gestorben. Betroffen waren die Schweiz, Deutschland und Frankreich, wo von der Regierung der Ausnahmezustand ausgerufen wurde. Die Information, wonach das hoch aggressive Virus mit verunreinigtem Kokain im Zusammenhang stehe, konnte nicht unter dem Deckel gehalten werden. In Deutschland, Österreich, Frankreich, Schweden und in der Schweiz kam es trotz Ausgangssperren und massiver Polizei- und Militärpräsenz zu gewaltsamen Auseinandersetzungen mit den Sicherheitskräften. Wo zu wenig Personal vor Ort war, brannten Asylunterkünfte und andere Einrichtungen nieder. In der Schweiz blieben sämtliche Schulen geschlossen, und europaweit fanden sich genügend medial verwertbare und erschwingliche Experten, die auf die Gefahr der nach wie vor gängigsten Methode des Kokainkonsums via Banknote und die daraus resultierende Gefahr hinwiesen. Die Franzosen waren die ersten, die dieser Theorie Taten folgen ließen. Sie kündigten an, in sämtlichen Banken und Poststellen Notfallschalter einzurichten, wo die Leute ihr Bargeld abgeben konnten. Zur Motivierung wurden jedem, der sein Bargeld ablieferte, satte 15 Prozent der einbezahlten Summe auf seinem Konto gutgeschrieben. Die Folge war ein Bankrun unter umgekehrten Vorzeichen: Die Leute standen Schlange bei den ersten Instituten, die die Maßnahme umsetzten. Und stündlich stieg die Zahl der vermeldeten MFR-Fälle.

Während all dessen fühlte sich Brun, als wäre das Dachgeschoss des Restaurants „Jägerheim“, in dem sie ihre provisorische Einsatzzentrale aufgebaut hatten, eine Art Druckkammer. Ihre Schleuse Lorenz, der das Team laufend über die wichtigsten Entwicklungen dessen informierte, was draußen geschah, und der gleichzeitig jede legale und illegale Möglichkeit auslotete, um an die Informationen zu kommen, die sie brauchten. Jez hatte Gresch an Bord geholt, Horn seinen ängstlichen Hacker, Sava und Nouriel jeden kooperations- und verdienstwilligen Informanten, den sie während ihrer Zeit bei der Rechercheagentur kennengelernt – andere würden sagen „rekrutiert“ – hatten. Und jeder erhielt dieselbe Antwort auf die Frage nach den geltenden Regeln des Vorgehens, nach Absicherung und nach dem offiziellen Charakter der Anfrage: keine Details, keine Regeln, keine Sicherheit, volles Risiko. Belohnung eine Million Schweizer Franken in der Währung ihrer Wahl.

Einen ersten Durchbruch gab es bereits am Nachmittag des 1. Juni. Es war ein zweifelhafter Erfolg, der die acht abgeschirmten Gäste des Restaurants „Jägerheim“ ratlos zurückließ. Die Info kam von Gresch, der über einen weiteren Kontakt die Entourage des verblichenen Eurogendfor-Kommandeurs identifiziert hatte. Es waren zehn Personen.

Jez hatte ihr Handy auf Lautsprecher gelegt. Das ganze Team hörte mit. „Es sind vier Rumänen, drei Franzosen und drei Italiener“, sagte Gresch. „Ich gebe euch die Daten durch.“ Und als hätte er das geflüsterte „Yes!“ von Nouriel gehört: „Aber die Sache ist komisch, Leute. Mein Kontakt sagt, es komme ihm vor, als hätte jemand die Unterlagen für uns an der Rezeption der Eurogendfor hinterlegt. Die Zugänge seien quasi ungesichert gewesen, die entsprechenden Dossiers mit Leuchtfarbe markiert. Und das passe nicht zu diesen geheimbündlerischen Arschlöchern. Pardon. Nicht meine Wortwahl. Aber immerhin deutlich. Außerdem werdet ihr noch etwas anderes sehen: In den Unterlagen sind die Handydaten aller zehn Personen enthalten. Und sie sagen, dass die vier Rumänen just seit vergangener Woche neue Nummern oder Handys haben. Und zwar solche, die nicht auf ihre eigenen Namen lauten. Macht damit, was ihr wollt – aber wenn ihr mich fragt, dann stinkt es hier gewaltig.“

„Was ist mit ihren alten Nummern?“, fragte Brun in Richtung Handy.

„Keine Ahnung. So, wie‘s aussieht, sind die entsprechenden Karten nach wie vor gültig, aber nicht aktiviert. Eine Ortung ist nicht möglich. Die Handys der anderen sechs Personen sind aktiv.“

„Wo?“

„Die genannten sechs in den Unterkünften des Eurogendfor-Hauptquartiers in Vicenza. Interessant sind die vier neuen Nummern der Rumänen: Zwei davon sind in den vergangenen Stunden in der Nähe von Götzis in Vorarlberg ein- und wieder ausgeschaltet worden.“

„Okay. Danke, Gresch.“ Jez trennte die Verbindung.

„Ich schlage vor, wir machen uns auf den Weg“, sagte Brun. Und bevor jemand Einwände erheben konnte: „Wir besprechen das Ganze unterwegs. Ihr Kontakt“, ergänzte er in Richtung Jez, „hat recht, was den Geruch anbelangt: Er ist nicht gut. Aber wie gesagt: Reden wir unterwegs. Auf Autobahnen gibt es genügend Ausfahrten. Umkehren bleibt eine Option. Ich informiere Burger.“ Er griff zu seinem Handy und warf es mit einem Seufzen auf den Tisch zurück. „Der Akku ist schon wieder leer. Sava – gib mir mal dein Handy. Bitte.“

Sie reichte es ihm. Noch während Brun mit Burger sprach und die Übrigen Stühle zusammenschoben und grob für Ordnung sorgten in dem Raum, in dem sie die letzten langen Stunden verbracht hatten, gab es einen weiteren Durchbruch der zweifelhaften Sorte.

„Moment, Jo“, sagte Brun, der telefonierend den Raum überblickt hatte. „‚Wir machen uns auf den Weg‘ gilt auch für dich, Lorenz“, sagte er jetzt in Richtung des Tischs, wo der Angesprochene an seinen Rechnern saß, als ginge ihn seine Umgebung nichts mehr an. Nouriel und Piet hatten das Dachgeschosszimmer bereits verlassen, um den Van zu holen, die anderen standen zum Aufbruch bereit in der Nähe der Tür.

„Eine Sekunde“, antwortete Lorenz. Weder schien er in Eile noch sonst wie berührt von dem zu sein, was um ihn her geschah. „Da“, sagte er Sekunden darauf und lehnte sich in seinem Stuhl zurück, den Blick auf etwas auf den Bildschirmen gerichtet, ein Lächeln auf dem Gesicht.

Vali, der begriff, dass Brun die Geduld ausging, und der wusste, dass Lorenz das weder wahrnehmen noch verstehen konnte, griff ein: „Was gibt‘s, Lorenz? Was ist ‚da‘?“

„Carls Handy“, sagte Lorenz. „Der Akku – Carl hat ihn während des Flugs an meinem Rechner aufgeladen. Wenn er jetzt schon wieder leer ist, dann entweder deshalb, weil Carl es nonstop benutzt hat, oder aber deshalb, weil jemand anderes es benutzt.“

„Warte kurz, Lorenz“, unterbrach Brun. Und das Handy ans Ohr hebend: „Ich nehme dich über Lautsprecher, Jo. Sieht so aus, als hätten wir was.“ Und in Lorenz‘ Richtung: „Das Handy war die ganze Zeit über in meiner Jackentasche.“

„Eben“, antwortete Lorenz. „Da laufen Prozesse im Hintergrund, die nichts mit dir zu tun haben. Dein Handy wird überwacht. Aber nicht irgendwie. Die Software, die installiert wurde, ist extrem leistungsfähig. Die Spur des Root- beziehungsweise Installationsvorgangs ist so gut getarnt, dass es schwer ist, sie zu finden. Das ist vom Besten, was ich je gesehen habe. Und ich weiß, wer es ist – die Handschrift ist deutlich: Aladin.“

„Dieser Kerl in Brüssel?“, fragte Sava.

„Ja.“

„Haben wir einen Namen?“, hakte sie nach.

„Nein“, antwortete Brun an Lorenz‘ Stelle. „Aber wir wissen dank Besson, dass er auf Svenströms Payroll steht. Ob direkt oder indirekt, spielt keine Rolle. Fakt ist: Die überwachen uns, die wollen uns in diesem Kaff in Österreich haben, und die wollen es beweisen können.“ Und in Richtung Handy: „Hast du alles mitbekommen, Jo?“

„Ja“, antworte Burgers Stimme. „Klar und deutlich.“

„Du weißt, was das bedeutet“, sagte Brun.

„Kein Kontakt mehr.“

„Das – oder Abbruch der Operation.“

In die Stille hinein, die folgte und während der Burger vielleicht mit sich rang, klangen Schritte von draußen auf der Treppe. Piet betrat den Raum: „Der Wagen steht…“ hob er an und hielt abrupt inne: „Was ist los?“

Keiner antwortete. „Deine Entscheidung, Carl“, sagte Burger schließlich. Die Stille an Bruns Ende der Leitung hielt an, er blickte in die Gesichter seiner Leute. Vali nickte als Erster, die anderen taten es ihm gleich.

„Okay“, entschied Brun schließlich, deaktivierte die Lautsprecherfunktion und hob das Handy wieder ans Ohr: „Kein Abbruch. Aber ab sofort Kontakt über Lorenz nur im absoluten Notfall.“

Burger schien noch etwas zu sagen. Brun hörte zu und trennte dann wortlos die Verbindung. „Fahren wir“, sagte er.

„Kannst du mir bitte sagen, was das hier gerade war?“, fragte Piet Brun erneut.

„Sieht aus, als ob aus einer Operation gerade ein Himmelfahrtskommando wird“, sagte Brun. „Ich erklär‘s dir im Wagen. Komm.“

Einer um den anderen verließen sie den Raum. Brun als Letzter. Er warf einen Blick zurück auf den Tisch, auf dem sieben Handys lagen, und schloss die Tür hinter sich.

Das Team verließ Belp in Richtung Bern. Nouriel saß am Steuer der Großraumlimousine.

Nik Horn hatte die Anweisung erhalten, sich, falls er in die Stadt wollte, ein Taxi zu rufen.

Keiner sprach während der ersten Kilometer. Auch Piet nicht, der die letzte Wendung der Geschehnisse ebenso wenig wie Nouriel mitbekommen hatte. Im besten Fall bräuchten sie für die Fahrt an ihr Ziel drei Stunden. Da spielte es keine Rolle, ob Brun 20 Minuten früher oder später einen Anfang fand. Schließlich war es Lorenz, der das Schweigen brach. Sie waren eben auf die A6 in Richtung Bern gefahren.

„Seht euch das an“, sagte er und drehte den Laptop auf seinen Knien so, dass der Bildschirm schräg in den Passagierraum des Wagens wies. Fünf Personen lehnten sich auf ihren einander gegenüberliegenden Sitzen nach vorne, um den Text auf dem Bildschirm lesen zu können:

„Washington

Russischer Regierungsberater Sorokin tot aufgefunden

Der umstrittene Berater der russischen Regierung, Nikolai Nikolajewitsch Sorokin, ist im Alter von 62 Jahren in den USA gestorben. Der Medienmogul und langjährige Weggefährte des russischen Präsidenten wurde in seinem Hotel in Washington tot aufgefunden.

Offiziell ist die Todesursache noch ungeklärt. Russische Staatsmedien berichten allerdings, Sorokin sei einem Herzinfarkt erlegen. Dem widersprechen die ermittelnden US-Behörden, die von einem Unfall ausgehen. Sorokin sei nach exzessivem Alkhoholkonsum an zahlreichen Verletzungen gestorben, die er sich durch diverse Stürze im Rausch zugezogen habe. Anonyme Quellen sprechen von stumpfer Gewalt gegen den Kopf. Bisher ist unklar, warum Sorokin überhaupt in Washington war, wo er am Vortag eingetroffen war. Das russische Außenministerium gab bekannt, dass es darüber keine Informationen gebe.

Der russische Staatschef sprach Sorokins Angehörigen sein Mitgefühl aus, wie der Kreml mitteilte. Er schätze ‚in höchstem Maße den enormen Beitrag Nikolai Nikolajewitsch Sorokins zur Zukunftsgestaltung eines modernen, offenen Russlands‘, sagte der Präsidentensprecher vor Journalisten.

Experten gehen davon aus, dass der Vorfall so kurz vor dem Start der Fußballweltmeisterschaft die bereits angespannten diplomatischen Beziehungen zwischen den USA, Europa und Russland weiter verschlechtern werde. Russland fordert Einsicht in die Untersuchungsergebnisse der US-Behörden, was diese mit Verweis auf die Gesetze im Hauptstadtbezirk, die die Herausgabe jedweder Berichte, Gutachten oder Ermittlungsergebnisse verhinderten, verweigern.“

„Was gibt‘s?“, fragte Nouriel nach hinten.

„Sorokin ist unter rätselhaften Umständen ums Leben gekommen. In Washington“, klärte Piet ihn auf.

„Scheiße“, kam es vom Fahrersitz. „Was ist das hier? Ein beschissenes Bermuda-Dreieck? Die, die alles organisieren, wir und all jene, die irgendwie damit in Berührung gekommen sind und nun der Reihe nach gestorben werden?“

„Da liegst du möglicherweise richtig“, sagte Valentin. „Zumindest dieser Tod kommt einigen gelegen. Und zwar in jeder Version der Geschichte. Wenn Laritski die Wahrheit sagt, von wegen er und seine Frau seien erpresst worden, dann wusste Sorokin für die andere Seite, also die Svenström-EU-Seite, zu viel. Wenn Laritski lügt und seine Frau nicht so unschuldig ist, wie sie behauptet, dann könnte ihm gar nichts besseres als Sorokins Ableben passieren. Es passt so oder so. Dieser Tod war quasi zwingend.“

„Die Frage ist, wer als nächstes dran ist“, sagte Sava. „Besson? Laritski? Die Leute von dieser Stiftung in Brüssel, EZB-Mitarbeiter, Svenström, wir? Die räumen auf, Carl. Und die nehmen ihren Job verdammt ernst.“

„Nicht zwingend“, kam es von Jez, die wie so oft so still gewesen war, dass man ihr Hiersein als physische Größe vergessen hatte. „Es kann auch einfach Politik sein. Keiner scheint zu wissen, was Sorokin in Washington wollte. Aber das heißt nicht unbedingt, dass keiner wusste, dass er da war. Außerdem spielt es keine Rolle. Ich glaube nicht, dass wir hier noch ermitteln im Sinn der Aufklärung eines Verbrechens. Bestenfalls können wir eine Katastrope verhindern. Bestenfalls kommen wir und die Schweiz mit ein paar Dellen da raus. Mehr nicht.“

„Jez – du hättest Motivations-Trainer werden sollen. Spätestens jetzt ist uns allen wieder klar, warum wir damals aufgehört haben“, warf Nouriel nach hinten.

Keiner lachte.

„Halt an, Nour“, wies Brun Nouriel stattdessen an.

„Wie jetzt? Hier?“

„Was verdammt noch mal verstehst du daran nicht?“

Der Wagen bremste jäh ab, Nouriel fuhr auf den Pannenstreifen und setzte die Warnblinker.

Jez wäre nicht überrascht gewesen, wenn der Van im Moment des Stopps in die Luft gegangen wäre. Der Druck wurde zu groß. Brun riss die Schiebetür an der Seite auf, sprang in die Wärme eines viel zu friedlichen Abends hinaus und zündete sich eine Kippe an. Dann kam er zur Türöffnung zurück, lehnte sich an den Rahmen und klärte Piet und Nouriel über die Software auf seinem Handy auf. Seine Stimme war wieder ruhig. „Unsere Situation ist denkbar schlecht. Die Chancen sind groß, dass für uns im Rahmen dieser Aufräumaktion irgendeine unerfreuliche Rolle vorgesehen ist. Das hier wird mit einiger Wahrscheinlichkeit unschön. Nour liegt schon richtig: Das alles – die Ohnmacht, die Korrumpiertheit der eigenen Leute – all das waren die Gründe, warum wir damals das Handtuch geworfen haben. Und es sieht ganz danach aus, als wäre es in der Zwischenzeit nicht besser, sondern noch schlimmer geworden. Man geht weiter. Man riskiert mehr. Man will alles. In halb Europa herrscht der Ausnahmezustand. Nach unserem Wissensstand politisch gewollt. Menschen sterben wie die Fliegen. Wenn also einer von euch jetzt abspringen will, dann kann er das tun. Meinen Segen hat er. Aber entscheidet euch jetzt. Wir können da nicht lauwarm reingehen."

Als keiner sich meldete, ließ Brun die angerauchte Zigarette zu Boden fallen, trat sie aus und stieg wieder ein. Savas Einwurf von vorhin aufnehmend, wandte er sich an Lorenz, während der Wagen startete: „Lass Jo wissen, dass Besson verstärkten Personenschutz braucht."

***

Herrenschwanden, Nähe Bern

Burgers Mailbox meldete den Eingang einer Nachricht. Sie war von dem Computerjungen aus Bruns Team und denkbar kurz. „Sorokin tot. Personenschutz BP asap verstärken." Burger nahm sein Handy, wählte die Nummer des Sicherheitschefs des Bundes und ordnete die entsprechende Maßnahme an. Der Mann erwiderte, dies sei bereits vom Bundespräsidenten selber angeordnet worden. Er verfüge seit dem heutigen Mittag um eine Entourage von acht Personenschützern, die rund um die Uhr mit überlappenden Schichten im Dienst seien. Höchste Sicherheitsstufe.

„Ihre Leute?", hakte Burger nach.

„Interessant, dass Sie fragen", antwortete der Mann, dessen Namen Burger partout nicht einfallen wollte. „Die Anordnung lautete, nicht unsere eigenen Leute für die Aufgabe abzustellen, sondern ein privates Sicherheitsunternehmen hinzuzuziehen."

Burger wusste, dass der Mann, dessen Ton oder Wortwahl nichts dergleichen verriet, außer sich war. Die Schweizer Behörden verfügten über einen Stab an Sicherheitspersonal, das weltweit zum Besten gehörte. Jeder private Dienstleister, es sei denn, er hätte sein Personal an denselben Orten bei denselben Diensten ausbilden lassen wie die Schweiz, war zweite Wahl. Die Anweisung Bessons kam einem Tritt in die Weichteile gleich.

„Welche Firma?", fragte Burger.

„Die Pro4Secur."

„Alles klar. Danke." Burger legte auf. Hin und her gerissen zwischen Ratlosigkeit, Wut und Ohnmacht. Da zeigte es wieder seine Fratze, dieses Spiel, das Politik und die Großkonzerne der Finanzbranche und der Versorgungsindustrie zusammen hinter der Fassade „freier Märkte" spielten. Wenn's gut läuft, sind alle zufrieden und füllen sich die Taschen, wenn's daneben geht, ist der Raubtierkapitalismus schuld. Aber nie jene, die die Scharade inszeniert hatten. Sie wechselten die Seiten jeweils in bewundernswerter Geschmeidigkeit und wurden von Profiteuren des selbstgeschaffenen Systems zu „Rettern der Wirtschaft". Die Pro4S war eine der weltweit führenden Sicherheitsfirmen mit Sitz in England. Sie nahm den Großteil der Sicherheitsaufgaben der EU-Behörden in ganz Europa wahr. Der größte Anteilseigner des Unternehmens war eine Londoner Fondsgesellschaft. An ihr war nicht nur der Ehemann der britischen Premierministerin maßgeblich beteiligt, sondern über das Ankaufprogramm der EZB auch im großen Stil die EU. Pro4Secur war außerdem jene Firma, die im Rahmen von „EU-Test-Programmen“ in verschiedenen Ländern Europas offizielle Polizeiaufgaben ganzer Landstriche und Städte übernahm und erste private Gefängnisse betrieb. Und die also hatte Besson um Hilfe gerufen. Nicht die eigenen Leute. Bevor er sich entscheiden konnte, ob dies bereits der „Notfall“ war, von dem Brun gesprochen hatte, oder nicht, klingelte das sichere Telefon neben ihm.

Wortlos hob er den Hörer ab.

„Ich bin‘s“, sagte Christoph Hiller, als die Verbindung stand. „Besson hat sämtliche verfügbaren Informationen über Carl und seine Leute angefordert.“ Burger hörte, wie Hillers Stimme zitterte. Der Mann war in Panik. Oder wütend. Oder einfach nur ohnmächtig, wie er selber.

„Was genau?“

„Alles. Personen-Dossiers.“

„Und? Was hast du ihm geliefert?“

„Nichts, Jo. Weshalb ich per sofort von allen meinen Aufgaben entbunden bin. Meine eigenen Leute haben mich hinausbegleitet. Aber irgendjemand wird ihm geben, was er will, das wissen wir beide. Ich habe alles, was ich auf die Schnelle noch finden konnte, gelöscht oder vernichtet. Aber das wird nicht reichen. Wenn Besson diese Infos weitergibt, sind Carl und seine Leute verbrannt. Und nicht nur das. Du musst sie warnen, Jo. Ich weiß, dass da irgendwas läuft, worüber ihr mich nicht informiert habt. Aber wo immer sie sind und was immer sie gerade tun – hol sie da raus.“

„Was hat er vor, Christoph? Was hat der Mann vor?“

„Ich weiß es nicht, Jo. Vielleicht wissen wir nach der Pressekonferenz mehr.“

„Welche Pressekonferenz? Ich weiß nichts davon.“

„Ist eben gerade raus. Die Meldung an die Medien, meine ich. Heute Abend – 21 Uhr. Auf der Treppe vor dem Bundeshaus. Eine Art Rede zur Lage der Nation inklusive Fragerunde.“

„Sonst noch was?“, fragte Burger.

„Nein.“

„Gut. Danke, Christoph. Pass auf dich auf."

„Du auch, Jo."

Hatte Burger vorhin noch Unsicherheit in Sachen „Notfall" geplagt, dann war es damit jetzt vorbei. Via E-Mail setzte er eine Meldung auf dem Twitter-Account von Jonas Winter ab. Sie bestand aus einem einzigen Wort: „EXIT". Dann setzte er sie ein zweites und drittes Mal ab. Er wusste, dass das leere Wiederholen nichts brachte, konnte indes nicht anders. Es war seine Art, zu brüllen. Vielleicht zu beten. Auch darüber war er sich nicht sicher.

39

Marktgemeinde Götzis, Vorarlberg, Österreich
Der Rest der Fahrt war schweigend verlaufen. Was hätten sie auch bereden sollen? Was es zu entscheiden gab, hing davon ab, was sie vorfinden würden. Waffen wurden überprüft und Munition, zum Fenster hinausgestarrt, der Versuch unternommen, zu schlafen. Alles in dem zähen Widerstand, den die Spannung aus dem Warten machte. Als sie in der Nähe der Ortschaft Mäder an die Grenze zu Österreich kamen, fanden sie sowohl den schweizerischen als auch den österreichischen Grenzposten unbesetzt vor. Ihre Einreise ins Nachbarland wurde von niemandem registriert. Brun ließ Nouriel erneut anhalten. Es war kurz vor 20 Uhr am Abend des 2. Juni.

„Die Handys sind seit einer halben Stunde alle aktiviert", sagte Lorenz, ohne dass Brun ihn dazu auffordern musste. „Sie bewegen sich nicht."

„Wo sind sie?", fragte Brun.

„Hier" – erneut drehte Lorenz den Laptop in Richtung seiner Kollegen.

„Eine Tankstelle?", fragte Sava.

„Nicht ganz. Es ist das ehemalige Lager der Tankstelle. Und außerdem ist es nicht irgendeine Tankstelle, sondern eine EASY-Tankstelle." Und als hätte auf dem viel zu klein geratenen Display seiner sozialen Kompetenzen eine Warndiode aufgeleuchtet, ließ sich Lorenz nicht weiter bitten, sondern erklärte, was er meinte. „Die Tankstelle gehört zu Phillips 66. Ein auf das Endkundengeschäft spezialisiertes Tochterunternehmen von ConocoPhilipps. Größter Aktionär des Mutterkonzerns ist die De Vries Group. Der zweitgrößte Vermögensverwalter der Welt. Die Gruppe ist genossenschaftlich organisiert und im Besitz der Anteilseigner ihrer Fonds. Der größte Anteilseigner besagter Fonds ist Horizon Hill."

„Der Laritski-Fonds.“ Sava klang, als staunte sie selber, dass sie in der Lage war, Worte zu finden und zu artikulieren.

„Bingo“, bestätigte Lorenz. Er klang unpassenderweise beschwingt. „Die Sache hier stinkt so dermaßen, dass wir besser daran täten, so rasch wie möglich wieder zurück über diese Grenze zu kommen.“

„Einen Blick“, sagte Brun. „Ich will einen Blick in dieses Lager werfen. Solange eine Chance besteht – egal wie klein sie gerade geworden ist –, dass dort Stoff lagert, der das Potenzial zu einem Massensterben hat, müssen wir da rein. Und mit ‚wir‘ meine ich Piet und mich. Ihr setzt uns dort ab und verschwindet hinter die Grenze. Es sind nur fünf, sechs Kilometer, mehr nicht.“

„Aber…“, hob Jez an.

„Nein“, würgte Brun sie ab. „Kommt nicht in Frage. Sie bleiben hier.“ Was er nicht sagte und was trotzdem jeder im Wagen verstand bis auf Lorenz, der es nicht konnte, und Jez, die Angst hatte, hinzuhören: Vor allem Sie, Jezreel. Ich kann Sie nicht verlieren. Nicht noch einmal.

„Wie kommunizieren wir?“, fragte Sava.

„Gar nicht“, antwortete Piet an Bruns Stelle. „Carl und ich gehen da rein, sehen uns um und kommen zurück. Zwei Stunden sollten reichen.“

„Und wenn ihr nach zwei Stunden nicht da seid?“

„Exit“, sagte Brun.

Jeder wusste, was das hieß. Jeder hatte auf seine Art für diesen Fall vorgesorgt. Verstecke, Fluchtwege, Dokumente, Bargeld. Dinge, die bereit waren und bereitlagen für den Fall, dass sie kurzfristig untertauchen mussten. Jeder für sich allein. Es wäre das erste Mal, dass ihnen dies als Team widerfuhr. Bisher waren sie zumindest in der Schweiz, ihrem Heimatstaat, stets sicher gewesen. Aber die Schweiz war seit einem Tag und einer Nacht nicht mehr dieselbe wie tags zuvor. Der Ausnahmezustand galt auch für sie. Vielleicht zuallererst für sie.

***

Bern, Bundeshaus

Eine Rede zur Lage der Nation hatte es noch nie gegeben. Bis auf den staubtrocken vorgetragenen Sozial- und Zukunftskitsch der Bundesräte am Nationalfeiertag kannte man solches hierzulande nicht. Entsprechend groß war die Aufregung in den nationalen Schreibstuben. Alles, was irgendwas mit Medien zu tun hatte, war vor Ort. Gerüchteweise soll es in einigen Redaktionen wegen der Frage der Teilnahme zu Prügeleien gekommen sein. Davon war nichts zu merken, als Bundespräsident Pierre Besson an das Rednerpult auf den Stufen zum Haupteingang des Bundeshauses trat. Seit seinem Amtsantritt hatte er nie einen Hehl aus seiner Verachtung für steuergeldfinanzierte Monsterbauten – wobei „Monster" sich in erster Linie auf die Kosten bezog – gemacht. Zu ihnen zählte er auch das neue Medienzentrum des Bundes, wo Journalisten und Politiker regelmäßig und unter Ausschluss der Öffentlichkeit ihre Hochämter feierten. Besson hatte sich bisher konsequent geweigert, es zu nutzen. Seine seltenen Pressekonferenzen hielt er stets irgendwo stehend in den Mauern des Bundeshauses ab.

Trotzdem war klar, dass diesmal alles anders war. Die gesamte Bundesgasse war abgeriegelt. Ebenso der Bundesplatz vor der Nationalbank und die angrenzende Schauplatz- und Kochergasse. Militär und Polizeikräfte führten rigorose Zugangskontrollen durch. Als Besson aus dem Bundeshaus trat, umringte ihn eine Phalanx von Personenschützern. Auf dem Bundesplatz, der mit Großleinwand und Soundanlage ausgestattet worden war, war es still. Kein Wort, kein Geräusch war mehr zu vernehmen.

„Verehrte Schweizer Bürgerinnen und Bürger", hob er an. „Ich bin außer mir. Ich bin zornig, wie ich es noch nie in meinem Leben war. Und ich glaube, es ist nicht anmaßend von mir, wenn ich annehme, dass es Ihnen genauso ergeht. Dass auch Sie zornig sind wie noch nie zuvor in Ihrem Leben. Erlauben Sie mir also, im Folgenden von ‚uns' zu sprechen, wenn ich von der Schweiz spreche. Denn wir sind die Schweiz. Sie und ich. Und weder Sie noch ich noch die Schweiz waren oder sind denkbar ohne dies eine: die Freiheit. Die Freiheit eines jeden Einzelnen in diesem Land. Aber auch die Freiheit der Schweiz als Land innerhalb Europas. Wir sind, was wir sind, weil wir frei sind. Diese Freiheiten sind dieser Tage nicht nur bedroht, sondern ganz konkret angegriffen worden. Hinterhältig, feige, grausam. Und die Freiheit gebietet uns, uns zur Wehr zu setzen.“ Besson legte eine Pause ein, während der er das Rednerpult derart umklammerte, dass seine Knöchel für jede Kamera sichtbar weiß hervortraten. Hier stand ein Mann, der mit sich rang. „Aber“, hob er wieder an. „Frei sein kann einer nur, wenn er lebt. Um in dieser Welt frei zu sein, muss einer am Leben sein. Die letzten Zahlen, die mir mein Stab vor zehn Minuten gemeldet hat, sprechen eine deutliche Sprache. Am Leben sein, ist nicht mehr selbstverständlich. Wir, die Schweiz, haben bereits 34 MFR-Tote zu beklagen. 171 Menschen sind mit dem Virus infiziert. Wir haben über 2.000 Verdachtsfälle. Und wir stehen erst am Anfang. Am Anfang von etwas, das wir nicht kennen und von dem wir nicht wissen, wie wir uns dagegen wehren sollen. Ja – wir sind zornig. Aber wir müssen vernünftig sein und den Mut haben, die Dinge kurzfristig umzukehren. Nicht die Freiheit steht heute an erster Stelle, sondern das Leben. Daran müssen wir alles setzen. Und darüber will ich heute sprechen. Darüber, was wir als Land tun können. Und darüber, was Sie und ich als Einzelne tun können.“

***

Marktgemeinde Götzis, Vorarlberg, Österreich
Die Normalität des Tankstellen- und Tankstellen-Shop-Betriebs, die Menschen, die Kunden, die Auslage vor den Schaufenstern – Einweg-Grill-Sets, Motorenöle, Gefriertruhen mit Eiscrème, Scheibenwischwasser –, das Flackern einer Neonröhre hoch oben unter den gelbroten Markenfarben des Unternehmens waren von einer schmerzhaften Unschuld, die Brun für Sekunden wie Blei auf der Lunge lag. Nouriel steuerte den Van unter das

Dach zu einer Zapfsäule, stellte den Motor ab und stieg aus. Der Rest des Teams tat es ihm gleich. Während vier von ihnen ausschwärmten, in den hell erleuchteten Shop traten und sich zwischen den Regalen verteilten, schienen sich zwei von ihnen für das Warenangebot draußen zu interessieren. Einer von beiden – Zeugen würden später aussagen, es sei der Größere gewesen, womit sie falsch lägen – trat in die Tür des Ladens: „Können Sie mir sagen, wo die Toiletten sind?", rief er in Richtung der Kassen.

„Rechts, gleich um's Eck", erwiderte eines der beiden Mädchen, die bedienten. Sie klang fröhlich und lachte, als der nächste Kunde etwas zu ihr sagte.

„Danke." Piet ging in die angegebene Richtung. Brun folgte ihm. Die Kamerabilder würden später Auskunft darüber geben, dass beide Männer Schirmmützen trugen und ihre Gesichter, entweder vom Schatten oder vom Schirm selber geschützt, nie ganz zu erkennen gewesen waren.

Hinter der angegebenen Ecke standen Glas- und Müllcontainer. Eine Eisentür schien der Personaleingang zu sein, zwei Holztüren wiesen die weltweit bekannten Piktogramme von Herren- und Damenklo auf. Über jeder Tür war je ein kleiner eckiger Baustrahler fixiert, deren Lichtkreise sich wacker in der Dunkelheit behaupteten und – auch sie – etwas zu Herzen Gehendes an sich hatten. Brun wusste, es war erneut das Grauen des Möglichen, das ihm diese Eindrücke vermittelte. Das absolut und nie zu Vereinbarende zwischen der Realität alltäglichen Webens und Wirkens und dem, was sie vielleicht erwartete. Piet und er gingen weiter und gelangten auf einen leeren Platz. Kurz hielten sie auf dem schottrigen Untergrund inne, um die Augen sich an die Dunkelheit gewöhnen zu lassen. Keiner zuckte zusammen, als ein paar Meter rechts von ihnen ein Hund anschlug und etwas Schweres auf ein Gitter traf. Ein Zwinger. „Los", bedeutete Brun Piet mit einer Bewegung der Hand. „Da hinten." Geräuschlos glitten sie durch das Schwarz und gelangten am anderen Ende des Platzes zu dem kleinen rechteckigen, verwitterten Flachdachbau, der laut Lorenz und dem „Gemeindeblatt Götzis“ bis vor zwei Jahren das Warenlager der Tankstelle beherbergt hatte, in der Zwischenzeit aber durch die Erweiterung des Hauptgebäudes überflüssig geworden war. Brun und Piet hielten erneut inne. Der Hund bellte noch immer. Die Eisentür an der Seitenwand der Tankstelle öffnete sich, und die Silhouette eines Mädchens zeichnete sich im Lichteck ab. Sie trat einen Schritt heraus und ging die Mauer entlang zur hinteren Hausecke: „Es reicht, Benji“, rief sie in Richtung Zwinger. „Okay? Wir gehen bald.“ Augenblicklich wurde es still, und sie ging zurück ins Geschäft. Von dort aus, wo sie standen, konnten Piet und Brun sehen, dass der Van des Teams den Tankstellenbereich verließ und auf die Straße fuhr. Sie hatten bisher kein Wort gewechselt. Trotzdem wussten beide, dass auch der andere sich fragte, warum der Lärm des Hundes auf dieser Seite des Platzes keine Reaktion auslöste. Die Handys der vier Rumänen waren bis zuletzt in diesem Bau aktiv gewesen. Theoretisch befanden sich also vier Männer einer Eliteeinheit in diesen Mauern und bewachten eine Ladung Gift. Und reagierten nicht. Brun wandte sich nach hinten, wo Piet, seine geladene XDM 9 vor der Brust, mit dem Rücken an der Wand lehnte. Mit einer Handbewegung bedeutete Brun ihm, dass er jetzt vorwärts und zu der an der Seitenwand befindlichen Tür gehen würde. Piets Nicken war im fahlen Licht des abnehmenden Mondes schwach zu erkennen. Brun bewegte sich langsam vorwärts.

***

Bern, Bundeshaus

Nicht nur Bessons Simme, der Mann selber schien mit jedem Wort, jedem Satz stärker zu werden, kraftvoller und beseelt von einer Überzeugung, die er aus dem zuvor beschworenen „Wir“ zu schöpfen schien. „Wir, Sie und ich, jeder von uns, weiß um die langwierigen, zähen und oft von Misstrauen und Konflikten überschatteten Beziehungen und Verhandlungen der Schweiz mit der Europäischen Union. Aber Sie und ich wissen auch, dass

Beziehungen, welcher Art sie auch sind, ihre wahre Qualität erst dann offenbaren, wenn eine reale Bedrohung auftritt. MRF ist diese, und sie hat innerhalb von Stunden gezeigt, dass die Bande zwischen den Nationen Europas, der EU und der Schweiz von einer Qualität sind, die belastbar ist. Es bleiben Zusammenhalt, Entschlossenheit und Einigkeit und der unbedingte Wille, die Gefahr zu bekämpfen und abzuwenden. Ein gemeinsamer Kampf für das Leben und für die Freiheit. Allem Schrecken zum Trotz erfüllt mich dies mit Stolz, mit Hoffnung und mit Dankbarkeit. Stolz deshalb, weil wir zusammen mit unseren Partnern in den vergangenen Stunden Entscheidungen treffen konnten – zum Teil sehr schwere Entscheidungen –, die noch vor Wochenfrist undenkbar gewesen wären. Stolz auch deshalb, weil innerhalb kürzester Zeit ein Notfallnetz in den Bereichen Gesundheit und Sicherheit geschaffen und aktiviert werden konnte, wie es besser nicht sein könnte. Und schließlich auch Stolz deshalb, weil aller Gefahr zum Trotz die Wurzel unseres Seins, die Freiheit, die Demokratie von allen über alle Krisenwogen hochgehalten wird. Konkret heißt das: Zusammen mit der Weltfußballorganisation Fifa ist die Entscheidung getroffen worden, für die Fußballweltmeisterschaft 2018, die in wenigen Tagen beginnen wird, eine Warnung herauszugeben. Sämtliche Reiseannullationskosten von Privatpersonen sowie Verluste für die Fifa und die Clubs aufgrund dieser Maßnahme teilen sich die Fifa und die beteiligten Staaten. Die Gefahr einer weiteren Ausbreitung des Virus aufgrund intensiver Reisetätigkeit Hunderttausender von Menschen ist gegeben und muss ernst genommen werden. Außerdem deuten die auf Hochtouren laufenden gemeinsamen Ermittlungen sämtlicher europäischer Sicherheitsbehörden zu Ursprung und Herkunft des Virus darauf hin, dass es sich um einen gezielten Angriff handelt, an dem eine Beteiligung eines regierungsnahen russischen Personenkreises nicht auszuschließen ist. Diese Entscheidung war schwer – aber es war nicht die schwerste und wird nicht die schwerste gewesen sein. Noch schwerer war die folgende zu treffen: Ab kommender Woche wird in sämtlichen Ländern der EU inklusive Schweiz für die vorläufige Dauer eines Monats der Ausnahmezustand in Kraft treten. Polizei und Militär werden in sämtlichen Ländern eng zusammenarbeiten. Wo personelle Knappheit entsteht, wird zuerst Personal der europäischen Gendarmerietruppe Eurogendfor die Lücken füllen. Wo dies auch nicht genügt, werden die Regierungen Europas – die Schweiz wiederum miteingeschlossen – mit einer privaten Sicherheitsfirma kooperieren. Der Zutritt zu allen öffentlichen Räumen – Bahnhöfen, Parks, Museen, Verwaltungen, Schulen, Spitäler, und so weiter – wird kontrolliert. In sämtlichen Spitälern werden Notfallinfrastrukturen eingerichtet, wenn nötig gebaut. Die Kosten für Untersuchungen im Zusammenhang mit MFR werden vollumfänglich von den Krankenkassen übernommen. Wo Krankenkassen privat sind, wie hierzulande, werden die Kassen aus Steuergeldern entschädigt. Die Einrichtung einer staatlichen Koordinationsstelle, die die entsprechende Organisation bündelt, wird zur Zeit geprüft. Eine weitere konkrete Maßnahme ist die Möglichkeit der Abgabe von Geldscheinen. Untersuchungen in der Vergangenheit haben gezeigt, dass auf mindestens zwei Dritteln aller Banknoten, die im Umlauf sind, Spuren von Kokain nachgewiesen werden können. Mit dem Kokain gelangt heute auch das Virus auf das Geld. In sämtlichen Banken und Poststellen werden deshalb Abgabestellen eingerichtet. Liebe Schweizer Bürgerinnen und Bürger: Ich habe vorhin von Freiheit gesprochen. Von Demokratie. Was ich Ihnen hier aber in Kürze schildere, ist das glatte Gegenteil von Freiheit. Es ist nicht Freiheit, sondern ihre massive Einschränkung. Und zwar auf staatliches Geheiß. Ich glaube, und ich bin überzeugt davon, dass Sie genauso wie ich wissen, dass dies erstens temporär und zweitens zu unserem Besten ist. Und vor allem: Nach diesem Monat eingeschränkter Bürgerrechte werden Sie es sein, die entscheiden, welche Maßnahmen Sie von Seiten Ihres Staates zu Ihrem Schutz wünschen und gutheißen. Unter der Leitung der Ministerin für Inneres, Migration und Bürgerschaft und der Direktorin des europäischen Thinktanks European Political Strategic Center, Doktor Sophia Svenström, wird eine Software entwickelt, die es jeder Nation möglich macht, nach der maximalen Frist eines Monats eine Volksabstimmung abzuhalten. Nicht nur wird es die erste einheitlich organisierte Abstimmung innerhalb der EU sein, sondern auch die erste, die 100-prozentig elektronisch abgehalten wird. Jedes Land, jeder Bürger wird mitentscheiden können, wie er künftig zu leben wünscht. Jene, die weiter gemeinsam gegen die Gefahr von außen ankämpfen wollen, werden sich zu einem starken Kernverbund zusammenschließen und so viele Aufgaben wie möglich bündeln und ihre Kräfte maximieren. Jene, die sich gegen eine weitere gemeinsame und engere Vorgehensweise entscheiden, werden wohl mehr Risiko zu tragen haben, schwächer sein, aber auch freier. Das macht mich stolz. Und das ist auch der Grund, warum mich Hoffnung erfüllt: Wenn ein Verbund souveräner Staaten mitten in der größten Krise der vergangenen Dekaden trotz allem die Freiheit und die demokratischen Rechte seiner Bürger über alles setzt, dann ist Hoffnung nicht Träumerei, sondern begründete Zukunftsvision."

Über die Schweizer Hauptstadt hatte sich die Nacht gesenkt. Es war kurz vor zehn Uhr, als der Bundespräsident erneut innehielt. Der Bundesplatz war jetzt von Scheinwerfern beleuchtet, und die Menschen, die entweder gebannt in Richtung Rednerpult oder auf die Großleinwand schauten, sahen einen Mann, der sich vor ihren Augen erneut verwandelte. Bessons Kiefer mahlten, sein Blick war jetzt hart, die Bewegungen, mit denen er sein Skript durchblätterte, grob. Kurz richtete er sich auf, wandte sich nach rechts, nach links, als suche er etwas oder jemanden, den oder das er schlagen könne. Schließlich schien er sich zu bezwingen, wandte sich erneut der Menge zu, starrte auf das Pult, griff nach den Papieren seiner Rede und knüllte sie langsam zu einem kleinen, harten Ball zusammen. Sofern das möglich war, wurde die Spannung, die Mann und Menschen gleichermaßen beherrschte, noch härter.

***

Marktgemeinde Götzis, Vorarlberg, Österreich

Bruns bevorzugte Waffe war die Glock 17. Zuverlässig, preiswert, präzise. Mit dem Ersatz der Kunststoff-Federführungsstange durch eine aus Edelstahl war sie perfekt für ihn. Jetzt ließ er die Hand, die sie als Teil ihrer selbst empfand, sinken. Er stand vor der Metalltür des kleinen Flachdachbaus, die nur angelehnt zu sein schien. Dicht hinter sich wusste er Piet. Und er wusste auch, dass Piet dasselbe roch wie er. Entweder war der Raum, der schwach beleuchtet zu sein schien, ein sehr enger Fitnessraum, in dem bis gerade eben sehr intensiv trainiert und geschwitzt worden war, oder aber es gab da drin Blut. Viel Blut. Erneut hob er die Pistole und schob die Tür mit der anderen Hand vorsichtig auf. Er nickte, so dass Piet es sehen konnte, und machte einen Schritt ins Innere. Piet folgte ihm. Zwei der Männer lagen auf dem Boden, zwei saßen auf Stühlen an dem schmächtigen Klapptisch in der Mitte. Allen war die Kehle durchgeschnitten worden. Eine Weile standen sie wortlos hinter der Tür, die Piet geräuschlos zugeschoben hatte. Der Geruch war jetzt intensiv. Sowohl Brun als auch Piet kannten ihn gut. Was hier stattgefunden hatte, war höchstens ein paar Stunden her. Mit jeder weiteren Stunde, die verstrich, würde sich der Geruch zum Gestank entwickeln. Brun machte einen Schritt in Richtung Tisch, ging vorsichtig daran vorbei, stieg über die zwei Leichen am Boden und gelangte zur gegenüberliegenden Wand. Dort drehte er sich um und betrachtete die Szenerie vom neuen Standort aus. Wände, Eingangstür, Tisch, Stühle, Boden. Auf Letzterem haftete sein Blick länger. Schließlich hob er den Kopf und bedeutete Piet, herzukommen. Als er da war, zeigte er auf den Boden. Einkerbungen im schuttigen Staub deuteten darauf hin, dass hier runde Behälter gestanden hatten. Entweder viele davon oder schwere. Brun streifte mit seiner Hand Piets Unterarm – „Abflug“ – und ging zurück in Richtung Tür. Piet folgte ihm. Ungesehen verließen die zwei Männer den kleinen Bau und verschwanden im Dunkeln. Während der ganzen Zeit hatte keiner ein Wort gesprochen.

***

Bern, Bundesplatz

„Und schließlich Dankbarkeit“, sagte Pierre Besson. Er presste das letzte Wort zwischen seinen mahlenden Kiefern hervor, spuckte es fast aus. Dann, unter einem scheinbar Äußersten an Selbstkontrolle, wiederholte er: „Dankbar bin ich dafür, dass unsere europäischen und internationalen Partner zu uns stehen. Denn wir sind schuld. Nicht Sie, nicht die Schweiz. Aber zuallerst ich und meine Kollegen des Bundesrats. Wir haben den falschen Leuten vertraut. Haben nicht genau hingesehen, haben zu wenige Fragen gestellt. Wir haben versagt. Wir sind gescheitert. Ich werde daraus die Konsequenzen ziehen und stelle mich nächste Woche der Neuwahl im Parlament. Und meinen Kollegen im Rat rufe ich zu: Macht es ebenso. Unsere Bürgerinnen und Bürger haben ein Recht darauf, uns die Konsequenzen unseres Handelns tragen zu lassen. Sie haben das Recht, uns ihr Misstrauen auszusprechen. Aber die Hauptschuld tragen andere. Eine Gruppe von Leuten aus unserer Mitte. Leute aus dem innersten Kern dieses Staates, deren Aufgabe es war, Sie und mich zu schützen. Russen mögen daran beteiligt sein. Das wird Konsequenzen haben. Politische und wirtschaftliche. Nigerianische Drogenhändler sind ebenso Teil dessen, was passiert. Auch hier: Wir werden Konsequenzen daraus ziehen. Sie ‚unschuldig‘ oder gar ‚Opfer‘ zu nennen, liegt mir fern. Aber auch sie sind betrogen worden. Die wahren Verantwortlichen sind weder sie noch russische Verschwörer. Die wahren Verantwortlichen sind unsere eigenen Leute. Ein operatives Team des Nachrichtendienstes des Bundes unter der Leitung und mit Wissen ihres Vorgesetzten Christoph Hiller. Sie haben planvoll und böswillig Terror nach Europa gebracht, der in seinem Gefolge Tod und das Potenzial zu Unruhen und Krieg hat. Auf Ihre und meine Kosten. Eine fehlgeleitete, kleine Gruppe von Menschen, die sich für Millionen von Steuerfranken in die Idee verstiegen hat, die Schweiz und Europa zu lieben und politische Probleme dadurch lösen zu können, dass man verbrannte Erde schafft, dass man jeden gegen jeden ausspielt, dass man Bürger und Staat gegeneinander aufhetzt, spaltet und dass man Menschen, die hier Zuflucht suchen, zu Monstern stempelt. Diese Leute lieben weder die Schweiz noch Europa noch unsere demokratischen, freiheitlichen Werte. Sie lieben nur sich selbst und ihre Idee von einer Schweiz, die es so zum letzten Mal vor 300 Jahren gegeben hat. Nicht mit mir, sage ich. Wir werden diese Leute jagen. Von diesem Moment an gibt es keinen Platz auf der Welt mehr, wo sie sicher sein können, nicht von uns oder unseren Partnern aufgespürt und ihrem gerechten Urteil zugeführt zu werden."

Der Van mit Bruns Team war unterwegs in Richtung Ortsmitte Götzis, bog kurz vor dem Zentrum im Kreisel in die Appenzeller Straße ein, fuhr durch die Ortschaft Altach und danach auf der Oberschwäbischen Barockstraße in Richtung Schweizer Grenze. Jezreel Vidali saß vorn neben Nouriel auf dem Beifahrersitz. „Darf ich?", fragte sie Nouriel und holte ihre Zigarillos hervor. „Jemand was dagegen, wenn Jez raucht?", fragte Nouriel nach hinten. „Ich wünschte, ich würde auch rauchen", sagte Sava, und mit einem Mal schien es Jez, als würde etwas in ihr oder um sie her leichter. Savas Worte waren Zeugnis, dass sie nicht allein war mit dem Gefühl, keine Chance zu haben. Mehr noch: nie eine Chance gehabt zu haben. Sie hielt einen Zigarillo zwischen Mittel- und Zeigefinger, hob ihn an die Lippen, mit der anderen Hand das Feuerzeug. Lorenz' Stimme ließ sie innehalten, die Hände sinken. Sie würde diesen Zigarillo nie anzünden. Ein Team der Kriminaltechnik der Bundespolizei würde ihn im Zwischenraum von Vordersitz und Beifahrertür finden und feststellen, dass er nach Vanille duftete und keine verwertbaren Fingerabdrücke aufwies.

„Burger hat den EXIT-Code durchgegeben", sagte Lorenz.

„Wie bitte?" Valentin saß kerzengerade auf seinem Sitz, Nouriel stieg auf die Bremse, der Wagen kam am Rand der dunklen Landstraße schlenkernd zum Stehen.

Seit 2012 galten für sämtliche Schweizer Sicherheitsbehörden die Gefährdungsstufen Grün bis Rot. „EXIT" bedeutete für ein operatives Team des NDB, dass alle diese Stufen bereits hinter ihm lagen. Keine Sicherheit mehr, kein Schutz, keine Rechte, keine Heimat.

„Was soll das?“, fragte Sava, die als Erste die Worte wiederfand.

„Egal, was es soll. Das werden wir früh genug erfahren. Es kommt nicht in Frage. Nicht, solange Piet und Brun da draußen…“, sagte Jez und wurde erneut von Lorenz unterbrochen.

„Hört euch das an“, sagte er, zog sich die Kopfhörer von den Ohren, trennte sie vom Laptop und regulierte die Lautstärke. Innert Sekunden erfüllte die jedem vertraute Stimme von Bundespräsident Besson den Raum.

„… keinen Platz auf der Welt mehr, wo sie sicher sein können, nicht von uns oder unseren Partnern aufgespürt und ihrem gerechten Urteil zugeführt zu werden. Christoph Hiller. Carl Brun. Sava Nina Perroulaz. Valentin Röthlisberger. Jezreel Vidali. Nouriel Blum. Lorenz Balmer. Piet van Laer. Sie werden bezahlen. Und ich verspreche Ihnen: Die Freiheit wird siegen. Wir werden siegen. Und sowohl wir als auch unsere Freiheit werden gestärkt und geeinigt aus dieser Prüfung hervorgehen. Gott stehe uns bei. Ich danke Ihnen.“

Eine Weile war es in dem Van, in dem ein Teil der eben genannten Personen saß, still wie auf dem Berner Bundesplatz. Jezreel glaubte ihr Herz schlagen zu hören. Stark und regelmäßig. Vielleicht war es auch nur das Konzentrat aus Kraft, Überlebenswillen und Wut, das den engen, warmen Raum füllte. Das Geräusch einer Hand, die flach gegen das Blech der Schiebetür schlug, zerriss, was den Atem genommen hatte. Nouriel, der am nächsten saß, entriegelte die Tür und wuchtete sie auf. Ein Schwall kühler Nachtluft drang herein, und fünf bleiche Gesichter blickten in zwei, die in der vergangenen Stunde um zehn Jahre gealtert zu sein schienen. Brun und Piet drängten sich herein.

„Mach zu“, wies Brun Vali an. Und nach vorn: „Los, Nour. Sieh zu, dass wir hier weg und nach Hause kommen.“

„Nein, Carl“, unterbracht ihn Valentin. „Warte.“

„Was ist?“, fragte Brun und blickte jetzt erstmals, seit er eingestiegen war, in die Gesichter rundum. Und als keiner antwortete: „Verdammt, Vali – sag‘ schon. Was ist hier los?“

„Die haben uns hingehängt, Carl. Life im Fernsehen und vor Publikum. Burger hat den EXIT-Code durchgegeben.“

„Wie ‚hingehängt‘? Wer?“ Bruns Stimme war anzuhören, dass er längst ahnte, was keiner von ihnen je zu wissen verlangt hatte.

„Besson“, antwortete Vali. „Ein fanatisch nationalistisches Team des Schweizer NDB ist verantwortlich für den Import der verseuchten Drogen. Für die Kranken, für die Toten, für die Vernichtung sämtlicher bürgerlicher Freiheiten und Selbstverständlichkeiten. Er hat unsere Namen genannt, Carl. Und er wird sie wieder und wieder bei jeder sich bietenden Gelegenheit nennen.“

„Eine der nächsten wird sein, wenn man vier tote Eurogendfor-Mitglieder im österreichischen Vorarlberg finden wird, die Europa schützen wollten und die wir kalten Arsches in einem Blutbad hingerichtet haben“, sagte Piet.

„Diese Dreckschweine“, stieß Nouriel hervor. „Was ist mit dem Stoff?“

„Vermutlich war er mal da. Jetzt ist er weg.“

Sava sprach aus, was Jezreel früher am Abend gedacht hatte: „Wir hatten nie eine Chance, oder?“

„Vielleicht nicht. Keine Ahnung“, sagte Brun. „Darüber werde ich mir später Gedanken machen. Ihr wisst, was ‚EXIT‘ bedeutet. Jeder taucht ab, verschwindet von der Bildfläche und ist sich selber der Nächste. Ich schlage vor, dass wir genau das tun. Und wer will, wird von dort aus, wo er hingeht, die Presse mit allem versorgen, was er weiß. Jeden Tag eine anonyme Meldung, die zumindest in Teilen nachprüfbar ist. Jeden Tag. Wochenlang. Monatelang. Wir werden diese Leute nicht bremsen können. Aber wir können ihnen das Leben schwer machen. Und wir können dafür sorgen, dass den alternativen systemkritischen Medien der Stoff nicht ausgeht. Viel Glück, Leute.“ Sprach‘s, öffnete die Tür, schaltete das Oberlicht aus und wartete, dass der Erste ausstieg und in der Nacht verschwand. Fünf Minuten später war der Wagen bis auf ihn und Piet leer. Brun stieg auf den Fahrersitz, startete den Motor, fuhr nahe an die Schweizer Grenze heran, bog in ein Waldstück ab und stellte den Wagen zwischen den Bäumen ab. Dann verschwanden auch er und Piet in der Dunkelheit. Es würde zwei Tage dauern, bis ein Spaziergänger einen verlassenen Mercedes-Van der V-Klasse bemerken und den Fund melden würde.

40

Dienstag, 12. Juni, Berlaymont-Gebäude, Robert-Schuman-Kreisel, Brüssel

Sophia Svenström wartete. Neuerdings war das oft der Fall. Seit dem ersten und letzten Telefonat mit dem Tschechen wurde sie rund um die Uhr von nicht weniger als zwölf Personenschützern bewacht. Ihr Sicherheitsstab umfasste heute mehr als 50 Personen, das dafür vorgesehene Budget war nach einem Monat aufgebraucht. War sie im Wagen unterwegs, bestand ihr Konvoi aus sechs Fahrzeugen. Trat sie irgendwo in der Öffentlichkeit auf, wurde das Sicherheitsdispositiv weit im Voraus vorbereitet. Inklusive Scharfschützen, die auf den Dächern rundum positioniert waren. Und neu war auch ihre seltsame gereizte Ungeduld, die sich ihrer jedesmal bemächtigte, wenn sie warten musste. Ihre Gegner, so schien es ihr, waren nicht Menschen, Problemstellungen oder Gefahren, sondern Türen, Flure, Treppen, Straßen und Durchgänge. Sie konnten nicht länger einfach durchquert oder erstiegen werden. Sie mussten geprüft und gesichert werden, ehe sie auch nur einen Schritt tun konnte. So auch jetzt. Gerade hatte sie eine Pressekonferenz hinter sich und wartete vor dem Bühnenausgang darauf, dass sie durch die verdammte Tür in den Flur, von dort zum Aufzug und hinauf in ihr Büro gelangen konnte. Sie versuchte, nicht daran zu denken, wie viel Zeit sie das alles kostete, sondern richtete das innere Augenmerk auf das gerade eben Geschehene. Die Pressekonferenz war in dem großen Saal abgehalten worden, in dem sonst nur die internationalen Gäste die Medien empfingen. Der Andrang war zu groß gewesen, als dass man die Journalisten und Fernsehteams im normalen Presseraum hätte unterbringen können. Große Bühne, große Worte, große Gesten. Es war hervorragend gelaufen. Dank Besson. Seine Rede vor dem Schweizer Bundeshaus hatte vor zehn Tagen eingeschlagen wie die sprichwörtliche Bombe. Der Bundespräsident dieser Querulanten-Demokratie hatte als erster Staatschef der Welt ein ganzes operatives Team seines Geheimdienstes in der Öffentlichkeit enttarnt, hatte Fehler eingeräumt, hatte sein Amt zur Verfügung gestellt, Neuwahlen empfohlen und hatte seine Bürgerinnen und Bürger auf den Verlust ihrer Freiheit eingestimmt. Und war dafür gefeiert und quasi heiliggesprochen worden. Ein Messias der Freiheit und der Demokratie. Die versprochene in aller Eile organisierte Wahl in der Folgewoche hatte ihm einen Erdrutschsieg beschert. Ihm und seiner Außenministerin, Annbelle Jordi. Alle anderen Bundesräte waren nicht wiedergewählt und durch Leute ersetzt worden, die Besson nahestanden oder zumindest überzeugend diesen Eindruck zu vermitteln in der Lage waren. Was in der Schweiz geschah, schlug weltweit hohe Wellen. Hatten sich die großen Sendeanstalten der verschiedenen Staaten bisher einen Korrespondenten in dem Alpenland geteilt, sandten sie jetzt allesamt eigene Recherche-Teams. Ihre und andere Umfragen zeigten, dass man die Schweizer für die temporäre Aufbahrung ihrer bürgerlichen Freiheitsrechte bewunderte und dass eine Mehrheit bereit und willens war, ihnen zu folgen. Auch in Sachen Bargeld schien der kleine Staat eine ganz und gar unerwartete Vorreiterrolle einnehmen zu wollen. Gleichzeitig mit allen anderen Ländern der EU würde die Bevölkerung auch dort über die temporäre Abschaffung des Bargeldes entscheiden. Und auch hier sagten Sondierungen ein deutliches Resultat voraus: 83 Prozent der Schweizerinnen und Schweizer waren bereit, für die Dauer eines Jahres auf ihre „Nötli“ zu verzichten.

Gleichzeitig mit den Abstimmungen zur Bargeldfrage würden die Nationen auch über die Aufrechterhaltung des Ausnahmezustands entscheiden. Und auch hier sah es gut aus. Was vor Monatsfrist noch undenkbar gewesen war, war nicht nur Realität geworden, sondern dabei, Alltag zu werden. Der Mensch gewöhnt sich an alles; seine Fähigkeit zum Selbstbetrug war und ist fast unbegrenzt. 200 MFR-Tote, 500 Infizierte und eine nicht zu bewältigende Anzahl Verdachtsfälle machten alles möglich. „… – dass es dann trotzdem besser wäre, so zu leben, als jetzt sterben zu müssen! Nur leben, leben, leben!“

Das nur schemenhaft erinnerte Zitat verflog wie ein Duft aus der Vergangenheit, als endlich die Tür freigegeben wurde und sie in den Flur hinaustreten und im Kokon ihrer Leibwächter in Richtung Aufzüge gehen konnte. Erneut zwang sie sich, die innere Gehässigkeit über die neue Schwerfälligkeit ihres Lebens niederzuringen. Denn Tatsache war: Für sie lief es gerade sehr gut. Sven Ritter, der EU-Kommissionspräsident, unter dem sie gearbeitet hatte, war so gut wie weg. „Korruptionsvorwürfe", „Fahrlässigkeit", „untreue Amtsführung" waren nur ein paar der Stichworte, die erst als Gerücht, später als handfeste Pressefragen die Runde machten. Längst wurden Namen für seine Nachfolge herumgereicht. Ihr eigener war einer der ersten und eine Klasse für sich. Und auch was die Russland-Frage anbelangte, war man auf Kurs. Bereits die Todesmeldung von Sorokin hatte politische Unsicherheit ausgelöst und damit die russischen Börsen in den Keller geschickt. Nach der Besson-Konferenz, der Reisewarnung für Russland während der Fussball-WM und dem deutlichen Fingerzeig nach Osten in Bezug auf eine mögliche russische Beteiligung an der Katastrophe hatte es kein Halten mehr gegeben. Natürlich war auch der Euro auf Kursniveaus gerutscht, die quasi einer 50-Prozent-Enteignung der Bürger des Euro-Raums gleichkamen. Aber erstens war das politisch willkommen, zweitens waren bereits zögerliche Erholungsversuche im Gang, und drittens war es nichts im Vergleich zum Rubel, der quasi auf Bewertungsstufe Altpapier gesackt war. Oh ja – die Russen hatten Probleme. Große Probleme. Und sollte alles so laufen wie geplant, dann würden sie nicht kleiner, sondern spätestens dann, wenn die EZB den EXIT aus der Nullzins-Politik in zwei Monaten ankündigte, größer. Bestenfalls nicht mehr zu bewältigen.

Natürlich gab es auch hier Probleme. In der Politik konnte man sich nie sicher sein, dass die Dinge so liefen, wie man wollte – auch dann nicht, wenn alles danach aussah. Sie musste wachsam bleiben. Mehr denn je. Da waren zuallererst die Laritskaja und ihr Mann. Auf den ersten Blick sah es so aus, als hätte sich die Sache mit einem sauberen Deal erledigt. Die Wahl, die man ihnen in Schweizer Gewahrsam – denn darauf war ihr Aufenthalt zu ihrer Überraschung hinausgelaufen – gelassen hatte, war jene, sich nicht und nie zu den Geschehnissen zu äußern und dafür mitsamt ihren Besitztümern nach Hause reisen zu dürfen. Oder aber, sich zu äußern und zuzusehen, wie sämtliche Banken der Welt, die ihre Konten führten, in einer einmaligen bereits vorbereiteten und konzertierten Aktion sämtliche Vermögenswerte des Ehepaars und aller mit ihnen in Verbindung stehenden Institutionen – so auch Laritskis Horizon Hill – einfrieren würden. Und hätte ihr Hund ein Konto, dann würde auch das blockiert. Eine Kostprobe des Möglichen hatte man ihnen gegeben, indem man der Fight for Democracy Foundation über Nacht den Saft abgedreht und alle Gelder, Unterlagen und Räumlichkeiten beschlagnahmt hatte. Es schien gewirkt zu haben. Bis heute hatte niemand erfahren, dass Evgenija Iwanowna Laritskaja mitsamt Ehemann und Sohn vor 14 Tagen überhaupt für 72 Stunden in der Schweiz geweilt hatte. Aber auch hier: Sicher sein konnte man sich nicht. Die Laritskaja war, kaum zurück in der Heimat, zur Außenministerin des Landes ernannt worden und blieb eine ständige Bedrohung. Dies vor allem deshalb, weil sie das seit gut einer Woche anhaltende Sperrfeuer an anonymen Meldungen, die von scheinbar überall auf dem Globus an die Adresse sämtlicher Medien gelangten, nicht kommentierte und schon gar nicht dementierte. Die großen Medienhäuser brachten die Meldungen nie, es sei denn als Warnung vor – meist russischen – Fake News. Dies, obwohl einzelne Journalisten herausfanden, dass gewisse Details der Behauptungen nicht nur plausibel waren, sondern auch einer Überprüfung standhielten. Und so blieb es den alternativen Kleinverlagen überlassen, sich damit zu befassen und den eigenen Ruf als Fake-News-Verbreiter und Verschwörungstheoretiker zu festigen. Aber auch dieser Zustand würde nicht ewig währen. Es war Abhilfe in Sicht: Nach dem Vorbild Deutschlands war ein europaweites Netzwerkdurchsetzungsgesetz zum Schutz der Bevölkerung vor Falschinformation in Vorbereitung, und so, wie es aussah, würde es schon bald möglich sein, solche Schreihälse auf legalem Weg und offiziell vom Netz zu nehmen. Und in der Zwischenzeit war Fußballweltmeisterschaft. Das half. Es blieben einzelne Menschen. Leute, die zu viel wussten. Aber sie waren entweder noch nie glaubwürdig gewesen oder in der Zwischenzeit längst diskreditiert. Die Truppe um diesen Geheimdienstmann Brun war abgetaucht, der ehemalige Leiter des NDB, Hiller, hatte sich irgendwo in einem Schweizer Reihenhaus verkrochen. Natürlich wurde in den Medien nach wie vor täglich spekuliert darüber, was genau geschehen war. Jeder hatte etwas zu sagen, jeder eine Theorie. Jede offizielle oder halboffizielle Stelle gab ihr Statement ab. Die einzige Organisation, die gar nichts sagte, war der NDB selbst. Wäre von dieser Seite auch nur das Mindeste bestätigt worden, hätte man jeden einstmals oder noch befreundeten Geheimdienst verunsichert, während ein Dementi einzig dem Gegner gedient hätte. Geheim war eben geheim und blieb es auch. Wenigstens hier schien das noch so zu sein. De Maere, ihr Kontakt und Laufbursche bei der FDF, war währenddessen ein Problem, das sich gerade selber löste. Oder bereits gelöst hatte. Im Zuge der Schließung der Stiftung und der Sperrung sämtlicher Konten war auch de Maeres Vermögen eingefroren worden. Wenn sie ihn richtig einschätzte, dann war er in Panik geraten, geflohen, hatte seine letzte Barschaft in weißes Pulver investiert und wäre mittlerweile aus Kostengründen längst auf Crack umgestiegen. Sein Wissen war nichts wert. Einem durchgeknallten Junkie glaubte keiner.

Es blieb ihr eigenes, ganz persönliches Problem: der Mann, dem sie dieses neue, zähe und mit endloser Warterei angefüllte Leben verdankte: Vaclav Ondrisek. Der Tscheche. Während sie in dem niedrigen, grauen Flur vor den Aufzügen stand, fragte sie sich, ob sie Angst hatte. Und die Antwort überraschte sie selber. Sie lautete: Ja. Aber dieses „Ja“ bezog sich nicht auf den Mann, der mit großer Wahrscheinlichkeit ihr Leben bedrohte, sondern auf die Leute, von denen sie wusste, dass sie ihren Namen als Nachfolgerin Ritters in Umlauf gebracht hatten und ihn auch dort hielten. Die Leute, für die sie arbeitete. Die Spielmacher, die Bank, die immer gewann, während die Spieler früher oder später alle den Tisch verließen. Alle. Vor dem Tschechen fürchtete sie sich nicht. Er löste in ihr unbändige Wut aus, und in dem Moment, in dem Jean-Pierre Gheysens, der ehemalige IT-Chef der FDF, den sie via Thinktank auf ihre Payroll genommen hatte, ihr melden würde, die Sache sei erledigt, würde auch die Wut verschwinden. Sie hatte Ondrisek nie gesehen. Das einzige Foto, das Gheysens finden konnte, war das Bild eines 20-jährigen tschechischen Soldaten. Darauf wirkte er groß und trainiert. Braunes Haar, braune Augen, seltsam schön geschwungene Lippen. Nein – sie fürchtete diesen Menschen nicht. Sie hasste ihn und wollte wissen, dass er tot war.

„Was ist hier los?“, fragte sie einen ihrer Wachleute, als nach mehreren Minuten der Aufzug noch immer nicht gekommen war.

„Großer Andrang bei der Medienkonferenz“, sagte einer der Männer. „Es dauert immer ewig, wenn viel Presse im Haus ist und wenn jeder Praktikant meint, er müsse unbedingt dabei sein und irgendeinem historischen Moment beiwohnen. Außerdem laufen parallel mehrere Besucherkonferenzen.“

„Besucherkonferenzen?“, schnappte Svenström.

„Mehrtägige Veranstaltungen für Touristen, die die EU-Institutionen besuchen.“

„Und deshalb vergeuden wir hier Zeit?“ Sie klang fassungslos. „Lassen Sie uns die Treppe nehmen. Ich kann es mir nicht leisten, hier den ganzen Tag rumzustehen, weil ein paar Rentner sich langweilen.“

„Nein“, antwortete der Mann ungerührt. „Treppenaufgänge werden wo immer möglich gemieden. Außerdem: Bis wir das Treppenhaus gesichert haben, ist auch der Aufzug da.“

Svenström holte Luft zu einer scharfen Ewiderung, als sich rechterhand am anderen Flurende etwas tat. Eine Gruppe Menschen war hinter der Biegung aufgetaucht und kam in Richtung der Aufzüge.

„Und was ist das jetzt?“, zischte Svenström.

„Muss eine der Besuchergruppen sein“, sagte der Mann von vorhin. „Die Führer sind meist Studenten und verlaufen sich ständig.“

Zwei der Männer ihres Schutztrupps gingen der Gruppe entgegen. Sie würden sie auffordern, den Bereich zu verlassen. Sie waren noch nicht bei der kleinen Menschentraube angelangt, als diese bereits stoppte. Aber nicht der Leibwächter wegen. Eine Person lag jetzt am Boden. Svenström konnte nicht genau erkennen, ob Mann oder Frau. Die Bodyguards waren bei der Gruppe angelangt, einer kniete sofort neben der Person am Boden nieder, sah dann zu seinem Kollegen hoch und schien ihm etwas zu sagen. Der Angesprochene trat einen Schritt zurück, löste das Funkgerät vom Gürtel und gab eine Meldung durch. Der Aufzug war immer noch nicht da. Svenström ging ein paar Schritte in Richtung der Gruppe, die ratlos um die am Boden liegende Person herum stand. Ein Mädchen, wie sie jetzt sehen konnte. Nur ein Mann, offenbar ihr Begleiter, kniete neben ihr, hielt ihre Hände fest und deutete jemandem, dasselbe mit den Füßen zu tun. Als er kurz den Kopf hob, traf sein Blick auf den von Sophia Svenström. Braunes Haar, braune Augen, seltsam schön geschwungene Lippen. Er schien zu lächeln. Sie blieb stehen, schwankte, knickte ein, wurde von vier starken Händen aufgefangen.

„Wo bleibt der verdammte Aufzug?“, zischte sie.

Vasek Ondrisek und das Mädchen waren von dem Armenier zu einem Billa-Supermarkt in der Nähe von Krylatskoje im Westen der Stadt gefahren und hatten jede Menge Toastbrot, Mineralwasser und Junkfood eingekauft. Danach waren sie zurück zu dem illegalen Hotel gefahren. Vasek hatte die Unterkunft für einen ganzen Monat bar im Voraus bezahlt, und der Besitzer, den er nur einmal zu Gesicht bekommen hatte, ließ sich auch diesmal nicht blicken.

„Und was jetzt?“, hatte das Mädchen gefragt, als sie die Tür des ihr bereits vertrauten Zimmers hinter sich geschlossen und sich auf eines der unteren Etagenbetten gesetzt hatte.

„Ich muss ein paar Tage hierbleiben“, hatte er gesagt. „Du kannst machen, was du willst. Bleiben oder gehen. Aber kein Hin und Her. Entweder sitzt du hier rum und schaust fern, oder du verschwindest.“

„Und wenn ich bleibe?“

„Was soll dann sein?“

„Was ist danach? Wo gehen wir danach hin?“

„Wir gehen nirgends hin. Ich gehe. Und du… keine Ahnung.“

„Kann ich nicht mit?“ In der Frage war nichts Forderndes gewesen, nichts Erwartendes, nicht einmal ein Staubkorn Hoffnung. Sie hatte gefragt wie einer, der einfach gefragt haben wollte. Als ginge es nicht darum, morgen und übermorgen die Antwort, sondern bloß dies eine zu wissen: Ich habe gefragt.

Vasek, der auf dem gegenüberliegenden Etagenbett Platz genommen hatte, hatte sie, die Ellbogen auf die Knie, das Kinn in eine Handfläche gestützt, eine Weile nachdenklich angesehen. Eine Idee hatte Gestalt angenommen.

„Wenn zwei zusammen sind“, hatte er schließlich gesagt, „egal ob für ein paar Tage oder für ein ganzes Leben, müssen beide etwas davon haben. Sonst hält es nicht. Nie. Es muss immer auch ein Deal sein. Alles andere, wenn es nicht auch einen solchen Handel beinhaltet, ist einen Scheißdreck wert. Du hast mich gestern begleitet, ich habe dich dafür bezahlt. Sauberer Deal. Hier ist ein anderer: Du kannst hier bleiben und in ein paar Tagen, wenn ich gehe, begleitest du mich. Ich besorge dir in der Zwischenzeit neue Papiere. Alles, was du brauchst. Wenn ich das erledigt habe, was ich vorhabe, gehst du nach Tschechien. Nach Karlsbad, um genauer zu sein. In das Carlsbad-Internat. Dort bleibst du für vier oder fünf Jahre, machst dein Diplom, und dann sehen wir weiter. Für den Fall, dass mir etwas passieren sollte während dieser Zeit, werde ich vorsorgen. Das sind die Bedingungen des neuen Deals. Überleg‘s dir.“

„Warum?“, hatte sie gefragt.

„Ich hab‘s dir gesagt: Ein Deal.“

„Ich begleite dich irgendwohin und du lässt dafür eine Privatschule springen?"

„Glaub' mir: Ich würde noch viel mehr springen lassen, wenn's mir bei der Sache hilft, die ich zu erledigen habe."

„Wird es gefährlich?"

„Nein. Wird es nicht."

„Ich überleg's mir."

„Gut."

Vier Tage später waren sie losgefahren. Nasia hieß jetzt „Sonja Romanowna" und war die Tochter eines gewissen Piotr Petrowitsch Sosimow, eines reichen Russen, der sein Geld in der Autobranche gemacht hatte. In Tschechien hatten Vater und Tochter die Carlsbad International School besucht und besichtigt. Mit dem Schulleiter war man übereingekommen, dass für einen Aufpreis ein Jahr Privatunterricht für Sonjeschka drin war, der es ihr ermöglichen würde, aufzuholen und wettzumachen, was sie infolge langer Krankheit verpasst hatte, und im Folgejahr einer regulären Klasse beizutreten.

„Du kannst es dir immer noch überlegen", hatte Vasek gesagt, als sie neben ihm auf dem Beifahrersitz lange geschwiegen hatte.

„Es wird mir dort gut gehen", hatte sie geantwortet.

Es war Nacht gewesen, als sie in Brüssel eingetroffen waren. Sie hatten zwei Zimmer im „The Dominican" genommen und hatten sich am nächsten Morgen früh auf den Weg gemacht. Vasek hatte während der Tage zuvor jeden möglichen Kontakt im Netz aktiviert, um zu erfahren, was er wissen musste. Nach und nach waren die Informationen eingegangen, und schließlich hatte er gehabt, was er brauchte: einen Teil des Terminkalenders von Doktor Sophia Svenström. Ein Ereignis ragte aus allem heraus: die erste große Pressekonferenz mit sämtlichen europäischen Staatschefs seit dem Ausbruch des Virus. Piotr Sosimow und Tochter hatten eine zweitägige Besucherkonferenz gebucht und sich am 11. Juni pflichtschuldig durch das Besichtigungs- und Vortragsprogramm gequält.

Heute war der 12. Juni. Und heute war der Tag, an dem der Tscheche Sophia Svenström einen Blick auf ihre Zukunft gewähren würde. Eine Zukunft, die sich vor allem durch eines auszeichnen würde: durch stete und wachsende Furcht. „Ich bin da.“ Das war seine Botschaft. „Ich werde immer da sein. Weil ich es kann. Du wirst nie sicher sein. Nicht mit zwölf Leibwächtern, nicht mit 20, nicht mit 100. Nicht in deiner Wohnung, nicht im Büro, nicht in einem Flugzeug oder in deiner gepanzerten Limousine. Du gehörst mir.“

Bereits am Vortag hatte der vorgebliche Russe Sosimow den Leiter ihrer Besuchergruppe wissen lassen, dass er durchaus bereit wäre, sich erkenntlich zu zeigen, wenn sie das Programm für ihre Gruppe dergestalt anpassen könnten, dass es eine Teilnahme an der Pressekonferenz ermöglichte. Der Mann hatte sich erweichen lassen, und die zehn Mitglieder der Besucherkonferenz durften an diesem Großereignis teilnehmen. Es dauerte volle zwei Stunden. Am Ende erntete Sophia Svenström als Koordinatorin sämtlicher Notfallmaßnahmen auf europäischer Ebene stehenden Applaus. Vor den Türen zum großen Saal herrschte danach das reinste Chaos. Politiker, Personal, Presse – alles durcheinander, und jeder wollte so schnell wie möglich irgendwohin. Die Gruppe folgte „ihrem“ Studenten in Richtung der Aufzüge, als Vasek ihm auf die Schulter tippte.

„Wo führen Sie uns hin?“, fragte er den schmächtigen jungen Mann, der ihn mit einer Miene ansah, als wäre er eben gefoltert worden.

„Zur Besucherkantine“, gab er Bescheid und war bemüht, den Russen nicht allzu nahe an sich herankommen zu lassen.

„Dann sind wir schneller, wenn wir den Personallift nehmen“, sagte Vasek so, dass auch die anderen Gruppenteilnehmer es hören konnten. „Hier werden wir mindestens eine Stunde festsitzen, bevor wir auch nur daran denken können, in Richtung der Aufzüge zu gehen. Meine Tochter hat zu niedrigen Blutdruck, sie sollte nicht so lange stehen müssen.“

„Die Personalaufzüge sind für das Personal“, sagte der junge Mann pikiert und wandte sich wieder jenen Menschen zu, die es offenbar in seinen Augen wert waren, dass man sie im Blick behielt. Und das waren nicht interessierte Bürgerinnen und Bürger, die für teures Geld, mit dem auch sein Lohn bezahlt wurde, die EU-Institutionen besuchten.

„Sie sind doch auch Personal", muckte eine ältere Frau von beachtlichen Ausmaßen jetzt auf. „Warum also nicht den Personalaufzug nehmen? Wenn das Fräulein da" – sie blickte in Nasias Richtung – „nicht so lange stehen sollte, dann ist das ja gewissermaßen ein Notfall. Wo sind denn die Personalaufzüge?"

„Am besten kommt man hin, wenn man hier gleich die Treppe hinuntergeht", informierte Piotr Sosimow die Frau zuvorkommend. „Ist nur ein paar Schritte, und in fünf Minuten säßen wir dann schon bei Kaffee und Kuchen."

Diese Auskunft machte einen nachhaltigen Eindruck auf die Dame. Der Student hatte keine Chance mehr. Er schien den Weg nicht zu kennen und ließ sich von Sosimow anweisen, der, wie er versicherte, bereits im Vorjahr eine Besucherkonferenz mitgemacht hatte. „Meine Tochter", erklärte er sein erneutes Dabeisein. „Worte reichen nicht, wenn es um Großes geht. Sie muss das hier mit eigenen Augen sehen." Ohne zu zögern übernahm er die Führung und lotste die Gruppe in den Bereich unter dem Konferenzsaal. Als sie in einen Flur gelangten, der weiter vorne abbog, drückte er seiner Tochter fürsorglich den Ellenbogen. Doch alle väterliche Ermutigung reichte nicht, um zu verhindern, dass sie gleich nach der Biegung und 30 Meter vor Erreichen des Personalaufzugs, vor dem eine kleine Gruppe ebenfalls zu warten schien, einen ihrer Krampfanfälle erlitt.

Von der Gruppe bei den Aufzügen hatten sich bereits vor Sonjas Sturz zwei Personen gelöst. Der Kleidung nach zu urteilen Sicherheitsleute. Sie hatten Vaseks Besuchergruppe schon von Weitem mit Handzeichen zu verstehen gegeben, dass sie umdrehen und den Bereich freimachen solle. Dann war Sonja eingeknickt und Vasek fast gleichzeitig mit ihr.

„Sie hat einen Anfall", sagte er rufend zu niemand Bestimmtem, aber so, dass auch die beiden Security-Leute es hören konnten. „Schnell. Wir brauchen einen Arzt. Rufen Sie einen Arzt!"

Die Personenschützer reagierten prompt und professionell. Der eine kniete sich neben dem Mädchen nieder, fühlte seinen Puls und wies den anderen an, den Notfalldienst herzubeordern. Vasek hielt derweil die Hände seiner Tochter fest, um Verletzungen vorzubeugen. „Halten Sie ihre Beine fest", instruierte er den Mann, der immer noch kauerte. Dieser gab die Weisung an einen jungen Mann aus der Gruppe weiter, die um die drei Personen einen Kreis bildete. Er selber stand wieder auf, trat zu seinem Kollegen und warf einen Blick über die Schulter zu den Leuten, die auf den Aufzug warteten. Eine Person hatte sich aus der Gruppe gelöst und machte ein paar Schritte auf das Geschehen an diesem Ende des Flurs zu. Es war eine Frau. Dunkles Haar, unvorteilhaft frisiert, ein Zweiteiler in Pastelltönen, unvorteilhaft geschnitten. Die Sicherheitsleute folgten ihr. Vasek hob den Kopf und blickte ihr für Sekunden in die Augen. Sie hielt inne wie erstarrt, schien zu schwanken. Aus dieser Distanz konnte man es nicht genau erkennen. Zwei ihrer Leute fassten sie unter, sie warf den Kopf zurück und schien etwas zu sagen. Grob. Die beiden hielten sie unberührt fest. Der ganze Tross inklusive der beiden Männer, die bis zu der Besuchergruppe gekommen waren, machte kehrt und ging zu den Aufzügen zurück. Einer schien jetzt da zu sein, und sie verschwanden im Inneren der Kabine.

Gleich darauf kam der Notfalldienst, Sonja wurde auf eine Trage gepackt, und die nächsten beiden Stunden verbrachte Piotr Sosimow mit seiner Tochter in der kleinen Krankenstation des Berlaymont-Gebäudes. Der diensthabende Arzt riet dem Russen, seiner Tochter zuliebe auf den Rest der Besucherkonferenz zu verzichten und stattdessen dafür zu sorgen, dass sie sich ausruhte. Piotr Sosimow beugte sich schweren Herzens der Anweisung und verließ den Ort, ohne die Vorzüge der Besucherkantine kennengelernt zu haben.

41

Ende September, Kočevje, Slowenien

Jezreel Vidali hörte das Geräusch eines sich nähernden Wagens lange bevor dieser in Sichtweite kam. Vom Haus bis zu der unbefestigten Straße, die die 31-Seelen-Ortschaft Onek mit dem Fünf-Personen-Dorf Stari Brek verband, waren es rund acht Kilometer. Je nach Luftdruck und dank der erhöhten Lage des Hauses war ein vorbeifahrender Wagen so deutlich hörbar, als führe er mitten über die Lichtung. Ein paarmal in den knapp drei Monaten, die sie jetzt hier war, hatte ein Motorengeräusch sich verändert, was bedeutete, dass der Wagen von der Schotterpiste auf den kaum sichtbaren, von Laub bedeckten Pfad abgebogen war, der sich sanft bergan bis zu ihrer Hütte wand. Genau wie jetzt.

Als sie selbst diesem Pfad zum ersten Mal gefolgt war, war sie bereits nach ein paar Minuten überzeugt gewesen, sich verfahren zu haben. Das war neun Jahre her. Wie eine Erlösung war es ihr damals vorgekommen, als sie plötzlich aus dem Wald heraus- und auf eine Lichtung gekommen war, die mindestens ein paar Hektar groß war. Erneut war sie dem Pfad gefolgt, der am Rand der freien Fläche im Schatten des Waldes verblieb. Und wieder, wie einer, dessen Ziel sich als Fata Morgana entpuppt, hatte sie gezweifelt, als der Weg immer schlechter, die Lichtung immer öder und weiter geworden war. Und dann, mit einem Mal, hatte sie sie in der Ferne gesehen, die unscheinbare Hütte, die sie für 20.000 Schweizer Franken von einem Deutschen gekauft hatte. Bezahlt hatte sie in bar. Den Vertrag hatten sie an Ort und Stelle, wo sie sich getroffen hatten, von Hand aufgesetzt und unterzeichnet. Sie als Anja Sanders, er als Bernd Schulte. Sie hatte keine Ahnung, ob das sein richtiger Name gewesen war oder nicht.

„Der einzige Ort, wo das registriert werden muss, ist das Katasteramt der Hauptstadt“, hatte er gesagt. „Dass auf dem

Grundstück eine Hütte steht, hat sich dort allerdings noch nicht rumgesprochen.“

„Wie lange steht sie denn schon hier?“

„An die 70 Jahre, hat man mir gesagt.“

Bis heute hatte sie das Amt noch nicht über den Besitzerwechsel informiert.

Jetzt hielt sie inne und lauschte. Das Motorengeräusch war immer noch zu hören. Der Fahrer müsste längst bei der Kette sein. Und richtig: Der Klang erstarb. Trotzdem tat sie, was sie in dieser Situation immer tat: Von neben der Hütte, wo sie an dem wackligen Holztisch Saubohnen enthülst hatte, ging sie die zwei Schritte bis zu den Stufen, die auf die kleine überdachte Veranda an der Hausfront führten, spülte die Hände in dem Kessel mit Wasser neben der Tür, trat in das Innere des Hauses, holte ihre Glock, das Fernglas und einen Zigarillo, legte alles auf den Stuhl, ging zurück, machte sich eine Tasse Kaffee, trat erneut hinaus und bezog ihren Posten. Bis jetzt hatte sie noch nie jemanden gesehen. Noch nie war einer weiter als bis zu der Kette gefahren. Noch nie war jemand zu Fuß um die letzte Wegbiegung gekommen. Jezreel legte die Füße auf die Brüstung und zündete sich nach einem ersten Schluck aus der Tasse den Zigarillo an. Man tat die Dinge anders, wenn sie nicht mehr selbstverständlich waren. Ganz. Das hier wäre der einzige Zigarillo am heutigen Tag. Und die einzige Tasse Kaffee.

Mit einem Ruck zog sie die Füße vom Geländer, kam in eine aufrechte Sitzposition, griff nach dem Fernglas, legte die Glock in einer sorgfältigen, sicheren Bewegung auf die Brüstung. Die Zigarilloschachtel, die zu Boden fiel, das Feuerzeug, den Kaffee beachtete sie nicht mehr. Das Motorengeräusch kam näher. Wer auch immer da fuhr, war ausgestiegen, hatte die schwere Kette gelöst und fuhr jetzt weiter. Während ihr Atem immer ruhiger wurde bis zu einem Punkt, an dem sie ihr Herz hart und stet in jeder Faser fühlte, hob sie langsam das Fernglas an die Augen. Sie war nur noch Hören und Sehen jetzt, Zeit gab es nicht mehr, den Raum nur noch als Bild, zweidimensional und reduziert auf ein paar Quadratmeter Schotterstraße in drei Kilometern Entfernung. Und da war es – ein dunkelrotes Auto, das langsam den Wald entlang in Richtung ihrer Hütte kam. Ein älteres Audi-Kombi-Modell. 90er Jahre. Jezreel Vidali lachte laut auf.

„Was ist da drunter?“, hatte sie Brun, auf eine unförmige Plane deutend, einmal gefragt, als sie der erschreckenden Vertraulichkeit des Innern seines Hauses entflohen war und draußen gestanden hatte.

„Ein alter Avant“, hatte er geantwortet. „Der einzige Wagen, in dem ich ausgestreckt schlafen kann.“

„Klingt nach Ferien. Oder nach Flucht.“

„Der Avant kann beides.“

Der Audi hatte jetzt angehalten. Er stand etwa einen halben Kilometer von der Hütte entfernt. Die Scheinwerfer wurden auf- und abgeblendet. Jez zählte mit. W-E-L-C-O-M-E. Dann fuhr er weiter bis zur Hütte. Jez trat vor das Haus, als Brun die Wagentür öffnete und ausstieg.

„Wäre das nicht mein Text?“, fragte sie.

„Da Sie nur sehr marginal sozialisiert worden sind und keine Ahnung haben, wie die Sache mit den Gästen läuft, dachte ich, ich übernehme das für Sie“, antwortete Brun, kam auf sie zu und blieb vor ihr stehen.

„Verdammt, Jez. Sie sind mager geworden. Essen Sie nichts mehr?“

„Doch. Nur anders jetzt. Wo kommen Sie her?“

„Von dort, wo Sie auch waren.“

„Weiter Weg“, sagte sie.

„Ich wünschte, er wäre noch weiter gewesen.“ Brun trat an Jez vorbei auf die Veranda. „Es gibt nicht genug Distanz auf dieser Welt, um sie zwischen sich und solches Wissen zu legen.“

„Wissen?“, wiederholte sie fragend und blickte zu ihm auf die Veranda hoch. „Als ich dort war vor zwei Monaten, war von Wissen noch keine Rede. Vermutungen waren das Beste, was Galuschka im Angebot hatte.“

„Jetzt nicht mehr“, sagte Brun. „Seine Leute haben sich diesen Stiftungs-Fritzen der FDF geholt. Pascal de Maere. Scheinbar hat er die Vermutungen bestätigt. Während er auf dem Papier weiter für Laritski und seine Stiftung arbeitete, stand er längst auf der Payroll anderer Leute. Anscheinend eine EU-Expertengruppe, in deren Namen er Beziehungen mit jenen Parteien in der Ukraine pflegte, mit denen es offiziell keine Kontakte geben durfte. Unter anderem zwei geheime US-Militärlabors. Ob das Virus direkt von da kam, konnte er nicht sagen. Was er aber mit Bestimmtheit wusste, war, dass der Kontakt über jemanden dort lief. Gerüchte über einen mysteriösen Krankheitsausbruch vor zweieinhalb Jahren deuten außerdem darauf hin, dass eines der Labors mit großer Wahrscheinlichkeit die Quelle ist." Und abrupt das Thema wechselnd: „Kann ich duschen?"

„Hinter dem Haus", sagte Jez. „100 Meter den Pfad entlang. Da ist die beste Badestelle. Seife liegt dort. Warten Sie." Sie ging ins Haus und kam mit einem frischen gefalteten Badetuch heraus. „Hier."

„Danke." Brun nahm es entgegen und verschwand.

„Lebt er noch?", fragte Jez, als er nach zehn Minuten zurückkam. Er wirkte frisch jetzt. Sie hatte erneut neben dem Haus Platz genommen und schälte Bohnen aus den Hülsen.

„De Maere?", fragte er zurück und setzte sich ihr gegenüber. „Ich weiß es nicht, Jez. Ich habe nicht gefragt. Was macht man damit?", fragte er und griff nach einer der prallen Hülsen.

„Suppe."

„Nur damit?"

„Ich mach' noch zwei Kartoffeln mit rein. Heute vier, weil Sie da sind." Und erneut das Thema wechselnd: „Sie haben 1.000 Kilogramm geliefert, Brun. Was auf den Markt kam, kann nur ein Bruchteil davon gewesen sein. Sonst hätte man die Sache nie so rasch unter Kontrolle bekommen. Die können jederzeit weitermachen."

„Ich weiß."

Eine Weile schwiegen beide. „War das vorhin eine Einladung?", fragte Brun nach einer Weile.

„Ja. Wenn Sie bleiben, werde ich eine Flasche Wein aufmachen."

„Wein? Sie haben noch Wein? Und gleich flaschenweise?"

„Nein. Nur diese eine.“

Jez stand auf, raffte das Tuch mit den Hülsen zusammen, nahm die Schüssel mit den Bohnen und ging in Richtung Eingang. Brun sah ihr nach. Sie war wirklich dünn geworden. Viel zu dünn. Gerade eben, als sie sich über den Tisch gebeugt hatte, hatte er die sich scharf abzeichnenden Wirbel ihres Rückgrats gesehen. Die Kleider schlotterten ihr am Leib. Was wie Fülle erschien in Taillenhöhe, war eine Fleecejacke, die sie sich umgebunden hatte. Aber Jez war nicht die einzige, die dünner geworden war. Ganz Europa hatte den Gürtel enger geschnallt. Es war nicht gerade so, dass die Menschen hungerten. Aber sie kochten wieder. Und Dinge wie Kartoffeln, Linsen, Erbsen und Bohnen waren auf viele Speisepläne zurückgekehrt.

Er hörte sie durch das offene Fenster hantieren. „Ist es wegen des Geldes?“, rief er in die Leere Richtung Fenster.

Die Geräusche verstummten, sie schien ans Fenster zu treten. „Was soll wegen des Geldes sein?“, fragte sie.

„Anders essen, wie Sie es nennen.“

„Die Flasche Wein, die ich Ihnen gleich vorsetzen werde, kostet heute um die 3.000 Euro. Natürlich ist es wegen des Geldes.“

„Sie weichen mir aus, Jez. Das meine ich nicht. Die Dinge sind teuer geworden, seit der Euro täglich abwertet. Aber noch kann man sich das meiste kaufen. Und Sie hatten mal Geld. Gold. Zwei Häuser. War Gabriel Kolko das wert?“

Eine Weile war es still oben am Fenster. Schließlich: „Ja. Er war jede Unze wert.“

„Ich kann Ihnen aushelfen, Jez“, sagte Brun. „Ich hatte keinen Kolko.“

„Ich hab‘ alles, was ich brauche.“

„Sie könnten neu anfangen. Nicht heute – aber morgen vielleicht. Irgendwo anders. Sie sollten nicht hier sein, Jez. Es ist zu nah. Viel zu nah. Und wenn ich Sie gefunden habe, dann können andere das auch.“

„Sie sind auch hier, Brun.“

„Das ist etwas anderes.“

„Und was ist so anders in Ihrem Fall?“

Brun ging nicht darauf ein: „Ich meine es ernst, Jez. Gehen Sie fort von hier. Sie sind noch jung. Fangen Sie neu an. Die anderen tun es auch.“

„Was tun sie?“ Sie lehnte sich jetzt zum Fenster hinaus und sah zu Brun hinunter.

„Vali hat jetzt Haare. Wussten Sie, dass er Haare hat? Weiße lange Fäden.“

„Sie haben ihn gesehen?“

„Nur zufällig. Auf einem Überwachungsfoto.“

„Wo?“

„Moskau. Flughafen Scheremetjewo.“

„Und die andern?“ Jez‘ Stimme klang anders jetzt. So, als wäre das „Neu-Anfangen“, das „Morgen“ und das „Anderswo“ etwas, was zu ihrer eigenen Überraschung denkbar war.

„Piet ist in Abu Dhabi. Nouriel, Sava und Lorenz sind in Peking, soviel ich weiß.“

„Und Sie? Wo gehen Sie hin?“, fragte Jez.

„Nächste Frage.“

Jez ließ die Auskunft ohne Kommentar, reichte den Wein durchs Fenster, Gläser und irgendwann eine Pfanne mit etwas, das mehr Brei denn Suppe zu sein schien.

„Ich hätte nicht gedacht, dass das so gut schmecken würde“, sagte Brun, nachdem sie schweigend gegessen hatten. „Es ist schön hier.“

Die Sonne stand jetzt tief hinter dem Wald, die Lichtung lag im weichen Licht des Abends, über den Himmel schossen lautlos Hunderte von Schwalben.

„Ja. Es ist schön“, bestätigte Jez. „Und man wird in Ruhe gelassen. Das ist der Punkt, Brun: Geld, essen, leben, sterben – was ist das alles wert, wenn man dort, wo man hinmöchte, nicht in Ruhe gelassen wird? Sie haben es geschafft, Brun. Diese Leute, die Bessons und die Svenströms mitsamt ihren Amtskollegen, haben es geschafft. Die Schweiz, Österreich, Deutschland, Frankreich – eben gerade noch souveräne Rechtsgemeinschaften, Nationen, gibt es jetzt quasi nur noch auf dem

Papier. Als Marketingmaßnahme zur Massage der Volksseele. Wahlen und Abstimmungen sind bloß noch eine Art organisiertes Dampfablassen für die Wutbürger und die Idioten, die glauben, immer noch oberste Verfassungsgeber dessen zu sein, was bloß noch Administrationseinheit Brüssels ist. Dabei sind längst nicht mehr der Mensch und sein Leben unantastbar, sondern nur noch der regierende Mensch. Alle anderen werden verwaltet und merken es nicht, weil sie damit beschäftigt sind, bei der großen Demokratieshow ein möglichst großes Stück vom mit wertlosem Geld finanzierten Kuchen abzukriegen und Schuldige für die Misere zu suchen, in die sie täglich tiefer hineingeraten. Und Schuldige scheint es zuhauf zu geben. Als ich vor ein paar Wochen zum letzten Mal ins Netz geschaut habe, klangen die Schlagzeilen nach einer Mischung aus Neuauflage der Sowjetunion, Bürgerkrieg und Kindergarten. Unter diesen Umständen die Möglichkeit eines Neuanfangs in Erwägung zu ziehen, setzt ein sehr großes Maß an Optimismus voraus, finde ich."

„Oder einen Grund", sagte Brun.

„Einen Grund, Brun? Glauben Sie wirklich, dass man da noch etwas verändern kann an diesem undurchdringbaren, entpersonifizierten, anonymen Filz, der die Macht übernommen hat?"

„Der Grund kann auch ein anderer sein, Jez. Ein Mensch. Familie." Jez ließ die Erwähnung dieser Möglichkeit unkommentiert. Brun fuhr fort: „Das Pendel wird auch diesmal wieder zurückschwingen. Das tut es immer."

„Die Frage ist bloß, wann, nicht wahr?", antwortete Jez. „Und was bis dahin noch alles passieren muss. Macht wird nie freiwillig abgegeben, Brun. Das wissen wir beide. Was zur Zeit an Machtkonzentration im Entstehen begriffen ist, übertrifft alles, was seit… was weiß ich… seit dem Heiligen Römischen Reich da war. Und wie solche Experimente mit der Regelmäßigkeit einer Schweizer Uhr enden – enden müssen –, ist auch bekannt."

„Es gibt Leute, die sich verweigern."

„Sie klingen, als wollten Sie sagen, es gäbe Hoffnung. Diese wenigen, die sich verweigern, hat es auch immer schon gegeben. In jedem System. Solche, die sich verweigern und für sich das einfordern, was aller Macht ein Greuel ist: Freiheit. Aber darauf würde ich mich nicht verlassen. Das Einzige, worauf man sich verlassen kann, ist Angst. Sie ist das, was die Mehrheit oder Mitte – nennen Sie es, wie Sie wollen – bestimmt. Angst vor Krankheit, vor Armut, vor Jobverlust, vor Gewalt, Ausschluss, vor Verantwortung, vor Schuld. Der Wille zur Freiheit ist es nie. Die Freiheit kommt immer erst dann, wenn alles andere vorbei und vom Regal gefallen ist. Und zwar nicht deshalb, weil das Gros der Menschen sie plötzlich entdecken und sich dafür begeistern würde, sondern schlicht und einfach aus dem Grund, dass alles andere weg und nichts anderes mehr da ist."

„Ich würde sie gerne erleben, solche Freiheit", sagte Brun in die folgende Stille hinein. „Sie nicht?"

„Doch", sagte Jez.

„Sehen Sie, da haben Sie Ihren Grund."

Erneut saßen sie schweigend in der hereinbrechenden Nacht. Irgendwann stand Brun auf, griff nach der Zigarettenschachtel und steckte sie in die Tasche.

„Sie gehen?", fragte Jez. Sie klang, als wäre sie gerannt.

„Ja." Er ging in Richtung Wagen. Jez folgte ihm. Als er auf Höhe der Veranda war, blieb er stehen und blickte hinaus auf die Lichtung, als bewundere er erneut den Frieden und die Schönheit des verborgenen Orts. Die Ruhe. Anstatt der Schwalben schossen jetzt Fledermäuse durch die Luft. Jez war neben ihn getreten. Und während jeder für sich betrachtete, was vor ihnen lag, legte sie ihre Hand in die von Brun.

eigentüm

Eigentum

und Recht

und Freiheit

lich frei